조용한
아침의 나라 1

조용한 아침의 나라 1

발행일	2017년 1월 6일		
지은이	이 희 문		
펴낸이	손 형 국		
펴낸곳	(주)북랩		
편집인	선일영	편집	이종무, 권유선
디자인	이현수, 김민하, 이정아, 한수희	제작	박기성, 황동현, 구성우
마케팅	김회란, 박진관		
출판등록	2004. 12. 1(제2012-000051호)		
주소	서울시 금천구 가산디지털 1로 168, 우림라이온스밸리 B동 B113, 114호		
홈페이지	www.book.co.kr		
전화번호	(02)2026-5777	팩스	(02)2026-5747
ISBN	979-11-5987-303-4 04810(종이책) 979-11-5987-304-1 05810(전자책)		
	979-11-5987-307-2 04810(세트)		

이 도서의 국립중앙도서관 출판예정도서목록(CIP)은 서지정보유통지원시스템 홈페이지(http://seoji.nl.go.kr)와
국가자료공동목록시스템(http://www.nl.go.kr/kolisnet)에서 이용하실 수 있습니다.
(CIP제어번호 : CIP2017000415)

(주)북랩 성공출판의 파트너
북랩 홈페이지와 패밀리 사이트에서 다양한 출판 솔루션을 만나 보세요!
홈페이지 book.co.kr   1인출판 플랫폼 해피소드 happisode.com
블로그 blog.naver.com/essaybook   원고모집 book@book.co.kr

이희문 장편소설

조용한 아침의 나라 1

지옥 같은 징용 노역장에서 탈출해 독립군이 된

한 사내의 비장한 생애

북랩 book Lab

차례

1
불행의 시작

세찬 바람과 굵은 빗줄기는 철길과 철길에 화물칸을 흠뻑 적시고 있었다. 비바람에 젖어 있는 화물칸은 물에 빠져 있는 듯이 불빛에 모습을 드러내며 이틀째 방치되어 있다. 어둠 속의 홍성역이 비에 젖어 지옥에서나 일어나는 일들이 일어나고 있었다.

"아이고!"

비명과 절규가 화물칸 안에서 일어나고 있었다. 사람들의 울음소리가 들리고 있었고, 몸부림치고 있었고, 주먹으로 또는 이마로 화물칸 벽을 치고 있었다.

1941년 7월, 장마가 시작되었다. 장마가 시작되면서 굵은 빗줄기가 퍼부어대고 있었다.

일본은 조선을 농락한 후 조선 백성을 말살시키고 있었다. 일본에 말살되기에 이른 조선 백성은 먼저 노예가 되고 있었다. 노예가 되어버린 조선 백성은 그들의 계략에 따라 사육되고 있었고 사용되고 있었다.

일본 사람들이란 본래 대륙에서 떠돌던 잡배들이 조각배를 타고 떠돌다가 섬을 만나 그 섬으로 흘러들어가 모인 인종들이다. 그러다 보니 정상적인 것이 없다. 정상적인 것이 없다 보니 비정상일 수밖에 없다. 비정상에는 있어야 하는 것이 없다. 그러다 보니 그들은 아무것도 없이 텅 비어 있으므로 남의 것을 원하고 있다. 남의 것을 원하는 방법에 비정상인 그들은 원칙 없이 남의 것을 원하고 있었다. 남의 것을 원하는 방법에는 종류가 다양하다.

조선은 본래 성품이 온화한 예의지국이고 조용한 나라이다. 그 예의지국이고 조용한 나라는 그들 일본에 이유 없이 짓밟히고 있었다.

"아이고!"

안면도의 국현이가 화물칸을 주먹으로 내리치며 고함을 지르고 있었다.

"잘난 것들. 잘났는데 왜 이래?"

국현은 화물칸의 문을 주먹으로 치며 나라님은 물론 대신들을 싸잡아 몰아붙이고 있었다. 국현은 분을 삭이지 못하고 계속해서 바닥을 치거나 벽을 치고 문짝을 치고 있었다. 어두워서 볼 수는 없었으나 해미의 근식이가 그런 국현을 한동안 보고 있다가 자리에서 일어나 국현에게로 갔다.

"참읍시다."

"참아요? 난 당신처럼 속이 삐뚤어지지 않았소이다."

꽝! 국현은 주먹으로 철문을 다시 내려쳤다. 그러자 굳게 닫혀 있던 육중한 문이 열렸다, 그러자 열린 문으로 비바람이 몰아치고 있었다. 그리고 그 세차게 몰아치고 있는 속에서 번쩍이는 칼을 빼들고 일본군 헌병들이 서 있었다.

"누가 아픈가? 아파?"

일본군 헌병들은 문 앞에 서 있는 국현을 향해서 소리치고 있었다.

"아픈 놈 있나? 나와!"

일본군 헌병은 다시 소리쳤다. 그러나 아픈 사람이 없다는 것을 알게 된 일본군은 국현을 끄집어 내리고 있었다.

"폭도 놈이…!"

문이 쾅 소리를 내며 닫혔다. 그리고 더 이상 소리는 없었다. 철문은 긴 빗장이 삐걱대며 움직이는 소리를 내고 있었고 잠기고 있었다. 사람들은 모두 쪼그리고 앉아 있었다. 쪼그리고 있는 사람들 입에서 탄식 소리만이 가냘프게 나오고 있었다. 그 탄식 소리는 몹시 처량했고 멈추지 않았다. 그리고 흐느끼는 울음소리 또한 멈추지 않고 있었다. 캄캄한 화물칸에서 눈방울들을 굴리며 비통해하고 있는 조선 남자들은 일본군들이 삼엄하게 지키고 있는 화물칸에 갇혀 있었다.

퍼붓고 있는 빗속에서 일본군 트럭들이 홍성역을 드나들고 있었다. 일본군 트럭들은 조선 사람들을 실어 나르고 있었다. 일본군의 트럭이 홍성역 안으로 들어오면 트럭에서 조선 사람들이 끌려 내려왔고 그 조선 사람들은 화물칸에 짐승처럼 실리고 있었다.

그리고 한편에서는 조선 사람들이 일본 경찰이나 헌병들이 시키고 있는 일들은 하고 있었다. 조선 사람들은 트럭에 실려 있는 짐들을 화물칸에 옮겨 싣고 있었다. 퍼붓고 있는 세찬 빗줄기 속에서 반짝거리고 있는 것들을 옮겨 싣고 있었다. 그것들은 커다란 세숫대야들과 징과 꽹과리 그리고 밥주발, 국 주발, 숟가락, 젓가락, 요강 같은 것들이다. 조선 사람들은 비바람 속에서 그것들을 화물칸에 싣고 있었다.

일본 경찰들과 헌병들은 총을 메고 있었고 긴 칼을 허리에 차고 있거나 빼 들고 서서 전쟁터의 병사들처럼 행동하고 있었다. 조선 사람들은 트럭에 실려 있는 물건들을 옮겨 싣고 나면 소달구지에 실려 있는 물건들도 옮겨 싣고 있었다. 그리고 소달구지들은 비를 맞으며 어둠 속으로 가고 있었다.

일본 경찰들과 헌병들은 홍성역 밖에서도 길을 막고 서서 나다니고 있는 사람을 발견하면 호루라기를 불어대고 있었다.

홍성의 밤은 전선이나 다름없이 삼엄하고 공포에 휩싸여 있었다. 밤이 깊어갈수록 비바람은 더욱 거세지고 있었다, 그 거센 비바람 속에서 조선 사람들은 여전히 허우적거리며 짐을 싣고 있었다.

홍성역 역무원들은 전화를 받고 있었다. 전화 받던 역무원들은 밖으로 뛰어 나오고 있었다. 그리고 술잔을 기울이고 있던 경시청 군 수뇌들도 서둘러 우비를 입으며 밖으로 나오고 있었다. 밖으로 뛰어 나온 역무원들과 경시청 군 수뇌들은 멀리 홍주성 내포 길에서 번쩍거리고 있는 불빛들을 바라보면서 승차장에 서 있었다.

잠시 후, 오토바이들이 요란한 소리를 내며 역으로 들어왔다. 그리고 뒤이어 트럭들이 들어오고 있었다. 오토바이들과 트럭들이 멈추자 경찰들과 헌병들은 칼을 빼 들고 주위를 경계하기 시작했다. 일본군 헌병 대장은 빼든 칼을 높이 들고 서서 세찬 비바람 속에서 개처럼 소리 지르고 있었다. 일본 경찰은 트럭을 향해 호루라기를 불어대고 있었다.

비바람 속에서 트럭의 포장이 들춰지면서 조선 사람들이 내리기 시작했다. 조선 사람들은 포로들처럼 트럭에서 내리고 있었고 경찰이 소리 지르는 대로 문이 활짝 열려 있는 화물열차 칸으로 타고 있었다. 몇 대의 트럭에서 사람들이 그와 같이 화물열차 칸으로 옮겨 타고나자 일본 경찰들은 여인들의 울음소리가 들리는 트럭의 포장을 들추고 나서 올라타고 있었다. 일본 경찰들은 몸부림치며 애절하게 울어대는 여인들을 밀거나 끌어내리고 있었다. 그리고 승차장의 경찰들은 둘씩 달라붙어 여인들을 질질 끌어다가 화물열차 칸에 던져 넣고 있었다. 여인들은 울고 있었다. 몸부림치며 울고 있는 여인들을 일본 경찰들이나 헌병들이 사정없이 밀어 넣으면서 빼 든 칼을 번쩍거리고 서서 육중한 철문을 닫고 잠을 쇠로 잠그고 있었다. 문이 잠긴 화물칸은 비바람이 부딪고 있었다.

　그리고 일본 경찰과 일본 헌병들은 칼을 빼 들고 불빛에 번쩍거리며 조선의 징용자들 그리고 여인들이 갇혀 있는 화물열차를 지키고 있었다.

　창남은 잠에서 깨면서 냄새가 심하게 나고 있는 오물통 옆에서 자고 있었다는 것을 알게 되었다. 그리고 캄캄해서 아무 것도 보이지 않는 곳에 자신이 있다는 것을 알았다. 창남은 술에서 깨고 있었고 냄새가 심한 오물통에 얼굴을 박고 있었다는 것을 알았다. 창남이는 더듬거리고 있었다. 오물통에서 떨어지려고 꾸무럭거리며 더듬거리고 있었다.

　"조심하시오."

　창남은 기겁을 했다. 그리고 두리번거렸다. 비바람 소리뿐만이 아니라 신음소리가 들리고 있었고 울음소리까지 들리고 있다는 것을 알았다. 창남은 컴컴한 속을 두리번거리고 있었다. 그러다가 냄새를 참을 수가 없어서 오물통에서 떨어지려고 다시 손을 내밀며 더듬거리고 있었다.

　"술이 좀 깨셨소?"

　창남은 남자의 말소리에 지금 이곳에 여러 사람들이 있다는 것을 알게 되었다.

　"예."

　"술 깨니 다행이오. 여긴 당신처럼 잡혀 온 사람들이 갇혀 있는 기차 화물칸이오."

　창남은 말소리를 듣고 갇혀있다는 것을 알았다. 그리고 몸에 달라붙어 감겨있는 젖은 옷자락을 손가락으로 잡아떼고 있었다. 그러면서 화물칸에 왜 갇혀 있는 것인지 궁금해지고 있었다.

　"누구신지 모르지만 대단하시오. 징용으로 끌려오면서 만취하신 걸 보면 왜놈들이 혀를 내둘렀을 거요."

창남은 자신에게 하는 소리라는 것을 알았다. 그리고 지금 이곳에 여러 사람이 있다는 것을 알았다. 그리고 징용이라는 말에 의문이 들고 있었다. 창남은 소리 나던 곳을 보면서 묻고 있었다.

"징용요?"

"이 양반이…. 누구신지 몰라서 실례입니다만, 징용당해 온 거 모르시오? 여기 모두 징용당해 온 사람들이잖소."

창남은 가슴이 철렁했다. 그리고 이게 무슨 소린가 하고 당황하기 시작했다. 그런 다음 지금 무슨 일이 벌어지고 있다는 것을 알 수 있었다. 그리고 냄새 때문에 숨을 쉴 수가 없어서 우선 냄새부터 피하고 싶었다. 창남이는 손을 내밀고 더듬거리려다가 고만두고 손가락으로 코를 막았다. 그리고 왜 이곳에 와 있는지 궁금해지고 있어서 생각부터 하기 시작했다.

결성의 박 첨지와 김 진사 진갑 잔치에 갔다가 사람들과 어울려 광천 장에 갔었고 그리고 나서 몹시 취했을 때 일본 경찰들이 있었던 것이 기억나고 있었다. 그리고 그다음부터 어떤 일이 있었는지 기억나지 않고 있었다. 일본 경찰들이 있었던 것 말고는 기억나지 않았다. 창남은 컴컴한 화물칸을 두리번거렸다. 그리고 기억나는 것이 없는 속에서 무슨 일이 있었기에 지금 이곳에 갇혀 있는지 알 수가 없어서 미칠 것만 같았다. 창남은 함께 있었던 박 첨지도 있나 해서 두리번거렸다. 그리고 얼마나 술을 많이 먹었으면 아무것도 생각이 나지 않는지 누구에게 묻고 싶었다. 그리고 무슨 일이 벌어진 것인지 누가 말해줬으면 하고 계속해서 두리번거리고 있었다.

창남은 답답했다. 오물통 냄새도 참을 수가 없는 데다 징용이란 말이 겁이 나고 술 취해서 끌려온 것이 틀림없어서 부끄럽고 당황스러워지고 있었다. 창남은 손을 내밀고 더듬거리고 있었다. 그러다가 울음소리가 나는 곳으로 고개를 돌리고 두리번거렸다.

"이쪽으로 오시오. 여기라고 나은 것은 없소이다."

창남은 소리 나는 곳으로 고개를 돌렸다. 그러면서 냄새가 조금이라도 덜 나는 곳으로 가고 싶은 마음에 꾸물거리고 있었다.

"조금 더 오시오."

창남은 다시 움직였다. 그리고 손에 사람이 닿자 멈췄다.

"이곳이라고 나은 것은 없소. 참는 수밖에."

창남은 우선 오물통에서 떨어졌다는 것에 기분이 나아졌다. 창남은 조심하면서 더듬거리며 화물칸 벽이 손에 닿자 등을 대고 앉았다.

"고맙습니다."

그러나 창남이 말에 옆 사람은 대답이 없었다. 창남은 등을 화물칸에 기대고 앉아서 흐느끼고 있는 남자의 울음소리를 듣고 있었다. 그리고 기억나지 않는 것을 기억해보려고 이것저것 그동안 있었던 일들을 떠올리고 있었다. 그러나 술집 방구석에서 쓰러져 있을 때 누군가 경찰과 함께 있었던 것 말고는 생각나는 것이 없다. 창남은 속이 타들어 가고 있었다. 창남은 뒤통수를 만져보았다. 그러나 아무렇지도 않다. 창남은 속이 타들어 가는 속에서 그동안 술에 취해 있었던 것을 모조리 생각하고 있었다. 그러나 경찰과 누군가 서 있었던 것 말고는 단 한 가지도 생각나는 것이 없었다. 창남은 목까지 타고 있었다. 목이 마르다 못해 타고 있었다. 비바람 소리는 요란하기만 하고 울음소리와 탄식소리는 더욱 곤경에 빠트리고 있기만 했다. 창남은 아무 것도 생각나는 것이 없었다. 창남은 왜 이런 일이 일어났는지 기가 막혀서 속이 타들어 가고 있었다. 창남은 한동안 눈을 감고 있었다. 그러다가 옆 사람에게 이곳이 어딘지 궁금해서 묻고 있었다.

"이곳이 어딘지요?"

창남은 지치고 불안한 속에서 고개를 옆으로 돌리며 가라앉은 목소리를 내고 있었다.

"홍성입니다."

"네"

홍성이라는 말에 집 생각을 했다. 그리고 창남은 다른 사람들처럼 가만히 앉아 있었다.

창남은 홍성역 화물칸에 갇혀 있다는 것을 알게 되면서 문틈으로 스미고 있는 빛을 보고 있었다. 그리고 집에서 자신이 없어진 것을 알고 나서 벌어질 일들을 생각하고 있었다.

창남은 불안에 휩쓸리고 있었다. 창남은 흐느끼는 울음소리와 탄식 소리를 들으면서 며칠 전에 갈산 면 서기로부터 들은 말을 생각했다. 일본이 하와인가 어디에서 미국과 크게 전투를 하고 있어서 징용자들이 수없이 끌려가게 되었다는 소리를 떠올리고 있었다. 그러면서 면서기 말대로 하와인가 어디로 끌려가게 되지나 않을까 하는 생각에 피가 머리로 끓어오르고 있었다.

"어디서 왔느냐?"

"구항유."

"몇 살이냐?"

"열여덟유."

열여덟 됐다는 사람은 울고 있었다.

"우리 남양군도로 간대요. 어흐흐흐."

"남양군도로 갑니까?"

창남은 자신도 모르게 울고 있는 구황 사람에게 묻고 있었다.

"그런대요."

화물칸에 부딪는 비바람 소리와 울음소리 그리고 탄식 소리와 함께 창남은 가슴이 싸늘해지면서 찢어지고 있었다.

"이름이 뭐냐? 구황 청년."

"만식이오. 박만식."

"울지 마라. 아직 아무것도 모르지 않느냐? 여기 있는 사람들 모두 너와 같다. 마음을 단단히 먹는 수밖에 없다. 정신을 똑바로 차리고."

"예. 으으. 엄마."

만식이는 그래도 울고 있었다.

창남은 시간이 가면서 불안은 더욱 심해지면서 초조해지고 있었다. 면 서기 말대로 하와인가 어디로 끌려가는 게 확실한 것만 같아서 숨이 막히고 가슴이 터지고 있었다.

"아이고 미안합니다. 소변을 봐야 하는데."

어둠 속에서 더듬거리며 나타난 사람이 창남을 짚고 지나가면서 말하고 있었다.

"어디서 왔소?"

창남은 볼일을 보고 엉거주춤 서서 묻고 있는 사람을 쳐다봤다. 어두워서 보이는 것은 없으나 희끗 무리하게 서 있는 사람을 보면서 창남은 대답했다.

"갈산요."

남자는 허리춤을 추기며 창남을 내려다보며 말했다.

"저리 갑시다, 갈산 양반."

남자는 있던 곳으로 움직이고 있었다. 창남은 남자를 따라서 더듬거리며 움직였다. 남자는 컴컴한 속에서 더듬거리며 주저앉고 있었다. 그리고 창남을 옆으로 앉게 하였다.

"갈산 양반?"

"예."

창남의 대답소리는 느리고 가라앉아 있었다.

"갈산 양반 술에 취했던 것 같던데 이제 좀 깼소?"

"예."

창남의 대답소리는 여전히 느리고 가라앉아 있었다. 그러면서 목이 타고 있어서 입맛을 다시고 있었다.

"목마르시오? 저기 물 있소."

남자의 말에 창남은 고개를 돌렸다.

"거 물통 옆에 있으신 분 물통 좀 두드리시오. 갈산 양반 목이 마른가 봅니다."

남자의 말에 누군가 물통을 두드렸다. 창남은 소리 나는 곳으로 고개를 돌렸다.

"가셔서 물드시오."

남자가 말하자 창남은 움직였다. 창남이 기어가는 대로 사람들은 몸을 움직이며 비켜주고 있었다. 창남은 물을 마시기 시작했다.

"그러고 보니 저 갈산 양반 대단하시네. 징용당해 오면서 인사불성이시니."

창남은 말소리를 들으며 물을 마시고 난 후 뒤돌아서 있던 곳으로 기어갔다. 그리고 등을 화물칸에 기대면서 앉았다.

"징용 오게 되서 술 한 잔 하셨구려."

창남은 대답을 안 하고 있었다. 아니, 안하는 것이 아니라 못하고 있었다. 그러면서 창남은 이어지고 있는 말소리들을 듣고 있었다.

"우리는 울고불고 난리였는데 우리네와 상판 다른 분 같소."

"가족과 헤어지다 보니 술 한 잔 안 할 수 없으셨나 보죠."

"그러니 우리네와 다르시다, 이 말이오."

여기저기서 들리는 말소리를 창남은 듣고 있었다.

"가족이 없소?"

"식구하고 두 살 된 딸애 있어요."

창남은 소리 나는 곳으로 대답을 보내고 있었다.

"그럼 초혼이시네. 서류 작성은 했어요? 초혼 가정은 제외된 것으로 아는데."

창남은 대답을 못 하고 있었다. 징용 서류를 본 적도 없는 데다 술집에서 자다가 끌려오는 바람에 아무것도 아는 것이 없어서 대답할 게 없었다.

"난 서산 해미서 사는 박근식이오. 해미 오학리에서 부모님과 살고 있소. 위로 누님은 출가했고, 독자라 징용이 제외됐다고 했다가 갑자기 이렇게 됐소. 이름이 어떻게 되시오?"

"이창남입니다."

창남은 허탈해 지고 있어서 목소리는 풀죽어 있었다. 그리고 박근식의 말에 집 생각이 끓어오르며 어지러워지고 있었다. 면 서기는 분명히 징용 가지 않는다고 했는데 징용 가는 사람들과 있으니 미칠 것만 같았다. 그리고 생각하면 할수록 뭔가 잘못돼도 너무 잘못되고 있다는 생각에 속만 타들어 가고 있었다.

친구들과 어울려 노는 것을 좋아해서 며칠씩 집을 비우는 일이 있었지만, 징용으로 끌려가게 될 것은 생각을 못 했다. 신혼이고 가장이라 징용에서 제외된다고들 했는데 지금 아닌 밤중에 홍두깨도 아니고 귀신에 홀린 것도 아니고 기가 막히고 있었다.

"집에서 걱정이 크겠소. 약주가 과하셨던 것 같던데."

박근식이 말했다. 창남은 여전히 대답을 못 하고 있었다. 지금 이곳에 있는 사람들은 모두 가족들과 환송하고 왔을 텐데 자신은 술집에서 잡혀오는 바람에 할 말이 없었다.

"징용 오면서 술 드시고 오셨으니 할 말 없소."

창남은 여기저기서 하는 말을 들으며 집식구 생각에 서글퍼지기까지 하고 있었다.

"신혼 중이니 그럴 수도 있잖겠소?"

박근식이 소리 나는 곳으로 말소리를 보내고 있었다. 그리고 담배를 깊게 빨고 나서 다시 입을 열었다.

"호랑이한테 잡혀가도 정신만 차리면 산다 했으니 우리 정신들 차립시다. 이제 우리는 전쟁터로 끌려가는 것이고 거기서 우리는 죽게 되리라 봐야 할 것이오. 오기 전에 들었소. 비행장 공사하러 간다고. 그러고 보면 우리는 일본 놈들의 전쟁터에 끌려가는 것이고 죽은 목숨이나 다름없소. 서로 돕고 굳게 뭉칩시다."

박근식의 말에 만식의 울음소리는 물론 이따금 들리던 울음소리와 탄식 소리가 잦아지고 있었다. 박근식의 말이 위안이 되고 힘이 되고 있는지 담배를 피워 물고 있었다. 세찬 비바람은 여전히 화물칸을 흔들어대고 있었다.

"우리가 남양군도로 간다는 것은 맞는 거요? 난 안면도의 김팔복이오."

"확실한 것은 알 수 없잖습니까? 왜놈들이 하는 짓이니. 그렇지만 지금 돌아가고 있는 것을 보면 그런 것 같기만 합니다."

박근식이 말했다. 박근식의 말이 있고 나서 사방에 흩어져 앉아 있던 사람들이 박근식이 있는 곳으로 몸을 돌리고 있었다.

"남양군도라는 곳이 어디예요?"

"누구세요? 우리 서로 이름이라도 알아야 할 것 같소."

"아, 저도 안면도에서 온 이학봉이오. 어붑니다."

박근식이 묻는 말에 이학봉이라는 사람은 한 걸음 더 다가앉으며 대답했다. 박근식은 담배를 깊이 들이마시고 난 후 다시 입을 열었다.

"우리가 가본 곳도 아니고 가보고 말해주는 사람도 없었으니 지도에서 본 대로 대략 짐작으로 판가름하는 방법밖에는 없습니다. 일본이 이번에 미국을 크게 이긴 하와이라는 곳으로 가는 곳에 섬들이 많이 있습니다. 그중에 어느 섬으로 가게 될지는 모르겠으나 이름 없는 섬이 많습니다. 그

섬 중에 사람이 살고 있고 좀 크다는 섬 이름이 파푸아뉴기니라는 섬이 있습니다. 그쪽에 섬들만 잔뜩 있습디다."

"우리, 죽었구나."

박근식은 죽었다는 소리에 대답하지 않았다. 말하는 사람이 누군지 모르겠지만, 반드시 그리로 가는 건지도 모르는 일이기에 박근식은 계속해서 담배를 힘주어 빨기만 했다.

"아저씨! 갈산이라고 하셨죠? 저 구황이에요."

창남은 구황이라고 하며 옆으로 바싹 다가와 앉고 있는 만식이를 향해 고개를 돌렸다. 어두워서 얼굴을 볼 수 없으나 그런 대로 윤곽이 희미하게 보였다. 구황은 갈산과 벽 하나 사이라 내 집 마당 드나들던 곳이기만 해서 속이 터지는 속에서도 구황의 만식이가 반갑기만 했다. 창남은 만식이가 자신의 손을 잡고 있는 것을 그대로 두고 있었다. 밖에서는 호루라기 소리가 요란하게 들리고 있었다. 어디선가 징용자들이 끌려오고 있는 모양이었다.

"시간이 어지간히 됐을 텐데…"

박근식이 부산하게 움직이는 소리에 중얼거렸다. 비바람은 여전히 화물칸을 흔들고 있었고, 멀리서 아니면 가까운 곳에서 화물칸 문이 열리는 소리와 닫히는 소리가 들렸다.

"아무래도 다 잡아가려나 봅니다. 충청도 사람 모조리."

사람들은 담배를 피우며 아무렇게나 입에서 나오는 대로 말들을 하고 있었다.

"우리 옆 칸은 여자들 칸이던데."

"박근식은 여자들 칸이라는 소리가 나는 곳으로 얼굴을 돌렸다. 그러면서 조금 전에 문이 열렸다가 한참 후에 닫히는 소리가 났었던 것을 생각하고 있었다.

"문이나 좀 열어났으면 좋겠네."

지옥 같은 화물칸에서 사람들은 후덥지근한 무더위에 시달리고 있었다. 그리고 시간이 흐를수록 징용자들은 가족의 그리움과 앞으로 벌어질 일에 휩싸여 가고 있었다.

"갈산 양반! 괴로워서 그러신 거요? 술이 과하셨던데."

안면도의 이학봉이 창남에게 물었다. 창남은 술이 깬 되다가 벌어지고 있는 일이 어떻다는 것을 알고 있기에 대답을 망설이고 있었다. 그러다가 자신에게 일어난 일을 조금은 말해야 할 것 같아서 목구멍 속으로 기어들어가는 소리를 내고 있었다. 창남은 이제 자신을 잃어가고 있는지 아니면 여기에 있는 사람들이나 다름없다는 생각에 휩쓸려가고 있는지 모르겠다. 창남은 사람들과 어우러져 가고 있었다.

"장터에서 아는 분을 만나…"

"장터에서 아는 분 만났으면 그럴 수밖에요. 때가 때이니만치, 각시가 걱정을 많이 하시겠어요. 끌려가면서 술이 과하셔서."

"허허허."

"허허. 허허."

공포와 탄식 속에서 질식해가던 화물칸에 창남으로 인해 어울리지 않는 웃음소리가 나고 있었다. 이학봉이 웃었다. 창남은 사람들이 자신의 말에 신경 쓰기보다 몸에 달라붙어 있는 젖은 옷자락에 신경 쓰고 있었다. 창남은 몸에 달라붙어 있는 옷을 잡아당기면서 보이지도 않는 만식이를 향해서 고개를 돌렸다.

"그러나 저러나 얼마나 더 잡아들이려고 이러는지 모르겠네."

세찬 비바람 소리와 호루라기 소리가 요란하게 들리고 있는 밖을 향해서 이학봉이 말했다. 발걸음 소리가 들리더니 이어 화물칸 문 여는 소리가 들렸다.

"아직 잡아들일 곳이 있었던가 보네."

"다 잡아가라, 다 잡아가. 씨 말리느라고 환장한 것들."

숨조차 쉴 수 없는 컴컴한 화물칸 안에서 사람들은 투덜거리고 있었다.

"아까 왜놈들 말에 청양이라는 말을 하던데 청양 쪽에서도 잡아 오는 모양이오."

"어디라고 놔두겠어요? 뒷간에 묻어둔 제사 쌀까지 뒤져가는 놈들인데."

호루라기 소리와 발걸음 소리가 한동안 들리다가 다시 잠잠해지며 세찬 비바람 소리만 들리고 있었다. 사람들은 비바람 소리와 무더위에 질식해 가고 있었다. 밖에서는 비바람이 몰아치고 있지만 화물칸 안은 진땀을 흘리며 질식해가고 있었다.

사람들은 습한 공기와 오물통에서 나는 냄새에 질식해가고 있었고, 시간이 흐르고 있을수록 공포와 불안에 움직이는 소리도 말소리도 잦아들면서 거친 숨소리들만 비바람 소리처럼 거칠어지고 있었다. 기관차 소리가 비바람 소리 속에서 들려오고 있었다. 사람들은 모두 기관차 소리에 귀를 기울이며 긴장하기 시작했다.

"아저씨!"

만식이가 창남을 불렀다.

"이제 끌고 가려나 봐요."

만식이의 긴장된 목소리가 창남이의 불안한 마음속으로 파고들고 있었다. 창남은 침착해 지려고 정신을 집중하고 있었다. 자다가 벼락 맞은 자신에게 일어나고 있는 일들이 귀신에 홀린 것만 같아서 정신을 놓고 있을 수가 없었다.

"3시에 떠난다는 말을 들었소."

"그 소리 나도 들었어요."

박근식의 말에 옆에서 끼어들고 있었다. 밖에서 일본 경찰들이 하는 소리를 들렸으니 들은 사람들은 모두 3시가 되면 끌려가게 된다는 것을 알고 있었다. 그리고 그 소리는 죽음의 소리나 다름없이 가슴에 묻혀 있었다.

기관차 소리가 가깝게 들려오면서 역무원들이 움직이는 소리가 들리고 있었다. 이제 공포이기만 한 일이 현실이 되어 오고 있는 것만 같아서 사람들은 모두 숨죽이고 밖에서 일어나는 일에 신경을 곤두세우고 있었다. 만식이는 창남의 젖은 옷소매를 잡고 있었다. 기관차 소리는 가깝게 들려오고 있었고, 숨소리들은 거칠어지고 있었다.

"정말 우리 끌려가나 봐요."

만식이는 당황하고 있었다. 현실을 이해하지 못하고 있었다. 그러면서 끌려가지 않는 일이 벌어지기를 바라고 있었다. 만석이는 밖에서 들리는 소리들과 호루라기 소리에 금방이라도 죽을 것만 같은 일이 터질 것만 같은 불안에 허둥거리며 두려움에 긴장하고 있었다. 징용자들은 모두 한결같은 공포에 시달리고 있었다. 세찬 비바람 소리는 천둥소리보다도 더 무섭게 징용자들의 마음을 공포로 몰아가고 있었다.

덜그럭거리며 문이 열렸다. 문이 열리자 비바람이 휩쓸고 들어왔다. 그리고 전지 불빛이 컴컴한 화물칸의 어둠을 창끝처럼 뚫고 다니고 있었다. 징용자들은 쪼그리고 앉아 있거나 비바람 속에 웅크리고 있었다. 전지 불빛은 그런 징용자들을 하나하나 비추었다. 징용자들은 불빛이 자신을 비출 때도 움직이지 않았다. 굳은 듯 있었다. 문이 닫혔다. 화물칸 안은 다시 어둠이 되고 있었다. 징용자들은 조용히 앉아서 이제 올 것을 짐작하거나 느끼고 있었다. 기관차 소리가 크게 들리면서 기관차 소리는 어지럽게 들려오고 있었다. 앞에서 칙칙 대는 소리가 나다가 뒤에서 나다가 하면서 움직이고 있었다. 그러다가 한 순간에 화물칸이 뭣엔가 심하게 부딪고 있었다. 징용자들은 쓰러지며 바닥에 나뒹굴고 있었다. 징용자들은 화물칸 바닥에 나뒹굴던 몸을 화물칸 바닥이나 벽에 달라붙으며 겁에 질려 있었다. 그리고 이내 징용자들은 화물칸이 홍성역을 떠나고 있다는 것을 알아차리고 있었다. 징용자들은 허둥거리며 모두 일어나 아무 것이나 잡고 숨이 막히고 있는 가슴을 두드리고 있었다. 그리고 모두 허탈해지면서 무력해지고 있었다.

"아저씨!"

만식이는 창남이에게 자신의 얼굴을 묻으면서 소리 질렀다. 마지막 비명 같은 소리가 만식이 입에서 나오고 있었다.

"저 만식이에요. 박만식!"

만식이는 당장 숨이 끊어지는 것처럼 버둥거리며 창남이를 붙잡고 있었다. 징용자들은 모두 죽음이 시작된 것 같은 생각에 잠기고 있었다. 그리고 불안과 초조 속에서 허탈해지고 있었다. 열차는 홍성역을 벗어나면서 속도가 붙고 있었다. 징용자들은 서로 손을 잡았고, 열차는 칙칙 거리며 달리고 있었다.

"만식이라 했지? 이름이."

"예, 박만식."

박근식은 만식이의 손을 꽉 잡아주었다. 그리고 말했다.

"겁먹지 마. 우리는 죽지 않는다. 끌려가고 있어서 무섭고 죽을 것만 같을 뿐이다. 우리가 죽으면 왜놈들도 죽는다. 겁먹지 말고 두려워하지 마라. 두려워하면 무서울 뿐이다. 우리가 가는 곳에 왜놈들이 있고, 왜놈들이 싫을 뿐이다. 그래서 죽을 것만 같은 생각이 들고 있을 뿐이다. 이렇게 생각해라. 다시 말하지만, 왜놈들이 죽으면 우리도 죽는다. 왜놈들이 죽어도 우리는 산다, 이렇게 생각하자."

"예, 예."

만식이는 근식에게 큰 소리로 대답했다. 그러나 만식이의 마음은 불안하기만 했다. 박근식은 길게 담배 연기를 내뿜고 있었다. 만식에게 희망을 잃지 않도록 힘을 불어주면서 박근식 또한 자신의 두려운 마음을 어떻게 해야 할지 모르고 있었다. 열차는 빠르게 빗속을 뚫고 있었다. 징용자들은 움직이지 않고 있었다. 그러면서 박근식이 말한 대로 죽을 것이라는 생각을 떨쳐보려고 숨을 크게 몰아쉬고 있었다. 두려움과 공포 속에서 용기와 희망을 찾아보고 있었다. 열차는 예산역으로 들어가고 있었다. 비바람은 더욱 억세지고 있었다. 징용자들은 예산이라는 것을 알 고 있었고, 그 때문에 아직 고향에 남아 있다는 생각과 미련과 희망을 잃지 않고 있었다.

"예산인가 봅니다."

"그래요, 예산이오."

징용자들은 보이지도 않는 밖을 보고 있는 듯이 말하며 두리번거리고 있었다. 열차가 멈추고 있었고, 징용자들은 멈추고 있는 열차에서 뛰어내리기라도 할 것처럼 몸들을 추스르고 있었다. 밖에서 호루라기 소리가 들리고 있었다. 그리고 어느 칸인지는 몰라도 문이 열리는 소리가 들렸다. 징용자들은 철벅거리는 발걸음 소리를 듣고 있었다. 예산에서도 홍성에서처럼 호루라기 소리가 여기저기서 요란하게 들리고 있었다.

징용자들은 혼란스러운 숨소리들을 내고 있었다. 그리고 여러 곳에서 문이 열리고 있는 소리를 듣고 있었다. 호루라기 소리가 시끄럽게 들리고 있었다. 난장판 같은 소리가 들리다가 여인들의 비명과 철판이 우그러지는 소리가 한참 동안 들리다가 문들이 닫히는 소리가 들리고 있었다. 그리고 열차가 움직이고 있었다. 징용자들은 담배를 피워 물고, 어둠 속에서 서로를 살피고 있었다.

예산에서 열차가 멈출 때만 해도 징용자들은 고향에 머무르고 있는 마음이었다. 그러나 이제 그 마음마저 열차가 움직이면서 떠나가고 있었다.

열차는 덜커덕거리며 예산역에서 벗어나고 있었다. 징용자들은 열차가 덜컹거리는 대로 힘없이 흔들거리고 있었다. 마지막 하나 남았던 희망을 잃은 듯이 모두 힘없이 흔들거리고 있었다. 박근식도 흔들거리고 있었다.

"아저씨, 이 열차 어디다가 들이 받았으면 좋겠어요."

만식이가 창남이를 보며 소리쳤다. 만식이는 열차가 전복이라도 되기를 바라고 있었다. 그러나 열차는 털거덕거리며 달리고 있었다. 징용자들은 하나둘 주저앉고 있었다. 열차는 칙칙 거리며 비바람 속을 힘차게 달려가면서 징용자들을 두려움과 공포 속으로 깊이 끌고 가고 있었다. 어느 징용자는 일어나다가 넘어졌다. 징용자들은 몸부림이라도 치고 싶었는지 불쑥 일어나고 있었다. 그리고 일어난 징용자는 힘없이 쓰러지고 있었다.

"기차가 멈추나 봅니다."

만식이가 말했다.

그러나 징용자들은 쪼그리고 앉아 있는 몸을 흔들거리고 있기만 했다.

"멈추려고 하는 게 맞아요. 멈추고 있어요."

만식이는 다구치고 있듯이 말하고 있었다. 그러나 징용자들은 힘없이 몸들을 흔들거리고 있었다.

열차는 철길을 갈아타는 소리를 반복하면서 달리고 있었다.

"만식아!"

"예!"

만식이는 박근식이 부르자 잽싸게 대답했다. 그리고 몸을 근식이 앞으로 움직였다.

"몇 번 말하지만 당황하지 말고 침착해라. 무서울 것 없다. 그리고 고향에 못 오지도 않는다. 죽지 않고 반드시 고향에 돌아온다."

"예."

박근식의 말엔 힘이 있었다. 징용자들이 고개를 들고 있었다. 하지만 징용자들은 다시고개들을 떨어뜨리고 열차가 흔들이는 대로 흔들거리고 있었다.

"아무리 일본이 이기고 있다 해도 미국 같은 큰 나라가 가만두지 않을 거다. 그러니 우리는 어디를 가든 정신을 바싹 차리고 행동하면 된다. 어떤 고통도 고난도 살기 위해서 견디면 된다. 돌아오기 위해서 반듯이 우리 살아야 한다."

"아저씨, 끌려가잖아요."

어린 만식이는 근식이의 의지를 받아들이기에는 아직 한참 먼 곳에 가 있었다. 그에 박근식은 담배를 다시 피어 물었다.

"끌려가고 있잖아요. 응응응, 엄마."

만식이는 두려움이 그 무엇보다 크기만 했다. 만식이는 근식이의 말은 물론 돌아온다는 생각조차 하지 못하고 부모의 그리움에 울기만하고 있었다. 창남은 울고 있는 만식이의 손을 잡고 있었다.

"울지 말자. 죽게 되더라도, 돌아올 수 없어도. 정신을 잃지 말자. 정신을 잃으면 살아오지 못한다. 호랑이에게 잡혀가도 정신을 잃지 말라 하지 않았니. 지금 우리에게 해당되는 말이다."

그러나 박근식은 계속해서 만식이를 달래고 있었다. 그런 근식이의 마음을 아는지 모르는지 만식이는 서럽게 울기만하고 있었다. 박근식은 담배를 피워 물고 어금니에 힘을 주고 있었다. 열차는 여전히 비바람 속에 따다닥거리며 달리고 있었다. 그리고 다시 열차는 멈추고 있었다. 만식이가 울음을 그치고 있었다.

"차가 멈추는가 봐."

김팔복이가 말했다. 열차가 어딘가에 멈추고 있다는 것을 알 수 있었다.

"예산 지났으니 온양온천 아니겠어?"

"어디 들이받든지 터졌으면 좋겠어. 대가리가 터지든지. 우라질 놈의 기차"

이학봉이 담뱃불을 비벼 끄면서 투덜거리고 있었다. 열차는 덜커덩거리며 철길을 옮겨 타면서 멈추고 있었다. 징용자들은 신경을 곤두세우고 있었다. 그러면서 열차가 박살나기를 간절히 바라고 있었다. 밖에서 사람들이 움직이는 소리가 들리고 있었다. 징용자들은 문을 향해 눈을 돌렸다.

"온양온천이 아닌가 봐."

화물칸 문이 열리는 소리가 나면서 김팔복이 말했다. 극도로 긴장하고 있는 징용자들은 문밖에서 일어나는 일에 민감해지고 있었다.

"온양온천이 맞는 거 같은데."

"지금 그게 무슨 상관이야. 어디든."

팔복이와 또 다른 안면도 사람들이 이야기를 주고받고 있었다. 일본군들의 구령 소리가 들렸다. 호루라기 소리가 들리고 있었다. 일본군들이 경비를 삼엄하게 서고 있는 느낌이 들고 있었다. 징용자들은 불안한 목소리로 말들을 하고 있었다.

"천안이면 끝장나는 거잖아."

학봉이가 말했다. 이학봉은 굳게 닫혀 있는 문을 보면서 몸을 움직이고 있었다. 이제 열차가 이대로 부산으로 갈 것인지 그것은 알 수 없지만 아무 일도 일어나지 않고 간다는 것이 왜 그런지 속상하고 야속하기만 했다.

사람들이 움직이는 소리가 들리고 있었다. 일본군의 목소리가 들리고 있고, 호루라기 소리가 요란하게 들리고 있었다. 여자들을 여섯 번째 칸에 태우라는 소리가 들리고 있었다. 그리고 쇠붙이들이 실리고 있는 소리도 들렸다. 화물칸 안으로 들어오는 빛이 없는데 문틈으로 빛이 어른거리고 있는 느낌이 들고 있었다. 그래서 그런지 먼동이 트고 있는 느낌이 들고 있었다.

"날이 밝나 봐. 그리고 천안 아닌 것 같아."

이학봉이 다시 말했다. 징용자들은 문틈으로 스미고 있는 빛을 느끼고

들 있었다. 그러면서 학봉이 말대로 천안이 아닌 것 같은 느낌도 들고 있었다.

"그럼 온양온천이 맞는데 여기서도 사람 끌어가고 그릇들 싣나 봐."

"왜놈들이 빼놓는 데가 있겠어?"

해미의 박광식이 말했다.

"서산서 몇 트럭 뺏어갔어. 열 트럭도 넘어. 전국 방방곡곡 다 뺏어가니 귀신들 뭐하나 몰라."

박광식이 다시 말했다. 그러나 사람들은 박광식의 말보다는 벌어지고 있는 일에 정신들이 휩쓸리고 있었다. 천안에 도착하면 그 길로 남양군도로 가게 될 생각에 모두 혼란해지고 있었다. 징용자들은 초조하기만 했다. 날이 밝아 오는 것이 왜 그런지 두려워지고 있었다. 날이 밝는다는 것이 왜 그런지 불안하게 하고 있었다. 호루라기 소리가 길게 들리고 난 다음 열차가 움직이고 있었다. 징용자들은 눈을 이리저리 보내고 있었다. 그동안 아무것도 볼 수가 없던 것들이 흐릿하게 보이고 있었다. 만식이는 창남이 얼굴을 보고 있었다. 가까운 이웃 갈산에서 사는 사람이라 반갑기만 했고 혹시 아는 사람이 아닐까 하는 생각에서 만식이는 창남의 얼굴을 들여다보았다. 창남은 그런 만식이를 그대로 두고 있었다. 창남은 웅크리고 앉아서 두 팔로 무릎을 감싸 안고 흔들거리고 있기만 했다.

"아저씨! 구황 장에 오셨었지요?"

만식이 하는 말에 창남은 고개를 끄떡였다. 내 건너 빤히 마주보고 있는 지척에 살면서 구황 장에 왔었느냐고 묻고 있는 만식이를 향해서 창남이는 고개를 끄떡여주고 있었다.

"구황에서는 너 혼자냐?"

"예, 혼자예요. 보름 전에 네 사람이 끌려갔어요."

근식은 만식이를 가만히 보다가 입을 열었다.

"그랬구나! 해미에서 네 명, 안면도에서 열 명이 이번에 끌려간다."

만식이는 근식이 말에 안면도 사람들이 앉아 있는 곳을 쳐다봤다. 안면도 사람들은 모두 쪼그리고 앉아서 흔들거리고 있었다. 열차가 심하게 흔들리며 철길을 옮겨 타가면서 털거덕거리고 있었다. 징용자들은 열차가 천안에 도착하고 있다는 것을 알았다. 근식은 화물칸을 둘러보았다. 그리고 이제 더는 희망이 없다는 것을 생각하면서 눈을 감고 있었다.

2
천안에서 헤어지는 사람들

"천안요, 천안 왔나 봐요."

만식이가 말했다. 근식은 눈을 떴다. 그리고 조용히 앉아 있는 징용자들을 보았다. 열차는 계속해서 따다닥거리며 철길을 바꿔가고 있었다. 그리고 천안역 깊숙이 들어가고 있었다. 열차는 승차장을 따라 들어가면서 정차했다. 간드러지게 떠들어대는 안내 방송이 들려왔다. 징용자들은 주춤거리다 일어섰다. 그리고 모두 긴장된 얼굴로 문을 향해 서 있었다. 문은 열리지 않고 있었고 호루라기 소리도 들리지 않고 있었다. 그러나 징용자들은 모두 일어서서 닫혀 있는 철문을 보고 있었다. 징용자들은 긴장하고 불안한 얼굴로 철문을 바라보며 서 있었다. 밖에서는 호루라기 소리가 들려오기 시작했다. 그리고 홍성에서 닫혔던 철문이 열리고 있었다.

"그대로들 있어라. 이름을 부르는 대로 밖으로 나와 안내하는 대로 줄을 선다. 알았나?"

서류를 들고 있는 근무관이 소리 지르고 있었다. 근무관이 이름을 부르는 대로 징용자들은 밖으로 나갔다.

"모두 앉아라. 앉아!"

근무관이 소리치는 대로 모두 쪼그리고 앉았다. 창남은 여자들이 내리는 것을 보고 있었다. 얼마 전에 행방불명된 막내 처제 김복동이 혹시 있나 해서였다.

"아는 사람 있어요?"

만식이가 여자들을 보고 있는 창남에게 물었다.

"야, 야, 야! 말하지 마!"

일본군 헌병이 허리에 차고 있는 칼을 치면서 소리쳤다. 만식은 소리 지르는 일본군 헌병을 쳐다보면서 고개를 숙여 인사했다. 그리고 창남의 뒤에 바짝 붙어서 늘어서 있는 근무관들과 헌병들을 보고 있었다. 그러자 소리 지르던 일본군 헌병이 만식에게 다시 소리쳤다.

"너는 우리가 허락하는 것 외에는 어느 것도 할 수가 없다. 허튼짓하다가 눈에 발각되면 즉시 처형된다. 주의해라!"

만식은 쪼그리고 앉아서 창남의 뒷머리를 보고 있었다. 근식은 만식이를 보면서 눈을 깜박거렸다. 그러면서 일본군의 눈에 거슬려서 좋을 것이 없으니 몸조심하기를 바라고 있었다.

"너희에게 개별 행동은 일절 없다. 우리가 허락하는 것 외에 너희가 할 수 있는 것은 아무 것도 없다. 다시 말하지만 명심해라."

일본군 헌병이 다시 소리쳤다. 징용자들은 줄을 맞춰 앉아서 움직이지 않고 있었다. 천안역은 사방에 일본군 헌병들이 깔려 있었다. 그리고 장교의 군령에 따라 일본군 헌병들이 움직이고 있었고, 대포와 탱크들이 실려 있는 군용열차가 철길 위에 길게 정차되어 있었다. 그리고 일본군들이 타고 있는 군용열차들이 수없이 늘어서 있었다.

일본군 헌병의 감시 속에 조용히 앉아서 눈만 반짝이고 있는 징용자들 앞에 근무관들이 서류를 들고 나타났다. 그리고 근무관들과 일본군들이 한참 동안 이야기를 주고받고 있었다. 징용자들은 열을 지어 앉아서 눈들만 반짝이고 있었다. 난생처음 고향을 떠난 징용자들은 모든 것이 두렵고 공포이기만 해서 일본군들과 근무관들에게서 눈을 떼지 못하고 있었다. 천안역은 일본군들과 전쟁 물자를 실은 군용열차들 그리고 바쁘게 승차장을 옮겨 다니고 있는 근무관들이 득실거리고 있었다. 창남은 막내 처제 생각에 틈틈이 여자들을 살펴보고 있었다. 그러나 막내 처제는 눈에 띄지 않았다.

징용자들은 호루라기를 불어대는 헌병들에게서 눈을 떼지 않고 있었다. 근무관들이 계속해서 이야기를 주고받으며 바쁘게 뛰어다니고 있는 모습에서도 눈을 떼지 못하고 있었다. 그런 근무관들을 징용자들을 쳐다보면서 마음은 불안해지고 있기만 했다.

근무관들이 징용자들 앞으로 왔다. 그리고 징용자들을 세고 있었다. 그러다가 근식이와 창남이가 있는 곳에서 두 줄 더 지나 소리를 질렀다.

"여기, 여기까지 일어나라!"

징용자들은 근무관이 지적한 자리에서 일어났다. 그러자 근무관은 다시 확인하고 나서 큰소리치고 있었다.

"너희는 저 앞에 서 있는 경무관을 따라가라. 그리고 여기! 여기부터는 내 지시에 따라 움직인다. 그럼 이제부터 움직인다. 모두 일어서!"

근식은 물론 안면도 사람들 광천 청양 징용자들은 당황하고 있었다. 서산에서 함께 왔던 사람들과 해미 사람들과도 근식은 갈리고 있었다. 두 패로 갈라진 징용자들은 서로 보면서 얼굴이 일그러졌고, 당황함 속에서 새파랗게 질려 있었다. 두 패로 갈린 징용자들은 인솔 근무관들이 소리치는 대로 따라 움직이면서 새파랗게 질린 얼굴로 손을 흔들기만 했다.

창남은 근식의 뒤를 따라 걸었고, 구황의 만식이는 창남의 뒤를 따라 종종걸음을 치고 있었다. 근식은 걸으며 자주 뒤를 보면서 헤어진 해미 사람들을 바라봤다. 같은 곳으로 가서 생사고락을 함께하다가 한날한시에 고향으로 돌아올 것만 생각했는데 갑자기 일어난 일에 어안이 벙벙하고 혼란스러워서 숨이 막혔다. 어디로 가는 것이며 무슨 일이 벌어지고 있는지 알 수가 없어서 속이 타들어가고 있었다.

근식은 인솔하고 있는 근무관에게 고향 사람들과 헤어지게 된 사연을 물어봐야겠다는 생각을 하면서 눈치를 보고 있었다. 그러면서 고향 사람들과 헤어지게 되는 것을 물어보는 것이 문제가 되리라고는 생각하지 않았다. 근식은 경무관과 함께 자신들을 인솔하고 있는 근무관에게 접근하면서 물어볼 수 있는 기회를 엿보기 시작했다. 근식을 비롯해서 징용자들은 경무관의 뒤를 따라가고 있었다. 징용자들 대열에는 헌병들이 감시하고 있었고, 경무관은 철길을 건너고 또다시 철길을 건너 군 트럭이 실려 있고 대포들이 실려 있는 군용열차가 있는 곳에 도착한 다음 화물칸 앞에 대열을 정지시키고 있었다. 경무관은 대열을 향해 소리쳤다.

"너희는 경성으로 간다. 경성까지 가는 동안 고생이 되겠지만 화물칸에 타고 가야 한다. 그리고 아침은 수원에서 먹게 된다. 이 점 이해하고 경성까지 가는 동안 사고 없이 잘 갈 수 있도록 협조 바란다."

경무관은 다른 근무관들과 징용자들을 화물칸에 태우기 시작했다. 근식은 목적지가 경성이라는 말에 가슴이 뛰었다. 근식뿐만이 아니라 징용자들 모두 가슴이 뛰고 있었다. 근식은 징용자들이 오르고 있는 것을 확인하고 있는 근무관으로 다가가 물었다.

"제가 고향에서 함께 온 사람 중에 사촌과 헤어졌는데 그 사촌은 어디로 가게 되는지요?"

근식은 말해놓고 죽을죄를 진 사람처럼 몸을 움츠리고 있었다.

"그건 모른다. 안다 해도 말해줄 수 있는 사항이 아니다. 어서 타라. 쓸데없는 것 알려고 하지 말고. 사촌이라고 했나?"

근식은 이제 보이지 않는 고향 사람들을 향해서 뒤돌아보고 난 후 화물칸 안으로 들어갔다. 근식이가 타고 나자 문이 닫혔다. 화물칸은 홍성에서 올 때처럼 어둠이 다시 시작됐다. 문은 굳게 닫혔다. 사람들이 문 앞으로 모였다. 그리고 빛이 들어오고 있는 문틈을 보고 있었다. 내 나라 내 땅을 빼앗기고 화물칸에 갇혀 손발 묶인 죄인처럼 힘 한 번 못 써보고 끌려 다니고 있는 처지가 분하기만 해서 징용자들은 모두 바닥에 주저앉고 있었다.

안면도 사람들은 같은 고향 마을 사람들과 헤어지게 된 것이 너무 애석해서 분을 삭이지 못하고 울분의 눈물을 흘리고 있었다. 근식 또한 운산면 음암면 그리고 서산군 태안면의 많은 사람과 헤어지게 된 것이 못내 안타깝고 분하기만 해서 울분을 참지 못하고 있었다. 그래도 지금 같은 고장 사람들이 60여 명이 함께 있다는 것이 그나마 다행스럽고 힘이 되고 있었다. 근식은 고향 사람들의 손을 잡아보고 또 잡아보면서 고마워했다.

"저, 저는 홍북 소룡골에 남덕이입니다. 고남덕이. 저도 다 갈렸습니다. 면에서 떠날 때는 일곱 명이었는데 저 혼자 남고 모두 저리로 갔습니다."

징용자들은 고남덕과 악수를 했다. 그리고 혀들을 차면서 안타까워하고 있었다.

"저희는 홍동 운월입니다. 제 이름은 이정식입니다. 그리고 이 친구 이름은 박명원이고 셋은 저리로 갔습니다. 저희 둘만 남았습니다."

"모두 갈렸어. 죽을 노릇이 있나! 쳐 죽일 원수 놈들."

홍동의 박명원이 말했다. 사람들은 분개함을 참지 못하고 분노를 삭이지 못하고 있었다. 박근식이 담배를 깊이 빨아 물면서 사람들을 향해서 말했다.

"우리 서로 이름이나 압시다. 이제 우리는 한 배를 탄 것만 같소. 한곳으로 가게 되리라 봅니다."

"예, 그렇게 해요. 저는 은하면에 사는 도철진입니다. 저 외에 네 사람이 남아 있고, 다섯 사람이 저쪽으로 갔습니다."

"광천입니다. 광천도 갈렸습니다. 남은 사람이 다섯이고, 저쪽으로 간 사람이 여섯입니다. 제 이름은 박갈수입니다."

근식은 가까운 예산 그리고 보령 서천 청양 사람들이 모두 다른 화물칸에 타고 있어서 모두 갈리게 된 것을 애석하게 생각하고 있었다.

"이제 인사는 차차 하기로 하고 더는 불행한 일이 없도록 우리 단결합시다."

"예."

모두 합창하듯이 박근식의 말에 대답했다.

박근식을 비롯한 사람들은 컴컴한 속에서 서로 얼굴을 보며 경성으로 간다는 것에 행운의 호박이 넝쿨째 굴러들었다고 좋아하고 있었다. 그러면서 남양군도로 가게 된 동료들에 대해서 애석하고 미안한 마음을 금치 못하고 있었다. 사람들은 이제 올 것이 왔고 정해질 것이 정해진 것만 같은 기분에 두렵기만 하던 마음이 느긋해지고 있었다.

"경성에서 우리 뭘 하게 되는 거죠?"

만식이가 창남에게 물었다. 창남은 눈만 껌벅거렸다. 그러자 근식이가 말했다.

"경성이 아니라 경성 쪽이라 했어. 아마 어딘가 우리가 필요한 곳이 있는 모양이다."

경성이란 말 때문에 만식이는 싱글거리고 있었다. 경성이든 경성 쪽이든 만식이는 그저 좋기만 했다. 홍성에서 천안까지 내내 울기만 하던 만식이가 지금은 입이 찢어져 싱글거리고 있다.

"저 널빤지 뜯어내면 환할 텐데요."

만식이가 창을 가리고 있는 판자를 보며 말했다.

"그거 뜯었다가는 남양군도로 간다."

만식의 말에 팔복이가 대꾸했다. 팔복이 역시 만식이만큼 얼굴이 환해지고 있었다. 창남은 두 팔로 무릎을 감싸고 앉아서 경성으로 가게 된 것을 만식이 이상으로 기쁘게 생각하고 있었다. 창남 역시 집식구를 떠올리며 얼굴이 밝아지고 있었다.

열차는 아직 움직이지 않고 천안에 있었다. 그러나 징용자들은 경성에 도착이라도 한 듯이 기분들이 들떠 있었다.

"아저씨, 아저씨는 갈산에 아주머니한테 연락할 수도 있어 좋겠어요. 편지도 보내고, 아주머니가 올 수도 있고요."

만식이는 들떠 있는 기분을 주체하지 못하고 있었다. 창남은 그런 만식이를 보면서 미소를 머금고 있었다.

호루라기 소리가 요란스럽게 들리더니 기차가 움직이기 시작했다. 만식이는 밖이 보고 싶어서 널빤지로 가려진 창문에서 눈을 떼지 못하고 있었다. 널빤지로 가려 놓지만 않았다면 천안역을 볼 수 있었을 거라 생각하며 아쉬운 얼굴을 지우지 못하고 있었다. 그런 만식이를 근식은 말없이 보면서 열차가 움직이는 대로 몸을 맡겼다. 칙칙거리며 열차는 빠르게 달리고 있었다. 탱크와 대포들 그리고 트럭이 실려 있는 일본군 군용열차는 빠르게 달리고 있었다. 천안역을 멀리 벗어났을 때 징용자들은 그동안 두렵기만 하던 긴장이 풀리면서 고향으로 가고 있는 것만 같은 기분에 젖어 가고 있었다.

"우리는 경성에 있는 일본군 부대에서 일하게 되나 봐요. 공사 같은 거요."

만식이는 경성으로 가는 것이 기쁘기만 한지 잠시도 입을 다물지 못하고 있었다. 징용자들은 그런 만식이를 쳐다보면서 담배를 피우거나 미소를 흘리고 있었다. 징용되어 끌려가는 곳이 서울이고 보니 서울에 흠뻑 빠져 들고 있었다.

창남은 두 팔로 무릎을 감고 앉아서 열차가 흔들리는 대로 몸을 흔들거리며 만식의 얼굴을 보고 있었다. 그러면서 창남은 집식구가 어쩌면 아직도 자신이 친구들과 어울려 있을 것으로 알고 있을 것이라 생각하며 징용자로 끌려간 것을 알게 되면 몹시 놀랄 생각에 마음이 무거워졌다. 그러면서 끌려간 곳이 경성이니 다행스러워할 것이라 생각하면서 담배를 깊이 빨아들이고 있는 근식을 보았다. 근식은 밤을 꼬박 새웠으면서도 눈썹 하나 변하는 것이 없었다. 그런 근식을 보면서 창남은 널빤지로 가려 놓은 창문을 물끄러미 보고 있었다.

"갈산 양반!"

창남은 근식을 향해 고개를 돌렸다. 근식이가 창남의 얼굴을 보고 앉아서 부르고 있었다.

"농사만 지셨소?"

창남은 대답을 안 하고 무릎을 두 팔로 감싸고 있기만 했다.

"농사 말고 하신 것이 있으시오?"

창남은 고개를 저었다.

"농사지으신 분 같지 않아서 그렇소."

창남은 눈을 깜박이고 있었다. 그리고 근식의 말에 가슴 한구석이 따끔해지고 있었다. 근식이가 자신을 어떻게 보고 있는지는 알 수 없으나 햇볕에 그을린 곳이 없으니 근식이가 당연히 그렇게 물어볼 수밖에 없기 때문이다. 창남은 널빤지로 가린 창에 눈을 두고서 아무런 대답을 못 하고 있었다.

"얼마 있으면 평택 지날 것이오."

근식이 창남에게 다시 말소리를 보내고 있었다. 창남은 잠시 근식을 보고 있다가 경성에 도착하면 곧바로 편지를 식구에게 보내야겠다는 생각을 했다. 그리고 앞으로 무슨 일이 벌어질지 모르지만 어떻게든 살아 고향에 돌아가야 한다는 생각을 하고 있었다. 사람들이 하나둘 잠들어 쓰러지고 있었다. 근식은 잠들고 있는 사람들을 보면서 담배 연기를 가슴속 깊이 빨아들이고 있었다. 군용열차는 경성을 향해 질주하고 있었고, 화물칸에 실린 징용자들은 잠들고 있었다.

"아저씨, 기차가 서나 봐요."

잠들었던 만식이가 창남에게 말했다.

"수원 아냐?"

잠들었던 사람들이 중얼거렸다. 열차는 수원역에 도착하고 있었다. 그리고 문이 열리고 있었다.

"수고했다. 모두 내려라."

문밖에는 경무관과 근무관이 서 있었다. 징용자들은 근무관의 지시에 따라 밖으로 나갔다. 그리고 근무관의 지시에 따라 줄지어 앉았다. 경무관이 지시 사항을 말했다.

"우리는 갈 길도 멀고 바쁘다. 너희는 이제부터 객차로 승차하게 된다. 아침 또한 객차 안에서 먹게 된다. 이동하는 동안 협조해줘서 고맙다. 앞으로 목적지까지 이동하는 동안에도 적극 협조 바란다. 그럼 앞에 있는 객차로 승차하기 바란다."

경무관의 말이 끝나자 모두 객차를 바라봤다. 객차에는 아직 내리고 있는 일본 사람들이 있었다. 일본 사람들이 모두 내리자 근무관이 징용자들을 태우기 시작했다. 창남은 만식이와 근식을 따라 승차했다. 창남은 만식이와 앉았다. 근식이도 앞자리에 앉았다. 징용자들이 모두 자리에 앉자 경무관이 다시 지시했다.

"지금 이 열차는 군용 특수열차다. 목적지까지 무사히 갈 수 있도록 협조를 당부한다."

경무관의 말이 끝나기도 전에 열차가 움직이고 있었다. 경무관은 통에 들어 있는 주먹밥을 하나씩 나눠주기 시작했다. 징용자들은 누구 하나 입을 여는 사람이 없었고, 주먹밥을 먹어 치우고 있었다. 그리고 물통에서 물을 떠 마시고 자리에 앉았다. 징용자들은 달리는 유리창 밖의 세상을 보면서 새로운 삶의 모습을 보고 있는 것만 같은 느낌 속에서 희망의 시작을 보고 있었다. 창남은 빠르게 지나고 있는 창밖에 풍경을 보면서 수원을 벗어난 저수지 둑에서 인력거의 무리가 즐비하게 늘어서 있는 것을 보았다. 그리고 일본인들이 모여 있는 모습에서 눈을 떼지 않고 있었다. 근식이 또한 그 모습에서 눈을 떼지 못하고 있었다. 열차는 삽시간에 안양을 지나고 있었고 경성을 향해 달리고 있었다.

"저기 역이 있나 봐요."

만식이가 하는 말에 근식이가 밖을 내다보았다. 근식은 경성이 이제 코앞에 다가와 있다는 것을 생각하면서 고향의 부모님을 생각하고 있었다. 세상 밖이라면 홍성이 전부인 근식은 이제 연로한 부모님을 모실 자식이 없는 것이 마음 아프기만 했다. 열차는 강변으로 달리고 있었다. 근식은 강물 줄기를 보면서 징용으로 끌려가고 있다는 생각을 잠시나마 잊고 있었다. 그러나 근식은 동료들의 웅크리고 앉아 있는 모습을 보면서 다시 마음이 무거워졌다. 징용자들은 창가에서 두 눈을 떼지 못하고 있었다. 요란한 소리를 내며 한강철교를 달리고 있는 열차의 창가에서 징용자들은 마음이 흔들리고 있었다.

"아저씨! 아저씨! 경성이에요. 서울 다 왔어요."

만식이가 소리 지르고 있었다. 그러나 징용자들은 들떴던 마음도 잠시였다. 이제부터 일본 사람들에 얽매어 힘든 일들을 할 것을 생각하면 두려움이 밀려오고 있었다. 한강철교를 넘어 용산으로 열차가 들어가는 것을 보면서 이제 올 것이 왔다는 생각들을 하기 시작했다. 그리고 이곳 어디에선가 내리게 될 것을 생각하면서 마음의 준비들을 하고 있었다. 그리고 이어 열차가 강변을 따라 달리고 있는 것을 보고 있었다.

3
이 열차는 어디로

"어? 열차가 다른 데로 가나 봐요."

만식의 말에 징용자들은 창밖을 향했다. 열차는 용산역을 비켜서 한강변을 따라 달리고 있었다. 징용자들은 창밖을 보다가 서로를 쳐다보았다. 그러다가 문 앞 의자에 앉아 있는 근무관을 바라보았다. 열차는 계속해서 강변을 따라 달리고 있었다.

"어디로 가는 거지요?"

만식이의 말에 아무도 대답하는 사람이 없었다. 근식도 고개를 젓고 있었다. 징용자들은 삽시간에 두려움과 실망으로 바뀌고 있었고, 마음에 그려졌던 기대감은 물거품이 되고 있었다. 열차는 빠르게 달리고 있었고 청량리를 지나 북으로 향하고 있었다. 그리고 의정부를 벗어나고 있었다.

"어디로 가는 거지요?"

만식이는 다시 중얼거리고 있었다. 그러나 입을 여는 징용자들은 없었다. 징용자들은 열차가 달리면 달릴수록 얼굴은 굳어가고 있었고, 마음은 딱딱해지고 있었다. 그리고 지금 자신들이 타고 있는 열차가 군용열차라는 것을 의식하면서 무서워지고 있었다.

"한양으로 간다고 한 말이 서울 위로 간다는 말이었나 봅니다."

근식은 당황하고 있는 만식이를 쳐다보면서 대답해 주었다.

"실망하지 마라. 네 말대로 그런 모양이다."

징용자들은 끌려 다니는 몸이니 무슨 좋은 일이 있겠나, 하면서 담담해지고 있었다. 열차는 동두천을 빠르게 지나고 있었다. 근식은 암울해지고 있었다. 북으로 가고 있는 것은 남양군도로 가는 것이나 다를 것이 없다는 생각이 들고 있기 때문이다. 징용자들의 얼굴은 모두 실망하는 빛으로 변하고 있었고, 서로 얼굴을 쳐다보면서 씁쓸한 미소를 짓고 있었다.

창남은 창밖에서 눈을 떼지 않고 있었다. 북쪽으로 가고 있다는 것은 그만큼 집과는 멀어진다는 것이니 멀어지면 멀어질수록 창남은 암울해지고 있기만 했다. 열차는 한탄강을 지나 원산을 향해서 달리고 있었다. 징용자들은 하나둘 잠이 들고 있었다. 만식이도 잠이 들었고, 근무관도 잠이 들고 있었다. 징용자들이 타고 있는 군용열차는 원산역에 도착했다. 원산역에 도착한 군용열차는 일본 헌병들이 경비를 서고 있는 속에서 철길에 길게 누워 있었다.

"너희는 이제부터 나의 인솔 하에 움직인다. 밖으로 나가서 옷을 갈아입도록 한다. 여기까지 오느라고 수고했다. 이상!"

긴 칼을 차고 있는 헌병 장교는 징용 조선인들을 쏘아보고 있었다. 징용자들은 헌병 장교가 시키는 대로 밖으로 나가 섰다.

"이제 너희는 옷을 바꿔 입는다. 몸에 맞는 옷을 서로 찾아서 입도록 하라."

헌병 장교는 계속해서 징용자들을 위협하고 있었다. 징용자들은 시키는 대로 옷을 갈아입었다.

"너희가 입고 있던 옷은 모두 저곳에 버려라."

헌병 장교는 칼끝 같은 지휘봉으로 소각장을 가리키며 소리쳤다. 징용자들은 벗은 옷을 들고 울컥해지고 있었다. 그리고 헌병 장교의 지시에 따라 벗은 옷을 소각장에 버리고 있었다. 옷을 갈아입은 징용자들은 헌병이 인솔하는 식당으로 들어갔다. 식당으로 들어간 징용자들은 헌병이 안내하는 대로 의자에 앉아서 식사를 하고 있었다. 징용자들은 군복이나 다름없는 작업복을 입고 모자까지 쓰고 작업화를 신었다. 징용자들은 이제 올 것이 왔다는 생각을 하면서 헌병이 인솔하는 대로 다시 군용열차를 향해서 가고 있었다. 군용열차의 화물칸에는 무엇이 실렸는지 문이 굳게 잠겨 있었으며, 헌병들이 경비 서고 있는 것을 볼 때 중요한 것들이 실려 있는 것만 같은 느낌이 들었다. 그리고 일본군들은 줄지어 다니고 있었다. 징용자들은 다시 헌병이 인솔하는 대로 객차에 올랐다. 원산역은 어두워지고 있었다. 그리고 군용열차는 긴 기적 소리를 남기며 움직이기 시작했다. 열차가 움직이기 시작하자 창남은 작업복을 입고 앉아 있는 자신을 보고 징용자들을 보면서 고향에 대해 그리움이며 식구들의 그리움이 어둠 속을 달리고 있는 열차처럼 어두워지고 있는 것을 느끼고 있었다. 열차는 캄캄한 강물 줄기를 따라 달리고 있었다. 창남은 일본 작업복을 입고 있는 자신이 유리창에 비추고 있는 것을 보면서 그동안 말로만 들었던 함경도를 유리창 너머로 보고 있었다. 작업복으로 갈아입은 징용자들은 하나둘 잠들고 있었다.

"갈산 양반!"

여전히 손에 담배가 들려져 있는 근식이 창남을 부르고 있었다. 창남은 어두운 창밖에서 눈을 돌려 앞에 앉아 있는 근식을 바라봤다.

"갈산 양반!"

"예."

해미의 근식은 어정쩡한 말투로 부르고 있었다. 창남은 덜커덕거리는 대로 몸을 흔들거리고 있었다. 근식은 말이 없었고 담배를 피우고 있었다. 창남은 그런 근식을 보면서 강줄기를 따라서 굽이굽이 달리고 있는 열차가 흔드는 대로 몸이 흔들리고 있었다.

"좀 자 두시오."

창남은 근식의 말에 곁에서 잠들어 있는 만식이를 바라보았다. 창남은 근식을 잠시 쳐다보다가 어두운 창밖으로 눈을 돌리고 있었다. 모든 것을 체념하고 잠들어 있는 징용자들은 열차가 흔들리는 대로 몸들이 흔들거리고 있었다. 세상에 태어나면서부터 징용자들은 일본이 시키는 대로 하며 살았다. 그리고 지금 일본이 하고자 하는 징용자들을 암흑으로 끌어가고 있다. 창남은 줄담배를 피워 대고 있는 근식을 보다가 다시 창밖을 보다가 하면서 집식구 생각을 하고 있었다. 그러면서 어쩌면 지금쯤 갈산 면직원이 자신이 징용되어 갔다는 소식을 전해주었을 것이라는 생각을 하면서 울고 있을 식구를 떠올리고 있었다. 시간이 흐를수록 열차가 달려갈수록 멀어지고 있는 것이 고향이겠지만 지금 창남의 마음속에서 울고 있는 식구의 모습 또한 멀리 떨어져 가고 있었다.

북으로 달리는 군용열차는 어둠만큼이나 깊고 깊은 굴속을 달리고 있었다. 잠들어 있는 징용자들은 어쩌면 모두 잠든 듯이 운명과 목숨을 깊은 잠 속에 묻어가고 있는지도 모르겠다.

징용자들이 헌병의 호루라기 소리에 내린 곳은 일본군들이 우글거리고 있는 청진역이었다. 청진역은 일본군이 우글거리고 있었다. 움직이는 사람이라면 모두 일본군이었다. 그중에 장교와 헌병을 빼면 일본 옷을 입고 있는 조선 노무자나 징용자들이었다. 조선인들은 일본 군복을 입었거나 노무 복을 입고 일본군들이 시키고 있는 일들을 하고 있었다. 청진역은 일본 군대의 소굴처럼 군사시설들이 어지럽게 널려 있었고, 군용열차들이 군수품을 싣고 출발 신호를 기다리고 있었다. 창남은 군용열차가 서서히 철길을 미끄러지며 역 안으로 들어가고 있는 것을 유리창으로 보고 있었다. 잠이 깬 징용자들은 창밖을 보면서 얼굴들이 심각하게 변하고 있었다. 징용자들은 착검하고 있는 일본군들을 보면서 입을 열고 있었다.

"여기가 어디야?"

징용자들은 계속해서 서로 묻고 있었다.

일본군들은 착검하고 멀리서 또는 가까운 곳에서 대열을 지어 움직이고 있었다. 징용자들은 긴장하고 있었다. 그리고 말로만 들었던 전쟁터의 모습을 연상하고 있었다. 징용자들은 밝아오고 있는 청진역을 보면서 고향 생각은 물론 죽을 것만 같은 생각에 모든 감각을 잃어버리고 있었다. 징용자들은 쪼그리고 있었다. 그리고 쥐도 새도 모르게 죽을 것만 같은 생각에 오금이 저렸다. 징용자들은 모두 밖을 내다봤다. 굳게 닫혔던 객차의 문이 열리며 헌병들이 소리쳤다.

"모두 밖으로 나와라. 밖으로 나와서 대열 지어 서라!"

팔뚝에 헌병이라는 완장을 한 헌병들이 소리를 지르고 있었다. 징용자들은 자리에서 일어나 밖으로 움직였다.

"아, 냄새! 냄새나는 것 들고 나와라!"

두 칸 떨어져 있는 화물칸에서 헌병들이 소리치고 있었다. 창남 일행은 모두 소리 지르고 있는 뒤를 보았다. 그곳에서는 징용자들이 화물칸에서 내리고 있었다. 화물칸에서 내린 징용자들은 오래도록 쪼그리고 앉아 있어서 그런지 힘이 없었고 쓰러질 듯이 흐느적거리고 있었다. 어물거리는 징용자들을 보고 있던 헌병은 소리를 질렀다.

"냄새나는 것 저리 가서 버리고 두 줄로 서라!"

착검을 한 헌병은 냄새나는 통을 비우라고 소리 지르고 저만치 물러나 서 있었다. 징용자들은 통을 들고 철길을 따라 멀리 가고 있었다.

화물칸에서 내린 징용자들은 헌병이 시키는 대로 줄을 섰다. 징용자들이 줄을 맞춰 서 있자 헌병은 징용자들을 인솔하고 창고처럼 생긴 건물 있는 곳으로 가기 시작했다.

"자! 이제 너희는 식사를 한다. 한 줄로 서서 들어가라."

징용자들은 안으로 들어가기 시작했다. 창남 일행들도 헌병들이 시키는 대로 화물칸에서 내린 징용자들이 들어간 창고 같은 건물 안으로 들어갔다. 건물 안 한쪽에서는 일본 사람들과 역무원들이 식사를 하고 있었다.

징용자들은 식사를 하면서 식당 구석에서 음식을 만들고 있는 조선 아주머니들을 보았다. 징용자들은 밖으로 나올 때까지 조선 여인들을 처다보고 있었다.

잠시 후 일본군 장교 몇이 사무실에서 나왔다. 그리고 곧바로 징용자들을 향해서 한 장교가 소리 지르기 시작했다.

"너희는 이곳에서 다음 명령이 떨어질 때까지 묵어야 한다. 대부분 오늘 밤 안으로 현지로 가겠지만 그렇지 못한 곳은 연락이 올 때까지 기다린다. 인솔자의 안내를 받아 임시 숙소에서 대기 바란다."

청진역은 하늘을 빼고는 일본 군인이 없는 곳이 없었다. 창남은 근식을 바라봤다. 만식이가 창남의 손을 잡고 붙어 서서 천안에서처럼 떨어지는 일이 생길까 봐 가슴 졸이면서 서로 손을 잡고 있었다. 그리고 이제 무슨 일이 닥칠 것만 같은 불안감에 모두 휩싸이고 있었다.

잠시 후 헌병은 다른 징용자들이 있는 곳으로 가서 그곳에서 서게 했다. 그러자 근식이와 일행들은 불안해지고 있었고 서로 손을 움켜잡고 있었다. 그리고 헌병이 인솔하는 대로 숙소로 들어갔다.

"어디에서들 왔어요?"

"홍성요."

근식이 대답했다. 그리고 질문한 사람에게 근식이도 묻고 있었다.

"아저씨들은 어디서 왔어요?"

"우린 황해도요. 그런데 홍성이 어디요?"

뾰족한 턱에 흉터가 있는 사람이 말했다.

"홍성은 충청남도에 있는 군입니다."

"우린 연백이요. 황해도 연백."

근식은 턱이 뾰족한 황해도 연백 사람의 일행을 보면서 대답했다.

"아까 보니까 오늘 오신 것 같던데 우리도 오늘 왔어요. 어느 곳으로 가게 될 것 같습니까?"

근식은 황해도 사람들에게 물었다.

"우리가 그런 걸 어떻게 알겠소? 고향에서 면 서기가 말해주기는 했는데 만주로 가지 않기를 바란다고 했어요. 만주에서는 전쟁이 치열하다고 하면서. 전쟁터로 안 가는 게 상책 아니오?"

근식은 다시 물었다.

"만주에서 전쟁이 벌어졌습니까?"

"우리도 몰라요. 면 서기한테 들은 게 전부요. 살고 죽는 건 왜놈들이 하고 있으니…."

황해도 사람은 말하고 나서 뾰족한 턱을 앞으로 내밀었다.

근식은 일행들과 함께 황해도 사람들을 두려운 눈으로 보고 있었다.

근식은 황해도 사람들과 함께 잠을 자야 하는 것이 불편하지는 않았다. 다만 연백 사람들이 거칠게 대하고 있어서 마음이 불편해지고 있었다. 자신들은 처음부터 남양군도라고 하는 곳으로 간다고 알고 있었고, 그곳으로 가다가 천안에서 이곳으로 오게 된 것을 생각하며 연백 사람들의 운명과 자신들의 운명이 다를 것 없다는 생각이 들었다. 근식은 침상에 앉아 있는 동료들을 보면서 천안에서와 같은 행운이 다시 있기를 바라면서 뒤숭숭한 몸을 자리에 눕혔다.

"아저씨! 안 주무세요?"

만식이가 우두커니 앉아 있는 창남을 보면서 말했다.

"자."

창남이 대답했다.

청진역의 밤은 밤새도록 증기기관차들이 시끄럽게 드나들고 있었다.

"자둡시다."

창남은 근식이의 말에 침상에 몸을 눕혔다.

청진에서의 밤은 공포와 두려움이었다. 일본군들은 밤새 훈련을 하는지 탐조등을 모두 켜서 비추고 있었고, 트럭들이 움직이고 있었다. 징용자가 소변이라도 보려고 하면 헌병들에게 잡혀가야 했고, 헌병들은 칼끝으로 쿡쿡 찔러대며 곱게 보내지 않았다. 일본군들의 총구는 징용자들을 겨냥하고 있었고, 날이 밝을 때까지 징용자들은 막사에 갇혀 있어야 했다.

청진역은 온종일 칙칙 거리는 기관차 소리가 멈추지 않고 있었다. 들어오는 열차와 떠나는 열차들은 군수품을 실었거나 무기를 싣고 있었다. 그 열차들은 모두 북으로 가고 있었고, 징용자들은 그런 열차들을 보면서 가슴을 졸이고 있어야 했다.

창남은 종일 충혈된 눈으로 청진역을 쳐다보고 있었다. 그리고 만주로 가게 되면 죽은 목숨이나 다름없다고 하던 황해도 연백 사람을 쳐다보고 있었다. 망망대해 태평양의 섬도 아닌 만주인데 왜 만주로 가면 죽은 목숨이나 다름없다고 했는지 창남은 턱이 뾰족한 사람이나 연백 사람들을 쳐다보면서 불안한 마음을 금치 못하고 있었다.

그러면서 창남은 청진까지 왔으니 어쩌면 만주로 가게 될 것 같은 생각을 하고 있었다. 창남은 충혈된 눈을 껌벅거리며 불안한 눈으로 청진역을 내다보고 있었다.

"갈산 양반, 언제 가게 될지 모르니 좀 누웁시다."

근식이 불안해하는 창남을 보면서 말했다. 그리고 보면 청진역은 천안에서와 같이 또 다른 운명이 걸려 있는 곳인지도 모르겠다.

다음 날도 징용자들은 먼동이 트고 있는 것을 보면서 일본군들의 총칼에 밀려다니며 식사를 하였다. 그리고 언제 어떻게 들이닥칠지 모르는 운명을 불안해하고 있었다. 깊은 산골에서 농사나 짓고 살아온 징용자들은 탱크며 대포며 무장한 일본군들이 모두 인간이 아닌 악마들로 보였다.

"저 사람! 저 일본군 장교 천안에서 인솔한 사람 아냐?"

누군가 열려 있는 문밖을 보면서 소리쳤다. 근식을 비롯한 징용자들은 열려 있는 문밖을 쳐다봤다.

"맞아, 그 장교야."

근식은 물론 핏발 선 눈을 번득거리며 창남이도 보고 있었다. 천안에서 인솔하던 장교가 틀림없었다. 인솔하던 장교는 여전히 허리에 긴 칼을 차고 있었다. 일본군이라면 누구를 막론하고 적이지만 지금 징용자들의 마음에는 반가움이 깃들고 있었다.

"저 장교가 그럼 여기까지 함께 온 것 같네."

팔복이가 말했다.

"일본군들 칸은 따로 있잖아요."

만식이도 거들고 있었다. 연백 징용자들이 충청도 징용자들의 모습을 보면서 빙긋이 웃고 있었다. 담배를 한참 빨아대던 근식은 밖에서 눈을 돌려 황해도 징용자들한테 말을 붙이고 있었다.

"형씨! 우리 언제 가게 될 것 같소?"

황해도 징용자들은 근식을 쳐다보고 있었다.

"식당 할머니가 말하는데 3일 되면 모두 간다고 합디다."

충청도 징용자들은 모두 황해도 징용자들을 쳐다봤다. 황해도 징용자들 말대로라면 분명 오늘 어디로 가게 될 것이 분명하기 때문이다. 창남은 두려워하고 있었다. 충청도 징용자들은 모두 황해도 징용자들을 쳐다봤다. 그리고 황해도 징용자들의 여유 있는 행동을 부러워하고 있었다.

"어디로 간답니까?"

"어딘지는 모르고 오늘 가게 되는 건 맞을 겁니다."

충청도 징용자들은 다시 서로 얼굴들을 마주 봤다. 만식은 창남이 곁에서 떨어지지 않고 있었다. 세상에 태어나면서부터 일본의 식민지 백성으로 살았고 성장하자마자 끌려왔으니 만식은 죽을 것만 같은 공포에 시달리지 않을 수 없다.

"아저씨, 무섭지 않으세요?"

창남은 만식을 쳐다봤다. 근식이도 만식을 한참 동안 보고 있었다.

근식이가 두려워하고 있는 만식이를 보듬고 있었다. 그렇지만 만식이는 죽게 된다는 공포감에 휩싸여 헤어나지 못하고 있었다. 근식을 비롯해 일행들은 담배들만 피우고 있었다. 만식이는 근식이가 아무리 보듬어 주고 있어도 불안과 강박감에서 헤어나지 못하고 있었다.

"말 들으니까 일본이 러시아까지 치려고 만주로 집결한대요."

황해도 징용자들이 말하고 있었다.

"그래요? 그래서 무기 실은 열차들이 만주로 가나 보군요?"

"우리도 십중팔구 만주로 가게 될 겁니다."

충청도 징용자들은 만주로 가게 될 것 같다는 황해도 징용자들의 말에 아무런 동요를 하지 않고 있었다.

"그럼 만주로 가겠네요."

만식이가 창남에게 말하고 있었다. 창남은 눈만 껌벅거리며 대답이 없었다. 일본 장교 두 사람이 오고 있었다. 한 사람은 천안에서 인솔하던 장교였다. 그러자 충청도 징용자들은 모두 인솔하던 장교를 향해 쳐다봤다.

장교들이 오고 있자 헌병들이 징용자들을 대열시켰다. 일본 장교들은 대열 앞으로 와서 대열을 향해서 소리쳤다.

4
아오지 탄광에 도착

"모두 나진으로 간다. 거기서 아오지로 가게 된다."

인솔 장교들은 더 이상의 말이 없었다. 그리고 인솔 장교들은 군용열차가 아닌 여객 열차 있는 곳으로 가고 있었다. 헌병들은 대열을 정리하고 나서 인솔 장교가 가고 있는 곳으로 징용자들을 인솔하기 시작했다. 황해도 징용자들은 소리라도 지를 듯이 좋아하고 있었다. 그리고 홍성 징용자들도 기분이 좋았지만 천안에서 인솔하던 장교가 다른 대열 있는 곳으로 가고 있자 섭섭한 눈으로 보고 있었다. 조금이라도 알은척을 해주지 않고 다른 대열 있는 곳으로 가고 있어서 마음이 서운했다. 홍성에서부터 인솔하여 천안에서는 사복 경찰과 함께 인솔하였던 인솔 장교를 이제 청진에서 마지막으로 헤어지는 것만 같아서 인솔 장교의 뒷모습을 근식 일행은 오래도록 쳐다보고 있었다.

"아오지로 가면 어떻게 되는 거요?"

"거기는 탄광밖에 없어. 탄광."

근식은 인솔 장교가 더는 보이지 않자 수군거리며 좋아하고 있는 동료들을 쳐다보며 화색이 돌고 있는 얼굴을 하며 보고 있었다. 그리고 운이 따라 주고 있는 것만 같아서 미소까지 머금고 있었다. 헌병들은 나진으로 향하는 열차가 있는 곳으로 대열을 움직이고 있었다. 창남은 만식이와 나란히 서서 일행들과 함께 황해도 징용자들이 움직이는 대로 따라서 움직였다. 징용자들은 헌병이 안내하는 대로 열차에 타고 있었다. 황해도 징용자들이 먼저 타고 홍성 징용자들이 뒤이어 탔다. 110명이 넘는 징용자들은 침착하고 조용히 움직이고 있었고 모두 의자에 앉았다. 징용자들은 공포나 두려움 없이 느긋한 얼굴로 인솔하고 있는 헌병들을 보고 있었다. 헌병들이 통로를 오가고 있어도 긴장이나 두려움 같은 것에 동요되지 않았다.

근식은 창밖을 보고 있었다. 완전무장을 한 일본군들이 열차에 오르고 있었다. 근식은 조그만 섬나라 일본이 중국은 물론 러시아, 미국 같은 큰 나라들과 전쟁하는 것을 보면서 일본의 그런 강한 힘이 어디에서 나오고 있는지 생각하며 그 모든 것은 조선에서 약탈한 것으로 생각하며 어금니를 물었다. 무장한 일본 군인들이 계속해서 열차에 오르고 있는 것을 근식은 보고 있었다. 창남은 여전히 충혈된 눈으로 창밖을 보고 있었다.

해가 중천에 오르면서 열차가 움직이기 시작했다. 징용자들은 열차가 움직이자 모두 창밖을 보면서 뒤로 멀어지고 있는 청진역을 바라보았다. 열차가 미끄러지듯이 움직이며 청진역은 산 뒤로 물러나면서 징용자들의 눈에서 사라져가고 있었다. 징용자들은 하나같이 뻣뻣하게 얼굴들이 굳어가고 있었다. 징용자들은 왈칵하며 눈물을 흘리고 있었다. 만주 전쟁터로 끌려가게 될까 봐 두려워하며 마음 졸이고 있었던 징용자들은 전쟁터가 아닌 광산으로 가게 된 것에 눈물을 흘리고 있었다. 창남은 여전히 충혈된 눈을 깜박이며 좋아하는 만식을 쳐다보고 있었다. 만식은 눈물을 거두고 웃고 있었다. 열차는 험난한 계곡을 달리며 나진을 향해 달리고 있었다.

열차는 나진을 지나 구룡평을 지나고 컴컴한 밤 아오지를 지나 회암이라는 역에서 멈췄다. 열차가 멈추자 헌병들이 호루라기를 불고, 뒤쪽 객차에서 징용자들이 내리고 있었다. 회암역 승차장에 내린 징용자들은 헌병들의 지시에 따라 움직이고 있었고 열차는 다시 움직이고 있었다.

"우리는 다른 데로 가나 봐요."

만식이가 근식을 향해서 말했다. 근식이 또한 열차가 움직이고 있어 유리창으로 밖을 주시하고 있었다. 열차는 캄캄한 산속으로 들어가고 있었다. 객차에 앉아 있는 징용자들은 모두 하나같이 서로 마주 보며 불안감을 감추지 못하고 있었다. 기관차는 캄캄한 산속에 요란한 소리를 질러대면서 달리고 있었다. 그리고 잠시 후 외등들이 켜져 있는 곳이 눈에 들어오고 있었다.

"여기도 광산이 있나 봐요. 저거 보세요, 석탄들."

만식이가 창밖으로 보이는 석탄을 보면서 말하고 있었다. 열차는 석탄이 산처럼 쌓여있는 곳으로 들어간 다음 멈추었다. 시커먼 석탄이 산처럼 쌓여 있는 곳에 탐조등이 비추면서 오봉역이라는 팻말이 눈에 들어왔다. 열차가 멈췄다. 헌병들이 호루라기를 불어대고 있었다. 근식을 비롯한 황해도 연백 징용자들은 산같이 쌓여 있는 석탄 더미 속에서 징용자들은 헌병들이 불어대는 호루라기 소리에 모두 내리고 있었다.

징용자들은 헌병들이 통솔하는 대로 줄을 맞춰 서고 있었다. 첩첩산중에 희미하게 불이 켜져 있는 오봉역이라는 팻말 외에는 어느 것도 눈에 들어오는 것 없이 캄캄하기만 오봉역에서 징용자들은 헌병들이 소리 지르는 대로 번호를 외쳐대고 있었다. 헌병들과 근무관들은 아오지 오봉 광산 석탄사업소 직원에게 인원을 인수인계를 하면서 승차장에 발을 내려놓은 징용자들은 오봉 광산 석탄사업소 사무원들의 안내를 받기 시작했다. 그리고 인솔하고 왔던 근무관은 징용자들을 향해서 큰 소리로 작별 인사말을 하기 시작했다.

"이제 여러분들은 이곳에 있게 됩니다. 그리고 다시 여러분을 데리러 오게 될 겁니다. 한분도 낙오 없이 다시 만납시다. 오는 동안 아무 사고 없이 협조하여 주서서 감사합니다. 그럼 다시 만날 때까지 건강히 잘 계십시오."

헌병들과 근무관들은 작별 인사를 남기고 열차에 승차하고 있었다. 징용자들은 웅성거리기 시작했다. 다시 데리러 온다는 말에 징용자들은 혼란해지고 있었다.

"그럼 여긴 임시로 있는 거잖아요?"

만식이가 열차에 승차하고 있는 헌병들을 보면서 말했다. 징용자들은 모두 승차하고 있는 근무관과 헌병들을 바라보고 있었다. 열차는 움직이기 시작했고 곧이어 산허리 뒤로 사라지고 있었다.

"우선 식사들부터 하십시다. 그런 다음 주무십시다. 우측부터 저희를 따라오십시오."

징용자들은 안내자의 말에 따라 우측 줄부터 따라나섰다. 그리고 저녁 식사를 마치고 나서 석탄 더미가 산처럼 쌓여 있는 사이를 지나 판자로 지어져 있는 건물 안으로 들어갔다. 그런 다음 모포와 베개를 받아들고 침상에 곧바로 누웠다. 창남은 만석이와 입구 쪽에 누웠다. 근식이도 그리고 안면도 사람들도 문 쪽으로 누웠다. 그리고 소등이 되었지만 잠을 이루지 못하고 있었다.

"우리가 갈 데는 다른 데인가 봐요."

만식이가 몸을 꾸부리고 누워서 말했다. 그러나 대답하는 사람은 없었다. 모두 사리에 누웠고 더위와 불안에 시달려 더는 아무 생각도 하고 싶지 않았다. 아오지 오봉 광산 석탄사업소 숙소에서 강제 징용자들은 첫 밤을 시작하고 있었다.

"기상인가 봐. 일어나. 일어나."

황해도 연백 사람들이 소리를 내면서 자리에서 일어나고 있었다. 해미의 근식이도 자리에서 일어났고, 만식이는 자리를 박차며 몸을 일으켰다. 그리고 문 앞에 웬 사람들이 서 있는 것을 발견했다. 만식이는 문 앞에 서 있는 사람들을 보고 기겁을 하고 있었다.

"놀랬구나?"

근식이가 소스라치게 놀라고 있는 만식이에게 가라앉은 목소리고 말하고 있었다. 만식이는 정신을 가다듬으며 사방을 훑어보면서 묻고 있었다.

"철수해요? 무슨 일 벌어졌어요?"

근식은 만식이 말에 정신을 차리느라고 머리를 흔들며 말했다.

"기상이다."

만식이는 근식의 침착한 말에도 문 앞에 버티고 서 있는 사람들을 보면서 두려운 마음에 허둥거리고 있었다. 문 앞에 서 있는 사람들은 징용자들이 자리에서 모두 일어나자 소리쳤다.

"이제부터 인원 점검을 시작하겠다. 침상 앞에 내려서서 이름을 부르는 대로 대답하시오."

징용자들은 이름을 부르는 대로 대답했다.

"이제 밖으로 나가 줄을 맞춰선 다음 식당으로 가서 식사한 다음 다시 지시 사항이 있을 때까지 줄을 맞춰 서 있기 바랍니다. 나는 여기 광산 인부들 신상 책임을 맡고 있는 인력과장 박광익입니다. 피곤한 줄 알지만 오늘부터 모든 일상생활은 광산의 일정에 의해 움직이게 됩니다. 조반을 마치고 나면 작업반장 조태석 씨가 작업장을 배정할 것이니 속히 움직이기 바랍니다. 모두 밖으로 나가 식사하고 집합하시기 바랍니다."

근식은 광산 직원들이 나가자 만식이 손을 잡고 밖으로 나갔다. 창남이도 뒤따라 나갔다. 그리고 마당으로 나간 징용자들은 줄 맞춰 서기 시작했다. 그런 다음 일렬로 서서 식당을 향해 움직이고 있었다. 식당 바깥은 물론이고 식당 안에도 착검했거나 하지 않았거나 일본군들은 총을 메고 경비를 서고 있었다. 징용자들은 광산은 물론이고 식당에까지 일본군이 경비를 서고 있어서 위압감 속에 동작 하나하나가 살얼음판 같이 싸늘하기만 했다. 징용자들은 식사할 때도 식사를 다 하고 밖으로 나와 집합하면서도 누구 하나 입을 여는 사람이 없었다. 광산 직원들은 징용자들이 모두 집합하고 나자 열 명 단위로 조직을 구성한 다음 조직 장을 반장으로 임명했다. 조장들이 뽑히자 작업반장은 장부에 조별 이름을 적고 오늘 할 일을 설명하고 있었다.

"이곳에 오면 곧바로 막장으로 투입되는데 여러분은 당분간 석탄 화차에 탄을 싣는 작업을 하게 됐습니다. 현장에 가면 일하시는 분들이 있습니다. 그분들이 하는 대로 따라서 일을 하시면 됩니다. 우선 옷부터 갈아입으시고 지금 입고 있으신 옷은 주무시던 자리 사물함에 두시면 됩니다."

작업반장은 반장들과 창고로 갔다. 얼마 후 십장들은 옷을 가지고 나왔다. 징용자들은 옷을 받아 들고 막사로 향했다.

"아저씨, 지금 입고 있는 옷이나 이 옷이나 같은 것 같은데 왜 갈아입으라고 그래요? 아무거나 입고 일하면 되는데."

만식이가 창남을 보면서 말했다. 그러자 황해도 연백 사람들도 같은 소리를 하고 있었다.

"갈아입으라고 하니까 갈아입고 가자고. 시키는 대로 해야 돼."

근식이가 옷을 갈아입고 나서 사방을 둘러보며 말했다. 창남은 옷을 갈아입고 만식이가 옷을 갈아입고 있는 모습을 보면서 발목에 가빠천을 차고 있었다. 근식은 일행들이 옷을 다 갈아입자 밖으로 나갔다. 그리고 일행들을 줄 맞춰 세우고 있었다.

잠시 후 작업반장은 징용자들을 인솔하기 시작했다. 산처럼 쌓아 놓은 석탄 사이로 철사 가닥같이 얼기설기 철길이 깔린 샛길을 걸어서 석탄차가 줄지어 서 있는 곳에서 작업반장은 걸음을 멈췄다. 조금 떨어진 곳에서는 이곳에서 작업을 하던 사람들이 모여 있었다. 작업반장은 징용자들을 향해서 입을 열었다.

"여기서 이 석탄차에 석탄을 실으시는 겁니다. 한 차에 1개 조씩 작업을 하십시오. 한 시간 단위로 휴식 시간은 10분입니다. 점심은 12시에 합니다. 질문 있으시면 지금 묻기 바랍니다."

조태식 작업반장은 말을 마치고 사방을 둘러보았다. 그러나 아무도 묻는 사람이 없었다. 그러자 조태식 작업반장은 다시 입을 열었다.

"헌병들이 경비를 서고 있고 순찰을 수시로 하고 있습니다. 작업 중에도 항상 인원 파악에 신경 쓰시고 조그마한 불상사에도 특별히 신경 쓰시기 바랍니다. 절대 다치지 마시기 바랍니다. 감시탑마다 감시하고 있습니다. 지적받지 않도록 하십시오. 저쪽에서 작업하고 있는 분들이 하는 대로 따라서 하십시오. 그럼 10분간 휴식하시고 곧 작업 들어가시기 바랍니다."

징용자들은 모두 작업반장의 말을 듣고 나서 작업반장을 쳐다볼 뿐 묻거나 말하는 사람은 없었다. 징용자들은 종이를 꺼내 담배를 둘둘 말아 입에 물고 피우기 시작했다. 이제 끌려와서 첫 삽을 들게 될 자신들을 생각하면서 고향에 계신 그리운 부모님 그리고 가족들이 눈앞에 어른거리고 있어서 징용자들은 한결같이 담배를 피우거나 아니면 멀고 먼 하늘을 향해 고개를 들고 있었다. 팔자가 더러워서 끌려 다니는 몸뚱이고보니 믿을 것은 이제 알 수 없는 운명밖에 없어서 징용자들은 소리 없이 꺽꺽 목구멍 속으로 서러움을 누르며 멀고 먼 하늘을 보고 있었다.

"만식아, 일하자."

근식이가 먼 하늘만 보고 있는 만식에게 말하고 있었다. 만식은 잡고 있던 삽자루를 만지작거리고 있었다. 징용자들은 고향의 가족과 일하다 말고 온 논과 밭을 생각했다. 그리고 연로한 부모님이 농사일 하실 것을 생각했다. 징용자들은 입에 물고 있는 담배를 힘주어 빨고들 있었다. 석탄차에 널빤지를 기대 놓고 손수레로 석탄을 날라 싣기 시작했다. 손수레로 작업을 하지 않는 사람은 삽으로 파서 싣고 있었다. 징용자들은 삽시간에 온몸이

땀투성이가 되었고, 땀투성이 몸뚱이는 석탄 덩어리로 변하고 있었다. 얼굴은 까맣게 변해가고 있었고, 숨 쉬는 대로 석탄가루들이 입안으로 들어가고 있었다. 징용자들은 검은 석탄 침을 계속해서 뱉어내고 있었다.

"아저씨, 나 죽을 것만 같아요."

만식이가 가쁘게 숨을 몰아쉬며 말했다. 창남은 그런 만식이를 보다가 삽을 석탄차에 기대 놓고 만식이를 그늘로 데리고 들어갔다.

"저기서 망보다가 총으로 쏘면 어쩌죠?"

"걱정 마라, 다 쉬는 게 아니니까. 그리고 저쪽에 일본 감독관이 와 있지 않으냐?"

근식이가 창남이와 만식이를 보면서 말해주고 있었다. 모두가 힘겨워 얼굴들이 일그러진 채 삽질들을 하고 있었다. 창남이와 만식이는 다시 일어나 화물칸 가까이 석탄을 모아 놓았다가 퍼 담기 시작했다. 얼굴에 흐르는 땀을 손등으로 문질러 대다가 주먹으로 문질러 가면서 석탄을 퍼 담고 있었다. 만석이는 다시 석탄차 그늘로 뛰어 들어갔다. 그리고 석탄투성이가 된 얼굴에 석탄가루가 두껍게 덮여 있는 입으로 물을 마셔 대고 있었다.

징용자들은 모두 삽을 던지고 그늘로 뛰어들었다. 더위에 힘이 부치고 있었고, 뙤약볕에 검게 타면서 삽질을 더는 할 수가 없었다. 징용자들은 눈들만 반짝거리며 씩씩거리고 있었다. 근식은 들고 있는 삽을 지팡이처럼 짚고 서서 그늘에 쓰러져 너부러지고 있는 징용자들을 물끄러미 보고 있었다. 작업반장이 막장으로 들어가지 않은 것을 다행스럽게 생각하라 하였지만, 석탄가루를 뒤집어써 가면서 뙤약볕에서 작업한다는 것이 쉬운 일 같지가 않았다. 근식은 높게 솟아 있는 감시탑을 곁눈질로 보았다. 그리고 멀리서 작업하고 있던 사람들이 그늘로 들어서고 있는 것을 보면서 지금이 쉴 참이라는 것을 알았다. 근식도 삽자루를 던지고서는 그늘로 몸을 들이밀고 있었다. 그늘에 너부러진 징용자들은 입을 여는 사람도 없었

다. 그늘이라 해도 태양열에 뜨겁게 달궈진 석탄차들과 철길 열기에 숨이
막히기는 매한가지니 말이다. 징용자들은 엉망이 된 고개를 떨어뜨리고
있거나 하늘을 먼 시선으로 보고 있었다. 목이 마른 사람은 물통에서 바
가지로 물을 떠서 마시고 있었다. 창남은 만식보다도 더 힘들어하고 있었
다. 평소에 펄펄 끓는 뙤약볕에서 힘든 일을 하지 않은 탓에 누구보다 힘
들어하고 있었다. 창남은 물만 마서 대고 있었다.

"물을 너무 마시면 후져요."

근식이 몹시 지쳐 있는 창남을 보면서 말하고 있었다. 하는 일이 서투르
고 요령이 없는 창남은 다른 사람보다 힘겨워했고, 몸뚱이 또한 다른 사람
보다 곱절은 석탄 덩어리처럼 변해 있었다. 시커멀 대로 새카맣게 변한 창
남은 땀을 흘리는 대로 석탄가루가 줄줄 흘러내리고 있었다. 그리고 쓰러
지기라도 한다면 다시는 일어나지 못할 것처럼 지쳐 있었다. 근식은 그런
창남을 물끄러미 쳐다보고 있었다.

"자주 쉬시고 물은 조금만 드시오. 죽으면 객사요."

근식은 감시탑을 보면서 말했다. 그리고 기존 작업하던 사람들이 일하
기 시작하는 것을 바라봤다. 얼마 쉰 것 같지도 않은데 쉬는 시간이 다
된 모양이었다. 사람들은 그늘에서 나와 삽을 들기 시작했다.

"저하고 같이 해요."

만식이가 창남한테 말했다. 그리고 창남이가 일하는 옆에서 삽질을 하
고 있었다. 만식은 창남과는 반대로 일을 하면서 피로를 이겨가고 있었다.
창남은 지친 소처럼 거칠게 헐떡거리며 금방이라도 쓰러질 것같이 흐느적
거리고 있었다. 근식은 창남에게서 눈을 떼지 못하고 있었다. 잘못했다가
는 쓰러져 숨이 넘어갈 것만 같은 창남에게서 눈을 뗄 수가 없었다. 그리
고 창남에 관해서 의문은 물론이고 걱정이 하나둘 생기고 있었다. 농촌에
서 태어나 성장하였으면 지금 이 정도의 일은 견딜 수가 있다. 그러나 창

남은 너무 힘들어하고 있다. 근식은 평소 말이 없는 데다 특히 아는 것도 없는 창남이다 보니 지금의 창남을 어떻게 보고 동조해야 할지 묘안이 떠오르지 않고 있었다. 창남은 흐느적거리면서도 삽을 놓지 않았다. 한 삽들고 헉헉거리고 있었고, 헉헉거리며 삽질을 하고 있었다.

"갈산 양반, 그늘에 좀 누우시오."

근식은 삽질을 하다가 말고 금방이라도 쓰러질 것만 같은 창남을 바라보며 말했다. 그리고 감시탑을 쳐다봤다. 만식이가 창남을 쳐다봤다. 그리고 말했다.

"그러세요. 그늘로 들어가세요."

만식은 삽을 놓고 창남을 그늘로 부추겼다. 창남은 더 이상 견디지 못하고 부추기는 대로 움직이며 그늘에 누웠다. 징용자들이 삽질하는 대로 석탄가루가 날리고 있는 그늘이지만 햇볕을 막고 있어서 급한 불은 끌 수 있는 그늘이다. 만식이가 바가지에 물을 떠서 창남에게 먹이고 이마에 부어 주었다. 그러면서 휴식 시간이 되었는지 모두 삽을 놓고 그늘로 파고들고 있었다. 근식은 창남의 곁에 앉았다. 그리고 만식이가 떠다 주는 물을 받아 마셨다.

"억세지 않으면 고향에 못 갑니다."

말하면서 근식은 일본 감독관과 작업반장 조태석을 바라보았다. 그리고 이미 시작한 험난한 앞날을 내다보고 있었다. 화물칸이나 석탄 화물칸 아래 그늘마다 담배 연기가 뿌옇게 움직였다. 담배를 피우고 난 징용자들은 지친 몸을 일으켰다. 그리고 물바가지를 돌아가면서 들고 마셨다.

창남은 이를 악물고 삽질을 시작했다. 머릿속에서는 반장인 근식이가 하던 말을 되뇌고 있었다. 억세지 않으면 고향에 못 간다는 말이 생사를 분명히 하는 말이기에 창남은 힘없이 지치기만 하는 몸을 천천히 움직이면서 요령을 찾아가고 있었다.

만식이가 손수레로 석탄을 싣고 오면 창남이 삽질을 하고 있었다. 시간이 갈수록 창남은 억세 지고 있었다. 창남이와 만식은 석탄 실은 손수레를 끌고 밀었다. 창남이와 만식은 지쳐가면서도 살아서 고향에 가야 한다는 생각 하나로 끌고 밀고 있었다. 태양이 뾰족한 산봉우리 위에 있을 때는 점심 식사를 했고, 태양이 산자락을 타고 아래에 가 있을 때는 식식거리면서 제법 많은 일을 해내고 있었다. 창남이와 만식이가 손수레를 밀고 오면 근식은 석탄차에 퍼 실었고 손발이 맞아가고 있었다.

오후 내내 나무 그늘 속에서 의자에 앉아 있기만 하던 일본 감독관이 사무실로 가면서 첫날 하루의 일은 끝났다. 눈만 반짝거리는 징용자들은 연장을 창고에 넣고 작업반장이 지시하는 대로 움직였다. 깊은 계곡물에서 징용자들은 시원하게 씻고 있었다. 창남은 물속으로 들어갔다. 시원한 물에 석탄가루 범벅인 몽둥이를 길게 눕혔다. 만식이가 비누를 흠뻑 칠하고 석탄가루를 닦아내고 있었다. 근식이도 씻고 있었고 징용자들도 모두 시원하게 씻고 있었다. 누군가 흐느끼고 있었고, 징용자 모두는 울음소리를 들으며 씻고 있었다. 징용자들은 흐느끼는 소리를 들으며 씻고 또 씻고 있었다. 징용자들은 작업복을 빨았다. 새카만 작업복이 맑아질 때까지 빨고 또 빨았다.

무자비하게 끌려와야 했던 창남이, 그리고 조선의 징용자들은 식당에 들어가서도 일본 감독관의 날카로운 시선에서 떠날 수 없었다. 징용자들은 일본의 시선이 따라다니는 대로 움직이고 있었다. 징용자들은 보리쌀 속에 멥쌀이 한두 알 묻힌 밥을 받아들고 식탁으로 향했다. 그리고 무 이파리가 듬성듬성한 된장국에 허기를 채우고 있었다. 그렇지만 음식을 만드는 사람들이 조선 여자들이기에 저녁밥이 맛있기만 했다. 일한 지 오래된 사람들은 식사 후 막걸리에 풋고추를 된장에 푹 찍어서 마셔대고 있었다. 창남은 물론 근식이 그리고 만식이 모든 징용자는 그 모습을 보면서 침이 입안에서 흐르고 있었다. 그렇지만 징용자들은 숙소로 돌아와 피곤한 몸을 길게 눕히고 있었다. 자리에 몸을 길게 눕히고 나서 근식은 지친 목소리를 내고 있었다.

"잡시다. 내일 봅시다."

온종일 시달린 몸은 자리에 눕자마자 잠이 들었다. 그리고 새벽에 불이 켜질 때까지 자리에서 일어나지 못했다.

근식은 조원들과 함께 어제처럼 한자리에서 삽질을 하고 있었다. 손수레에 석탄을 싣고 만식이가 끌고 창남은 밀어가면서 근식이의 조 열 명은 석탄 화물차 앞에 이르러서 쏟아놓으면 일행들은 석탄차에 퍼서 실었다.

10분간 쉴 참에는 화차 아래서 몸을 눕히고 담배를 피워 물고 고향 생각에 젖어 이야기들을 하고 있었다. 그러면서 모두가 다 다른 곳으로는 가지 않게 되기를 바라고들 있었다. 시커먼 얼굴에 눈방울을 껌벅거리며 멀고 먼 고향 생각들을 하면서 고향으로 돌아가 부지런히 일하며 부모님과 식구들과 행복하게 살 생각을 하면서 피곤한 몸을 그늘에 눕히고 있었다.

창남은 오늘도 피로를 이겨내지 못하고 헐떡거리고 있었다. 그렇지만 쓰러지지 않으려고 무던히도 애쓰면서 그동안 자신이 살아온 생각에 피로를 이기고 있었다.

일본 감독의 눈초리 속에서 징용자들은 힘겹고 쓰러지도록 석탄을 퍼나르고 싣고 있었다. 창남은 헉헉대면서 삽으로 석탄을 떠서 석탄차에 실을 때마다 아버지가 일하는 것을 생각하고 형님이 일하는 것을 생각하면서 논밭 모두 팔아 없애고 며칠 몇 달씩 집을 비웠던 자신을 수없이 생각했다. 창남은 쉴 참에도 누우려고 하지 않고 꼿꼿이 앉아 있었다. 그러면서 어떻게든지 힘겨운 노동을 견디려 노력하고 있었다.

"누워서 쉬쇼."

근식은 창남을 보면서 말했다. 그러나 창남은 눕지도 않았고 대답도 하지 않았다. 비척거려가며 창남은 다시 삽을 들었다. 그리고 손수레에 석탄을 싣기 시작했다. 온몸의 뼈들이 살가죽을 뚫고 튀어나올 것처럼 아파도 창남은 움직이고 있었다. 손바닥이 부르트고 있었고 손목이 심하게 아파서 삽을 들 수가 없어서 창남은 몇 번이고 삽을 놓쳤다. 창남이 삽질을 제대로 하지 못하는 것을 알고 있는 근식은 창남의 손바닥을 들여다보았다. 그리고 말했다.

"내가 작업반장한테 헝겊을 좀 달라고 할 테니 삽질은 그만하시고 손수레를 밀도록 하세요."

근식은 손수레에 석탄을 퍼 담고 있었다. 그리고 작업반장이 나타나자 손바닥이 부르터서 일을 못 하니 헝겊 조각을 달라고 했다. 작업반장은 창고로 갔다. 그리고 장갑을 들고 와서 창남이의 손바닥을 보고 나서 장갑을 주며 말했다.

"지난겨울에 비품이 모두 떨어져서 비축품이 없습니다. 모두 드리고 싶어도 물량이 없어서 드리지 못하는 점 양해 바랍니다."

창남은 장갑을 받아 손에 끼면서 근식을 잠시 쳐다봤다. 그리고 창남은 만식이와 손수레를 밀고 있었다. 작업반장은 부르터 터진 손바닥에 바르라고 연고도 가져다가 주고 갔다. 더위와 고달픔에 시달리며 며칠이 지났다. 창남이의 얼굴도 이제는 햇볕에 그을리고 있었고, 다른 사람들처럼 옥죄지고 있는 모습이 눈에 보이기 시작했으며 단단해지고 있었다. 일조의 반장인 근식은 누구보다도 적응력이 빠르고 융통성은 물론이고 여유가 좋은 관계로 판단력이 뛰어났다. 그 때문에 징용자들은 근식을 믿기 시작했고 근식이의 말이면 모두 믿고 수긍했다. 근식은 작업반장에게 징용자들의 일상적인 애로 사항을 건의하면서 저녁 식사에 약간의 반주도 할 수 있게 되었다.

장마철처럼 비가 퍼붓고 있었다. 석탄 싣기를 할 수 없는 관계로 징용자들은 모두 광산 안으로 투입되었다. 작업반장은 반장들을 모아 놓고 연일 작업 지시를 했다. 갱도침목 작업은 위험이 따르고 있어 작업반장은 침목 작업장을 떠나지 않으며 징용자들의 작업 실태를 일일이 점검했다. 작업 반장은 근식에게 보수 작업을 부탁했다.

"갱수 펌프 호스와 공기 주입 호스는 구멍이 나지 않게 조심하셔야 합니 다. 박 반장님에게 주의 사항을 말씀드렸으니 모두 유념하셔서 작업하시 기 바랍니다."

작업반장은 다시 한 번 주의할 것을 당부하고 갱도 침목 작업장으로 갔 다. 근식은 막장에서 석탄 캐는 작업을 하지 않게 된 것을 다행스럽게 생 각하였다. 그러나 갱도 침목 작업은 광산의 초보자들로서는 섣불리 할 일 이 아닌 것만 같았다. 근식은 한동안 생각했다. 그렇지만 할 수 없다는 말 을 했다가 막장에서 석탄 캐는 작업을 하게 될 것만 같아 근식은 고민이 되었다. 근식이 계속해서 고민하고 있는 것을 알게 된 안면도의 이학봉이 말을 붙였다.

"반장님! 작업반장님 말에는 갱목 보수 작업을 하라고 했잖아요. 보수 작업은 그리 어렵지 않다고 봅니다."

"이 친구 대대로 배 만드는 집입니다. 우습게 보는 것은 아니지만 이 친 구 눈에는 갱목 보수 작업은 일로 보이지도 않을 겁니다."

김팔복이 이학봉의 말에 맞장구를 치자 근식의 얼굴은 미소가 흘렀다. 근식은 이학봉을 커다란 눈으로 쳐다보고 나서 더 이상 망설임 없이 갱목 작업을 시작했다. 근식은 창남이와 만식이 그리고 광천의 박갈수를 시켜 보강기둥을 가져오라고 시켰다. 창남이와 만식이 그리고 박갈수는 비에 젖은 기둥들을 수레에 싣고 밀고 들어갔다. 작업장에서는 지렛대로 버팀 목을 받치면서 한참 공사가 벌어지고 있었다. 기둥을 몇 개 보강하고 틈새 가 난 곳은 돌과 진흙으로 메우면서 작업이 진행되고 있었다. 근식은 작업반장이 시키는 일은 무엇이든 걱정을 안 했다. 날씨가 개고 다시 석탄 짐 싣기까지 충청도와 황해도 연백 징용자들은 갱 안에서 보수공사를 하다가 막장에서 석탄을 수레에 싣고 갱 밖에까지 운반하는 작업을 했다. 징용자들은 일본 감독관이 있을 때나 없을 때나 주어지는 일은 성실하게 하고 있었다. 그러던 어느 날 한 사람씩 사무실로 불려갔다. 사무실에 불려갔던 사람들은 막사로 돌아오면서 한참 심각하게 생각하고 있었다.

5
만식의 아내를 아오지로

근식이 사무실에 다녀오면서 창남에게 사무실에 다녀오라고 했다. 그러면서 20원을 고향에 부쳐달라고 했다고 했다. 창남은 사무실로 가면서 돈을 고향에 보낼 수 있다면 모두 보내야겠다고 생각했다. 사무실 서기관 앞에 선 창남은 한참 동안 묻는 말에 대답했다. 막사로 돌아온 창남은 한참 동안 두 눈으로 천장을 보고 있었다. 만식이 풋고추에 막걸리를 들고 왔다. 홍북에 고남덕도 광천 서청학도 술병을 들고 왔다. 징용자들은 불 꺼진 후에도 고향 이야기에 밤을 밝히고 있었다.

"살림해도 좋다고 했을 때 창남 씨는 뭐라 했소?"

해미의 박광식이 묻는 말에 창남은 대답하지 않고 눈만 껌벅이며 컴컴해서 보이지도 않는 천장만 보고 있었다.

"창남 씨는 가족이 있으니 대답해도…"

박광식이 다시 말하고 있어도 창남은 대답을 안 했다. 밤을 밝히던 징용자들은 하나둘 잠들고 있었다.

비가 아침부터 내리고 있었다. 징용자들은 마당에 집합해서 대나무 창을 들고 적군과 육박전을 하는 훈련을 하고 있었다. 또한, 전시 정책상 우천은 물론 일요일에도 바쁘게 작업을 해야 했다. 징용자들은 휴식 시간에 비를 가리고 있는 곳에서 줄담배들을 피워대고 있었다.

"오늘 오전만 일해요?"

홍동면의 이정식이 근식에게 물었다. 근식은 대답을 안 하고 피우고 있는 담배만 피우고 있었다. 그러나 대답을 듣고 싶은 사람은 이정식뿐만이 아니었다. 근식은 자리에서 일어나 작업반장을 찾아 사무실로 향했다.

"더는 견딜 수가 없어. 이러다가 죽어. 쉰 날이 언젠지 기억도 없어."

안면도의 김팔복이 연백 사람들이 움직이는 것을 보면서 말하고 있었다.

"우리도 일하자고."

이학봉이 연백 사람들이 석탄 수레에 침목을 싣고 있는 것을 보면서 말했다.

"기다려 봅시다. 반장이 사무실 갔으니."

김팔복이 말했다. 창남이 만식이 그리고 박광식도 괭이자루를 잡고 서 있었다.

"살림해도 좋다고 했을 때 아저씨 대답했어요?"

만식이가 괭이자루에 몸을 의지하고 있는 창남을 향해서 넌지시 묻고 있었다. 대개는 결혼을 안 해서 가족이 없지만, 창남은 가족이 있으니 당연히 질문 대상이기만 했다. 창남은 박광식이 물었을 때처럼 입을 열지 않고 있었다. 만식이는 창남이가 계속해서 대답하지 않자 더는 묻지 않고 사무실을 바라보고 있었다. 근식이가 오고 있었다. 사람들은 모두 근식이의 얼굴만 보고 있었다.

"비가 그치지 않으면 오전 작업만 한다 했소."

"와!"

만식이 입에서 환호의 소리가 나오고 있었다. 비는 그치지 않았다. 안면도 사람들은 김치찌개를 들고 오면서 막걸리를 들고 왔다. 근식은 자리에 누워 편히 쉬면서 일행들이 부르면 손을 젓기만 했다.

"살림해도 좋다고 할 때 뭐라고 하셨어요?"

만식이가 창남이 얼굴에다가 입을 대다시피 하면서 묻고 있었다. 그러나 창남은 대답을 안 하고 누워 있는 근식이만 보고 있었다.

"아무 대답 안 했어요? 막내 만식이가 어제부터 묻더구먼. 대답 안 하셨어요?"

근식이도 묻고 있었다. 그러나 창남은 묵묵부답으로 눈만 껌벅거리고 있었다. 사무실에서 무슨 일이 있는지 가족이 있는 사람은 사택에서 가족과 살림을 해도 좋다는 말을 했다. 그런 일이 있었던 후 징용자 중 가족이 있는 사람들은 갈등을 겪고 있었다. 천안에서 아오지까지 인솔하던 소속관에서 잠시 아오지에 있을 것이라고 했기 때문에 징용자들은 모두 아오지에서 임시로 있는 것으로 알고 있는데 가족이 있는 사람은 사택에서 살림해도 좋다는 말을 했기 때문에 혼란해하고 있었다. 심지어는 가족이 있는 사람은 이곳에 남고 가족이 없는 사람은 인솔 근무관이 말한 대로 언젠가는 다른 곳으로 가게 된다는 뜻이 되니 징용자들은 혼돈하고 있었다. 그 때문에 만식이는 창남이가 가족과 함께 이곳에 있게 되면 자신은 가족이 없으니 다른 곳으로 가게 될 것만 같은 생각에 창남에게 계속해서 묻고 있었다. 일행들은 모두 눈들을 창남을 향하고 있었다. 그렇지만 창남은 입을 열지 않고 있었다.

"갈산 양반! 사무실에서 그러지 않았어요? 살림해도 좋다는 말이요."

일행들은 모두 창남을 뚫어지게 쳐다보면서 그 일에 관해 알고 싶어 했다. 그러자 창남은 더는 입을 다물 수가 없다는 것을 알았는지 마지못해 입을 열고 있었다.

"대답하지 않았어."

창남이 입에서 다른 말은 없었다. 만식은 창남이가 대답하지 않았다는 말에 좋아하고 있었다.

"사택을 가보지는 않았지만 거기서 살림해도 좋다고 작업반장이 그러던데…"

근식은 창남의 얼굴을 살피면서 조심스럽게 말했다. 결국은 다른 곳으로 옮겨가게 될 것은 분명한 것만 같고 그렇게 되면 앞일을 알 수 없게 되니 창남은 이곳에서 살림하다가 고향으로 돌아가는 것이 좋을 것만 같아서 근식은 창남을 이곳에 정착시키고 싶었다. 창남은 근식이의 의중을 짐작했다.

"갈산 양반, 쉽게 정할 일은 아니겠지만 가족과 이곳에 있다가 해방되면 고향에 가시는 게 나을 듯합니다."

창남은 대답을 못 하고 잠시 천장을 보다가 만식이 얼굴을 보았다.

"갈산 양반, 우리네는 가족이 없어서 그러는데 사택에서 살림해도 된다고 했으니 반장 말대로 그러시는 게 나을 듯합니다. 다른 생각은 할 것도 없을 것 같소."

안면도의 이학봉이 말했다. 팔복이가 고개를 끄떡였다. 아니 홍북의 남덕이, 정식이, 명원이, 철진이 모두 고개들을 끄떡이고 있었다. 다만 만식이만 걱정스러운 얼굴로 창남을 보고 있었다.

"오늘이라도 가서 말씀하시오. 가족도 좋고 다른 곳으로 가게 되지 않으니 그보다 좋을 일이 어디 있소? 반장 말대로 하시오."

광천의 서청학이 말했다. 창남은 만식이를 보던 눈을 다시 천장을 보고 있었다. 근식이가 다시 담배를 피워 물었고, 모두 창남이 눈치를 보면서 더는 창남이 이야기를 하지 않았다. 창남은 다른 날과 다름없이 열심히 일했다. 동료들의 염려와 격려 속에서도 조금도 변한 것 없이 일만 하고 있었다.

"좀 전에 작업반장이 뭐라고 하던 것 같던데 뭐라 했소?"

안면도 김팔복이 물었다.

"대답 안 했어요."

대답 안 했다는 창남의 말에 근식은 담배를 종이에 말아 피우며 말했다.

"신중할 것은 없겠으나 조금 더 두고 봅시다."

"광산에서 일하는데 식구들하고 살면 그게 최고지, 그보다 뭘 바라겠소? 난 식구가 연로한 부모님 모셔야 하니 어쩔 수 없으나 그렇지 않다면야 지금 실정에 더 바랄 게 없을 것 같소."

광천의 서청학이 삽질하고 있는 창남을 향해 말했다. 근식은 서청학의 말이 옳기는 하나 지금 창남이가 결정을 못 하고 있는 중이니 더 두고 보자는 마음이다. 다음 날도 창남은 망설이고 있었고 일행들은 창남의 눈치를 보고 있었다.

"사는 게 어디 우리 맘대로 되겠소?"

근식이가 감시탑에서 내려다보고 있는 감독관을 흘깃 보면서 담배를 깊이 빨며 말했다. 뙤약볕을 피해 석탄차 아래 그늘에 모여 앉아서 일행들은 8월의 뜨거운 열기를 잠시나마 식히고 있었다.

"지금 이곳의 실정은 우리가 알듯이 사람을 더 필요로 하는 중이고 눈치를 보면 한 사람이라도 정착시키려 하는 것 같습니다. 그러면서 우리를 안심시키려는 속셈도 있고…"

근식이 감시탑에 있는 감독관을 의식하면서 일본 사람들의 야심을 이야기하고 있었다. 가라면 가야하고 오라면 와야 하고 죽이고 싶으면 죽이는 일본이고 보니 목숨인들 맘 놓을 수 없는 실정이라 근식은 신중하게 결정하고 처신할 것을 바라고 있었다.

일본은 날이 갈수록 막강해지고 있었다. 청나라도 하루아침에 붕괴시키고 말았고, 러시아도 전쟁에서 참패시킨 일본은 강대국의 면모를 갖추기 위해서 수단과 방법을 총동원하고 있었다. 그에 일본은 통제하기 거북

한 만주를 제압할 뜻으로 프랑스에서 열차포를 수입하기에 이르고 또한 시베리아를 잠식해 들어가고 있었다.

근식은 불안했다. 불안한 것은 근식만이 아니다. 모두 다 같이 불안한 마음속에 하루하루를 보내고 있었다. 창남도 불안하기는 마찬가지다. 그러므로 작업반장이나 일본 사무원이 말했을 때 대답을 하지 않았다. 창남은 근식을 믿고 따르고 있었다. 그래서 사무실에서 말했을 때도 근식이의 말을 듣고 싶었다. 창남은 근식이가 신중하자는 말에 고마움을 갖고 있었다. 그렇지만 뒤숭숭한 마음을 어떻게 하지는 못하고 있었다. 그런가 하면 작업반장한테 물어보고 있는 사람도 있었다.

비 오는 소리에 잠자리에 들지 못하고 깊은 밤을 뒤적이는 사람들이 늘어가고 있었다. 날이 밝아도 비가 그치지 않고 있어 광산 침목 보수공사를 하게 될 생각을 하면서 창남은 밤을 밝히고 있었다. 비는 그치지 않고 있어 예상대로 징용자들은 광산 안에서 침목 보수공사를 하고 있었다. 그리고 일부 징용자들은 낡은 연장들을 대장간에서 벼리고 있었다. 창남은 대장간에서 일하고 있었다. 곡괭이들을 벼리고 징을 벼리고 함매를 벼리는가 하면 삽을 만들기도 했다. 만식이와 창남은 온종일 망치질을 해대고 있었다. 안면도의 이학봉이 시키는 대로 연장들을 만들거나 벼리고 있었다. 저녁 식사 후 작업반장은 창남을 사무실로 불렀다. 창남은 근식을 바라봤다. 그리고 신을 신고 있는 창남을 향해서 근식은 작은 소리로 말하고 있었다.

"아직 대답하지 마시오."

근식은 창남을 보내고 나서 만식이가 곁에 앉아서 보고 있어도 담배만 피우고 있었다. 황해도 연백 사람 중에 두 사람이 가족을 불러들이기로 했지만, 근식은 창남의 가족을 불러들이는 일만큼은 더 시간을 두고 보고 싶었다. 지금 일본은 어느 때보다 극한 상태인 것이 틀림없었다. 그로 인해서 조선 백성 모두 전쟁에 끌어들이고 있는 중이다. 조선 백성을 전쟁에 끌어들이면서 반면에 강압적으로 공출을 시행하고 있고, 악랄한 방법으로 여인들을 납치하는가하면 어지간한 조선 남자는 모두 징용으로 잡아들이고 있다.

근식은 창남이가 대답하지 않기를 바라고 있었다. 그러면서 일본 사람들의 근성을 잘 알고 있는 근식은 창남이 결국에는 대답하지 않고는 배기지 못할 것으로 생각하고 마음이 무거워지고 불길한 감이 들고 있었다. 교활하고 집요한 근성으로 칼자루를 쥐고 있는 일본이 창남이를 미끼에 만족시키면서 넘어뜨릴 것을 근식은 알고 있었다. 그러면서 근식은 창남이가 대답하고 온다면 앞으로 벌어질 일들에 관해서 생각하고 있었다. 근식은 예감이 불길하기만 했다. 근식은 계속해서 담배를 빨아대고 있었다.

한참 후 창남이가 돌아오고 있었다. 그리고 모든 사람의 시선은 창남을 향하고 있었다. 창남은 침상으로 올라와 앉으며 근식을 쳐다봤고 뒤이어 쳐다보고 있는 사람들을 둘러보고 있었다. 창남은 고개를 숙이고 한참 동안 있었다. 만식이가 바짝 다가앉았다. 그리고 가만히 얼굴을 보고 있었다. 사실 창남은 대답했다. 대답했기 때문에 모든 시선이 부담스러워서 고개를 숙이고 있었다. 창남이가 고개를 숙이고 있는 것을 보면서 근식을 비롯한 모든 사람은 창남이가 대답했다고 짐작했다. 또한, 술집에서 갑자기 끌려오게 된 창남으로서는 집식구와 세 살 난 광자가 눈에 밟히고 있어서 대답을 안 할 수가 없었다. 그러므로 창남은 아내와 광자를 볼 수 있다면 방법이야 어떻든 대답을 하고 싶었다. 그래서 창남은 대답을 했고 사무실에서는 편지를 써 주기로 했다.

눈치 빠른 근식은 다시 담배를 종이에 말아 피워 물었다. 그리고 창남의 앞날을 내다보고 있었다. 홍성서 아오지라면 2천 리도 넘는다. 그러나 가족이 함께 산다고 하면 몇 천 리라 한들 문제될 것이 아니다. 근식은 창남이가 앞으로 어떻게 될지 알 수가 없어서 할 말은 물론 아무것도 떠오르지 않고 있었다.

"끌려온 것을 가족이 몰랐다 하셨죠?"

"예."

"동네가 발칵 뒤집혀졌겠다."

은하면의 오철진이가 말하고 있었다.

"쥐도 새도 모르게 끌려왔으니 뒤집히기만 하겠어요?"

광천에 서청학이가 거들고 있었다. 만식이는 앞으로 창남이와 어떻게 될지 몰라서 말소리가 들리는 대로 바쁘게 고개를 돌리고 있었다. 근식은 말없이 앉아 있기만 했다. 창남이가 불시에 끌려오게 됐다는 것을 알고 있는 근식은 소식이 가게 되면 창남이의 식구는 두말할 것 없이 올 것으로 생각하고 있었다.

근식이가 입을 열었다.

"결성서 끌려왔다 하셨죠?"

창남은 근식이가 묻고 있는 말에 대답을 머뭇거리고 있었다. 술집에서 술을 먹고 자다가 끌려왔다는 말을 입 밖에 내놓기가 멋쩍어서 대답을 머뭇거리고 있었다.

"그럼 보부상이요?"

광천의 박갈수 말에 창남은 고개를 살며시 저었다. 그리고 입을 열지 않고 있었다.

"부끄러울 게 뭐가 있소? 남자가 재간만 있으면 못할 짓이 어디 있소?"

홍동의 이정식이가 다리를 꼬며 말하고 있었다. 그러나 창남은 아무 소리를 하지 않았다. 사람들이 이상하게 말들을 하고 있어서 기분이 이상해지고 있었지만 술집에서 며칠간 머물다가 끌려왔다는 말은 하고 싶지가 않았다. 그러니 대답을 할 수가 없었다.

"부끄러울 게 뭐가 있소? 남자가."

안면도 김팔복이가 머뭇거리고 있는 창남이에게 숨길 게 뭐가 있겠느냐는 얼굴을 하면서 말했다. 그렇지만 친구들과 어울리기만 하면 몇 날 며칠 집을 비우고 술집에서 방탕 생활이나 다름없는 짓을 하고 다닌 것이 마음에 찔리고 있어서 사람들이 오해하고 있어도 입을 열 수가 없었다. 창남은 계속해서 머무적거리기만 하고 있었다.

"됐어요."

근식이가 창남의 말문을 막았다. 창남을 보아 못된 짓이나 하고 다녔을 것 같지도 않고 집 놔두고 딴 짓을 했다 한들 지금 그런 것을 말할 상황이 아니기에 근식은 말문을 막았다.

창남은 머뭇거리기만 하던 얼굴을 돌려 근식을 바라봤다. 그리고 편지 부칠 생각을 하고 있었다. 창남은 궁금해 하던 동료들에게 미안한 얼굴을 하고서 담배를 피우고 있는 근식을 보면서 작은 소리를 하고 있었다.

"세 살짜리 딸애가 그리고…."

창남은 더는 말을 잇지 않았다. 근식은 고개를 돌려 창남을 보았다. 만식이도 안면도의 이학봉도 모두 창남을 보고 있었다.

"못된 것들!"

안면도의 김팔복 입에서 험한 말이 나오고 있었다. 그러면서 담배를 들고 있는 손에 힘을 주고 있었다. 김팔복은 안면도 고향 생각을 하고 있었다. 농사를 지어야 할 사람들을 모두 끌어가 노인이나 병자들만 남아 있는 것을 생각하며 어린 처자식을 부양하고 있는 사람들까지 끌어들이고 있는 왜놈들 생각에 치를 떨고 있었다. 그러면서 가족이 함께 있으면 만기가 되도 보낼 필요가 없다는 것을 일본 사람들은 노리고 있었다.

"텅 비었어요, 농촌."

김팔복은 말하면서 창남을 보고 있었다.

수족을 움직일 수 있는 남자라면 징용을 피할 수 없으니 처자식이 딸려 있다 한들 징용을 면할 수 없으니 김팔복이는 고향의 늙은 부모님 생각에 치를 떨고 있었다.

 "처자식이 있는 남자를 어쩌겠소. 자기들도 사람일진대."

 근식은 창남이가 가족과 함께 살고 싶어 하는 것을 막을 처지가 아니라고 생각하면서 잘못되기라도 할까 봐 마음이 편치 않았다. 창남은 근식이가 이해하여 주고 있는 것이 고마웠다. 그리고 막상 사무실에서 대답할 때는 자신이 무슨 일을 하고 있는지 분간을 못 하고 있었다. 그리고 대답을 철회하려 하였으나 작업반장이나 사무관이 집요하게 설득하는 바람에 어떻게 하지를 못하고 나오고 말았다. 창남은 이해하여 주는 근식이를 고마워하면서 마음이 불안해지고 있었다.

 근식은 목이 터져라 소리 지르고 싶었다. 그런가 하면 막걸리라도 실컷 마셔대고 싶었다. 그동안 동료들이 무탈한 것만 바라고 어떤 고통도 감내하며 지냈는데 이제 왜놈들의 농간이 시작되고 있는 것만 같아서 밖으로 나와 추녀 밑에 서 있었다. 그리고 멀리 어둠 속에서 총구를 번뜩이며 내려다보고 있는 감시탑을 쏘아보고 있었다. 근식은 추녀 아래서 한참 서 있었다. 그리고 담배를 피워 물었다.

 "이봐!"

 일본 헌병이 전등을 번쩍이며 소리 지르고 있었다. 근식은 전등 불빛 속에 잠시 서 있다가 문을 열고 안으로 들어갔다. 나라를 빼앗겼으니 빼앗은 놈이 주인 아니겠는가. 근식은 창남이 옆으로 앉아서 피우던 담배를 계속해서 피우고 있었다. 그리고 밖에서 담배도 필 수 없는 처지가 너무 한심해서 속이 끓고 있었다. 일본과 단 한 번도 싸우지 않고 나라를 빼앗긴 것이 너무 분해서 근식은 담배를 굵게 말아 물고 있었다.

 창남은 근식이가 담배를 굵게 말아 피워대고 있자 미안한 생각이 들었다. 그렇지 않아도 대답한 것이 잘한 것인지 못한 것인지 분간할 수 없어서 불안하기만 하던 참인데 근식이 담배를 있는 대로 굵게 말아서 피워대고 있는 것을 보자 가슴이 내려앉고 있었다.

"날이 밝으면 대답한 것을 철회해 달라고 해볼게요."

창남은 눈을 껌벅거리며 근식에게 말했다. 그러자 근식이가 대답했다.

"내일 생각합시다."

어떻게 보면 감옥에 죄수보다도 더 죄수 같은 징용 생활. 일본은 징용자들을 24시간 감시는 물론 작업의 능률을 위해서 사생활부터 철저히 박탈하였고, 감시와 탐색에 전력을 쏟고 있었다. 그러므로 징용자들은 구속 속에서 일상생활 모든 것에 제약을 받아가며 살아가고 있다. 다음 날도 비가 내리고 있었다. 별수 없이 모두 탄광 안으로 투입됐다. 또한, 다른 날과 변함없이 조별로 나뉘어 작업장에 투입되었다.

창남이 속해 있는 1조는 막장에 투입되었다. 만식은 드릴 기계를 들고 석탄에 깊숙이 구멍을 뚫고 있었다. 다이너마이트를 집어넣을 구멍을 뚫고 있었다. 창남도 드릴 기계를 들고 오전 내내 다이너마이트 구멍을 뚫고 있었다. 근식은 안면도 사람들과 배기통 호수와 침수 호수 시설을 보수하면서 한 차례도 입을 열지 않았다. 그리고 오후에는 빗속에서 탄차에 실린 석탄을 역 저장 창고에 하차하는 작업을 하고 있었다. 우비도 입지 않은 채 창남은 만식이와 오후 내내 석탄차 하역 작업을 했다. 깊은 막장에서부터 실려 오는 석탄차 하역 작업을 창남은 작업 종료 호루라기 소리가 날 때까지 하고 있었다. 창남은 바위 사이로 흐르는 계곡물 속에 온몸을 담그고 앉아서 비 내리고 있는 하늘을 올려다보고 있었다. 그리고 온종일 빗물과 땀에 전 옷을 빨아 들고 숙소로 돌아왔다. 숙소는 젖은 옷들이 빽빽하게 널려 있었고, 근식은 만식이 그리고 동료들과 그 속에서 앉아 있었다. 창남은 빨래를 널고 나서 침상에 걸터앉았다.

"가십시다, 식사하러."

근식이가 동료들을 향해서 말했다. 그리고 창남을 보면서 말했다.

"갑시다."

근식은 식판을 들고 창남의 곁에 앉았다. 그렇지만 말은 하지 않았고 식사 후에도 창남의 곁에서 떠나지 않고 있었다. 근식은 창남이가 염려스럽기도 하지만 대답하고 하루가 지나도록 한 말이 없었기에 마음의 변화가 알고 싶었다. 식구들과 합류하게 된다면 이를 말이 한두 가지가 아니라 창남의 의중이 궁금하고 위로하고 싶은 마음에 근식은 창남의 곁을 지키고 있었다. 그러나 창남은 잠이 들 때까지 입을 열지 않았다.

조선 사람이라면 누구나 일본 사람과 크고 작은 일에 부딪쳤다. 그렇기에 근식은 일본 사람이라면 누구보다도 싫어할 수밖에 없는 기억을 가지고 있다. 소학교 2학년 때 근식은 일본 선생한테 심한 학대를 받았었다. 마을 형들이 종이에다가 그리던 것을 집에서 그렸다. 그린 것은 태극기였는데 근식은 그것을 책갈피에 넣어두고 깜박 잊어 버렸다. 그런데 학교에서 옆에 앉아 있던 일본 아이가 그것을 보는 바람에 교무실로 끌려가서 회초리로 손바닥은 물론이고 종아리를 피가 흐르고 있는 대도 맞고 또 맞았다. 일본 선생은 체벌로도 성이 풀리지 않았는지 경찰을 불렀다. 경찰은 일본 선생과 함께 집으로 찾아와 집 안 구석구석 뒤지지 않은 곳이 없었고, 부모님을 지서로 호출까지 했었다. 그리고 그뿐만이 아니라 마을 집집마다 수색을 하였고 태극기가 나온 집은 경찰서로 끌려 다니고 있었다. 그 때문에 근식은 어려서부터 일본 사람들이라면 싫어했고 적개심은 커가면서 더욱 심해지고 있었다.

그뿐만이 아니라 태극기를 그렸던 마을 형들이 밤이면 태극기를 들고 마을길을 뛰어가는 것을 알고 근식은 마을 형들과 함께 태극기를 들고 뛰어다니고 했었다. 그러다가 마을 형들로부터 김좌진 장군이 일본 군인들을 전멸시키는 독립군이 되었다는 것을 알게 됐다. 그 후부터 근식은 학교에 다니면서 마을 형들이 모두 징용으로 끌려가는 것을 보았고, 언젠가 자신도 어른이 되면 징용으로 끌려가게 될 것을 알고 끌려가기 전에 김좌진 장군처럼 독립군이 되겠다는 생각을 항상 하고 살아왔다. 그러나 지금 독립군이 아니라 징용으로 끌려오게 된 것을 통탄하고 있으며 어떻게든지 반드시 독립군이 되어야 한다는 생각을 하고 있었다.

근식은 벽에 등을 기대고 다리를 길게 뻗고 담배를 피우고 있었다. 창남은 오늘도 편지를 쓰지 않고 있었다. 막상 수천 리 떨어진 곳에 아내와 세 살 난 광자를 데려온다는 것에 망설여지고 있었다. 그러다 보니 처음과는 달리 결정을 내리지 못하고 있었다. 근식은 그런 창남을 관망하면서 결국에는 식구들을 불러들이게 될 것이라는 생각을 하고 있었다.

일본은 지금 동남아 전체를 벌집 쑤시듯 쑤석거리고 있다. 거기다가 미국 하와이까지 파괴하여 놓았다. 그리고 보면 지금 일본은 전 세계를 상대로 전쟁을 벌이고 있다. 그러므로 무엇에서든 계략적이고 요사스러울 수밖에 없다. 근식이가 창남을 걱정하는 것이 이런 문제 때문이다. 그러면서 근식은 징용당하면서 세상 정국과 단절되는 바람에 창남이 문제가 더욱 걱정되고 있었다. 고향에 있을 때는 장터만 나가면 세상 돌아가는 소식을 들을 수 있었는데 지금은 감옥 생활이나 진배없어 눈을 뜨고 있어도 감고 있는 것이나 다름없다. 근식은 잠 못 이루고 있는 창남을 어둠 속에서 고개를 돌려 보고 있었다. 식구가 와서 기숙사 생활을 하면서 막장에 들어가 석탄이나 캐는 광부가 된다면 쉽게 고향에 가게 될지가 염려되고 있었다. 사람의 일이란 한 치 앞도 알 수가 없고 보면 가족이 모두 고향을 뜨게 되면 쉽게 고향으로 돌아가기가 어렵지 않은가. 근식은 오래도록 창남을 보고 있었다. 살다 보면 기회가 있는 법이고 올 수 있지만, 지금처럼 일본의 압제 속에서는 바랄만한 것이 있을 수 없다. 근식은 창남의 숨소리를 들으며 잠이 들었다는 것을 알면서 눈꺼풀을 조용히 내리감았다.

　아침이 되자 비는 잦아들었다. 그동안 석탄을 싣지를 못해 빈 석탄 화물차들이 꼬리를 물고 길게 늘어서 있다. 창남은 끙끙거리며 물에 젖은 석탄을 부지런히 석탄차에 싣고 있었다. 아마 창남의 이런 모습이 반장 눈에 들었고 일본 사무관의 눈에 든 것만 같다. 창남은 꾀를 부리거나 요령을 부리거나 눈치나 보는 사람이 아니다. 주어지는 대로 마다치 않고 꾸준히 움직이고 있을 뿐이다. 그런 창남은 일본 사람들이 원수라는 것을 의식하지 않고 맡겨진 일에 충실할 따름이기만 했다. 싫은 것도 없고 미운 것도 없고 무덤덤한 창남은 꾸준하게 움직이고 있었고 그런 창남을 일본감독관은 눈독을 들이고 있을 뿐이었다.

　근식은 창남의 일이 있고 나서 삼 일째 되고 있어서 의중을 살피기만 하고 있었다.

　다음 날 아침, 조회가 끝나면서 사무실에서 창남을 호출했다. 십여 분 후 창남은 사무실에서 나왔고 창남은 이슬비 속에서 걷고 있었다. 동료들은 모두 광산 안으로 들어갔고, 근식은 대기실에서 창남을 기다리고 있었다. 창남이 축축한 빗속에서 걸어오고 있는 것을 보면서 근식은 가족을 오도록 하고 싶어 한다면 말리지 않겠다고 생각했다. 고향을 등지는 것이 안됐기 때문에 만류하고 싶은 것이지 개돼지만도 못한 식민지 생활이 객지라고 해서 달라질 것이 뭐가 있겠는가. 근식은 창남과 나란히 걸으며 광산 깊숙이 들어가고 있었다. 침침한 막장 안에서 근식은 낮은 목소리로 말을 했다.

　"세상이 급변하고 있어서 앞날을 모르지 않는가. 여기나 고향이나 사람 사는 거야 어디라고 다를 게 있겠나. 거기가 거기지."

　창남은 근식이 하는 소리를 듣고 있었다. 주어진 운명이라면 거부한들 다를 게 뭐가 있겠는가. 창남은 고향에 가도 별수 없다는 자신을 생각하고 있었다. 혼인하고 나서 분가해준 전답을 한 해도 농사를 지어보지 않고 풍류객처럼 떠돌며 모두 없애고 남은 것이라고는 초가집 한 채이니 고향에 얼굴을 내밀 입장도 못 되고 있었다. 창남은 죽이 되든 밥이 되든 가족을 불러들이고 싶었다. 그리고 매월 급료가 나오니 몇 푼 되지는 않아도 가족과 함께 살고 싶었다.

"저녁에 서신 쓰셔서 보내시오."

근식은 동료들의 눈치를 보고 있는 창남에게 격려해 주고 있었다. 창남은 그날 저녁 사무실에서 고향으로 보내는 편지를 썼다. 그리고 그 편지는 다음 날 남으로 가는 열차에 실려 고향을 향해 날아갔다. 일이 막상 결정이 나고 보니 징용자 중에서는 창남을 부러워하는 사람도 나타나고 있었다. 근식은 예감이 좋지 않았다. 일본인들이 사업하는 곳에는 조선인은 노역인이다. 그리고 일본군이 있는 곳에서는 장소가 어느 곳이든 조선인이 징용되어 와서 노역을 하고 있다. 더군다나 전쟁터에서 조선인은 일본의 승리를 위해서 무자비한 희생을 치르고 있다. 근식은 머지않아 틀림없이 전쟁터로 끌려갈 것이라고 믿고 있었다. 일본은 지금 자국의 보존을 위해서 혈안이 되어 있다. 그러므로 자국의 보존을 위해서 조선을 희생시키고 있다. 그리고 무엇보다 일본은 작다. 작은 것에는 한계가 쉽게 오게 되어 있다. 그로 인해서 일본은 조선의 모든 자원을 초토화 되도록 쥐어짜고 피헤쳐 갈 것이고 조선은 그로 인해서 황폐해지고 말 것을 근식은 들여다보고 있었다.

근식은 창남이가 가족과 함께 이곳에서 있다가 고향으로 돌아갈 수 있기를 마음속으로 바라고 있었다.

6
불시의 기상 그리고 만주로

밤 10시에 갑자기 불이 켜지고 인기척이 났다. 기상하라는 소리는 없어
도 징용자들은 모두 일어났다. 문밖에서는 헌병들이 총을 들고 서 있었다.
그리고 작업반장과 일본 사무관이 안으로 들어왔다. 징용자들은 무슨 일
이 일어났다는 것을 직감으로 알고 있었다. 사무관은 징용자들을 향해서
입을 열기 시작했다.

"그동안 고생들이 많았소. 그 점 깊이 감사드리오. 어디서든 건강하시고
대 일본제국의 백성으로서 충실하게 임해주시기 바라오. 다시 한 번 감사
드리오. 잘들 가시오."

사무관 이야기는 그거로 끝이 났다. 뒤이어 작업반장 조태식의 입에서
다음 말이 이어지고 있었다.

"아침을 드시고 떠나시게 됐습니다. 주무시기 전에 개인 사물을 챙기시
고 주무시기 바랍니다. 그럼 아침에 봅시다."

작업반장의 말은 냉혹하리만큼 짧았다. 징용자들은 모두 작업반장의 말
에 허탈해지고 있었고 몸 안의 모든 것이 정지하고 있었다.

"작업반장님, 갑자기 무슨 일입니까?"

박광식이 물었다. 그러나 사무관과 작업반장은 대답이 없었다. 내일 보자는 말만 남기면서 문을 닫고 두 사람은 밖으로 나갔다. 밖으로 나간 두 사람은 옆 건물로 향하고 있었다. 창남은 철렁했다. 자신에게 별도의 말이나 눈빛조차 없이 나가버리자 황망하기만 했다. 그리고 무엇보다도 지금 식구가 오고 있을 텐데 하는 생각에 무슨 일이 벌어지고 있는 것인지 숨이 막히고 있었다. 창남은 통로로 내려갔다. 그리고 뛰어나가고 있었다. 그러나 밖에서는 헌병들이 문을 막고 서 있었다. 근식은 창남이 불안해하는 것을 보고 있다가 자신도 창남이와 같은 불안이 엄습하는 것을 느끼고 있었다.

"지금 소용없어요. 아침에 말해 줄 겁니다."

근식이가 창남을 붙잡았다. 창남은 주저앉았다.

"갈산 양반! 왜 그러시오. 식구 오라고 했으니 갈산 양반은 우리와 다를 거요. 아침에 이야기하지 않겠어요? 걱정하지 마시오. 우리가 걱정이지 갈산 양반이야…"

안쪽에 있는 광천의 서창학이 창남을 향해서 나무라듯이 말하고 있었다. 근식은 고개를 숙이고 앉아서 깊은 생각에 잠겼다. 만식이가 창남의 곁에 앉았다. 창남은 왜 그런지 불안했다. 그러나 지금 불안한 것은 창남이만이 아니다. 징용자들은 한결같이 담배들을 말아가며 뭔가 크게 잘못되고 있다는 직감에 휩싸이고 있었다. 그리고 사방에서 한숨들을 쉬고 있었다. 흐릿한 전깃불이 켜 있는 막사는 안개 끼듯이 담배 연기가 자욱했고 그 담배 연기는 밤새 끼어 있었고 징용자들의 얼굴빛들도 까맣게 변해가고 있었다.

어둠 속에서 징용자들은 식당으로 향하고 있었다. 계절이 남쪽보다 한 달이나 빠른 오봉 탄광의 아침은 겨울처럼 쌀쌀했다.

"아침 드시고 나면 말이 있을 겁니다. 마음 편하게 가지세요."

근식이가 밥그릇 앞에서 숟가락을 들지 않고 있는 창남을 보면서 말했다. 창남은 숟가락을 들었어도 음식이 입안으로 들어가지 않고 있었다.

"지금 아무것도 아는 것이 없지 않소. 가족을 오라고 한 것도 저 사람들이고 그러니 갈산 양반은 여기 남게 될 게 아니오. 어서 조반 드시오."

창남은 근식이의 권유가 고마웠다. 국을 떠서 입에 넣었고 밥을 입에 넣었다. 그러면서 막상 여기에 남는다 하면 그동안 생사고락을 함께한 사람들과 헤어지게 되는 것이 몹시 마음을 먹먹하게 했다. 징용자들은 어수선한 속에서 담배들을 물고 옷가지와 비품들을 싼 보따리나 가방을 챙기면서 침상에 앉아들 있었다. 징용자들은 하나같이 초조한 기색들을 하고 있었다.

"사무실에 가보시는 게 낫겠어요. 아니 함께 가 봅시다."

근식이가 담배를 피워 물고서 창남에게 말했다. 창남은 사무실 가기가 두려워서 망설이고 있던 참이었다. 그러다가 근식이가 함께 가겠다는 말에 서두르기 시작했다. 근식이가 자리에서 일어나 밖으로 가고 있었다. 창남이가 뒤따라 나서자 만식이도 따라나서고 있었다. 근식은 헌병들에게 실정을 이야기하고 창남이와 따라나선 만식이와 함께 사무실로 향했다. 사무실은 분주하게 움직이고 있었고 사무실에서는 근식이가 사무실 안으로 들어갔어도 말을 붙이는 직원이 없었다. 근식은 작업반장을 찾아보았으나 작업반장은 눈에 띄지 않았다. 그래서 근식은 사무관에게 다가가 말문을 열었다. 잠시 후, 근식은 창남을 안으로 불렀다. 창남과 근식은 한참 동안 손을 내젓고 있는 사무관 앞에 서 있었고, 두 사람은 굳은 얼굴에 황당한 표정으로 밖으로 나오고 있었다. 만식이는 두 사람의 표정을 보면서 일이 잘못되어도 엄청나게 잘못되었다는 것을 알고 있었다. 숙소로 돌아온 창남은 앉아야 하는 건지. 서야 하는 건지 분간 할 수가 없어서 어정쩡하게 있었고, 근식은 아래턱을 앞으로 내밀며 입을 다물고 있었다.

"뭐랍디까?"

안면도의 이학봉이 만식에게 작은 소리로 묻고 있었다. 만식이는 고개를 내저었다. 그러자 사람들은 모두 일이 잘못되었다는 것을 알게 되었다. 그리고 담배들을 피워 물기 시작했다.

"큰일이네. 어린것을 데리고 수천 리를 오는데 남편을 만나지도 못하고 돌아가야 하니 이게 무슨 날벼락이야? 참 환장할 노릇이네."

이학봉이 혀를 끌면서 탄식을 하고 있었다. 창남은 물론 근식은 얼굴에 핏기가 사라지고 창백한 속에서 진땀이 흐르고 있었다.

"집사람이 도착하면 귀향시켜주겠다 했소."

"그야 당연한 거 아니오? 그게 문제가 아니고 어떻게 연락을 해서 오지 않게 하여야 할 게 아니오. 미친것들. 사과는 안 하든가요?"

이학봉이 창남이 말에 분개하면서 발을 구르고 있었다.

"안 되나 봐요."

창남은 힘없이 말을 흘리고 있었다. 그리고 사무관과 작업반장이 미안하다고 한 말은 하지 않았다. 미안하다는 말을 했다고 해서 지금 창남의 마음이 나아 질 것도 없거니와 광자와 광자 어미가 불연 천 리 달려와서 통곡하며 돌아설 생각을 하면 그 어떤 것으로도 보상될 수가 없기 때문이다.

근식은 종이에 담배를 말기 시작했다. 그리고 이학봉을 보면서 말하고 있었다.

"오늘 떠난다니까 준비들이나 잘하세요."

만식이와 안면도 사람들 그리고 둘러서 있는 사람들은 한결같이 모두 창남의 늘어진 모습을 보고들 있었다. 그리고 사람들의 시선은 근식을 향해 움직이고 있었다. 이학봉이 다시 입을 열었다.

"우리 모두 어디로 간다고 하던가요?"

근식은 숙이고 있는 고개를 들지도 않고 있었다. 창남이 또한 늘어진 어깨를 움직이지 않고 있었다. 둘러 있는 사람들은 근식이와 창남이 그리고 만식이를 번갈아 보면서 대답을 기다리고 있었다. 그러나 대답을 하는 사람은 없었다. 답답한 것을 참지를 못했는지 김팔복이 다시 묻고 있었다.

"우리가 가는 곳은 묻지 않소?"

김팔복의 말소리는 조용했으나 돌덩이처럼 구르고 있었다. 근식은 물론 창남은 대답하지 않고 묻고 있는 사람들을 쳐다봤다. 그러고 나서 근식이가 모든 것을 포기한 듯 한 얼굴로 말했다.

"물으면 대답해줄 일이겠소?"

근식은 담배를 깊이 빨아들이면서 고개를 젓고 있었다. 그러면서 목소리를 바닥에 흘리고 있었다.

"사무실에서 그 어떤 소리도 듣지 못했어요. 갈산 양반 안식구 오게 되면 차 태워서 귀향시키겠다는 소리만 했고 다른 이야기는 없었습니다. 그렇지만 알 수 있는 것은 오전 10시까지 우리를 아오지역으로 보낸다는 것만 알게 됐소."

징용자들은 근식의 말을 듣고 나서 문밖에 서 있는 헌병들을 쳐다보고 있었다. 그리고 창밖에서 바람에 흔들리고 있는 나뭇가지들을 보면서 짐꾸러미들을 살펴보고 있었다. 여름 두 달을 보낸 오봉에서의 마지막 아침을 보내고 있었다. 징용자들은 꾸려놓은 짐들을 다시 살펴보면서 덜 챙긴 것이 있는지 이것저것 꺼냈다가 다시 집어넣기도 하고 있었다.

창남은 시간이 흐를수록 얼굴빛이 점점 더 하얗게 변해 가고 있었다. 하얗게 변해가고 있는 얼굴은 피 한 방울 없는 것처럼 보이고 있었다. 그런 창남은 광자와 아내가 열차에 시달리며 찾아오고 있는 생각을 하고 있었다. 그리고 이곳에 도착하자 자신이 없다는 것을 알고 자지러지는 모습을 생각하고 있었다. 창남은 숨이 턱까지 치밀고 있어서 안절부절못하고 있었다. 수천 리 길을 찾아왔다가 만나지 못하고 어린 광자 손을 잡고 돌아가고 있는 모습을 생각하면서 턱까지 치밀고 있는 숨을 참지 못하고 있었다. 근식와 만식이도 창남이처럼 하얗게 얼굴이 변하고 있었다. 이제 곧 떠나게 될 것을 생각하면서 손에 잡히는 것이 아무것도 없었다. 징용자들은 시간이 흐르면서 초조함과 두려움에 시달리고 있었다. 창남이 자신도 이미 벌어진 일이고 식구와 광자를 생각하면 숨이 막히고 있지만. 사무실에서 작업반장이 몇 번이고 미안해하던 말을 생각하면서 차분해지려고 무척 애쓰고 있었다.

뜬눈으로 밤을 지새운 징용자들은 벌겋게 핏발 선 눈들을 껌벅거리며 죽든 살든 해볼 거면 해보자는 식으로 변해가고 있었다. 그리고 죽을상이던 얼굴들이 모든 것을 포기한, 자포자기 한 낯빛으로 변하고 있었다. 시간이 어지간히 지나면서 헌병들의 호루라기 소리가 들리기 시작했다. 그리고 트럭 엔진 소리도 들리기 시작했다. 징용자들은 피우던 담배를 끄면서 모두 문 쪽으로 눈을 돌렸다. 창남은 가족과 기숙사에서 살려던 계획이 수포로 돌아간 것을 못내 아쉬워하며 동료들이 짐 꾸러미를 들고 밖으로 나가는 것을 보면서 만식이와 마지막 문을 나서고 있었다. 그리고 헌병들의 호루라기 소리 속에 덜덜거리고 있는 트럭 앞으로 걸음을 옮겨놓고 있었다.

"이를 어쩐다오. 이를 어쩌. 이곳에 도착하면 우리가 이삼 일 데리고 쉬게 한 후 고향으로 돌아가게 도울 테니 이곳 걱정은 마시오. 이를 어쩌. 이게 무슨 변이야."

이곳에 있는 동안 누님처럼 어떤 때는 어머니처럼 한결같이 대해주던 박 아주머니가 창남을 부둥켜안으며 눈물을 흘리고 있었다. 창남은 양손에 들고 있던 짐 꾸러미를 바닥에 놓으며 박 아주머니의 손을 꼭 잡았다. 박 아주머니는 부둥켜안고 있는 창남을 놓아주지 않으며 눈물을 줄줄 흘리고 있었다. 창남은 트럭에 오르면서도 배웅 나온 아주머니들과 아저씨들에게 일일이 인사를 하였다. 그리고 작업반장과 사무관에게 계속해서 굽실거리며 식구가 오면 고향으로 잘 갈 수 있도록 도와달라고 몇 번이고 부탁했다. 작업반장은 그런 창남을 몇 번이고 안심시켜 주면서 오래도록 두 손을 흔들고 있었다. 트럭은 오봉광산 농경 동을 뒤로하면서 아오지를 향해서 움직이고 있었다. 가슴이 미어지고 있는 창남을 식당 아주머니들과 작업반장은 오래도록 서서 바라보며 손을 흔들었다.

징용자들을 싣고 온 트럭은 아오지역 안으로 들어갔다. 넉 대의 트럭은 화물처리장으로 향했고, 징용자들을 그곳 처리장에서 헌병들의 호각 소리에 맞춰서 줄을 서고 있었다. 인원 파악이 끝나고 나자 일본 근무관들은 헌병들에게 뭔가를 지시하고 나서 역사 안으로 들어갔다. 징용자들은 화물처리장에 줄지어 앉아서 다음 지시가 떨어질 때까지 두려운 눈들을 하고 있어야 했다.

잠시 후 열차가 들어오고 있었다. 들어오고 있는 열차에는 탱크와 대포 그리고 군 트럭들이 실려 있었다. 그런가 하면 객차에는 일본군들이 타고 있었고, 후미 쪽으로는 징용자들이 타고 있는 객차들이 눈에 들어오고 있었다. 헌병들은 호루라기를 불기 시작했다. 징용자들은 모두 일어섰다. 헌병들은 열차 후미 빈 객차로 징용자들을 승차시켰다. 징용자들은 누구 하나 말하는 사람이 없었다. 다만 오랏줄에 묶여 움직이듯이 일렬로 움직이고 있었다. 징용자들이 모두 타고나자 인솔 근무관이 탔고 헌병들이 양쪽 문 앞을 지키면서 열차는 움직이기 시작했다. 그리고 가을로 접어든 아오지의 시가지는 시야에서 멀리 뒤로 물러나고 있었다.

창남은 눈을 감고 있었다. 한 달 월급이라야 한 사람의 생활비도 안 되는 돈이지만 함께 살고 싶었다. 함께 살고 싶은 생각에는 다른 이유가 있었다. 지금 창남이 식구는 임신 중인 데다 어린 광자가 그립고 함께 살고 싶었다. 지아비로서 해야 할 도리를 하고 싶었고, 결혼 이후 처음으로 가

정다운 생활을 하고 싶었다. 그런 내막을 모르는 사람들은 말리고 있었고 창남은 부끄러운 자신을 감추면서 동료들의 만류를 받아들이지 않았다. 천안에서 남과 북으로 갈려 북으로 향할 때 창남은 하늘이 도왔다고 생각하며 한없이 좋아하고 있었다. 그런 창남이의 속마음을 모르는 근식은 한사코 말리고 있었다. 그러나 그 말리던 말을 듣지 않았던 창남은 결국 큰 실수를 저지르고 말았다. 창남은 근식이 말을 듣지 않은 것을 뼈아프게 통탄하면서 아오지가 멀어지고 있는 창밖에서 눈을 떼지 못하고 있었다.

"우리, 만주… 만주로 가는 게 맞죠?"

만식이가 작은 소리로 근식이에게 묻고 있었다. 근식은 고개를 끄떡였다. 그동안 언젠가는 만주로 가게 될 것이라는 생각을 놓지 않고 있었던 근식은 만식이에게 고개를 끄떡이며 그날이 이렇게 쉽게 왔구나 하면서 황해도 연백 사람들이 앉아 있는 곳을 잠시 바라보고 있었다. 그리고 만주에는 전쟁을 하고 있다는 말을 떠올리고 있었다. 근식은 지금 조선이 아닌 만주로 가고 있다는 생각에 근식은 물론 징용자들 모두는 이제 어쩌면 고향은 먼 추억의 꿈속으로 가고 있는지도 모르겠다는 생각들을 하고 있었다. 그러면서 꿈으로 기억될 뿐만 아니라 남의 이야기처럼 잊어질 것으로 생각하고 있었다.

열차가 남양역에 이르자 정차했다. 그리고 일본군들이 어딘가로 가고 있었고, 얼마간 시간이 지나자 양손에 들통을 들은 조선인들이 나타났다. 그 조선인들은 징용자들이 타고 있는 객차로 들어왔다. 그리고 들통 속에서 주먹밥을 꺼내어 나눠주고 있었다. 징용자들은 주먹밥을 단숨에 먹어 치웠다. 그렇지만 창남은 어린 광자와 광자 어미가 눈에 밟히고 있어서 주먹밥은 물론 물 한 모금 입에 넣지를 않고 있었다.

"살아야 합니다, 만나시려면."

창남을 보면서 근식이가 나무라듯 말하고 있었다.

"입맛이 없어도 좀 드세요. 앞으로 무슨 일이 닥칠지 모르잖아요. 입에 넣어 보세요."

만식이가 주먹밥을 입에 넣지 않고 들고 있는 창남이가 안쓰러워서 물그릇을 들고 있으면서 말했다. 창남은 물그릇을 받아 입술을 축였다. 그리고 근식이 말대로 먹어야 만날 수 있을 것만 같아서 보리와 강냉이 콩으로 지은 주먹밥을 입에 넣고 있었다. 징용자들은 누구도 입을 열지 않은 채 멀어져 가는 창밖의 풍경들을 보고 있거나 고개를 숙이고 열차가 흔들리는 대로 흔들거리고 있었다.

"두만강."

누군가의 입에서 두만강이라는 말소리가 나오고 있었다. 징용자들은 모두 창밖을 보기 시작했다. 헌병들은 창밖을 보고 있는 징용자들을 보면서 자리에서 일어나 통로를 걷고 있었다. 열차가 두만강 강변을 달리면서 징용자들은 자신들의 운명을 보고 있었다. 빠르게 변하고 있는 창밖을 보면서 빠르게 닦아오고 있는 자신들의 운명을 생각하고 있었다. 헌병들은 계속해서 통로를 걷고 있었고 징용자들은 암울해지고 있었다.

"만주…."

나지막한 소리가 근식이 입에서 흐르고 있었다.

"만주요?"

만식이의 입에서도 나지막한 소리가 흐르고 있었다. 징용자들은 철길 아래 두만강 물을 내려다보고들 있었다. 그리고 자신들은 끌려가고 있는 하찮은 존재들이라는 것을 그 어느 때보다도 통감하고 있었다. 그런가 하면 파리 목숨이나 다름없다는 것도 통감했다. 이제 어느 순간 죽게 된다는 것을 통감하며 몸에서 감각이 사라지는 느낌을 받고 있었다. 징용자들은 만주의 겨울 풍경을 보면서 두만강 철교를 달리는 소리를 멀리하고 있었다. 징용자들은 창밖을 내다보며 웅성거리기 시작했고 양쪽 문 앞에 있는 헌병들은 총을 메고 있는 손에 힘을 주고 있었다.

징용자들은 두만강을 넘어 만주로 접어들자 난파선이 표류하듯이 몸과 마음이 표류하면서 가냘픈 운명을 휘어잡고 있었다. 징용자들은 피워대던 담배들도 피우지 않았으며 주고받던 말들도 하지 않고 있었다. 이제는 고향을 떠났다는 감정에서 고국을 떠났다는 감정으로 바뀌면서 고립과 압박감에 소용돌이치고 치고 있었다. 옷이 다른 사람들과 집이 다른 풍경이 창밖에서 빠르게 다가오면서 징용자들은 몸을 움츠리고 있었다. 징용자들은 자신이 어쩌면 지금 불구의 객이 되어 있는지도 모른다는 생각을 하며 머릿속으로 파고들어 오는 공포에 엄습당하고 혼백의 몽롱한 늪에 빠져 있는지도 모른다고 생각하고 있었다.

열차는 한참 동안 강을 따라 달리다가 인적이 없는 산속으로 달리기 시작하며 날이 저물고 있었다. 기온의 차이가 한눈에 드러나고 있는 깊은 산속을 열차는 달리고 있었다. 어둠이 깊어지고 있는 속에서 달리고 있는 열차는 이제 징용자들을 어딘가에 내려놓으려고 달리고 있는 것만 같았다. 문이 열리고 있었다. 그리고 역무원과 헌병이 나타났다. 그리고 그 헌병은 문 앞에 앉아 있는 징용자 몇 명을 데리고 나갔다. 잠시 후 다시 나타난 헌병과 징용자들은 양손에 음식이 들어 있는 들통을 들고 나타났다. 들통을 들고 나타난 징용자들은 주먹밥을 나누어 주기 시작했다. 열차는 어두운 만주벌판을 달리다가 한순간에 강줄기를 따라 달려가고 있었다. 징용자들은 주먹밥으로 저녁을 때우고 열차가 흔들리는 대로 몸을 흔들거리며 눈을 감고 있었다.

창남은 담배 연기를 깊이 빨고 있는 근식을 쳐다보면서 창밖에서 빠르게 스치고 지나가고 있는 어둠을 보고 있었다. 근식은 잠을 쫓고 있었다. 이제 곧 닥칠 일들을 마음속에 준비하느라고 잠을 쫓고 있었다. 옆에 앉아 있는 창남이도 잠을 청할 생각을 하지 못하고 있었다. 광자와 광자 어미가 머리에서 떠나지 않고 있고 징용으로 얽매인 몸이니 어느 나라건 어느 곳이건 무엇을 하게 되건 가족에게 털끝만 한 것 하나 도움이 되지 못하고 있다는 생각에 자신을 스스로 자학하고 있었다. 그런 창남은 눈을 멀뚱거리며 근식이가 내뱉고 있는 담배 연기 속에 묻히고 있었다.

만주를 달리는 열차는 어디로 가고 있는지 쉬지 않고 밤새 달리고 있었다. 열차는 낮에도 달리기만 하고 있었고 다시 밤이 되어도 달리기만 하고 있었다. 이제 징용자들은 모두 무력해진 속에서 따끈한 물 한 모금이 간절해지고 있었다. 그리고 길게 누워 편하게 잠 한번 푹 자고 싶은 생각만이 가득하기만 했다.

만주의 철길은 다시 날이 밝아오고 있었다. 아침 햇살이 창유리를 통해 열차 안으로 들어오면서 열차가 멈추고 있었다. 그러자 통로 끝에서 경계를 늦추지 않고 있던 헌병들이 바쁘게 움직이기 시작했다. 그리고 징용자들은 헌병이 호루라기를 불어대며 시키고 있는 대로 움직이고 있었다. 징용자들은 짐을 챙기기 시작했다. 열차가 완전히 멈추자 헌병들은 징용자들을 밖으로 내몰기 시작했다. 밖으로 내몰린 징용자들은 헌병들이 불어대고 있는 호루라기 소리 속에서 송장들처럼 움직이고 있었다. 징용자들은 절벽과 절벽 사이에 집 덩이만 한 돌들이 수북이 쌓여 있는 속에 이제막 시작한 커다란 굴을 보고 있었다.

열차는 굴 앞에서 멈추고 있었고 징용자들은 돌무더기가 쌓여있는 곳에서 내리고 있었다. 일본군들의 총 끝에 칼날이 날카롭게 반짝이고 있는 대로 징용자들은 움직이고 있었다. 징용자들은 커다란 돌들을 보면서 지금 이곳이 어떤 곳이라는 것을 한눈에 알 수가 있었다. 바위산을 뚫고 있는 산 앞으로 철길이 놓여 있는 것을 보면 철로 굴착 공사라는 것을 알 수 있었다. 징용자들은 긴장되고 있었다. 짐 꾸러미를 들고 일본군들이 소리지르는 대로 움직이고 있었다. 징용자들은 하나같이 이제 살아남기 어렵다는 것을 느끼면서 사방에서 보이고 있는 시설물들을 보고 있었다.

징용자들은 포로병들처럼 끌려가고 있었다. 그리고 함석과 판자로 허름하게 지어진 창고에서 내어주고 있는 옷가지들을 받아들었다. 그런 다음 징용자들은 칼끝처럼 날카롭게 소리를 질러대는 일본군을 따라 어느 막사 앞으로 가고 있었다. 비좁고 허름하게 지어진 막사 안으로 들어간 징용자들은 방금 받은 옷들로 갈아입고 식당으로 안내되었다. 그리고 징용자들은 김이 솟고 있는 국을 받아 들었다. 그런 다음 한 주걱의 밥덩이를 받아 들었다. 널빤지로 만든 기다란 나무 의자에 징용자들은 앉아서 추위에 오그라들고 있는 몸을 국물로 몸을 녹여가고 있었다.

"갈산 양반, 힘들어지고 있으신지 압니다."

창남이 음식을 먹고 있는 것을 보고 있던 근식이가 만주에 오는 내내 그리고 이곳에 도착해서도 입을 열지 않고 있었는데 창남이가 밥그릇 앞에서 우물거리고 있는 모습을 보면서 입을 열고 있었다. 창남은 그런 근식이의 말에 숟가락을 조금 움직이기 시작했다.

"이 음식, 우리에게서 뺏은 것들입니다."

근식은 고개를 들지도 않고 말을 하고 있었다. 멀리서 착검을 한 일본군이 징용자들을 노려보고 있기 때문이었다.

"아까 보셨죠? 가마니들 내리는 것."

징용자들은 근식의 말에 화물칸에서 내리고 있던 가마니들을 기억하고 있었다. 그렇지 않아도 식사량이 부족하지만 근식이의 말에 징용자들은 밥그릇과 국그릇을 유리처럼 깨끗이 비우고 있었다. 근식의 입에서 더 이상 나오고 있는 말이 없었으나 창남이도 다른 징용자들이 하듯이 그릇을 깨끗이 비웠다. 그러고 보면 그동안 공출로 거두어가던 곡식들이 모두 일본군들 군량미로 빼앗기고 있다는 것을 다시 알게 된 징용자들은 소리 안 나게 그릇이 뚫어지라고 긁어댔다.

저녁을 마친 징용자들은 전쟁터에서도 육박전을 할 때나 착검하는 대검을 총 끝에 꽂고 호루라기를 불거나 멱따는 소리로 고약거리는 일본군의 안내를 받으며 앞으로 이곳에서 있는 동안 있을 행동 지침이나 주의 사항에 대해서 교육을 받아야 했고, 숨 막히는 협박과 공갈 소리를 들어가면서 침상에 누웠다. 그리고 밤새도록 불을 활활 태우고 있는 것을 문틈으로 보면서 잠이 들었다. 호루라기 소리와 문 앞에 매달아 놓은 철통이 깨지도록 두들겨대는 소리에 징용자들은 기절초풍하고 자리를 박차며 일어났다. 그리고 불도 없어 캄캄한 속에서 옷들을 주워 입고 눈들을 반짝이며 문을 향해 보고 있었다.

7
얼음 속과 같은 만주의 새벽

"일어나! 이 조선 놈들아."

징용자들은 모두 일어났다. 그리고 소리 지르고 있는 일본군 병사를 쳐다보았다.

"모두 밖으로 나와 집합한다."

일본군 병사는 목구멍이 찢어져라 소리치며 문 밖으로 나가 섰다. 징용자들은 우르르 밖으로 나가서 일본군 병사가 가리키는 대로 섰다. 밖에는 여기저기서 모닥불이 타고 있었고, 얼음보다도 더 차가운 추위가 징용자들을 덮치고 있었다. 징용자들은 타고 있는 모닥불 빛에 어른거리며 보이고 있는 일본군 병사를 쳐다보면서 난파선을 타고 있는 듯이 술렁이며 뭉쳐 있었다. 그리고 징용자들은 모닥불만이 아니라 자신들과 마찬가지로 막사에서 끌려 나와 다른 무더기로 서 있는 사람들을 보고 있었다.

"이제 너희는 저 앞에서부터 식당으로 들어가 아침 식사를 한다. 그리고 식사를 마친 다음 이 자리에 다시 모인다. 알았나! 조선 놈들아."

징용자들은 한 무리가 식당으로 움직이고 있는 것을 보면서 뒤를 따라 움직이기 시작했다.

"저 사람들은 누구죠?"

만식이가 겨드랑이에 손을 넣고 근식이 곁에 바싹 다가서면서 말하고 있었다.

"차차 알게 돼."

근식은 대답해 주면서도 자신도 모든 것이 궁금하기만 해서 눈치를 보고 있었다. 징용자들은 한 무더기의 낯선 사람들이 식당으로 들어가고 나서 줄지어 들어가기 시작했다. 근식은 일행들을 먼저 들여보내면서 자신은 후미 쪽으로 물러났다. 그러자 박광식도 근식의 주변으로 오고, 이학봉도 후미로 물러나며 근식과 나란히 줄을 맞춰 서고 있었다. 식당은 한 시간 가까이 붐볐고, 사람들은 식사를 마치는 대로 밖으로 나와 추위에 아랑곳없이 집합하고 있었다. 징용자들은 자력을 모두 잃은 상태에서 힘없이 움직이며 한 덩어리의 무리가 되고 있었다.

식사를 마치고 잠시 쉬는가 싶더니 사무관 사람들이 나타나서 이름을 부르고 이름을 부르는 대로 징용자들은 분산되기 시작했다. 창남은 다행히도 근식과 만식이 그리고 홍동면의 이정식, 박명원과 같은 조가 되어 굴속으로 들어가게 됐다. 굴속은 굴삭기의 굉음과 먼지가 뒤범벅되어 전깃불이 희미하게 빛나고 있었고, 금방이라도 떨어질 듯이 천장에 매달려 있는 돌들이 무섭기만 했다. 굴속은 당장이라도 돌들이 떨어져 덮치거나 묻힐 것만 같이 위태로웠고, 험해서 소름이 돋고 있었다.

창남은 같은 조가 된 사람들과 일본 사람이 가는 대로 굴속으로 깊이 들어갔다. 후끈거리는 열기와 먼지 그 속에서 작업하고 있는 조선인들은 눈을 반짝이며 이제 막 들어온 창남 일행을 쳐다보며 일을 하고 있었다. 그러니까 굴속에서는 밤새 작업을 하고 있었던 것 같다. 징용자들은 일본 사무관과 조선 사람인 반장이 시키는 대로 일을 시작했다. 창남과 함께 온 징용자들은 사방에 쌓여 있는 돌들을 들어 레일 위에 있는 수레에 실어 밖으로 내다가 버리는 일을 하게 되었다. 창남과 근식 조는 멀리 떨어져 있는 돌들을 수레에 실어 레일 위에 있는 수레에 실어 나르기 시작했다.

창남은 만식이와 김팔복과 함께 돌을 굴러다가 레일 가까이 쌓기 시작했다. 굴착기에서 제멋대로 쪼개진 날카로운 돌들을 창남이와 만식이 그리고 팔복이는 지렛대로 밀어가면서 레일 수레 있는 곳으로 밀어 나르고 있었다. 오봉광산에서 석탄을 싣던 것과는 차이가 있지만 노동은 힘으로 하는 일이라 별다른 기술이 필요하지 않았다. 징용자들은 돌덩이들과 삶과 죽음의 사투를 벌이기 시작했다. 이곳이 어디든 간에 징용되어 끌려온 이상 일을 하지 않으면 죽게 되어 있다. 그러므로 누구의 입에서도 말소리는 나지 않고 있었다. 그저 움직이고 있었다. 목이 마르면 물통에서 물을 떠 마시면 되었고, 땀이 비 오듯 흐르면 옷으로 닦으면 되었다.

징용자들은 물론 작업을 하는 사람들 모두 지치고 지쳐서 움직일 수 없어 주저앉거나 쓰러져 있자 호루라기 소리가 나면서 굴착기 소리가 멎었다. 땀범벅이 되어 버린 몸뚱이에 눈만 반짝이며 작업을 하던 조선인들은 모두 굴 밖으로 움직이기 시작했다. 근식과 창남 일행은 지친 두 다리를 흐느적거리며 밖으로 나가고 있는 사람들을 따라 밖으로 나가고 있었다. 밖으로 나온 징용자들은 추위에 몸을 움츠렸고 땀에 젖은 옷은 삽시간에 얼어붙고 있었다.

"어디에서들 오셨소?"

"홍성요."

만식이가 묻고 있는 사람에게 대답했다. 그리고 다시 말했다.

"절반은 황해도 사람들입니다."

눈만 반짝이며 묻던 사람은 지쳐서 흐느적거리며 걷고 있는 창남과 주변에서 걷고 있는 사람들을 둘러보면서 다시 말했다.

"조선엔 남은 남자가 없겠구먼. 밥이나 먹읍시다."

눈만 반짝이던 사람은 측은한듯하면서 암울한 말끝을 남기면서 걷고 있었다.

"난 박기만이라고 합니다. 청주."

"충청북도 청주요?"

만식이가 물었다.

"그렇소. 저 사람들 모두 청주요. 전라도와 평안도 사람도 있소."

"여기 만주지요? 중국 사람은 없어요?"

"있었는데 모두 다른 데로 갔소. 대신 당신들이 온 것이오."

만식은 더 묻지 않았다. 조선 사람들은 식당 안으로 들어가면서 창남 일행을 측은한 눈빛으로 바라보고 있었다. 청주라고 했던 사람들은 창남 일행을 보면서 식사들을 하고 있었다. 징용자들은 지칠 대로 지쳐 있는 상태라 입에서 나오는 말이 없었다. 지친 몸들은 뜨거운 물을 마시고 또 마시기만 했다. 식사를 다 하고서도 뜨거운 물을 계속 마셔대고 있었다. 일 시작 시각이 임박해도 지친 창남 일행은 앉은 자리에서 일어나지를 못 하고 있었다. 징용자들을 일본 감독관이 쳐다보고 있었다. 그래도 징용자들은 자리에서 일어나지를 못하고 있었다.

박기만이라는 청주 사람은 무슨 말인가 하려고 하다가 일어나 앞서서 걷기 시작했다. 조선 사람들은 하나같이 같은 입장이고 같은 처지이고 보니 할 말이 있으면서도 입을 열지 못하고 있었다. 근식이가 자리에서 일어났다. 창남도 자리에서 일어나 청주 사람들을 따라갔다. 굴속으로 들어간 조선 사람들은 여기저기 돌덩이에 앉아서 담배를 물고 있었다. 근식도 담배를 피워 물었고, 굴을 만들어 뭘 하려고 그러는지 알고 싶지도 않았지만, 굴속이 깊고 넓은 것을 보면 군수품을 두려고 하는 것만 같고 언뜻 보아 격납고가 틀림없는 것만 같았다. 이렇게 크게 만드는 격납고는 무엇에 쓰려고 하는 것인지 의문이 들고 있었다. 근식은 청주 사람들이 일어나는 것을 보고 있었다. 그리고 작업반장이 청주 사람들에게 무슨 말인가 하고 있는 것을 보면서 자리에서 일어났다.

"아저씨! 중국 사람들은 왜 보냈지요?"

만식이가 근식이에게 말했다. 근식은 만식을 쳐다보면서 대답해 주었다.

"저 사람들이 아는지 모르니 다음에 물어보자."

"여기 특별한 곳인가 봐요."

"우리가 있는 곳은 모두 특별하다."

만식은 근식의 말에 더 묻지 않았다. 그리고 자리에서 일어나며 박기만이라는 청주 사람이 작업반장과 이야기하는 것을 보았다. 징용자들은 해야 할 일들이 험난하기만 해서 눈만 반짝이며 말들을 하지 않았다. 눈만 뜨면 하는 일이라는 것이 힘겹고 고달프기만 해서 하루에도 몇 번씩 살아 뭣하나 하는 생각을 하고 있었다. 그러나 창남은 다른 사람들과는 달리 험하게 일하고 있었다. 커다란 해머로 돌들을 사정없이 내리쳤다. 그런가 하면 수레에 돌을 가득 싣고 온몸이 부서져라 밀어대고 있었다. 자신의 경솔로 인해 광자와 광자 어미가 괜한 고생을 하는 것이 떠오르고 있어 창남은 미친 사람처럼 일을 했다. 근식이 신중하자고 할 때 그리고 모두가 말릴 때 말을 듣지 않은 것을 뼈저리게 후회하면서 가끔 제 머리를 쳤다. 손등이나 손바닥은 날카로운 돌에 찔리거나 찢겨 성한 곳이 없고 피가 나고 있어도 창남은 움직이고 있었다.

창남은 자신을 학대하듯이 일하고 있었다. 그러므로 몸이 부서지고 있었다. 근식은 물론 만식이가 그런 창남을 맴돌면서 만류하고 보살피고 있지만 창남은 아랑곳하지 않고 미친 듯이 움직이고 있었다. 그 때문에 손가락은 물론 온몸이 피멍이 들기 시작했고 피가 흐르고 있었다. 그래도 창남은 아랑곳하지 않고 무거운 돌을 들어 나르고 있었다. 창남은 거의 미친 사람처럼 보였다. 근식이 창남이 곁을 떠나지 못하고 있었다. 그러나 창남은 멈추지 않았다. 멀리서 그런 창남을 보고 있던 감독관이 호각을 불어대고 있었다. 그리고 모두 쉬게 했다. 창남은 흐르는 땀을 옷소매로 닦아가며 감독관을 보고 나서 근식이 곁에 앉았다. 근식은 아무 말 하지 않았다. 만식이도 그런 창남을 보면서 말은 하지 않았다. 창남의 마음속을 알고 있기 때문에 창남이가 그러고 있다는 것을 말릴 수도 없었고 탓할 수도 없어 말없이 곁에 있기만 했다.

감독관의 호각 소리가 나고 징용자들은 다시 움직이기 시작했다. 창남도 움직였다. 창남은 계속해서 커다란 돌을 들어 날랐다. 그리고 돌이 가득한 수레를 밀었다. 근식이와 만식이 그리고 홍동면 이정식은 그런 창남을 더는 두고 볼 수 없었는지 창남을 밀어붙이면서 수레를 빼앗아 밀고 밖으로 나갔다. 창남은 다시 커다란 돌을 해머로 내리치며 깨기 시작했다. 깨고 또 깨고 창남은 양손에서 피가 흐르는 것을 아는지 모르는지 해머자루를 힘껏 쥐고 사정없이 돌을 내리쳐 쪼개고 있었다.

감독관이 호루라기를 불어대기 시작했다. 그리고 작업반장이 일하는 모든 사람을 밖으로 내보내고 있었다. 막장에서 굴착기로 바위를 뚫던 박기만 그리고 청주 사람들이 밖으로 나와 근식 일행이 있는 곳으로 와서 모두 앉았다. 그리고 잠시 후 땅이 흔들리고 고막을 찢는 소리가 진동하면서 희뿌연 먼지가 굴 밖으로 나오고 있었다.

"오늘은 이것으로 작업이 끝났습니다."

청주의 박기만이 담배 연기를 시원하게 내뿜으면서 말하고 있었다. 저녁 노을의 붉은빛이 산 너머로 사라지면서 어둠이 순식간에 내리고 있었다. 창남은 세면장에서 흐르는 땀을 씻었다. 그리고 일행들과 식당으로 향했다. 식당에서도 창남은 어제와는 달리 뜨거운 배춧국에 밥을 말아 쉬지 않고 입에 떠 넣었다. 근식은 그런 창남을 숟가락을 놓고 보고 있었다. 창남은 빠른 손놀림으로 숟가락질을 하면서 일행들보다 일찍 식사를 마쳤다. 근식은 그런 창남을 보고 있다가 작은 소리로 말했다.

"왜놈들 눈에 이상하게 보여서 좋을 게 없습니다. 보아하니 이곳은 특별한 곳 같습니다."

창남은 근식이 무슨 말을 하는지 알고 있었다. 근식은 그런 창남에게 다시 입을 열었다.

8
미쳐가고 있었다

"다치지 않아야 합니다."

창남은 근식이가 숟가락을 놓을 때까지 앉아 있었다. 그리고 근식이 말대로 군인이 많지는 않지만 경비가 살벌하다는 것으로 짐작이 가고 있었다. 열차에서 내리기가 무섭게 공사장으로 내몰면서 담배 한 대 피워 물여유를 주지 않던 일본군들을 떠올리며 창남은 자리에서 일어났다. 숙소로 돌아오자마자 만식이는 모포를 푹 덮고 누웠고 창남은 눈을 내리감고 앉아 있었다. 피로가 한순간도 견디기 어렵게 엄습하고 있었지만 광자가 눈에 밟히고 있었고 광자 어미가 길거리에서 쓰러지고 있는 것만 같은 생각에 눕지를 못하고 있었다.

"나쁘다, 나쁘다, 이렇게 나쁜 놈들은 세상천지에 없을 겁니다. 결혼한 사람들은 사택에서 살며 눌러앉으라고 해대더니…"

평소에 말이 없었던 광천의 김득곤이 누더기 양말을 벗어서 난로 옆에 널고 오면서 말했다. 김득곤은 갈수와 청학이 있는 곳에 앉아서 담배를 길게 말아 피우고 있었다.

"연로한 부모님 덕에 고만하길 다행이지 아녔어 봐요. 나 역시 감쪽같이 당했지."

　김득곤은 길게 만 담배를 피워 물고 온종일 괴로움을 일로 분풀이하던 창남을 위로하고 있었다. 징용자 중에는 김득곤처럼 식구가 집을 떠날 수 없는 형편 때문에 변을 면했지 그렇지 않았다면 창남이처럼 모두 봉변을 당할 뻔들 했다. 창남은 눈을 감을 수가 없었다. 만약에 광자와 광자 어미가 오봉에 왔다면 어쩌나 하는 생각이 끓어오르고 있어서 눈이 감기지 못하고 있었다. 이미 겨울로 접어든 아오지에서 누구 하나 아는 사람도 없이 헤매고 있는 모습이 눈에 떠오르고 있어서 창남은 눈을 감지도 뜨지도 못하고 식은땀을 흘리고 있었다. 그리고 무엇보다도 갈산에 모든 집을 정리해서 오라고 하였으니 막상 갈산으로 돌아간다 해도 들어설 집마저 없을 것을 생각하며 창남은 잠을 이루지 못하고 있었다.

　징용자들은 과로에 모두 잠이 들었고 사방에서 코 고는 소리가 진동하고 있었다. 그러나 창남은 숨소리를 거칠게 쉬고 있었다. 거칠게 쉬고 있는 숨소리에 가끔 한숨이 섞어 나오고 있었다. 밖에는 모닥불이 타고 있었고, 일본군 보초들이 가끔 막사를 살피고 가는 것을 보면서 창남은 적막한 어둠을 흘러보내고 있었다. 근식이가 뒤치락거리기를 여러 차례 하고 있었다. 창남이 잠을 이루지 못하는 것을 알고 있기 때문에 근식 역시 잠을 이루지 못하고 있었고, 잠을 이뤄도 선잠을 자고 있었다. 밖에서는 보초들이 몇 번째 교대하고 있었다.

　다음 날도 창남은 미친 듯이 일하고 있었다. 굴려야 할 것은 굴리고 들 만한 것은 들어 안아 들고 죽는지 사는지 모르고 일하고 있었다.

　"천천히 하세요. 다치시면…."

　만식이 보다 못해 말리고 나섰다. 그러나 창남은 알아듣지도 못하고 있었다. 창남의 머릿속에는 오봉 탄광 거리에서 헤매고 있는 광자와 광자 어미만이 가득했다. 오봉에서 눈물을 흘리고 있을 광자와 아내가 머릿속에 가득해서 일부러 힘든 일을 찾아서 하고 있었다. 만식은 그런 창남이가 다치기라도 할까 봐 걱정되어서 일하면서 자주 쳐다보았다. 근식이도 쳐다봤고 다른 사람들도 쳐다봤다.

"괴로운 건 알지만 몸 생각을 해야 합니다."

홍북면의 고남덕이 말했다. 그리고 커다란 돌을 힘겹게 굴리고 있는 것을 함께 도와주고 있었다. 어제부터 창남을 유심히 보고 있던 감독관이 창남에게로 왔다. 그리고 창남을 향해서 말하고 있었다.

"당신 다치지 마시오."

감독관은 창남을 쳐다봤다. 그리고 무슨 말인가? 더 하려다가 그만두고 있던 자리로 돌아갔다. 그래서일까. 박기만과 청주 사람이 창남에게 다가왔다. 그리고 귓속말을 해주고 갔다.

"다친 사람들은 어디로 보냅니다. 다치지 마시오."

"어디로요?"

만식이가 물었다. 그러나 박기만은 대답하지 않고 일하던 곳으로 갔다. 그렇지만 창남은 일손을 멈추지 않았다. 그러자 근식이 굴리고 있는 돌을 함께 굴리면서 낮은 소리로 말했다.

"소용없는 짓은 하지 마시오."

근식은 말을 마치고 일하던 것을 하고 있었다. 창남은 일손을 멈췄다. 그리고 만식이가 들고 있는 물그릇을 받아 마셨다. 호각 소리가 들리고 징용자들은 일손을 멈추고 모두 밖으로 나가고 있었다. 창남은 일행들이 말리고 있다는 것을 알고 있으면서도 계속해서 당하고만 있는 것에 분이 치밀어 올라와 일본 사람들을 죽이고 싶은 마음을 억제할 수가 없어서 그렇게라도 하지 않으면 견딜 수가 없어 일이라도 펑펑 하고 있었다. 청주의 박기만이 창남의 곁으로 닦아갔다.

"힘자랑은 하지 마소. 곱게 보는 사람도 없고, 사고 나면 그날이 끝이오.

다친 사람 돌아온 사람이 없소. 내 말 명심하소."

박기만이 창남의 얼굴을 보고 나서 일행이 걷고 있는 곳으로 갔다. 식당으로 들어가서도 창남은 말이 없었고 밥을 다 먹고 나서도 말이 없었다. 그런 창남을 보고 있던 만식이 입을 열었다.

"여기는 병원이 없나 보죠?"

"저기 일본 놈이 우리를 노려보고 있어. 하고 싶은 말은 잘 때 해."

근식은 더는 말하지 않았다. 만식은 창남의 곁에서 걸었다. 그리고 근식이가 주의 주던 말을 떠올리며 말없이 걷기만 했다. 일하다가 다치면 치료를 안 해주고 어디로 보내버리고 만다니 이해할 수가 없었지만 왜놈들이 노려보고 있어서 만식 역시 조심하면서 걷고 있었다.

"아프지 말고 다치지 맙시다."

근식이가 가라앉은 말소리를 내며 담배를 피워 물었다. 모두 앉아서 담배를 피우고 있자 청주의 박기만이 근식에게 다가와 담뱃불을 붙였다. 그리고 함께 앉았다.

"부상자가 많으면 일에 지장이 올까봐 치료를 안 해주나 보죠?"

만식이가 박기만에게 말하고 있었다.

"그렇지 않아."

박기만이 말했다.

"일 안 하려고 일부러 다치고 누워있을까 봐 그러는 게 맞아요."

만식은 계속해서 치료를 안 해준다는 것에 의문을 가지고 있었다.

"그렇지 않아. 조선 사람들은 꾀를 부리지 않아. 그렇지만 다친 사람은 어디로 데려가고 다시는 돌아오는 사람이 없어."

만식은 더는 묻지 않았고 박기만을 보면서 고개를 끄떡였다. 그리고 다시 물었다.

"여기 공사가 뭐예요?"

"우리도 몰라. 밥 주는 사람 말로는 무기 창고래. 대포."

"대포?"

만식이의 말소리가 뚝 잘리며 끊겼다. 그리고 징용자들은 호루라기 소리를 들으며 모두 자리에서 일어나 굴속으로 들어가고 있었다. 창남은 변한 것이 없었다. 제 몸보다 커다란 돌을 미련스럽게 굴리고 있었다. 그런 창남을 더는 놔두었다가는 무슨 일이 일어날 것만 같아서 근식은 다가가 함께 굴려주면서 말소리를 뱉고 있었다.

"다치면 안 된다는 소리 못 들었소?"

창남은 주춤했다.

"모두가 다 말리고 있지 않소."

창남은 돌을 들려다 멈췄다. 그리고 해머로 돌을 내리쳐서 부순 다음 수레에 실었다. 쉴 참이 될 때까지 창남은 만식과 함께 돌을 실어 날랐다. 그리고 더는 무리한 행동을 하지 않았다. 모두 가다 물을 마시며 둘러앉아 쉬고 있었다. 근식은 창남을 향해서 차분하게 말소리를 내고 있었다.

"거기 박 아주머니 주소 가지고 있소. 그쪽 소식 알아야 하니 내 편지 보내겠소."

창남은 근식의 말에 정신이 번쩍 들었다. 근식은 담배를 깊이 빨면서 눈이 커다래진 창남을 쳐다보며 담배를 피우고 있었다. 만식이 그런 근식을 쳐다봤다. 아니 말소리를 들은 사람들은 모두 근식을 바라봤다.

"어찌 될지 몰라서 사무실 박 반장 주소도 알아왔소. 너무 상심하지 마시오."

근식을 쳐다보던 창남의 눈이 글썽해지고 있었다.

"우린 조선이오."

근식은 담배를 발바닥으로 비벼 끄면서 말했다. 그리고 해질 대로 해진 장갑을 끼고 있었다. 창남은 온몸이 소금에 저는 듯이 절고 있었다. 근식은 손수레에 돌을 얹었다. 그리고 밀고 갔다. 창남은 수레를 밀고 가는 근식을 바라보았다. 창남은 자신을 생각해서 뒷일까지 꼼꼼히 챙기기까지 해준 근식이 한없이 고마웠다.

창남은 수레를 밀고 가는 근식을 물끄러미 바라보다가 큼직한 해머를 들어 돌을 내리쳤다. 커다란 돌은 삽시간에 산산조각이 나고 있었다. 그리고 또 다른 돌을 내리치고 계속해서 내리쳤다. 창남은 일이 끝나는 시간까지 커다란 돌들을 내리치고 있었고, 수레에 돌들을 실었다. 근식은 저녁 식사를 마치자 박기만을 만났다. 그리고 편지에 관해서 말을 주고받고 있었다.

"여긴 그런 거 없어. 우리도 고향에 소식을 보내려고 말했다가 단칼에 거절당했어. 징용자들은 사람도 아냐. 그리고 군사 비밀 지역인 모양이야."

박기만의 말에 근식은 눈을 감았다. 일하는 징용 노무자와 군인만 있는 데다 경비가 삼엄한 것을 보면 박기만의 말대로 군사 비밀 지역이 맞는 것만 같았다. 민가가 없고 중국 사람은 한 사람도 없는 이유도 그 때문인 것만 같았다. 근식은 난감했지만 여러 각도로 생각했다. 그리고 이대로 물러난다면 창남이 실망할 것을 생각해서 물러날 일이 아니라고 생각했다. 그렇지 않아도 이곳은 긴장의 연속이고 무슨 일이 일어날 것만 같은 기분이 들고 있는 곳이기만 해서 불안스럽기만 한데 일이 잘못되기라도 한다면 실망이 문제가 아니라 생사가 걸릴 것만 같아서 근식은 망설이지 않을 수 없었다. 근식은 창남의 눈치를 살폈다. 그리고 일의 실마리를 고심하고 있었다. 그러나 모든 것을 당사자인 창남이 알아야 하기에 근식은 침상으로 오르며 슬그머니 창남의 얼굴을 살폈다.

"까다로운가 봅니다. 우리를 우습게 보는 것보다 여기가 특수 기밀 지역인 듯싶소. 그래서 까다로운가 봅니다."

근식은 창남에게 사실 그대로를 말했다. 그리고 여유를 가지고 일을 추진해 볼 것이니 성급히 일을 단정 지을 필요가 없다고 말했다. 창남은 담배를 빨아대고 있는 근식을 아쉽지만 실망스러운 눈빛으로 처다보았다. 소등되고 캄캄해진 침상에서 창남은 눈에 어른거리고 있는 광자와 광자 어미를 마음속에 그리고 있었다. 근식은 눈을 감았지만 잠들 수가 없었다. 어떤 방법을 써서라도 편지가 갈 수가 있어야 하겠고, 또한 편지를 받아야 하겠기에 잠을 청할 수가 없었다.

밤이 깊어가고 있는 숙소 밖에서는 바람 소리가 칼날처럼 날카롭게 불고 있었다. 깊어질 때로 깊어진 겨울철 만주의 밤은 적막함과 스산함만이 흐르고 있었다. 근식은 창남이 잠을 이루지 못하고 있는 것을 알면서 날이 밝으면 작업반장을 만나 허심탄회하게 상의해 봐야 하겠다고 생각하고 무겁게 짓누르고 있는 눈꺼풀 속에 잠을 청하고 있었다.

뜬눈으로 잠을 설친 창남은 근식에게서 눈을 떼지 못하고 있었다. 아오지 오봉에 광자와 광자 어미가 와 있는 것만 같고 고향을 떠나 서방을 찾아와서 만나지도 못하고 거리에서 헤매고 있을 것을 생각하니 캄캄해진 눈에 가슴이 뛰고 있어서 근식에게서 눈을 뗄 수가 없었다. 더군다나 근식이 아무 말도 해주지 않고 있어서 창남은 초조해지고 있었다. 그러나 근식은 헛기침이나 하면서 입을 열지 않았다. 창남은 그런 근식이가 말해주기를 기다리며 부지런히 돌을 날랐다. 그러면서도 머릿속에는 아오지 길거리에서 헤매고 있을 광자와 아내가 눈에 밟히고 있어 일을 해도 손과 발이 겉돌고 있었고, 잠시도 근식에게서 눈을 뗄 수가 없었다. 근식은 수시로 창남을 위로하고 있었다.

"부인이 아오지에 오셔서 사무실에 들르셨다면 박 감독이 박 아주머니한태 모시고 갔을 겁니다. 그리고 박 아주머니가 친자식처럼 돌봐드릴 겁니다."

창남은 아오지에 식구가 와 있는 것도 중요하지만 지금 편지를 보낼 수 있느냐 없느냐가 더 중요하므로 속이 타들어 가고 있었다. 그리고 근식의 말대로라면 우선 아오지 일은 급한 대로 한숨 돌리게 됐었다. 박 아주머니라면 부드러운 데다 붙임성이 있어 사람들이 좋아하고 잘 따르고 있으니 참으로 다행스럽기 짝이 없다. 그 박 아주머니가 갈산으로 돌아갈 때까지 머물게 하여 준다면 그보다 고마울 데가 어디 있겠는가. 창남은 애간장이 타들어 가다가 멎으면서 숨소리도 가라앉고 있었다. 이제 소식을 전할 수만 있게 된다면 당장 죽어도 여한이 없을 것만 같았다. 창남은 고맙기 한이 없는 근식을 눈가에 이슬이 흐르는 눈으로 보고 있었다.

호루라기 소리가 나고 근식은 담뱃불을 껐다. 그리고 돌이 가득 실린 수레를 밀고 있었다. 창남은 그런 근식을 보고 있다가 해머로 돌들을 내리치고 있었다. 성격이 우둔하고 약지를 못해서 창남은 덤덤하다. 그 때문에 밉지 않고 믿음이 가고 점잖아 보였다. 그런 창남을 근식은 내 일 이상으로 도와주고 있고 살펴주고 있다.

근식은 오후 내내 수레를 밀고 다녔다. 창남은 만식이와 돌을 들어 수레가 오면 싣기만 했다. 그리고 수레를 밀어야 할 때는 근식이 곁에서 힘차게 밀었다. 이곳으로 끌려와 뼈 부서지게 일만 한 지 달 보름이 되었다. 근식은 일본군이 기관단총을 차에 싣고 일하고 있는 조선 사람들을 향해 겨냥하고 있는 것이 보기 싫었다. 이곳이 어디고 지금 하고 있는 공사가 무슨 공사인지 궁금한 것은 사실이지만 알고 싶지도 않았다. 군사기밀이라는 것은 알고 있지만 지금 이곳이 만주 어디인지가 궁금했다. 사방이 첩첩 산중인 데다가 마을은 물론이고 농사를 짓는 밭 한 뙈기 눈에 띄지 않고 있어서 마음은 항상 세상 끝만 같아서 불안이 엄습하고 있었다. 창남에게 편지 이야기를 한 지도 여러 날이 되어가고 있고 살벌하기만 해서 작업반장에게도 입도 벙긋 못하고 있었다. 매일같이 계급이 높은 일본 군인들이 작업을 감리하고 가버리면 조선 징용자들은 그만큼 골병이 들고 있었다.

그래도 근식은 감독관과 작업반장의 동태를 살피며 창남의 이야기를 할 기회를 찾고 있었다.

근식은 뼈가 부서지게 일하고 있는 창남을 보면서 측은해지고 있는 마음을 감당하기 어려웠다. 살고 죽는 것은 그날의 운에 달린 조선 징용자들은 고향에 편지 한 장 보낼 수 없으니 살았어도 살아 있는 것이 아닌 게 틀림없다. 근식은 창남의 일이 있고 나서부터 창남이가 누구보다도 측은해서 마음이 아프지 않은 날이 없었다. 근식은 창남이가 무슨 일을 하던 한시도 곁을 떠나지 않고 함께 일하고 있었다. 그러면서 무엇보다 편지에 관해서 낙심하거나 궁금해 하고 있을 창남의 마음에 힘이 되어 주려고 노력하는 데 소홀하지 않았다.

창남은 어떤 기색이나 말은 물론 묻지 않고 있었다. 묻지 않을 뿐만 아니라 내색조차 하지 않고 일에 열중하기만 했다. 그런가 하면 침착하고 의연하게 행동하고 있었다. 근식이 자신도 모르게 식구가 아오지에 오게 되면 박 아주머니가 돌봐줄 수 있도록 해놓고 온 것이 너무나 고마워서 창남은 막상 편지를 보낼 수 없다 해도 실망은 물론 그 어떤 원망도 하지 않고 운명에 맡기기로 마음먹고 있었다. 그러므로 창남은 차분해지고 있었다. 일터에서뿐만 아니라 식당에서 그리고 잠자리에서도 차분했다. 창남이가 이렇게 변할 수 있는 것은 박 아주머니가 미덥기 때문이다. 식구가 아오지에 갔다면 근식이의 말대로 박 아주머니가 딸자식처럼 보살펴 줄 것이 틀림없기 때문이다. 그러니 편지야 보낼 수 있게 된다면 더없이 좋겠지만 그렇지 못한다 해도 박 아주머니로 인해서 크게 걱정되지 않았다. 언제든 근식이가 편지를 부치게 됐다고 하면 될 일이라 생각하면서 마음이 편안하기만 했다.

그렇지만 근식은 여러 방면으로 방법에 골몰하고 있었다. 아무리 창남이 집사람을 박 아주머니가 돌보아주고 고향으로 보내준다 해도 소식을 알게 되는 날까지는 마음이 편할 리 없으므로 편지는 반드시 보내봐야 한다고 생각하고 있었다. 근식은 조심스럽게 여러 각도로 생각해 가고 있었다. 사무실에 있는 사람들을 하나하나 떠올리며 분석해 보면서 말이 통할 수 있는 사람을 찾아보면서 일곱 명이나 되는 사무관들을 돌아가면서 생각해 보고 있었다. 그리고 청주의 박기만과 그 주변 조선 사람들을 곰곰이 생각해 보고 있었다. 같은 조선 사람 중에서 사무실 사람과 통할 수 있는 사람을 찾아서 연대해 볼 것인지 아니면 직접 상대해 볼 것인지 방법을 생각하고 있었다. 근식은 박기만에 관해서 오래도록 생각해 봤다. 그리고 박기만의 조장인 강 조장이 사무실 직원이나 작업반장과 잘 통하고 있어서 강 조장을 만나 보는 것이 좋을 것 같은 생각을 했다. 근식은 강 조장을 식당에서 조용히 만났다. 그리고 창남의 이야기를 했다.

창남의 딱한 이야기를 들은 강 조장은 어떻게든지 해보자고 했다. 강 조장은 근식과 나란히 앉아 아침 식사를 하고 나서 곧바로 사무실로 향했다. 사무실에 들어간 두 사람은 작업반장에게 이야기했고 이어 감독관에게 이야기했다. 그러나 감독관은 먹기 싫은 음식을 뱉어버리듯이 내뱉고 있었다. 그러면서 근식과 강 조장이 돌아서려 하자 입을 열었다.

"이봐, 거기! 사정이 없는 사람은 단 한 사람도 없다. 하지만 우리도 그런 인정은 있다. 먼저 있던 곳에서 어린 것과 아내가 떠돌고 있는지 알고 싶은 정도는 우리가 확인해 보면 알 수 있다. 주소를 적어 놓고 가라. 그리고 쓸데없는 고향 소식 같은 것은 절대로 안 된다."

근식은 주머니에서 주소를 꺼내 감독관 앞에 내놓았다. 사무실을 나와 근식은 강 조장의 손을 덥석 잡았다. 그리고 나란히 걸어 깊은 굴속에 있는 창남이에게로 갔다. 창남은 근식과 강 조장이 자신을 향해서 오고 있는 것을 보고 일이 잘되었다는 것을 직감으로 알고 있었다. 창남은 들고 있던 해머를 내려놓으며 두 사람을 반짝이는 눈으로 보고 있었다.

9
만식의 아내는 아오지에

"갈산 양반! 기다리면 됩니다."

근식은 웃고 있었다. 창남은 물론 동료들 모두 근식이가 웃는 모습을 처음 보고 있었다.

"아저씨!"

만식이가 창남을 보면서 큰 소리로 부르고 있었다. 창남은 강 조장에게 고개를 숙여 인사했다. 징용자들은 수레를 힘차게 밀고 있었고 해머로 힘차게 돌을 내리치고 있었다. 창남이 점심을 먹고 있을 때 사무실에서 연락이 왔다. 창남은 근식의 얼굴을 쳐다보았다.

"식사하고 가세요. 편하게 생각해요."

근식은 창남을 안심시켰다. 식사가 끝나고 창남이 사무실로 가고 있자 작업반장이 창남을 데리고 사무실로 들어갔다. 창남은 눈을 반짝이며 감독관 앞에 섰다.

"내가 전화로 알아봤다. 이 씨의 아내는 그곳의 조선 여자가 돌보고 있다. 그러니 하고 싶은 말이 있으면 편지를 써서 내게 가지고 와라."

창남은 머리가 화끈해졌다. 작업반장이 움직이는 대로 두 다리를 움직여가면서 밖으로 나왔다. 창남은 근식이가 다가왔어도 서 있기만 했다. 그리고 말했다.

"편지 써 오래요."

창남은 말하고 나서 광자와 식구를 만나기라도 한 듯이 조용히 서 있었다.

"작업반장이 읽어 줄 거요. 어서 쓰기나 해요."

근식은 괜한 걱정을 하는 창남을 부추기고 있었다. 창남은 식구가 편지를 읽을 수 없는 것을 걱정하고 있었다.

"아저씨, 나도 잘 있다고 쓰세요. 우리 집에 연락하시게요."

창남은 만식이를 보며 고개를 끄떡였다. 그러자 김팔복이 말했다.

"지금 그런 거 썼다가 퇴짜 맞으면 어떡해? 다음에 써, 그런 건."

침상에 둘러앉아 있는 사람들은 모두 고개를 끄떡였다. 숙소가 담배 연기로 뒤덮이고 있는 속에서 창남은 편지를 다 썼고 차분하게 접어 봉투에 넣었다. 근식은 가지고 있던 돈을 꺼내 창남에게 넘겨주었다. 그러자 창남이가 근식을 바라보았다.

"축하하는 거요. 객지서 필요한 게 여비밖에 더 있어요? 몇 푼 안 돼요."

창남은 미처 생각하지도 못한 것을 근식은 하고 있었다. 창남은 멀거니 서 있다가 봉투 속에 돈을 집어넣었다. 그러자 징용자들도 주머니를 털기 시작했다. 창남은 뜬눈으로 밤을 보내고 있었다.

다음 날 아침, 창남은 근식과 사무실에 갔다. 사무실에 들어간 두 사람은 일본 글로 쓴 편지와 음문으로 쓴 짤막한 종이를 돈과 함께 소장 앞에 내어놓고 있었다.

"좋소!"

짤막한 소장의 말에 근식과 창남은 고개를 숙여 인사했다. 그리고 밖으로 나와 눈이 하얗게 덮인 산을 바라보았다. 두 사람은 눈 덮인 산 아래굴을 향해 걷고 있었다. 만식이가 굴 앞에서 두 사람을 기다리고 있었다.

"잘됐어요?"

"음."

창남은 대답하고 다 떨어진 장갑을 끼고 있었다.

"보내주기로 했다."

근식도 말했다. 만식은 두 팔에 힘을 주면서 말했다.

"만날 수 있게 해주면 안 되나?"

"편지 보내주는 것만 해도 천만다행이다."

근식은 작업하고 있는 동료들을 보면서 밝은 얼굴로 종이를 꺼내 담배를 길게 말아 피우기 시작했다. 그리고 수레에 창남이와 돌을 들어 싣기 시작했다. 만식은 해머로 커다란 돌을 힘껏 내리치고 있었다. 그리고 박 아주머니가 고마워서 큰 소리로 떠들어대고 있었다.

"고향에 가게 되면 박 아줌마 꼭 찾아볼 겁니다."

"그래, 나도 같이 가자."

근식이가 무거운 수레를 밀며 말했다. 창남은 수당이 나오면 또 부쳐달라고 해야겠다고 생각하고 있었다. 쌀 한 말도 안 되는 돈이지만 고마운 박 아주머니에게도 보내고 광자 어미에게 다달이 보내야겠다고 다짐했다. 그리고 어쨌거나 창남으로서는 혼례를 치르고 나서 난생처음 편지라는 것도 써 보았고, 돈을 부쳐보는 것도 처음이니 사람 구실을 해보는 결과가 되었다. 또한, 남편 구실을 하는 결과도 되었다. 그리고 이번 일이 이렇게 될 수 있었던 것은 창남이 이곳에 도착하면서부터 자책과 괴로움으로 인해서 물불 가리지 않고 일과 싸운 것이 효과가 있었다. 그런 창남이 건실하고 믿음직스럽고 책임감 있어 보였기에 감독관은 서슴없이 승낙하여 주게 되었고, 창남은 행운을 거머쥐게 된 셈이다. 어쨌든 창남은 감독관은 물론이고 일본 사람들 눈에 드는 모범 징용자가 된 셈이 되었다.

머칠 후, 창남은 보내준 돈과 편지를 잘 받았다는 전보 통지문을 작업 반장으로부터 받았다. 그러자 창남은 물론이지만 동료들이 창남이보다 더 기뻐하고 있었다. 동료들은 창남의 손을 잡고 따듯하게 악수하여 주었다. 어둡고 고달프기만 하던 공사장은 창남의 일로 인해서 잠시나마 기쁨이 넘치고 있었다. 창남은 변함없이 부지런히 움직였다. 창남은 힘든 줄 모르고 일에 열중했다. 창남은 이기심이 없는 성격이라 모가 나지 않았다. 그 때문에 자신에게 돌아오는 것은 보잘것없는 노력의 대가가 전부이다. 그로 인해서 동료 의식이 강한 근식이가 창남을 앞서서 돕고 있었다.

창남은 언제나 친구들과 어울려 있었다. 친구들에게는 언제나 필수 불가결한 존재였다. 그 때문인지는 모르겠으나 창남은 친구들과 어울리기를 일삼았고, 논과 밭을 처분하고 건달처럼 친구들과 어울려 있기만 했었다. 그리고 지금 만주 어딘지도 모르는 곳에서 바위산을 파고 있다. 자기 일이라면 땀 한 번 흘리지 않던 창남이 지금은 일본군 특수기밀 공사장에서 감독관의 눈에 들도록 일하고 있었다.

만식이가 옆에서 아침부터 떨어지지 않고 거들고 있었다. 창남은 수레를 밀고 있었다. 만주의 겨울은 무섭도록 춥고 칼날이 따로 없었다.

"아저씨! 우리 수레 밀지 말고 돌만 깨요."

만식이가 수레에서 돌을 들어 구렁텅이에 집어 던지며 말했다. 창남은 만식의 말에 대답하지 않고 돌을 들어 멀리 던지기만 하고 있었다. 돌을 다 버리면 다시 안으로 들어가 돌을 실어 버리고 있었다. 칼날 같은 바람과 차가운 냉기가 누빈 옷 속까지 남김없이 얼리고 있었다. 그러나 창남은 어두워지고 있을 때까지 만식이와 수레를 밀고 있었다. 창남은 뜨거운 배추 국물을 뱃속 깊이 훌훌 들이마시고 있었다. 편지를 받아들고 좋아하고 있을 광자와 광자 어미를 생각하며 배 속 깊이 국물을 들이마시고 있었다.

창남은 다음 날도 계곡 아래로 돌들을 힘차게 굴리고 있었다. 근식은 창남이가 몸을 사리지 않고 일하고 있어 위태롭고 불안하기만 해서 가끔 하는 일을 간섭했다. 말해야 그때뿐인 창남을 근식이 따라다니고 있었다. 10분의 휴식종이 울리자 창남은 화장실을 다녀와서 커다란 바가지에 물을 그득히 담아 한참 동안 마셨다.

날이 갈수록 일본군들은 삼엄해지고 있었고, 무장한 병력은 늘어만 가고 있었다. 그러다 보니 징용자들은 눈보라 속에서 일본군들의 막사와 시설물들을 짓느라고 추위에 떨고 있었고, 철로는 물론 도로 공사에 한겨울 한밤중에도 투입되고 있었다. 말로만 듣던 전쟁 준비를 하는 것인지 매일 같이 일본군들은 살벌하게 움직이고 있었고, 징용자들은 그로 인해 피로에 쓰러지고 있었다. 부상당하는 징용자가 속출하고 있었다. 그러나 일본군들은 징용자들을 무섭게 내몰고 있었다.

굴착 공사장은 비행장을 만드는지 바위산 속은 운동장처럼 넓은 굴이 만들어지고 있었다. 그리고 굴속에는 철로가 깔리고 있었다. 그런가 하면 가파른 벼랑을 따라 크고 작은 격납고들이 들어서고 있었고 징용자들은 밤낮을 가리지 않고 노동에 시달리고 있었다. 징용자들은 부상이 속출하기 시작했으나 부상을 당했어도 치료는 물론 침상에 누울 수도 없이 작업장에서 혹독하게 시달렸다. 근식은 부상이 심한 황해도 홍하철을 수레에 태워 사무실로 향했다. 그리고 홍하철을 부축하고 의무실로 들어갔다.

"이게 뭐야?"

위생병이 소리치고 있었다. 군의관이 근식이가 부축하고 있는 홍하철을 쳐다보았다.

"이봐! 당신들은 여기 오면 안 돼. 어서 나가."

위생병이 다시 소리치며 의자에서 일어나 밖으로 밀어냈다.

"군의관님, 부상이 심합니다."

근식이가 의자에 앉은 채 쳐다보고 있는 군의관을 향해 호소했다.

"나가라 하지 않았나? 너희는 점호시간에 보고하면 된다. 모르나?"

위생병은 다시 소리쳤다. 군의관은 쳐다만 보고 있을 뿐 환자를 보려고도 하지 않았다. 근식은 다시 말했다.

"상처를 보아 주십시오."

근식이의 두 눈은 서기가 감돌고 있었다. 군의관이 의자에서 일어났고 홍하철을 의자에 앉혔다. 그리고 상처가 심한 발등을 내려다봤다. 군의관은 핀셋에 약솜을 들고 상처를 살피고 있었다.

"근육을 다쳤다. 상처는 위생병이 치료해주면 된다. 그리고 근육 다친 것은 며칠 움직이지 말아야 한다. 작업 감독관님에게 내가 3일간 치료 허락을 받겠다. 소속과 이름을 써놓고 가라."

군의관의 말에 위생병은 홍하철을 치료해 주었다. 근식은 홍하철을 부축하고 막사로 돌아왔다.

"고맙소, 조장님."

근식은 글썽이고 있는 홍하철의 손을 잡은 채 말했다.

"약 또한 우리 조선 것입니다. 우리 조선에서 약탈한 것들입니다. 죽지 말고 고향 갑시다. 독립해서."

근식은 홍하철을 눕게 한 후에 작업장으로 향했다. 근식은 철로 공사장으로 갔다. 창남이와 만식이가 선두에서 구령에 맞추며 철로를 메고 가는 것을 보며 근식은 침목 작업장으로 향했다. 황해도 사람들은 자갈 위에서 무거운 침목을 놓으면서 근식을 보자 모두 고개를 돌렸다. 근식은 황해도 사람들을 향해 말했다.

"치료받고 누워 있습니다. 치료받는 동안 일을 할 수 없다 했습니다."

황해도 사람들은 모두 근식을 보고 물었다.

"많이 다쳤지요?"

"3일간 치료받으면 움직인다 했습니다. 식당에서 봅시다."

근식은 황해도 사람들을 뒤로하고 철로를 메어 나르고 있는 곳으로 향했다. 그리고 구령에 따라 소리 지르며 발을 맞춰서 무거운 철로를 나르고 있는 사람들과 함께 철로를 나르기 시작했다. 근식은 큰 소리를 질렀다. 그 큰소리에 맞춰서 철로는 굴속 깊이 들어가고 있었고, 침목을 놓은 자리에 놓이고 있었다. 휴식 호루라기 소리가 들리자 징용자들은 멈춘 자리에서 쓰러지듯이 주저앉아 숨을 몰아쉬었다. 근식은 창남이와 만식이 그리고 같은 조의 동료들이 쉬고 있는 양지로 갔다. 그리고 입 밖으로 나오고 있는 공기가 얼어붙고 있는 냉기 속에서 얼어붙어 딱딱해진 옷을 두드려 구부리며 고개를 들어 흘러가는 구름을 보았다. 그리고 노예가 되어 있는 자신을 담배 연기로 위로하며 가슴 깊이 연기를 들이마시고 뿜어냈다.

호루라기 소리가 요란하게 퍼지면서 근식은 창남과 멜대를 어깨에 멨다. 그리고 기다란 철로를 굴속으로 메고 움직이기 시작했다. 겨울은 어둠이 일찍 오고, 어둠이 깔리면서 모닥불들이 활활 타고 있었다. 징용자들은 꽁꽁 언 손으로 식판을 들고 배식대 앞에 늘어섰다. 피로에 지친 몸을 따끈한 물속에 담그고 추위에 얼어 있는 몸을 녹이고 싶은 생각이 간절하지만 그러지 못한 징용자들은 모래 같은 잡곡밥과 시래기 삶은 국으로 피로를 견디며 생명을 이어가고 있었다.

"일본군들 밥은 쌀밥이던데. 고깃국에다가."

징용자들 속에서 말소리가 들리고 있었다.

"그런 거 생각하지 말자."

징용자들은 누가 한 소리인지 알려 하지 않고 주어진 음식을 모두 먹어치우고 있었다.

"쌀보리 소 돼지 다 뺏어가면서…"

만식이가 창남을 보면서 작은 소리로 속삭이고 있었다.

"소용없어. 먹기나 해."

옆자리에 앉아 있는 홍북의 고남덕이 국물을 입에 넣다 말고 속삭였다.

"집에…."

근식이 쳐다보자 만식이가 하려던 말을 그만두고 음식을 입에 넣었다.

"객쩍은 말 하나 마나다."

만식은 근식을 보면서 더는 말하지 않았다. 저녁을 마치고 징용자들은 다시 굴속으로 들어갔다. 그리고 철로를 놓으면서 화물열차가 들어오고 있는 것을 보았다.

"이 밤중에 무슨 차들이 들어오지요?"

만식이가 말했다. 징용자들은 모두 화물열차를 보고 있었다. 작업반장이 호루라기를 불어대고 있었다. 징용자들은 화물열차를 보면서 해머로 돌을 내리쳐 자갈을 만들고 있었다.

"전쟁 물자들을 싣고 오나 봐요. 대포들 같아요."

만식이가 말하고 있어도 징용자들은 해머로 돌들을 내려치기만 하고 있었다. 작업반장이 호루라기를 길게 불어대면서 징용자들은 들고 있던 연장들을 놓고 굴속에서 나가기 시작했다. 그리고 차디찬 물로 손을 닦고 막사로 들어갔다. 근식은 막사로 들어서자 홍하철에게 갔다. 홍하철이 앉아서 근식을 반겼다.

"위생병 왔었어요?"

"예! 약 발라주고 갔어요."

"작업반장 말로는 3일이 지나고 나서 가벼운 심부름 정도 시키겠다고 했어요."

홍하철은 눈방울을 촉촉이 반짝이며 근식을 보고 있었다. 근식은 잠시 홍하철과 황해도 사람들과 앉아 있다가 자신의 자리로 돌아왔다. 그리고 동료들이 주고받고 있는 이야기를 들으며 길고 굵게 만든 담배를 한참 동안 피우고 있었다. 그동안 보아왔던 대포와는 다른 대포 같은 것이 분해되어 화물열차에 실려 들어와 있다. 그리고 보면 전쟁 준비를 하는 것이 분명했다. 만식은 다시 입을 열었다

"집으로 돌아가기는 틀렸나 봐요."

만식이는 중얼거리며 잠들고 있었다. 곁에 누워 있는 창남도 손가락 하나 움직이지 못하고 지쳐 있는 속에서 눈만 껌벅거리고 있었다. 근식도 자리에 누웠다. 그리고 지금 벌어지고 있는 일들을 생각했다. 총신이 전신주보다 큰 것을 보면 말로만 들었던 열차포가 실려 온 것만 같았다. 그렇다면 지금까지 만들고 있었던 굴이 열차포 격납고가 맞는 것 같았다. 근식은 숨소리를 크게 내고 있었다.

"열차에 실려 있는 게 대포죠? 대포 같던데."

김팔복이 근식의 숨소리를 듣고 말소리를 내고 있었다.

"열차포 같습니다. 모르지만."

근식이 대답했다. 그리고 더는 말소리는 나지 않고 있었다. 굴속에서는 일본 군인들과 군무원들이 대포를 조립하고 있었다. 징용자들은 눈만 뜨면 일본군 병사들의 막사를 짓고 있어야 했다. 그리고 커다란 창고를 여러 채 지었다. 그러면서 징용자들은 높은 고지마다 세찬 겨울 추위 속에서 감시탑 아니면 초소를 지었다. 징용자들은 철길을 따라 멀리까지 초소를 총총히 지었다. 일본군들은 초소마다 삼엄하게 경비를 서고 있었고, 징용자들은 초소가 있는 곳이면 어느 곳이든 한겨울 추위 속에서 길을 만들었다. 또한, 건물 따라서 도로를 만들었고 일본군 병사들은 나날이 늘어만 가고 있었다. 일본군들이 늘어 가면 갈수록 징용자들은 일본군 병사들의 막사를 지어야 했고, 군용열차가 올 때마다 징용자들은 허리가 부러지도록 짐을 져 나르고 있었다.

"아저씨, 왜 이래요? 굴만 다 파면 일이 끝나는 줄 알았는데 저 암만해

도 죽을 것 같아요."

만식이가 탄약통을 지고 암벽을 오르면서 푸념하고 있었다. 만식이는 울먹이고 있었고 창남은 울먹이고 있는 만식이를 한참 동안 달래주고 있었다.

"아저씨, 일본 언제 망해요? 일본 망하기 전에 저 죽겠어요. 배고파요. 천천히 올라가요."

창남은 헉헉대고 있는 만식이 얼굴을 한참 동안 바라보았다. 그리고 산 아래 멀리 햇볕에 번쩍이고 있는 철길 위에서 일본군들이 움직이고 있는 것을 보며 징용자들이 개미들처럼 움직이며 일하고 있는 것은 바라보고 있었다.

"아저씨. 저쪽 초소에 탄약은 점심 먹고 날라요."

창남은 만식의 얼굴을 보면서 고개를 끄떡였다. 창남은 만식의 찌든 얼굴을 보면서 해질 대로 해져서 손바닥과 손가락들이 찢어진 곳으로 불거져 나와 있는 것을 보면서 충혈된 눈을 깜박이고 있었다. 대포가 열차 위에서 만들어지고 있었다. 그래서 그런지 일본군들의 움직임이 심상치 않게 움직이고 있었다. 겨울 날씨에 얼어붙어 있는 산과 계곡에서도 일본군들은 살벌하게 움직이고 있었다.

"아저씨, 이게 무슨 집이에요? 높은 대장 집 같지는 않아요. 방이 수두룩하잖아요."

창남은 만식이가 묻는 말에 대답을 하지 않고 문짝마다 붉은 칠만 계속해서 하고 있었다.

"정신대 방인가 보다."

"정신대요?"

근식이가 대답했다. 그리고 얼굴을 일그러뜨렸다. 징용자들 또한 모두 그럴 것이라는 생각을 하면서 얼굴들을 일그러뜨리고 있었다.

"못된 것들! 못된 짓만 골라서 하는구나."

"듣습니다."

근식이가 박광식의 말을 막고 있었다.

일본군들은 징용자들이 잠시 머뭇거리거나 담배라도 필라치면 호루라기를 불어대고 옆 사람과 말하고 있는 것만 보아도 호루라기를 불어대거나 쫓아왔다. 일본군들은 징용자들을 일시키는 도구에 불과하게 생각하고 있었다.

창남은 손가락이 얼어 터지면서 동상에 걸렸다. 손가락 발가락이 동상에 걸려 앓고 있는 징용자들이 한둘이 아니다. 창남은 동상 걸려 아픈 손가락을 입에 넣고 있었다. 일본군은 그런 창남을 향해서 호루라기를 불어댔다.

"어서 겨드랑에 넣고 말리시오. 그리고 입에 넣으면 안 됩니다."

근식이가 말했다. 그리고 호루라기를 불어대는 일본군에게 가서 징용자들이 모두 동상에 걸려 있다고 말했다. 그리고 10분간만 쉬도록 허락할 것을 청했다. 일본군은 대답했다. 그렇지만 쉰만큼 일을 더 하라고 했다. 근식은 그렇게 하겠다고 대답했다. 징용자들은 취사장으로 달려가 뜨거운 물을 마셔댔다. 그리고 담배들을 피우고 있었다. 창남은 근식이 말하는 대로 손가락을 겨드랑이 속에서 녹이고 있었다.

만주의 저녁 해가 산 아래로 떨어지고 칠흑이 되어 더 이상 작업을 할 수 없자 여기저기서 호루라기 소리가 나고 있었다. 징용병들은 들고 있던 연장을 창고에 넣고 나서 미지근한 물에 손과 얼굴을 닦았다. 그리고 취사장으로 향했다. 얼어서 데격거리는 옷 속에서 차디차게 식어 있는 몸뚱이를 어기적거리며 징용자들은 가쁘게 숨을 몰아쉬면서 식기를 들고 담아주고 있는 음식을 받아들고 탁상으로 향했다. 일에 지치고 있지만 삽시간에 꽁꽁 얼리는 추위에 징용자들은 견딜 수가 없었다. 징용자들은 음식을 입에 떠 넣으며 실컷 울고 싶어서 코를 글썽거리고 있었다. 살고 싶지가 않았다. 징용이 이런 것인 줄 알았다면 고향에서 죽으면 죽었지 끌려오지 않았을 거라고 탄식하면서 징용자들은 글썽거리며 저녁을 먹고 있었다.

저녁을 물린 징용자들은 숙소로 들어가서 나무 넘어지듯이 넘어지고 있었다. 살아서 고향에 돌아가야만 한다는 생각이 희미해지고 있는 속에서 징용자들은 잠들고 있었다. 징용자들은 전쟁 분위기로 변하고 있는 것이 불안하기만 했다. 하루하루가 살아남아야 한다는 절박한 불안에서 징용자들은 쓰러져가고 있었다. 징용자들은 너 나 할 것 없이 쓰러져가면서도 살아서 고향에 가야 한다는 꿈을 잃지 않고 하루하루 견디고 있었다.

징용자들은 잠이 들고 있었다. 내일도 살아서 고향에 가려면 자야 하기에 잠이 들고 있었다. 그리고 잠든 지 얼마나 되었는지 징용자들은 몽유병자들처럼 움직이거나 자리에서 일어나 허우적거리고 있었다. 머리를 감싸고 구석에 처박혀 있거나 고막이 터진 것만 같아서 귓구멍을 손바닥으로 누르고 버둥거리고 있었다. 징용자들은 모두 허우적거리고 있었다. 그리고 정신이 돌아왔거나 조금이라도 정신이 남아 있는 사람은 옆 사람들을 더듬으며 물어대고 있었다.

"뭐야? 폭탄이 터졌으면 어디 터졌어? 우리 살아 있는 거야?"

징용자들은 거의 신음에 가까운 소리를 내면서 허우적거리고 있었다. 징용자들은 서로 만져보고 있었다. 징용자들은 천지가 터지는 소리에 혼미해져 있었다. 터지는 폭탄 속에서 살아나 있는 듯 한 징용자들은 정신이 들어오고 있었다. 그리고 그동안 일본군들이 조립하고 있었던 대포를 쐈다는 것을 알 수 있었다. 그리고 깨어진 창문 앞으로 기어가 밖을 보기 시작했다.

밖에는 일본군들이 우글거리고 있었다. 우글거리고 있는 일본군들은 바쁘게 움직이면서 대포를 쏘려고 준비하는 것만 같았다. 일본군들은 대포에서 바쁘게 움직이고 있었다. 징용자들은 창에서 떨어지지 못하고 있었다. 근식은 창에서 떨어져 침상에 앉아서 생각했다. 일본이 중국까지 집어삼킬 수 있는 이유를 알 수가 있었다. 그리고 짐작 가는 것이 있었다. 이제 이곳을 떠나게 될 것 같은 생각을 했다. 근식은 웅성거리고 있는 동료들을 둘러보았다. 그리고 모두 함께 떠날 수 있기를 마음속으로 바랐다. 그러면서 떠나는 곳이 만주가 아닌 조선이기를 바라고 있었다.

징용자들은 하나둘 자리에 누워 눈을 멀뚱거리고들 있었다. 징용자들은 뭔지 모르는 압박감을 느끼면서 이상한 생각에 사로잡히고 있었다. 그 이상한 것은 뭔지 알지를 못하면서 무거운 기운에 잠식당하고 있는 느낌이 들었다. 징용자들은 밤새 우글거리는 일본군들의 소리를 들으며 밤을 밝혔다. 징용자들은 어수선한 마음으로 눈을 번뜩이며 자리에서 일어나고 있었다. 정신을 차리지도 못하고 있는 속에서 작업반장이 들어오는 것을 보았다. 작업반장은 어수선하게 앉아 있는 징용자들을 보면서 입을 열었다.

10
열차표 격납고 공사 끝나는 날

"요건만 말하겠소이다. 짐들을 챙기시기 바랍니다. 그리고 식사하세요."

징용자들은 작업반장을 보면서 얼굴이 창백하게 변하고 있었다.

"떠납니까?"

근식이 물었다.

"그렇소. 모두 떠납니다. 여기는 군인만 남습니다. 소장을 비롯해서 모두 떠납니다."

"어디로 갑니까? 모두 한곳으로 갑니까?"

근식이 다시 물었다

"그런 건 모릅니다. 식사를 하고 나서 소장님의 말이 있을 겁니다. 그리고 이 씨! 이 씨가 보낸 서신과 돈을 잘 받았다는 전보가 왔습니다."

창남은 고개를 들고 작업반장을 보고만 있었다.

"모두 식사하러 가세요. 식사하고 봅시다."

작업반장이 나갔다. 징용자들은 벙어리가 되어 있었다. 만식은 창남이만 보면서 땅이 꺼지고 있는 것만 같은 마음을 어떻게 하지를 못하고 있었다.

"일본이 망했으면 좋겠는데 더 안 망하려나 봐요?"

"글쎄다."

근식이 푸념하고 있는 만식에게 말해주고 있었다. 그리고 짐을 챙기기 시작했다. 창남도 동상 걸린 손가락을 입김으로 불어가며 짐을 챙기기 시작했다. 모든 것이 삽시간에 얼어버리는 추위에 어딘지도 모르는 곳에서 어딘지 모르는 곳으로 다시 가게 된다는 것이 징용자들을 당황하게 하고 있었다. 징용자들은 눈발까지 흩날리고 있는 밖으로 나가 취사장으로 발걸음을 옮겼다. 징용자들은 천지가 터지는 소리를 내던 열차포를 쳐다보며 열차포에서 움직이고 있는 일본군들을 바라보았다.

징용자들은 전쟁터나 다름없이 삼엄하게 움직이고 있는 일본군들을 보면서 취사장으로 들어갔다. 밤낮없이 고된 일에 시달리기만 했던 날들을 떠올리며 징용자들은 차분하게 움직이며 불길한 예감을 억눌러가면서 음식을 먹었다. 말을 주고받지도 않았다. 서로 눈을 마주치면서도 입은 열지 않았다. 산덩이만 한 열차포에 완전무장을 한 일본군들이 당장이라도 적군과 전투할 기세를 떨치고 있는 광경에 징용자들은 공포에 휩싸였다. 가슴이 터질 듯 답답했고 현기증이 나고 어지러워졌다. 징용자들은 발은 움직이고 있으면서 입은 다물고 지금 벌어지고 있는 일에 공포를 느끼고 있었다. 조선 오봉에서 여기 올 때도 그 무엇 하나 아는 것 없이 왔었고, 지금 다시 어딘지 모르는 곳으로 가야 한다는 게 무섭기만 했다.

징용자들은 태연하게 움직이고 있었다. 걷고 있는 모습이 태연하기만 했다. 사람 몸뚱이가 들어가고도 남을 만큼 커다란 대포 총신을 기름칠하며 수백 명이 달라붙어 열심히 움직이고 있는 일본군들을 보면서 징용자들은 막사로 들어갔다. 그리고 징용자들은 길게 연결된 화물열차에 몸을 실었다. 열차에 오른 징용자들은 열차포에 까맣게 달라붙어 있는 일본군들을 보면서 계곡 따라 이어진 철길 위를 떠나가고 있었다. 열차는 눈발이 거세게 휘몰아치고 있는 계곡 속에서 또 다른 그리고 또 다른 계곡으로 달리고 있었다.

"북쪽으로 가는 것만 같아요. 북으로요."

만식은 팔짱을 낀 채 고개를 가슴에 묻고 있는 근식을 향해서 말하고 있었다. 근식은 고개를 들면서 만식이를 쳐다보며 말했다.

"네 느낌이 그럴 뿐이야. 우린 북쪽이 없어. 아무 데나 가는 곳이 다 북쪽이고 남쪽이고."

근식은 만식이가 끌려온 후로 단 하루도 쉬지를 못했고 마음 또한 편한 날이 없다 보니 의지력을 잃고 있다고 생각했다. 그리고 그것은 만식이 뿐만이 아니라고 보고 있었다. 만식은 근식의 얼굴을 보면서 불안한 마음을 감추지 못하고 있었다.

"무슨 일이든 우리는 다 할 수 있다."

근식은 창밖으로 눈을 돌리고 있었다. 창남도 창밖을 보고 있었다. 근식은 창밖을 보던 눈을 만식에게 다시 돌렸다.

"어디로 가든 우리는 살아서 고향에 간다."

근식은 만식을 보면서 눈을 반짝이고 있었다. 만식은 입속으로 근식이가 하던 말을 중얼거렸다. '어디로 가든 우리는 살아서 고향에 간다. 어디로 가든 우리는 살아서 고향에 간다.' 만식은 오래도록 중얼거리고 있었다. 만식은 창밖에서 사라지고 있는 눈 덮인 계곡을 보면서 산다는 것이 따로 있는 것이 아니고 죽는다는 것 또한 따로 있는 것이 아닌 것 같은 생각을 하면서 근식이가 하던 말을 계속해서 입속에서 중얼거렸다.

징용자들은 피곤한 심신을 가누지 못하고 잠들고 있었다. 잠이 든 징용자들은 열차가 흔들리는 대로 몸들이 흔들거리고 있었다. 잠들지 않은 징용자들도 흔들거리고 있었다. 일본으로 인해서 흔들거리고 있었다. 열차가 멈췄다. 눈에 보이는 것은 모두 눈에 덮여 있는 곳에서 열차가 멈췄다.

징용자들은 유리창을 비비며 밖을 내다봤다. 눈 덮인 산들과 산 따라 눈 덮인 강이 있는 곳에서 열차는 멈췄다. 그리고 징용자들의 눈에 들어오는 것이 있었다. 눈 덮인 산에 뚫고 있는 검은 굴이 눈에 들어오고 있었고, 산을 깎고 있는 절개지에 철로를 놓고 있는 공사장이 눈에 들어왔다.

헌병들이 양쪽 문 앞에서 호루라기를 불고 있었다. 징용자들은 열차에서 내렸다. 열차에서 내린 징용자들은 또 다른 징용자들이 한 줄로 서서 걷고 있는 것을 보았다. 징용자들은 널판때기로 엉성하게 만든 막사 안으로 들어갔다. 그리고 감독관의 지시 사항과 현지 상황 설명을 듣고 난 다음 곧바로 작업장으로 투입되었다. 감독관은 전 현장에서 일하던 대로 작업을 시키고 있었다. 근식은 변한 것 없이 조장이 되었고, 바윗덩어리가 뒹굴고 있는 현장에 투입되었다. 근식은 작업반장이 시키는 대로 커다란 돌들을 지렛대로 굴려서 벼랑에 밀어 넣고 있었다. 근식은 물론 징용자들도 지렛대로 커다란 돌들을 벼랑 아래로 굴리며 사방에서 일본군이 움직이고 있는 것을 보고 있었다.

"군인들이 왜 이렇게 많아요? 이상해."

"이상할 것 없어 공사하는 곳은 일본군이 필요해서 공사하는 것이고, 그러니 군인들이 많은 것은 당연한 거야. 이상할 것 없어."

광천의 박갈수가 만식에게 말해주고 있었다.

"그렇지만 이상해요. 저기 큰 나무들 있는 데 있잖아요. 사람들이 집 짓고 있잖아요. 거기 집 보세요. 우리가 올 때 지었던 집 비슷해요."

만식이가 이상하다고 하며 사방을 둘러보고 있자 박갈수가 다시 말했다.

"내가 봐도 이상하다."

"일이나 합시다. 저 보세요. 헌병 오고 있어요. 어서 일해요."

근식이가 일본 헌병이 오고 있는 것을 홀깃 보고 나서 말했다. 일본 헌병이 빠르게 오고 있었다. 그리고 근식이 앞에서 떠들기 시작했다.

"아까 감독관의 지시 사항 듣지 못했나? 경고한다, 조선 새끼들."

헌병은 찢어지는 목소리로 몰아붙이고 나서 몇 발짝 뒤로 물러서서 노려보며 서 있었다. 징용자들은 지렛대로 돌을 굴리고 들어 나르며 헌병들이 지켜보고 있는 속에서 시달리고 있었다. 헌병들은 일분일초도 눈을 떼지 않고 총열에 착검한 칼날을 날카롭게 번뜩이고 감시하고 있었다. 그런가 하면 헌병들은 이전부터 있던 징용자들과 방금 투입된 징용자들과 일을 따로 시키고 있었다. 그런데다가 철길 공사를 몹시 서둘고 있었다. 군인들은 물론이고 감독관들이 바쁘게 뛰어다니며 서두르고 있는 것을 보면 무척 급한 것 같았다. 징용자들은 칼바람 속에서 땀이 흐르고 있었다. 징용자들은 돌무더기들을 소처럼 밀어붙이고 있었다. 총열에 착검하고 감시탑에서 내려다보고 있는 일본군은 계속해서 징용자들이 일하는 곳으로 총구를 돌려놓고 어느 순간이든 사격할 것처럼 내려다보고 있었다. 징용자들을 짐승처럼 내몰리면서 기관단총을 정착하고 사방에서 노려보며 경계를 하는 일본군들을 보면서 금방이라도 총살당해 죽을 것만 같은 속에서 진땀을 흘리고 있었다.

11
독립군 때문이오

"우리 죽이려고 하나 봐요. 우리가 적군인가?"

만식이는 곁에서 돌을 굴리고 있는 박갈수에게 귓속말을 했다. 만식이만 귓속말을 하는 게 아니었다. 여기저기서 비슷한 말소리가 흘러나오고 있었다. 헌병들 귀에까지는 들리지 않는 귓속말들이 계속해서 흘러 다니고 있었다. 그동안 보초병들이 총을 겨누고 있는 곳은 없었기 때문에 그렇지 않아도 일본은 조선의 원수이지만 지금처럼 적개심이 끓어오르지는 않았었다. 징용자들의 분위기는 험악해지고 있었다. 개돼지 취급을 받으면서도 나라 잃은 백성의 운명이라 생각하고 뼈가 부서지도록 할 일을 다 했었다. 그런데 지금 보자마자 적군 취급을 하는 가하면 그것으로 모자라는지 총살하고 말 것처럼 총을 겨누고 감시를 하고 있으니 징용자들은 적개심이 자연적으로 끓어오르고 있었다. 근식은 입단속을 시키느라 사방으로 바쁘게 움직이고 있었다. 조장이라는 완장을 차고 있는 근식은 동료들을 격려하며 참아달라는 소리를 하며 다니고 있었다.

먼지를 뽀얗게 일으키며 몇 대의 트럭이 달려오고 있었다. 트럭은 공사하고 있는 징용자들이 있는 곳으로 왔다. 그리고 멈춘 트럭에서 일본군들이 메뚜기들처럼 뛰어내리고 있었다. 트럭에서 뛰어내린 일본군들은 대열을 하고 서기 시작했다. 그리고 노래를 부르기 시작했다. 일본군들은 일본 국가를 힘차게 부르고 나서 지휘관은 허리에 차고 있는 칼을 뽑아 번쩍이며 하늘로 높이 들고 외쳐대기 시작했다. 병사들은 총을 머리 위로 높이 들었다. 그리고 고함을 세 번 지르고 나서 산모퉁이 뒤로 사라졌다. 징용자들은 처음 보는 모습인 데다가 무슨 일이 일어날 것만 같은 예감을 느꼈다. 그리고 병사들이 사라진 산모퉁이 뒤를 보고들 있었다. 감독관들이 호루라기를 불기 시작했고, 징용자들은 하던 일을 하기 시작했다.

"싸우고 왔나 봐요."

"싸우러 갈 건가 보다."

만식의 말에 은하면의 도철진이 말했다.

"어디와 싸워요? 중국요?"

"조용히 하고 일해. 다 들려."

만식이를 보면서 근식이가 말을 끊으며 주의를 주고 있었다. 만식이는 근식이가 창남이 있는 쪽으로 가자 다시 입을 열었다.

"중국과 싸워요?"

은하면의 도철진은 귓속말로 말했다.

"독립군."

독립군이라는 말에 만식은 고개를 돌렸다.

"독립군하고 싸워요? 그래서 보초들이 저래요?"

만식이의 말소리는 작았지만 힘이 들어가 있었다. 그리고 김좌진 장군을 떠올리고 있었다. 만식이는 피가 소용돌이치고 있었다. 만식이는 반짝이는 눈으로 창남을 쳐다봤다. 그리고 속으로 외치고 있었다.

'독립군!'

징용자들은 얼음을 깨뜨리고 그 속에 있는 물에 손과 얼굴을 닦고 나서 취사장으로 들어가고 있었다. 그리고 음식을 받아 들고 탁상 앞에 앉았다. 고북면의 홍석희, 홍동 금마 그리고 서부면의 임오준과 동료들 근식이도 자리에 앉았다. 만식이는 창남이와 나란히 앉아서 다른 탁상에 앉아 있는 도철진을 자꾸만 곁눈질로 보면서 독립군을 머릿속에 떠올리고 있었다.

"만식아! 눈에 거슬리면 고단하다."

근식은 만식이의 얼굴을 똑바로 보면서 말했다. 언제 무슨 일이 벌어질지 모르는 게 징용자인데 자칫 실수라도 해서 눈에 난다면 그날로 운명이 다한다고 볼 수밖에 없어서 근식은 노심초사하고 있었다. 근식의 표정이 굳어가고 있자 만식이는 물론 징용자들은 모두 입을 다물고 그 어떤 말도 입 밖에 내지 않고 있었다.

다음 날, 감독관은 징용자들을 여러 곳에 분산해서 작업장에 투입하고 있었다. 근식이의 조는 30여 명이 합류해서 어제 일본군이 사라졌던 산모퉁이 너머로 투입되었다. 산모퉁이를 지나니 병원처럼 생긴 건물이 눈에 들어왔다. 그리고 보니 야전병원이었다. 근식은 아직 건설 중인 야전병원을 보면서 병원 주변에 또 다른 건물들이 지어져 있는 것을 보았다. 감독관이 근식에게 말했다.

"목재소에서 제재 작업을 하여 그것으로 건물 공사를 한다."

근식은 잠시 주위를 둘러보았다. 그리고 안면도 목수 일을 하였다는 김팔복을 창남이와 만식이 그리고 몇 명을 더 투입해 제재 일을 하게하고 나머지는 모두 건설 현장에 투입시켰다. 톱날이 피대처럼 돌고 있는 곳에서 한참 주의 사항을 듣고 나서 제재 일이 시작되었다. 널빤지가 쏟아져 나오기 시작했고, 나오는 널빤지를 창남이와 만식이 몇몇은 현장으로 나르기 시작했다. 노란 완장을 차고 있는 감독관들은 몹시 바쁘게 징용자들을 독려하며 작업을 지시했다. 지붕에서는 양철을 덮고 있었으며, 여기저기서 감독관들이 불어대는 호루라기 소리가 징용자들을 바쁘게 하고 있었다.

창남과 만식은 호루라기를 불어대는 감독관을 향해서 널빤지를 들고 뛰어 다니고 있었다.

근식은 기존에 있던 조선 징용자들을 모두 철수시킨 공사장에 동료들을 투입시켰다. 홍북의 고남덕을 비롯해서 황해도 사람들과 광천 사람들을 벽에 널빤지 붙이는 작업대에 올려 보내 창남이가 나르는 널빤지를 붙이게 하였다. 창남이와 만식이 그리고 홍동의 이정식은 널빤지가 제재되는 대로 계속해서 널빤지를 공사장으로 날랐다. 근식은 작업을 시키면서 기존에 일하던 사람들을 어디로 보낸 것인지 궁금하면서 불길한 예감이 스쳐왔다. 일본군들의 동태를 보면 당장에라도 무슨 일이 벌어질 것만 같아 보였고 살벌한 느낌이 들었다.

불길한 예감은 그뿐만이 아니었다. 비행기가 날아다니기도 하고 총소리가 간간이 나고 있는가 하면, 일본군들의 행동이 날카롭게 움직이고 있는데다 경계하고 있는 것을 보면 정세가 심상치 않다는 것을 알 수가 있었다. 불길한 예감은 무슨 일인가가 곧 벌어질 것만 같았다. 근식의 머리에는 먼저 일하던 사람들처럼 언제든지 끌려가게 될 것만 같고 전쟁마당으로 끌려가게 될 것만 같은 생각이 들었다. 근식은 배식하고 있는 조선 사람들을 하나하나 유심히 쳐다봤다. 취사장에서 일하는 사람들은 뭔가 알고 있을 것 같아서 말 붙일 만한 사람을 눈여겨보고 있었다. 근식은 지금 있는 곳이 어디인지 알고 싶었고, 정세가 어떤지 알고 싶었다. 그리고 먼저 있던 사람들이 왜 갔는지도 알고 싶었다. 근식은 식사를 하면서 취사장에 있는 사람들의 얼굴에서 눈을 떼지 못하고 있었다. 그리고 침상에 누워서도 예감이 좋지 않아서 계속해서 취사장 사람들의 얼굴을 떠올리고 있었다.

"여긴 먼저 같은 데가 없는 것 같습니다."

창남은 근식이가 누웠다가 일어나 담배를 피우고 있어서 말을 붙였다.

근식은 창남의 말에 잠시 대답을 하지 않고 생각했다. 그리고 창남의 의중을 알아차리고 입을 열었다.

"어딘들 마찬가지겠지만 야전병원이 있으니 뭔가 다른 가 봅니다. 사기면 어떻게 되겠지요."

근식의 말에 창남은 더는 입을 열지 않았다. 근식이가 염려하고 있다는 것이 위안이 되었다. 근식이 자신도 더 하고 싶은 말이 없었다. 지금 이곳만 어수선하고 살벌한 것인지 아니면 이곳이 특별한 곳인지 근식은 먼저 있던 곳의 열차포를 생각해 보며 세상이 이상하다는 느낌을 받고 있었다. 근식은 다시 담배를 피워 물었다. 그리고 막상 세상이 잘못되었을 때 어떻게 될 것인가 생각했다. 일본이 중국과 전투를 하게 될 것 같은 생각은 들지 않고 있으나 러시아와는 좀 다른 느낌이 들고 있었다. 하지만 러시아가 중국 만주까지 쳐들어와 전투를 할 것 같지는 않았다. 그렇다면 만주의 신군부 8노군이라는 부대와 혹시 모르겠으나 독립군과 싸우고 있다면 이해가 가지 않고 있었다. 김좌진 장군이 암살당하고 난 후 독립군의 이야기는 듣지를 못했으니 그도 아닌 것만 같았다. 그런데 왜 일본군은 우리를 적군으로 보고 있고 언제라도 총질할 것 같은 태도를 하고 있는지 이해할 수가 없었다. 근식은 눈을 감고 있는 창남을 잠시 쳐다보았다.

어둠이 거치지 않은 캄캄함 속에서 취사장은 징용자들이 아침을 먹느라고 부산스러웠다. 근식은 자리에서 일어나 된장찌개를 담아주고 있는 사람에게 다가가서 찌개를 조금 더 달라고 했다. 그리고 귓속말을 그 사람 귀에 흘려보냈다.

"알면 뭐해요? 소용없소."

"그렇기는 하지만…."

"그냥 가시오. 요즘 시국 모르시오? 끌려간 사람들 독립군 때문이오. 독립군, 조심들 하시오."

'독립군?'

근식은 찌개를 담아주고 있는 사람의 눈빛을 보았다. 눈빛은 빛나고 있으며 말소리는 돌처럼 딱딱했다. 근식은 돌아서서 찌개를 입에 떠 넣으며 머릿속으로 중얼거리고 있었다.

'독립군! 독립군!'

근식은 가슴이 뜨거워지고 있었다. 그리고 한걸음에 막사로 돌아왔다. 막사로 돌아온 근식은 침상에 앉아 독립군 때문에 어디론가 끌려갔다는 사람들을 생각했다. 더 이상 이야기를 듣지 못해서 알 수는 없지만 독립군과의 연관 문제라면 일본군들이 가볍게 넘길 것 같지가 않았다. 전임 징용자들을 불시에 그것도 날이 밝기도 전에 싣고 사라졌으니 의심스럽기만 했다. 그리고 앞으로 벌어질 일이 심각하기만 했다. 징용으로 끌려오기 전에 귀가 아프도록 들었던 독립군 이야기. 그 이야기를 근식은 여기서 듣게 되었다. 근식은 불행인지 아니면 기회인지 새로운 운명이 다가와 있다는 것을 예감하고 있었다. 근식은 하루를 살다가 죽더라도 원수를 위한 삶으로 살아서 되겠느냐는 생각에 마음이 편치 않고 가슴이 요동치고 있었다.

근식은 앞으로 어떤 일이 벌어질지 알 수가 없어서 삶과 죽음의 경계에 놓인 것만 같은 동료들의 얼굴을 둘러보았다. 그러면서 근식은 무엇보다 창남이가 마음에 걸리고 있었다. 아오지에 있는 가족 걱정에 선전긍긍하고 있는 창남을 보면서 쉽게 일이 풀릴 것 같지도 않은데다가 지금 같아서는 무엇 하나 장담할 수 없는 상황이고 보니 창남의 앞날까지 마음을 놓을 수 없었다. 근식은 창남을 오래도록 쳐다보았다.

근식은 창문을 자주 보고 있었다. 어둠이 걷히면 작업장으로 가야 하기 때문에 문이 열리고 호루라기 소리가 언제 날지 몰라서 창문에 눈을 자주 보내고 있었다.

징용자들 모두 자리에서 누웠다가 일어났다가를 하면서 근식이처럼 창문에 눈을 두고 있었다. 그러면서 몇몇이 근식을 향해 앉았다. 그러나 근식은 그러는 동료들을 방관하면서 문밖에만 시선을 두거나 신경을 쓰고 있었다. 일본군은 조선 징용자들이 모여 있는 것을 이유 불문 방지하고 있고 조금만 눈에 거슬리면 곧바로 상응의 조치를 하고 있기 때문에 근식은 고심하고 있었다. 근식은 눈을 감고 한동안 누워 있었다.

유리창이 희미해지기 시작했다. 징용자들은 창문을 보면서 자리에서 일어났다. 살을 에는 바람은 징용자들을 스산하게 만들면서 먼지를 일으키고 있었다. 그리고 그 먼지 속에서 트럭들이 분주히 움직이고 있었다. 근식은 창남이가 날라다 주고 있는 널빤지를 벽에 붙이고 있었다. 지붕에서 벽에서 징용자들은 분주히 움직이며 일을 하고 있었다. 일본 감독관들은 쉴 새 없이 호루라기를 불어대며 볶아대고 있었다. 한쪽에서는 일인용 목조침대를 수없이 만들고 있었다. 야전병원에 사용할 침대들은 징용자들의 고통으로 탄생하고 있었고 야전병원 또한 징용자들의 피와 땀으로 만들어지고 있었다. 근식은 창남을 불렀다. 그러자 창남은 널빤지를 어깨에서 내려놓고 발걸음을 멈추고 근식을 바라봤다.

"이제 고만 나르고 널빤지 붙입시다."

창남은 근식이가 붙이고 있는 널빤지를 쳐다봤다. 그리고 손재간이 없는 자신을 생각했다. 창남이 망설이고 있자 근식은 다시 입을 열었다.

"어제처럼 잡아만 줘도 되오. 그러다가 떨어지면 가져오면 되고."

창남은 근식이 말하는 대로 꽁꽁 얼어 있는 손을 두드리고 비비며 널빤지 끝을 잡았다. 근식은 창남이가 잡아주자 빠르게 못을 박아 내려갔다. 몇 장을 더 붙이고 나서 근식은 창남이와 널빤지를 가지러 갔다. 널빤지를 가지러 가면서 참호 속에 기관단총을 걸어놓고 경비를 서고 있는 일본군들을 보았다. 일본군들은 한마디로 철통같은 방어 태세를 갖춰 놓고 있었다. 기관단총은 물론이고 대포까지 사방에 설치해 놓고 살벌하게 경계를 서고 있었다. 지금 이곳이 어디인지 알 수 없으나 일본군이 철통같은 경비 경계를 하고 있는 것을 보면 조선 독립군을 의식하고 있는 것만 같았다. 근식은 한동안 널빤지를 나르고 나서 창남이와 널빤지를 붙이기 시작했다.

일본군 병사들을 타고 있는 트럭들이 쉴 새 없이 드나들고 있는 속에서 야전병원이 완공되어 가고 있었다. 일본군들은 조선 징용자들에게 여전히 공포를 조성하며 경계를 늦추지 않았다. 근식이 또한 그러는 일본군의 동태에 경계의 끈을 놓지 않고 있었다. 혹한 속에서 온갖 고충에 시달려가며 일을 해도 징용자에게 돌아오고 있는 것은 굴욕과 공포 그리고 중노동뿐이다. 근식은 앞에 징용자들이 독립군과 어떤 연관이 있었는지 모르나 쉬쉬하며 조심하라는 말을 하고 있어서 돌아오지 않고 있는 전임 징용자들을 생각하며 근식은 긴장의 끈을 놓지 않고 있었다. 그러면서 자신들도 어느 순간에 무슨 일이 일어날지 모른다는 생각에 근식은 어떤 각오를 생각해 두지 않을 수 없었다.

징용자들을 잠시도 쉴 틈이 없었다. 다른 곳에서는 오전에 두 번 오후에 두 번의 쉴 참을 주었는데 이곳은 그렇지 않다. 징용자들은 빨래를 했다. 일본군의 빨래는 물론이고 야전병원 환자들의 옷까지 모두 빨았다. 조선 징용자들은 사람이 할 수 없는 것들도 해야 했다. 징용자들은 일본의 노예에서 하찮은 소모품으로 되고 있었다. 징용자들은 계곡에서 드럼통으로 만든 솥에 얼음을 집어넣고 불을 때고 나서 얼음이 녹은 후 그 물로 빨래를 했다. 근식은 건물 공사장에서 널빤지를 붙이는 것을 보고 난 후 창남이가 빨래하고 있는 곳으로 갔다. 창남이와 만식이 그리고 안면도 사람들은 절벽에서 나무를 베어다가 환자들의 옷을 드럼통으로 만든 솥에다가 삶고 있었다.

"조장님! 불 쬐세요."

만식이가 얼굴을 천 조각으로 모두 가린 근식을 보자 불앞으로 끌고 있었다. 근식의 얼굴을 가린 천 조각에서는 입김이 얼어 고드름이 달려 있었다. 근식은 불 앞에 섰다. 그리고 절벽에서 나무를 잘라 굴려 내리고 있는 창남이와 안면도 사람들을 올려다보면서 눈을 지그시 감았다. 근식은 생각했다.

'호랑이 굴에 들어와 있다면 호랑이를 잡아야지, 아니면 우리가 죽게 될 텐데.'

근식은 신중했다. 어떤 묘안이나 묘책을 준비하지 않는다면 불행한 일을 당하게 될 것이고 살아남지 못할 것이라는 생각에 잠시도 경각심을 놓지 못하고 있었고 마음이 편하지 않았다. 근식은 우선 생과 사가 달린 문제이니 동료들에게 어떤 이야기든지 해야겠다는 생각을 했다. 그리고 행동해야 할 것은 반드시 시행하여 불행한 일이 닥치기 전에 모면해야겠다는 생각을 굳혀 나갔다. 근식은 곧바로 행동하기 시작했다. 근식은 잠자리에 들기 전에 독립군 이야기를 하기 시작했다. 그리고 작업장에서는 일본 감독관이 지적하기 전에 모든 일을 신속하게 처리했다. 징용자들은 망설이는 것이 없었고 거칠 것이 없었다. 근식은 동료들을 감독관 이상으로 몰아붙이며 독려했고 징용자들 또한 일본군의 신임을 얻을 수 있도록 노력했다.

징용자들이 혹한과 싸우며 온 힘을 다 쏟고 있었다. 그러자 일본군들은 징용자들을 신임하기 시작하면서 차츰 적개심과 경계심을 풀어 가고 있었다. 동료들 또한 근식의 의도에 똘똘 뭉치고 있었다. 근식은 계획을 세워 나가기 시작했다. 일본군들이 적개심을 풀어나가면서 징용자들을 보는 눈이며 대하는 태도가 날로 변하고 있었다. 일본군의 속으로야 어떻든 겉으로라도 대하는 태도가 날카롭지 않게 되면서 근식은 병원차를 비롯해 수송대의 트럭들을 세차하기에 이르고 있었다. 수송대에는 공주의 사공 수와 광천의 박갈수, 김득곤 황해도 동료들을 번갈아 보내어 세차하게 했고 특히 정비를 하는 데에 황해도 동료들을 배치하다 시피 했다. 일본 군인들은 징용자들에게 세차와 정비를 내맡기기 시작했다. 근식은 더욱 활기를 내면서 부대의 모든 부처에서 신임을 얻을 수 있도록 노력했다. 일본 군인들은 시간이 흐를수록 근식의 계획에 말려들러오고 있었다.

근식은 이제 독립군을 접속할 방법을 찾기 시작했다. 독립군이라면 만주에 있는 조선 사람이라면 알 수가 있겠지만 일본 군부대의 징용자의 몸으로서는 외부와 접촉할 수 있는 일은 하늘에 별 따기나 다름없으니 위험스러운 방법이지만 일본군에게서 독립군의 거처나 근거지를 알아낼 방법밖에는 없다고 생각했다. 근식은 창남이와 만식에게 빨랫감이라면 어느 빨랫감이든 반드시 주머니를 뒤져서 무슨 물건이든 나오는 것은 챙겨 놓게 하였다. 그러나 근식은 시간이 가면서 초조해지고 있었다. 물샐틈없는 일본군들에게서 필요한 것을 알아내거나 알 수 있기는 하늘의 별 따기보다 어렵기만 했다. 징용자로서 움직일 수 있는 행동 범위 또한 철저히 차단되어 있고 제한되어 있는 데다 접근할 수 있는 범위가 빈약하다 보니 하다못해 귀동냥할 기회조차 없었다. 그러다 보니 독립군에 대한 정보는 물론이고 부대 밖 시국에 대해 말 한마디 듣기가 어렵고 벽에 부딪치고 있기만 했다.

그러나 세월은 흐르기 마련이고 야전병원은 준공되어 갔다. 야전병원이 준공되어 가게 되니 부상병들이 실려 오기 시작했고, 부상병이 늘어가다 보니 부대 안은 번거로워지고 있었다. 그러면서 환자들의 빨랫감이 쏟아져 나오기 시작했다. 근식의 눈은 이글거리기 시작했다. 부상병이라면 전투를 치른 병사이기 때문이다. 잘만 하면 이제 부상병이 싸웠던 적군을 알 수 있는 계기가 마련되는 셈이다. 근식의 눈은 번쩍이기 시작했고, 부대 곳곳에서 일하고 있는 동료들을 찾아다녔다. 그러면서 근식은 평소와 조금도 다름없는 행동으로 동료들을 대하고 있었다. 특히 행동거지에 소홀한 동료일수록 눈치 채지 않도록 행동거지에 변화를 주지 않고 조심했다. 모든 동료들이 평소처럼 행동하는 데 차질이 없도록 독려하면서 살아 고향에 가려면 털끝 하나 실수해서는 안 된다는 말을 수없이 하고 다니면서 눈치껏 행동함으로써 불행한 일이 없도록 하자고 수없이 당부하고 다녔다.

일본군은 연일 계속되는 전투에 부상병들이 수없이 실려 오고 있었다. 근식은 하루에도 몇 번씩 창남을 찾아가 주머니에서 나오는 것이 있었나 확인하고 다녔고, 일본군이 누구와 전투를 하였는지가 궁금해서 초조해지고 있었다. 그러면서 근식은 만약에 조선 독립군과 싸웠다면 그 화근이 자신들에게 돌아오지나 않을까 전전긍긍하면서 일본군들의 동태를 살피는 데 촉각을 세우고 있었다. 근식은 급했다. 그렇지만 서두르지 않았다. 꼬리가 길면 밟힐 수밖에 없겠으나 준비는 물론이고 적을 손아귀에 넣지 못한 상태에서 서두를 수는 없었다. 근식은 만식이가 빨랫감을 수거하러 가는 것을 보며 취사장 홍민학에게 발길을 돌리고 있었다. 근식은 부식 준비에 바쁘게 움직이고 있는 홍민학을 향해 손짓했다. 홍민학은 근식의 손짓에 일손을 놓고 근식에게 다가왔다. 근식은 고개를 내밀며 의문에 싸인 홍민학의 얼굴을 향해 미소 띤 얼굴로 말문을 열었다.

"빨랫감 가지러 왔어요. 그리고 부상병이 많아서 빨래하기가 힘들어 배 속에 바람이 불고요. 왜 그렇게 부상병이 많아요? 피 빨래가 많아서…"

근식이 말에 홍민학은 의문에 싸였던 얼굴이 풀리면서 미소를 흘리며 입을 열고 있었다.

"팔로군과 의용군들하고 싸워. 여기 부대는 간도 특설부대라 쉴 틈 없어, 모르셨소?"

근식은 홍민학의 말에 전신에 전율이 흐르고 있었다. 팔로군이란 말과 의용군 그리고 간도 특설부대라는 말에 전율을 느끼고 있었다. 그리고 간도 특설부대라는 것은 지금 일본 군부대를 말하는 것인데다가 의용군이라는 말에 독립군이라는 것을 알 수 있어서 근식은 긴장되고 있었다.

"팔로군 토벌 작전에 부상당하는 거군요? 대단한가, 팔로군이?"

근식은 팔로군이 무슨 군대인지 알 수 없었으나 묻지 않았다. 반면에 넘겨짚고 있었다. 그러자 홍민학이 말했다.

"만주에 꽉 찬 게 팔로군이잖아. 러시아 신군부 공산군과 똑같은 중국 공산군이잖아. 대단한 모양이야, 독립군들과."

근식은 가슴이 확 뚫리고 있었다. 멀리서 취사장 감독관이 계속 처다보고 있어서 근식은 살며시 미소를 지으며 말했다.

"감독관이 보고 있습니다. 빨랫감 나오면 주시오. 병원에 또 가봐야겠소"

근식은 말을 돌리며 홍민학의 말소리에서 벗어났다. 홍민학에게 더 많은 말을 듣고 싶었으나 성급해서 좋을 것이 없다는 것을 알고 있는 근식은 부지런히 병원으로 발길을 옮겼다.

'팔로군? 독립군?'

근식은 어금니를 깨물며 눈앞에 어른거리고 있는 병원을 향해 걸었다. 그러면서 생각했다. 팔로군이란 부대 이름이 무엇인지는 모르겠으나 독립군과 합류해서 일본군과 싸우고 있다니 이런 기회가 어디 있단 말인가. 근식은 야전병원이 왜 필요하고 부대 이름도 없는 이유를 대략 짐작할 수가 있었다. 팔로군 그리고 독립군 토벌부대니 간도 특설부대가 특수한 부대이고 그 때문에 간판도 써 붙이지 않고 있다는 것을 알 수 있었다. 근식은 문 앞에 있는 빨래 수거 수레를 밀면서 병실 군데군데 난로와 보일러에 장작을 지피고 있는 동료들을 향해 수레를 밀고 들어갔다. 침대마다 누워 있는 병사들을 보면서 근식은 독립군을 토벌하다가 부상당한 병사들이라는 것을 생각하면서 자신이 적군 속에 들어와 있는 것만 같은 느낌으로 수레를 밀며 안으로 깊이 들어가고 있었다.

"빨랫감 수거해서 보냈습니다."

천안에서 모두 헤어지고 유일하게 남은 청양군 화성의 전인곤이 근식이에게 다가와 속삭였다. 근식은 인곤의 손을 살짝 잡으며 인곤의 얼굴을 쳐다봤다.

"들러 보는 거요."

"오늘 부상병들이 다른 날보다 많았어요."

근식은 인곤의 손을 잠시 힘주어 꼭 잡았다가 놓았다. 그런 다음 용도를 알 수 없는 건물을 짓고 있는 곳으로 발걸음을 옮겼다. 팔로군과 독립군이 합동 작전으로 일본군과 맞서 싸우고 있다는 것을 알게 된 근식은 두 다리는 물론 온몸에 힘을 주면서 공사장으로 향했다. 근식은 자신의 뒷모습을 보고 있는 전인곤을 향해 손을 흔들었다. 근식은 좁아터진 방을 수십 개 나열해 짓고 있는 공사장으로 향하면서 동료들을 하나하나 떠올렸다. 그러면서 방금 헤어진 전인곤을 깊이 생각했다. 근식은 걸으면서 바깥 정세를 좀 더 알 방법을 생각했다. 취사장의 홍민학도 어디까지 믿을 수 있는 사람인가 생각하고 있었다. 근식은 공사장에 도착하자 미로나 다름없이 꾸미고 있는 방들을 보면서 이곳에서 정신대들이 피 말리는 희생을 할 것을 생각하며 황해도 연백 사람들은 물론 안면도 이학봉이 열심히 방을 꾸미고 있는 것을 보면서 근식은 말소리를 보내고 있었다.

"고생들 많습니다. 이제 다 돼가지요?"

"내일 사람들이 온대요. 무슨 사람들인지는 몰라도. 그래서 이 앞쪽부터 종이 바르고 있어요."

이학봉은 허튼소리들을 해대고 있었다.

밤낮없이 남의 나라나 빼앗으러 다니고 남의 나라에서 전쟁이나 하고 있고 독립군 토벌 작전에 기를 쓰고 있는 일본군이 좋을 리 없는 근식은 대답 없이 작업장을 둘러보고 나서 창남이 있는 곳으로 발길을 돌렸다. 겨울의 매서운 냉기 속에서 뻘건 먼지를 일으키며 트럭들이 달려들어 오고 있는 것을 보면서 근식은 창남이가 있는 곳으로 가고 있었다. 근식은 시커먼 연기가 하늘로 치솟고 있는 깊은 계곡으로 들어갔다. 계곡에서는 창남이와 만식이가 황해도 사람들과 함께 드럼통 솥에 빨래를 삶고 있었다. 황해도 홍하철이 근식이 오고 있는 것을 보고 아궁이에 커다란 나무들을 넣으면서 말했다.

"조장님! 이리 오셔서 불 쬐세요."

창남은 부뚜막 위에서 부글거리며 끓고 있는 빨래를 기다란 나무로 뒤집으며 근식을 보고 있었다. 김팔복을 비롯해서 홍동의 이정식은 여러 개의 솥에 물을 끓이고 있었다. 근식은 펄펄 끓고 있는 물들을 보면서 홍하철의 곁으로 갔다.

"내일 소 몇 마리 잡을지 몰라서 오늘 빨래를 서두르고 있습니다."

홍하철이 부뚜막에서 내려오고 있는 창남을 보면서 말했다.

창남이 부뚜막에서 내려와 주머니에 손을 넣었다. 그러자 근식이가 창남이의 어깨에 손을 얹으며 말했다.

"갈산 양반! 동상 좀 나아가요?"

근식은 말하면서 창남이의 어깨를 손가락으로 눌렀다. 그리고 근식은 바쁘게 자리를 떴다. 이제 바깥 정세를 알기 시작하면서 근식은 동료들을 개성에 따라서 작업장에 배치하고 있었다. 근식은 계곡이 험난한 동쪽 감시탑이 있는 곳으로 향했다. 근식은 난방용 땔감을 만들고 있는 동료들을 찾아서 한겨울 내내 내린 눈들이 꽁꽁 얼어붙은 계곡을 바라보면서 나무를 자르는 톱 소리와 도끼 소리가 나고 있는 곳을 향해서 부지런히 걸었다. 그러면서 근식은 산 능선을 따라 초소마다 기관단총이 계곡을 향해 겨냥하고 있는 것을 보면서 나무를 잘라 장작을 만들고 있는 동료들에게 갔다.

"조장님!"

만식이가 근식을 보자 소리쳤다. 근식은 지게 위에 장작을 올려놓고 있는 만식을 보면서 빙긋이 웃었다. 근식은 산자락에서 나무를 베고 있는 동료들을 보면서 멀리 꼬리를 감추고 있는 협곡을 한참 동안 보고 있었다.

근식은 국그릇을 취사장의 홍민학이 앞으로 내밀었다. 그러자 홍민학이 근식을 향해 입을 열었다.

"빨래 가지러 오시오?"

근식은 홍민학의 말에 고개를 끄떡였다.

"그동안은 빨래만큼은 우리가 했소."

근식은 계속해서 고개를 끄떡였다. 그리고 가슴이 뛰고 있어서 식사를 할 수가 없었다. 이제 취사장의 홍민학이 협조하는 이상 근식은 등에 날개를 다는 것이나 다름없다.

모두 잠들고 있는 침상에서 창남은 담배를 피우고 있는 근식에게 꾸겨진 종이를 건네주었다. 근식은 꾸겨진 종이를 받으며 중얼거렸다.

"고맙소! 담배 몇 대 말겠구먼."

창남은 피곤한 몸을 사물 궤짝에 기대고 앉아 막 잠이 든 만식을 내려다보고 있었다. 근식은 종이를 침상에 놓고 펴면서 중얼거렸다.

"몇 대 말겠소. 고맙소, 갈산 양반."

근식은 종이에 적혀 있는 글을 보면서 손가락을 떨었다. 그러면서 근식은 날카로운 눈빛으로 창남을 한참 쳐다보았다. 잠시 후 창남은 잠이 들었고, 근식은 굵게 담배를 말아 피워 물고 취사장의 홍민학의 빨래에서 나온 종이를 펼쳐 읽었다. 일본군이 만주와 중국 일대에서 팔로군의 반격에 시달리기 시작했고, 북간도에서 독립군이 일본군과 맞서 싸우고 있는 중이라 그 분풀이로 중국 양민과 북간도를 비롯한 만주에 거주하고 있는 조선 백성들을 살육 중이고, 현재 이곳 부대 병원은 인체 실험까지 하고 있다고 했다. 그리고 홍민학은 이런 글도 남겼다. 모친은 일본 여자이고 부친은 경북 상주 사람인데 일본에 귀화해서 육군에 입대한 후 최근에는 로타 섬에 근무하고 있다는 말도 적어 놓았다. 근식은 홍민학의 종이를 모두 담배를 말아 피우며 태워 없앴다.

날이 갈수록 수없이 실려 오고 있는 부상병들로 인해서 징용자들은 병실 확장 공사를 하고 있었다. 근식은 일본군이 수없이 부상당하거나 죽어 들어오고 있는 것을 보면서 독립군은 물론이고 중국에 사는 동포들이 수없이 죽어갈 생각에 초조해지고 있었다. 그리고 이대로 가다가는 더는 이곳에서 살아남기도 어려울 것만 같은 생각이 들고 있었고, 징용자들이 이곳에서 일본군을 도우면 도울수록 중국은 물론 독립군 그리고 조선 민족에게 모든 피해가 고스란히 가게 된다는 생각에 일분일초가 급해지고 있었다.

근식은 견디기가 어려워지고 있었다. 그러나 지금 실정은 동료들에게 말하거나 상의할 단계가 되어 있지 못해서 근식은 초조했다. 밤낮없이 부대는 급박한 일들이 벌어지고 있었다. 일본군은 팔로군 포로들을 심문하느라고 사령관실 옆으로 취조실을 새로 지었고, 취조실에서는 심문과 고문이 벌어지고 있었다. 심문과 고문이 끝난 포로들의 육신은 남아 있는 것이 없고, 팔다리 없는 몸뚱이에 목만 달랑 붙어 있는 시신들이 동료들을 곤욕스럽게 만들고 있었다.

근식은 날이 가면 갈수록 밤낮없이 화장하고 있어도 시체가 쌓여가고 있는 계곡을 보면서 지금 자신들이 무엇을 하고 있는지 알 수가 없었다. 징용자들은 진땀을 흘리고 있었다. 그리고 더는 참기 어려워하고 있었다. 징용자들은 이럴 바에야 차라리 죽는 게 낫다는 생각들을 하고 있었다. 징용자들은 근식을 보며 어떻게 해볼 수 없겠느냐는 얼굴들을 하고 있었다.

부대는 하루도 거르지 않고 포로들 아니면 민간인들을 처형하고 있었다. 근식은 징용자들이 시간이 흐를수록 역겨운 일에 시달리며 환멸을 느끼고 있어서 의지를 잃어가게 될 것만 같아서 탈출계획을 서두르기로 했다. 근식은 동료들을 매일같이 바꿔가면서 현장에 투입시키고 있었다. 그러면서 독립군이나 팔로군의 정보를 일본군의 움직임에서 발취하기에 총력을 기울이기 시작했다. 근식은 징용자들에게 주어지고 있는 일을 열심히 그리고 충실히 할 것을 당부하면서 탈출하는 순간까지 징용자들은 물론 부대 안에서 조금도 눈치 챌 수 없도록 움직이고 준비하기 시작했다.

일본군들은 경계 근무에 더욱 열을 올리고 있었다. 초소를 나날이 확장하고 있는 것은 물론 무기 또한 중무장 상태를 유지하고 있었다. 기관단총과 박격포로 무장한 초소들은 30m 간격으로 신설하고 있는가 하면, 어디서 어떤 전투를 벌이고 있는지 하루도 거르지 않고 포로들을 잡아들이고 있었다. 잡아들인 포로들은 즉시 죽이거나 아니면 며칠 동안 고문을 해댔다. 포로들은 파리 목숨처럼 쉽게 죽어가고 있었다. 야전병원은 흉악범들 소굴만 같고 밤이 되면 밤새 불을 밝히고 있었고, 일본군들은 밤낮없이 트럭을 타고 드나들고 있었다. 기상 소리는 언제나 어둠 속에서 들려오고 있었다. 징용자들은 피로에 찌든 몸들을 뒤척이며 자리에서 일어나야 했다.

근식은 충혈된 눈을 껌벅거리며 모포를 개고 있는 창남을 보며 말했다.

"갑시다."

창남은 꾸물거리며 모포를 갠 후 세면장으로 향했다. 새벽 공기는 징용자들을 미라들처럼 고체로 만들고 있었고, 미라처럼 걷게 했다. 만식은 차가운 물로 얼굴을 문지르며 생각나는 대로 말했다.

"오늘은 몇 명이나 묻어야 하나?"

"묻었어? 태웠지!"

김팔복이 세수하고 초췌하게 서 있는 만식을 향해서 말했다.

징용자들은 세면장에서 나와 취사장으로 움직였다. 그리고 식사를 마친 후 주어지는 작업장으로 움직이고 있었다. 창남이와 만식이는 얼음을 깨고 피범벅인 옷을 꺼내고 있었다. 그리고 서부면의 임오준과 고북면의 홍석희가 불을 붙이고 있는 솥에 빨래들을 집어넣었다. 잠시 후 솥마다 불이 붙어 빙판의 계곡은 불빛에 밝혀지고 있었고, 솥마다 빨래들이 삶아지기 시작했다.

창남은 만식이와 커다란 나무를 솥에 집어넣고 빨래들을 뒤적이며 죽은 중국 사람들의 사체를 들것에 들어 나르고 있는 징용자들을 보고 있었다.

"어차피 죽일 거면 전쟁터에서 죽이고 말지 왜 여기로 데려와서 죽이는지. 빌어먹을 것들."

"고문하는 거 못 봤어?"

"고문하면 죽이잖아?"

"정보 알아내려고 그러는 거 아냐?"

"그걸 누가 모르나? 죽겠으니 가 그러지."

징용자들은 투덜거리고 있었다. 투덜거리는 속에서 괴롭고 고달픈 것들이 묻혀가고 있었다. 징용자들은 손톱 발톱이 없고 팔다리가 부러지거나 모두 잘린 시체들을 들것에 실어 나르며 절벽 아래 구렁텅이에 버리고 있었다.

"박 반장! 이리 오시오."

일본 감독관이 근식을 불렀다. 감독관은 근식을 정신대들의 컴컴한 쪽방으로 불러갔다. 일본 감독관은 정신대 숙소를 지금보다 따뜻하게 할 것을 지시하면서 밤낮없이 징용자들이 상주할 것을 지시하고 있었다.

근식은 황해도 박이구에게 당분간 교대로 당번할 것을 부탁했다. 근식은 감독관이 지시한 대로 난로마다 불들이 활활 타도록 부탁하고 땅거미 진 속에서 들어오고 있는 일본군 트럭들을 보면서 시체 태우느라고 밤하늘을 시뻘겋게 불기둥이 솟고 있는 곳으로 가고 있었다.

팔로군 포로들이 실려 오고 있었다. 포로들 속에는 나이 어린 포로가 있었다. 근식은 나이 어린 포로나 늙은 포로들이나 그리고 여자들이나 일본군의 대검에 찔려가며 취조실로 들어가는 것을 보면서 일본군들이 마구잡이로 잡아들이고 있다는 것을 알았다. 그리고 보면 일본군들은 팔로군 토벌 작전에서 무자비하게 양민들을 포로로 잡아들이고 있었다. 포로들은 난롯불도 없는 창고 안에서 발가벗겨졌고, 무자비한 고문에 시달리다가 날이 밝을 무렵이면 시체가 되어 버려졌다.

근식은 하루도 거르지 않고 동료들과 취조실에서 처참하게 나뒹굴고 있는 시체를 날라서 화장을 했다. 근식은 창남이가 나뭇더미에 불을 붙이는 것을 보면서 정신대로 가고 있었다. 일본군들은 밤이고 낮이고 대기실에서 버글거리고 있었고, 정신대 여인들은 일본군들이 질러대는 쾌락의 비명 속에서 누렇게 빛이 바래가고 있었다. 일본 군인들은 이성을 잃은 사람들만이 군복을 입고 군인 행세를 하고 있었다. 일본 군인들의 행동이라는 것은 이웃 국가를 침범하거나 강탈하고 양민을 죽이고 겁탈하고 쾌락에 중독되어가는 것이 고작이고 전부일 뿐이었다.

근식은 경계 경비병들만 남기고 모두 달려 나가고 있는 트럭들과 화물 열차에서 쏟아놓은 석탄을 야전병원으로 실어 나르고 있는 동료들을 보면서 창남이가 있는 계곡으로 향했다. 창남은 만식이와 빨래가 펄펄 끓는 솥을 뒤적거리며 황해도 연백 동료들과 부지런히 움직이고 있었다. 창남이와 만식이가 솥에서 빨래를 끄집어내어 놓으면 황해도 연백 동료들은 커다란 방망이로 두드렸다. 방망이로 두드린 빨래는 계곡의 얼음물 속에 넣고 흔들어대면서 수북이 쌓여 있는 빨래들을 빨아가고 있었다. 방망이

질이 끝난 빨래들은 다시 물에 행구고 나서 서로 마주 잡고 비틀어 짜고 난 다음 줄에 널었다. 시커먼 연기가 하늘 높이 오르고 있는 계곡에서는 하루 종일 빨래를 하고 있거나 시체를 화장하고 있거나 벼랑 아래로 시체들을 던지고 있었다.

일본군들은 트럭에서 뛰어내리며 구령 소리에 복창을 했다. 조용하던 부대는 삽시간에 소란해졌다. 일본군들은 지옥의 전사들처럼 포로들을 때려 몰거나 끌면서 어두워지고 있는 부대를 난장판으로 만들고 있었다. 징용자들은 추위와 어둠 속에서 무참히 나뒹굴고 있는 포로들을 차마 볼 수가 없어서 눈을 감거나 고개를 돌렸다. 그러면서도 두 눈은 포로들이 몇 명이나 되나 헤아리고 있었다. 그리고 내일 저 많은 사람의 시체를 어떻게 화장할 것이며 버릴 것인지 난감해하고 있었다.

징용자들은 트럭에서 끌어내리고 있는 포로들을 어둠 속에서 유심히 보고 있었다. 나이 어린 여자애들이 일본군 손에 끌려 내려오고 있는 광경을 보고 있었다. 그리고 다른 트럭에서도 수없이 포로들을 끌어내리고 있는 광경을 물끄러미 보고 있었다. 근식이와 징용자들은 포로들을 끌어내리고 있는 것을 더는 볼 수가 없어서 눈을 돌리며 말했다.

"고만 봅시다."

징용자들은 숙소로 향했다.

"단단히 먹어두시오. 어제 30명도 넘나 보던데."

창남이가 밥숟가락을 끼적거리자 황해도 박이구가 말했다. 창남은 근식을 쳐다봤다. 밥맛이 없는 것은 일 때문만이 아니라 식구가 어른거리고 있어서 잠시 숟가락을 멈추고 있었다. 지금 이곳의 일이야 이곳에 오면서부터 늘 있는 일이라 걱정될 것이 없었다. 다만 그동안 정신없이 일에 휘말리다가 보니 식구들 걱정을 잊고 있었다. 창남은 고개를 숙이고 있었다.

근식은 창남을 알고 있었다. 그러나 안타까울 뿐이었다. 징용자들은 아침을 마치고 자리에서 일어났다. 그리고 서로 얼굴을 쳐다보거나 담배를 피우거나 유리창 밖을 내다보았다.

일본군들은 희희낙락거리며 또는 낄낄거리며 정신대를 드나들고 있었다. 일본군들은 거칠 것이 없었고 이성이라는 것과 지성이라는 것도 없었다. 밤이고 낮이고 정신대를 드나들며 추잡스러운 짓거리들을 일삼고 있었다. 그리고 우르르 트럭을 타고 사라졌다가 저녁이면 양민들이든 포로들이든 트럭에서 끄집어 내리며 원시적인 축제의 난장판을 벌였다. 징용자들은 그런 일본군을 위해서 따뜻하게 취침자리를 준비해 놓고, 뽀송뽀송한 이부자리는 물론 다음 날 입을 옷들도 뽀송뽀송하게 준비해 놓았다. 그러고 보면 일본군들은 죽지도 않았는데 천국에서 살고들 있다. 일본군들의 병영 생활은 지상낙원이며 최상천하가 틀림없다. 갖고 싶으면 갖고, 빼앗고 싶으면 빼앗고, 즐기고 싶으면 즐기고, 죽이고 싶으면 죽여대고 있으니 세상천지에 이보다 금상첨화가 어디 있겠는가.

날이 밝지도 않은 새벽에 십여 대의 트럭이 어둠 속으로 사라지듯 빠져나갔다. 남아 있는 트럭들은 움직이지 않고 있으나 부대는 소란스러웠다. 아침 식사를 마친 징용자들은 근식의 간단한 작업 이야기를 듣고 움직이기 시작했다. 오늘 창남은 만식이와 고북면의 홍석희 그리고 덩치가 좋은 황해도 연백의 고만섭 일행들과 화장하는 일을 하게 되었다. 창남이와 일행들은 어둑어둑한 화장장을 향해 움직이고 있었다. 일행들은 화장장으로 가면서 다른 일들은 어떤 것이어도 좋은데 화장하는 일만은 하지 않으려 하고 있었다. 일행들이 화장장에 도착하자 이미 3구의 시체가 뒹굴고 있었다.

"이거 가지고는 나무가 모자라. 더 잘라 와서 시작하자고."

고만섭이 말했다. 창남은 커다란 톱을 들고 계곡을 향해 가기 시작했다.

계곡 깊숙이 들어간 창남은 만식이와 톱을 마주 잡고 자르기 시작했다. 나무가 베어지고, 베어진 나무는 계곡 밑으로 처박혔다. 일행들은 번갈아 톱질을 했고, 토막 난 나무들을 어깨에 메고 화장장을 향해서 움직였다. 화장장에 도착한 일행들은 누구 하나 입을 여는 사람 없이 나무 단지를 높이 쌓았다. 그리고 팔이 떨어지고 다리가 갈기갈기 찢어져 피투성이가 된 시신을 위에 올려놓고 잘 마른 나무에 불을 붙였다. 검은 연기가 하늘로 오르며 불길이 일어나자 일행들은 멀리 떨어져서 활활 타고 있는 불구덩이를 물끄러미 보며 서 있거나 앉아 있었다. 그리고 줄지어 서 먼지를 일으키며 달려 나가고 있는 트럭들을 바라보고 있었다. 불은 격렬하게 활활 타고 있었다. 검은 연기는 산보다도 높이 치솟아 오르고, 열기는 멀리 흩어졌다.

빨래가 다 된 옷가지들을 긴 줄에 널면서 세탁을 하고 있는 징용자들은 검은 연기가 하늘 높이 솟고 있는 속에서 군복과 담요 그리고 환자들의 빨래를 얼기설기 늘려 놓은 줄마다 빽빽이 널고 있었다. 뜨거운 열기는 널어놓은 빨래를 삽시간에 말리고 있었다. 활활 타는 불길 속에 빨래들은 수증기에 휩싸였다.

먼지를 일으키며 달려 나갔던 트럭들이 돌아오고 있었다. 흙먼지 가득한 연병장에 호루라기 소리 요란하면서 일본군들이 트럭에서 뛰어내렸다. 일본군들은 이리저리 뛰면서 사기가 극에 달해 있었고, 오늘도 다른 날과 같이 트럭에서 포로들을 끌어내리고 있었다. 여자들이 끌려 내려오고 있었고, 포로들이 바닥에 패대기쳐지고 있었다. 징용자들은 그 광경을 보면서 줄에 널려 있는 빨래를 뒤적였다. 일본군들은 여자들을 정신대로 몰고 가면서 짐승들처럼 날뛰며 가고 있었다. 그런가 하면 포로들은 대검으로 쿡쿡 찔러가며 취조실로 몰아가고 있었다. 징용자들은 그 광경을 보면서 모멸감에 입술이 푸르게 변하고 굳어갔다. 징용자들은 활활 타고 있는 불꽃을 보면서 웅어리지고 있는 가슴을 쓸어내리며 하늘로 솟고 있는 검은 연기를 바라보고 있었다. 취조실에서는 비명이 그치지 않았고, 헌병들과 취조병들이 뻔질나게 드나들고 있었다. 계속해서 들어오고 있는 트럭들에서는 포로들이 잡혀 오고 있었으며, 취조실은 미어터질 지경에 이르고 있었다.

만식이는 나무토막을 불구덩이에 집어 던지고 있었다. 만식이는 계속해서 나무를 집어 던져 넣고 있었다.

"저, 조장님! 시신들이 왜 그래요? 고문하는 것은 알지만 손바닥 발바닥들이 발기발기 찢어지고 발이 잘리고 배도 다 갈라지고 머리가…."

만식이가 근무 일지에 뭔가 적고 있는 근식에게 물었다.

"실험을 하든지 조사하나 보다."

근식은 더 이상의 말은 눈으로 하고 있었다. 일본군들은 포로들을 끌어내리고 있었다. 여자들의 비명이 들리자 징용자들은 트럭을 향해 모두 고개를 돌렸다.

"또 잡아 왔구나."

만식이가 중얼거렸다. 근식은 목욕탕으로 발길을 옮겼다. 일본군들이 한꺼번에 목욕탕으로 몰린다면 문제가 생기게 될 것 같아서 서둘러 목욕탕으로 가고 있었다. 일본군들은 포로들을 취조실로 짐짝 던지듯이 집어넣고 여자들을 정신대로 끌고 가고 있었다.

"귀공자가 따로 없어."

홍북면의 고남덕이가 긴 나무를 짚고 서서 일본군들에 끌려가고 있는 여자들을 보면서 혀끝을 차면서 말했다. 창남이도 만식이도 모두 여자들이 끌려가는 것을 보면서 커다란 나무토막을 하나씩 들어 불 속으로 집어던졌다. 전투할 때 말고는 일본 군인들은 귀공자나 다름없었다. 징용자들이 잡아 대는 소나 돼지 그리고 닭들을 볼 때 일본군들은 최상의 식사와 최상의 취침을 하고 있는 데다 최상의 정신대까지 드나들고 있었다.

창남이와 만식이 그리고 고남덕은 오랫동안 어리고 앳된 여자애가 질질 끌려가는 것을 보고 있었다.

다음 날, 식사를 하자마자 근식은 화장과 세탁할 인원을 제외하고 나머지 인원은 부대 막사 난로와 병원 보일러용 석탄 운반 작업에 투입했다. 창남이와 만식이 그리고 고남덕과 황해도 연백 사람 몇 명은 어제와 같이 시체 화장하는 일을 하도록 했다. 만식이는 죽은 시체 화장하는 일은 하고 싶지 않았지만 모두 하기를 꺼리며 거부하자 하는 수 없이 근식이가 시키니 하고 있었다. 일행들은 톱을 들고 계곡으로 향했다. 계곡으로 향한 일행들은 나무를 베어 어깨에 메고 모두 화장터로 돌아왔다.

"오늘은 따로따로 하지 말고 한꺼번에 화장해요."

만식이가 화장할 나무 단지를 한곳으로 하자는 말에 모두 별말이 없었다. 일을 그렇게 하면 쉽고 좋겠으나 죽은 자들에 대한 예의를 생각해서 그동안 나무 무더기를 따로 마련했었다. 만식의 말에 모두 그렇게 하기로 하고 나무를 쌓기 시작했다.

"이봐, 여자가 죽었어."

여자가 죽었다는 고남덕의 말에 나무를 쌓다가 말고 모두 시체가 있는 곳으로 갔다. 시체를 덮고 있는 거적을 들친 곳에는 여자 시체가 있었다. 시체는 어리고 앳된 중국 여자였다. 시체는 얼굴이 심하게 멍이 들어 있었고 피투성이가 되어 있었다. 징용자들은 여인의 시체를 따로 놓고 천으로 온몸을 감싸 덮었다. 근식이가 여자의 시체가 있다는 말을 듣고 왔다. 근식은 시체의 얼굴을 보고 난 후 말했다.

"그릇에 담아 양지바른 곳에 묻읍시다."

"예."

만식이 대답했다. 창남이와 만식이는 나무 무더기를 옆으로 하나 더 만들었다. 그리고 그릇에 맑은 물을 떠다가 시체 앞에 놓아 주었다. 그런 다음 따듯한 물을 떠다가 얼굴과 손 그리고 발을 씻기고 나서 나무 더미 위에 올려놓았다. 시체는 고문에 시달리다가 죽은 팔로군 포로들과 함께 불 속에서 연기가 되고 있었다. 날이 갈수록 포로들은 늘어갔다. 포로들은 잡혀 오는 밤으로 대부분 죽었다. 죽지 않고 살아 있다 해도 며칠을 견디지 못하고 모두 죽었다.

근식은 정신대 여자가 죽고 나서 정신대 관리는 하던 사람이 계속해서 하도록 하였다. 근식은 난로가 꺼지지 않도록 할 것을 몇 번이고 말하면서 흐느끼고 있는 울음소리가 새어나오고 있는 조선 여자의 방문을 오래도록 보고 서 있었다.

"아저씨!"

만식이가 야간 보일러 당번을 하는 창남을 찾아왔다. 창남은 야전병원 보일러에 석탄을 퍼 넣고 난 다음 힘없이 쓰러지듯 주저앉고 있는 만식이를 부축했다.

"웬일이야. 여기는 왜 왔어?"

"관사 보일러 석탄 넣고 오는 길이에요."

만식은 몸을 더는 가누지 못하고 쓰러지고 있었다. 창남은 만식이를 부축하고 숙소로 향했다. 그러자 일본군이 전지를 비추고 호루라기를 불어대며 달려왔다.

"아저씨!"

만식이가 달려오고 있는 일본군을 보면서 몸을 가누려고 움직였다.

"그냥 있어."

창남이가 몸을 가누려고 움직이는 만식이를 부축하며 말했다. 일본군은 창남이와 만식이를 번갈아 전등불로 비추고 있었다.

"뭐야?"

"병이 났습니다. 보일러에 석탄 넣고 숙소로 가는 길입니다."

일본군은 창남의 말에 손으로 창남의 몸과 만식의 몸을 더듬어 보고 나서 노려보며 소리를 질렀다.

"아픈 자식이 왜 나왔어? 가라."

"예."

창남은 대답하고 숙소를 향해 움직였다. 만식이가 몸을 가눠가며 발을 움직였다.

"그러지 말고 기대."

창남은 만식이를 부축하고 숙소로 돌아왔다. 창남은 과로에 지쳐 병이 난 만식을 침상에 눕히고 이마에 물수건을 올려놓았다. 창남은 근식이와 밤이 깊도록 만식의 이마에 물수건을 올려놓고 있었다.

"눈들 붙입시다."

근식이가 잠들지 못하고 있는 동료들을 향해서 말했다. 그러나 모두가 뒤숭숭해진 마음에 잠을 이루지 못하고 있었다. 그러다가 갑자기 문밖이 소란하면서 헌병들이 뛰어 들어왔다. 징용자들은 모두 일어나 뛰어 들어온 헌병들을 쳐다보았다. 헌병들은 소등한 속에서 전등으로 인원 점검을 하기 시작했다. 인원 점검을 끝낸 헌병들은 밖으로 나갔다.

징용자들은 뭔가 알 수 없는 이상한 기류에 머리들을 갸우뚱거리며 옆 건물에서도 같은 일이 일어나고 있는 것을 보며 무슨 일이 일어난 것을 느끼고 있었다. 부대는 칠흑으로 모든 불빛은 소등되어 있고, 부대 안은 무엇 때문인지 시끄럽기만 했다. 징용자들은 모두 복마전이나 다름없는 공포에 시달리며 어둡고 두려운 밤을 앉은 채 밝히고 있었다. 근식은 동료들을 보면서 굵게 만 담배를 피우고 있었다.

얼마 후 징용자들은 식당으로 향했고, 아침 식사를 마친 다음 각자 배정된 일터로 발길을 옮겼다. 창남은 오늘도 세탁장으로 향했다. 세탁장으로 향한 창남 일행은 눈을 의심했다. 시체 화장하는 곳에는 죽은 중국군 시체가 장작더미처럼 쌓여 있었다. 창남은 물론 일행들의 발걸음은 뛰고 있었다. 그리고 모두는 겁에 질려 있었다. 해미의 박광식이 근식에게 달려 갔다. 그러나 근식은 사무실에 들어가 있었고, 박광식은 사무실 밖에서 기다리고 있었다. 잠시 후 근식이가 작업 일지를 들고 나왔다. 근식은 박 광식이 문밖에 있는 것을 보고 일본 감독관이 하던 말을 생각했다.

"조 반장! 우리 일본 제국이 대승하였소. 포로 시체가 좀 많을 거요."

근식은 박광식의 얼굴을 보고 일본 감독관이 하던 말로 인해서 자신에 게 왔다는 것을 알아차렸다.

"시체가 많아?"

"말도 못 해."

박광식은 더 할 말이 없었다. 둘은 부지런히 계곡 화장터로 향했다. 그 러면서 근식은 새벽에 헌병이 들어왔었던 것을 묻고 싶었으나 사무실이 긴박하게 돌아가고 있어서 묻지 못했다. 어쨌든 새벽에 헌병들이 들이닥 친 것을 보면 분명히 좋지 않은 일이 있었을 것만 같아서 마음이 편치 않 았다. 근식은 시체가 있는 곳으로 가서 동료와 시체들을 보았다. 그러던 근식이가 시체 앞으로 가깝게 다가갔다. 근식은 몇 구의 시체를 살피면서 조선 사람이라는 것을 알게 되었다.

"창남 씨, 이 사체들 이쪽으로 옮겨 봅시다. 암만해도 이상합니다."

창남은 동료들과 근식이가 지적하는 시체들을 옮겨 놓았다.

"조선, 우리 동포들입니다."

근식은 조선 사람이라고 말하면서 속옷을 뒤적이며 말했다. 징용자들 은 조선 사람의 시체를 옮겼다. 그리고 처참하기 이를 데 없는 시신들은 벼랑 아래로 던졌다. 근식은 취사장의 홍민학을 만날 생각을 하고 있었다. 총소리나 대포 소리도 없이 사람들이 이렇게 많이 죽었다는 것은 이번이 아니고서는 일어날 수 없으므로 근식은 취사장의 홍민학을 생각하고 있었다. 징용자들의 마음은 참담해졌다. 팔로군 군복을 입은 시체가 있었지만 시체들은 대부분이 민간인 복장을 하고 있었고, 민간인 복장을 한 사람 중에는 조선 사람이 섞여 있었다. 징용자들은 독립군이 참변을 당하지는 않았는지 하는 생각에 두려워지고 있었다. 근식이 말했다.

"물이라도 떠올립시다."

근식은 시신을 몇 번이고 살펴보면서 피투성이 옷을 조심스럽게 뒤적였다. 시체들이 조선 옷을 입지 않고 있으므로 죽은 사람 중에서 조선 사람들이 더 있으리라 보면서 마음이 편치 않았다.

창남이 시신의 옷을 뒤적이자 근식이도 시신의 옷을 뒤적였다. 창남은 계속해서 뒤적거렸다. 그리고 팔꿈치를 꿰맨 속에서 피에 절어 있는 종잇조각을 끄집어냈다. 그러자 근식은 물론 징용자들의 눈들이 집중하고 있었다.

"뭐지?"

창남은 피에 절고 구겨진 종이를 펼치며 들여다봤다. 그리고 묻고 있는 홍북의 이석일에게 대답했다.

"안 보여."

창남은 종이를 근식에게 넘겨주었다. 그리고 근식의 얼굴을 쳐다보았다. 근식은 종이를 보려고 하지도 않았고, 말도 하지 않은 채 종이를 몸 안주머니 깊이 집어넣고 시신을 어찌할 것인지 생각했다.

"소란해져서 좋을 것 없습니다."

근식이 작은 소리로 말했다. 그리고 다시 말했다.

"이분들 보시오."

근식이 시신을 가리키며 말했다. 그리고 다시 작은 소리를 흘리듯이 하고 있었다.

"우린 살아서 갑시다."

근식의 작은 소리는 징용자들의 정곡으로 들어가고 있었다.

"점심때에 봅시다."

근식의 말이 끝나자 모두 일하기 시작했다. 근식은 창남에게 시신을 깨끗이 닦을 것을 말하고 자리를 떴다. 만식을 비롯한 몇몇은 조선 사람의 시신을 물로 깨끗이 닦고 편안하게 눕혔다. 그리고 물그릇을 앞에 놓고 잠시 고개를 숙여 명복을 빌었다. 만주까지 와서 무참히 참살당해 불귀의 객이 되었으나 영혼만은 조국 조선으로 돌아가 따뜻한 고향에서 가족들과 함께 지내기를 징용자들은 간절히 바라며 고인들의 명복을 빌었다. 징용자들은 만주에 와서 만난 사람이 죽은 시신이기는 해도 같은 조선 사람을 만났다는 생각에 기분이 이상해지고 있었다. 그리고 조국에 반드시 살아서 돌아가야 한다는 생각을 하고 있었다.

만식이는 천 조각들을 가져다가 고문당해 을크러진 상처들을 덮어주었다.

근식은 위안부 막사로 향했다. 위안부들의 막사에 도착한 근식은 석탄 난로를 갈고 있는 서부면의 임오준을 보고 문 앞에 있는 비와 쓰레받기를 들고 들어갔다. 임오준은 석탄을 갈다가 빗자루를 들고 들어오고 있는 근식을 보자 피식 웃고서는 부지런히 석탄을 갈았다. 근식은 임오준이 난로를 다 갈고 곁으로 오자 귓속말을 하기 시작했다.

"다른 분들은 어디 갔어요?"

"석탄 가지러 갔어요. 올 때 됐어요."

근식이 다시 말했다.

"우리 여자들 울지는 않았지요?"

"예, 못 들었어요."

임오준은 손가락으로 조선 여자들의 방을 가리키며 말했다. 근식은 임오준의 어깨를 두드리고 나서 작업 일지를 작성하고 밖으로 나와 발걸음을 옮겼다. 임오준은 근식이가 떠나자 조선 여자들이 묵고 있는 방들을 보면서 난롯불을 다시 살피고 있었다. 근식은 걸으며 조선 여자가 몇 명이나 되고 건강은 어떤지 알아봐야겠다고 생각하면서 작전 시 모두 동참할 수 있도록 건강하기를 바라며 세탁장 너머 화장터에서 검은 연기가 하늘로 치솟고 있는 것을 쳐다보았다.

창남은 나무 준비에 여념이 없었다. 땅이 얼지만 않았다면 시신들을 모두 흙에 묻을 텐데 땅이 얼어 부득이 화장하거나 그렇지 못하고 벼랑 아래로 버릴 수밖에 없는 것을 애석하게 생각했다.

근식은 동료들과 비탈진 산을 오르내리며 나무를 잘랐다. 그리고 토막 낸 나무들을 벼랑 아래로 굴렸다. 근식은 감시탑이 있는 산들을 쳐다봤다. 그리고 절벽이 심한 곳 말고는 산자락 어디든 초소들이 총총히 박혀 있는 것이 마음에 걸려 징용자들과 여인들이 신속하게 빠져나갈 수 있는 방법을 여러 각도로 생각하고 있었다. 근식은 화장터로 향하면서 죽은 조선 사람들을 생각했다. 그러면서 만약에 죽은 조선 사람들이 독립군이었다면 조선 독립군이 멀지 않은 곳에 있겠다는 생각이 들고 있었다.

창남은 근식이 시키는 대로 화장장에서 사용한다고 하면서 수송대에서 매일같이 폐유를 얻어 날랐다. 그리고 폐유 통에 바싹 마른 나무토막들을 담가두었다. 만식은 조선 사람 시신을 한 번 더 살펴보고 나서 나무더미 위에 편안하게 올려놓았다. 그리고 홍북의 고남덕이 불을 붙였다. 불은 타오르기 시작했고 조선 사람의 시신은 징용자들의 손길에 화장되고 있었다.

일본 군부대는 야전병원이 있는 관계로 밤낮없이 부상병들 아니면 죽은 시신들이 실려 오고 있었다. 근식은 활활 타고 있는 불길을 보면서 세탁장으로 발길을 옮겼다. 병사들이 벗어 놓은 빨래들과 병원 환자들의 빨래가 산더미로 쌓여 있는 세탁장에서 근식은 감시탑에서 내려다보고 있는 보초병을 쳐다봤다. 그리고 미소를 머금으며 펄펄 끓고 있는 빨래 솥을 긴 나무로 꾹꾹 눌렀다.

근식은 계곡 깊숙이 미끄러운 비탈길을 오르내리며 땔나무를 베어 나르는 곳으로 눈을 돌렸다. 그리고 근식은 작업 일지를 겨드랑이에 끼고 시신을 화장하고 있는 계곡을 향해 발걸음을 옮겼다. 창남은 동료들과 부지런히 나무를 베고 나서 절벽 아래로 굴리고 있었다. 근식은 나무를 베고 있을 계곡을 바라보다가 아직 화장해야 할 시신들이 있는 것을 보고 만식의 어깨에 손을 얹었다.

"오늘도 소 돼지 잡지요?"

"일이 그렇게 떨어졌다. 병원 환자들 때문에 그런가 보다."

근식은 만식의 말에 대답하면서 만식이가 왜 소 돼지 잡는 것을 묻고 있는지 알고 있었다. 하루도 거르지 않고 소 돼지를 잡아 대지만 만식이 입까지 들어가기가 쉽지 않아서 힘들고 지친 만식이가 물 어라도 보고 싶어 하는 것을 근식은 알고 있었다. 근식은 만식이 어깨에 얹고 있는 손에 한동안 힘을 주고 있었다.

근식은 그러면서 창남을 보았다. 창남이 아오지 가족에게 소식을 보내주지 못한 지 수개월이 지났다. 그런 창남을 마음에 두고 있으면서 기회만 보고 있던 근식은 사무실을 향해서 얼굴을 돌렸다. 그리고 한 번 더 일본 감독관에게 말해봐야겠다고 생각하면서 말문을 열기도전에 두 손을 저어대는 감독관을 떠올렸다.

"급한 일이 뭐요? 절대 그럴 수 없소. 여기는 전쟁터요. 그리고 돈이 어디서 나서 부친다는 거요? 절대 그럴 수 없으니 다시는 그런 말 꺼내지 마시오."

근식은 매정하게 거절하는 일본 감독관이 불쾌하기 짝이 없지만, 일본 군들은 가족과 서신을 왕래하고 있지 않은가. 그러니 조금만 관용을 베푼다면 하는 생각과 머지않아서 벌어질 일을 생각해볼 때 어쩌면 다시는 가족에게 소식을 보낼 수 있을 것 같은 생각이 들지 않아서 근식은 다시 부탁해 볼 생각을 하고 있었다. 근식은 업무보고를 하는 길에 사무실에 들렀다. 그리고 감독관의 결재가 끝나자 근식은 부탁하고 있었다.

"감독관님, 창남 씨 일로…"

"하, 그건 안 되겠다고 말했지 않소?"

"염치없습니다."

"박 반장, 지금 우리는 전투를 하고 있습니다. 눈으로 보지 않소? 전시 중입니다. 전시 중. 그리고 우리 부대는 특수부대라는 것도 모르시오? 안 되는 것은 안 되는 것이니 더 이상 말하지 맙시다."

일본 감독관은 근식을 위아래로 훑어보면서 작업 일지를 내동댕이치듯이 책상에 던지며 말했다. 그러나 근식은 허리를 굽히며 다시 한 번 부탁했다.

"이곳으로 오면서부터 소식은 물론 돈을 보내주지 못해 걱정만 하고 있습니다. 객지서 아기를 낳지만 않았어도 무슨 걱정이 되겠습니까? 용서해 주시는 마음으로 한 번만 베풀어 주십시오."

근식은 말을 마치면서 다시 허리를 굽혔다.

"그 문제는 내 권한이 아니오. 내가 상정 안 한 게 아닙니다. 다시 보고하기는 하겠으나 기대하지 마시오."

"고맙습니다."

근식은 다시 허리를 굽혔다.

"창남 씨의 딱한 사정을 보고 드려서 부대장님이 아시고 계시오. 내 눈치 봐서 다시 상정하도록 하겠소."

근식은 다시 허리를 굽혀 크게 절하고 나오려고 돌아서고 있었다.

"이보시오! 박 반장!"

일본 감독관이 근식을 불렀다. 근식은 발걸음을 멈추고 돌아섰다.

"보낼 돈과 주소를 가지고 오시오. 내 부대장님의 재가를 얻어 보겠소. 그러나 극비사항이라는 것을 잊지 마시오."

근식은 대답 대신 허리를 굽혔다. 그리고 시커먼 연기가 솟고 있는 화장 터로 향했다. 근식은 야전병원을 지나면서 앞으로 어떻게 일이 되는지는 모르겠으나 우선 돈을 가지고 오라고 한 것이 다행스럽고 잘된 것만 같아서 연기가 솟고 있는 화장터로 줄달음치고 있었다. 그리고 창남이 곁으로 갔다.

"가족에게 보낼 돈이 얼마나 되오?"

창남은 나무를 손에 든 채 서서 근식을 쳐다봤다.

"어떻게 될지는 모르겠소. 그렇지만 감독관이 돈과 주소를 가지고 오라고 했소."

창남은 어물거리고 있었다. 그러자 근식이 다시 입을 열었다.

"말 났을 때 처리해 보게 지금 주시오. 돈과 주소. 아, 주소는 나도 알고 있소. 돈 주시오."

근식은 말을 마치고 창남을 앞세워 숙소로 향했다. 만식을 비롯한 동료들은 일손을 멈추고 근식이와 창남이가 가는 모습을 바라보았다. 근식은 창남에게서 돈을 받아들자 곧바로 감독관이 있는 사무실로 향했다.

"산모가 객지에서 돈이 없으면 어쩌겠소. 우리도 그 정도는 이해하오. 가서 기다려 보시오."

근식은 감독관의 말소리가 끝나기도 전에 바쁘게 창남을 향해 달려갔다. 그리고 감독관에게 돈을 넘겨주었다는 소리를 듣고 한참 동안 하늘을 보고 있는 창남을 보았다. 창남은 잠자리에서 일어나 앉았다. 창남은 광자와 광자 어미 그리고 갓 태어난 아이를 떠올리며 잠을 잊고 있었다.

"갈산 양반, 눈 좀 붙이시오."

근식은 눈을 붙이지 못하고 있는 창남에게 말했다.

창남은 나무를 한 길이나 높이 쌓았다. 매일같이 반복되는 일에 고통과
피로가 겹치고 있었지만 창남은 내색하지 않았다. 그리고 나무 더미 위에
시신을 올려놓고 나무에 불을 붙였다.

12
정신대에서 임오준이 죽다

'땅! 땅!'

총소리가 나고 있었다. 총소리는 정신대에서 나고 있었다. 부대는 삽시간에 공포의 도가니로 변했고, 초소마다 총구들이 정신대를 향했다. 헌병들이 달려가자 징용자들은 일손을 멈추고 살벌하게 뛰고 있는 일본군들을 주시했다. 트럭들도 멈췄고 일본 군인들은 각자의 위치에서 초계 경비 태세로 들어가고 있었다. 근식은 동료들에게 동요하지 말고 몸을 낮추고 지시가 있을 때까지 움직이지 말라고 말하고 다녔다. 정신대에서는 여자들이 튀어나와 뒤엉켜 있었다. 잠시 후 뒤엉켜 있는 여자들 앞에 헌병 네다섯 명이 축 늘어진 사람을 들고 나오고 있었다. 헌병들은 들고 온 사람을 땅바닥에 내동댕이치고서 뒤엉켜 있는 정신대 여인들을 쏘아보고 있었다. 잠시 후 일본군이 헌병들에 둘러싸여 정신대에서 나왔다. 그리고 헌병들에 둘러싸여 비척거리며 걸어가고 있었다. 근식은 위안소로 향했다. 직감이 임오준에게 무슨 일이 일어난 것만 같아서 정신없이 정신대로 달려가고 있었다. 근식이가 가깝게 다가가서 쓰러져 있는 사람을 보았다. 임오준이 죽어 있었다. 근식은 울고 있는 여자들을 보았다.

"문 열었다고 쐈어. 횡포를 견디다 못해 소진이가 울음을 그치지 않자 아저씨가 문을 열었는데 무조건 욕을 하며 쐈어."

근식은 뒤엉켜 울어대고 있는 속에서 여인 중에 누군가가 하는 말을 듣고 있었다. 근식은 임오준의 눈을 감기면서 멀리 시커면 연기가 솟고 있는 화장터를 바라보았다. 얼마 후, 근식은 헌병 대장에게 불려갔다. 근식은 어깨를 딱 벌리고 앉아 벌레 보듯이 얼굴을 찌푸리고 있는 헌병 대장을 보았다.

"이처럼 불행한 일이 벌어져서야 되겠소? 기본도 없소, 조선은? 남자가 여자와 옷 벗고 있는 곳에 문을 연다는 게 있을 수 있는 일이오? 조심하시오. 더 이상 이런 불미스러운 일이 우리 대일본 군대에서 발생하는 것은 용납하지 않을 것이오. 가보시오."

헌병 대장의 말소리는 험악했다. 근식은 돌아서서 밖으로 나왔다. 그리고 공포와 기죽어 있을 동료들을 향해서 걸었다. 화장터에서는 깨끗한 천으로 임오준을 덮어 놓고 있었다. 임오준의 시신 앞에는 과일과 술잔이 놓여 있었다. 근식은 향나무 가지에 불을 붙이고 나서 무릎을 꿇었다.

"임 선생! 미안하오. 살아서 함께 가지 못하시니 얼마나 서러우시오. 임 선생! 우리를 도와주시오."

근식은 이제 결단을 내릴 때가 왔다는 것을 깨닫고 있었고, 결단을 내릴 수밖에 없다는 생각을 하며 이빨이 깨지라고 사정없이 힘주어 물고 있었다. 그리고 모두 고개를 들지 못하고 있는 동료들을 둘러보면서 근식이 말했다.

"모두 조심합시다."

근식은 임오준의 장례식을 조촐하나마 격식을 갖추고 치렀다. 그리고 화장하기 전에 머리카락과 손톱 그리고 발톱과 앞니 두 개를 뽑아 놓았다. 조국에 돌아가면 임오준의 부모님에게 전해드리려고 소중하게 간직하였다.

근식은 동료들이 일하고 있는 곳을 모두 다녔다. 그리고 저녁을 함께했다. 근식은 말이 없었고 동료들도 말이 없었다. 취침 시간이 한참 지난 후에도 눕지 않고 계속해서 담배를 피우던 근식은 끝내 오열을 참지 못하고 혁혁 소리를 내며 아주 오래도록 서럽게 울었다. 근식이 서럽게 울던 소리를 멈춘 지 오래되도록 동료들 누구 하나 눈을 감은 사람이 없었다.

다음 날 아침, 정신대에는 안면도 박윤성과 최운겸을 보내고 근식은 주의 사항을 일깨워주고 있었다. 근식은 하루 일이 다 끝나도록 정신대에서 움직이지 않고 있었다. 근식은 탈출 작전을 시작했다. 탈출 작전 준비를 차일피일 미뤄왔던 근식은 더 이상 미룰 수 없다고 보고 계획을 세우기 시작했고, 모든 것은 계획대로 움직이기 시작했다. 근식은 나날이 정세가 위급해지고 있는 것을 기회로 보고 작전에 돌입했다. 근식은 박윤성과 최운겸에게 임오준과 가깝던 여자들에게 접근할 것을 말했다. 그리고 그 여자들과 사귀라 했고 믿을 수 있도록 하라고 했다. 근식은 여자들이 일본군에게서 정보를 접할 수 있게 되기를 바라면서 임오준이 말해주던 소진이라는 여자에 관해서 박윤성과 최운겸에게 귀띔을 했다.

근식은 계곡으로 향했다. 그리고 창남을 비롯한 동료들에게 계곡 입구 두 곳에 나무들을 높이 쌓으라고 말했다. 그런 다음 창남에게 폐유를 구하는 대로 절대 쓰지 말 것을 당부했고, 언제든지 나무에 붓고 불을 붙일 수 있게끔 하라고 당부했다. 근식은 계곡에 관해서 주도면밀하게 관찰하고 있었다. 동료들에게는 화장할 일이 없을 때도 연기가 많이 나도록 항상 나뭇더미를 태우라고 했고, 계곡 멀리까지 다니며 나무를 베어 나르게 했다. 그리고 근식 자신은 계곡 끝까지 내려가기를 반복하면서 지형을 탐색하고 있었다. 창남이와 만식이 그리고 동료들은 근식이가 한참씩 보이지 않을 때마다 나무를 베고 있었으며, 근식이가 돌아올 때까지 나무를 베고 있었다.

근식은 중국 팔로군에게 접속시킬 동지를 물색하고 있었다. 그리고 겨울이 얼마 남지 않은 것을 생각하며 봄이 오기를 기다리고 있었다. 정신대 여자들이 추위에 낙오되지 않게 하려면 지금보다는 물이 녹는 봄이 적합하기 때문이다.

"박 형!"

근식은 황해도의 박이구 곁으로 갔다. 박이구는 근식이가 다가오자 숟가락질을 멈추고 근식을 바라보았다.

"오늘 창남 씨 일행이 일하는 빨래터에서 일하시오."

"예."

그동안 박이구는 장교들 숙소와 관사, 그리고 부식 창고에서 일했다. 근식은 다음 말을 계속했다.

"날씨가 꾸물거리는 것을 보니 비가 올 듯합니다."

근식은 말을 마치고 밖으로 나와 구름이 짙어지고 있는 하늘을 멀리 쳐다보았다. 박이구는 '올 것이 왔구나' 하는 굳은 얼굴로 근식을 쳐다보다가 근식이가 보고 있는 하늘을 쳐다보았다. 박이구는 근식과 나란히 걸으며 숙소로 왔다. 그리고 옷을 두껍게 입고 신을 갈아 신었다. 근식은 박이구와 나란히 앉아서 담배를 입에 물고 담배 연기를 깊이 빨아들였다. 박이구 또한 가슴 깊숙한 곳으로 연기를 마시고 있었다.

"물 따라서 한 시간쯤 가다 보면 왼쪽으로 작은 마을이 보입니다. 마을에서 좀 떨어진 집에 한복을 입은 중년 여자가 아들하고 삽니다. 그 아들이 중국 팔로군 부대로 안내할 겁니다. 안내할 청년의 이름은 강일윤입니다. 아버지가 독립군이셨는데 그 아들이 배 속에 있을 때 전사하셨습니다. 작전은 중국 팔로군이 정면을 공격하고 박격포를 산발적으로 쏴 주기만 하면 우리는 계곡물을 따라 탈출합니다. 정신대 여자들도 모두 함께 탈출합니다."

박이구는 숨죽이고 듣고 있었다.

"갑시다."

근식은 박이구의 손을 꼭 잡고 문을 나섰다. 근식은 박이구가 사라진 계곡 끝에서 눈을 돌리지 못하고 있었다.

"저 조장님! 박이구 형이 기다려도 안 와서 우리끼리 철수했습니다."

만식이가 취사장 부식실까지 찾아와서 말했다. 만식의 얼굴은 상기되어 있었고, 목소리는 가라앉았으며 근식을 향한 얼굴은 굳어 있었다. 근식은 그런 만식에게 웃는 얼굴로 대답했다.

"겨우내 나무를 베어대서 벨만한 나무를 찾느라 헤매겠지. 어서 가서 기다려 봐. 나도 곧 갈 테니."

"예."

근식은 음식을 비우며 박이구의 모습을 눈에서 지우지 못하고 있었다. 그리고 평소와 다름없이 사무실에 일일 작업 보고는 물론 작업 일지를 받아서 동료들의 작업 현황을 꼼꼼히 살피며 다니고 있었다.

근식은 홍하철을 창남 일행과 계곡에서 나무하는 작업을 시키고 있었다. 박이구가 귀대할 장소는 계곡으로 정했으며, 작전하는 날 계곡으로 귀대하게 하였으나 만약을 생각해서 홍하철을 계곡에 투입하고 있었다. 근식은 계획대로 준비해 나가고 있었다. 어느 때든 팔로군이 습격하는 즉시 모든 동료는 부여된 임무를 수행하게 하였고, 박윤성과 최윤겸이 정신대 원들을 인솔하고 계곡으로 빠지도록 지시해 놓았다.

근식은 바쁘게 움직이고 있었다. 늦어도 4, 5일이 넘지 않도록 부탁해 놓았기에 근식은 시간이 흐를수록 바쁘게 움직였다. 근식은 초조함 속에서도 부대 전체의 작업장을 꼼꼼히 다니며 조그마한 실수 없이 모두 탈출할 수 있도록 바쁘게 작업장들을 돌고 있었다. 또한, 밤이면 홍하철, 김팔복과 두 시간 간격으로 눈을 뜨고 있도록 지시했다. 계획은 순조롭게 돌아가고 있었다. 이제 남은 것은 박이구가 팔로군을 차질 없이 이끌고 올 것이며, 작전 또한 지시한 대로 하느냐가 관건으로 남아 있었다.

박이구가 나간 지 3일째 되었다. 그동안 돌아오지 않은 것으로 보아서는 작전이 차질 없이 벌어질 것이라 믿으며 근식은 자리에 누웠다. 근식이 자리에 눕자 동료들 역시 모두 자리에 누웠다. 만식이가 옆자리에 누워 있는 창남의 손을 잡았다. 그리고 가슴이 퉁탕거리고 있어서 자꾸만 숨을 몰아쉬었다. 창남 역시 손을 잡고 있는 만식의 손을 힘을 주며 꼭 잡아주었다. 그 3일째 되는 밤은 그렇게 지나갔다.

아침이 되자 모두 덮고 자던 모포를 개고 나서 평소와 다름없이 움직였다. 근식은 만식에게 수송대에 가면 기름을 조금 줄 것이라고 말하면서 그 기름을 계곡에 쌓아 둔 나무 있는 곳에 두라 말했다. 그러면서 만식이 귀에다가 무슨 말인가 하고 있었다. 근식의 말이 끝나자 만식은 뒤도 돌아보지 않고 수송대로 달려갔다.

근식은 야전병원으로 향했다. 일본 군인들이 탄 트럭들이 달려 나가고 있었다. 근식은 만식이가 수송대로 들어가는 것을 보면서 야전병원에서 빨래를 거두는 동료들을 살펴보고 정신대로 향했다. 정신대에 도착한 근식은 박윤성과 최윤겸에게서 이상 없다는 말을 듣고 나서 창남이 있는 계곡으로 향했다. 창남은 나뭇더미 위에 포로들의 시신을 올려놓고 있었다. 근식은 창남에게 작은 소리로 속삭이듯이 말을 했다.

"계곡 물이 많지요?"

창남은 근식의 물음에 대답했다.

"예."

"깊이가 어느 정도 될까요?"

"그게…"

"눈으로 봐서 무릎 찰 것 같던가요?"

"예, 깊은 곳은 더…"

근식은 더 이상 묻지 않았다. 조각 난 시신들을 나무 위에 올려놓고 있는 창남이와 동료들이 믿음직스러웠다. 어디에서든 어떤 일이 주어지든지 불평불만 없이 맡겨진 일에 충실한 동료들을 보면서 근식은 잠시 콧등이 매워졌다. 근식은 만식이가 오고 있는 것을 보았다. 만식이 또한 근식이가 있는 것을 보자 산비탈을 단숨에 달려 내려오고 있었다. 근식은 만식이가 달려 내려오고 있는 모습을 보면서 일이 잘되었다는 것을 알았다. 근식은 만식이가 달려오자 만식의 손을 잡으며 어깨를 다독여 주었다.

근식은 흙먼지를 일으키며 연실 드나들고 있는 트럭들을 보면서 오늘이 박이구와 첫 번째 약속이 되는 날이라는 것을 상기하면서 부대 정문 옆으로 지어져 있는 감시탑을 바라봤다. 박이구의 일이 순조롭게 진행되고 있다면 오늘 작전이 벌어지게 되므로 탈출하게 된다.

근식은 그동안 준비해둔 작전 물품들을 기억해 보면서 단 한 발의 총알이든 폭탄이든 부대 안에 떨어지는 순간을 기다리고 있었다. 박이구가 말하기는 밤으로 공격하겠다고 하였으니 4일째 되는 오늘 밤이 작전 날이 될 것으로 믿으며 만에 하나 박이구가 잘못되었다면, 팔로군의 습격 작전이 없다면, 탈출 작전은 어찌하여야 하나 하는 생각에 식은땀이 등줄기를 타고 내리고 있었다. 모두 잠든 침상에서 근식은 공격해올 것인지 아니면 계획이 무산될 것인지 착잡함 속에서 홍하철과 계속해서 담배를 피워 물고 있었다.

창남은 근식의 모습이 몹시 착잡한 것을 보면서 심상치 않은 일이 벌어지고 있는 것은 아닌가 하면서 눈치를 보고 있었다. 근식은 계속해서 줄담배를 피워대며 생각했다. 막상 공격이 시작되면 그동안 추진한 일들이 생각처럼 잘될 것인지, 동료들이 맡은 작전 수행 역시 착오 없을지 걱정이 되었다. 시간이 흘러가면서 근식은 심하게 초조해졌다. 홍하철을 비롯해서 동료들 모두도 마찬가지로 긴장하고 있었다. 새벽부터 부산하기만 하던 부대는 죽은 듯이 조용해져 가고 있었고, 야전병원에서 흘러나오고 있는 불빛만이 어둠과 적막을 밝혀주고 있었다.

"눈 부쳤어요?"

만식이가 창남에게 중얼거리며 묻고 있었다.

"좀 잤어?"

근식 또한 몸을 일으키고 있는 만식이를 보며 말했다. 서로가 긴장을 풀어가면서 경각심을 다져가고 있었다.

"예."

"만식이, 성냥 가지고 있지?"

"성냥 가지고 있어요."

"종이는?"

"종이도요."

근식은 만식을 보면서 눈을 반짝였다. 만식은 근식이 말하지는 않았어도 수송부에 불을 지르라고 할 것을 알아차리고 있었다. 만식은 그런 것을 부탁하는 근식이 존경스럽기만 했다. 만식은 초소 앞에 있는 나무에 기름을 엎지르라고 한 것부터가 어떤 일 때문이라는 것을 알아차리고 만반에 준비하고 있었다. 만식은 성냥과 종이를 주머니에서 확인하고 있었다. 만식은 모든 동료가 조용히 앉거나 누워서 눈을 반짝이고 있는 것을 보면서 오늘 밤에 작전이 벌어질 것만 같은 예감에 휩싸이고 있었다.

13
탈출

'꽈 꽝 꽝!'

'땅 땅, 땅땅, 꽝 꽝, 꽝꽝!'

포탄 터지는 소리가 들리기 시작했다. 근식은 전광석화처럼 순식간에 일어났다. 그리고 소리쳤다.

"모두 맡은 임무에 돌입하시오. 내 말 잘 들으시고 내 말대로 움직이시오. 필수품은 몸에 붙들어 매시고 만식이는 수송부에 불을 지르고 계곡으로 간다. 창남씨는 화장터 계곡으로 가서 쌓아둔 두 무더기의 나뭇더미에 기름을 붓고 불을 지르고 우리가 갈 때까지 대기하시고, 박이구 씨가 거기로 올 겁니다. 그리고 박이구씨가 하는 대로 하시오. 강칠봉, 최순철은 정문 옆에 준비해 두신 기름으로 감시탑에 불을 지르시고 만약 여의치 않을 시는 창남씨가 불 지른 화장터 계곡으로 가십시오. 그리고 이학봉, 김팔복, 최윤겸, 박윤성, 장윤철, 홍하철, 고만섭 씨는 나를 따르시오. 정신대로 갑니다. 나머지 분들은 모두 창남씨가 불 지른 화장터로 가서 계곡 따라 내려가시기 바랍니다. 자! 나가시오."

근식은 번개처럼 몸을 움직이고 있었다. 문을 여니 밖은 안개가 끼어 있었다. 부대는 암흑으로 변했고, 야전병원도 소등 상태로 암흑이 되어 있었다. 소란스럽게 비명이 터져 나오고 있는 속에서 포탄이 떨어져 터지는 대로 섬광만이 번쩍거리고 있었다. 일본군 초소마다에서는 무차별 사격을 하고 있었다. 정문의 나뭇더미들이 불이 붙기 시작하면서 삽시간에 불기둥이 일어나고 있었다. 포탄과 기관총탄만이 난무하고 있는 부대는 삽시간에 지옥의 아수라장이 되었다.

만식은 어느 순간에 수송부에 불을 지르고 캄캄한 어둠 속으로 사라졌다. 근식은 달렸다. 그리고 정신대에 도착하여 동료들과 몸을 낮추고 정신대로 들어갔다. 포탄 소리에 놀란 일본군들이 벌거벗은 채 튀어나오고들 있었다. 근식은 벌거벗은 일본군을 몽둥이로 사정없이 내려쳤다. 그리고 일본군이 떨어트린 무기를 집어 들었다. 두들겨 팰 수 있는 일본군은 두들겨 패고, 죽여야 할 일본군은 사살해 버렸다. 근식과 동료들은 패륜의 일본군들을 사정없이 두들겨 패고 있었다. 여인들은 벌거벗고 죽어 나뒹굴고 있는 일본군의 시체를 밟으며 벌거벗은 일본군들의 시체를 밟고 서서 소리치고 있는 근식에게로 달려가고 있었다.

"모두 우리를 따르시오. 탈출하는 겁니다. 신들을 꼭 신으시고 따르십시오. 남아 계시면 죽습니다. 부대 밖에서 팔로군이 기다립니다."

근식은 박윤성, 최윤겸과 준비해둔 기름을 정신대 건물에 뿌리고 불을 질렀다. 여자들과 근식 일행은 불기둥이 솟아오르고 있는 계곡을 향해서 달리고 있었다. 여자들을 불타는 정신대 건물을 뒤로 보며 남자들의 보호 속에서 신속하게 계곡으로 달렸다. 계곡 감시탑 초소에서는 치솟아 올라오는 열기와 검은 연기에 견디지 못하고 뛰어내려 도망치고 있었다, 일본군이 우왕좌왕 도망치고 있는 특수기밀부대 포조군 200부대는 삽시간에 화염에 싸이고 있었다. 포탄이 떨어지면서 아수라장으로 변해 가고 있는 일본군 부대는 반격하고 있었지만 징용자들이나 팔로군을 상대하기는 진탕 퍼마시고 나자빠져 있는 병사들로서는 이미 역부족이 되어가고 있었다. 부대는 잘 마른 나무처럼 시뻘겋게 타고 있었다.

근식은 동료들과 여자들은 산을 넘으며 창남이 불 질러 놓은 계곡의 불기둥을 보면서 계곡을 향해 달려가고 있었다. 창남은 박이구 그리고 독립군의 아들 강일윤과 기다리고 있었다. 포탄들은 계속해서 날아와 터지고 있었고, 요란한 기관단총들의 총소리 속에서 중국 팔로군의 함성이 요란하게 들려왔다. 습격은 완벽하게 성공하였고, 탈출 또한 완벽하게 이루어지고 있었다. 공격받은 일본군들은 어느 순간에 전의를 상실했고, 징용자들이 여인들과 탈출하고 있는 것을 보고도 우왕좌왕하고 있었다. 중국 팔로군은 더 이상 공격할 것이 없는 것을 확인하고 작전을 철수하고 있었다.

근식은 여인들이 깊은 계곡 물에 휘말리면서도 필사적으로 탈출하는 모습을 보면서 탈출에 성공할 수 있다는 것을 확신하면서 계곡 따라 그리고 강기슭을 따라 박이구, 강일윤이 손가락으로 가리키고 있는 팔로군을 찾아서 햇볕이 아름다운 숲속을 달려가고 있었다. 중국 팔로군이 기다리고 있는 숲속에는 탈출에 성공한 조선 징용자들과 정신대 여인들이 먹을 수 있는 음식과 편안하게 쉴 수 있는 양지가 기다리고 있었다.

잠시 휴식을 마친 근식 일행은 극친한 팔로군의 호위 속에서 태양이 밝아오고 있는 긴 계곡의 기슭을 따라 부지런히 움직였다. 그리고 한참 후 강기슭 끝에 도달하자 중국 팔로군의 본대가 근식 일행을 맞이했다. 그리고 중국 팔로군은 곧바로 움직이기 시작했다. 중국 팔로군들은 여자들이 일본군 군복을 입고 있는 것을 보면서 탈출할 당시의 화급했음을 짐작하고 있었다. 그리고 아직도 일본군의 권총을 지니고 있는 것을 보면서 피해로 인해 자신을 보호하고 싶은 마음이 크다는 것을 알았다. 팔로군은 한나절을 걸어서 사령부에 도착했다. 근식을 비롯한 조선 징용자들 그리고 정신대 여인들은 중국 팔로군들이 환영하는 가운데 땅바닥에 쓰러지고 말았다.

다음 날, 쓰러졌던 징용자들과 여인들은 낙오 없이 모두 탈출에 성공한 것에 감격하면서 근식의 곁으로 모여들었다. 그리고 근식을 향해 두 주먹을 높이 들면서 "와!" 하고 함성을 지르며 두 손을 한없이 흔들었다. 조선 징용자들과 여인들은 취사장으로 안내되었고 모처럼 푸짐한 음식을 먹기 시작했다. 푸짐하게 음식 대접을 받은 징용자들과 여인들은 탈출의 피로가 풀리면서 대대장의 환영식장에 집합했다. 근식은 조선 징용자들의 통솔자로서 팔로군의 대대장과 마주 섰다.

"환영합니다, 조선 동지 여러분. 일본군에 나라가 짓밟히며 군에 입대한 후 이처럼 감격스러운 일은 처음입니다. 감사합니다. 탈출에 성공하신 조선 동지 여러분, 환영합니다. 다시 말씀드리지만 저는 탈출에 성공하신 조선 동지 여러분보다 훨씬 기쁘고 감격스럽습니다. 탈출하신 조선 동지 여러분, 팔로군을 대신해서 진심으로 축하합니다. 당신들이 잡혀 있던 침략자 200부대 포조군은 거의 괴멸되었습니다. 이는 조선 동지들의 희생정신 발로로 인해서 대승을 거두게 되었음을 깊이 감사드립니다. 중국은 물론 세계 역사에 길이 남을 것입니다. 이제 조선 동지들이 이곳을 떠나게 될 것입니다. 조선 독립군 김시진 장군께서 여러분의 탈출 보고를 받으시고 감격의 소식을 전해주셨습니다. 그리고 하루 속히 여러분을 만나 뵙기를 원하고 계십니다. 여러분은 이제 조국 조선을 위해서 청산리 독립군 진지로 들어가시어 일본군을 중국은 물론 조선에서 물리쳐주시기 바랍니다. 이제 일본은 200부대 보복으로 온갖 만행을 일삼을 것입니다. 우리 팔로군은 그런 왜군들과 맞서 싸울 것이며 이 땅에서 물리칠 것입니다. 아직 탈출의 피로가 가시지 않았음에도 불가피하게 저희는 여러분을 김시진 장군에게 속히 보내드려야 합니다. 이제 우리 병사들이 여러분을 김시진 장군께 안전하게 모실 것입니다. 여러분과 많은 이야기를 나누고 싶습니다만 여러분의 건투를 빌면서 여러분과 작별 인사를 나누고자 합니다. 안녕히 가십시오."

대대장은 말을 마치고 통솔자 근식과 악수를 한 다음 참모들과 작전지로 돌아갔다. 대대장이 떠나자 조선 징용자들은 그리고 정신대 여자들은 눈물을 펑펑 흘렸다. 눈물을 펑펑 흘리며 비로소 살아 있다는 것을 실감하고 있었고, 독립군 김시진 장군에게 간다는 것이 너무나 감격이기만 했다. 징용자들과 여인들은 울고 또 울었다. 그리고 중국 정신대 여자들은 팔로군의 보호 속에 모두 집으로 돌아가고 있었다. 여인들의 울음소리는 한동안 하늘 높이 올라가고 있었다. 중국 여인들이 하나둘 떠나는 모습을 보면서 조선 여인들은 하나하나 눈물의 포옹을 하고 있었다.

동부 2대대 팔로군은 비상 체제로 돌입하고 있었다. 200부대 포조군 부대가 팔로군의 공격과 조선 징용자들의 합동 작전으로 괴멸되자 일본군들은 초비상 상태로 돌입되었다. 그 바람에 팔로군은 조선 징용자 이송 작전을 잠시 중단하고 있었다. 징용자들은 하는 수 없이 팔로군이 이송작전에 돌입할 때까지 기다리는 수밖에 없었다. 팔로군들은 조선 징용자들이 불편하지 않도록 편의를 제공하고 있으나 징용자들의 속에서는 간이 녹아내리고 있었다. 근식은 팔로군이 훈련하고 있는 것을 동료들과 관전하고 있었다.

"떡 본 김에 제사지낸다고 우리도 저들과 훈련받는 게 어떻습니까?"

중국어에 능통한 박이구가 근식에게 말했다. 근식은 박이구의 제안에 눈빛을 번뜩였다. 그리고 곧바로 부대장에게 부탁했다.

"계속해서 신세 지고 있어서 얼굴을 들 수가 없습니다. 부탁이 있습니다. 저희 조선 사람들도 군사훈련을 받았으면 합니다."

"아! 그러시오. 당장 받도록 하시오."

훈련대장은 의자에서 벌떡 일어나며 소리 질렀다. 그리고 곁에 있는 부관에게 훈련 교관을 오라고 지시했다. 지시를 받은 훈련 교관은 근식 일행을 훈련장에 집합시키고 나서 군사훈련을 시작했다. 태양열이 작열하는 속에서 근식과 징용자들은 교관을 응시하며 박이구의 통역으로 군사훈련을 받게 되었다. 한 시간 가깝게 훈련을 받은 일행은 30분간의 휴식 시간에 개천 물에 몸을 씻고 팔로군의 훈련을 관전했다.

"청산리 가면 우리도 훈련할 수 있겠지요?"

"당연하지요."

근식은 탈출하고 난 후 급격하게 가까워지고 있는 황해도 사람들을 보면서 강칠봉이 묻는 말에 대답했다.

"그나저나 우리 청산리에 언제나 가게 될지 신경 쓰입니다."

강칠봉 곁에 앉아 있는 최순철이 말했다. 근식은 최순철을 보면서 입을 열었다.

"꼭 그래서 그런지는 모르겠지만 청산리로 가는 길은 물론이고 주변을 이 잡듯이 하고 있답니다. 우리가 탈출하고 나서 더욱 심한 가 봅니다."

"큰일이네."

"갈 때 가더라도 그동안 여기서 훈련받으면서 팔로군과 왜놈들 쳐부수러 다니면 되는 거 아닙니까? 기본 훈련은 물론 사격 훈련을 받게 되면 금상첨화가 아니겠습니까?"

강칠봉의 말에 모두 고개를 강칠봉에게 돌렸다. 근식은 창남이가 마음에 걸렸다. 김시진 장군이 이끌고 있는 독립군에 입대하기로 하게 되면 그곳 실정이 어떤지를 몰라서였다. 근식은 창남이 곁에서 굵게 담배를 말아 피우고 있었다. 창남도 근식이 무슨 말인가 하고 싶어 하고 있는 것을 알아차리고 있었다. 그런 창남에게 근식은 몇 마디를 했다.

"청산리는 알 수가 없어서 아오지가 걱정됩니다."

창남은 근식의 말에 대답할 말을 찾지 못하고 곁에 앉아 있는 만식이를 보고 있었다.

"만주에서 어떻게 해야 할지 모르니 일단 청산리로 가고 봅시다."

"예."

"갈산 양반!"

근식은 무거운 짐을 내려놓는 듯이 가벼운 마음으로 창남을 불렀다.

위태로운 현실은 시간이 아무리 빨리 지나가고 있어도 더디기만 하면서 징용자들을 초조하고 두렵게 만들고 있었다. 시간이 흐를수록 징용자들은 모두 근식만 바라보고 있었다. 근식은 팔로군에 포로로 있는 것이 아니기에 우려되는 것은 없었으나 이송 작전이 지연되고 있는 관계로 초조하고 답답한 심정은 어느 보다도 심하기만 했다. 근식은 동료들에게 군사 훈련을 열심히 받게 하고 있었으나 동료 징용자들은 그럴수록 더욱 초조해하고 불안해하고 있었다. 근식은 담배를 굵게 말아서 입에 물고 둘러앉아서 자신의 얼굴을 보고 있는 동료들에게 입을 열었다.

"제가 어렸을 때 일본 사람들을 모두 몰아내고 싶었습니다. 마을 형들과 태극기를 만들고 만세를 부르면서 뛰어다녔습니다. 일본 선생한테 형들 것을 보고 내가 그린 태극기를 뺏기고 벌서고…. 독립군이 되고 싶었습니다. 지금이 그때인가 봅니다."

근식의 말은 멈췄다. 근식은 걱정스러운 눈으로 창남을 보면서 다시 입을 열었다.

"우린 일본군 눈에 띄는 즉시 죽습니다. 일본군에 죽느니 우리가 일본군을 죽입시다."

동료들은 모두 고개를 숙이고 있었다. 그리고 누구도 근식의 곁을 떠나지 않고 있었다.

근식은 수시로 대대본부 상황실에 들렀다. 중국어에 능통한 박이구가 언제나 동행했다.

"박 동지! 무어라고 하는 건지요?"

근식은 박이구에게 답답한 마음을 감추지 못하고 물었다. 박이구는 근식에게 통역했다.

"현재 청산리 김시진 장군에게 전략 장교를 보냈답니다. 늦어도 모레는 도착할 것이라고 말합니다."

박이구의 말이 끝나자 근식은 더 이상 물을 말이 없었다. 근식은 박이구와 상황실을 나왔다. 그리고 동료들이 있는 곳까지 가는 동안 아무 말도 하지 않았다. 근식은 동료들이 궁금한 눈으로 쳐다보고 있는 것을 보면서 담배만 피워 물고 입을 열지 못했다.

"우리끼리 갑시다. 이참에 아예 일본군 트럭을 탈취해서."

둘러있던 사람들은 모두 소리 나는 쪽을 향해서 고개를 돌렸다. 말한 사람은 해미의 박광식이었다. 박광식은 대수롭지 않은 표정을 하고 있었다. 근식은 박광식의 얼굴을 보고 난 후 조용하게 말했다.

"서두르지 맙시다."

일본군과 싸울 수 있는 것은 꼭 독립군이 되어야 하는 것은 아니겠지만, 지금은 일본군과 거리를 두고 있는 것이 상책일 뿐만 아니라 신중하게 행동하는 것 외에는 다른 방법은 없다. 칼 하나 가진 것 없는 처지에 용기는 자살과 다를 것이 없다. 그러나 팔로군에 신세만 지고 있을 수도 없는 노릇이라 근식은 고심하고 있었다. 그리고 김시진 장군에게 가지 못한다면 불행한 일이 닥칠 것이라는 생각에 200부대 포조군에서 탈출하던 것보다도 더욱 신중하게 생각하고 있었다.

대대장 부관은 조선 독립군은 물론이고 김시진 장군에 관해서 많은 이야기를 하고 있었다. 대대장 부관은 김시진 장군을 구름장군이라 부르고 있었다. 그러면서 부관은 김시진 장군이 북로군 총사령관 시절의 이야기를 하면서 북로군이 와해하고 나서 20년의 공백기를 보내고 다시 독립군을 재창설하게 된 것이라고 하면서 청산리로 들어간 전략 장교가 돌아오는 대로 김시진 장군에게 가게 될 것이라고 다시 말해주고 있었다. 그리고 3일 후 팔로군 전략 장교는 독립군과 돌아 왔다. 독립군은 팔로군 대대장에게 김시진 장군의 서찰을 전하고 난 다음 징용자들을 향해 자기소개를 하고 있었다.

"저는 독립군 작전 부관 정위 정민렬입니다. 이렇게 동지들을 만나 뵙게 된 것을 영광으로 생각합니다. 김시진 장군께서 속히 찾아뵙고 안전하게 모시고 오라고 긴급 명령을 내리셨습니다. 그러나 오는 도중에 순조롭지가 못해서 지연되고 말았습니다. 죄송하기 짝이 없습니다. 김시진 장군께서 정예부대원들도 감히 꿈도 꿀 수 없는 탈출 작전을 완벽하게 성공하신 데에 대해서 독립군 역사에 이런 일이 두 번 있을 수 없다고 침이 마르게 칭찬하시며 속히 만나시기를 학수고대하고 계십니다. 말이 쉽지 왜군 200부대 포조군 부대에서 이렇게 탈출에 성공하셨으니 정말 위대하십니다. 독립군의 역사상 위대하게 빛나실 분들이십니다. 김시진 장군께서 부족하기 짝이 없는 저를 보내신 것에 영광으로 생각합니다. 이제 이곳 부대에서 마련해주는 교통편으로 여러분을 내일 저희 군영으로 모시게 됩니다. 그리고 여자 분들께서도 모두 저희 군영으로 가시겠다고 들었습니다. 환영합니다. 내일 작전 관계로 오늘은 지금부터 편히 쉬시기 바랍니다. 감사합니다."

독립군 작전 부관 정민렬은 장대한 격려를 마치고 나서 근식과 박이구, 강일윤 등 몇몇 사람을 남기고 모두 숙소로 보냈다. 창남은 만식과 숙소로 돌아와 침상에 앉아서 웅성거리고 있는 동료들을 보면서 눈만 껌벅거리고 있었다.

"아저씨! 작전 부관 보니까 어떠세요?"

창남은 대답 없이 눈만 껌벅거렸다.

"독립군이 될 건데 기분이 어떠세요?"

창남은 계속해서 눈만 껌벅거리고 있었다. 만식은 대답 없는 창남의 얼굴을 보다가 내일이면 독립군 기지로 들어가게 된다고 들떠 있거나 심각해진 동료들을 둘러보면서 사격술을 배워 일본군과 전투할 생각에 깊이 빠져들고 있었다.

다음 날 새벽 국민혁명군이라고 쓴 현수막을 길게 붙이고 있는 트럭 세대가 기관단총을 앞에 설치한 지프를 선두로 팔로군들은 조선 징용자들을 승차시키고 있었다. 트럭에는 장총들이 실려 있었고, 탄약과 포탄들이 상당량 실려 있었다. 팔로군 대대장은 부대를 벗어나고 있는 트럭들을 향해서 참모진들과 손을 흔들고 있었다. 징용자들은 부대를 벗어나 숲 속 계곡 따라 달리는 트럭 위에 몸들을 납작하게 숙이고 눈들을 반짝이고 있었다. 트럭은 새벽 먼동의 빛을 받으면서 숲 속 깊이 파고들어 가고 있었다. 트럭은 험악한 계곡을 위태롭게 달리면서 징용자들을 독립군의 파란만장한 운명의 행군을 시작하고 있었다.

징용자들은 트럭이 뛰는 대로 함께 뛰면서 해가 높이 솟은 한낮에도 쉬지 않고 험한 산속을 달려갔다. 징용자들이 목이 마르고 허기에 지쳐가고 있을 무렵 트럭이 멈추었다.

"멈추나 봐요."

만식이가 먼지에 흠뻑 덮인 눈두덩을 움직이며 중얼거렸다. 이학봉이 포장을 들추고 밖을 내다봤다. 멈춰 있는 트럭들은 개울이 흐르고 있는 산속에 멈춰 있었다. 팔로군들은 차에서 내리며 사방 경계 태세에 들어갔고, 작전 부관 정민렬은 낮은 목소리로 징용자들을 향해 말했다.

"고생들 많습니다. 잠시 요기하시고 용변도 보시고 곧바로 출발하겠습니다. 제 눈에서 멀리 가시지 않기 바랍니다."

근식은 트럭에 싣고 온 주먹밥이 들어 있는 통을 두 손으로 끌고 창남에게 갔다.

"받아서 한 덩어리씩 돌리세요."

징용자들은 한 줄로 서서 주먹밥을 받아 들고 물가로 가서 입에 집어넣었다. 허겁지겁 주먹밥을 먹은 징용자들은 개울물로 얼굴에 쌓인 먼지들을 닦아내고 있었다. 주먹밥을 먹었고 물을 마셨고 용변을 본 징용자들은 트럭에 승차했다. 그리고 다시 트럭은 험악한 산길을 덜컹거리며 움직이기 시작했다.

"아직 멀었냐고 물어볼걸 그랬어요."

"밤이면 도착한다고 했어."

만식은 이학봉을 쳐다봤다.

"밤에요?"

"음."

만식은 더 이상 입을 열지 않았다. 트럭의 대열은 흐트러지지 않고 움직이고 있었다. 어느 땐 한참 동안 비탈길을 오르고 있었고 심하게 흔들리며 넘어질 듯이 기우뚱거려가면서 달려가고 있었다. 그리고 어두워진 숲속에서 트럭은 계속해서 달려가고 있었다. 징용자들은 허기와 덜컹거리는 요동과 싸우면서 트럭 위에서 지칠 대로 지쳐 있었다. 트럭들이 멈추고 말소리가 들려왔다.

"모두 잠시 허리 펴시고 용변들 보시기 바랍니다. 10분간 정차합니다."

작전 부관의 입에서 더 이상의 말은 없었다. 징용자들은 뛰어내렸다. 징용자들은 서로 말하지도 않았다. 허기와 피로에 지쳐가고 있어도 입을 여는 사람이 없었다. 트럭들은 다시 움직였고, 달리기 시작한 지 얼마 안 되어서 웅성거리고 횃불들이 밝혀져 있는 곳에서 트럭들은 멈췄다.

14
아! 청산리의 독립군

"다 왔다. 다 왔어."

누구의 입에서 소리가 났고, 트럭이 멈추자 포장을 들추며 독립군들이 함성을 질렀다.

"내리시오. 동지들! 수고하셨소."

징용자들은 횃불이 환하게 밝히고 있는 속에서 함성을 지르고 있는 독립군들 앞으로 뛰어내렸다. 징용자들은 누가 시키지도 않았는데 대열을 정렬하며 섰다. 정신대 여인들도 대열 지어 섰다. 근식은 보고자의 자리에 서서 독립군들을 향해 부동자세로 두 다리에 힘을 주고 섰다. 활활 타고 있는 횃불들이 대열 지어 서 있는 징용자들을 환하게 밝히고 있었다. 그리고 독립군의 진열 앞에 김시진 장군이 움직이지 않고 서 있었다.

"이제부터 제가 구령하는 대로 동지들은 따라주시기 바랍니다. 대열, 차렷! 김시진 장군에게 경례!"

징용자들은 작전 부관 정민렬의 구령 소리에 따라 절도 있게 움직였고, 힘찬 모습으로 거수경례를 했다.

"바로! 동지들께서 피곤하시겠지만 잠시 환영식이 거행되겠습니다. 어려우서도 잠시만 참아 주시기 바랍니다. 모두 전방에 보이는 태극기를 향하여 경례!"

징용자들은 횃불이 환하게 밝히고 있는 태극기를 향해서 거수경례를 했다. 징용자들은 가슴이 뛰었다. 정신대 여인들은 울고 있었다. 태극기에 대한 경례는 잠시 동안 계속되었다.

"바로! 애국가 제창 1절이 있겠으며 애국가를 모르는 동지들께서는 애국가 끝날 때까지 잠시 서 계시기 바랍니다. 애국가 1절 제창하겠습니다. 하나. 둘. 셋. 동해물과 백두산이 마르고 닳도록 하느님이 보우하사 우리나라 만세. 무궁화 삼천리 화려강산 대한 사람 대한으로 길이 보존하세. 차렷! 장군님께 경례!"

정신대 여인들은 모두 엎드러서 울고 있었다. 여인들은 뒤엉켜 있었다.

"이제 박근식 동지로부터 김시진 장군께 경과보고가 있겠습니다. 박근식 동지는 보고하시기 바랍니다."

근식은 부동자세로 서서 김시진 장군을 향해 경례하였다. 그리고 경과보고를 했다.

"조선 청년 박근식 외 97명과 여성 동지 17명은 일본 포조군 200부대를 탈출하여 독립군 부대에 입대하였으므로 이에 신고합니다. 대열 차렷! 장군님께 경례! 바로!"

박근식의 입대 신고는 끝났다. 그리고 곧바로 김시진 장군의 환영사가 시작됐다.

"그럼 이제부터 김시진 장군님의 환영 인사가 있겠습니다. 동지들은 편한 자세로 환영사를 들어주시기 바랍니다. 그럼 모두 열중 쉬엇!"

"중국 동지로부터 그동안의 이야기를 들었습니다. 고생 많으셨습니다. 참으로 위대하십니다. 말로는 여러분을 어떻게 위로와 격려를 하여야 할지 모르겠습니다. 위대하십니다. 조국은 살아 있다는 것을 여러분을 통해서 확실하게 실감하고 있습니다. 못된 오랑캐들에게 짓밟혀야 하는 우리의 현실이 너무 괴롭습니다. 조선이 너무 원통합니다. 어쩌다가 이리 되었는지 우리 스스로 자신에게 묻고 있습니다. 소박하고 순박하게 살고 있는 우리가 무엇 때문에 핍박을 받아야 하는지 또한 묻고 싶습니다. 이제 오셨으니 우리를 핍박하는 사람들에게 그 대가를 우리가 이제 주도록 합시다. 우리가 살고 있는 세상에는 인과응보(因果應報)라는 철학이 있습니다. 우리를 괴롭힌 사람들에게는 반드시 그만한 대가를 받게 된다는 것을 가르쳐 주도록 합시다. 우리 이 한목숨 바칩시다. 조국을 위해 목숨을 바치는 것처럼 위대하고 거룩한 것이 없습니다. 이제부터 우리는 위대하고 거룩한 독립군으로 삽시다. 지금 이곳은 앉아 있을 만한 의자 하나 없으나 여러분의 마음은 그 어느 때보다 어느 곳보다 편안해질 곳입니다. 이제부터 불안을 떨치시고 마음껏 편안하게 사십시오. 여러분의 장래의 희망을 하늘에 빕니다."

김시진 장군은 말을 멈추고 징용자들을 바라보았다. 김시진 장군의 눈에는 알 수 없는 빛이 반짝이고 있었다.

"열중 쉬엇! 차렷! 장군님을 향하여 경례! 바로! 이제 장군님께서 환영의 악수를 일일이 하시겠습니다. 모두 제자리에서 환영의 악수를 받으시기 바랍니다."

작전 부관 정민렬은 환영식을 끝냈다.

사방에서 달려오기 시작한 독립군들은 신병 독립군들과 악수들을 하고 음식을 퍼 나르고 있었다. 정신대 여인들은 개울에서 얼굴부터 닦기 시작했다. 그리고 환영 만찬 식탁에 둘러앉았다. 김시진 장군은 근식 일행들과 함께 앉았고, 20여 명이나 되는 참모들과 대대장, 중대장들은 신병 독립군들과 함께 앉아서 음식을 들기 시작했다.

더 이상 말은 필요가 없었다. 모두 울분과 분노를 오늘 청산리 독립군의 진지에서 만찬을 하는 것으로 남김없이 잠재우며 음식을 삼키듯이 가슴 속에 깊이 울분들을 삼키고들 있었다.

날이 밝자 여인들은 남루하고 해진 독립군 의복을 시원하게 개천에서 빨기 시작했다. 일본군들처럼 먹을 것이 풍부하고 입을 것이 풍부하지는 않았지만 여인들은 독립군의 옷을 빨고 해진 곳을 꿰매며 팔을 걷어붙이고 있었다. 그리고 산속에 있는 나물들을 뜯어 반찬을 만들었다. 근식이 박이구와 동료들에게 말했다.

"우리 갖고 있는 것 모두 모아봅시다."

근식은 수중에 있던 돈을 꺼내어 박이구 앞에 내놓았다. 박이구도 자신의 모든 것을 내놓았다. 그리고 이어 동료들은 하나같이 모두 가진 것을 박이구 앞에 내놓았다. 여인들도 짓밟힌 영혼의 대가들을 모두 내놓고 있었다. 근식은 동료들 앞에서 이런 말을 하고 있었다.

"우리는 독립군입니다. 이제는 징용자가 아닙니다."

창남이도 아오지 가족에게 보내려고 모아두었던 돈을 모두 내놓았다. 만식이 독립군들이 훈련받고 있는 것을 보면서 말했다.

"조장님! 아 이젠 조장님이 아니시지. 우리는 독립군 훈련 안 받아요?"

"곧 받게 됩니다."

멀리서 독립군이 대답해 주었다.

박이구 앞에 모인 돈은 5백 원이 넘고 있었다. 석탄광업소에서 받은 돈들 그리고 열차포 격납고 공사장에서 받은 돈들, 한 달에 담뱃값도 못 되는 돈들이었지만 고향에 돌아갈 때 쓰려고 모았던 돈들이 5백 원이 넘고 있었다. 여인들의 얼굴은 밝게 빛나고 있었다. 영혼을 뜯기며 모았던 돈들을 내어 놓으며 여인들의 얼굴은 밝게 빛나고 있었다. 이 광경을 보고 있던 청산리 독립군들은 눈물을 글썽였다. 피 끓는 울분을 억제할 수가 없어서 모두 눈물을 글썽이고 있었다. 근식이와 박이구는 모은 돈을 재정보급 부관에게 내놓았다. 보급 부관은 김시진 장군에게 보고하자 김시진 장군이 말했다.

"군량비도 군량비지만 무기를 구입하도록 하시오."

김시진 장군은 참모들과 회의를 하였고, 회의 결과는 팔로군들에게 전해졌다. 작전 부관 정민렬은 이제 떠나려고 시동을 걸고 있는 팔로군의 트럭에 올라탔다. 그리고 징용자들을 싣고 왔던 트럭들은 부대를 떠나고 있었다. 독립군들은 떠나가는 트럭을 향해서 두 손을 흔들고 있었다.

다음 날은 모두 편하게 쉬었다. 그리고 또 다음 날, 연병장에 모두 집합했다. 근식은 동료들 앞에 서서 김시진 장군을 향해 경례했다.

"하루 쉬어가지고는 피로가 풀릴 리 없지만 사정이 시급한 우리는 여유가 없습니다. 오늘 앞에 있는 참모들이 여러분들에게 앞으로 해야 할 일들을 말해줄 것이고, 각자에게 임무를 부여할 것입니다. 여러분의 건투를 빌며 조국 독립을 위해 싸웁시다."

김시진 장군의 인사말이 끝나자 작전참령 홍범일이 설명하기 시작했다.

"여러분들은 신병 독립군이십니다. 오늘부터 훈련을 받으시게 됩니다. 우선 훈련을 받으시기 전에 분대를 만들겠습니다. 열 명씩 나누어 서 주십시오."

신병 독립군들은 열 명씩 나누어 섰다. 그러자 작전참령은 다시 분대를 향해 소리 질렀다.

"선임관을 정하겠습니다. 그리고 선임관 중에서 향도 한 분을 뽑고 훈련받도록 하겠습니다. 훈련 기간은 2주입니다."

신병 독립군들은 열 명씩 줄을 맞춰 섰다. 그러자 작전참령은 선임관을 정하기 시작했다. 선임관이 정해지자 이번에는 선임관 중에서 향도 한 사람을 뽑았다. 향도는 근식이에게 주어졌다. 작전참령 홍범일은 신병 독립군을 향해 소리쳤다.

"제군 차렷! 장군님을 향하여 경례! 바로!"

경례를 받은 김시진 장군은 얼굴에 미소를 머금으며 연설을 시작했다.

"훈련을 무사히 받으시기 바랍니다. 훈련을 다 받으시게 되면 여러분은 각자 부대로 배치되게 되고 곧바로 전투를 하시게 되겠습니다. 정말 든든 하고 여러분이 믿음직스럽기만 합니다. 현재 우리는 4개 중대가 작전 지역 에서 작전을 수행하고 있으며 여러분을 기다리고 있습니다. 조국 해방 전 선에 모두 영웅이 되시기 바랍니다."

김시진 장군은 작전참령 홍범일을 남기고 모두 상황실로 들어갔다. 작전 참령 홍범일은 향도 근식이와 선임관들에게 작전 설명을 하고 나서 곧바 로 훈련에 들어갔다. 신병 독립군들은 훈련용 목총을 받아들고 사격술을 받기 시작했다. 사격술 훈련을 마치자 실탄 발사 훈련을 받았다. 그리고 나서 돌격과 공격 훈련에 들어갔다. 신병 독립군들은 돌격과 공격 훈련도 모두 무사히 마쳤다. 그리고 새로 도착한 총검을 지급받았다. 그런가 하면 각자 계급도 부여받았고 직분도 받았다. 근식은 200부대 탈출 작전 성공 경력으로 인해 참위 계급을 받았다. 그리고 새로 창설한 수색정찰대 부대 장이 되었다.

신병 독립군들은 이제 당당한 독립군이 되었다는 것을 실감하면서 기 염을 토하고 있었다. 근식은 창남이와 만식이 그리고 박이구와 독립군의 아들 강일윤과 새로 창설된 수색정찰대에 편입되었고, 나머지 분대 병력 은 전방에 배치되어 부대로 발령받아 모두 전선으로 배치되었다. 수색정 찰대는 기마 훈련에 들어갔고, 기마 훈련이 끝나자 정찰 작전에 투입되었 다. 20명의 수색정찰대는 그날부터 밤이고 낮이고 어디든 상관없이 일본 군부대가 있는 곳이면 달려갔다. 수색정찰대는 일본군의 동태를 살피기 위하여 깊숙이 파고들어 갔고, 근식의 수색정찰대는 맹수처럼 때로는 귀 신처럼 흔적도 없이 날아다니고 있었다. 근식의 수색정찰대는 한마디로 신출귀몰이었다.

　200부대 탈출자들이 청산리로 잠입하였다는 기밀을 접수한 일본군은 만주 일대에 주둔하고 있는 일본군을 북간도로 집결시키고, 급기야는 조선 땅에 있는 일본군들마저 북간도로 집결시키기 시작했다. 그러나 신출귀몰하는 독립군 수색정찰대는 시간이 가고 날이 갈수록 더욱 신출귀몰하고 있었고, 일본군은 속수무책으로 당하기만 하고 있었다. 그러자 일본군은 일본 본토 보충 부대까지 급파하기에 이르렀다. 그러나 목숨을 조선해방을 위해 바치기로 맹세한 독립군들은 일본군들이 동원되면 동원될수록 더욱 날뛰고 다녔고, 일본군들은 날이 갈수록 크고 작은 손실을 당하기만 하고 있었다. 그렇게 되자 일본군은 급기야 최고 정예부대를 창설하였고, 그 정예부대는 독립군 수색정찰대를 잡기 위해 청산리로 집결하기 시작했다. 특별히 창설된 정예부대는 일본군 최고의 군사들로 결집하여 조선 독립군의 뿌리는 물론 영혼까지 말살하려는 작전에 임하고 있었다.

　독립군 수색정찰대는 그런 일본군 최고 정예부대를 눈앞에 두고 회심의 미소를 짓고 있었다. 근식은 십여 명의 기마정찰대원을 이끌고 일본군이 득실거리고 있는 최전방 깊숙이 파고들어 갔다. 그리고 일본군의 발등에 불을 지르고 다녔다. 근식은 일본군의 기동력부터 공격하고 다녔다. 그러므로 일본군의 기갑부대라면 날렵한 근식의 수색정찰대에 고무풍선 터지듯이 터지기만 했다. 그렇게 되자 일본군은 병력 보강에 혈안이 되기 시작했고 막강해진 병력은 북간도 전역으로 투입되기에 이르렀다. 그리고 일본군은 요소요소에서 선제공격으로 독립군을 제압하기 시작했다. 그리고 일본군은 조선 독립군의 냄새가 나는 곳이면 거기가 어디든 동원할 수 있는 병력은 모두 동원하여 투입시키고 있었다. 그렇지만 일본군이 그렇게 하면 할수록 근식의 독립군은 더욱 신출귀몰하고 다녔으며 일본군들은 독립군 수색정찰대에 번번이 패망하기만 했다.

일본군들은 체면은 물론이고 자존심까지 짓밟히고 있었다. 분개한 일본군은 특수요원들로 구성한 기밀부대 외에 대규모 사단 병력을 투입하기에 이르렀다. 그런 일본군의 병력 앞에 근식은 더욱 신출귀몰할 뿐 털끝하나 일본군의 손아귀에 잡히게 하는 것이 없었다. 근식은 일본군 부대에서 1년여 징용으로 근무한 경험이 있어서 일본군들이라면 자신의 손바닥에서 공깃돌을 가지고 놀듯이 놀고 있을 따름이었다.

근식은 독립군 초병이지만 1년여 일본 부대에서 일본군들과 생활하며 일본 부대의 뒷일을 도맡아 하고 있었기에 일본군들을 속속들이 알고 있고 판단하고 있어서 그런지 조금도 일본 군대를 무서워하지 않았다.

일본군들은 번번이 작전에 실패만 하게 되자 전면전으로 작전을 짜기 시작했다. 아무리 조선 독립군이 신출귀몰한다 하지만 신무기를 앞세워 밀착 공격에서 결국 전멸하지 않을 수 없다고 믿고 밀착 공격으로 포위 작전에 돌입하기 시작했다.

근식은 일이 크게 벌어지고 있다는 것을 김시진 장군에게 낱낱이 보고하고 작전을 세워나갔다. 김시진 장군은 수색정찰대를 보강하기에 이르렀고 수색정찰대도 제1 수색정찰대와 제2 수색정찰대로 나누어 제2 수색정찰대는 근식이가 대장이 되었다.

근식은 김시진 장군으로부터 함경북도에서 두만강을 넘어오고 있는 19사단 월강투격대대 섬멸할 것을 명령받고 월강투격대대를 밀착하고 따라붙었다.

일본군 월강투격대대는 두만강을 건너 봉오동 방향으로 계속해서 움직이고 있었다. 근식이의 제2 수색정찰대는 숲 속 깊숙이 몸들을 숨기고 어둡기를 기다리며 일본군들의 동태를 살피기 위해 극소수의 병력이 따라붙어 일본군들이 동태를 낱낱이 분석하며 따라붙고 있었다. 일본군들은 저녁때가 되자 진군을 멈췄고, 식사 준비를 하기 시작했다.

일본군들은 계곡에서 벗어난 강가의 넓은 모래사장에서 야숙할 준비를 하고 있었다. 밤새 밝힐 나무도 준비하고 있었고, 강둑을 비롯한 산자락을 타고 높은 곳은 모두 초소가 자리 잡고 있었다. 그런 다음 초소마다 기관단총을 설치했고, 잠복 보초병들을 촘촘히 배치했다. 일본군들은 야영 준비를 하면서 저녁 식사 준비에 바쁘게 움직이고 있었다. 시퍼런 강물이 흐르고 있는 곳에서는 소와 돼지들을 잡고 있었고, 보초나 경비를 서고 있는 야숙할 천막을 치고 있었다. 근식은 수색정찰대를 안전한 곳에서 주먹밥으로 저녁 식사를 하도록 했다. 일본 병사들은 배식대에서 음식을 받아 아무 곳에서나 자유롭게 무리 지어 저녁 식사를 하기 시작했다. 근식대장의 제2 수색정찰대는 기관단총이 세 군데나 설치되어 있는 강둑을 제압하기 위한 작전을 세웠다. 그리고 어둠을 타면서 전진하기 시작했다. 일본군들은 저녁 식사를 하느라고 경계가 느슨해지고 있었다.

근식 대장은 제2 수색대를 3분할 시켰다. 1소대, 2소대, 3소대로 나뉜 수색정찰대는 근식 대장이 지시한 대로 어둠을 타면서 총공격 자세로 일본군 진지로 숨어들어 갔다. 근식 대장은 강가는 물론 산자락마다 잠복초병들을 배치한 것을 모두 확인하고 있었으므로 어둠이 내리는 속에서 식사하느라고 경계근무에 방심하고 있는 일본군 초병들을 하나하나 제압해 들어가고 있었다. 근식대장은 2번째 기관단총 초소는 박윤성 소대에 맡기고 3번째 기관단총 초소는 박기만 소대에 맡겼다. 그리고 근식 대장 자신은 발 빠른 강일윤과 1소대 도철권 소대장이 맡은 기관단총을 장악하기 위해 구렁진 강둑절개지를 소리 없이 기고 있었다. 그리고 뒤이어 식사를 마치고 자리에서 일어나는 일본군 병사들을 한 명씩 맡아 대검을 뽑아들고 덮쳤다. '억' 소리도 지르지 못하고 기관단총 사수들은 목에 칼이 꽂혀 넘어졌다. 세 곳 모두 기관단총을 장악한 근식대장은 일본군 진지를 향해 사격 명령을 내렸다. 일본군 진지는 한순간에 아수라장으로 바뀌었고, 혼비백산한 일본군들은 분별없이 사방 아무 곳에나 대고 총질을 하기 시작했다. 근식 대장의 제2 수색정찰대 2소대는 장갑차와 수송대를 습격하기 시작했고, 3소대는 월강투격대대본부를 향해 무자비하게 총탄을 난사했다. 1소대는 장악한 기관단총 실탄이 모두 소진될 때까지 전위를 잃은 병사들을 향해 총탄을 퍼부었다.

독립군들이 장악한 기관단총실탄이 떨어진 것을 알게 된 일본군들이 반격을 시작했다. 근식대장의 수색정찰대는 엄폐된 곳에 몸을 숨기고 움직이지 않고 있었다. 근식대장의 제2 수색정찰대는 일본군의 공세가 멈출 때까지 작전을 멈추고 있었다. 무한정 납작 엎드려 죽은 듯이 공격을 멈추고 있었다. 그러자 일본군들은 사격을 멈추면서 조용해지고 있었다,

일본군 월강투격대대는 전열을 가다듬느라고 북새통이 일어나고 있었고 지휘관들은 전황을 파악하느라고 날뛰고 있었다. 일본군들은 꺼진 불들을 밝혀가면서 독립군들이 동태파악에 수색대를 전방 경계 작전지에 돌입하고 있었다. 근식 대장의 수색정찰대는 두더지처럼 일본군 수색대를 피하면서 몸을 숨기고 있었다. 일본군들은 적군이 모두 퇴각했거나 전사한 것으로 알고 전방을 향해 조명탄을 쏴대면서 위력을 과시하며 전황 상태를 점검하고 있었다. 일본군들은 사방에 죽어 나자빠져 있는 아군의 시체들을 확인하면서 전방 수색에 열을 올리고 있었다. 시간이 지날수록 독립군의 동태가 묘연해지자 일본군들은 독립군들이 완전히 퇴각한 것으로 간주하고 전열을 재점검하느라고 부산하게 움직이고 있었다.

근식 대장은 1차 공격에 막대한 피해를 당한 일본군이 재점검하기 전에 다시 공격 명령을 내렸다. 수색정찰대는 전선을 밝히고 있는 불들부터 공격했다. 그리고 캄캄해진 전선에 1차 공격에 익혀둔 지형과 지물을 이용하며 일본군의 장비를 노획하면서 거세게 밀어붙이고 있었다. 일본군들은 반격하기 시작하였으나 한번 전의를 잃었었던 탓에 쉽게 우왕좌왕하거나

흩어져 도주하기에 급급할 뿐이었다. 수색정찰대원들은 흩어지고 있는 일본군들을 향해서 총탄을 뿌려대고 있었다. 일본군들은 저항 없이 어둠 속으로 쓰러져갔다. 일본군들은 결국 전의를 완전히 상실했고 반격하지 못하고 있었다. 근식 대장의 제2 수색정찰대는 탐색작전에 돌입하면서 조준사격으로 들어갔다. 근식 대장은 조준 사살 명령을 내렸고, 조준사격작전은 어둠 속에서 움직이는 일본군들을 단 한 명도 놓치지 않고 사살하고 있었다. 근식 대장은 일본군 진지를 시간을 가지고 살피면서 자신의 수색정찰대의 사기를 확인하고 있었다. 근식 대장은 작전명령을 거두지 않고 장시간에 걸쳐서 조준 사격작전을 지속하고 있었다. 일본군 진지는 전멸당한 듯이 움직이는 것이 없었다. 근식 대장은 전항파악을 하기위해 일본군의 진지를 조심스럽게 살펴보았다. 그러다가 근식 대장은 일본군의 시체에서 옷을 벗겨 총대 끝에 매달아 높이 들었다.

"따따따 따 땅!"

일본군 진지 사방에서 사격해 오고 있었다. 근식 대장은 곧바로 허수아비를 내렸다. 수색정찰대에서도 일본군 진지를 향해서 사격하고 있었다. 근식 대장은 사격을 중지시켰다.

"사격 중지! 전달!"

사격 중지 명령전달은 전 소대에 전달되었고, 수색정찰대원들은 모두 사격을 중지했다. 그러자 일본군 또한 한 번 속은 전력에 몸을 숨기고 엄폐작전에 들어가고 있었다. 근식 대장은 수색정찰대원들의 실탄 확인을 전달시켰다. 수색정찰대원들은 숨죽이고 납작 엎드러서 남은 실탄 확인 보고를 전달했다. 근식 대장은 남은 실탄확인이 끝나자 조준사격명령을 내렸다. 그리고 불이 붙을 만한 마른 풀이나 나뭇가지를 모을 것을 명령했다. 명령은 모든 대원에게 전달되었고, 불이 붙을 만한 풀이나 나뭇가지가 모였다. 근식 대장은 최대한 멀리 떨어진 곳에 탈 수 있는 것을 쌓도록 하고, 같은 방법으로 몇 군데 더 준비했다. 그리고 동시에 불을 붙였다. 풀과 나뭇가지에 불이 붙자 불꽃은 모닥불처럼 일어나 연기가 하늘 높이 올라갔다. 그러자 일본군들은 불길을 향해서 일제히 사격을 퍼붓기 시작했다.

근식 대장은 몇 군데 더 불을 놓을 것을 명령하고서 모두 죽은 듯이 납작 엎드려 있으라고 명령했다. 일본군들은 불길이 솟는 곳마다 사격을 했다. 근식 대장은 기관단총을 사격할 수 있는 수색대원은 사격할 것을 전달명령을 내리고 있었다. 기관단총을 쏘고 있는 일본군은 조준 사살되었다. 그런 다음 눈에 띄는 일본군은 조준 사격되고 있었고, 일본군들은 기관단총을 잡지 못했다. 기관단총 있는 곳에 얼씬도 하지 못하고 있었다. 근식 대장의 수색정찰대원들은 움직이는 물체는 모조리 조준 사격하고 있었고, 일본군들은 조준되고 있었다. 살아 있는 일본군들은 강물 속으로 퇴각하기에 이르렀고 흐트러지고 있었다.

15
제2 수색정찰대의 첫 승

근식 대장의 제2 수색정찰대는 막강한 화력과 전투력을 앞세웠던 19사단 월강투격대대 척후 부대를 하룻밤 사이에 격퇴했고, 살아남은 일본군 병사들은 깊은 물속으로 빠져나가 50리 밖에 있는 19사단 월강투격대 본부로 도주해 버렸다. 근식의 제2 수색정찰대는 전리품을 거두어 사령부로 개선하고 있었다. 근식 대장은 김시진 장군을 비롯해 참모진들이 나열하고 있는 앞에서 첫 번째의 승전 전과를 보고했다.

"제군들은 전방에 보이는 태극기를 향해서 경례! 바로! 김시진 장군을 향해서 앞으로 총! 바로! 보고합니다. 일본군 제19보병사단 월강투격대대 척후 부대와의 전투에서 승리하였기에 이에 승전 보고를 드립니다. 적군 사살 70여 명, 패주한 병력 150여 명은 강물로 뛰어들어 도주하였음을 이에 보고드립니다. 열중 쉬엇! 차렷! 경례! 바로!"

김시진 장군은 참모진들과 제2 수색정찰대 대원들의 손을 일일이 잡으며 승전의 격려를 아끼지 않았다. 격려의 악수를 마친 김시진 장군은 승전 연설을 시작했다.

"장하오. 진정 장하오. 포조군 200부대를 탈출하시던 모습을 보는 듯합니다. 승리를 축하 합니다. 정보에 의하면 일본군이 우리 독립군을 섬멸하고자 대대적인 작전 계획을 완성했다 합니다. 이제 우리는 죽음을 피할 수 없게 되었습니다. 그러니 우리의 목숨은 오직 승리에 걸어야 합니다. 군인의 사명은 전투이고 전투는 승리이고 나라를 지키는 것입니다. 우리는 나라를 찾아야 합니다. 오늘 제2 수색정찰대가 월강투격대 척후 부대와 전투를 치르고 승리하였습니다. 이에 우리는 모든 전투에서 승리할 수 있다는 것을 확인했습니다. 위대한 나의 동지, 여러분의 승리를 환영하는 바입니다. 감사합니다.”

김시진 장군이 연설을 마치고 환한 얼굴로 대원들을 바라보았다. 참모진들은 박수를 그치지 않았다. 그러면서도 김시진 장군이 말했듯이 일본군들이 막강한 전투력으로 쳐들어오고 있다는 사실에 얼굴은 무거워지고 있었다. 근식의 수색정찰대원들은 참모진들의 무거운 얼굴을 보면서 총대를 하늘 높이 들고 고함을 질렀다.

식사를 마치고 근식 대장은 수색정찰대원들과 마주 앉았다.

“그대로 앉아서 나의 이야기를 들어주시기 바랍니다.”

근식 대장은 수색정찰대원들에게 말했다. 수색정찰대원들은 근식 대장의 얼굴을 바라보고들 있었다.

“다름이 아닙니다. 들어서 아시고 계신 일입니다. 일본군들은 우리와 전투를 한 다음에는 반드시 동포에게 앙갚음을 한답니다. 그 때문에 우리 동포가 이번에도 얼마나 많은 사람이 참극을 당할지 걱정입니다. 불쌍한 동포들을 생각하면 전투도 하지 말아야 하고 전투를 해도 이기지 말아야 한다는 겁니다. 승리했어도 크게 기뻐하지 않고 있는 것이 그 때문입니다.”

근식 대장은 들고 있던 담배를 힘 있게 빨아들였다. 수색정찰대원들도 모두 담배를 피워 물었다.

"결전을 앞두고 어떻게 싸워서 이길 수 있느냐 하는 걱정을 해야 하는데 승리를 하든 하지 못하든 동포들이 무참히 참살당하는 고민을 해야 하니 참으로 기구합니다. 우리가 고심해야 하는 것은 일본군과 싸워야 하는 것인데 어떻게 하면 동포들이 참살을 당하지 않느냐 하는 것을 걱정해야 하니 참으로 난감하기만 합니다. 동포들의 안전을 생각해서 독립군이 해체하든지 져주기만 하는 전투를 하든지 해야 하는데 어떻게 이럴 수가 있단 말입니까?"

근식 대장은 연거푸 담배를 힘차게 빨기만 하고 있었다. 그러다가 다시 말했다.

"치사한 인간들! 뱀만도 못한 파충류들…. 우리가 왜놈들 씨를 말립시다."

근식 대장은 잠시 수색정찰대원들을 둘러보았다. 대원들은 말을 잃고 넋이 나가 앉은 자세에서 움직이지 않고 있었다. 그러다가 몇몇이 치를 떨고 있었다. 그리고 눈에 불이 붙고 있었다. 작전참령 홍범일이 소리 없이 다가와 근식 대장의 말소리가 멎자 입을 열었다.

"일본군은 봉오동 전투에서 두 번씩이나 크게 패하자 이를 만회하기 위하여 온갖 비열한 짓을 서슴지 않고 자행하기에 이르렀지요. 중국 식민화 작전에 최대의 오점이라 보고 만주 일대는 물론 중국 땅에 있는 조선 백성은 모두 잡아들였고, 잡아들인 백성은 모두 참살했지요. 개중에는 참살하기 직전에 산 채로 실험 도구로 사용하고…. 봉오동 전투에서 두 번씩이나 크게 패하자 최면은 고사하고 본국에 보고할 수가 없게 됐고, 병력을 크게 잃어 작전 수행에 적잖은 오류가 발생하자 어떻게든지 오점을 만회해보려는 속셈으로 마적단에게 돈과 무기를 두둑이 건네주면서 황당한 부탁을 하기에 이르렀지요. 그 황당한 부탁이란 게 일본 영사관을 습격하고 불을 질러 소실시켜달라는 것이었지요. 그런 다음 독립군이 습격한 것으로 거짓 위장하여 상부에 보고하고 나서 함경북도 나남에 주둔하고 있던 일본군 21사단에서 1개 연대를 출동시킬 수 있는 구실을 얻어 냈지요. 그리고 훈춘에 입성한 21사단 1개 연대는 훈춘과 그 외각 주변에 거주하고 있는 조선 동포들을 체포하고 독립군을 도왔다는 누명을 씌워 3만 명이 넘는 조선 동포들을 학살하였습니다. 아이들이든 노인이든 젖꼭지를 물고 있는 핏덩이까지 학살하였지요. 그때가 경신년이었지요. 우리는 그 참상을 경신참변이라고 합니다. 그뿐이 아니지요."

작전참령 홍범일은 말을 멈추고 어느새 곁에 와서 앉아 있는 김시진 장군을 바라봤다. 그리고 여인들이 가지고 온 약을 받아들고 마시는 것을 보았다. 약그릇을 들고 있는 김시진 장군은 눈가를 닦고 나서 수색정찰대원들처럼 가만히 앉아 있었다. 수색장찰대원들은 소문으로 들었던 일본군의 잔악상을 체험한 증인에게 들으면서 치가 떨리는 것을 참지 못하고 있었다. 수색정찰대원들은 작전참령 홍범일의 다음 이야기를 기다리고 있었다. 창남이도 만식이도 여인들도 작전참령 홍범일의 이야기를 기다리고 있었다. 작전참령 홍범일은 둘러앉아 있는 참모들과 수색정찰대원들 그리고 여인들을 둘러보고 나서 다시 입을 열기 시작했다.

"봉오동에서 대승한 김시진 장군님과 최진동 장군, 그리고 안무 장군, 그리고 북로 정서군을 지휘하는 김좌진 장군은 통곡하면서 만주에 있는, 아니 중국에 있는 일본군을 모조리 쓸어버릴 것을 다짐하며 죽을 것을 각오하고 무고하게 동포들을 학살하는 일본군을 괴멸시킬 계획을 세웠지요. 그것이 청산리 전투입니다. 청산리에서 다시 독립군에게 대패한 일본군은 조선인이라면 쥐구멍까지 뒤져가며 참살했습니다. 물불 가리지 않고 시도 때도 없이 찾아다니며 참살했습니다. 그러다 보니 우리 독립군은 대책을 강구하기에 이르렀습니다. 나라 잃은 불행한 동포들은 살아남기 위해서 연해주로 피신할 수밖에 없었지요. 우리 독립군들도 연해주로 옮겼습니다. 일본군에게 우리 조선 동포들이 무자비하게 학살당하고 있어서 불가피한 방책이었지요. 일본군은 우리 조선 동포를 무자비하게 죽이고 조선 사람이면 무조건 죽였습니다."

작전참령 홍범일은 잠시 말을 멈추고 따듯한 물을 마셨다. 그리고 파란 만장하기만 한 기억을 되살리며 잠시 후 다시 입을 열었다.

"우리는 항상 사생결단이었고, 그런 우리를 일본군은 여전히 깔보고 있었지요. 그 때문인지는 몰라도 우리는 거칠 것이 없었습니다. 당시 일본군은 하찮게 봤던 우리에게 무참히 봉오동에서 패하자 우리 독립군의 근거지라고 볼 수 있는 간도 지역의 주요 거점들을 공격할 계획을 세우고 있었지요. 이 사실을 김좌진 장군이 연길에 있는 일본 영사관을 침입하여 알게 되었는데 일본군은 자그마치 13사단과 14사단 그리고 21사단이 합동작전으로 우리를 말살하려고 작전 계획을 세운 것을 알게 되었습니다. 우리는 청산리의 백운평 계곡에 매복해 있다가 일본군이 진군하자 퇴로를 차단하고 3개 사단 5만 명을 매복 기습작전으로 공격하여 무려 3,300명이라는 일본군을 무찔렀습니다. 김시진 장군께서는 대한독립군이라는 독립군대를 거느리고 계셨고, 그 당시는 조선 독립군 부대가 여섯 개나 창설되어 나누어져 있는 상태였었는데 연합작전으로 열 차례의 크고 작은 전투를 치렀습니다. 전투마다 모두 승리하였습니다. 그러자 격분한 일본군은 만만한 것이 조선 동포들이라 조선 동포들에게 보복하기에 이르렀고, 만주에 거주하는 조선인은 모두 학살당하고 말았는데 그 학살당한 조선 백성의 숫자를 셀 수도 없었습니다. 그 만행이 바로 간도 참변입니다. 일본은 그뿐만이 아니라 중국 간도에서 떠나 연해주로 피신하여 살은 동포들까지 모두 학살했습니다. 그렇게 되고 보니 조선 사람은 씨가 말랐고, 일본군과 맞서 싸울 만한 젊은이는 물론 늙은 남자도 없어 독립군을 모집할수가 없었습니다. 실정이 그렇다 보니 막상 독립군이 모집됐다 해도 무기는 물론이고 먹을 음식, 입을 옷이 없어 군대를 꾸릴 수도 없거니와 싸울 만한 형편이 안 되었습니다. 온전히 남아 있는 조선 민족이 없었으니까요. 조선 백성이 없으니 독립군을 모집할 길이 없고, 물자를 구할 방법이 없으니 버틸 수가 없었지요. 김좌진 장군을 비롯하여 안무 장군 등 일본군이 감당하기 힘든 장군들이 애석하게도 세상을 떠나고 보니 만주에 조선인은 흔적도 없이 사라지게 되었습니다."

"억! 컥컥커 커 커커!"

수색정찰대원 중 누군가 사레가 들렸는지 아니면 울분이 복받쳐서 그랬는지 가슴을 치고 있었다. 작전참령 홍범일은 다시 입을 열었다.

"우리는 5천 년 배달민족인데…"

작전참령 홍범일은 무엇 때문인지 말을 멈추었다. 김시진 장군이 자리에서 일어났고, 참모들도 일어나 상황실로 향하고 있었다. 수색정찰대원들은 김시진 장군 그리고 참모진들의 뒷모습을 보면서 가슴속에서 적개심이 부글거렸다. 그리고 암울한 서러움이 마음을 울리고 있었다.

승리를 하든 패하든 조선 백성에게 돌아가는 것은 참혹한 참살이고 학살이라니 수색대원들은 비통한 마음을 억누르며 사람으로 볼 수 없는 일본 사람에게 적개심이 부글거리고 있었다. 전투에서 승리하고 그 승리의 대가가 동포의 학살로 돌아간다니 생각할 수도 없거니와 해괴망측하기만 해서 모두 가슴을 쥐어뜯었다. 수색정찰대원들은 너 나 할 것 없이 모두 참담한 얼굴로 김시진 장군과 그리고 참모들의 얼굴을 떠올리고 있었다. 독립군은 조선 백성들에게서 군자금을 받아 꾸려가고 있는 실정인데 이야기를 듣고 나니 앞이 캄캄하고 앞으로 벌어질 전투가 암담하기만 했다. 그러나 수색정찰대원들은 멈출 생각이 없었다. 더 이상 당한다는 생각을 할 수도 없었다. 근식 대장은 수색정찰대원들과 작전 지역으로 떠났다. 창남이도 만식이도 따라나섰다. 산과 들 그리고 마을 개울이며 계곡이며 수색정찰대원들은 짐승들처럼 험준한 산악을 쑤시며 다니고 있었다.

청산리 전투 이후 만주에 더는 독립군이 존재하지 않다가 김시진 장군이 재 창군하자 일본군은 머리를 싸매기 시작했다. 무엇보다도 상대가 김시진 장군이라는 것에 일본군으로서는 저승 같은 기분이 들지 않을 수 없었다. 20여 년 전 김시진 장군이 지휘하는 전투에서는 한 번도 이겨본 적이 없는 일본으로서는 긴장되지 않을 수 없었다. 봉오동 전투에서 두 번씩이나 대패한데다가 청산리전투에서 총사령관 김시진 장군에게 여섯 번이나 크게 패한 경험이 있는 터라 김시진 장군이라면 치가 떨리고 있을 뿐이었다. 그런데다가 자유시 사건 이후 코빼기도 볼 수 없었던 김시진 장군이 건재하게 나타났으니 기가 막히고 미칠 노릇이었다. 그런 관계로 일본군은 김시진 장군을 제압하려면 수십만 대군을 투입하여 북간도를 투망 작전으로 제압하지 않고서는 김시진 장군을 이길 수 없다고 보고 작전 계획을 세워나가고 있었다.

일본군은 러시아나 중국을 괴멸시키기보다 더 힘든 상대가 김시진 장군으로 보고 있기에 급기야 대대적인 병력을 투입하기로 했다. 그리고 무엇보다도 독립군과의 전투는 소득도 없는 데다 명예만 실추당하는 전투이다 보니 일본은 치를 떨고 있었고, 김시진 장군과 맞서서 싸우려는 장군은 물론 인물이 없었다. 그러나 독립군과 전투를 하지 않고는 중국 본토 전체를 식민화하는 데에 막대한 지장을 초래하고 있는 데다 발 들여 놓은 시베리아를 점령하는 데까지 지장을 받고 있어서 암적 존재인 김시진 장군을 제거하기로 단단히 계획을 세우고 있었다.

일본군들은 김시진 장군이라면 넌더리가 나고 치가 떨려서 견딜 수조차 없는 처지라 북간도로 집결하고 있었다. 그리고 이번에야말로 독립군은 물론 김시진 장군을 말살하고 말 것이라고 어금니가 다 닳아 빠지도록 갈고 있었다. 그리고 김시진 장군을 제압한 후에는 중국 본토는 물론 러시아 시베리아를 점령할 계획을 세워놓고 있었다.

일본군은 김시진 장군을 향해서 13사단, 14사단 그리고 난징과 북경 남중국에서 최소한의 병력만 남기고 모두 서간도를 관통하면서 북간도로 집결하고 있었다. 그리고 러시아 흑하 국경에서 러시아를 경계하고 있던 혼합 기계 부대까지 투입하고 있는 중이고, 흑하에는 열차포와 국경수비대만 남겨 놓았다. 그리고 평양북도와 함경북도 일대에 있는 일본군들마저 북간도로 집결시키고 있었다. 어쨌든 일본은 동북아에 흩어져 있는 일본군들을 모두 북간도로 집결시키고 있었다. 그러다 보니 북간도는 일본군의 무게로 인해 가라앉을 지경이 되었다. 북간도에 집결한 일본군 병력은 무려 20만 명이 되고 있었다. 그리고 일본은 이참에 러시아가 깐족거리고 있는 사할린까지 넘보고 싶은 심산으로 일본 본토 방위군까지 북간도로 집결시켰다.

김시진 장군은 모든 정보를 입수하면서 열악하기 그지없는 독립군의 형편을 깊숙이 생각하고 있었다. 그러면서 사기를 잃지 않고 있는 독립군들과 근식 대장의 수색정찰대에 기대하는 바가 크기만 했다. 김시진 장군은 그 옛날의 김좌진, 안무, 최진동, 홍범도 등 단 한 명의 장군이라도 살아 있었으면 하는 아쉬움 속에서 20만 일본 대군 앞에 홀로 서 있는 자신을 풍전등화와 같이 위태롭게 보고 있었다. 김시진 장군은 밤이 깊어도 회의를 끝내지 못하고, 밤이 깊어 갈수록 잠을 이루지 못했다.

북간도를 향한 일본군들은 동에서는 러시아 연해주(블라디보스토크)를 밟으며 조선 백성들을 그물질하며 참살하고 있었고, 함경북도 평안북도에서도 압록강을 넘어 북간도로 향했다. 일본군은 난징에 주둔하고 있던 22사단마저 북간도로 집결시키고 있었다. 북간도에 집결한 일본군들은 성난 파도처럼 출렁거리기 시작했다.

김시진 장군은 20여 년 전 청산리 전투와 봉오동 전투에서 대승하고도 와해하였던 기억을 되새기고 있었다. 그리고 지금 다시 와해한다면 다시는 독립군은 존재할 수 없을 것만 같은 생각에 이번 전투를 마지막으로 사생결단할 마음의 준비를 하고 있었다. 그러면서 간사한 일본이 언제 어디에서 조선 백성들을 죽이고 난리를 피울지 몰라서 김시진 장군은 피가 말랐다. 승리하면 할수록 승리한 것보다 잃은 것이 더 많기만 했던 지난날들을 생각하며 나라 잃은 조선의 앞날을 생각하고 있었다.

또한 김시진 장군은 조선 공산당원 박상실에게 암살당한 김좌진 장군을 그리워하고 있었다. 안무 장군, 홍범도 장군 모두 승리하고 나서 조선 땅을 밟기는커녕 중국 땅에도 있을 수가 없어서 러시아를 떠돌다가 우즈베키스탄에서 세상을 떠났고, 최진동 장군 역시 흑룡 강가에서 쓸쓸히 숨어 살고 있는 것을 떠올리고 있었다. 그러면서 이번 전투에서 이기든 지든 살든 죽든 전투가 끝난 다음 동지들은 어떻게 될 것인지, 조선 백성들은 어떻게 될 것인지 걱정이 되고 있기만 했다.

김시진 장군은 연해주 흑하로 모이던 것을 기억했다. 승리하고도 피신해야 하는 독립군이 마지막으로 선택한 곳이 연해주였다. 흑하로 독립군들이 모이자 일본은 손도 안 대고 코 풀 생각을 하고 있었다. 1920년 봉오동 전투와 청산리 전투에서 무참히 참패를 당한 일본군이 러시아를 꾀어대고 있었다. 일본은 조선에서 약탈한 금은보화를 주먹에 쥐어 주며 지금 너희 나라에 도적패들이 무장하고 침공해 있는데 왜 보고만 있느냐고, 너희는 자존심도 없고 배알도 없느냐고 자존심을 건드려대며 불쾌하게 살살 긁어 댔다.

명예는 물론 자존심을 상할 대로 상하게 쑤셔대자 러시아는 약이 오르기 시작했고, 화가 난 러시아는 독립군을 무장 해제시켰으며 무장 해제되자마자 미련하게도 일본이 꼬드기는 대로 조선 독립군 960명을 현장에서 사살했다. 1,800여 명이 죽거나 실종되었던 사건을 떠올리면서 이번에도 그와 같은 일이 벌어질까 봐 김시진 장군은 심히 걱정하고 있었다.

승리하고도 하늘 아래 갈 곳이 없는 조선의 독립군을 생각하며 김시진 장군은 떨어진 고개를 그대로 두고 있었다.

근식 대장은 수색정찰대를 이끌고 열심히 움직였다. 근식 대장은 아오지에 가족이 있는 창남은 내근을 시키고 싶었으나 창남이 작전에 참여하고 싶어 해서 부득이 함께 정찰을 나왔다. 근식 대장은 창남이와 만식이를 곁에서 떨어지지 않도록 주의하면서 일본군의 동태를 살폈다. 그러면서 일본군들의 진지를 벗어나면 산짐승들을 잡아 독립군의 식사 거리를 만들었다. 창남이와 만식이가 타고 있는 말 등에는 토끼를 비롯한 꿩들이 매달려 있었고, 노루도 묶여 있었다.

부대로 귀대한 창남이와 만식이는 여인들과 식사 준비에 바쁘게 움직였다. 창남이와 만식이는 아궁이에 커다란 나무토막들을 지피면서 앞으로 일본군들과 전투할 생각에 가슴이 부풀고 있었다. 개미떼들처럼 버글거리던 일본 군대들을 멀찌감치서 살펴보고 난 후 다시 다른 곳으로 옮겨 다니며 일본군들의 동태를 낱낱이 살피고 있는 근식 대장과 수색정찰대원들은 당당하고 늠름하기만 했다. 만식이는 아궁이에 커다란 나무를 집어넣으며 오늘 있었던 일을 여인들에게 늘어놓았다.

"일본군들이 그렇게 많은데 우리 독립군이 어떻게 싸우죠?"

만식이는 소진이 말에 고개를 젓고 있었다. 창남은 부지런히 움직이고 있기만 했다. 그리고 모처럼 작전에 참여하고 돌아온 창남이와 만식이가 대견스럽기만 한지 여인들은 반기며 물어대고 있었다. 박에스터가 설설 끓고 있는 국솥의 간을 보면서 만식을 향해 물었다.

"왜놈들 어떻던가요?"

만식이 대답했다.

"개미떼들처럼 까매요. 산 넘으면 또 그렇고."

"우리 있는 곳과 얼마나 떨어졌어요?""

오 리쯤요."

박에스터는 사람 키만 한 나무 국자로 국솥을 저으며 묻고 있었다. 그리고 박에스터는 더 이상 묻지 않았다. 살아야 한다는 일념 하나로 무작정 남자들을 따라나서서 독립군 진지에 합류하고 있는 여인들. 여인들은 산과 들과 개울을 다니며 음식이 될 만한 것은 모두 구해다가 독립군의 식사를 만들고 있었다. 그리고 집안의 오누이들처럼 해진 독립군의 옷을 꿰매고 있었다. 여인들은 일본군들을 생각하고 싶어 하지 않았다. 그들이 없는 곳은 모두 낙원일 뿐이고 일본 사람들이 없는 곳이면 지옥도 낙원이라고 생각하고 있었다. 지옥보다도 참혹한 곳에서 몸부림치다가 만나게 된 조선의 독립군 남정네들이니 여인들에게 지금은 천국에 있는 것이나 다름없었다. 살림살이가 열악하기 한이 없지만 조선 독립군의 뒷바라지를 한다는 것은 보람이고 행복이기만 했다. 여인들은 1중대, 2중대, 3중대, 4중대, 전방으로 보낼 음식들을 커다란 그릇마다 가득히 담아 놓았다.

근식 대장은 뛰었다. 밤이면 더욱 뛰었다. 잠시도 멈추지 않는 근식 대장은 몸이 빠른 두세 명의 대원들과 말을 몰고 어둠 속으로 삽시간에 사라지면서 지형지물은 물론이고, 일본군들의 동태를 낱낱이 살피며 뛰고 있었다. 그런 근식 대장 앞에 일본군들은 속속들이 드러나고 있었고, 시간이 흐르면 흐를수록 일본군들의 동태는 독립군의 상황실에 그려지고 있었다.

김시진 장군은 북간도 전역을 남북으로 나누고 동부전선은 제1 수색정찰대에 수색 정찰 임무를 부여했고, 서부전선은 제2 수색정찰대에 작전 임무를 맡겼다. 그러므로 제2 수색정찰대 대장 박근식 대장은 서부전선을 밤이고 낮이고 비가 오고 있어도 정찰 임무에 빈틈이 없었다.

일본군들이 좁혀오고 있었다. 최신 무기로 중무장한 일본군들은 위풍 당당하게 독립군군영을 포위하며 좁혀오고 있었다. 일본 본국에서 직송한 최신 무기로 무장한 일본군들은 철통같은 기갑부대를 앞세워 맹위를 떨치면서 시간을 두고 서서히 압축해 들어오고 있었다. 그런 데다 북간도 청산리 일대는 험준한 산악지대이다 보니 훈련이 잘된 기마 부대들은 선봉으로 배치하고 마치 파도치는 바닷물처럼 밀려오고 있었다.

일본군은 작전지역이 모두 험악한 산악지대이다 보니 화전 작전을 이용해서 독립군을 태워 죽이려는 속셈으로 화생방 부대까지 동원하고 있었다.

일본군은 화생방무기를 메고 다니며 밭과 논의 곡식들을 남김없이 불질러서 모두 태워버리고 있었다. 근식 대장은 그런 일본군의 만행을 낱낱이 기록하며 상황실에 보고했다. 근식 대장은 정찰하기 어렵거나 험난할 때는 한두 명의 대원과 수색 정찰하는 것을 기본으로 하고 있었다. 그리고 그럴 때는 일본군 복장을 하고 일본군 적진을 드나들며 속속들이 정보를 입수하고 있었다. 근식 대장은 위태롭고 위험스러울수록 서슴없이 행동하고 있었다. 그런 근식 대장 앞에 일본군들은 적나라하게 드러나고 있었다. 김시진 장군은 일본군의 모든 실태를 고스란히 전달받고 있었다. 김시진 장군은 새로운 보고서를 받을 때마다 참모들과 작전 회의를 하였다. 근식 대장은 앞으로 벌어질 전투에 관해서 모든 것을 머릿속에 그려 넣고 있었으며, 지형지물에 관해서는 어느 것 하나 빠트리지 않고 머릿속에 기억해두고 있었다.

김시진 장군의 독립군은 청산리 엔지와 용정리를 위수 지역으로 하고 있었다. 방어 전투를 하기에는 용정이 나은 편이지만 안두나 청산리는 적군이 쉽게 접근할 수 없는 천혜 요새 지역이다. 그러다 보니 막강한 화력을 갖추고서도 일본군은 밀어붙이지 못하고 있다. 어쨌든 일본군은 700명도 안 되는 병력의 독립군과 맞서기 위해서 20만이라는 대군을 김시진 장군의 요새에 포진시키고 있었다.

　김시진 장군은 근식 대장이 수색을 마치고 돌아오면 계속해서 작전 회의를 하고 있었다. 만주 북간도라면 김시진 장군이 20여 년 전에 많은 장군과 수없이 일본군과 전투를 치렀던 곳이므로 자신의 손바닥보다도 환하게 알고 있는 곳이다. 그러다 보니 수색정찰대장들이 정보를 입수하여 보고하는 대로 일본군들의 정황을 눈앞에서 보듯이 보고 있었다. 김시진 장군은 수색정찰대장들이 정찰 보고를 하노라면 고개를 끄떡이며 미소를 지었다.

　일본군들은 북간도 전역에 포진하여 청산리를 향해서 압축하고 있었다. 오늘도 근식 대장은 몇 명의 수색정찰대원들과 일본 군복을 입고 정찰하기 시작했다. 독립군들은 수색정찰대원들이 일본군 복장으로 수색한다는 것을 알고 있기에 일본군 복장을 한 군인이 나타나거나 먼저 발포를 하지 않으면 사격을 하지 않았다. 김시진 장군은 일본군이 공격해도 전투 명령을 내릴 때까지 사격은 물론 절대로 공격하지 말고 명령을 기다릴 것을 기본 명령으로 하고 있었다. 그러므로 전방의 각 중대 독립군들은 긴급한 상황이 벌어져도 방어나 공격을 하지 않고 위기에 걸맞은 후퇴를 하고 있었다.

　북간도는 깊은 가을철로 접어들고 있었다. 북간도는 산이고 들이고 나뭇잎들이 지고 있었다. 그리고 농부들은 가을걷이를 마치는 대로 북간도 청산리를 떠나고 있었다. 농부들이 떠난 북간도 청산리 일대에는 벌떼처럼 버글거리는 일본군들만이 포진하고 있으면서 들어오고 나가는 사람들 모두를 차단하고 있었다.

　그러나 김시진 장군의 군영은 귀신도 모르게 만주 어디든 소통하고 있었다. 일본군이 찾으려야 찾을 수 없는 천연의 계곡이 숨겨져 있었다. 김시진 장군은 2개 중대를 새로 창설하였다. 그리고 1, 2, 3중대는 서부전선에 배치해 놓았고, 4, 5, 6중대는 동부전선에 배치해 놓았다. 제1, 제2 수색정찰대는 24시간 일분일초도 적진에서 떠나지 않고 있었다. 수색 정찰을 멈추지 않고 밀착 수색을 해 나가면서 험악한 지형지물을 다람쥐들처럼 타고 다니며 하루면 수백 리 길을 달려가며 일본군의 동태를 살피고 있었다.

창남이와 박에스터가 늦은 밤에 죽을 가지고 들어왔다. 근식 대장은 자리에서 벌떡 일어나 앉았다.

"웬일이시오?"

근식 대장이 묻는 말에 창남은 말없이 앉았다.

"수색 나가시면 때를 거르실 수밖에 없어 많이 어위셨습니다. 좀 드십시오. 잡아오신 꿩고기 죽입니다."

박에스터가 소반을 근식 대장 앞에 내려놓으며 말했다.

"무슨 말씀이세요. 주먹밥도 감지덕지하고 불편한 것 하나 없이 챙겨주셔서 늘 고마운 마음 잊지 않고 있습니다. 그리고 저보다는…"

"마음 놓으셔요. 다른 곳도 친구들이 찾았습니다. 지금쯤 모두 들고 계실 겁니다. 장군님도요."

근식 대장은 울컥하는 마음 때문에 다음 말을 잃고 있었다. 대신에 소반을 끌어안고 음식을 먹기 시작했다. 음식을 다 먹고 난 근식 대장은 곁에 앉아 있는 창남을 보고 물었다.

"식량 구하느라 고생이 많으시지요?"

창남은 박에스터를 보고 있었다.

"중국 사람들이 돕고 있지만 쉽지 않아요. 일본군들이 쫙 깔려 길을 막고 있어서 왕래할 수 없다 보니 양식을 구하기는 하늘의 별 따기입니다. 스님들도 예외일 수가 없어서 왕래는 물론이고 일본군들이 사찰을 매일같이 샅샅이 뒤지고 검사한답니다."

근식 대장은 박에스터의 말을 듣고 나서 과로에 붉게 충혈된 눈을 껌벅거렸다. 무엇보다도 식량 마련하기가 가장 어렵기만 해서 수색대를 제외한 대부분의 독립군들은 긴장 속에서도 식량 확보에 투입되고 있었다. 독립군 확보보다도 더 어려운 것이 식량 확보가 문제이기만 했다. 조선 동포들이 모두 학살당하는 바람에 간도에 장주하고 있는 동포가 없었고 있다고 해도 그들 자신이 굶고 있는 실정이라 식량 구하기는 말 그대로 하늘의 별 따기나 다름없었다. 그 때문에 결전을 앞두고 독립군은 먹을 것과 격렬한 전투를 치르고 있었다. 독립군들은 먹을 수 있는 것은 가리지 않고 모두 먹었다.

근식 대장은 먹구름처럼 몰려오고 있는 일본군들을 보면서 도토리를 깨물어 먹고 있었다. 그동안 팔로군으로부터 정보와 약간의 군량미를 지원받고 있었으나 그마저 끊기고 있었다.

근식 대장은 수색정찰대원들과 도토리를 주워 계속해서 씹으며 까맣게 몰려 있는 일본군들을 내려다보고 있었다. 700명과 맞붙기 위해서 20만 대군을 포진시키고 있는 일본이 한편으로는 웃음이 나오고, 가련하고 불쌍하기까지 했다. 하지만 그럴 수밖에 없는 일본의 처지를 생각해볼 때 가련한 동정이 가고 있었다. 근식 대장은 주머니에서 도토리를 꺼내어 계속해서 씹었다.

수색정찰대는 일본군의 모든 것을 완벽하게 탐색했다. 그리고 그 탐색한 것은 김시진 장군의 상황판에 그려지고 있었다. 김시진 장군은 이제 결전이 눈앞에 다가와 있음을 알고 있었다. 김시진 장군은 피로한 기색을 감추며 들어서고 있는 근식 대장을 맞이했다

"어서 오시오, 대장!"

참모들이 자리에서 일어나며 반겼다. 대대장도 일어났고 6개 중대장도 일어났다. 근식대장은 거수경례를 한 다음 상황 보고를 시작했다.

"무송강으로 해서 청산리를 들렀습니다."

참모들은 귀를 세우고 근식 대장의 보고를 듣고 있었다. 근식 대장은 보고를 계속했다.

"날씨가 깨끗이 개지 않아서 무송 쪽은 수색이 어려웠습니다. 그렇지만 적군이 어제보다 7km 정도 전진해 왔습니다."

"다른 곳은 어떻던가요?"

2대대장이 물었다 근식 대장은 계속해서 보고했다.

"예, 어제 백하역에서 하차한 일본군 부대를 찾지 못했습니다. 송강 일대 산과 들에 쫙 깔린 것을 보면 어제 백하역으로 왔던 일본군들이 기존에 있던 부대와 합류한 것 같습니다. 현재 1소대가 남아서 수색 정찰을 하고 있어서 제가 복귀하면 보고를 받을 것 같습니다. 새로운 상황이 발생하면 즉시 전령 보고를 하겠습니다. 그리고 공의와 부송 일대도 일본군이 열차 편으로 왔기 때문에 천수와 차남 갑산까지 가깝게 밀려 있습니다. 서간도 방향은 그런대로 돌았으나 안개가 심한 곳은 접근하지 못했습니다."

근식 대장의 말에 김시진 장군은 고개를 끄떡였다. 그리고 모든 참모진을 보면서 말했다.

"이번 작전은 대북에서 청산리 하남까지 사방 3십 리 안으로 하고자 합니다. 모두 지형을 숙고하시기 바랍니다. 아마 일본군들이 지형이 험준해서 겁을 먹을 겁니다. 다시 말씀드리지만 우리는 그 점을 적절히 이용합시다."

김시진 장군은 말을 마치고 난 후 2중대장에게 물었다.

"일 군복 입히니까 어떻습니까?"

"막상 왜군과 맞붙었을 때는 어떨지 모르겠으나 왜군을 속일 방법으로는 최적입니다."

김시진 장군은 미소를 머금었다. 그리고 보급 참모에게 말을 돌렸다.

"어떻던가요?"

"외지에서 구할 방법은 모두 동원하고 있습니다. 그렇지만 빠른 방법은 일본군 부대에서 구입하는 방법이 좋을 것 같습니다. 그리고 현재 130벌 확보했습니다."

"많을수록 좋습니다. 모자는 필수이고 그 정도는 더 있어야 하겠습니다. 빠를수록 좋습니다."

김시진 장군은 다시 말했다.

"일본 군복이 필요합니다. 우리가 무슨 수로 20만이나 되는 대군과 싸울 수 있겠습니까? 제가 제1 수색정찰대와 제2 수색정찰대를 주야로 내보냈던 이유는 지형 정찰 숙고능력을 고치시키는 면도 있었지만 적군의 복장으로 전투를 벌일 때 상황을 알기 위해서입니다. 기후변화도 필수적이고요. 막상 전투가 벌어졌을 때 우왕좌왕할 우려가 있으니 지휘관들께서는 수시로 일군의 옷을 입혀서 작전에 투입해주시기 바랍니다. 그리고 누누이 말씀드리지만. 왜군이 10리 앞까지 접근시키는 것을 잊지 마시기 바랍니다."

김시진 장군은 잠시 하던 말을 멈추고 난로에서 끓고 있는 물을 따라 입술을 축였다.

"북간도는 겨울만 되면 안개가 심합니다. 특히 청산리는 더욱 심하지요. 우리의 작전은 일군 복장을 하고 일본군처럼 일본군 부대로 가서 위병소 보초들을 속인 후에 공격하고 빠지는 방법으로 공격할 것입니다. 계속해서 그렇게 하다 보면 왜군들은 아군끼리 싸우게 될 겁니다. 우리는 아군끼리 서로 싸우도록 하기만 하면 됩니다."

김시진 장군은 말을 마치고 상황판에 그려진 일본군 부대 위치를 지휘봉으로 짚었다. 참모들은 모두 김시진 장군의 지휘봉을 바라보았다.

"그리고 우리는 일본군들이 아군끼리 화끈하게 싸우도록 협조하고 다닙시다."

밤 깊은 병영 상황실 밖에는 안개가 흐르고 있었다. 중대장들은 말에 올라 안개 속으로 사라지고, 참모들은 모두 침실로 들어갔다. 창남은 김시진 장군이 근식 대장의 손을 꼭 잡고 있는 것을 보면서 취사장으로 가고 있었다. 만식이도 취사장으로 들어가고, 뒤이어 박에스터를 비롯해서 여인들이 취사장으로 들어갔다. 창남이와 만식이는 장작불을 지피고 있었다.

"곧 터지려나 봐요."

만식이가 말했다. 만식이 입에서는 허연 입김이 나오고 있었다. 여자들이 모두 나왔고, 수십 명의 남자들이 허연 입김을 날리며 취사장으로 들어가고 있었다.

"참모들의 걸음걸이가 달라요."

만식이는 창남에게 말소리를 이어가고 있었다. 창남은 장작만 계속해서 안아 나르고 있었다. 그리고 즐비하게 걸려 있는 솥에 불을 지피기 시작했다. 일본 군부대는 매일같이 소를 잡고 돼지 잡던 것을 생각하며 독립군의 실정을 애석하게 생각하면서 창남은 아궁이에 시뻘건 불을 활활 지폈다. 여인들은 곡식을 씻어 솥에 부었다. 그리고 국을 안쳤다. 여인들은 반찬을 그릇에 담아 탁상마다 날라다 놓았고, 숟가락과 젓가락도 놓았다. 산등성이에 눈이 쌓이기 시작하는 겨울철 냉랭한 추위는 살갗을 움츠리게 하고 있었지만 독립군 군영은 따뜻한 새벽이 시작되고 있었다.

창남은 전인곤 그리고 고북의 홍석희와 말들에게 먹이를 주고 있었다. 검은 윤기가 흐르는 근식 대장의 말을 살펴보고 나서 창남은 40여 마리의 말들을 보살피고 있었다. 독립군들이 바쁘게 움직이고 있는 병영에 날이 밝아오고 있었다. 황해도의 강칠봉 그리고 최순철, 200부대를 탈출하면서 길 안내를 해 주었던 강일윤 등 오늘의 내근 독립군들은 전방 부대에 보낼 아침을 그릇에 담아 말 등에 실을 수 있도록 준비하고 있었다. 근식 대장과 수색정찰대원들이 취사장으로 들어왔다. 여인들은 부지런히 움직였다. 박에스터를 비롯하여 여인들은 수색정찰대원들에게 음식을 들어 나르며 지어미들처럼 독립군을 살펴주면서 식사를 마치고 동트는 산기슭으로 사라져 가고 있는 독립군들의 뒷모습을 향해 가슴 속에서 손을 흔들고 있었다. 창남은 수색정찰대원들이 사라진 산기슭을 보다가 만식이와 그리고 박광식과 출전을 앞두고 있는 말들을 세심히 돌보고 있었다. 출전 준비를 모두 마친 창남이와 만식이 그리고 박광식은 취사장으로 들어가 늦은 아침을 시작했다.

"아저씨! 암만해도 곧 터질 것 같지 않아요?"

만식이 말에 창남은 대답하지 않았다. 그러나 만식은 계속해서 중얼거렸다.

"전쟁이 벌어지면 우리는 어쩌지요?"

창남은 만식의 말에 대답할 생각조차 하지 않고 계속해서 음식을 입에 넣고 있었다.

"그땐 두 배, 세 배 더 바빠 전방으로 보낼 음식 챙기랴, 전방에서 필요한 것은 다 준비해서 보내야 하니까 경황없어."

박광식이 대답했다.

"전 제일 높은 일본군 대장 잡아올 겁니다."

창남은 입을 열었다.

"주먹밥 만들어야 해."

근식 대장은 달려가고 있었다. 무송강 일대와 서간도 일대는 일본군의 실태를 확인해두고 있는데 동간도와 북간도는 제1 수색정찰대 작전 지역이라 근식이가 답사하지 않고 있었다. 그러나 막상 전투가 벌어졌을 때는 상황에 따라서 어느 지역이든 투입되어야 하기 때문에 근식 대장은 북간도로 향해 달리고 있었다. 근식 대장은 부송리 철길을 향해서 달렸다. 북간도의 마지막 철길인 데다가 홍범도 장군이 대승한 삼둔자 격전지가 있는 곳이기도 해서 근식 대장은 단풍 짙은 산기슭 깊숙이 파고 들어갔다. 그리고 눈에 들어오는 일본군들을 살피기 시작했다. 일본군들은 길이라는 길은 모두 점령하였고 차단하고 있었다.

일본군들은 독립군의 군영이 있는 청산리 방향으로 움직이고 있었다. 수색정찰대원들은 몸을 숨기고 일본군들의 움직임을 살피면서 서남 방향으로 향했다. 김시진 장군이 십리평에서부터 작전 계획을 세웠기 때문에 서남으로 향했다. 서남으로 향한 길들은 일본군들 말고는 보이는 것이 없었다. 길이란 길은 모두 차단되어 있었고 일본군들은 물샐틈없이 깔려 있었다.

근식 대장의 수색정찰대는 저녁 준비를 하는 일본군들을 살피고 있었다. 일본군들은 소를 잡고 있었으며, 돼지 또한 수십 마리나 잡고 있었다. 근식 대장과 수색정찰대는 엄폐된 곳에 몸을 숨기고 일본군들은 관찰했다. 일본군들은 여행 나온 사람들처럼 움직이고 있었고, 승전에 도취해 있는 병사들처럼 흐느적거리고 있었다. 장갑차들도 길가에 내버려두고 있었다. 군수품을 실은 수송 차량 역시 길가에 내버려두고 있었다. 그리고 대장들의 차들이 추수를 끝낸 곳에 정차되어 있었다.

수색정찰대원들은 야영에 들어가고 있는 일본군들을 살피고 난 후 조용히 말을 몰며 산언덕을 넘어 병영을 향해서 달리기 시작했다. 캄캄한 병영에 도착한 수색정찰대원들은 서둘러 숙소로 향했고, 근식 대장만이 불을 밝히고 있는 김시진 장군과 참모들 앞에 꼿꼿이 서서 경과보고를 하고 있었다. 김시진 장군 그리고 참모들은 따뜻한 물로 몸을 녹이고 있는 근식 대장을 보고 있었다.

"내일부터는 우리 옷을 입고 수색하십시오. 최대한 그들 눈에 띄게 하시고 신속하게 빠지시오. 1중대 2중대는 금산촌 일대에서 그리하시고 나머지 중대는 십리평 일대를 24시간 경계하면서 그들의 척후잠복병에 최대한 가깝게 노출한 다음 신속하게 빠지시오. 불가피한 사항이 아니면 충돌은 하지 마시오. 그리고 제2 수색정찰대원들은 서간도에서 제1 수색정찰대원은 북간도를 중심으로 뛰면서 늦어도 2시간 간격으로 수집한 정보를 전방 아군과 사령부로 전달해 주시오. 질문이 없으면 돌아가 쉬시고 지휘관들은 경계근무를 하는 병사들을 자주 교대시켜서 피곤하지 않도록 해 주시기 바랍니다."

김시진 장군은 단호하고 확실했다.

모두 돌아간 사무실에서 김시진 장군은 창남이와 오래도록 앉아 있었다.

이른 새벽 지휘관들은 수색정찰대원들과 사령부를 떠났다. 겨울로 가고 있는 날씨는 코끝을 얼리고 있었고, 바람 소리는 공포감을 주고 있었다.

1중대는 북쪽으로 향해 진군했다. 장손리에서 금산리 일대에 일본군들의 진로와 방어 작전 지역이므로 1중대는 북쪽으로 포진했다. 2중대는 계속해서 서쪽으로 나가고 있었다. 한참 후 컴컴한 안개 속에서 부산하게 움직이는 소리가 들리고 있었다. 2중대원들은 납작 엎드렸다. 그리고 1소대를 앞으로 보냈다. 나머지 중대원은 모두 엄폐된 장소에서 사방경계로 들어갔다. 탐색 작전에 들어간 1소대에서 연락이 왔다. 일군들이 중화기를 앞세워 밀려오고 있다고 했다. 병력은 확인할 수가 없도록 떼 지어 밀려오고 있다고 했다. 2중대는 좀 더 산속으로 들어가며 진군하고 있는 일본군들의 동태 탐색에 들어갔다. 그리고 1중대가 수색하고 있는 장손리로 수색대를 보내 2중대의 상황을 장손리 1중대에 보냈다. 전황은 긴박하게 돌아가고 있었다. 사령부에서 주먹밥이 날아온 오후가 되었을 때는 일본군들이 코앞까지 밀고 들어와 있는 것을 확인했다. 안개는 걷힐 줄 모르고 짙게 깔렸을 뿐만 아니라 햇빛도 안개를 어찌하지를 못하고 있었다. 1중대로 정찰 갔던 수색대가 돌아왔다. 그리고 수색대원들은 보고하기에 이르렀다.

1중대는 현재 1개 대대 병력과 대치중이라고 했다. 그러나 시간이 지날수록 병력이 계속해서 늘고 있다고 했다. 그리고 보면 일본군들은 청산리를 완전히 포위하고 있음을 알 수 있었다. 2중대장은 즉시 1중대로 수색대를 보냈다. 수색대원들은 멀리 일본군들의 군영을 보면서 힘차게 말을 몰아 달렸다.

2중대장 고영균은 생각했다. 이제 얼마 안 있으면 이곳도 일본군들이 한눈에 드러나게 될 것이고 개미떼처럼 버글거릴 것을 생각하면서 좀 더 멀리 볼 수 있는 산 중턱으로 향했다. 산 중턱에 오른 2중대 고영균 대장은 일본군들이 개미떼처럼 몰려오고 있는 것이 한눈에 보고 있었다. 2중대장은 물론 2중대 병들은 바쁘게 움직였다. 차츰 드러나고 있는 일본군들의 모습은 낮은 산은 물론이고 들판과 개울 그리고 길마다 빽빽하게 들어서 밀려오고 있었다. 2중대장 고영균은 입속말을 하고 있었다.

'나라를 점령하러 가는 병력보다도 많구나.'

2중대장 고영균이 중얼거리듯 일본 군대의 규모는 말로 표현할 수가 없었다. 그런 일본군을 내려다보고 있는 2중대 병사들은 입을 다물지 못하고 있었고, 지금 무슨 일이 벌어지고 있는지조차 분간할 수 없이 어지러웠다. 몇 백 명에 불과한 독립군과 싸우기 위해서 밀려오고 있는 군대라고 보기에는 이상하기만 했다. 2중대장 고영균을 비롯한 2중대 병사들은 개미떼나 다름없는 일본군들을 보면서 계속해서 입을 다물지 못하고 있었다. 허기는 러시아 국경 혹하에 있는 국경수비대까지 몰려오고 있는 판국이니 그 규모가 어떻다는 것은 상상할 수가 없었다. 어쨌든 일본군이라는 일본군은 지금 북간도를 향해서 모두 움직이고 있고, 독립군과 김시진 장군은 완전히 포위되고 있는 중이다.

북간도는 지금 폭발 직전이다. 김시진 장군은 사방에서 달려오는 보고를 받고 있었다. 그리고 보면 지금 일본군은 독립군의 군영을 두고 사방에서 둥글게 원을 그리며 포위해오고 있다. 김시진 장군은 상황판을 보면서 작전 계획을 세우고 있었다. 화룡 현 청산리 일대는 눈감고도 싸울 수 있을 만큼 눈에 익은 곳이지만 워낙 많은 수가 압박해 오고 있는 터라 고심을 하지 않을 수가 없었다. 700명의 군사로 20만 대군과 맞선다는 것은 초인이 아니라 귀신인들 상대할 엄두도 못 낼 일이다. 그러나 김시진 장군은 믿고 있는 것이라도 있는지 계속해서 작전 구상에 몰두하고 있었다. 전선 전황보고에 의하면 현재 일본군은 20리 안팎까지 접근해 와 있다. 그러고 보면 작전은 초읽기에 들어갔다고 봐야 한다. 김시진 장군은 최전방 잠복 경계병 외에는 2km 후방에서 완벽한 전투태세를 갖춰 줄 것을 하달했다. 그리고 일본 군복 역시 차질 없이 준비할 것도 하달했다. 또한, 1시간 간격으로 전방 실태 보고를 하라고 했다.

"내일 4, 5, 6중대는 십리평에서 전투해야겠소."

김시진 장군은 참모들과 제1, 제2 수색정찰대장들에게 말했다. 그리고 창남에게 주먹밥을 무한정 만들 것을 말했다. 그러고 보면 전군 전투는 시작됐다. 십리평 일대의 지도를 김시진 장군은 날카로운 눈빛으로 보고 있었다. 그리고 이런 말을 하고 있었다.

"힘으로는 싸울 수 없지."

김시진 장군은 중얼거리면서 상황판에서 눈을 떼지 못하고 있었다.

창남은 30여 명이 넘는 동료들과 눈코 뜰 새 없이 바쁘게 움직이고 있었다. 주먹밥을 떨어트리지 말라는 명령을 받은 창남은 발바닥에 불이 붙었고, 여인들은 주먹밥 만들기에 손바닥이 부르트고 있었다. 전방의 모든 병사는 현 위치에서 더는 물러서지 말 것을 하달했다. 전투는 시작 되었다.

독립군들은 모두 긴장 속에서 비상사태에 돌입하고 있었다. 독립군은 이제 생사가 코앞에 다가와 있다는 것을 날카로운 눈빛이 말해주고 있었다. 겨울밤은 어둡고 춥다. 독립군들은 일본군들의 모닥불 빛을 보면서 추위와 졸음을 견디고 있었다. 더는 일본군이 전진할 수 없도록 독립군은 머문 자리에서 태세를 갖추고 있었다. 매시간 간격으로 명령은 내려오고 있었고 전선 보고 사항은 김시진 장군의 상황실로 달려가고 있었다.

다음 날 새벽 독립군들은 주먹밥을 깨물면서 김시진 장군의 명령 하달을 듣고 있었다. 일본군들의 기상 시간에 공격하고 반격을 해 오면 퇴각하라는 명령이었다. 복장은 독립군복이어야 한다고 했다. 독립군들은 추위에 아래턱들이 덜덜 떨리고 있었다. 차디찬 주먹밥은 배 속까지 써늘하게 하고 있었다. 독립군들은 총을 들었다. 그리고 중대장을 향해서 일렬로 섰다.

"우리에게 운명은 더라는 것은 없다. 조국을 찾는 순간까지 행운을 빈다. 그리고 부탁한다. 그 부탁은 나와 함께 오늘 전사하는 것이다."

2중대장은 먼동이 터오고 있는 숲속에서 독립군들의 심장이 뛰고 있는 것을 보고 있었다. 독립군들의 눈빛은 먼동처럼 빛나고 있었다. 독립군들은 새벽 들판에서 배식을 하는 일본군을 보고 있었다. 그리고 활활 타고 있는 모닥불 사이로 무더기 지어 식사를 하는 일본군들을 보고 있었다. 2중대장은 적군을 향해서 움직이기 시작했다. 중대장을 따라 독립군들은 번개처럼 움직이고 있었다. 독립군들은 일본군들의 얼굴이 식별 가능한 선까지 접근했다. 마른 풀숲 속에서 하품하고 있는 보초병을 향해서 2중대장은 방아쇠를 당겼다. 그리고 독립군들이 조준하고 있는 총열에서 불이 뿜기 시작했다. 새벽 먼동과 함께 총소리들은 북간도의 창공을 깨트리고 있었다. 일본군들은 나뒹굴기 시작했다. 식판을 뒤집어쓰면서 일본군들은 쓰러지고 있었다. 한참 동안 일본군들은 쓰러지고 있었다. 전열을 가다듬은 일본군들이 방아쇠를 당기기 시작했다. 기관단총 총알이 비 오듯이 쏟아져 날아오기 시작했고 포문들이 열리고 있었다.

2중대장은 '삑' 하는 호각 소리를 계속해서 내면서 후퇴 명령을 내렸다.

2중대 독립군들은 퇴각하기 시작했다. 2중대 독립군들은 1차 방어선에서 멈췄다. 그리고 달려오고 있는 일본군들을 향해서 총열은 불을 뿜어대기 시작했다. 일본군들은 쓰러지고 있었다. 쓰러지고 있는 일본군들의 모습은 시원하게 보였다. 1차 방어선에서 일본군들은 우왕좌왕하면서 전열을 가다듬고 있었으나 2중대 독립군들은 일본군이 전열을 가다듬을 틈을 주지 않고 있었다.

2중대장 고영균은 전령을 띄웠다. 적 사살 200이고 1차 방어선에서 격퇴하고 있다는 것을 사령실로 보냈다. 전령은 말을 달려 독립군 병영으로 달려가고 있었다. 병영 상황실에는 4중대와 6중대가 전과 보고를 하고 있었다. 참모들은 현황판에 검은 돌을 떼어내고 있었다. 그리고 그 자리에 흰 돌을 밀어 넣었다. 김시진 장군은 계속해서 명령을 내려 보냈다. 이제 모든 독립군은 명령이 있을 때까지 접전하지 말 것과 적군의 눈에 띄지 말 것을 하달했다.

명령을 받은 독립군들은 종적을 감추고 있었다. 독립군들의 흔적은 일본군들의 시체가 말해주고 있었다. 독립군들은 떨어져 수북이 쌓여 있는 나뭇잎 속으로 모두 깊이 들어가 휴식을 즐기고 있었다. 적군이 사라져 없는 전선에서 일본군들만 낮도깨비들처럼 날뛰고 있었다. 김시진 장군은 1, 2중대에 명령을 보냈다. 십리평 작전 실태 파악을 하러 현지에 나가니 보고 사항에 착오 없기를 바란다고 보냈다. 그리고 제1 수색정찰대원들과 말에 올랐다. 60여 명의 수색정찰대원들은 김시진 장군을 에워싼 후 십리평으로 향했다. 순백색의 독립군 깃발과 붉은 사령관 깃발이 태양 빛 속에 펄럭이며 높은 고원 첩첩산중에서 찬란하게 펄럭이며 달려가고 있는 청산리는 한겨울 태양 빛이 눈부시게 비치고 있었다.

눈에 보이다가 삽시간에 사라지는 청산리의 깊은 계곡들. 여기다 하면 아니고 저기다 하면 아니기만 해서 분간이 어려운 천혜의 요새 청산리 첩첩 계곡을 김시진 장군은 수색정찰대원들과 빠져나가면서 십리평 격전지로 빠르게 달려가고 있었다. 군영을 떠나 30여 분 만에 김시진 장군은 5중대 진지에 도착했다. 중대원들은 첫 전투에서 그럴싸하게 승리를 하여서 그런지 사기가 충천했고, 언제든지 전투를 벌일 태세를 하고 있었다.

김시진 장군은 망원경으로 적군을 살피고 있었다. 망원경 속에 드러나고 있는 일본군은 수라장이나 다름없었다. 갑자기 급습을 당한 데다 손실이 커서 그런지 어수선한 모습이 드러나 보이고 있었다. 김시진 장군은 고맙다는 말을 하면서 적의 움직임에 따라서 교란 작전을 할 것을 지시 내리고 있었다. 일본군과 맞선다는 것은 병기나 병력에 대할 수 없이 빈약하므로 급습과 교란 작전으로 맞서는 방법밖에는 없다는 것을 고지시키면서 계속해서 하늘을 올려다보고 있었다. 맑고 청명한 하늘에 계속해서 눈길을 보내고 있는 김시진 장군은 고개를 끄떡이고 있었다. 김시진 장군은 3중대장 이민섭과 중대 독립군들에게 격려와 부탁을 남기면서 작전 지시를 했다.

"일본군이 공격해 올 때는 맞서 싸우지 마시고 후퇴하십시오. 일본군이 움직이는 만큼씩 후퇴해 주시기 바랍니다. 그러면 그들은 고민하든지 방심하든지 할 겁니다. 2차 방어선까지 그렇게 하십시오. 2차 방어선을 이곳에서는 마지막 저지선으로 해야 합니다. 그리고 5중대는 계속해서 후퇴하다가 보면 4, 6중대가 측면에서 일본군과 맞서면 퇴로가 막히고 후퇴만 하던 5중대가 공격하게 하면 이곳은 쉽게 승리를 거둘 수 있습니다."

김시진 장군은 중대장들의 경례를 받으며 수색정찰대원들과 다음 격전지인 장손리 1중대를 향해서 움직이기 시작했다. 김시진 장군은 장손리로 가는 길에 수없이 걸음을 멈추었다. 곳곳에서 사는 동포들의 마을이 눈에 들어오면 멈추었다. 조국을 잃고 북간도 화전민으로 연연하면서 어려운 살림살이에서도 군량미를 보내주고 있는 동포들에게 고마운 눈길을 보내고 있었다. 동포들은 김시진 장군을 먼발치에서 바라보면서 기쁨과 희망의 감사를 하고 또 하고 있었다. 청산리 일대는 험준하기로 북간도에서 소문난 곳이다. 하지만 일본군들이 그 험준한 것 때문에 피하고 있는 점이 있어 조선 동포들은 불리한 여건에서도 열심히 밭을 가꾸고 경작하여 추수하면 반드시 독립군들의 식량부터 챙기고 있었다. 김시진 장군은 사방에서 손을 흔드는 동포들에게 계속해서 손을 흔들고 고개를 숙여 인사하면서 장손리 길로 접어들고 있었다.

장손리가 가까워지자 김시진 장군과 수색대원들의 두 눈을 의심해야 할 일이 앞에서 벌어지고 있었다. 산자락에서부터 들판 그리고 개울들은 한마디로 일본군이 까맣게 덮고 있었다. 바람이 뚫고 지나갈 만한 틈도 없이 일본군이 깔렸다. 김시진 장군은 보고를 받아 짐작은 하고 있었지만 이 정도인 줄은 상상조차 못 하고 있었다. 김시진 장군은 쓰러져 있는 폐가의 방바닥에 파놓은 참호에서 사방에서 몸을 숨기고 있는 중대원들을 둘러보면서 1중대장 김학두의 늠름한 보고를 받았다.

"어제부터 한 발짝도 움직이지 않고 있습니다."

김시진 장군은 보고를 들으면서 망원경으로 일본군들을 살폈다. 그러면서 저 많은 일본군이 움직였다 하면 청산리 일대는 멀쩡한 곳 한 곳도 남지 않고 모두 쑥대밭이 될 것만 같은 생각을 하고 있었다. 김시진 장군은 미간에 경련이 일고 있었다. 그러면서 노을 지는 하늘을 쳐다봤다. 운명은 하늘에 있을 뿐이라고 되뇌면서 하늘을 쳐다보았다. 그리고 2중대로 해서 늦은 밤에 병영에 도착했다.

김시진 장군은 참모들이 모두 돌아갔어도 등불을 끄지 못하고 있었다. 장손리 일대의 일본군이 움직이지 않고 있었던 이유는 십리평에서의 참패를 분석하느라고 꼼짝 안 하고 있었던 것으로 보고 있었다. 그리고 정보에 의한 일본군의 병력이 더 많은 것만 같았다. 그리고 생각했다. 어디서 그렇게 일본군이 몰려오고 있었는지 생각했다. 흑하 사변 당시 독립군이 흔적도 없이 와해되고 말았는데 독립군이 다시 등장하자 일본은 바짝 긴장되고 있었던 것만 같았다. 김시진 장군은 그런저런 생각을 하면서 잠잘 것을 잊고 있는데 근식 대장이 문을 열고 들어오고 있었다.

"야심한데 쉬시지 않고 어인 일이오."

근식 대장은 초조해하는 김시진 장군의 얼굴을 보면서 대답을 하지 않고 있었다.

"안개가 끼어야 하는데…."

"요 며칠 청명한 것을 보면 곧 낄 것만 같습니다."

근식 대장이 김시진 장군의 시름을 거들었다.

"그럴 것 같지요?"

"예."

김시진 장군은 근식 대장의 말소리를 들으며 잠시 생각에 잠겼다. 그리고 우려되고 있는 애기를 흘리고 있었다.

"흑하 사건 후 20여 년 동안 독립군이 없었습니다. 그러다가 이번에 우리가 나타나자 일본이 바짝 대들어 종지부를 찍으려 하나 봅니다."

근식 대장은 대답을 하지 못하고 김시진 장군의 무거운 얼굴을 보고 있었다.

"무섭겠지요. 우리와 싸워서 일본은 이렇다 할 전투를 하지 못했으니 몸이 달겠지요. 관건은 안개가 끼어야 하는데…. 이제 눈 좀 붙입시다."

"예."

잠시 후 불이 꺼지고 밖에서는 창남이가 솥마다 장작불을 지피고 있었다. 머리에 수건을 두른 여자들이 취사장으로 들어오고 있었고, 남자들은 씻어놓았던 곡식을 솥에 붓고 있었다. 발걸음을 멈춘 근식 대장은 창남을 잠시 바라보다가 숙소로 들어갔다.

200여 명이나 손실당한 십리평 전투의 일본군은 한밤에도 분주하게 움직이고 있었다. 무참하게 당한 생각에 분개함을 참지 못해서 그런지 계속해서 요란한 사격을 하고 있는가 하면 외각 10리 밖에서부터 잠복보초들이 깔려 있고, 개들처럼 짖어대며 경계를 하고 있었다.

야간에는 특별히 정찰조가 부근 일대를 뒤지고 다니고 있었다. 독립군들은 풀숲에서 풀을 두껍게 깔고 덮고 누워서 잠을 청하거나 휴식을 즐기고 있었다. 완벽하게 몸을 숨기고 있는 독립군은 일본 병사의 눈에나 망원경에도 띄지 않고 눈만 반짝이면서 매복해 있었다. 독립군들이 완벽하게 몸을 숨기고 있는 바람에 일본군들은 고초가 이만저만이 아니었다.

암호 소리가 오고 간 후에 주먹밥을 가지러 갔던 취사 당번이 도착했다. 독립군들은 아직 온기가 남아 있는 주먹밥을 받아들고 허기진 배를 채웠다. 일본군들 또한 아침 취사하느라고 불이라는 불은 모두 피워 놓고 요란법석들을 떨어가며 소란스럽게 움직이고 있었다.

2중대장 고영균은 일본군이 가지고 있는 중화기들을 예의 주시하면서 즉시 공격해 올 것같이 움직이고 있는 일본군의 진지에서 눈을 떼지 못하고 있었다. 일본군들은 공격해 올 것같이 중무장하고 움직이고 있었다. 손건우 4중대장은 정세 탐사 목적으로 달려 왔다. 그리고 5중대장도 왔고 6중대장도 왔다. 중대장들은 2중대의 전세가 긴박한 것을 보고 나서 위급할 시에 즉시 전령을 보내 달라고 당부하면서 돌아들 갔다. 날이 완전히 밝아오면서 일본군들이 중무장한 모습들이 속속 드러나 보이고 있었다. 밤을 꼬박 새운 2중대장 고영균은 즉시 공격이 벌어질 것만 같은 일본군들의 동태를 보면서 충혈된 눈을 껌벅거리면서 전방을 주시하고 있었다.

잠시 눈을 붙였던 김시진 장군이 눈두덩을 찬물에 씻고 있었다. 김시진 장군은 고개를 들고 나뭇가지 사이로 드러나고 있는 하늘을 올려다봤다. 청명한 하늘이 나뭇가지 사이로 드러나고 있었다. 김시진 장군은 그 청명한 하늘을 바라보면서 상황실로 들어갔다. 그러자 박에스터가 소반에 아침을 들고 들어왔다. 잠시 후 김시진 장군은 인기척에 고개를 돌리면서 말했다.

"오! 오셨군요! 깜박했습니다."

박에스터는 소반을 내려놓고 손을 앞으로 모으고 서 있었다. 김시진 장군은 박에스터가 잠시 머물다가 조용히 물러나는 것을 보면서 박에스터가 사라진 문을 보고 있었다.

만식이와 동료들은 마구간에서 일하고 있었다. 금방이라도 전선으로 달려 나갈 수 있도록 말들을 보살피고 있었다. 만식이는 취사장으로 갔다. 긴박하게 돌아가고 있는 병영은 모두 번개나 다름없이 움직이고 있었다. 김시진 장군은 참모들과 상황판 앞에 서서 일본군의 중화기들이 기습 공격을 해 올 때 어떤 작전으로 방어해야 할지 고심하고 있었다. 장갑차며 대포며 중장비를 아직 작전에 투입하지 않고 있는 이유를 김시진 장군은 독립군 진지를 향해서 대포를 쏘기라도 하면 독립군들이 잠적해버릴 것을 염두에 두고 아직 작전에 투입하지 않고 있는 것으로 결론을 내리고 있었다. 김시진 장군은 참모들과 전령들의 보고만 받고 있었다.

근식 대장은 십리평으로 달렸다. 십리평은 제1 수색정찰대의 작전 지역이지만 제1 수색정찰대가 4중대의 지원 요청으로 인하여 지원 투입되고 있는 바람에 제2 수색정찰대가 예외의 전투가 일어날 수 있는 지역에 지원 투입되고 있었다. 십리평의 일본군은 어제와 다름없이 포진한 상태에서 변하지 않고 있었다.

근식 대장은 눈앞에 펼쳐지고 있는 광경들을 보면서 뭔가 생각하고 있었다. 20만 대군이 포진만 하고 움직이지 않고 있다는 것은 작전에 변화가 왔든지 아니면 내부에서 의견 통일이 되지 않고 있을 수도 있는 일이라 근식 대장은 일본군들의 동태를 세심히 살피고 있었다. 어쨌든 일본군에게 변화가 없다면 독립군도 서두를 필요 없이 관망하고 있는 것이 작전에 도움이 될 수도 있기에 포진만 하고 있는 일본군을 살펴보고 있었다. 험준하기 그지없는 청산리로 무턱대고 돌진하다가 곤경에 빠질 가능성이 있을 것 같은 생각에 일본군들은 작전상 포진한 상태로 관망만 하고 있는지도 모르겠다. 근식 대장은 십리평에서 철수하여 1, 2중대가 저지하고 있는 안북으로 달려갔다. 그리고 3중대와 4중대가 저지하고 있는 전선을 정찰하고 나서 사령부로 향했다.

김시진 장군은 근식 대장을 보자마자 십리평으로 재투입시키고 있었다. 근식 대장은 달려갔다.

"언제부터 움직였습니까?"

근식 대장은 3중대장에 물었다.

"시간상으로는 2시간쯤 되었습니다. 그런데 이상합니다. 전면 공격할 태세가 아니고 계속 정찰병만 보내고 있습니다. 보시오, 저… 저….."

곁에 있던 소대장이 적진을 가리키며 말했다. 산발적으로 움직이는 일본군은 입질하는 모양 같았다. 숨어 있는 독립군을 유도해서 노출되면 중화기 무기로 공격을 할 모양 같았다. 어쩌던 독립군을 끌어내고 볼 심산인 것만은 확실했다. 독립군들은 몸을 깊이 숨기고 산발적으로 공격하고 있는 일본군들을 관망만 하고 있었다.

김시진 장군은 급하게 뛰어오고 있는 전령을 보고 있었다. 전령은 말 위에서 뛰어내려와 큰 소리로 보고했다.

"한꺼번에 적들이 쳐들어오고 있습니다. 현재 현 위치에서 방어하고 있는데 얼마 못 견딜 것 같습니다."

김시진 장군은 근식 대장에게 전령을 보내고 장손리로 달리기 시작했다. 장손리는 아직 거리가 멀었는데 콩 볶듯 하는 총소리가 들려오고 있었다. 총소리는 일본군들이 공격하고 있는 총소리라는 것을 알 수가 있었다. 김시진 장군은 사력을 다해 몸을 숨기고 저지선을 지키고 있는 중대 본부를 향해 달렸다. 김시진 장군은 말에서 내려 지휘하고 있는 2중대장한테로 갔다.

"어서 오십시오!"

2중대장은 김시진 장군에게 경례하면서 전황 보고를 하기 시작했다. 김시진 장군은 망원경을 들고 공격해오고 있는 적진을 보았다. 그리고 일본군을 향해 조준 사격을 하는 독립군들을 보았다. 일본군들은 곤두박질하면서 쓰러지고 있었다. 독립군들은 엄폐된 곳에 몸을 숨기고 정확하게 일본군들을 명중시켰다. 일본군들은 수없이 쓰러지며 돌격을 멈추지 않고 있었다. 김시진 장군은 중대장에게 말했다.

"개울까지 일본군을 유도하고 산으로 들어가 몸을 숨기고 적들이 개울을 넘지 않도록 방어하시오."

"예, 알겠습니다."

김시진 장군은 산으로 움직였다. 일본군들은 계곡과 들판 그리고 개울을 타고 진격해 오고 있었다. 김시진 장군은 근식 수색정찰대장에게 말했다.

"2중대가 이 산으로 들어오면 수색정찰대장은 지금 2중대가 방어하고 있는 곳으로 진격해서 왜군들의 옆구리를 공격하도록 하시오. 곧 해가 질 것이니 그리되면 훨씬 공격하기 수월할 것이오."

"알겠습니다."

김시진 장군은 제1 수색정찰대원들과 1중대가 방어하고 있는 육림리로 향했다. 김시진 장군이 육림리에 도착하였을 때는 1중대는 계곡의 길 양편 산등선에서 일본군의 진로를 차단하고 있었다. 김시진 장군은 전황을 살펴보고 1중대장에 말했다.

"본대는 남도리로 향했을 겁니다. 이 계곡 방어는 중단하고 행복리에서 방어하도록 하시오. 남도리로 향한 본대가 그리로 올 겁니다."

"알겠습니다."

1중대장은 소대장들에게 전령을 보냈다. 그리고 작전은 제1 저지선에서 제2 저지선으로 후퇴하기 시작했다. 김시진 장군은 1중대가 제2 저지선으로 후퇴하는 것을 보면서 험준한 계곡을 빠져나가며 겨울의 청산리 날씨를 걱정하고 있었다. 그러면서 작전 지역이 모두 험준한 산악지대인 만큼 독립군이 쉽게 몰리지도 않겠지만 엄폐된 곳이 많아 한편으로는 위안이 되고 있기도 했다. 김시진 장군은 하늘을 보면서 자신이 바라고 있는 날씨가 어서 오기를 기다렸다. 700명의 독립군으로 조국을 찾을 수야 없겠지만 조국 조선과 독립군에게 대승을 거두어 주고 싶은 마음이 간절하기만 했다. 1중대와 2중대가 2차 저지선까지 버틸 수 있는 한계가 이틀밖에는 없다는 것을 걱정하면서 김시진 장군은 다음 격전지를 향해서 자리를 떴다. 그리고 4, 5, 6중대를 향해서 말고삐를 당겼다.

김시진 장군이 다시 도착한 십리평 전투장은 2차 저지선까지 후퇴되어 있었고, 독립군들은 계곡 능선에서 야영할 준비를 하고 있었다. 시간을 끌수록 유리한 쪽은 일본군이기에 일본군은 종전과 같은 급습을 당하는 것을 방어하려고 그러는지 사방 경계에 집중하고 좀처럼 움직이지 않고 있었다. 김시진 장군은 그런 일본군을 방어 작전에만 집중하고 있었다. 일본군에 비하면 200분의 1도 못 되는 병력으로 맞서고 있다는 현실이 허무하기 이를 데 없지만 빼앗긴 나라를 찾고자 하는 충정심에는 그런 것이 이유가 되지 않고 있었다. 청산리 군영으로 돌아와서 김시진 장군은 참모들과 식사를 마치고 숨 가쁘게 돌아가고 있는 전선들을 생각하면서 중대원들의 고통을 침묵으로 마음속에 그려 넣고 있었다.

수색 2대장 근식은 수색정찰대원들과 작전 지역을 순찰하고 있었다. 밤은 몹시 추웠다. 그러나 독립군들은 누구 하나 고통스러워하지 않았다.

근식 수색정찰대가 저지선에 나타나면 추위와 사투를 벌이고 있던 독립군들은 반가움에 벌떡 일어나면서 사기충천하고 있었다. 칠흑의 어둠 속에 두 눈을 부릅뜨고 일본군의 동태를 살피고 있는 독립군들은 너 나 할 것 없이 피로감은 물론 긴장감에 휘말려 지쳐가고 있었다. 근식 제2 수색정찰대장은 전선 곳곳을 모두 다니며 본부로 돌아와 보고하는 것을 잊지 않았다. 근식 수색정찰대장은 밤을 잊고 주먹밥을 만들고 있는 동료들과 창남이 그리고 만식이를 찾아보고 숙소로 향했다.

4중대가 치열하게 맞붙고 있었다. 김시진 장군은 독립군을 향해서 빗발처럼 총알을 퍼붓고 있는 일본군을 바라보고 있었다.

"후퇴합시다. 화전 밭 뒤 바위산으로 모두 후퇴했다가 일본군이 화전 밭으로 왔을 때 측면에서 6중대와 공격합시다. 후퇴! 후퇴!"

"알겠습니다."

김시진 장군의 후퇴 명령에 4중대장 손건우는 중대병들에게 후퇴 명령을 내렸다. 그리고 김시진 장군이 말한 대로 모두 바위산 계곡을 향해 후퇴하기 시작했다. 일본군들은 기관총이 실린 수레를 번갈아 전진 배치하면서 독립군의 저지선으로 진격해 오고 있었다. 일본군들은 얕은 계곡을 빠져나와 개울둑으로 공격해 오면서 동포들이 화전을 하는 들판으로 진격해 오고 있었다. 독립군들은 일본군들이 전진해오면 전진해오는 만큼 후퇴를 하고 다시 전진해 오면 오는 만큼 후퇴를 거듭하고 있었다.

일본군들은 독립군들이 거듭해서 후퇴하고 있자 계획적 후퇴를 하고 있다고 보고 화력 작전을 해대고 있었다. 대포들은 모두 불을 뿜어대고 있었다. 그러나 독립군들은 공격하지 않고 있었다. 모두 몸을 숨기고 멀찌감치 후퇴한 곳에서 일본군의 공격하고 있는 것을 보고만 있었다.

독립군은 계속해서 일본군이 따라오면 따라온 만큼 후퇴를 거듭하고 있었다. 일본군들은 야금야금 후퇴만 하고 있는 독립군에게 약이 오르고 있었다. 그렇지만 언제 어떤 방법으로 반격해올지 모르는 일이라 일본군들은 약아빠진 독립군을 향해서 중화기 공격을 죽어라 해대고 있었다.

김시진 장군은 일본군들이 넓은 화전 밭에 진을 치고 있어도 관망만 하고 있었다. 계곡으로 모두 들어가 있어도 공격 명령을 하지 않았다. 그러면서 김시진 장군은 5중대, 6중대는 2.3km의 거리를 두고 삼각형 포진 공세를 취하게 해 놓고 명령을 내리지 않고 있었다. 일본군들은 독립군 4중대가 후퇴만 거듭하고 있기 때문에 돌격하지 않고 있었다. 김시진 장군은 계속해서 포탄을 퍼부어대고 있는 일본군을 보면서 햇살이 눈부신 하늘을 한참씩 올려다보고 있었다. 그러면서 김시진 장군은 버글거리고 있는 일본군들을 바라보며 최후의 결전을 생각하고 있었다. 김시진 장군은 하늘을 보면서 최대한 포위하고 있는 일본군들이 더욱 좁혀지기를 기다고 있었다. 최대한 좁혀져서 독립군을 포위하고 있는 일본군들의 거리가 10여 리도 안 되기를 바라고 있었다. 김시진 장군은 다시 1중대를 향해서 움직였다. 1중대 또한 일본군이 밀고 오는 만큼 뒤로 후퇴하기를 거듭하고 있었다. 2중대 또한 후퇴 작전을 계속하고 있었다. 김시진 장군은 독립군들을 계속해서 후퇴시키며 전선마다 순시를 수시로 하고 있었다. 첩첩산중에 벼랑밖에 없는 산속으로 김시진 장군은 독립군들을 후퇴시키려 하고 있었다.

그리기를 3일째 되면서 독립군은 일본군과의 거리가 10여 리로 좁혀졌다. 김시진 장군은 최후의 결전이 눈앞에 왔음을 간파하고 결전의 준비를 서두르기 시작했다. 김시진 장군은 험준한 산을 오르내리며 일본군들과 대치중인 각 중대를 살피고 있었다. 그리고 각 중대장에게 말했다. 포위하고 있는 일본군들이 지금 아군이 있는 곳까지 밀고 오도록 하라고 말했다. 중대장들과 작전 참모들은 김시진 장군의 말대로 움직이고 있었다. 일본군들은 이제 중화기만 쏴대고 있으면서 독립군은 흔적조차 찾을 수 없이 괴멸될 것이라고 믿고 있었다. 그러면서 이제 독립군이라면 개미 새끼 하나 살아남지 못할 것이라고 호언장담까지 하면서 포위망을 좁히는 데 앞 다투고 있었다.

김시진 장군은 이제 모든 중대는 현 위치에서 명령을 기다리고 있으라고 말했다. 그리고 독립군들이 휴식을 충분히 취할 수 있도록 잠을 자게 했다. 독립군들은 마른 풀을 뜯고 낙엽을 긁어모아 놓고 그 속에서 휴식을 취했다.

김시진 장군은 별이 총총한 하늘을 보았다. 그러면서 하늘이 이렇게 청명하니 그동안 경험으로 보아 머지않아서 기다리는 안개가 끼게 될 것이라 믿었다. 바람 한 점 없는 병영 관사에서 김시진 장군은 조용히 가슴을 치고 있었다. 그리고 날이 밝아 오는 시간에 곁에서 밤을 꼬박 새운 근식 수색정찰대장에게 말했다

"일본군 군복을 입으시오."

날이 밝고 있는 밖에서는 김시진 장군이 그토록 목매여 기다리던 안개가 청산리의 모든 것을 집어삼키고 있었다. 구름보다도 더 짙고 두꺼운 안개가 김시진 장군을 휘감고 있었다. 김시진 장군은 안개를 향해 가슴속에서 끓고 있는 붉은 뿌리며 외치고 있었다.

16
하늘이시여, 안개를

"하늘이시여…하늘이시여."

김시진 장군의 외침은 외마디로 변하여 청산리의 모든 전선을 향해 치닫고 있었다.

하늘과 청산리는 모두 안개가 덮고 있었다. 김시진 장군은 안개 속에서 밤새 만든 주먹밥을 나무통에 담고 있는 동지들을 보면서 연단에 올라섰다. 그리고 일군 복으로 갈아입고 나타난 수색정찰대원들과 제1, 제2 대장들에게 작전 지시를 내렸다.

"당당하게 걸어 들어가서 치시고 거머쥘 것을 잊지 마시오."

김시진 장군은 더 이상 말이 없었다. 그리고 각 전선에 전령들을 급파했다. 전령들은 김시진 장군의 명령서를 움켜쥐고 전선으로 흩어져 달리기 시작했다.

제1 수색정찰대는 4, 5, 6중대가 있는 동쪽으로, 그리고 제2 수색정찰대는 1, 2, 3중대가 있는 서북간도 전선으로 작전 지시를 받아 달리기 위해 모두 일본군 복장을 하고 김시진 장군을 향해 집합했다.

"이제 아군은 사격하지 않습니다. 사격하는 병사는 모두 일본 병사들입이다. 마음 놓고 전선을 달리며 일본군들을 농락하면서 저들끼리 맞붙어 싸울 때까지 수색정찰대원들은 일본군들을 농락하기만 하십시오. 지원부대가 필요할 때는 별도로 명령을 받아 작전에 임하기 바랍니다. 그리고 현재 4중대와 6중대 저지선 방어가 시급하므로 근식대장의 제2 수색정찰대는 6중대로 투입한 후 다음 지시를 받아 움직이시오. 즉시 공격!"

김시진 장군의 명령이 떨어졌다. 수색정찰대원은 김시진 장군을 향해 거수경례를 하였다. 80명의 수색정찰대원들은 제1 대장에게 그리고 제2 대장을 향해서 경례했다. 그런 다음 손이 으스러지도록 힘주어 돌아가면서 악수를 하였다. 일본 군복을 입은 수색정찰대원들은 김시진 장군과 참모들 그리고 손을 흔들고 있는 동료들과 여인들의 시야에서 멀어지고 있었다.

멀어지기 시작한 수색대는 각기 작전지역을 향해서 달리기 시작했다. 6중대에 도착한 근식 대장의 수색정찰대는 일본 군복으로 갈아입고 있는 6중대의 4소대 수색대원들과 작전 회의에 들어갔다. 이제 모든 전선에는 일본 군복을 입은 독립군들만이 적진을 향해 돌진할 뿐 독립군들은 자취도 없이 모두 후방에서 작전 대기에 들어갔다. 6중대장 김득순은 소대장 주시동과 그리고 4소대 수색대원들에게 일본 군복을 입게 하고 수색정찰대의 후방 지원 작전에 들어갔다. 근식 대장의 수색정찰대는 4소대장과 적진을 향해서 말을 몰고 진군하기 시작했다. 안개로 인해 앞을 분간하기 어려움 속에서 일본군이 수색정찰대를 발견하고 "정지!" 소리를 지르고 있었다. 4소대장은 일본군을 향해서 소리쳤다.

"아군이다. 안개 때문에 전방을 볼 수가 없어서 수색 중이다. 조선 역도들 발견했나?"

"조용합니다."

"수고한다. 그것들인들 별수 있겠나."

4소대장은 일본군들을 안심시키며 몇 마디 더 주고받았다. 그리고 말머리를 일본군들이 있는 곳으로 돌리고 가까이 접근했다.

"안개에는 말도 속수무책이다."

4소대장 주시동은 말 위에서 일본군을 내려다보며 일본군 병사들에게 말하고 있었다. 그러면서 주변을 살펴보았다. 20여 명의 일본군들은 기관단총이 설치된 초소에서 앞을 경계하게 하고 있었다. 4소대장이 말에서 내렸다. 그리고 일본군 병사에게 물었다.

"전화 있나? 안개 때문에 순찰 나오긴 했는데 역도들을 발견할 수가 없어 귀대해야겠다."

"여기는 전화 없습니다. 그렇지만 이쪽으로 40m 떨어진 초소에 있습니다. 거기로 가십시오."

4소대장은 일본군이 가리키는 곳을 바라보았다. 안개가 짙어서 보이는 것은 없었으나 무엇인가가 있는 느낌을 받을 수는 있었다. 4소대장은 말 위에서 내리지 않고 있는 근식 대장을 향해 말했다.

"내가서 본대로 귀대하겠다고 전달할 테니 여기 계시오."

"아, 그러시오."

4소대장 주시동이 말 등에 오르면서 순간 미끄러지며 말 뱃가죽을 구두 축으로 심하게 긁었다. 그러자 말이 앞발을 높이 들면서 4소대장이 떨어지고 말이 껑충거리기 시작했다.

"아아, 미안하다. 미끄러졌다. 가만가만! 가만있어라."

4소대장이 말에서 떨어지며 말과 함께 사방으로 뛰기 시작했다. 순간 근식 대장은 기관단총으로 뛰어내렸고, 접근하고 있던 수색대원들은 순식간에 일본 초소를 제압해 버렸다. 순식간에 벌어지는 일에 일본군들은 제압당했고, 두 손을 하늘로 들거나 수색정찰대원들이 찌르는 단검에 쓰러지고 있었다. 수색대원들은 기관단총과 소총들 실탄을 노획한 다음 무차별 공격을 하기 시작했다. 독립군들은 사방으로 흩어져 일본군들을 향해서 공격을 해대고 있었다. 삽시간에 일본 군부대는 공격을 당하면서 사방에서 총소리가 나기 시작했다. 총소리가 나는 대로 비명 소리가 나고 있었다. 한동안 무차별 사격을 가하던 4소대장과 근식 대장은 퇴각 명령을 내렸고 수색대원들은 짙은 안개 속으로 자취를 감춰버렸다. 일본 군부대는 팔팔 뛰며 아수라장이 되었다.

수색병들이 공격하였다는 보고를 받은 사령실은 넋을 잃고 있었다. 수색정찰대가 사라져간 지 한참이 되었어도 일본군들은 계속해서 총질을 하고 있었다. 일본 보초병들은 아군이 수색 나갔다가 돌아오는 것으로 알고 있다가 속수무책으로 당하고 말았다. 일본군들은 어물거리는 것만 있으면 가차 없이 사격하고 있어서 통제가 불가능해졌고, 사령부에서는 사격 중지 명령을 계속해서 내리고 있어도 총소리는 멈추지 않고 있었다.

4소대장 주시동은 근식 대장과 재차 공격할 것을 논의했다. 4소대장은 소대원들과 개울을 타고 물이 흐르는 방향으로 내려가고 있었다. 그리고 수색정찰대는 개울 위로 올라가서 공격하기로 했다. 안개 속에서 수색정찰대원들은 납작 엎드려 공격 목표를 찾고 있었다. 밑으로 내려갔던 4소대 수색대원들은 공격을 시작하고 있었다. 수색정찰대원들도 전방을 향해서 공격 명령이 내려졌고, 식별이 불분명한 안개 속에서 일본군들은 총소리가 나고 있는 방향으로 총탄을 퍼붓기 시작했다. 분별할 수 있는 식별력이 상실된 일본 군부대는 총소리와 비명 소리 그리고 트럭들이나 중화기들이 시뻘건 불기둥을 하늘로 솟아오르고 있었다. 독립군들은 일본 군부대를 향해서 더 이상 공격할 의미가 없게 되자 퇴각했다. 근식의 수색정찰대는 물이 흐르는 방향으로 내려가 4소대 수색병들과 합류하고 난 후 6중대 본부로 귀대하기 시작했다. 안개 속에서 붉은 불기둥이 하늘 높이 치솟고 있는 일본 군부대를 뒤돌아보면서 수색정찰대는 6중대 본부로 귀대했다. 6중대장은 전과 보고서를 작성해 사령부로 띄웠다.

"감쪽같이 속던가 보죠?"

6중대장 김득순은 근식 대장에게 회심의 미소를 머금으며 질문했다. 그런 6중대장에게 근식 대장은 따듯한 물로 몸을 녹이면서 대답했다.

"가슴이 조마조마했지요. 소대장님께서 일본어가 그렇게 유창하신지 몰랐습니다. 저희가 위장한 모습은 어딘가 눈에 거슬렸겠지만 소대장님의 일본어 실력에는 믿을 수밖에 없었을 겁니다."

6중대장은 승리의 기쁨을 감추지 못하고 있었다.

산 아래 멀리 안개가 짙은 속에서는 아직도 총소리며 화염이 하늘로 치솟고 있었다. 근식 대장의 수색정찰대는 3중대 작전 진영으로 출발했다. 6중대와 3중대는 같은 작전지에서 작전 수행 중이므로 근식 대장은 계곡을 넘는 것으로 3중대 작전지로 투입되었다.

6중대 병사들은 작전 전열을 새로 구성해서 아수라장 속에서 불기둥이 꺼질 줄 모르고 있는 일본 부대로 침투했다. 4소대장 주시동의 지휘 아래 중대 병들은 사방에서 공격하면서 부대 깊숙이 쳐들어갔다. 부대 깊숙이 쳐들어간 3중대 병사들은 일본군들을 향해 무차별 공격을 해댔다. 그렇지 않아도 통제력을 잃고 있는 일본군들은 아군들끼리 난투극을 벌리던 중이라 6중대 독립군이 재차 쳐들어왔다는 사실조차 알지 못하고 쓰러져가고 있었다.

6중대 병사들은 통제력을 잃고 날뛰고 있는 일본 군부대를 드나들며 공격을 해대면서 크고 작은 중화기들을 파괴하고 다녔다. 그리고 보급품이 있는 곳을 급습하여 모조리 파손했다. 몇 명 안 되는 독립군에 무참히 격파되면서 아수라장이 벌어진 일본 군부 만주 관동군 예하 소속 가사하라 유키오 중장의 특수 임무 부대는 저들끼리 죽이고 죽는 기이한 전투를 치르고 있었다. 사기가 오른 6중대 병사들은 아수라장이 벌어진 일본 군부대를 누비고 다니며 그야말로 기이한 전투를 북간도 청산리에서 벌이고 있었다. 일본군 복장을 단단히 한 6중대 병사들은 여기저기 할 것 없이 누비거나 쑤석거리고 다니면서 승리의 행군을 치르고 있었다.

3중대로 전선을 옮겨간 근식 대장의 수색정찰대는 김시진 장군의 승전 격려서를 받아들고 있었다. 근식 대장은 3중대의 격전장인 이 지역을 수 없이 수색하면서 탐사를 하였던 곳이기에 중대 본부에서 일본군의 포진 상태를 충분히 파악하고 있었다. 한번 안개가 끼기 시작하면 좀처럼 변화가 없는 북간도 청산리 기후 탓에 해 지고 어둠이 내리고 있는 해발 1,200m의 높은 고지의 고원은 전투장으로서 최적의 고지이다. 그곳에 지금 일본군 19사단 특수 진압 부대 야스카지로 소장이 2만의 보병과 3,000명의 여단 화력 부대를 지휘하며 포진하고 있는 상태다. 근식 대장은 그리 넓지 않은 고원을 벗어나면 험준하기 이를 데 없는 계곡이 이어져 있어서 산짐승들이나 버글거리며 사는 곳이기에 천혜의 공격과 방어의 요충지로 작전을 벌이려 하고 있는 중이다. 그나마 고원지대에는 나라를 잃고 떠돌 수밖에 없는 조선 백성이 여름 한철 화전으로 경작하여 삶을 영위하고 있던 곳이어서 그동안 수없이 답사하면서 가슴 아파하던 곳이기에 손바닥처럼 지형지물을 잘 알고 있다. 지금 거기에 3만 명의 일본군이 막강한 화력을 포진하고 있는 것을 근식 대장과 제2 수색정찰대원들은 공격할 만반의 준비를 마치고 이유 불문하고 공격의 손을 높이 들고 있었다.

"저희 3중대 수색대 화기 소대장인 고일명 소대장입니다."

3중대장 전철명 정위는 근식 대장에게 화기 소대장이며 수색대 소대장 고일명 소대장을 소개하고 있었다.

"우리가 사전 수색해본 결과 일본군의 배치도는 중화기는 중앙에 배치하여 놓았고, 보병은 절벽을 피하고 30도 정도의 경사지에 모두 배치되어 있습니다. 우리가 공격하려면 2시 방향 서북쪽 계곡 위 2중대 작전능선을 타고 올라가서 동남쪽까지 훑어 내려가 화전골 입구에서 공격하는 방법이 최상일 듯합니다. 우리는 중화기 무기가 없어서 작전이 원활하지 못한 점이 있습니다. 중화기가 있으면 맞은편에서 공격하면 쉽게 승산하리라 봅니다."

3중대장은 중화기를 노획하고 싶어 하고 있었다.

"6중대에서 노획한 것이 있습니다. 빌려 오지요."

3중대장 전철명은 근식 대장의 말에 귀는 물론 눈이 커지고 있었다. 그리고 커진 눈은 3소대장을 향했다.

"3소대장님! 6중대 가서서 기관단총 2정만 좀 빌려 오시오. 소대원들 모두 가서서 실탄 있는 대로 가지고 오시고요."

3소대장은 중대장의 명령에 부동자세로 서서 대답했다.

"알겠습니다. 당장 실시하겠습니다."

3소대장은 6중대를 향해 전진하고 있었다. 그러자 중대장이 3소대장을 향해서 다시 소리쳤다.

"박격포도 가져오시기 바랍니다."

"알겠습니다."

3소대장 고일명은 소대원들과 6중대를 향해서 달려가고 있었다.

"우리가 화전 입구로 가서 공격하겠습니다. 6중대와 같은 방법이 먹히는지는 모르겠으나 붙어 보겠습니다. 3중대는 저희가 동남쪽을 뚫게 되면 작전을 전개하심이 좋을 것 같습니다. 중화기가 도착하면 공격하십시오."

"알겠습니다. 병력이 더 필요하시면 차출하셔도 좋습니다."

"예"

일본군 복장으로 근식 대장의 수색정찰대원들은 3중대를 벗어나면서 화전골을 향해 깊은 산 계곡을 타기 시작했다. 화전골로 불리고 있는 곳은 북간도에서도 배꼽과 같은 위치에 있는 곳으로 고조선 때부터 우리 한 민족이 살아내려 오고 있는 조선의 땅이다. 그 조선의 땅에서 3만 명의 일본군이 진을 치고 있다. 조선 백성 화전민들은 물론 들쥐 새끼 한 마리 남지 않고 모두 대피하여 텅 빈 곳에 야스카지로 소장이 이번에야말로 조선족은 물론 독립군을 영원히 말살해버리고 말겠다는 야심 찬 작전으로 지린성 왕칭현 봉오동을 이 잡듯 뒤져가면서 달려와 결전을 앞에 두고 진을 치고 있었다. 그렇지 않아도 야스카지로 소장은 20여 년 전 안무 장군, 최진동 장군, 한경세 장군의 독립군에게 전멸되는 바람에 진급은 물론 패장이라는 오명으로 오늘까지 살아오면서 이를 갈아대고 있었다. 그러다가 독립군 토벌작전에 투입되자 그 앙갚음을 풀어볼 작정으로 서슬이 시퍼런 눈을 부라리며 막강한 정규 부대를 앞세우고 진을 치고 있는 중이다. 더군다나 김시진 장군이라면 20년 전의 패망할 당시 조선 독립군의 총사령관이었고, 그동안 잠잠해서 죽은 줄로 알고 있었는데 다시 나타나 뭐가 어찌고 하고 있으니 야스카지로 소장은 자존심은 물론 핏대가 하늘을 찌르고 있는 상태다. 그런 19사단 야스카지로 소장의 부대가 독립군을 전멸은 물론 박멸시킬 각오로 청산리에서 가장 험준한 지역을 선택해서 들어와 포진했다.

근식 대장과 3소대장은 영하 40도의 강추위 속에서 2,000 고지의 산악지대를 수없이 넘으며 밤새 달려서 화전골 초입 방향에 당도했다. 산악의 40도의 추위 그리고 짙은 안개는 북간도 청산리를 북극의 지옥으로 만들고 있었다.

"다 왔습니다. 왜놈들의 말소리가 들리고 있습니다."

3소대장 고일명이 근식 대장을 향해 말했다.

"잠시 살펴보고 작전 계획을 세웁시다."

"예, 그렇게 합시다."

3소대장 그리고 근식대장, 소대원들과 수색정찰대원들 모두는 추위에 얼대로 언 몸들을 서로 두드리고 비벼가며 공격 명령을 기다리고 있었다. 3소대장과 근식 대장은 이곳의 지형은 눈에 익은 곳이라 일본군의 포진 상태를 짐작하고 있었다. 아직 어둠이 가시지 않은 이른 새벽이라 일본군들은 경계병들 외에는 없을 것으로 보고 6중대와는 달리 처음부터 치고 들어갈 작전을 구상하고 있었다.

"우리가 일본군 복장을 하고 있으니 보초들이 방관하는 사이에 초소들을 접수합시다. 그리고 기상하기 전에 일제히 공격합시다."

3소대장이 말했다.

"그렇게 합시다."

작정 구상이 마무리되자 소대원들과 수색정찰대원들에게 작전 신호를 일깨워주고 나서 3소대장과 근식 대장이 일본 말에 능숙한 분대원을 앞세워 초소를 향해 움직이기 시작했다. 한밤중이나 다름없는 깊은 산중 어두운 안개 속에서 3소대원들과 수색정찰대는 소리 없이 야스카지로 소장 부대 깊숙이 파고들고 있었다.

3소대 대원들과 수색정찰대원들은 일본 말에 능숙한 대원들과 일본군 진지를 향해 가고 있는 소대장과 근식 대장을 바라보면서 곧 일어날 전투를 대비해 추위에 굳어가고 있는 몸과 발 그리고 손가락들을 주무르거나 소리 안 나게 꾹꾹 눌러가며 동상을 피하고 있었다. 화전민이 봄부터 밭을 일궈 한철 살다가 떠나는 고원지대. 거기에 지금 3소대장과 근식 수색정찰대장이 소대원들과 일본군 초소를 향해 말을 몰아가고 있었다.

"서라! 서라! 정지! 정지!"

일본군 초소에서 움직이는 물체를 발견하자 위협적으로 소리를 지르고 있었다.

"아, 아 우린 순찰 중인 동지대 37여단 특수 정찰대다. 잠시 들렀다가 간다."

경계 보초병들이 안개 속에서 다가가고 있는 3소대장과 근식 대장 일행을 사격 자세로 경계하면서 앞을 막고 섰다. 3소대장과 일본 말에 능숙한 부사관이 말에서 내리며 보초병들을 둘러보고 있었다.

"여긴 아무 일 없나? 어제 습격 받은 사건 알고 있나? 습격 사건으로 인해서 정찰 중이다."

부사관은 기관단총이 초소 양옆으로 정착된 것을 보면서 계속해서 질문을 해댔다. 근식 대장이 말에서 내리지 않고 있는 3소대 대원들은 기관단총을 빼앗을 기회를 보기 시작했다.

"초소에 전화 있나? 우리가 지금 이곳에 도착한 것을 자대에 알려야 한다."

"있기는 있으나 사령부에 확인하고 나서 사용하십시오."

경비병은 초소 안에 있는 전화기 옆에 있는 동료에게 확인 전화할 것을 고개를 끄덕이며 신호를 보내고 있었다. 어제 습격당한 전투로 인해서 그런지 보초병은 날카로웠다.

"알겠다."

3소대장 고일명은 말하면서 초소 안으로 들어갔다. 그리고 곧바로 전화기 손잡이를 돌리고 있던 경비병은 고꾸라지고 있었고, 부사관은 곁에 있는 보초병을 단검으로 제압했다. 근식 대장 가깝게 놓여 있던 기관단총은 3소대 대원들에게 넘어가고 있었다. 그리고 기관단총은 맞은편에 있는 일본 병사들을 향해서 작렬하기 시작했다. 기관단총을 발사하던 일본군 보초병들은 뒤따라오던 3소대 수색병들에 의해 얼마 후 제압당했고, 2정의 기관총알은 반격하고 있는 곳을 향해 난사되고 있었다. 어두운 새벽. 안개 자욱한 화전 고원지대는 독립군의 습격으로 인해 어지러워지기 시작했고, 19사단 야스카지로 소장의 특수혼합부대는 습격을 받고 있었다. 부대 위병소를 장악한 근식 대장과 3소대장은 총탄이 빗발치듯 날아오고 있는 속에서 작전을 양분하기로 하면서 땅바닥에 납작 엎드려 말을 주고받았다.

"가까운 곳에 여자들이 있습니다."

"여자들이요?"

"예, 정신대. 그리고 징용자들도 눈에 띄었습니다."

근식 대장은 총탄이 날아오고 있는 곳을 보면서 3소대장의 말에 난처한 기색을 지었다.

"그럼 아무 곳에나 사격할 수 없으니 3소대장님은 중화기를 공격하시고 저희는 수송대를 공격하도록 하겠습니다. 그러면서 여인들과 징용자들을 구출합시다. 그리고 팔뚝에 흰 완장 차는 것을 잊어서는 안 됩니다."

근식 대장의 말이 떨어지자 모두 팔에 흰 천을 단단히 동여매기 시작했다.

"그럼 이제 우리는 중화기 부대로 가겠습니다. 승리합시다."

3소대장이 소대원들과 좌측 계곡 3시 방향으로 움직이면서 안개 속에 희미하게 드러나고 있는 협곡을 타고 1km 밖에 떨어져 있는 중화기 부대를 향해서 달려가기 시작했다. 기상 나팔소리가 나기도 전에 습격을 받은 일본군들은 지휘 체계가 부실한 상태에서 무차별 사격들을 해대고 있었다.

"여자들과 징용들이 있다!"

근식 대장은 수색정찰대원들에게 소리치며 육박전을 대비해 단검을 총열에 꽂았다. 수색정찰대원들은 총탄이 날아오는 11시 방향으로 진격하기 시작했다. 수색정찰대원들은 일본 병사들의 막사를 한눈에 알아차렸다. 그러므로 병사들의 천막이 눈에 들어오는 대로 총탄을 퍼붓거나 습격하고 있었다. 3소대장은 소대원들과 그동안 고지에서 보아왔던 대로 중화기 부대가 있는 곳을 향해서 달려가고 있었다. 중화기 부대에서 야스카지로 사령부가 공격받고 있는 것을 알아차리고 전투태세로 돌입했다. 일본군들은 사방으로 분산하여 개미 새끼 하나 기어들어 갈 수 없도록 철통 경계에 들어갔다. 그러나 3소대 화기 소대병들은 눈 하나 깜박이지 않고 돌격하고 있었다. 3소대장은 달려 들어가며 아군이라는 소리를 고래고래 질러

대고 있었다. 중화기 부대 경비병들은 아군이라고 소리치며 달려오고 있는 3소대장에게 사격을 할 수가 없었고, 그 뒤로 일본군들이 달려오고 있는 모습이 희미하게 보이고 있어서 사령부에서 지원 나오고 있는 아군으로 보고 경계는 물론 부대 안으로 들어갈 수 있도록 길을 터주었다.

"수고한다. 적군이 습격해왔다. 이곳도 습격당할지 모른다."

3소대장은 달려오고 있는 소대원들을 보면서 다시 목소리를 높였다.

"우리는 본부중대 경비 소대병들이다. 급한 대로 지원 나왔다. 화기 부대 지원하라는 명령을 받고 왔다. 여단본부로 안내하라."

전세가 화급하게 돌아가고 있는 것을 피부로 느낀 경비병은 사령부가 있는 방향을 손가락으로 가리키며 차단막을 옆으로 밀었다. 3소대장은 두말없이 소대원들과 여단본부를 향해서 달려 들어갔다. 잠시 후 화기 부대 여단본부에서는 총소리가 진동했다. 3소대장은 웅성거리고 있는 여단장은 물론 참모들에게 무차별 총탄 세례를 퍼부어주고 있었다. 중화기 부대는 삽시간에 회오리치기 시작했고, 3소대장은 계곡을 향해 달리면서 소대원들과 부대를 빠져나가기 시작했다. 중화기 부대 병사들은 3소대장은 물론 소대병들이 아군 복장을 하고 있는 바람에 사방으로 헤집고 다니고 있는 것을 보고도 적군을 찾아다니는 아군으로 착각하고 있는 바람에 무차별 공격들을 당하고 있었다. 중화기들은 불이 붙었고, 포탄들이 터지고 있었다.

야스카지로 사령부가 눈에 어른거리는 것을 보고 있던 근식 대장은 정신대 여인들이 묵고 있을 막사를 찾는 일이 더 급하기만 했다. 그리고 징용자들이라도 눈에 띄든지 아니면 어디서든 뛰어나왔으면 하는 마음이 간절하기만 했다. 정신대 여인들이 무차별한 공격에 무참히 살해당한다면 평생 마음이 아플 것이고, 승리한다 해도 기쁠 리가 있겠느냔 말이다. 근식 대장은 고심을 거듭하면서 어쨌든 구출 작전을 하고 있었다. 그리고 3

소대가 공격하고 있는 중화기 부대가 날이 밝고 있는 속에서 안개를 붉게 만들고 있는 것이 눈에 들어오고 있는 것을 보면서 여인들과 징용자들을 찾지 못해서 작전에 차질이 생기고 있었다.

근식 대장은 시간이 가면서 초조해지기까지 하고 있었다.

"이학봉! 이학봉!"

근식 대장은 사방에서 공격하고 있는 수색정찰대원들을 향해서 이학봉을 찾고 있었다. 이학봉이 근식 곁으로 뛰어와 납작 엎드렸다.

"몇 명이 여인들 막사부터 찾도록 해야겠어. 공격할 수가 없어."

이학봉은 근식 대장의 말을 듣자 눈에 띄는 일본군들을 사정없이 사격을 가하면서 동료 서너 명과 함께 근식의 시야에서 사라져 갔다. 근식 대장은 도철건과 이정식, 장윤철 그리고 강일윤과 고남덕에게 수송대를 파괴할 것을 지시했다. 그리고 박이구에게 말했다.

"나와 징용자들을 찾읍시다. 징용자들을 찾아야 쉽게 공격할 곳을 찾을 수 있을 겁니다."

근식 대장은 수송대를 향해서 달려가고 있는 대원들을 보면서 경비병이 없는 허술한 천막을 향해 달려갔다. 일본군들은 짙은 안개 속에서 지휘통제력이 어렵게 되고 있었다. 그러다 보니 조직적인 방어는 물론 도망 다니며 무차별 사격을 하고 있었다. 그런가 하면 집단으로 뭉쳐서 사정없이 방아쇠를 당기고들 있었다. 날은 완전히 밝았으나 짙은 안개는 일본군에게 아무런 도움을 주지 못하고 있었다.

수송대로 달려간 수색정찰대원들이 수송대를 점령하였는지 불길이 솟고 있었다. 차들을 불길에 휩싸였고 불기둥이 치솟고 있었다. 근식 대장과 박이구는 허름한 천막들을 들춰가며 계속해서 달렸다.

"대장님! 찾았습니다. 여인들 찾았습니다."

이학봉이 여인들과 땅바닥에 납작 엎드려 기어가면서 말했다. 근식 대장이 달려갔다. 그리고 납작 엎드려 있는 여자들에게 말했다.

"남자들은 어디 있습니까? 징용자들요."

여자들은 엎드려서 고개도 들지 않고 손으로 가리켰다.

"여인들을 계곡에 숨겨."

근식 대장은 말을 남기고 박이구와 여인들이 가리키던 천막을 향해서 달렸다. 다행히 여인들이 가리키던 천막에서는 사격하는 일본군이 없어서 쉽게 천막을 향해 뛰어들었다. 근식 대장은 천막을 향해서 소리 질렀다.

"조선 사람 있으면 소리 나는 곳으로 나오시오. 우리는 독립군이오."

말소리가 끝나기가 무섭게 천막이 들춰지며 남자들이 쏟아져 나오기 시작했다.

"여기요. 모두 엎드려서 저희 있는 곳으로 오시오."

징용자들은 소리 지르고 있는 사람이 일본군이자 혼비백산하며 도망치기 시작했다.

"우리요 우리. 독립군이오. 일본 군복을 입고 쳐들어왔소."

사방으로 도망치던 징용자들은 근식 대장의 말소리에 번개처럼 땅바닥에 엎드려 기기 시작했다. 20여 명이나 되는 징용자들은 개들처럼 땅바닥을 기기 시작했다. 그리고 근식 대장과 박이구가 뛰고 있는 뒤를 따라 사정없이 내달리고 있었다. 한참 달리던 근식 대장은 절벽 아래로 몸을 숨겼다. 징용자들도 뛰어들었다.

"고생 많으셨습니다. 다른 분은 더 없습니까?"

"예, 저희뿐입니다. 우리 말고는 여자들이 있습니다."

"여자들은 이미 안전한 곳에 있습니다. 안개가 아니면 우리 다 죽었습니다. 이제 조금만 더 가면 우리 동지들이 있습니다. 그곳에서 우리가 작전을 끝낼 때까지 계시면 됩니다."

근식 대장은 징용자들에게 상황 설명을 마치면서 앞으로 나가기 시작했다. 그리고 전방을 향해서 소리쳤다.

"아군이오. 아군입니다!"

근식 대장과 박이구 그리고 징용자들은 일본군들의 시체가 나뒹굴고 있는 속에서 몸을 숙이고 달려갔다. 독립군들이 장악하고 있는 위병소 앞에 도착하자 이학봉과 동지들이 근식 대장을 맞이했다.

"모두 안전하지요?"

"예, 여자들을 계곡에 숨겼습니다."

"잘했소. 이분들도 그곳으로 안내하시오."

"아닙니다. 전 독립군들과 싸우겠습니다. 싸우겠습니다."

근식 대장은 징용자들을 보았다.

"저의 삼촌 두 분이 최진동 장군의 부하였습니다. 모두 전사하셨습니다. 싸우겠습니다."

박근식은 싸울 수 있게 해달라는 말에는 대답하지 않고 사령부와 일본군들의 막사들을 물었다.

"우리가 있었던 곳에는 없어요. 식당이 있어요. 사령부는 쭉 들어가서 맨 끝에 있어요. 사령부 가기 전에 막사들이 양쪽으로 지어져 있고요. 쭉 가야 해요. 한참."

근식 대장은 징용자에게 고개를 끄떡였다.

"기관총들은 사령부 앞쪽과 뒤로 두 개 있는데 지금 소리 나는 데는 계곡 쪽 같습니다."

근식 대장은 징용자의 말을 들으며 수색정찰대원들을 둘러보았다.

"우리도 같이 싸울 겁니다."

삼촌이 독립군이었다는 징용자가 죽은 일본군의 총을 덥석 집어 들고 말했다.

"제가 앞으로 달려가며 왜놈들 있는 데를 가리켜 드리겠습니다."

근식은 총을 들고 있는 징용자를 쳐다봤다. 그 사이 다른 징용자들도 죽은 일본군들의 총을 집어 들고 있었다.

근식은 고개를 저으며 말했다.

"기본 훈련을 마치시고 다음 전투에 참여합시다. 앞으로 싸울 일들이 수두룩합니다."

징용자들은 애걸하고 있었다. 그러나 근식은 고개를 저었다. 그러자 고북의 홍석희가 말했다.

"여러분은 여기서 안전하게 있어야 합니다. 실컷 싸우게 될 겁니다."

홍석희의 말에도 삼촌이 독립군이었다는 징용자는 물러서지 않았다. 근식 대장은 더 이상 공격을 늦추고 있으면 일본군들이 통제는 물론 지휘 체계가 살아나면 승리를 눈앞에서 놓치게 되므로 부대 안으로 뛰어가고 있었다.

"저희 말 들으시고 안전한 곳에 계시다가 만납시다."

근식 대장은 징용자들에게 소리치고 수색정찰대원들과 뛰어 들어가고 있었다. 이학봉이 징용 병들을 인솔하는 가운데 세 명의 징용자들이 갑자기 뒤돌아서 부대 안으로 뛰어 들어가고 말았다.

"걱정하지 마시오. 저 사람들 총 쏠 줄 압니다."

이학봉은 징용자의 말소리를 들으며 뛰어 들어가고 있는 사람들을 보고 있었다. 이학봉은 징용자들을 도철건에게 인계하였다. 그리고 도철권이 징용자들을 여인들이 있는 계곡으로 가는 것을 보면서 위병 초소로 향했다. 청주의 박기만이 방아쇠를 놓지 않고 있는 기관단총 옆으로 갔다. 박기만과 이학봉은 볶아 대고 있는 총소리 속에서 이따금 높이 솟고 있는 불기둥을 보고 있었다. 근식 대장이 들어가고 나서 부대는 점점 요란해지고 있었다. 불기둥은 하늘로 솟고 있었고, 하늘은 온통 붉게 물들고 있었다.

박기만과 이학봉은 붉은 하늘을 보면서 곧 동지들이 쏟아져 나오게 될 것이라는 생각을 하면서 부대를 향해서 두 눈을 움직이지 않고 있었다.

　화전민들의 농경지는 천지가 진동하며 불구덩이가 되고 있었다. 그 옛날 소돔과 고모라처럼 활활 타고 있었다. 조선의 독립군 사령관 김시진 장군이 야스카지로 소장의 자존심에 흠집을 내는 중이다.

　3중대 전철명 중대장이 험준한 계곡 너머 1,200고지에서 야스카지로 사령부를 향해서 중화기는 포탄들을 쏴대고 있었다. 야스카지로 소장의 사령부는 삽시간에 아수라장으로 바뀌었고, 사령부를 향해서 쏴대고 있는 3중대의 포탄들은 우박처럼 쏟아져 내리고 있었다. 짙은 안개 속에서 일본군들은 혼비백산하였고, 혼비백산한 일본군들을 독립군들은 뒤로하고 전선은 이제 일본군들이 일본군들과 결전을 벌리는 전투장으로 만들어가며 지원 습격 작전으로 돌입시켜가고 있었다.

　일본군들은 일본군들이 자신들에게 총질을 해대고 있는 적군이 아닌 적군과 전투를 하고 있었다. 일본군은 일본군이 무서워지고 있었고, 일본군을 죽이지 않으면 자신이 죽고 마는 현실에 일본군들은 일본군들에게 무차별 사격과 공격을 하고 있었다.

　일본 군복을 입은 독립군 근식 대장은 납작 엎드려 수색정찰대원들과 조용한 곳마다 찾아다니며 공격했다. 공격은 계속되고 있었다. 수색정찰대장 근식은 3중대 중대병들이 일본군 복장을 하고 본격적으로 일본군을 공격하게 되자 여인들 그리고 징용자들과 3중대 지원 전투장을 떠났다. 근식 대장의 수색정찰대는 3소대장과 화기 소대 병사들 그리고 3중대장 전철명이 근식 대장을 한참 동안 끌어안고 떨어질 줄을 모르는 전투장을 떠나고 있었다.

　"이분들을 모시고 사령부로 귀대하겠습니다. 지원 요청하시면 달려오겠습니다."

"여부가 있겠습니까? 승전보는 벌써 보냈습니다. 이제 우리는 승전을 보고할 일만 남았습니다. 감사합니다. 제2 수색정찰대원님들 그리고 대장님! 안녕히 가십시오."

근식 대장은 3소대장 고일명 부위의 손을 오래도록 놓지 않고 있었다.

근식 대장은 긴급한 명령을 받았다. 3중대 지원 작전에서 돌아오자마자 1중대 긴급 지원 작전명령이 기다리고 있었다. 근식 대장은 승전 보고는 물론 구출한 동포들을 인수인계도 못 하고 위급하다는 1중대를 향해서 달려가야 했다. 근식 대장은 수색정찰대원들과 400고지에서 동북의 북천을 타고 달리기 시작했다.

"이대로 가면 인시에는 도착하겠다."

근식 대장은 중얼거리면서 수색정찰대원들과 2십 리 떨어져 있는 1중대 안북리를 향해 달려갔다. 그동안 수없이 순찰하던 곳이기에 안개가 짙고 어두워도 짐승들처럼 북천 계곡을 달려가고 있었다. 수색정찰대원들은 미끄러운 얼음판에서 수없이 나뒹굴고 빙벽을 기어오르며 떨어지고 있었다. 그러나 1분 1초가 화급한 1중대를 지원하기 위해서는 조국에 맹세한 목숨이 위태로운 것은 아무런 문제가 되지 않았다. 어쩌다가 1중대가 포위되었는지 수색정찰대원들은 화급하기만 했다. 떨어지고 구르고 손톱이 찢어지며 달려가고 있는 수색정찰대원들의 귀에 총소리가 들려오고 있었다. 수색정찰대원들은 이제 1중대를 구할 수 있다는 생각에 그 어떤 사생결단으로 달려가고 있었다.

"계곡이 끝났어. 이제 다 왔어."

앞에서 달려가고 있는 대원이 소리쳤다.

총소리는 산발적으로 들려오고 있었다. 근식 대장의 수색정찰대원들은 2십 리 험준하기만 한 산악을 달리고 달려 1중대가 포위당하고 있는 안북리에 도착했다. 수색정찰대는 달리던 다리를 멈췄다. 그리고 절벽을 타고 바위들이 불규칙한 전방을 살피기 시작했다. 근식 대장과 수색정찰대원들은 앞을 살피면서 총소리가 들려오고 있는 곳으로 움직이기 시작했다. 그러자 바로 앞에서 총을 겨눈 일본군 병사들이 소리쳤다.

"누구야?"

일본군 병사들이 총구를 들이대고 소리를 질렀다. 그리고 한 무더기의 일본군 병사들이 모여들었다. 근식 대장은 서슴없이 일본군들에게 소리를 쳤다.

"우리 아군이다. 20사단 파견대 특수 수색정찰대다. 지금 전세가 어떠냐?"

일본군 병사들은 잠시 근식 대장과 수색정찰대원들을 살펴보았다.

"오다가 무전기를 절벽에 떨어트리는 바람에 연락을 못 했다. 폭력 집단들을 포위하고 있다는 소식을 듣고 수색 나왔다. 알아보고 싶은 것이 있으면, 너 몇 중대냐? 중대 본부에 가서 알아보면 되겠다. 가자."

"갑자기 나타나서 몰랐습니다. 현재 전세는 완전 포위하고 있습니다. 그런데 조선 놈들이 감쪽같이 숨어 있는 데다 안개가 짙어서 잡지를 못하고 있습니다. 그 때문에 공격 명령이 늦어지고 있습니다."

"음, 그렇구나. 우리도 순찰에 애로가 많다. 안개 때문에 길을 잃어 수없이 헤맨다. 그 바람에 무전기도 잃고…."

근식 대장은 능숙하지는 않지만 일본군이 듣기에 어색하지 않은 일본말로 대답했다.

"대갈통이 보이는 순간 방아쇠를 당기면 쏙 들어갑니다. 조선 놈들. 중대 본부 이쪽으로 조금 가시면 됩니다. 저희가 안내해 드리겠습니다. 따르십시오."

"그러자. 중대장 만나 좀 쉬어야겠다."

근식 대장이 말했다. 그러자 일본 말에 능숙한 박기만이 근식 대장을 중대 본부로 안내하려는 병사를 향해 말을 걸었다.

"그럼 완전히 포위하긴 한 것이오?"

"그렇소. 완전히 포위했소. 향방리까지 두 개 마을을 완전히 포위했소. 아무것도 아닌 것들 벌써 끝장냈을 텐데 이놈의 안개 때문에 늦어지고 있소."

"안개야 걷히지 않겠느냐. 어서 가자."

"아, 알겠습니다. 그럼 따르십시오. 가서서 따뜻한 차를 드시면 피로가 풀릴 겁니다."

"알았다. 고맙다."

근식 대장은 대원들과 일본 병사의 뒤를 따라가기 시작했다. 그리고 잠시 후 중대 본부가 눈에 들어오면서 일본 병사와 함께 걷던 박기만이 일본 병사를 고꾸라트렸다. 수색정찰대원들을 사방을 둘러보며 일본 병사의 시체를 구렁텅이에 집어 넣고 걷기 시작했다. 수색정찰대는 일본군들을 뒤로하고 안개 속 깊이 사라졌다. 근식과 수색정찰대원들은 일본 병사들과 멀찌감치 떨어져서 작전을 어찌할 것인가 궁리하기 시작했다. 1중대를 만나기는 현재로서는 힘들 것만 같았다. 완전히 포위하고 있다는 일본군의 말을 들었으니 1중대를 만나지 못한 속에서 단독으로 일본군들과 싸울 수밖에 없다고 생각했다. 근식 대장은 사전에 이쪽도 수차에 다니며 지형지물들을 눈에 익혀두었기 때문에 지금 일본군들이 어떤 방법으로 1중대를 포위하고 있으리라는 것을 짐작하고 있었다. 그러면서 근식 대장은 1중대를 만나기가 쉽지 않을 것만 같은 생각에 다시 포위를 벗어나 밖으로 나가야 할지 아니면 1중대를 향해서 들어가야 할지 반복해서 생각하고 있었다. 근식은 난관에 부딪치고 있었다. 무엇보다도 단독으로 일본군을 상대한다면 어떤 방법으로 일본군들을 상대해야 할지 묘안이 떠오르지 않았다. 그런 데다 1중대 병사들이 일본 군복을 입은 근식의 수색정찰대를 일본군으로 착각하고 공격한다면 불행한 일이 벌어지지 않는다고 볼 수가 없어서 그 또한 염려되었다. 근식 대장은 한동안 골몰했다. 그리고 지금 이 상태로 일본군을 공격한다면 그 또한 고립될 것만 같아서 고심에 고심을 거듭하고 있었다.

"여기서 더 머물다가 죽은 일본군을 찾아 나서면 발각될 것만 같습니다."

박윤성이 말했다.

근식은 지금 이곳에서 벗어날 생각부터 했다. 그리고 이도리로 가는 것이 좋을 것 같았다.

"아직 일본군이 죽은 걸 모르나 보다. 왔던 길로 나가서 이도리로 갑시다. 여차하면 모두 사살합시다."

근식은 말을 마치고 앞섰다. 그리고 들어왔던 곳으로 나가기 위해서 일본 병사들 앞으로 갔다. 일본 병사들은 아직 죽은 병사에 관해서 모르고 있는 것 같았다.

"우리, 연락 취했다. 이제 우리 사단으로 간다."

일본 병사들은 별 반응 없이 근식 대장과 수색정찰대원들이 지나가고 있는 것을 안개 속에서 쳐다보고 있기만 했다. 근식과 수색정찰대원들은 일본군들을 사살하려 하다가 잘못되면 일을 그르칠 수 있을 것 같아 조용히 안개 속으로 몸을 감추고 있었다.

근식은 이도리 방향으로 가기 시작했다. 이도리 방향에서 공격하는 것이 옳을 것 같았다. 근식 대장은 향방리에서 안북리를 생각해 봤으나 포위당하고 있는 1중대와 교전을 피하고 포위망을 뚫으려면 이도리에서 안북리를 향해 공격하는 것이 좋을 것 같았다. 근식 대장은 힘든 길을 택할 수밖에 없었다. 근식 대장의 수색정찰대는 남쪽 방향으로 해서 이도리로 향했다. 한 시간 이상 줄기차게 달려 수색대는 이도리에 당도했다. 수색정찰대는 공격 방향이 원활할 북쪽 방향으로 향하면서 공격하기 마땅한 지역을 찾아 계속해서 걸었다. 그런 다음 길게 늘어서 있는 화물차들이 눈에 들어오자 화물차들이 일본군들의 보급 물자 수송차들이라는 것을 알고 화물차들부터 폭파하기로 했다. 근식 대장은 백하 화차점 역 뒤에서 싸울 준비를 하기 시작했다. 근식은 수색정찰대원들에게 말했다.

"저 트럭들부터 공격합시다. 그렇게 되면 일본군들이 여기로 몰리게 될 것이고, 그사이 우리는 곧장 북으로 달려서 사합리에 이르면 동으로 방향을 틀어서 장송리를 향해 가면서 일군들과 싸웁시다. 그럼 1중대와 충돌을 피하면서 공격하게 될 것 같습니다. 우선 일본군 물자가 가득한 저 역부터 부숩시다."

근식 대장의 공격 명령이 떨어지자 수색정찰대원들은 탄약고나 다름없는 역 건물을 향해 에워싸면서 일제히 공격하기 시작했다. 전투 물자가 가득 실려 있는 화물열차들이 폭발하기 시작하면서 주위에 군수품을 가득 싣고 있던 트럭들도 함께 공격을 받아 터지기 시작했다. 철길 위에 있던 군용열차들이 기름 탱크들처럼 타오르고 있었고, 수색정찰대원들은 허둥거리며 날뛰고 있는 일본군들을 가차 없이 조준 사격하고 있었다. 동이 트고 있는 이도리의 아침은 총소리와 화약고가 타져 불구덩이 지옥으로 변했다. 수색정찰대원들이 일본군들을 눈에 띄는 대로 조준하여 사격을 해대는 바람에 삽시간에 격퇴되면서 천지는 기름을 붓고 불은 붙인 것처럼 불바다가 되고 있었다. 일본군들은 생각지도 않은 곳에서 습격을 당하자 날뛰기 시작했고, 수색정찰대원들은 날뛰고 있는 일본군은 가차 없이 조준 사격하고 있었다.

수색대원들은 아직 멀쩡한 보급 차에서 실탄을 확보하고 나서 안개 속에서 수라장이 나고 있는 이도리 백하역을 뒤로 북으로 난 길을 따라 사합리로 움직였다. 사합리로 움직이며 수색대원들은 백하역으로 달려오는 일본군들을 사살하면서 빠르게 사합리 방향으로 올라갔다. 근식의 수색정찰대원들은 눈에 들어오는 일본군은 단 한 명도 남기지 않고 모조리 사격했다. 일본군들은 아군의 복장하고 있는 일본군에게 속절없이 죽임을 당하고 있었다.

수색정찰대원들은 사합리에 당도하자 동쪽으로 방향을 바꿔 가며 움직이기 시작했다. 그리고 곧바로 눈에 들어오고 있는 일본군 부대의 크고 작은 천막들과 시설물들이 안개 속에서 드러나고 있는 것을 발견했다. 일본군들은 백하역은 물론이고 이도리 일대가 공격을 받아 아수라장이 난 것을 알고 있기에 일본군들은 1중대를 포위하고 있던 작전을 수비 작전으로 바꾸면서 수색정찰대원들의 활동에 제동이 걸리고 있었다. 근식 대장은 작전은 물론 동작을 멈추고 일본군의 동태를 관망하기 시작했다. 일본군들은 도로 양방향으로 집결하고 있었고, 수색정찰대원들이 일본군 복장을 하고 있다 해도 얼씬도 할 수 없다는 것을 직감으로 알 수 있었다. 근식은 대원들과 작전 회의를 하기 시작했다.

"길 말고는 산이 험해서 한 발짝도 갈 수가 없으니 북쪽으로 방향을 틀어 가면서 공격합시다. 산마을을 다치지 않게 하고 싶으나 지금 실정으로는 어쩔 수가 없습니다. 산마을을 피할 수 없으니 한바탕 붙을 수밖에 없습니다. 포위를 뚫고 난 다음 장손리로 달립시다. 다행히 이쪽을 수없이 답사하였기에 지리를 잘 알고 있고 장손리로 들어가기만 하면 안북리 1중대의 포위망을 뚫을 수가 있고 포위망이 뚫리고 난 다음에는 1중대와 연합작전으로 일군을 물리칠 수가 있을 것입니다. 그리고 우선 일본군을 생포해서 일본군이 포진하고 있는 전세를 알아야겠습니다."

수색정찰대원들은 근식 대장의 작전 계획을 듣고 나서 총을 들고 있는 손에 힘들을 주고 있었다. 근식은 수색대원들을 둘러보며 눈앞의 일본군들을 공격할 태세를 갖추었다.

"포위망이 뚫리고 나면 1중대가 우리를 일본군으로 오인하고 공격할 것입니다. 그때는 전령을 담당하고 있는 박기만 동지가 독립군복으로 1중대로 달려가시기 바랍니다. 그런 다음 우리가 1중대와 합류하고 나서 1중대의 지원을 받으며 공격 작전을 할 겁니다. 열 명씩 거리를 두고 전진합시다. 먼저 우리가 전방을 향해 들어가겠소. 먼저 공격할 때처럼 거리를 두고 몸들을 숨기고 계시면서 기회가 오는 순간 공격하시기 바랍니다."

"예."

대원들은 대답하고 난 후 각기 몸을 숨기기 위해서 움직이기 시작했다. 근식 대장은 사령부라는 팻말을 발견하고 일군들의 초소를 찾아 앞으로 나가기 시작했다. 그리고 잠시 후 일본 군인들을 발견했다. 일본군들이 소리를 질렀다.

"정지! 정지!"

"아! 우리는 관동군 파견대대 수색대원들이다. 안개 때문에 길이 잘못된 것 같다. 백하역 화기 지원대대로 가야 하는데 길이 잘못된 것 같다."

"아, 그렇습니까? 백하역으로 가시려면 오시던 길로 가셔야 하는데 모르고 계신 것 같습니다. 백하역이라면 잘못 오셨습니다."

초소 경비병들은 의심이 가고 있는지 말을 하다가 말고 근식과 수색정찰 대원들을 쳐다보았다. 그러자 근식은 일본군들에게 다시 묻기 시작했다.

"관동군 파견대대에는 군수물자가 제때 보급이 안 되어서 찾아가는 길인데 이제 지쳤다. 배도 고프고 우리 일행들이 오다가 지쳐 있다."

"지금 백하 역이 습격 받은 것 같다는 소리를 들었습니다. 전혀 모르고 오신 것 같습니다. 지금 비상 상태라 가실 수도 없을 겁니다."

근식은 예외로 일본군들이 경계하지 않고 있는 것 같아서 못 이기는 척하며 대하고 있었다. 그러면서 일본군 복장을 하고 공격한다는 정보를 모를 리 없을 것으로 보고 계략이 숨겨져 있지나 않나 하는 생각에 경계심을 풀지 않고 있었다. 근식 대장은 몸을 숨기고 있는 동지들에게 이학봉을 보내 모두 오도록 했다. 일이 잘못되기라도 하면 삽시간에 적군을 제압해야 하기 때문이었다. 그러면서 근식 대장은 1중대 포위 작전이 이상한 방향으로 틀어지고 있는 것을 두려워하기 시작했다. 그러면서 이 모든 것이 안개 때문에 식별이 어려워서 일어나고 있다고 보고 근식 대장은 더욱 경계심을 놓지 않고 있었다. 그러나 일본 병사들은 의심하지 않고 있는 것 같았다. 근식은 일본군이 안내하는 대로 따르고 있었다. 수색정찰대는 일본군 병장을 따라가면서 안개 속에서 천막들이 드러나고 있는 것들을 보면서 일본군 병장과 함께 취사장으로 들어갔다. 일본군 병장은 취사병과 이야기를 나누었다. 그리고 근식 대장에게 말했다.

"곧 식사 준비가 될 겁니다. 백하역 이야기했습니다. 식사하시고 필요한 것이 있으면 말씀하세요. 도와드릴 겁니다. 나는 위병소를 가야 하니 드시고 가십시오."

근식과 수색정찰대원들은 의자에 모두 앉았다 그리고 차려주는 음식을 먹었다. 식사 중에도 경계심은 풀지 않았다. 식사를 마치자 근식 대장은 취사병들에게 고맙다는 말을 남기고 밖으로 나왔다. 그리고 기관단총으로 무장한 두 대의 지프를 발견하고 노획할 것을 결심했다. 근식 대장과 수색정찰대원들은 지프차가 있는 곳으로 걸어가며 일본군 병사들에게 말을 걸기 시작했다.

"중대 본부가 어딘가? 우린 백하역 화기 지원 대대를 가다가 공격을 당하는 바람에 가지를 못했다. 관동군 파견대대로 연락해야 한다."

근식 대장의 말을 들은 일본군 병사들은 중대 본부가 있는 곳을 가리켰다. 그러자 근식 대장과 수생정찰대원들은 삽시간에 대들어 일본 병사들을 제압했다. 그리고 무장지프를 노획하였고, 지프를 노획한 수색장찰대원들은 본격적으로 공격을 시작했다. 지프는 달리고 있었고, 달리는 지프는 부대를 휘젓고 다니며 기관단총을 무차별하게 난사하고 다녔다. 부대는 삽시간에 아수라장으로 변했다. 수색정찰대원들은 아수라장으로 변하고 있는 속에서 눈에 띄는 일본군들을 무차별 공격했다. 일본군들은 그렇지 않아도 백하역으로 지원대대가 파견되었는데 아군 지프차가 기관단총을 난사하며 공격하고 있고 보니 아무것도 수습되지 않고 있었다. 일본군들은 갑자기 벌어지는 공격에 속수무책으로 허둥거리다가 무참하게 쓰러지고 있었다. 근식의 수색정찰대원들은 우측으로 달리며 공격하다가 갑자기 좌측으로 달리며 공격해대고 있었다.

포조군 14사단 사령부는 어디를 막론하고 아수라장으로 변하고 있었다. 수색정찰대원들은 저항하기 시작하는 일군들을 향해서 무섭게 달려들면서 무차별 공격을 해대고 있었다. 지프만이 아니라 기관단총을 노획하여 일본군들이 있을 만한 곳은 사정없이 갈겼다. 포조군 14사단 31연대 본부는 저항 한번 못 하고 독립군 1개 수색정찰대 30여 명에게 무참히 격침되었다. 일본군들은 사단이며 연대며 대대들까지 한 지역에 뒤엉켜 청산리로 공격 중이므로 어디가 연대이고 어디가 사단이고 어디가 대대인지 손가락으로 가리키기 전에는 누구도 구분하기 어려웠다. 지금 포조군 14사단은 근식의 제2 수색정찰대대원들에게 완전히 농락당하고 있으며, 어떻게 누구에게 공격해야 하는 건지 분간 못 하고 있었다.

근식의 수색정찰대는 부대를 벗어나기 시작했다. 더 이상 무분별한 공격에 시간을 보낼 수 없거니와 지금 대원들이 피로와 수면 부족에 시달리고 있어서 퇴각하고 있었다. 근식 대장은 수색정찰대원들과 부대 밖으로 유유히 사라지면서 반격해오고 있는 일본군들을 향해 무차별 기관총을 난사했다. 부대를 완전히 벗어나면서 장손리로 향했다. 근식 대장은 달리던 차를 멈췄다. 그리고 근식 대장은 대원들에게 말했다.

"이제 여기서부터 도보로 갑니다. 지금 일본군들은 백하역의 보급 기지 습격과 14사단 기습으로 인해서 몹시 혼란스러울 겁니다. 이 틈에 1중대 퇴로 작전을 합시다. 더군다나 우리가 일본 부대를 공격한 것을 1중대는 알고 있을 겁니다. 그럼 포위망을 뚫으러 갑시다."

근식 대장은 수색정찰대원들과 1중대를 향해서 짙은 안개를 뚫고 있었다. 근식 대장은 멀리서 들려오고 있는 총소리와 크고 작은 대포 소리를 들어가면서 일본군의 경계가 수월할 수밖에 없는 험준한 계곡과 암벽을 기어오르며 1중대가 고립된 안북리를 향해서 마지막 사력을 다하고 있었다. 근식 대장은 계속해서 험준한 계곡으로 전진하고 있었다. 자신은 물론이고 대원들이 지쳐 있는 상태라 일본군들과 부딪는 것은 피하고 있었다. 그리고 근식은 험한 이곳을 답사한 경험이 있어서 일본군이 경계 지역에서 제외하고 있을 것이라고 믿고 있었다. 대원들은 절벽을 타며 칡넝쿨을 붙들고 기어오르며 높은 암벽을 수차례 넘었다. 그리고 울창한 숲 어딘가에 1중대가 있을 것으로 보면서 대원들과 절벽을 내려갔다.

'땅땅! 땅 땅 땅!'

대원들은 날아오고 있는 총탄을 피해 몸을 숨겼다. 그리고 공격하고 있는 부대가 일본군 부대가 아니기를 바라고 있었다. 근식은 대원들과 숨을 만한 곳은 거기가 어디든 몸을 숨겼다. 공격은 계속되었다. 대원들은 날아오고 있는 총탄에 속수무책으로 몸을 숨기고 있어야 했다.

"대장님! 지금 공격하고 있는 부대가 1중대 같은 감이 들고 있습니다."

"좀 더 두고 봐야 해."

근식 대장은 박이구의 말에 신중해지고 있었다.

"우리가 반격하지 않는데 왜 저렇게 쏘고 있지요? 왜놈들인가?"

안개가 짙어서 보이지 않는 전방을 주시하면서 박이구가 다시 중얼거렸다. 총탄은 계속 날아오고 있었고, 수색정찰대원들은 추위에 몸이 얼어가고 있었다. 근식 대장은 더 이상 대원들을 추위에 방치하다가는 무슨 일이 일어날지 몰라서 총알이 날아오고 있는 전방을 향해서 큰 소리로 외쳤다.

"아리랑… 아리랑… 아리랑!"

근식 대장의 외침은 날아오는 총탄 속으로 멀리 퍼지고 있었다. 그리고 잠시 후 대원들이 아리랑을 부르고 있었다.

"아리랑, 아리랑, 아라리요, 아리랑 고개를 넘어간다. 나를 버리…"

"동지요, 동포요?"

전방에서 고함 소리가 총탄처럼 날아오고 있었다. 대원들은 계속해서 아리랑을 불렀다.

"가시는 임은 십 리도 못 가서 발병 난다."

수색정찰대원들은 노래를 마치고 1중대 병사들이 사방에서 달려오고 있는 것을 보고 있었다.

"1중대 동지들이오?

"그렇소!"

1중대 병사들을 근식 대장을 향해서 모두 경례를 했다.

"중대장님에게로 갑시다."

근식 대장이 말했다. 그러자 1중대 병들은 앞서서 가기 시작했다.

"저희가 작전 보고를 드려서 지금 오고 계십니다. 잠시만 기다리시면 됩니다."

근식 대장은 수색정찰대원들과 중대 병사가 말하는 대로 중대장을 기다리고 있었다. 잠시 후 말발굽 소리와 함께 김학두 1중대장이 나타났다. 1중대장은 근식 대장의 경례를 받으면서 근식 대장의 손을 덥석 잡았다.

"그동안 얼마나 고통이 심하셨습니까? 이제부터 저희와 합동작전으로 일본군을 물리칩시다."

1중대장은 근식 대장의 말에 한동안 입을 열지 못하고 있었다. 근식 대장은 다시 입을 열었다.

"이쪽은 직접 공격하기가 난해해서 백하역 군수기지부터 습격하여 파괴하고 14사단 사령부로 들어가 공격하고 나서 일본군들이 분산된 틈을 타고 왔습니다. 저희 대원들을 잠시 쉬게 한 다음 공격하였으면 좋겠습니다."

1중대장은 근식의 말에 입을 열지 못하고 있었다. 그러자 1소대장이 근식 대장을 향해 대답했다.

"저희 1소대 막사에서 쉬게 하십시오. 막사라고 할 곳도 못 되지만 쉬시는 데는 별문제 없습니다."

근식 대장은 대원들을 1소대장을 따라 보냈다. 그리고 중대장과 중대본부로 향했다. 근식 대장이 눈을 떴을 때는 해가 지고 중대장과 화기 소대장 김상민 참위가 호롱불을 밝히고 있었다. 근식 대장은 자리를 털고 일어나 자리에 앉았다.

"피로가 좀 풀린 것 같습니까? 어찌나 곤하게 주무시는지…."

1중대 김학두 중대장이 근식 대장을 자리에 앉히며 말했다. 근식은 두리번거렸다. 그리고 물었다.

"어떻게 되었는지요?"

근식 대장의 말에 중대장은 시계를 보았다.

"초저녁이오. 7시. 수색정찰대원들은 모두 식사하였소. 식사부터 하시오."

근식 대장은 밖으로 나왔다. 그리고 취사병이 준비해주는 저녁을 마치고 중대장과 마주 앉았다.

"중대장님! 밤으로 사령부에 귀대하려면 뚫어야 할 것 같습니다."

"그렇지 않아도 대장이 기상하시기를 기다렸습니다. 밤으로 뚫읍시다."

김학두 중대장은 소대장들에게 전령을 보냈다. 잠시 후 소대장들이 달려왔다. 1중대장은 소대장들과 작전 회의를 시작했다.

"여기 박근식 수색정찰대장께서 백하역 보급기지와 14사단 영내로 침투하여 왜군에게 막대한 손실을 입히셨고, 그 바람에 현재 14사단이 작전 수행에 어려움이 있으리라고 봅니다. 우리는 이때를 기회로 밤으로 왜적을 물리치도록 합시다. 그럼 수색정찰대장님의 작전 설명을 들으면서 공격 작전을 짜도록 합시다."

1중대장은 말을 마치고 근식 대장에게 고개를 돌렸다. 근식은 머뭇거릴 시간이 없어서 소대장들을 향해 곧바로 입을 열었다.

"제가 이곳을 자주 답사한 관계로 어느 정도 지형을 숙지하고 있습니다. 우리가 포위망을 뚫고 일본군을 공격하려면 어렵지만 양방향으로 공격해야 할 것만 같습니다. 저희가 먼저 안북리 구림장 남쪽 방향을 공격하겠습니다. 이쪽은 14사단 사령부가 가까운 곳이 되어서 우리가 공격하면 일본군의 주력이 달려들 것입니다. 저희가 공격하면서 30분쯤 후에 장손리 계곡을 타고 남향으로 빠지면서 공격하시면 성공하지 않을까 합니다. 그리고 1중대가 공격하고 난 후 소란한 틈을 타서 저희는 곧바로 작전지에서 철수하여 1중대 본부 뒤를 밟으며 따라 내려가 합류하겠습니다."

근식은 말해놓고 중대장은 물론 소대장들의 눈치를 살폈다.

"좋소. 그럼 곧바로 작전토록 합시다."

1중대장은 소대장들에게 작전 지시를 내렸다. 근식 대장은 수색정찰대원들과 구림장으로 향했다. 안북리 남향방 구림장촌은 높은 고지대이기는 하여도 절개지나 벼랑이 적고 경사가 심하지 않아 화전민이 여름 한철이면 버글거리는 곳이다. 그 때문에 일본군 14사단은 이 지역을 사단사령부 진지로 정하고 청산리를 압박하는 중이다. 근식 대장은 대원들과 개울을 타고 14사단 사령부를 향해서 달리기 시작했다.

"이번 작전은 혼란만 조성하는 요란 작전이니 침투하지 않고 초병들만 상대하면 됩니다. 그러니 최대한 넓게 퍼져서 요란스럽게 소란만 피웁시다. 그리고 퇴각하여 1중대와 합동작전을 전개하면서 장손리로 빠질 겁니다. 이때 주의할 점은 1중대 후미에서 우리가 작전하므로 1중대를 공격하지 않도록 조심해야 합니다."

수색정찰대원들은 근식 대장의 말이 떨어지기가 무섭게 짐승들처럼 달려갔다. 그리고 수색정찰대원들은 평소와 같은 방법으로 일본군들의 초소를 공략했다. 근식 대장이 일본군 보초병들과 이야기를 주고받는 사이에 수색정찰대원들은 일본군을 제압하고 기관단총을 노획한 후에 무차별 사격을 했다. 몇 군데의 초소는 수색정찰대원들에게 속수무책으로 빼앗겼고, 수색정찰대원들은 빼앗은 기관단총을 일본군을 향해서 작렬시키고 있었다.

"사령부에 전승 보고 올리려고 합니다. 수색정찰대의 전승을 올리고자 합니다. 백하역과 14사단 공격 보고 부탁합니다."

근식 대장은 1중대장의 권유로 그동안의 전과 보고서를 작성했다. 작전 전과 보고서를 받아든 전령은 곧바로 사령부를 향해서 말을 몰기 시작했다. 근식 대장은 공격하고 있는 1중대원들을 보면서 그동안 사령부로부터 보급품을 받지 못해 비상식량으로 생활했을 1중대원들을 생각하며 속히 보급품이 도착하기를 바라고 있었다.

1중대원들은 포위당하고 있던 곳에서 모두 벗어났고, 포조군 14사단 일본군들과 정면승부를 걸고 있었다. 각소 대장들은 중대장의 작전 명령을 움켜쥐고 본격적으로 공격할 준비에 들어갔다.

포조군 14사단은 36연대를 독립군 1중대 섬멸 연대로 지시하고 그동안 포위하고 있었다. 그러나 지형지물에 능란한 박근식 수색정찰대장에게 보기 좋게 뚫렸고 격퇴되고 말았다. 암벽과 벼랑이 많은 산악에서 일본군들은 산악 훈련에 단련된 조선 독립군을 상대하기는 역부족이기만 했다. 일본군들은 짙은 안개 속에서 방어 작전으로 전환하면서 결집하기 시작했고, 근식 대장과 1중대 김학두 중대장은 결집된 36연대를 향해 칼자루를 쥐고 휘두르기 시작했다. 근식 대장은 1중대장과 각 소대장 그리고 부관과 수색정찰대원들과 한자리에 앉아서 산발적인 습격 작전을 면밀히 계획 세우고 있었다. 1중대장과 소대장들은 그동안 포로로 얽매여 있었던 것을 보복이라도 할 셈으로 어금니를 깨물고 앉아 가슴에 응어리지고 있었던 원한을 단숨에 갚아주려고 엉덩이를 들썩이고 있었다.

사령부로 달려간 전령은 사령부 작전참령 홍범일과 달려왔다. 그리고 작전참령 홍범일은 김시진 장군의 승전 격려 서찰을 내어놓고 있었다. 그러면서 홍범일 작전참령은 1중대장 김학두와 1중대원들에게 무안한 승리의 격려를 보낸다고 했다. 서찰을 떨리는 손으로 받아들고 읽어 내려가던 1중대장 김학두는 포조군 14사단이 있는 곳을 향해 매섭게 두 눈을 부릅뜨면서 어금니를 지그시 힘주어 물었다. 어둠이 내리고 있는 장손리 흰 안개 속으로 1중대장 김학두는 1소대장과 2소대장 그리고 3소대장에게 작전 지시를 내리고 있었다.

"우리 오늘 밤새 큰일 저지릅시다. 소대장님들은 각자 맡은 지역에서 한 발짝도 물러서지 않으시기 바랍니다. 어서 출발하시오. 4소대는 중대 본부에서 대기합니다. 그동안 우리가 포로였으나 이제부터는 일본군 14사단이 포로가 되도록 싸웁시다."

김학두 1중대 중대장의 목소리는 피보다 붉고 뜨거웠다. 각 소대병들은 어둠 속 짙은 안개 속으로 종적을 감추고 있었다. 근식 대장은 수색정찰대원들과 합류한 2소대 소대병들과 사합리 험준한 산악지대로 파고들어가기 시작했다. 일본군들이 포진하고 있는 사합리 동쪽 방향에서 눈을 떼지 않고 있던 근식 대장은 작전 명령을 내리기 시작했다.

포조군 14사단은 백하역 군수 지원 창은 물론 사단사령부 그리고 포위

하고 있던 조선 독립군 1개 중대마저 포위작전에 실패하고 독이 날 대로
난 속에서 안개가 걷히기만 하면 청산리를 쑥대밭으로 만들겠다고 이를
갈며 사단 전체를 대기 작전 경계령을 내려놓고 있었다.

근식 대장은 36연대 본부로 전진 접근하고 있었다. 짙은 안개로 인해서
쉽게 일본군 부대를 발견하기 어려운 관계로 수색정찰대원들은 접근하기
에 어려움을 겪고 있었다.

"쉿! 정지!"

근식 대장은 수색정찰대원들을 제자리에 정지시켰다. 전방에서 일본군
들의 말소리가 들려오고 있었다. 근식 대장은 대원들을 불러 모았다.

"정신대나 징용인 구출 작전 외에는 깊이 들어가지 않습니다. 저들 아군
끼리 맞붙어 싸우도록 교란 작전만 하는 겁니다. 실시!"

근식 대장은 공격 명령을 내리고 나서 짐승들처럼 일본군 진지를 향해
전진하기 시작했다. 근식 대장은 전과 같은 방법으로 위병들에게 접근하
고 있었다. 그러나 현재 1중대가 장손리 방향에서 전투 중이므로 구차한
설명은 하지 않고 곧바로 작전에 돌입하고 있었다.

"36연대 7대대 오카무라 중위다. 실탄이 급하다. 어서 가야 한다."

"알겠습니다. 잠시 기다리십시오."

위병소의 경비병은 36연대가 교전 중에 있으므로 두말없이 부대 안으
로 달려 들어가고 있었다. 그러자 위병소의 경비병들은 실탄이 떨어져 36
연대에서 사단으로 가지러 온 것에 전투가 치열한 것만 같아서 근무지를
이탈하며 모여들고 있었다. 근식은 일본 병사에게 담뱃불을 부탁하면서
담배를 입에 물었다. 그리고 그 순간 수색정찰대원들은 총탄을 난사했고,
일본 병사들은 모두 사살되었다. 수색정찰대원들은 기관 총구를 바로 옆
초소 병사들에게 발사하고 있었고, 뒤이어 총탄이 날아오고 있는 방향으
로 대원들은 무차별 총탄을 발사했다. 일본군 진지에서 반사적으로 공격

해오고 있었다. 수색정찰대원들은 사방으로 흩어지며 총탄이 날아오고 있는 곳을 향해서 공격하고 있었다. 그렇지 않아도 공격을 받은 데다 백하역은 물론 36연대가 독립군 1개 중대 하나 제압하지 못하고 계속해서 공격받고 있어서 일본군들은 분을 참지 못하고 있었다. 격렬하게 반격하면서 실탄을 작렬시키고 있었다.

수색정찰대원들 또한 그런 일본군들을 향해서 짐승들처럼 공격하고 있었다. 어둠과 짙은 안개는 일본군들에게 무차별 사격을 하게하고 있었다. 일본군들은 움직이는 것을 향해서 모든 총을 쏴대고 있었고, 총소리가 나고 있는 곳을 향해서 모든 총을 쏴대고 있었다. 일본군들은 탄약이 떨어지고 있었다.

독립군들은 총소리가 없는 곳으로 깊숙이 침투하고 있었다. 독립군들은 일본군 복장을 하고 있었고, 총탄이 떨어진 일본군들은 모두 사살되고 있었다. 박근식 수색정찰대원들은 짐승들처럼 흔적이 없다가 어느 순간에 일본군들은 괴멸시키고 있었다. 14사단 36연대는 산만하게 퇴각하거나 흩어지고 있었고 36연대 연대본부는 무력해질 대로 무력해진 속에서 후퇴를 거듭하고 있었다. 일본군은 후퇴할 곳이 준비되어 있지도 않으면서 후퇴하고 있었고, 후퇴하는 일본군들은 근식 대장의 수색정찰대원들에게 걸려들어 살아남지 못하고 있었다.

김학두 1중대장은 고삐 풀린 망아지처럼 일본군들을 때려잡고 있었다. 36연대 산하직속 대대들 그리고 중대들은 안개가 걷힐 동안 대기 경계 작전명령에 충실하다가 쓰러지고 있었다. 김학두 1중대장은 36연대를 통째로 잡을 욕심으로 고삐 풀린 망아지들을 들판으로 내몰고 있었다. 1소대와 3소대는 계속해서 후퇴하고 있었다. 일본군이 공격하지 않고 있으면 반격하고, 일본군이 공격하면 다시 후퇴하면서 긴 시간 신경전을 거듭하고 있었다. 1소대장 김상민은 중대장에게 지원병을 요청했다. 전령은 중대 본부로 달려갔고, 전령은 중대장에게 작전 보고를 하고 있었다.

"왜군을 254 협곡절벽 위치로 몰아놓았습니다. 남 방향 측면에서 공격하면 예상 적수 200을 절벽 아래로 떨어트린다고 하였습니다."

1중대장 김학두는 4소대장 김은수를 불렀다. 그리고 전령이 보고한 대로 작전 명령을 내렸다. 4소대 병사들은 초를 다투며 달렸다. 전령은 소대장에게 보고했고, 1소대장 김상민은 3소대에 전령을 보냈다. 그리고 일본군을 수십 길 절벽으로 몰기 시작했다. 기관단총을 난사하고 있는 4소대 화기 소대는 일본군들이 모두 절벽 아래로 떨어진 것을 확인하고 더는 반격하는 일본군들이 없으므로 중대로 복귀하고 있었다. 36연대 예하 대대 그리고 중대들은 앞다퉈가며 후퇴하고 있었다. 일본군들이 후퇴하고 있는 곳은 그동안 1중대가 포로로 갇혀 있었던 곳으로 한번 들어가면 하늘로 솟든지 아니면 땅속으로 꺼지는 방법밖에는 없는 곳이었다. 일본군은 수를 헤아릴 수 없는 병력이 그물 안으로 들어가는 중이었다.

14사단 일본군은 운명이 완전히 뒤바뀌면서 1중대원들은 갇혀 있었던 기억을 떠올리며 좌충우돌 후퇴만 하고 있는 일본군들을 다시는 살아나올 수 없는 그물로 몰아가고 있다. 1소대와 2소대 그리고 3소대는 서로 앞다투며 일본군들을 공격하고 있었다. 14사단의 일본군들은 시간이 흐를수록 조선 독립군 1중대가 포위되어 있던 곳으로 몰려가고 있기만 했다.

공격의 끈을 놓지 않고 있는 1소대와 2소대 그리고 3소대는 얼마 전까지 자신들이 포위당해 있었던 곳으로 일본군들을 몰아붙이며 말할 수 없는 희열에 도취하여 사기가 하늘을 찌르고 있었다. 이에 일본군들은 후퇴하면 할수록 궁지에 몰리고 있었고, 돌아올 수 없는 벼랑으로 밀려들어가기만 하고 있었다. 일본군들은 이해할 수 없는 전쟁에 휘말려가고 있었다. 시간이 지나면 지날수록 일본군들은 참혹한 참상이 기다리고 있는 전쟁에 휘말려 들어가고 있기만 했다. 틀림없는 아군이 틀림없는 아군을 공격하는 이상하고 괴상하기만 한 전투장에서 고스란히 목숨들을 안개 속에 묻고 있는 병사들을 보면서 지휘관들은 손을 놓고 있어야 했고, 일본 군들은 너 죽고 나 살자는 전투를 하고 있었다.

근식 대장은 일본군을 파죽지세로 공격하고 있는 1중대 동지들을 보면서 이제 이곳의 전투도 얼마 남지 않았다는 생각을 하고 있었다. 1중대 병사들은 노획한 기관단총을 요소마다 설치해 놓고 움직이고 있는 일본군들을 가차 없이 사살하고 있었다.

아시아 전체를 식민화하면서 포화로 짓밟고 다니던 일본이 보기 좋게 북간도 청산리 안개 속에서 패전의 아픈 역사를 그리고 있었다. 패전의 소용돌이에서 되돌리지 못하고 서 있는 일본군은 깊고 깊은 참극으로 몰리고 있었다. 1중대 병사들에게 벼랑으로 몰리면서 일본군들은 바위틈 속에서 추위와 공포에 떨다가 얼어 죽고 있었다. 1중대는 박근식 대장의 수색정찰대가 요소마다 투입되며 지원 작전하면서 승리하고 있는 것을 기적으로 돌리면서 파죽지세로 일본군들을 공략하고 있었다.

1중대는 일본군들을 한 발짝, 한 발짝 벼랑으로 몰아가고 있었다. 1중대는 종횡무진 누비고 다니며 붕괴하고 있는 참담한 일본군을 향해서 사정없이 공격하고 있었다. 천하무적의 일본군 14사단 사령관부터 모든 지휘관들은 짙은 안개 속에서 부하들의 총탄을 피하기에 급급했고, 짙은 안개는 14사단 전군을 인사불성으로 만들어가고 있었다.

17
정신대를 구출하라, 아리랑을 부르며

수색정찰대 대원들은 중화기 부대를 습격하고 있었다. 포탄과 실탄 그리고 대포들을 노획하고 있었고, 수송대를 공격하여 어두운 밤안개를 붉게 물들이고 있었다. 그리고 수송대의 트럭들과 기름통들이 터지면서 불기둥이 하늘로 치솟고 있었다. 1중대장이 근식 대장에게 달려왔다.

"징용들과 정신대 여인들을 구출합시다."

근식 대장은 1중대장의 고함에 급하게 고개를 돌렸다.

"정확한 숫자는 모르는데 몇 십 명씩 됩니다."

1중대장은 말에서 뛰어내리며 소리쳤다. 근식은 그런 중대장의 얼굴에서 시선을 움직이지 않고 있었다. 그리고 왜 이제 이런 말을 하는 건가, 하고 원망의 빛을 감추지 못하고 있었다. 그런 근식에게 김학두 중대장은 다시 입을 열고 있었다.

"정신대 여인들은 화전민이 살던 집에 있었는데 징용자들은 어디에 있는지 모릅니다."

근식은 아직도 입을 열지 못하고 있었다. 그러다가 소리쳤다.

"화전민이 살던 집이면 장손리 깊은 계곡 위 그쪽 말인가요?"

"예, 그렇소. 오십 명에서 육십 명 정도로 알고 있습니다."

근식은 다시 대답을 잃었다. 그러다가 다시 입을 열었다.

"징용자들은요?"

"징용자들은 확실한 것은 모르지만 육칠십 명이 되는 것으로 알고 있습니다. 있는 곳은 모릅니다."

근식은 중대장이 왜 이렇게 무책임할 수 있나 하고 가슴을 치고 있었다. 여인들이 있고 징용자들이 있다면 왜 진작 말을 하지 않았는지 너무나 원망스러워지고 있었다. 그리고 순간 눈앞이 캄캄하기만 했다. 근식은 곁에 있는 박이구의 얼굴을 쳐다봤다. 그런 다음 무서운 소리를 내며 치솟고 있는 불기둥을 바라봤다. 근식 대장은 한참 동안 넋을 잃고 있었다.

"여인들이 있는 곳은 잘 알고 있습니다. 징용자들이 어디 있는지 중대에서 아는 사람이 있으면 좋겠습니다."

근식은 강일윤에게 말했다.

"작전을 중단하고 속히 이곳으로 모두 오라고 하시오."

"예, 알겠습니다."

강일윤은 번개처럼 뛰어 나갔다. 근식은 토끼털로 손수 만든 모자를 벗었다. 그리고 중대장에게 다시 입을 열었다.

"징용자들이 있을 것 같은 생각이 드시는 곳이 없는지요."

"미안합니다. 워낙 지역이 광범위해서 짐작할 만한 곳이 없습니다."

근식은 더 물을 말이 없었다. 강일윤이 달려간 곳에 시선을 두고 있었다. 그리고 생각했다. 여인들이 무사하고 흩어지지 않고 한자리에 있기를 간절히 바라고 있었다. 징용자들 또한 어디에 있든 한자리에 있기를 간절히 바라고 있었다.

컴컴한 안개 속에서 강칠봉이 튀어나오고 있었다. 그리고 뒤이어 최순철이 튀어나오고 있었고, 장윤철을 비롯해 수색대원들이 속속 뛰어오고 있었다. 근식은 수색정찰대원들에게 숨 돌릴 틈도 주지 않고 곧바로 작전 지시를 내리고 있었다.

"중대장님! 소대병들이 싸우고 있는 곳을 알려주십시오."

"1소대, 3소대는 일본군 36연대와 대치중입니다. 2소대는 조금 떨어진 곳에서 포위 중에 있습니다. 화기 소대가 작전 대기하고 있습니다."

근식은 중대장의 말을 듣고 나서 여인들 구출 작전을 준비하고 있었다.

"중대장님! 사단사령부로 병력을 침투시켜보고 싶습니다. 중대 병사 중에서 병사 몇 명 지원해 주십시오."

"알겠습니다. 작전 대기 중인 화기 소대 병력을 지원해 드리겠습니다."

1중대장 김학두는 작전 지역 지원 작전에 침투하고 있는 화기소대 소대장을 불러들였다. 화기소대 소대장 김상민 참위는 중대장이 부르자 숨 가쁘게 달려왔다. 중대장은 김상민 소대장에게 수색정찰대 지원 작전 명령을 내렸다. 화기 소대장 김상민은 근식 대장 앞으로 와서 섰다. 근식 대장은 김상민 소대장과 수색정찰대원들에게 작전 설명을 하기 시작했다.

"동지님들! 우리의 여동생들을 구출해야 합니다. 이름을 다 부르며 부탁하고 싶습니다. 이정식 동지! 우리 몇 차례 이곳을 정찰하지 않았습니까? 화전마을에 우리는 갔었습니다. 그곳에 우리의 여동생들이 무려 60여 명이 잡혀 있습니다. 가서 구하십시오. 나는 화기 소대장님과 불쌍한 우리 형제들을 찾아가겠습니다. 어떻게 하면 성공할 수 있을지 모두 아시리라 믿습니다. 아리랑 부르는 것을 잊지 마시오. 출발하십시오."

근식 대장의 목소리는 절규였다. 박이구, 장윤철, 강칠봉, 최순철, 이정식, 고남덕, 그리고 40여 명의 대원들은 근식 대장에게 경례를 하고 난 다음 안개 속으로 모습을 감추었다.

"김상민 소대장님! 우리도 출발합시다."

근식 대장은 1중대장에 경례를 하고 화기소대 병력들과 깊은 밤 짙은 안개 속으로 모습을 감추었다.

계속되는 작전에 가면 갈수록 총소리는 귓전을 먹먹하게 하고 있었다. 근식 대장은 이학봉, 박윤성과 함께 빠르게 움직이고 있는 화기 소대장의 뒤를 놓치지 않고 따라가고 있었다. 단단하게 얼어붙은 개울의 얼음을 몇 번 밟고 지나면서 화기 소대장은 소대원들을 멈추게 하였다.

"수색대장님! 지금 전방이 사령부가 있는 곳입니다. 400보 가깝게 접근했습니다. 그리고 오른쪽에서 산발적으로 총소리가 나는 곳은 사령부 본부 병사들이 있는 천막들이 있는 곳입니다. 그리고 조금 더 떨어진 곳에 병기 창고들이 있는 곳인데 그곳에 징용자들이 있지 않을까 싶습니다."

근식 대장은 김상민 소대장의 말을 들으며 사령부 너머 계곡 쪽에서 산발적으로 들려오고 있는 기관단총 소리에 촉각을 세우고 있었다.

"소대장님! 저 소리요. 저 기관단총 소리요. 저 소리 나는 곳도 가보셨어요?"

"아니요. 거기까지는…."

소대장은 말소리를 어물거리며 끊고 있었다.

"우리 저곳부터 확인합시다."

근식 대장은 말을 마치면서 몸이 움직이고 있었다. 이학봉과 박윤성은 근식 대장 옆에서 밀착하면서 근식 대장과 달려가고 있었다. 뒤이어 화기 소대병들이 따르고 있었다. 사령부 쪽에서 수색정찰대원들이 침투하고 있는 것을 알아차렸는지 기관단총을 무자비하게 쏘아대고 있었다. 총알은 귓전은 물론이고 머리를 스치며 날아가고 있었다. 대원들은 모두 몸을 낮추고 구르면서 움직이고 있었다. 일본군들은 계속해서 사격을 멈추지 않고 쏴대고 있었다. 근식 대장은 날아오는 총탄을 피해 개울로 내려갔다. 그리고 달렸다. 개울로 해서 계곡으로 가기는 한참 돌아가게 되지만 날아오고 있는 총탄을 피할 수 있는 방법은 개울밖에 없으므로 개울로 뛰어가고 있었다.

1소대, 3소대가 공격하고 있는 곳에서는 총소리뿐만이 아니라 포 소리도 멈추지 않고 있었다. 근식 대장과 화기 소대병들은 짙은 안개가 불타고 있는 것을 보면서 달리고 있었다.

"소대장님! 거의 온 것 같습니다. 저기 나무 끝이 보입니다."

근식 대장은 소대장을 향해서 말했다.

'따따따 따 따따따!'

갑자기 바로 옆에서 기관단총이 발사되고 있었다. 대원들은 나뒹굴면서 날아오는 총탄을 가까스로 피했다.

"일본군들이 잠복하고 있나 봅니다."

박윤성이 말했다.

"어딘 없겠어? 잠시 살펴봅시다."

근식이 말하면서 화기 소대병들과 총탄이 날아오고 있는 곳으로 기어가고 있었다. 기관단총 소리는 한곳에서 나고 있는 것이 아니었다. 그러고 보면 주변에 일본군들의 초소가 있는 것만 같았다. 화기 소대장과 소대원들이 움직이지를 못하고 납작 엎드린 채 바닥에 엎드려 있었다. 시간이 흐를수록 몸은 얼어가고 있었다. 그러나 화기소대 병사들은 침착성을 잃지 않고 명령을 기다리고 있었다. 근식은 더 이상 지체할 수 없으므로 일본군의 초소를 급습하기로 했다.

"얼어 죽기보다 저것들을 처치하는 게 낫겠어. 따라와."

근식 대장은 절반쯤 얼어 굳은 몸을 뒤척이며 총탄이 날아오고 있는 곳으로 기어가기 시작했다. 근식 대장은 언 몸을 사력을 다해 기어가고 있었다. 이학봉의 코에서 코피가 흐르고 있었다. 결사적으로 기어가고 있는 근식 대장과 화기소대 병사들은 기관단총을 난사하고 있는 초소에 당도하고 있었다.

"학봉 동지!"

박윤성이 불렀다. 그러나 이학봉은 근식 대장의 뒤에 엎드려 있었다. 일본군들의 초소가 눈앞에 보이고 있었다. 안개 속에서 몇 명의 일본군들이 보이고 있었다. 근식은 일본군들을 보면서 소리쳤다.

"사격 중지하라. 사격 중지! 우리는 동지대 36연대 수색연대 쇼타 중위다. 사격 중지하라. 쇼타 중위다."

근식이가 고함치는 소리를 들은 일본군들은 사격을 멈추고 있었다.

"36연대 수색연대 쇼타 중위다. 사령부 찾는 중이다."

일본군들은 경계심을 풀지 않고 근식 대장을 향해서 총구를 앞세우고 있었다. 근식은 얼어 터진 몸을 뒤틀면서 소리쳤다.

"부축해라. 보고 있지만 말고. 너희가 쏘는 동안 꼼짝을 못 하고 있었더니 몸이 모두 얼었다. 부축해라."

일본군들은 근식 대장의 계급장을 보자 화급하게 달려들어 부축했다. 그리고 초소 안으로 들어갔다.

"고맙다. 지원 연락을 받고 우리 동지대 36연대 수색연대가 지원 중이다. 오면서 조선 놈들 피해 다니느라고 고생이 많았다."

근식은 시간을 끌어서 좋을 게 없으므로 턱을 일부러 떨어가면서 말했다. 그리고 곁에 있는 이학봉과 박윤성에게 눈을 가늘게 뜬 모습을 보이고 있었다.

"중대에 가서 더운물을 가지고 오겠습니다. 걸으실 수 있으시면 저희와 중대로 가시지요."

"음, 걷는 것은 어렵겠다. 물을 좀…."

"알겠습니다."

일본군 병사가 물을 가지러 가기 위해서 초소를 벗어나고 있었다. 옆에 초소가 보이지 않고 있으나 한 명이 물을 가지러 가고 나니 일본군은 다섯 명이 남았다. 근식은 몸을 일으키며 언 몸을 비틀어보고 있었다. 그리고 다시 몸을 구부리다가 순간 몸이 쓰러지는 듯이 비틀면서 일본군을 잡았다. 일본군을 잡는 순간 허리에 차고 있는 단검을 뽑아 일본군의 옆구리를 찔렀다. 그리고 남은 한 명도 이학봉과 박윤성이 가볍게 제압하고 말았다. 이제 총열은 떨어져 있는 초소를 향해서 방향을 틀었고 총구는 작렬하기 시작했다. 3소대 병사들은 옆 초소를 향해서 움직이기 시작했고, 한동안 총탄이 작렬하고 나서 옆 초소도 제압했다.

"소대장님, 여기를 우리가 장악하고 징용자들을 찾아야겠습니다. 몇 명만 이곳에 잔류시킵시다."

"알겠습니다."

3소대장은 1분대 병사들을 초소에 남기고 근식이가 지적하던 계곡을 향해서 달려가기 시작했다. 초소에 남은 1분대 병사들은 일본군들을 향해서 기관단총을 난사하고 있었다. 얼마나 달렸을까. 계곡 위로 솟아 있는 나무들이 눈에 들어오고 있었다.

"계곡에 다 온 것 같습니다."

박윤성이 근식에게 말하고 있었다. 근식은 계곡이 있는 방향을 바라보면서 징용자들이 이곳에 없다면 어찌해야 할지 몰라서 난감해지고 있었다. 계곡에서 나던 총소리가 일본군들의 총소리와는 확연히 달랐고, 징용자들이 계곡으로 도주하면서 총을 쐈을 것으로 믿고 달려왔기 때문에 근식은 직감을 생각하고 있었다. 근식은 계곡을 살피면서 앞으로 발자국을 내딛고 있었다. 근식은 10보 이상 간격을 두고 한 사람씩 계곡을 향해 움직이기 시작했다. 박윤성이 앞서서 계곡으로 향했다. 그리고 10보 떨어져서 근식 대장이 움직였다. 그리고 다시 10보 떨어져서 이학봉이 따라가고 있었다.

'따 당 따 따 땅!'

총소리가 나면서 대원들은 땅바닥으로 곤두박질쳤다.

"괜찮아, 윤성 동지?"

근식 대장이 앞에 있는 박윤성에게 묻고 있었다.

"예."

"그대로 있어. 움직이면 위험해."

"어쩌죠?"

"아리랑 아리랑 아라리요. 아리랑 고개를 넘어간다."

"조선 사람이오?"

계곡에서 고함이 들리고 있었다.

"그렇소."

"독립군이오?"

"그렇소."

"아이고! 살았다, 살았어. 왜 이제 왔어요?"

계곡에서 남자의 울음소리가 크게 들려오고 있었다. 이학봉, 박윤성은 계곡으로 달리고 있었다. 1중대 화기 소대병들도 달려 들어가고 있었다. 독립군들이 뛰어 들어가고 있는 계곡에서는 남자들의 울음소리가 진동하고 있었다. 근식은 컴컴한 속에서 한 무리의 남자들이 뒤엉켜 울고 있는 것을 보고 있었다. 징용병들을 보면서 근식은 말했다.

"훌륭하십니다. 이제 저희가 안내하는 대로 따라오십시오. 모두 몇 분이십니까?"

"53명입니다. 처음에는 72명이었는데 왜놈들의…."

"여기 계신 분 외에 다른 곳에는 없는지요?"

"예."

"알겠습니다. 이제 저희를 따라서 안전한 곳으로 가십시다. 소대장님! 떠납시다."

소대장은 앞을 보면서 오던 곳으로 움직이기 시작했다. 징용자들은 기관단총을 여럿이서 들었다. 기관단총을 들지 않은 징용자들은 총을 들고 나섰고, 실탄 통들도 들고 나섰다. 근식은 그 광경을 보면서 기관단총을 들고 있는 징용자들에게 말했다.

"길이 험하고 멉니다. 가지고 가시기는 무리입니다. 두고 가세요."

징용자들은 근식의 말에 움직이던 몸을 멈췄다. 그러다가 다시 발걸음을 떼어 놓고 있었다.

"가다가 왜놈들 보면 죽여야 합니다, 이 총으로."

소대장은 소대원들과 앞서서 빠르게 움직이고 있었다. 대원들은 개울을 타고 가다가 언덕으로 올라서서 움직이고 있었다.

"수색대장님! 초소에 있는 대원들을 데려오겠습니다. 그동안 앞에서 가십시오."

소대장은 몇 명의 소대병들과 초소를 향해서 달려갔다. 그리고 잠시 후 소대장은 초소에 있던 소대병들을 데리고 대열을 뒤를 따르고 있었다. 1중대 대원들이 모두 귀대하였는지 아니면 새벽 시간이라 휴전하고 있는 것인지 20리는 떨어진 이도리 쪽에서 산발적으로 들리는 총소리 외엔 잠잠하기만 했다. 다만 격전 중에 파괴되었던 중화기들이 타고 있는 불빛이 자욱한 안개를 붉게 물들이고 있을 뿐이었다.

근식은 1중대 본부로 빠르게 움직이고 있었다. 근식 대장은 개울로 해서 다시 계곡으로 해서 신속하게 움직이고 있었다. 그러면서 중대까지의 거리가 1,200보 이상 떨어져 있기에 부지런히 움직이고 있었다.

"왜 이렇게 조용하지요?"

박윤성이 근식 대장에게 묻고 있었다. 근식 대장은 박윤성과 이학봉이 밀착해 뛰고 있는 것을 보면서 작은 소리로 대답해주었다.

"지쳐서 쓰러진 모양이오."

"예."

근식 대장은 정신대 여자들을 생각했다. 모두 구출했는지 궁금했다. 근식 대장은 긴장을 놓지 않고 짙은 안개 속을 빠르게 움직이고 있었다.

"대장님! 10시 방향에 뭔가가 움직입니다."

'따따따따따따 따따따 따!'

이학봉의 말이 떨어지기가 무섭게 기관단총 총알이 귓전을 스치며 날아가고 있었다. 순식간에 벌어지고 있는 사격에 모두 곤두박질을 쳤다. 징용자들은 바닥에 나뒹굴어져 있는 기관단총을 끌어다가 공격 자세로 앉히고 나서 실탄 클럽을 약실에 장착했다. 그리고 방아쇠를 당겼다. 3소대장이 근식에게로 기어왔다.

"소대병들을 전방에 보내 보겠습니다. 움직일 수 있으면 중대로 가십시오."

"알겠습니다."

소대장은 다시 낮은 포복으로 소대병들이 있는 곳으로 갔다. 그리고 총탄이 날아오고 있는 곳을 향해서 낮은 포복으로 전진했다. 징용자들은 기관단총은 물론 각자 가지고 있는 소총으로 전방을 향해서 쏴대고 있었다.

"암만해도 우리가 길을 잘못 들어섰나 보다. 일본 군대가 있는 곳 같다."

어둡고 잠잠하기만 해서 근식이 그만 길을 잘못 들어섰던 것 같았다. 어쨌든 일은 벌어졌고, 이제 와서 총 맞아 죽을 수 없는 노릇이니 한바탕 싸울 수밖에 없게 되었다. 근식이 전방을 살피고 있자 징용자가 부지런히 기어와 근식에게 말했다.

"여기 우리가 작업하던 곳입니다. 그래서 어느 정도 압니다. 대대가 있는 곳입니다."

근식은 징용자의 얼굴을 쳐다봤다. 그리고 말했다.

"그러고 보니 부대 사정을 잘 아시겠구나."

근식은 징용자의 말에 고개를 끄떡였다.

"여기 우리가 있던 부대는 아니지만 어느 정도 알고 있습니다. 이쪽 부대에도 정신대 있어요. 징용자들도 있어요. 지금 밤이고 안개 때문에 확실히 보이지 않아 구별하기 어렵지만 확실해요. 정신대와 징용자들이 있습니다. 지금 왜놈들 총 쏘고 있는 곳이 대대 사령부 뒤 초소입니다. 이쪽으로 초소가 몇 개 있습니다. 그리고 2대대 본부라고 쓴 간판을 봤습니다. 수송부 트럭들도 있었습니다."

근식은 징용자의 말을 듣고 나서 징용자가 있고 정신대가 또 있다면 작전을 끝낼 수 없고, 대원들은 모두 지쳐 있는데 어떻게 해야 할지 난감해졌다.

"그렇군요. 소대장과 상의해야겠습니다."

근식은 소대장이 달려간 곳을 보았다. 소대장은 오지 않고 있었다. 근식 대장은 지금 구출한 징용자가 50명이나 있는데 다시 동포 징용자들이 있다고 하니 책임감 때문에 마음이 무거워졌다.

"우리 싸워요. 우리 무기들 다 가지고 있잖아요."

근식은 징용자의 말에 전방만 바라보았다. 그러면서 소대장이 돌아오기를 기다렸다. 징용자가 말한 대로 일본군 초소 마다에서는 기관단총을 모두 쏴대고 있었고 움직일 수가 없었다.

"대장님! 10시 방향에서 소대원들이 오고 있습니다."

근식은 이학봉이 말하는 곳으로 고개를 돌리고 안개 속을 들여다봤다. 소대장이 낮은 포복으로 오고 있었다. 소대장이 근식에게 다가왔다. 소대장은 가쁜 숨을 한참 내쉬었다.

"고생 좀 해야 할 것 같습니다. 볼 수는 없었지만 심상치 않습니다. 빠져나가기 어렵겠습니다."

김상민 소대장은 숨을 가쁘게 쉬면서 말소리를 흘리고 있었다. 그리고 가쁜 숨을 몇 번 더 쉬고 나서 다시 말을 이었다.

"우리가 가려면 뒤로 다시 가다가 산으로 들어서든지 아니면 산 뒤로 해서 가는 게 안전할 듯합니다."

"소대장님! 지금 그것보다 더 큰일이 일어났습니다. 전방 부대에 정신대와 징용자들이 있답니다."

소대장은 근식의 말에 가쁘게 쉬던 숨을 멈추고 잠시 생각에 잠겼다가 다시 말을 이었다.

"우선 지금 닥치고 있는 것부터 해결합시다. 저분들만 아니면 한번 붙고 말겠는데 저분들 무사히 귀대부터 시킵시다."

"알겠습니다. 그럼 소대장님 작전대로 당면한 것부터 해결하고 봅시다. 그리고 산을 돌아서 가도록 합시다."

"예, 그게 좋겠습니다. 그렇게 합시다."

근식 대장은 대답했다. 김상민 소대장 말대로 다시 작전 계획을 세운 후에 구출하는 것이 현재의 실정으로 봐서 좋을 듯했다. 그리고 무엇보다도 연일 계속되고 있는 작전에 시달릴 대로 시달리고 있는 데다 굶주림까지 겹치고 있는 중이라 잠시만이라도 작전을 멈춰야 할 것 같았다.

"수색대장님! 우리 저분들을 엄호 작전하면서 뚫고 가 봅시다. 징용자들도 무기가 있으니 도움이 될 것 같습니다."

근식은 소대장의 제안에 대답을 못 하고 있었다. 상대는 정규군인 데다가 초소마다 기관단총이 설치되어 있고, 지금 일본군들은 악과 공포에 복받쳐 있는 상태였다.

"그래요. 우리 할 수 있습니다. 시키는 대로 하겠습니다. 우리 모두 총이 있잖아요. 싸워요."

근식 대장은 생각했다. 그리고 김상민 4소대장에게 대답했다.

"그렇게 합시다. 이분들을 4소대 분들과 혼합 분대를 만들어 뚫어나가 봅시다."

근식 대장의 말에 김상민 소대장은 신속하게 움직였다.

"자, 제 말 들으시오. 일곱 명씩 서십시오. 그리고 우리 소대병들의 명령대로 하시기 바랍니다. 어서 일곱 명씩 서세요."

소대장의 말이 떨어지자 징용자들은 납작 엎드려 있는 몸을 둥글리며 분대를 만들었다. 그러자 소대장은 소대병들을 두 명씩 배치했고 기관단총 분대는 엄호사격을 하게 하였다. 소대장은 명령을 내렸다.

"1분대 앞으로!"

소대장의 명령이 떨어지자 1분대가 전진하기 시작했다. 그리고 잠시 후 전진한 1분대가 사격하기 시작했다. 소대장은 다시 소리쳤다.

"2분대 앞으로!"

2분대가 달리기 시작했다. 기관단총을 비롯한 독립군들의 총열은 일본군의 초소를 향해서 작렬하고 있었다. 잠시 후 소대장은 다시 소리쳤다.

"3분대 앞으로!"

근식 대장은 3분대 징용자들과 달려 나갔다. 그리고 근식 대장은 1분대를 전진시켰고, 다시 2분대를 전신시켰다. 근식 대장은 이학봉, 박윤성과 교란 사격을 하면서 자리를 박차고 1, 2분대를 따라서 달려갔다. 근식 대장은 징용자들과 엎드려 후발 분대들이 전진할 수 있도록 엄호 사격을 하고 있었다.

'꾸앙! 꾸앙! 따따따따따따! 따따!'

밤하늘이 터지고 있는 듯이 불덩어리들이 머리 위에서 쏟아져 내렸다.

"대장님! 지원부대가 왔나 봅니다. 1중대 아군 방향에서 총탄이 날아오고 있습니다."

박윤성이 하늘 가득히 불바다가 되어 있는 것을 보면서 소리쳤다.

"그런 것 같소. 아군이 공격하고 있는 모양이오."

근식 대장의 입에서도 탄사가 나왔다. 전방 일본군의 초소들은 삽시간에 사격이 멎고, 요란한 함성이 1분대, 2분대가 있는 전방에서 들려왔다. 소대장과 소대 병사들이 근식 대장이 있는 곳으로 달려왔다. 그리고 전방 멀리서 중대장의 목소리가 들려왔다.

"엄호하라! 화기소대가 공격하고 있다. 엄호하라!"

중대장의 목소리는 가깝게 들려오고 있었다. 일본군들의 총탄이 1중대가 공격하고 있는 방향으로 날아가고 있었다.

"중대에서 공격하고 있습니다. 이제 우리는 귀대합시다."

"예, 지금 중대 병사들이 일본군들을 공격하고 있습니다."

소대장과 근식 대장은 식은땀을 닦았다. 그리고 이제 정신대 여인들과 징용자들을 구출할 생각에 얼굴이 밝아지고 있었다.

"소대장님! 우선 중대장님을 만나 우리 동포들 구출할 작전부터 준비합시다."

"예, 그렇게 합시다. 천하에 미친 것들."

김상민 소대장은 격전지에서까지 향락의 탐욕에서 벗어나지 못하고 있는 일본군을 저주하면서 당장 달려가 목을 치고 싶은 마음에 어금니를 깨물었다. 김상민 소대장은 근식 대장의 제안에 머리를 끄떡였다. 이제 중대장과의 말소리가 들릴 정도로 가까워졌다.

"4시 방향에서 기총 사격을 해오고 있다."

중대장은 총탄이 날아다니고 있어도 몸을 감추지 않고 소리쳤다. 소대장은 중대장을 향해서 큰소리로 외쳤다.

"중대장님! 우리 임무 마치고 돌아왔습니다. 이에 보고합니다."

"수고했소, 화기 소대장님 그리고 수색정찰대장님!"

중대장은 경례를 받으면서 손을 꽉 움켜쥐었다.

"내 돌아온 분대장에게 대충 보고를 받았소. 정말 훌륭하십니다. 그건 그렇고 저 안에 지금 우리 동포들이 갇혔다고 들었소. 모조리 죽이고 모조리 구출합시다."

중대장은 계속해서 기염을 토하고 있었다. 근식 대장은 1중대장이 중대원들을 사방에 포진시켜 놓고 있는 것을 보고 있었다. 1중대장은 소대장과 근식 대장에게 다시 입을 열었다.

"징용자들과 정신대를 반드시 찾아낼 겁입니다. 징용자들과 정신대를 반드시 구출할 겁니다."

1중대장은 사기가 충천하기만 했다. 소대장과 근식 대장은 그런 중대장을 보면서 지치고 추위에 무감각해진 몸뚱이를 어떻게 해야 좋을지 몰라 하고 있었다. 감각을 잃고 있는 몸을 이끌고 4소대장과 근식 대장은 징용자들과 중대 본부로 향했다. 중대 본부에 도착한 근식 대장과 4소대장을 작전참령 홍범일이 반갑게 맞이했다. 그리고 만식이가 달려왔고, 창남이가 다가와 서 있는 것을 보았다. 창남과 만식은 커다란 솥에서 구수한 국을 펄펄 끓이고 있으면서 근식을 불 앞으로 앉게 하였다. 소대장도 앉았고, 이학봉도 앉았고, 징용자들도 모두 따뜻한 불 앞에 앉아서 오랜만에 따뜻한 물을 받아 마셨다. 창남과 만식은 수색정찰대 대원이지만 사령부에 내근 병사가 부족한 관계로 근식 대장이 파견해 놓고 있는 중이었다. 창남과 만식은 근식 대장과 4소대장에게 따뜻한 국물과 주먹밥을 쥐어 주었다. 그리고 돌아오고 있는 병사들에게도 따뜻한 물과 주먹밥 그리고 따뜻한 국물을 가득히 담아 주었다. 동녘에서는 날이 밝아오고 있었다. 10여 리 떨어져 있는 전선에서 붉은 총탄이 날아와 떨어지고 있었으며, 날이 밝은 후에도 총소리와 포 소리는 멈추지 않고 있었다.

작전참령 홍범일은 사령부에서 파견 나온 병사들과 징용자들 그리고 여인들과 돌아갔다. 근식 대장과 화기소대 김상민 소대장은 추위를 가린 천막 속에서 언 몸을 녹이며 잠들어 있는 동료들을 보면서 작전 이야기를 나누었다.

"동지들의 언 몸이 어느 정도 녹았을 겁니다."

김상민 화기소대 소대장이 뒤엉켜 잠들어 있는 동지들을 내려다보고 있는 근식 대장을 향해 말을 보냈다. 근식 대장은 화기소대 소대장에게 고개를 돌렸다. 그러면서 100명의 1개 중대가 3만 명이나 되고 있는 일본군과 맞서서 싸우고 있는 1중대 김학두 중대장을 생각했다. 박근식 수색정찰대장은 소대장에게 말했다.

"사령부에서 새로운 명령이 없는 것을 보니 변동 사항이 없는 모양입니다. 어서 갑시다."

근식 대장은 몸을 일으키고 있는 수색정찰대 대원들을 보면서 화기 소대장에게 말하고 있었다. 수색정찰대 대원들은 근식 대장의 말소리를 들으며 모두 일어났다. 대원들은 따뜻한 국물로 몸을 추스르고 있었다. 근식 대장은 대원들에게 작전 설명을 이야기했다.

"오늘 작전은 지금 1중대의 격전 지역에서 1중대 지원 작전과 징용자들과 정신대 구출 작전으로 하겠소. 1중대가 싸우고 있는 전선으로 갑시다."

근식 대장의 작전 설명이 끝나자 수색정찰대 대원들은 총을 거머쥐고 움직이기 시작했다. 화기 소대 김상민 소대장도 소대원들을 따라갔다. 그리고 중대장의 고함이 포탄 터지듯이 터지고 있는 격전지에 도착했다.

"그럼 10분 간격으로 1소대는 엄호 사격을 하다가 다시 내 명령을 기다려라."

중대장은 소대 병사들을 향해 소리 질렀다. 근식 대장은 화기 소대장과 함께 구렁진 곳에서 작전 지시를 하는 중대장에게로 갔다.

"지금 일본군끼리 굿하고 장고 치고 있소. 우리는 떡이나 먹는 기분으로 사격할 곳에만 갈기고 있소. 치고 빠지려는 중이오. 2소대를 일본군 복장으로 침투시켜 놓고 계속해서 지원 작전을 하는 중이오. 우리는 지금 우리에게 사격하는 일본군만 공격하는 중이오. 그런 관계로 무척 조심하고 있소. 잘못했다가는 일본군들 총에 얻어맞게 되오. 조심하시오. 조심. 눈에 띄어 공격당하지 마시오."

1중대장의 목소리는 지치고 쉬어 있었다.

"2소대와 연락할 방법은 없습니까?"

중대장에게 근식 대장이 물었다.

"아니요. 있어요. 두 발 쏘고 쉬고, 두 발 쏘고 쉬고, 그게 암호요. 탕탕, 쉬고, 탕탕, 쉬고."

"알겠습니다. 징용자들과 정신대는 어찌 되었어요?"

"아직 못 찾았어요. 연락이 안 오고 있습니다."

"알겠습니다. 우리 수색정찰대가 들어가겠습니다. 신호는 마찬가지로 하겠습니다."

"좋습니다."

중대장은 소리치며 화기 소대장을 쳐다봤다. 화기 소대장 김상민은 근식 대장을 보면서 눈빛을 반짝이고 있었다. 근식 대장은 수색정찰대 대원들에게 갔다. 그리고 작전 설명을 했다. 수색정찰대 대원들은 입고 있는 복장들을 살펴보면서 만반에 준비하기 시작했다. 근식 대장은 지도를 가리키며 개울을 타고 부대 안으로 들어가겠다고 말했다. 중대장은 작전을 허락했다. 근식 대장은 대원들에게 소리쳤다.

"지금 이곳 사합리에서 동포들을 구해야 합니다. 우리는 싸워야 합니다. 출발합시다."

근식은 말을 마치고 앞서서 짙은 안개 속에 묻혀 있는 개울로 침투하기 시작했다. 중대장이 소리쳤다.

"독립군사령부 직속 수색정찰대 대원들이 지금 전방으로 투입되고 있다. 우리의 암호는 같다. 절대 실수 없도록 명심들 하라. 모든 병사에게 전달하기 바란다."

중대장은 다시 소리쳤다.

"11시 방향으로는 명령이 있을 때까지 사격 중지한다."

근식 대장은 이곳 사합리는 한두 번 지형 정찰을 했던 곳에 불과한 곳이라 눈에 익은 것이 있거나 특별히 기억나는 것이 없었다. 그리고 지금은 짙은 안개가 끼어 있는 중이라 작전에 고충은 마찬가지였다. 또한, 1중대가 일본군과 맞서고 있는 곳으로 침투하기에는 위장 작전이 탄로 날 위험이 있어 전체적으로 조용한 지역을 선택해 움직이고 있는 중이었다. 1중대 중대 병력은 하루가 지나도록 같은 장소에서 전투를 계속하고 있었다. 더욱이 1중대장은 일부이기는 하지만 2소대 병력을 위장 침투시켜 놓고 작전을 하는 중이라 한 발짝도 움직이지 않고 있는 중이었다. 일본군 트럭들이 불이 붙어 타고 있는가 하면 기름통들이 가끔 폭발하고 있는 데다 위장 침투하고 있는 2소대가 일본군들을 눈앞에서 사살하거나 저격 작전을 벌이고 있는 중이라 치열하지는 않지만 일본군끼리 부딪치면 서로 죽이고 있는 상태였다. 트럭들이 타고 있고 중화기들이 터지고 있는 것을 보면서 1중대원들은 치고 빠지는 작전을 계속해서 반복하고 있었다.

"1, 2분대 앞으로!"

1소대장이 중대장과 500보 떨어진 곳에서 돌격 명령을 내리고 있었다. 중대장은 시뻘건 불기둥이 솟고 있는 일본군 부대를 향해서 계속해서 소대장들에게 작전 지시를 내렸다.

"3, 4분대는 사격 기다려라!"

1소대장은 전진하고 있는 1, 2분대가 짙은 안개 속을 파고 들어가는 것을 살피면서 소리를 질렀다.

"3소대는 명령이 있을 때까지 대기하라!"

중대장은 좌측에 대기시켜 놓고 있는 3소대를 향해서 전령을 보냈다. 전령은 3소대를 향해서 달려갔다. 1중대장은 만 하루가 지나도록 부릅뜬 눈을 전방에서 떼지 않고 있었다. 더욱이 중대장은 위장 침투시키고 있는 2소대로 인해서 1분 1초도 눈을 깜박이지 못하고 전방을 주시하고 있었다. 불타고 있는 트럭들에서 쾅쾅 소리와 함께 불붙은 하늘의 안개는 중대장의 얼굴을 붉게 물들이고 있었다. 산발적으로 터지고 있는 포탄 소리 그리고 총소리들이 태양이 솟고 있는 이곳을 전투장임을 말해주고 있었다. 근식 대장은 1중대장과 떨어져 2km 이상 남으로 내려왔다. 그리고 일본군의 동태를 예의 주시하며 전방을 살펴가고 있었다.

"대장님! 이쪽 방향은 일본군이 없나 봅니다."

박이구가 조용하기만 한 전방을 보면서 속삭였다. 그러나 근식 대장은 발걸음 소리도 조심하면서 전진하고 있었다. 지금처럼 적막이 감돌고 있는 곳일수록 예측할 수 없는 일이 숨어 있기 마련이라 긴장의 끈을 더욱 동여매고 있었다. 더욱이 지금 침투하고 있는 곳은 어제 징용자들을 구출하던 계곡과 그리 멀리 떨어지지 않은 곳이기에 근식 대장은 의심의 여지가 없었다. 근식은 이제 개울에서 벗어나 화전민의 초가가 있는 남서 방향으로 침투할 생각을 하고 있었다.

"이제 이곳에서부터는 낮은 산들이 서쪽으로 뻗어 있소. 우리는 그 산자락을 타고 가면서 침투할 것이오. 그리고 이번 작전은 일본군과 최대한 충돌을 피하면서 부대 안으로 깊이 들어가서 동포들을 구하고 싶소. 그리고 현재 투입된 2소대 동지들을 만나게 되면 더욱 좋을 것이오. 그러나 몇 차례 속은 경험이 있어 보초병들은 이제 넘어가지 않을 것이라 봐야 할 것이오. 불행히도 일본군들에게 우리의 위장이 먹히지 않는다면 부딪치는 방법밖에 없겠소."

근식 대장은 동료들을 둘러보면서 말은 하지 않았지만 어쩌면 일본군들을 보는 즉시 맞붙게 될 것으로 생각하고 있었다. 근식 대장은 경사진 언덕을 향해 움직이기 시작했다. 쌓인 눈들과 살을 에는 추위에 수색정찰대 대원들은 죽을 것만 같았지만 동포들을 구출하고 일본군들을 격퇴해야 한다는 생각에 짐승들처럼 산비탈을 타고 있었다. 독립군들은 숨을 가쁘게 몰아쉬면서 산속을 달려가고 있었다. 그리고 얼마 가지도 못했는데 일본군들이 눈에 들어왔다. 안개로 인해 확실하게 볼 수는 없으나 많은 일본군이 집결해 있는 느낌이 들었다. 1중대가 포진하고 있는 11시 방향에서 뭔지 모르는 것들이 심하게 폭발하며 불꽃이 일어나고 있는 것이 보였다. 근식 대장은 대원들을 향해서 낮은 목소리로 작전 설명을 하기 시작했다.

"최대한 소리 안 나는 방법으로 침투합시다."

근식 대장은 대원들을 둘러보고 나서 고남덕과 박명원 그리고 도철권을 2시 방향으로 침투시켰다. 박기만과 홍하철, 고만섭은 10시 방향으로 침투시켰다. 그리고 자신은 정면 돌파할 준비를 했다. 나머지 대원들은 상황에 따라 지원 투입하라고 했다. 한 발짝, 또 한 발짝, 대원들은 일본군들을 향해 다가갔다.

"누구야?"

2시 방향의 초소에서 소리 지르고 있었다. 대원들은 모두 몸을 숨기고 움직이지 않았다.

"뭐야?"

"뭔가가 움직였어."

"잘 봐."

일본군들은 한동안 아무 소리가 없자 몸을 일으켜 살피고 있었다. 수색대원들은 그런 일본군들을 주시하고 있었다. 일본군들이 아무것도 발견하지 못하고 방심하자 수색정찰대 대원들은 한순간에 일본군들을 향해서 돌진해 일본군들을 덮쳤다. 이에 일본군들은 방아쇠를 당기며 저항하기 시작했다. 그러나 일본군들은 이미 대검으로 복부나 목을 찔린 상태이므로 저항은 오래가지 못했고, 총소리에 놀란 일본군들은 사방에서 사격을 가해 왔다. 수색정찰대 대원들은 초소들을 점령했다. 총탄이 날아오고 있는 방향으로 기관단총이 작렬하기 시작했다. 한참 후, 일본군들은 산발적인 사격 외에는 잠잠해지고 있었다. 근식 대장은 한동안 살피고 있었다.

"왜 이러지요?"

강일윤이 말했다.

"잠복병들이었나 봅니다."

강일윤이 다시 말했다.

"전방에 천막이 보이고 있다. 잘 살펴봐."

수색정찰대 대원들은 조용히 전방만 살피고 있었다.

"더 들어가 보죠. 아니면 우리가 사격을 해봐요."

강일윤이 다시 말했다. 근식 대장은 물론 대원들 모두 강일윤의 말처럼 들어가 보든지 아니면 사격을 해보고 싶었다. 하지만 지금 같은 경우를 한 번도 경험하지 않은 탓에 근식은 결정을 내리기가 힘들었다. 10분 그리고 또 10분. 근식 대장은 전방을 주시하며 일본군의 시체들과 함께 초소에서 시간을 보내고 있었다. 한동안 근식 대장은 전방을 살피기만 하면서 잠잠하게 있었다. 그러자 아니나 다를까. 일본군들이 우왕좌왕하는 소리가 들렸고, 거리가 좀 떨어진 곳에서 트럭 소리까지 들리고 있었다. 근식 대장은 대원들에게 작전 지시를 내렸다.

"3개 조로 나눠서 동시에 침투합시다. 그리고 작전 도중에 흩어지게 되면 1중대가 정한 대로 총소리를 두 번씩 내는 것으로 하겠소. 그러면 현재 투입된 2소대 동지들하고도 통할 수가 있고 우리의 작전은 성공하게 될 겁니다. 또한, 징용자이나 정신대 여인을 발견하거나 구출하게 될 때는 반드시 아리랑을 부르시오."

근식 대장은 대원들을 둘러봤다. 그리고 침투 지시를 내렸다.

"적진을 향해 돌격!"

수색정찰대 대원들은 일본군들이 진을 치고 있는 것을 발견했다. 그리고 적진에 깊이 들어와 있다는 것을 알았다. 일본군들은 대원들을 향해서 일제히 사격을 가하고 있었다. 대원들은 총소리와 동시에 나뒹굴며 몸을 숨겼고, 반사적으로 죽음을 불사한 대응사격을 하기 시작했다. 근식 대장은 대원들의 이상 유무를 살피기 위해서 양방향으로 확인 전달을 보냈다.

"상황 보고!"

근식의 상황 보고 소리는 대원들에게 이어졌고, 되돌아온 보고 상황은 '이상 무'였다. 근식은 곧바로 퇴각 명령을 내렸다. 그러자 대원들은 가재처럼 뒤로 기기 시작했다. 일본군들은 대원들이 모두 후퇴하였어도 사격을 멈추지 않았다. 근식은 머리 위로 날아가는 총탄 소리를 들으며 다음 작전에 골몰했다. 징용자과 정신대를 구출하려면 어떻게든지 부대 안으로 침투하여야 하는데 정면 돌파가 어렵기만 했다. 그렇다고 일본군들을 속일 수 있는 생각이 떠오르는 것도 없고, 무리하게 일을 벌였다가 대원들에게 희생이 따른다면 안 되기에 근식 대장은 시간을 가지고 생각했다.

한참 동안 근식 대장은 생각했다. 그리고 일본군을 향해서 총탄을 퍼부어대고 있는 대원들을 바라보았다. 근식 대장은 일본군이 기관단총을 무차별 사격하고 있는 곳으로 수색정찰대 대원들을 깊숙이 돌진시켰다. 잠시 후, 수색정찰대 대원들은 기관단총을 노획하였고, 작전은 성공했다. 수색정찰대 대원들은 삼엄한 경비망을 계속해서 파헤치며 일본군들을 와해시켜나가고 있었다. 그러나 숫자가 많은 일본군은 수월하지 않았다. 수색정찰대 대원들에게 빼앗긴 초소를 탈환하기 위해서 많은 병력이 포진하고 공격하고 있었다. 수색정찰대 대원들은 4소대 병들과 합류하여 일본군과 맞서면서 작전 위치를 옮겨가고 있었다. 그리고 날렵한 대원들은 깊숙이 잠입했다. 부대 안으로 잠입한 수색정찰대 대원들과 근식 대장은 부대 안에 잠입해 있는 2소대 대원들을 먼저 찾고 싶었다. 하지만 새벽부터 당하기만 하는 일본군은 한마디로 눈이 뒤집혀 있었고, 이대로 죽을 수 없고 물러날 수도 없다는 버티기 작전으로 돌입하고 있었다. 그러나 안개는 짙기만 했다. 그 짙은 안개를 교묘하게 이용하고 있는 조선 독립군에게 일본군의 버티기 작전은 오히려 도움이 되고 있을 뿐이었다.

근식 대장은 대원들을 불러 모았다. 그리고 2소대 소대 병들과의 암호를 숙지시켰다.

"후방 엄호는 4소대에 넘기고 우리는 일본군 행세를 하면서 침투할 것이오. 다시 말하지만 2소대와의 암호는 '땅땅, 쉬고, 땅땅.'입니다. 섣부른 행동으로 불상사가 없기 바랍니다."

근식 대장은 4소대 김상민 소대장에게 후방 지원을 부탁하고 우측 측면으로 대원들과 함께 사라졌다. 근식 대장은 대원들과 3개 조로 나누어 침투했다. 안개가 짙어서 어려움이 많으나 침착한 근식 대장은 관찰력이 뛰어났다. 근식 대장은 일본군이 뛰어가고 있는 것을 보고 함께 뛰면서 소리 질렀다.

"이 근방에 조선 노무자들 못 봤나? 엄폐물을 설치해야 하는데 그것을 시키려고 그런다."

일본군 병사는 뛰던 것을 멈췄다. 그리고 근식 대장을 보고 나서 경례를 한 다음 대답했다.

"탄약고 옆에 있습니다."

"탄약고?"

"예."

"탄약고는 어디 있나?"

"도랑을 따라가시다가 보면 오른쪽으로 있습니다. 400보 정도입니다. 그리고 그쪽 병사들이 가르쳐 드릴 겁니다."

"알겠다."

일본군 병사는 다시 뛰어갔다. 근식 대장은 탄약고까지 알게 되자 웃음이 나왔다. 근식 대장은 수색대원들과 도랑을 따라서 부지런히 내달리기 시작했다. 그러다 움직이는 물체를 발견했다. 근식 대장은 수색대원들을 잠시 몸을 숨기고 있게 하고 박이구와 대화하면서 걸어갔다. 그리고 트럭에서 작업하고 있는 병사들을 발견했다. 근식 대장은 박이구와 서슴없이 작업하고 있는 앞으로 갔다.

"실탄 가져가려고 왔다. 세 상자는 가지고 가야 할 것 같다."

"알겠습니다. 몇 중대입니까?"

근식은 몇 중대냐고 묻는 말에 가슴이 찔끔했다. 그러나 사살된 일본군 모자에서 3중대라고 쓰여 있는 것을 본 기억이 나서 곧바로 대답했다.

"3중대다."

"거기 뚫린 것으로 알고 있습니다. 지금 저기 있는 병사들 모두 그리 투입됩니다."

"응, 알고 있다. 우리도 지금 재정비하고 있는 중이다. 세 상자 직접 수령해야겠다."

"알겠습니다. 야! 조선 놈! 이것 소대장님에게 갖다 드려라."

일본 병사는 근식 대장을 가리켜 소대장이라 하면서 탄약상자를 들려 보냈다. 징용자들은 한 상자씩 들고 근식 대장을 따라 움직였다. 근식 대장은 잠시 후 탄약고가 보이지 않는 곳까지 가고 나서 징용자들에게 탄약상자를 내려놓도록 했다. 그리고 징용자들에게 작은 소리로 속삭였다.

"지금 몇 명이나 있소? 그대로 움직이며 내 말을 들으시오. 몇 명이오?"

징용자들은 근식 대장이 독립군이라는 것을 알아차렸다.

"40."

"정신대는 어디 있소?"

"한참 떨어져 있소. 우린 탄약고 앞에 있는 천막입니다. 모레 일제히 공격한다고 하는 소리를 들었습니다."

"저녁 시간에 모두 자리에 계시오. 정신대에 연락할 수 없겠소?"

"알겠습니다. 정신대에 우리가 연락하도록 하겠습니다. 그러나 장담은 못 하겠습니다."

탄약상자를 놓고 징용자들은 돌아갔다. 근식 대장과 박이구는 탄약상자를 들고 대원들이 몸을 숨기고 있는 곳으로 갔다.

"실탄들 나누시오."

근식 대장이 구렁진 곳으로 들어서면서 말했다. 대원들은 실탄을 각자 나누어 탄띠에 넣고 허리에 찼다. 근식 대장은 징용자가 들려준 정보를 사령부에 속히 보고할 생각에 박기만을 불렀다. 그리고 말했다.

"사령부에 속히 다녀오셔야 합니다. 중대로 가서 말을 타시고 가시면 이삼십 분이면 도착할 겁니다. 모레 총공세를 한다 합니다. 사령부에 보고하고 곧바로 오시오."

박기만은 근식의 굳은 얼굴에 시선을 고정하고 있었다.

"누구와 함께 가서도 좋습니다. 중대 전령이 길을 잘 알고 있으니 함께 다녀오시오."

박기만은 강칠봉과 자리에서 일어나 아군이 점령하고 있는 초소를 향해서 낮은 자세로 내닫기 시작했다. 잠시 후 초소 부근에서 두 발의 이상 유무 총소리가 들려왔다. 근식 대장은 대원들을 향해 입을 열었다.

"정신대가 어디쯤 있다는 것을 알았고 모레 총공세를 한다 하니 이대로 있을 수는 없지 않소. 중요한 것부터 부수러 갑시다. 실탄도 생겼고."

근식 대장의 입에서 말이 떨어지기가 무섭게 수색정찰대 대원들은 실탄을 가득 넣은 총들을 힘껏 움켜쥐었다.

"중화기 부대부터 시작합시다. 팔뚝에 흰 끈을 모두 동여매시고 2중대가 하고 있는 두 발의 총성을 암호로 사용하도록 합시다. 중화기 부대 공격하고 곧바로 정신대 구출하도록 합시다. 2소대도 우리가 작전을 시작하면 나타나리라 봅니다. 출발!"

수색정찰대 대원들은 흰 줄을 왼쪽 팔뚝에 모두 동여맸다. 그리고 개울로 들어서서 부대 안으로 침투하기 시작했다. 잠시 후, 근식 대장은 부대 안으로 들어서면서 작전지로 가듯이 일렬종대로 서서 행군하며 중화기 부대를 향해 거침없이 행군하고 있었다. 일본군들은 수색정찰대 대원과 마주쳐도 조금의 의심 없이 지나쳤다. 행군은 계속되었다.

"전방 2시 방향 100보 앞에 중화기 부대다. 완전히 침투하고 난 후 공격한다."

근식 대장의 작전 명령은 대원들의 귓속으로 빨려들어 갔다. 그리고 화기 부대 앞에 도착했다. 근식 대장은 몇 명의 일본군들이 서 있는 앞으로 다가갔다. 그리고 일본 병사에게 말했다.

"사령부에 지원 요청했나? 사령부에서 지원하라는 명령을 받고 왔다."

"그렇습니까? 저희는 모릅니다. 확인하겠습니다. 잠시 계십시오."

"알겠다. 기다리고 있겠다."

근식 대장의 말이 떨어지기가 무섭게 행군 대열로 서 있던 수색정찰대 대원들은 뿔뿔이 흩어지면서 중화기들을 향해 돌진했다. 전광석화처럼 날렵하게 달려드는 수색정찰대 대원들에게 일본군 병사들은 총대를 잡지도 못하고 사살되고 있었다. 눈 깜짝할 겨를도 없이 습격당한 일본군들은 크고 작은 대포들을 빼앗겼고, 기관단총들마저 모두 빼앗겼다. 수색정찰대 대원들은 기관단총으로 반격하고 있는 일본군들을 제지하기 시작했고, 대포마다 포탄을 장착하면서 방아쇠는 당겨지고 있었다. 대포들은 일본군 부대를 향해서 발사되고 있었고, 포탄이 떨어진 곳에서는 일본군들이 사살되고 있었다. 포탄들은 터지고 있었다.

근식 대장의 수색정찰대원들은 2소대에 중화기 부대를 인계하고 곧바로 산자락을 타고 안개 속으로 잠적해버렸다. 2소대는 1중대 작전 지역을 제외하고 모든 곳에 대포들을 쏴대고 있었다. 2소대는 척후선발소대로 그동안 수색 활동한 전력으로 해서 일본군의 포진상태를 숙고하고 있는 관계로 거침없이 포탄을 일본군의 요지마다 강타하고 있었다. 수송대는 불이 붙었고 탄약고는 천지를 진동시키고 있었다.

　　근식 대장의 수색정찰대 대원들은 정신대를 향해서 달리고 있었다.

　　"대장님! 이쪽 어디라고 하지 않았어요?"

　　"다 온 것 같기도 한데…"

　　"저기 저 천막 앞에 붉은 게 보입니다. 그게 아닐까요?"

　　이학봉이 근식 대장을 밀착하고 뛰면서 말했다.

　　"그럴지도 몰라. 뒤져보자고."

　　박광식이 대검으로 천막을 찢었다. 그리고 천막을 들추며 소리쳤다.

　　"아무도 없소? 누구 없소?"

　　박광식이 조선말로 소리쳤다. 그러자 구석에서 인기척이 들렸다.

　　"우리가 구하러 왔소."

　　인기척이 나던 곳에서 부스럭거리며 뭔가가 넘어지고 있었다. 그리고 사람들이 기어 나왔다.

　　"우리가 구출하러 왔소. 당신들뿐이오?"

　　"옆에도 있어요."

　　수색정찰대 대원들은 죽은 일본군들을 밀치고 옆 천막을 찢기 시작했다. 그리고 안에다 대고 소리쳤다.

　　"우리, 독립군이오."

　　말이 떨어지기가 무섭게 여인들이 튀어나왔다.

　　"모두 엎드리시오. 우리가 안전한 곳으로 모실 때까지 절대 일어서지 마시오. 우리처럼 기어야 돼요."

이정식이 서 있는 여인들을 잡아당기며 말했다.

"지금 우리 독립군들이 사방에서 공격하고 있는 바람에 일본군들이 여기는 없어요. 머리 숙여요."

대원들은 구렁진 곳으로 총탄을 피해 낮은 자세로 기어들어 갔다. 여인들도 모두 납작 엎드려 기면서 대원들을 따라갔다.

"남자들이 있어요. 저 끝 천막에."

여인의 말에 대원들은 모두 놀랐다. 근식 대장은 두말할 것도 없이 세 번째 천막을 향해 기기 시작했다. 박갈수와 김득곤이 뒤를 따랐다. 근식 대장은 부근에 일본군이 없는 것이 마음에 걸렸으나 눈앞에 조선 백성을 구할 생각에 천막을 향해서 달리기만 했다. 그리고 마지막 천막에 이르자 대검으로 천막을 찢었다.

"누구 있어요?"

근식은 총구를 앞으로 내밀면서 소리쳤다.

"예, 있습니다. 우립니다."

징용자들이 튀어나오기 시작했다.

"잘됐소. 이제 우리 곁에 바짝 붙어서 탈출하는 겁니다. 따라들 오시오."

근식 대장은 징용자들에게 소리치고 달리기 시작했다. 박갈수와 김득곤은 납작 엎드려 전방을 살피고 있었다. 근식 대장은 뒤따라오고 있는 징용자들을 돌아다보면서 정신대들이 가고 있을 개울을 찾아 힘차게 전진했다.

"저긴 뭐죠?"

김득곤이 근식 대장 뒤에서 물었다.

"4시 방향요."

근식 대장은 어둡고 짙은 안개로 확인을 못 하고 있었다.

"수송댑니다."

징용자가 말했다. 근식 대장은 징용자의 말을 듣고 나서 구출한 징용자와 정신대를 후방으로 이송하고 나서 공격할 생각을 하고 있었다. 근식 대장과 수색정찰대 대원들, 정신대 그리고 징용자들은 계속해서 개울로 해서 달렸다. 일본군들은 전투장으로 집중 투입되고 있는지 일본군들이 한동안씩 눈에 띄지 않았다. 수색정찰대 대원들은 일본군이 없는 곳으로 달렸다. 그런 탓에 지금 근식 대장과 대원들은 구출한 정신대와 징용자들을 안전하게 탈출시키고 있었다. 그러나 근식 대장은 긴장의 끈을 놓지 않고 달리고 있었다. 근식 대장은 초소가 얼마 멀지 않은 곳에 있다는 것을 의식하면서 어쩌면 일본군들이 다시 잠복하고 있을지 모른다는 생각에 대원 중 몇 명을 척후병으로 보냈다.

일본군들이 계속해서 독립군에게 휘말리고 있는 것은 일본 군복을 입는 데다 순간 공격하고 흔적도 없이 빠져버리고 난 후에 아군끼리 맞붙어 싸우는 바람에 손을 쓰지 못하고 있다. 그런 관계로 일본군은 안개가 걷히기만을 기다리는 중이다.

근식 대장과 수색정찰대 대원들은 정신대 여인들과 징용자들을 무사히 구출하고 있었다. 초소까지 무사히 빠져나온 근식 대장과 징용자들 그리고 정신대 여인들은 수색정찰대 대원들이 인도하는 대로 1중대를 향해 달렸다.

1중대장은 근식 대장의 보고를 받고 나서 손을 놓지 못하고 여인들과 징용자들은 살았다는 생각에 소리 내어 울고 있었다.

근식 대장은 식사하고 있는 수색정찰대 대원들을 보면서 사령부에서 별다른 지시 사항이 없는 이상 남아 있는 작전을 수행할 생각을 하고 있었다.

"2소대는 어찌 되었습니까?"

"대장님한테 대포들을 인계받은 후 많은 전승 보고를 보내왔습니다. 사령부에서 특별한 지시가 없으면 지금대로 작전하면서 이동하는 일본군들의 진격로를 막을 계획입니다. 수색정찰대까지 합동작전을 한다면 우리는 일본군을 무용지물로 만들 수 있습니다. 모든 길을 차단하고 몰아붙이고 싶습니다. 현재 이곳 2개 마을에 3만 명의 일본군들이 있습니다."

근식 대장은 1중대장의 비장한 모습을 보면서 1중대 병사들이 징용자들과 여인들을 사령부고 인솔해가고 있는 것을 보고 있었다. 하늘을 찌르고 있는 높은 산들이 짙은 안개 속에서 잠들어 있는 시간에 박근식 대장이 조국 조선을 눈에 그리며 북간도 전투장에 우뚝 서 있었다.

"지금부터 취침에 들어가시고 새벽 3시에 침투하겠습니다. 이상!"

근식 대장은 대원들이 천막 막사로 들어가는 것을 보고 서 있었다. 그리고 1중대 상황실 의자에 앉았다. 난롯불의 온기는 추위와 피로에 지쳐 있는 근식 대장의 몸을 어루만지면서 검게 찌든 얼굴에 피가 오르게 하고 있었다. 1중대장이 상황실로 들어오고 있었다. 근식 대장은 움직이는 것 없이 앉아 있었다.

14사단은 혼합부대이면서 정규 보병과 신무기 화력을 갖춘 막강한 사단이다. 독립군 토벌 명령을 받고 중화기 여단과 포조군까지 지원받았고 러시아는 물론 중국군과 전투를 치러도 이렇게 막강하게 규모를 갖추고 전선에 투입된 적이 없었다. 그런 14사단이 해괴한 적군에게 두 발이 묶이고 있었다. 그 발을 묶고 있는 적군이란 짙은 안개와 일본군 복장을 하고 있는 조선 독립군이다.

근식 대장은 중대장이 따라주는 따뜻한 물을 자주 입에 대면서 사방 10리에 분포하고 있는 적진지를 괴멸할 생각에 골몰하고 있었다. 36연대는 그런대로 만신창이로 만들어 놓았지만 광범위한 지역에 막강한 전투력으로 공격해 오고는 3만여 명을 괴멸시키기는 쉬운 일이 아니기만 했다.

"2소대가 사단사령부는 물론 예하 부대들까지 모두 수색해 왔소. 이것 보시오, 수색정찰대대장. 2소대장의 지원 요청이 있는 순간 전 중대가 진격할 겁니다. 사령부에 전령을 보냈습니다."

근식 대장은 1중대장이 펼치고 있는 일본군 배치도를 들여다보았다. 그리고 경련을 일으키고 있는 중대장의 얼굴을 보았다. 1중대장은 두 눈이 충혈 되고 있었다. 근식 대장은 한참 동안 말 없는 1중대장을 가만히 서서 보고 있었다.

"각 소대는 물론 분대 병력들까지 작전 임무를 하달했습니다. 수색정찰 대원들과 함께입니다."

"…?"

"저와 함께 사단사령부 맙읍시다."

근식 대장은 평소와는 달리 중대장의 입술이 무겁게 움직이는 것을 보았다.

"알겠습니다."

"대원들을 푹 쉬게 한 후 합시다. 2소대도 적진지 어디서 자고 있을 겁니다."

1중대장은 적진지 속에 있는 2소대 병사들을 말하면서 입가에 엷은 미소까지 짓고 있었다.

"어서 가서 눈 좀 붙이시오."

근식 대장은 잠시 중대장을 보고 있다가 상황실을 나섰다. 그리고 수색 정찰대원들이 잠들어 있는 천막 속 구석에 몸을 눕히고 있었다.

그리고 달려 들어가고 있는 3소대 병사들은 일본군들과 육박전을 벌이고 있는 소대장을 비롯한 수색정찰대 병사들을 발견하자 물불 가릴 경황도 없이 달려들어 일본군들을 무찔렀고 제압시켰다. 3소대장 박상운은 수색정찰대원들 그리고 중대 본부 병사들과 사령부 뒤로 지어져 있는 천막들을 향해서 달려갔다. 안개 속에서 천막들이 드러나기 시작했다. 중대원들 그리고 근식 대장의 수색정찰대원들은 천막들을 향해서 공격 자세를 취하며 모두 땅바닥에 납작 엎드렸다. 그리고 자신들을 향해서 총탄을 날리고 있는 천막을 바라봤다. 천막 앞에는 붉은 팻말이 세워져 있었고, 일본 병사들은 그 천막에서 사격하고 있었다. 소대장과 수색정찰대원들은 정신대 팻말이 있는 천막에서 일본 사병들이 공격하고 있었다. 일본 병사들은 아군 군복을 입고 공격하는 아군에게는 속수무책으로 당하고 있었다. 일본 병사들은 어디로든 도망쳐야 했고 몸을 숨겨야 했다. 일본 병사들은 정신대 천막으로 뛰어들었고, 일본 군복을 입은 아군과 총격전을 벌여야 했다.

"입구 쪽을 집중적으로 공격합시다. 여인들이 바닥에 엎드려 있지 않겠소?"

근식 대장은 3소대장 박상운의 제안에 대답을 못 했다. 교활한 일본군들이 여인들을 이유 불문하고 방패로 이용할 것이 틀림없기 때문이었다.

"일본군들이 여인들을 방패로 삼을 겁니다."

근식 대장은 대답하고 나서 수색정찰대원들에게 소리쳤다.

"지금부터 천막 상단부에 사격하고 1개 분대 병력이 천막 버팀줄을 끊도록 하시오. 그러면 천막이 쓰러질 것이고 저격 사격을 합시다."

명령이 떨어지자 수색정찰대원들은 상단부로 사격을 시작했다. 그리고 천막 버팀줄을 향해서 대원들은 달려갔다. 천막은 쓰러지고 있었고 사격은 중지되면서 잠잠해지고 있었다. 3소대장은 당장에라도 육박전이라도 벌이고 싶은 마음에 입을 열었다.

"앞에서 엄호 사격을 하고 뒤에서 천막을 찢고 들어갑시다. 육박전을 하지 않고는 끝이 나지 않겠소. 시간이 없는데 무한정 있을 수 없소."

3소대장이 소리쳤다.

"알겠습니다. 그럼 저희가 뒤에서 공격하겠습니다."

"좋습니다."

근식 대장은 수색정찰대원들과 천막의 후미를 향해서 몸을 최대한 낮추고 질주하기 시작했다. 3소대 병사들은 간헐적으로 천막을 향해서 사격하고 있었다. 수색정찰대원들은 총구에 착검된 대검으로 천막을 찢기 시작했다. 천막을 찢고 긴 나무로 천막을 들추어도 일본군의 반응은 없었다. 수색정찰대원들은 뜻밖에 아무런 반응이 없자 천막을 사방에 찢고 있었다.

"우리예요. 일본군인들 죽었어요. 도망갔고요."

여인의 말소리가 들리고 있었다. 수색정찰대원들은 말소리를 듣고도 긴 나무로 천막을 들추고 안을 살피며 선뜻 들어가지 않고 있었다.

"일본군 없어요. 우리뿐이에요."

다시 말소리가 들리고 있었다. 그러자 앞에서 3소대장이 소리쳤다.

"돌격!"

3소대장의 돌격 소리에 소대 병사들이 이리저리 쓰러져 있는 천막 안으로 뛰어 들어가고 있었다. 수색정찰대원들도 찢어진 곳으로 들어갔다. 그러자 여인들이 독립군들에게 달려들고 있었다. 1중대 3소대병사들과 수색정찰대원들은 정신대 여인들을 구출해 나오고 있었다. 3소대 병사들은 다시 안으로 들어가 덮을 수 있는 것은 모두 들고 나와 떨고 있는 여인들을 덮어주고 있었다. 근식 대장은 수색정찰대원들과 짙은 안개 속에서 치솟고 있는 불기둥들을 바라보고 있었다.

"연대본부가 이렇게 텅 빌 줄은 몰랐습니다."

3소대장은 씁쓸한 얼굴로 중얼거렸다. 그리고 3소대장은 근식 대장에게 다시 말을 이었다.

"나는 상황실로 가서 보고하도록 하겠습니다."

3소대장은 의기충천한 병사들과 정신대 여인들과 함께 중대 본부로 향했다. 근식 대장은 수색정찰대원들과 중대 본부로 가면서 사령부가 궁금해졌다. 각 전선의 전황이 궁금하고 지쳐 있는 대원들을 조금이나마 쉴 수 있도록 하고 싶어서 사령부로 귀대하고 싶었다. 근식 대장은 1중대장에게 사령부로 귀대하겠다는 보고를 하려고 중대 본부로 들어가고 있었다.(제2 수색정찰대는 1중대의 전황이 승전으로 전환하였기에 그에 따라 지원 작전을 철회하고 2중대 작전지에 지원 투입할 것을 명한다. 조선독립군사령관 김시진)

　근식 대장은 1중대장으로부터 작전 명령서를 받아들고 1중대를 떠났다. 수색정찰대원들은 이틀 동안 맹렬히 싸웠던 사합리의 붉게 타고 있는 하늘을 보면서 2중대를 향해서 행군하기 시작했다. 근식 대장의 수색정찰대는 장송리 일대에서 금산리와 신건리를 걸쳐 포진하고 있는 일본군들을 우회하며 짙은 안개를 뚫어가며 힘겹게 2중대 본부를 찾아가고 있었다. 독립군복으로 갈아입은 김팔복과 최윤겸이 척후병으로 2중대 본부를 찾았다. 그리고 뒤이어 박근식 대장의 제2 수색정찰대가 2중대 중대장에게 지원 작전 신고를 마쳤다. 고영균 2중대장은 다시 지원 나온 근식 대장과 수색정찰대를 보면서 입을 크게 벌리며 환영했다. 수색정찰대는 숨 돌릴 겨를도 없이 곧바로 전선에 투입되었다.

　"대장님! 어떻던가요? 눈에 띄는 것은 모두 왜군들이던가요?"

　"안개 때문에 깊은 곳까지는 못 보았습니다만 짐작으로 보아 틀림없었습니다."

　"따뜻한 물에 요기들 하십시오. 오시느라고 고생하셨습니다."

　근식 대장은 수색정찰대원들에게 취사장으로 갈 것을 말하고, 고영균 중대장과 현재 2중대의 작전 상황 이야기를 나누기 시작했다.

　"왜군들이 늘어가고 있습니다. 어디서 모두 오는지 알 수도 없거니와 왜 이러는지 도통 알 수가 없습니다."

근식 대장은 고영균 중대장의 상황 설명과 마찬가지로 일본군들이 왜 이러는지 알 수가 없었다.

"우리 중대 수색대가 탐색한 결과 장송리는 동지대 37여단이 포진했고, 신건리 쪽은 19사단을 비롯한 1개 사단병력이 더 집결하어 있는 것으로 보고되어 있습니다."

"그럼 신건리에만 2개 사단이 집결하고 있는 것으로 봐야겠네요."

"그렇게 보면 되겠습니다."

근식은 2중대장의 말에 두 눈이 감기고 있었다. 독립군이라야 고작 700 명의 2개 대대 병력에 불과한데 일본군들은 수만씩 계속해서 불어나고 있는 게 무슨 의도에서 그러는지 의문이 가고 있었다. 근식 대장은 짙은 안개 속에서 두 눈을 하늘로 향했다. 수없이 이곳을 다니며 눈에 익혀놓은 곳이지만 전쟁터로 변한 데다 안개가 끼어 있어 어디가 어딘지 분간이 안 되고 있었다. 근식 대장은 2중대 소대장들을 만나 일본군들의 동태는 물론 병력과 장비에 관해서 듣고 다니며 밤늦도록 현황 파악을 마쳤다. 그리고 2중대 본부로 귀대한 근식 대장은 김시진 장군의 작전 명령을 받았다.

(일본군이 일본군과 싸우도록 하시오. 김시진 장군)

작전 지령서를 받아든 근식은 아무런 말도 하지 않았다. 근식 대장은 고영균 2중대장에 1개 소대 지원 요청을 했다. 고영균 2중대장은 장송리 샘골에서 작전 중인 3소대를 지원해 주었다. 근식 대장은 장손리 샘골로 달렸다. 그리고 3소대장 심기철이 지원해준 2개 분대 병력과 함께 신건리로 향했다. 개울이 많은 신건리는 지대가 낮은 곳이 많아 안개가 끼기 전부터 주둔한 일본군들이 안개가 끼면서 요지부동이라 하였다.

근식 대장은 신건리로 향했다. 얼어붙은 개울을 타고 일본군 부대 안으로 깊숙이 파고들어 가고 있었다. 얼마 가지 않아 일본군들을 살필 수 있었다. 길은 물론이고 들과 산자락을 타고 일본군들이 포진하고 있는 것을 알 수 있었다. 일본군은 잠복 병사들을 삼엄하게 배치시켜 놓았으며 장갑차와 중화기들이 요소마다 배치되어 있는 데다 일본군들이 발 디딜 틈 없이 주둔하고 있었다. 근식 대장은 신건리를 마치고 장손리 1중대가 작전하고 있는 경계까지 샅샅이 일본군들의 동태를 뒤지며 살피고 다녔다. 근식 대장은 밤이 깊어지자 2중대로 귀대하고 대원들을 취침시켰다.

다음 날, 근식 대장은 대원들과 동지대 37여단 그리고 19사단 혼합군 1개 사단 정도의 병력이 산자락이며 들판 그리고 개울들까지 모두 빽빽하게 들어차 있는 장송리에서부터 신건리 그리고 금산리까지 광범위하게 포진하고 있는 일본군들을 살피면서 네 군데나 되는 중화기 부대의 위치를 살피고 난 후 작전 계획을 세우기 시작했다. 근식 대장은 심기철 소대장과 작전 회의를 시작했다. 근식 대장이 먼저 입을 열었다.

"우선 제가 답사한 상황부터 말씀드릴까 합니다."

"그렇게 하십시오."

"3소대장이 19사단 사령부 본부에 침투하시면 어수선한 틈을 타서 저희가 측면 부대를 공격하겠습니다. 그렇게 되면 틀림없이 부대가 소란스러워질 것이고 혼란해질 것입니다. 그러면 우리는 일본군들을 공격하면서 빠지고 다시 공격하고 하다가 보면 결국 전투는 일본군끼리 하게 되지 않을까 합니다. 어떠신지요?"

"아! 그렇게 합시다. 그리고 그다음은 그때 가서 상의합시다."

작전 회의는 끝났다. 근식 대장과 심기철 3소대장은 수색정찰대원들과 3소대 병사들에게 작전 설명을 하고 곧바로 작전에 들어갔다.

근식 대장과 수색정찰대원들은 보초병들과 가까운 거리에서 경계하기 시작했다. 그러자 심기철 3소대장과 소대병들은 짙은 안개를 틈타 부대 안으로 스며들어 가기 시작했다. 그리고 3소대 병사들이 무사히 안으로 침투하고 나서 근식 대장과 수색정찰대원들은 주변에 포진하고 있는 직속 부대들을 공격하기 위해서 심기철 3소대병들이 침투한 곳으로 숨어들어가기 시작했다. 심기철 3소대장은 소대병들과 종대로 서서 사단 사령부를 향해서 진군하고 있었다. 심기철 3소대장과 소대병들은 당당하게 행군하고 있었다. 3소대병들은 빠르게 움직이고 있었고 직할 부대들이 어수선하게 포진하고 있는 속에서 심기철 3소대장은 소대 병력을 멈추었다. 근식 대장과 수색정찰대원들은 3소대의 공격을 기다리고 있었다. 3소대의 공격이 시작되는 순간 수색정찰대원들 또한 후속 부대들을 공격하게 된다. 수색정찰대원들이 3소대의 공격 총소리를 듣고 있었다.

'따따따 따 따 따따 따!'

근식 대장은 수색정찰대원들에게 공격 명령을 내렸다. 부대는 삽시간에 총소리로 휩싸이기 시작했고, 일본군들은 혼란에 빠지기 시작했다. 일본군들은 아군이 아군을 향해서 공격하는 것을 보고 있었다. 아군들은 아군들이 쏘고 있는 총탄에 쓰러지고 있었다.

"사격중지! 사격하지 마라! 사격 중지하라!"

지휘관들은 물론 병사들도 소리치고 있었다. 그러나 수색정찰대원들과 3소대 소대 병사들은 소리 지르고 있는 지휘관들을 향해서 난사하고 있었고, 독립군들이 총탄을 난사하면 난사하는 대로 일본군들은 처참하게 누구나 쓰러져가고 있었다. 그렇게 되자 일본군들은 일본군들을 향해서 공격하기 시작했다.

19사단이 주둔하고 있는 신건리 그리고 금산리는 일본군이 일본군을 사살하는 총탄이 빗발치고 있었고, 3소대와 수색정찰대는 몸을 피해서 후방 멀리 빠져나와서 몸을 피하고 있었다.

"3소대장님! 동지대 37여단도 시작합시다."

근식 대장의 말에 3소대장은 미소 짓고 있었다.

18
일본군은 독립군 사령부를 향해서

　이미 일본군부대 중에는 독립군 사령부 방어진 2km 선까지 포진하고 있는 상태이다. 이는 김시진 장군의 전략적 계략에 최후 방어진까지 일본군을 끌어드린 것이며 현재 일본군 각 지역에서 벌리고 있는 전투는 일본군 후방 지원을 차단하여 적의 주력을 차단하는 전투이다.

　일본군들은 짙은 안개 속에서 청산리 독립군 사령부를 향해서 움직이고 있었다. 독립군에게 크고 작은 공격을 받아가면서 일본군들은 독립군 사령부를 향해서 진군하고 있었다.

　신기철 소대장은 일본군이 진격하는 것을 보면서 일정한 거리를 유지하고 공격할 기회를 살피고 있었다. 근식 대장 또한 공격할 작전지를 찾아가면서 수색정찰대원들을 이동시키고 있었다. 그리고 심기철 3소대장이 근식 대장을 찾았을 때는 중화기 부대로 중무장한 동지대 37여단을 멀리서 관망하며 따라붙어 기회를 보고 있을 때였다.

　"일본군들이 우리말을 잘 듣고 있습니다. 우리가 하라는 대로."

　심기철이 근식 대장을 향해서 의미심장한 미소를 흘리며 말했다.

"예!"

근식 대장도 심기철을 향해서 의미심장한 미소를 짓고 있었다. 그러면서 심기철을 향해서 속삭였다.

"엉덩이든 궁둥이든 걷어차려고 합니다."

근식 대장과 심기철 소대장은 대원들과 안개 짙은 속으로 들어가며 모습을 감추었다.

"정지! 서라! 서라!"

위병초소 경비병들이 소리 지르고 있었다.

"아, 수고한다. 우린 아군이다. 수색 정찰하고 있는 중이다."

"수색대가 나간 적이 없습니다. 거시서 정지하시오."

"아, 우린 2연대 수색대다."

"2연대도 참전하였습니까? 본국에 있는 줄 알고 있는데… 천천히 와 보시오. 잘 보이게."

"알겠다. 우리 2연대만 출전했다. 똑똑하구나. 그런 것을 다 알고"

근식 대장은 수색정찰대원들과 위병초소를 향해 다가가고 있었다.

"좀 더 가까이 오시오."

"가는 중이다. 이놈의 안개 때문에 되는 일이 없다."

근식 대장은 수색정찰대원들과 경비원들 앞으로 가깝게 다가갔다. 그러자 경비병들이 경례를 부쳤다.

"수고하십니다. 안개가 심해서 죄송합니다."

"괜찮다. 수색 정찰에 애로가 많다, 안개 때문에. 조선 반란군 나부랭이들 때문에 사서 고생하고 있다. 이제 정찰 마치고 복귀해야겠다. 한심한 중국 놈들이나 조선 반란군 나부랭이들이나 이놈의 안개나 지겹다. 어서 싹 쓸어버려야겠는데."

"죄송합니다."

위병소 경비병들은 부동자세로 서서 근식 대장을 보고 있었다. 근식 대장은 난로에 언 손을 녹이면서 대원들을 살펴보고 있었다. 대원들이 담뱃불을 빌리는 척하면서 기관단총 사수에게 접근하고 있는 것을 보면서 근식 대장은 삽시간에 위병소 경비병들을 제압했다. 그리고 제압당한 경비병들을 포박했다.

"미안하다. 우리 원망하지 마라. 너희 나라가 시작한 일이다. 징용자와 정신대 어디 있느냐?"

"취사장 옆에 있습니다."

"고맙다. 잘 가라. 미안하다."

수색정찰대원들은 삽시간에 경비병들의 숨통을 끊었다. 그리고 죽은 경비병들을 안개 속으로 끌고 들어가 풀숲에 숨겼다. 그런 다음 수색정찰대가 자연스럽게 위병소 경비병으로 위장했고, 나머지 대원들은 근식 대장과 안으로 들어갔다. 부대 안으로 들어간 수색정찰대원들은 자연스럽게 일본군들처럼 움직이면서 정신대와 징용자들의 천막을 찾고 있었다. 그리고 천막을 찾아낸 근식 대장은 안으로 들어가 잠자리에 누워 있는 징용자들을 작업장으로 끌고 가는 듯이 밖으로 끌어냈다.

"이제부터 연장을 들고 위병소로 간다. 출발!"

수색정찰대원 몇 명이 징용자들을 인솔하고 위병소로 향했다. 그리고 근식 대장은 수색정찰대원들과 정신대 막사를 찾아 나섰다. 그리고 상황실 인접한 곳에서 정신대 막사를 찾았다. 근식 대장과 수색정찰대원들은 상황실로 일본군들이 수없이 드나들고 있는 것을 보면서 구출하기가 쉬울 것 같지 않아서 잠시 멈춰 서서 주변동태를 살폈다. 그리고 정신대를 구출하고 나서 탈출할 방법 또한 신중히 생각하고 있었다. 근식 대장은 두리번거리며 안개 속에 드러나고 있는 일본군들을 세심하게 살펴보았다. 그리고 상황실에서 얼마 떨어지지 않은 곳에 경비 초소가 있는 것을 어렴풋이 발견했다. 또한, 기관단총을 보고 있었다. 근식 대장은 수색정찰대원들이 몸을 낮추고 있는 곳으로 갔다.

"상황실 경비 초소를 뺏고 상황실과 맞붙어야 하겠소. 먼저 기관총부터 빼앗아야 일본군들을 제압하는 데 수월할 것 같소."

근식 대장의 말이 끝나기가 무섭게 수색정찰대원들은 행동에 옮기고 있었다. 이학봉과 박윤성이 다리가 풀린 듯이 기우뚱거리며 걷기 시작했고, 서로 부축하는 듯이 팔을 내저으며 정신대 막사가 있는 곳으로 가고 있었다. 그러다가 초소의 경비병들이 쳐다보자 이학봉과 박윤성은 경비 초소로 흐느적거리며 갔다. 그런 다음 잠시 비척거리며 꾸물대면서 경비병들이 방심하도록 하고 난 다음 삽시간에 덮쳤다. 이학봉과 박윤성의 모습이 안개 속에서 희미하게 보이면서 이학봉과 박윤성은 기관단총을 확보하고 상황실을 향해 총구를 돌리고 있었다. 근식 대장은 순간 대원들과 앞으로 달리기 시작했다. 앞으로 달리기 시작한 수색정찰대원들은 정신대 막사 안으로 뛰어 들어갔다. 일본군들은 옷도 못 입고 비명을 지르며 밖으로 뛰어나오고 있었다. 그러자 상황실에서 일본군들이 뛰어 나오고 있었다. 그러나 밖으로 나오고 있는 일본군들은 대기하고 있던 수색정찰대원들의 총검에 맥없이 쓰러지고 있었고. 소란스러워지기 시작하면서 여기저기 막사에서 일본군들이 뛰어나오기 시작했다. 그러나 뛰어나오는 족족 기관단총 실탄이 사정없이 퍼부어지고 있었다. 근식 대장은 몇 명의 대원들에게 정신대 여인들을 위병 초소로 달리게 한 다음 나머지 수색정찰대원들과 사방으로 흩어지면서 눈에 띄는 일본군들을 사살하고 있었다. 근식 대장과 수색청찰대원들은 한밤중에 부대 안을 수라장으로 만들면서 위병소를 향해 달려가고 있었다. 그리고 안개 속에서 모두 잠들었던 동지대 37여단 소속 예하부대들은 전쟁터로 변하고 있었다. 수송대가 습격을 당하고 있었다. 탄약고가 습격을 당하고 있었다. 김기철 3소대 소대장이 소대병들과 미친 듯이 부대를 쑥대밭으로 만들고 있었다. 습격을 당하고 있는 수송대 그리고 중화기와 탄약들은 요란한 폭음과 불기둥을 하늘로 치솟으며 아수라장으로 만들고 있었고 3소대 병들과 근식 대장의 수색정찰대원들은 아수라장으로 변해버린 부대들을 뒤돌아보면서 위병소로 달려가고 있었다.

수색정찰대원들은 근식 대장이 마지막으로 달려오고 나자 부대를 향해서 한동안 기관총탄을 난사하고 나서 2중대 본부를 향해서 짙은 안개 속으로 사라지고 있었다. 심기철 3소대장과 소대병들은 대승을 거두고 밤하늘에 솟고 있는 불기둥을 보면서 중대장이 기다리고 있는 중대 본부로 뛰어 들어갔다. 그리고 심기철 3소대장은 근식 대장에게 기염을 토하고 있었다.

"19사단 사령부와 2개 연대는 내일 우리 3소대가 맡겠습니다."

"알겠습니다. 잘 다녀오십시오."

근식 대장은 심기철 소대장을 향해서 가장 작은 소리로 속삭이듯이 대답하고 있었다. 그리고 두 사람은 다시 한 번 굳게 손을 잡았다. 계곡은 추위와 안개와 적막만이 전율을 뜨겁게 만들고 있었다.

근식 대장은 정찰 중인 대원들을 기다리며 계곡 바위 아래에 앉아서 짙은 안개 속으로 두 눈을 고정하고 있었다. 피로에 지친 대원들은 낙엽을 긁어모아 몸을 수북이 덮고 누워 있었다. 10월 하순의 북간도는 살아 있는 것이 아무것도 없었다. 수색정찰대원들의 차갑게 얼어 있는 몸뚱이들은 깊은 겨울 숲속처럼 엉성하고 성한 곳이 없었다. 수색정찰대원들은 찢기고 찢긴 몸뚱이들을 낙엽을 긁어모아 수북이 몸을 덮고 잠을 청하고 있었다. 독립군들은 자신이 조선의 독립군이라는 것을 수없이 가슴에 다지며 짐승이 되어 북간도 높고 높은 산들을 달리고 있었다.

심기철 소대장과 3소대 병사들은 정찰을 마치고 돌아왔다.

"장군님이 정찰이 끝나는 대로 사령부로 귀대하시라 하시지 않으셨습니까?"

심기철 3소대장의 말에 근식 대장이 대답했다

"아직 한 군데 남아 있지 않습니까? 끝냅시다."

심기철은 근식 대장의 얼굴을 슬기로운 눈빛으로 더듬고 있었다. 2개 연대와 사단 사령부까지 정찰하기는 힘겨운 작전이므로 근식 대장과 심기철 3소대장은 서로 지원을 바라고 있었다.

"그럽시다. 남은 연대들 정리합시다. 사단 사령부는 정리가 끝난 후 처치하도록 하시고."

심기철의 대답에 근식 대장은 대답 없이 눈빛을 반짝이고 있었다. 심기철은 근식 대장의 대답 없는 모습을 보면서 밤하늘 짙은 안개 멀리 뜨거운 가슴을 보내고 있었다.

"4시에 움직입시다."

근식이 말했다.

"알겠습니다."

심기철은 근식의 굳은 얼굴에서 피로가 겹겹이 겹쳐 덮고 있는 것을 뜯어 가면서 보고 있었다. 심기철 3소대장은 오리나무에 등을 기대고 앉아서 잠들고 있는 근식 대장을 물끄러미 내려다보았다. 그리고 근식 대장을 낙엽을 수북이 긁어모은 곳에 눕히고 있었다. 심기철 자신도 낙엽 속에 몸을 눕혔다.

근식은 일어났다. 그리고 시계를 보았다. 바늘은 4시를 지나고 있었다. 근식은 자신의 곁에서 잠들어 있는 심기철의 어깨를 흔들기 시작했다. 근식 대장과 심기철 3소대장은 마주 보고 나서 수북이 쌓인 낙엽 속에서 일어나고 있었다.

"근무 중 이상 무! 좀 주무셨습니까?"

3소대 보초병이 이상유무 보고를 하고 있었다.

"수고했소. 모두 기상시키시오."

심기철이 밤새 적의 동향을 살피던 병사에게 말했다.

"넷!"

2중대 본부에 도착한 근식 대장은 사령부로 귀대하라는 명령서를 받아 들었다. 근식 대장은 19사단 7연대 앞에서 3소대장 심기철과 헤어졌다. 그리고 다시 지원 명령을 받고 오겠다는 말을 남기고 수색정찰대원들과 근식 대장은 사령부를 향해 달려가고 있었다.

"사령관님이 오셨습니다."

근식 대장은 대열지어 있는 대원들을 향해서 소리치고 있었다.

"장군님을 향하여 받들어 총!"

김시진 장군은 거수경례를 하면서 눈빛을 반짝였다.

"바로!"

근식 대장은 경례를 마치고 나서 부동자세로 서 있었다. 그런 근식 대장 앞으로 김시진 장군은 닦아갔다. 그리고 뼈만 앙상한 근식 대장의 두 손을 잡고 속삭였다.

"고맙소, 대장!"

근식 대장은 옆으로 물러섰다. 김시진 장군은 수색정찰대원의 손을 잡으며 어깨에 손을 얹고 말했다.

"고맙소. 고맙소. 고맙소."

김시진 장군의 입에서는 대원들의 손을 모두 놓을 때까지 고맙다는 말소리가 이어지고 있었다.

근식 대장의 수색정찰대는 백색에 엷은 회색 반점이 엉덩이로 타고 내린 말을 타고 늠름하게 걷고 있는 김시진 장군의 뒤를 따라 계곡을 빠져나갔다. 그리고 사령부 경비대 경호원들이 앞과 뒤 그리고 좌우에서 따르고 있었다. 일본군들이 거점하고 있는 지역 정찰 확인 차 김시진 장군은 전선 길에 올랐다. 제2 수색정찰대 대장 박근식은 대원들을 50보 전방에 배치해 안전에 전력 투고하며 진군하고 있었다.

김시진 장군은 장송리 2중대 진지를 향해 진군했다. 짙은 안개로 인하여 10보 밖은 식별이 어려우나 일본군의 동태를 살피는 데는 문제가 되는 것은 없었다. 김시진 장군은 식별이 불가능해 일본군을 속속들이 관찰할 수는 없으나 현지 지역마다 실태설명과 보고를 통해서 일본군의 포진상태와 전력을 판단 분석해 나가고 있었다. 그렇게 함으로서 지역마다의 적합한 지원 작전을 할 수 있고 최후의 결전에 승리의 명령을 내릴 수 있기 때문이다.

조선 독립군 김시진 장군은 2중대 상황실로 향하고 있었다. 2중대 고영균 중대장은 심기철 소대장과 김시진 장군을 맞이했다. 그리고 상황판 앞에 선 고영균 중대장은 작전 보고를 시작했다.

"먼저 7연대와 11연대는 작전 기회를 잡지 못하여 징용자와 정신대를 구출하지 못하였습니다. 현재 일본군이 포진 및 배치된 지점은 아군 사령부에서 11km 선까지 접근해 있습니다. 19사단 작전 지역 내에 병력은 대략 4만 5천에서 5만으로 확인 하였습니다. 그리고 어제 보고 드린 정보를 다시 말씀드립니다. 일본군 정보에 의하면 총공격 일자가 1942년 11월 01일로 되어 있습니다. 그러나 현재까지 적군의 작전정황 실태를 확인해 본 결과 공격해올 정황을 포착하지 못하고 있습니다. 이는 공격 일자를 변경하였거나 작전에 이상이 발생하지 않았나 보고 계속 이상 유무를 확인하고 있습니다. 이상입니다."

김시진 장군은 의자로 두고 꼿꼿이 서서 보고를 받고 있었다. 김시진 장군은 고영균 중대장의 보고가 끝나자 이에 작전 명령을 내리고 있었다.

"일본군을 아군 사령부 4km 선까지 접근시키도록 하시오. 그리고 전선에서 첫째는 병사들의 사기이고 충성심입니다. 막중한 전투라 하여도 병사들이 사기를 잃었을 때는 그 전투는 중단해야 합니다. 적이 작전 날짜를 11월 1일로 하였으면 그날이 공격하는 날입니다. 우리에게는 대포가 없지만 적군은 대포를 보유하고 있습니다. 적군이 우리 심장부를 향해서 모든 대포를 쏘아댄다면 우리는 당할 수밖에 없고 승리는 적군의 것이 됩니다. 적군에게서 이상 유무가 포착되고 있지 않다고 하여도 적군은 11월 1일에 총공격해 올 것입니다. 이제 전방에서 해야 할 작전은 적군의 중화기를 파기하는 것뿐입니다. 중화기를 파기하면서 보병을 신속하게 4km 전방까지 접근하도록 하시기 바랍니다."

"옛! 완수하겠습니다."

고영균 중대장이 큰 소리로 대답했다. 김시진 장군은 고영균 중대장을 격려의 눈빛으로 한참 동안 보고 나서 근식 대장을 향했다. 근식 대장은 자리에서 벌떡 일어나 섰다.

"7연대와 11연대 알아보시오."

"옛!"

2중대를 떠난 김시진 장군은 1중대와 6중대를 들렀고, 나머지 모든 중대의 전선을 살피고 나서 사령부로 향했다. 김시진 장군은 현황판 앞에 서서 일본군의 침투 경로를 검토하면서 몹시 괴로워하고 있었다. 김시진 장군은 현황판을 보고 있을 때나 현황판에서 눈을 떼고 있을 때나 깊은 수심에서 벗어날 때가 없었다. 참모들은 김시진 장군이 괴로워하고 있는 모습을 보면서 상황이 어렵다는 것을 알고 있었다. 김시진 장군은 의자에 앉으면서 유리창으로 보이는 안개를 오래도록 보고 있었다.

근식 대장은 김시진 장군의 작전 계획 차질이 무엇 때문이라는 것을 알고 있었다. 수색정찰대원들과 심기철 3소대장을 만나러 가면서 근식 대장은 좀처럼 움직이지 않고 있는 일본군들을 날씨만큼이나 암울한 마음으로 보고 있었다.

"그렇지 않아도 눈이 빠지게 기다리고 있었습니다. 사단이 움직이기 시작했소."

근식 대장은 심기철 소대장의 말에 두 눈을 크게 뜨고 있었다. 그리고 두 손은 심기철 소대장의 손을 움켜쥐고 있었다.

"그렇지 않소? 저들이 대군을 이곳에 투입하고 있는 것은 속전속결로 우리 독립군을 궤멸시키기 위함인데 이곳에 투입된 지 열흘이 되고 있으니 사정이 어떻겠소?"

심기철 3소대장은 기쁨에 의기양양해져 있었다. 근식 대장은 그런 심기철의 얼굴에 김시진 장군의 얼굴을 포개고 있었다.

"사령부에 있는 7연대 본부를 우리가 맡기로 하겠습니다. 아니 그러지 말고 이번은 합동작전으로 합시다. 저들이 움직이기 시작했으니 동태를 살피면서 건드립시다."

심기철은 여유롭기까지 했다.

"그리고 7연대와 11연대에 징용자와 정신대가 있는지 확인이 안 되었으니 중화기부터 공격하면서 구출하는 것으로 합시다."

심기철은 말해놓고 근식 대장을 의중을 살피고 있었다.

"말씀하신 대로 중화기부터 칩시다."

근식 대장은 심기철의 말대로 상황에 따라서 유동성을 가지는 것이 작전에 효율성이 있다고 보고 중화기 부대부터 공격하기로 했다. 그러나 적군을 4km 전방까지 전진시키는 작전이 시급하므로 신중하게 생각하고 있었다. 그러면서 근식 대장은 심기철 소대장의 작전에 동의하고 작전에 들어가고 있었다.

"그렇게 하지요. 후방 교란 작전이 의미가 있습니다. 포부 대부터 공격합시다."

근식 대장의 대답에 심기철 소대장이 땅바닥에 작전 지도를 그리기 시작했다. 그리고 7연대와 11연대 위치를 확인하고 나서 어금니를 힘 있게 물었다.

"어수선하게 만듭시다. 그러면서 중화기 부대를 공격하고 구출 작전을 합시다."

심기철 3소대장의 말이 끝나자 근식 대장은 희미하게 보이는 위병 초소를 향해서 부지런히 걷기 시작했다.

"서라! 정지. 정지!"

보초병의 외침은 짙은 안개를 뚫고 있었다. 근식 대장은 걸음을 멈추고 태연하게 보초병을 보고 있었다. 짙은 안개 속에서 일본군들이 수를 헤아릴 수 없도록 깔린 것이 눈에 들어오고 있었다. 일본군들은 모두 완전 무장한 데다 살벌했다. 계속해서 습격당하고 있는 데다 이동까지 하고 있어서 그런지 몹시 어수선한데다 어물거리고 있었다. 근식 대장은 보초병을 쳐다보았다. 보초병들은 낯선 근식 대장을 날카롭게 쳐다보고 있었다. 근식 대장은 일본군 특수야전전투 복을 입은 장교 복장이다. 그리고 뒤이어 따라와 멈추고 있는 수색정찰대원들 역시 특수야전전투 복을 입고 있었다. "정지" 소리를 지르던 보초병은 근식 대장에게 한참 후 경례를 했다.

"수고한다. 사령부에서 순찰 나온 작전 참모 다나카다."

"그렇습니까? 근무 중 이상 무!"

"수고한다. 폭도들 적진에서 잠복하던 순찰대가 귀대 하지 않고 있어서 순찰하고 있다. 혹시 안개 때문에 길을 잃어 귀대를 못 하고 있는 것은 아닌지 찾아 나섰다가 여기까지 오게 됐다. 예감이 안 좋다. 부대가 이동 중인데 귀대를 하지 않고 있고 안개 때문에 뭐 하나 시원하게 보이는 게 없고 보니 힘이 든다."

"아, 그렇습니까. 타 부대병이 왔다는 소리는 못 들었습니다. 저희도 못 봤고요. 본부로 연락해 보겠습니다."

"좋다. 그러거라."

"알겠습니다."

이동식으로 만든 위병소 안에서 또 다른 경비병이 전화를 걸고 있었다. 근식 대장은 위병소 안으로 들어갔다. 그리고 전화기를 받아들었다. 근식 대장은 전화기에다 대고 야간 잠복 근무병들이 귀대하지 않았다는 보고를 받고 순회 순찰 중이라고 말하고 나서 전화를 끊었다. 그리고 옆에 서 있는 보초병의 목으로 근식 대장의 손이 순간 지나갔다. 그와 동시에 수색정찰대원들은 보초병들을 제압하였고, 위병소와 가까운 곳에 있던 초소도 삽시간에 독립군의 손아귀에 제압당하고 있었다.

일본군 위병 초소가 삽시간에 제압당하면서 수색정찰대원들은 일본군들을 향해서 총구에 불을 붙이고 있었다. 이 광경을 떨어져서 몸을 숨기고 있던 심기철 소대장이 소대원들과 신속하게 부대 안으로 잠입하고 있었다. 일본군들이 반격하고 나섰으나 근식 대장의 노련한 습격작전에 속수무책으로 당하고 나뒹굴며 죽어가고 있었다. 수색정찰대원들은 확보한 위병소에서 기관단총을 부대 안으로 총구를 돌려놓고 있었다. 그리고 위병소에 최소한의 병력만 남기고 수색정찰대원들은 어깨에 또 다른 기관단총을 메고 사령부를 향해 잠식해 들어가고 있었다. 희미한 안개 속에 일본군들은 몸을 숨기기에 급급했고 수색정찰대원들은 그들을 용서하지 않고 있었다. 심기철 3소대장역시 진군하던 일본군들을 놓치지 않고 공격하면서 부대 속 깊이 빠르게 잠입해 들어가고 있었다.

근식 대장의 수색정찰대원들 역시 중화기부대를 찾아 계속해서 부대 안으로 깊숙이 파고 들어가고 있었다. 그런가 하면 전깃불이 환하게 켜져 있는 취사장을 보면서 박이구와 장윤철은 철수 준비를 하는 취사병에게 정신대 이야기를 늘어놓으며 농담을 걸고 있었다. 그리고 취사병의 농담 속에서 정신대 숙소를 알아낼 수 있었다. 수색정찰대원들은 빠르게 움직였고, 정신대 막사를 향해 소리 없이 다가가기 시작했다. 정신대 막사에 다가선 박이구와 장윤철은 사방에서 쳐다보는 눈들을 의식하면서 문을 열려고 손잡이에 손을 댔다. 그 순간 요란하게 기관단총 소리가 들렸다. 박이구는 얼떨결에 문을 열고 안을 들여다보았다.

"뭐예요? 이동하는 거 몰라요?"

여자의 고함이 들려왔다. 부대는 기관단총 소리만이 아니라 사방에서 총소리들이 들려오고 있었다. 장윤철과 박이구는 일이 벌어져도 크게 벌어졌다고 생각하며 안으로 들어섰고 여인들을 찾아보았다. 커튼들이 가득히 처진 속에서 여인들이 총소리에 겁을 먹고 움직이려 하지 않고 있었다.

"이 안에 지금 남자 있소? 남자 있소?"

박이구는 바닥에 납작 엎드려서 일본군 병사처럼 소리쳤다.

"없어요."

없다는 소리가 들려오자 박이구가 소리 나던 곳을 향해서 소리 질렀다.

"조선 분 있습니까? 조선 사람요? 우린 조선 독립군입니다. 모두 나오시오. 시간이 없습니다."

박이구의 말이 떨어지자 여인들이 가림막을 밀쳐가며 바닥으로 나뒹굴며 기기 시작했다.

"우린 독립군이고 이제부터 여러분은 우리가 보호하게 됩니다. 춥지 않게 옷을 단단히 입으시기 바랍니다."

부대는 삽시간에 전쟁터로 변하고 있었다. 사방으로 분산되었던 수색정찰대원들과 3소대가 산발적으로 공격하고 다니는 바람에 부대는 전쟁터로 변해가고 있었다. 심기철 소대장은 중화기 부대를 향해 돌진하고 있었다.

"조선 남자들 어디 있는지 아세요?"

박이구가 옷을 단단히 입으라는 말에 온갖 옷을 껴입고 기고 있는 여자를 향해서 물었다.

"남자들요? 이쪽에 없어요. 트럭 있는 데 있어요."

"어서들 나오세요. 지체할 시간이 없습니다."

장윤철이 안에다 대고 소리 질렀다. 그러자 여인들이 나오기 시작했고, 박이구는 막사 문을 열고 밖을 살피고 있었다.

"어서들 나오세요."

장윤철이 여인들을 향해서 손짓하면서 문밖으로 나갔다. 문밖에는 수색정찰대원들이 사방 경계를 하고 있었으며 빨리 나오라고 손짓을 하고 있었다.

"팔에 흰 줄이 있는 군인들은 모두 독립군입니다. 제 뒤를 바싹 따라들 오세요."

장윤철이 앞서서 가기 시작했고, 박이구가 뒤에서 후방 경계를 하며 달리기 시작했다. 여인들이 가는 대로 수색정찰대원들은 호위하고 있었고, 뒤따르고 있는 대원들을 향해서 박이구가 말했다.

"징용자들은 수송대 부근에 있소."

박이구의 말을 대원들은 알아들었다. 그리고 그 말은 수송대를 향해 진격하고 있는 신기철 소대장에게까지 들어갔다. 신기철 소대장은 징용자들은 구출하라고 소대병들에 소리쳤다. 수색정찰대원들은 여인들이 빠져나가는 대로 사방에 위협사격을 하고 있었다. 독립군들이 쏘고 있는 기관총 소리는 부대를 공포의 도가니로 만들고 있었고, 일본군들은 독립군들과 맞서서 싸우기보다는 몸을 숨기기에 급급하고 있었다. 신기철 3소대장은 사단 사령부 방향으로 포문을 조준했다. 조준이 끝나자 신기철은 포탄을 날리기 시작했다. 근식 대장은 여인들을 초소 후방으로 보내고 수송대로 달려가고 있었고, 심기철은 모든 대포의 포문을 열어 사격을 해대고 있었다. 일본군 부대가 있는 곳은 전진중이거나 아니거나 신기철 3소대장은 사정없이 대포를 쏴대고 있었다. 포탄이 떨어진 곳에서는 일본군 병사들이 쓰러지고 있었고, 안개와 하늘은 붉은 불기둥에 물들고 있었다. 근식 대장은 징용자들을 구출하면서 부상당해 있는 징용자를 들것에 이송시키고 있었다.

"이제 갑시다. 두들겨 패줄 만큼 패줬으니. 일본을 이기는 사람이 우리밖에 또 있소?"

신기철 3소대장은 근식 대장에게 말하면서 대포들을 한자리에 옮겨놓고 폭파하고 있었다.

고영균은 2중대장은 근식 대장과 신기철 소대장의 전투 상황 보고를 받고 나서 마지막 저지선 후방으로 후퇴하기 시작했다.

"저 산들만 넘으면 사령부요. 내일 새벽까지 마칩시다. 4중대하고 6중대는 마쳤답니다. 오늘 밤으로 후퇴 작전을 모두 끝냅시다."

고영균 2중대장은 구출한 징용자들과 여인들이 소대병들의 보호를 받으며 무리를 지어 가고 있는 것을 보면서 근식 대장과 신기철 3소대장에게 말했다.

"중대장님! 이제 저희는 1중대 방어부대 7연대를 정찰하겠습니다."

근식 대장이 중대장에게 말했다. 그리고 안개 속으로 멀어져가고 있는 2중대 병사들을 보고 있었다. 그러면서 일본군 7연대에서 간헐적으로 들려오고 있는 대포 소리를 들으며 수색정찰대원들은 더 이상 2중대가 보이지 않자 하늘에 붉은빛을 들이고 있는 7연대 방향으로 발을 옮기고 있었다.

"저, 대장님! 누가 따라오나 봅니다. 소리가 나고 있습니다."

근식 대장은 멈춰 서서 뒤를 보았다.

"아하하! 우리요. 3소대"

신기철 3소대장의 말소리가 안개 속에서 들려왔다. 근식 대장과 수색정찰대원들은 걸음을 멈추고 모두 뒤를 보고 섰다.

"일본을 이기는 사람은 우리밖에 또 있소? 중대장님께 말씀드렸더니 보내주셨소."

신기철 3소대장은 30명이나 되는 소대병들 앞에 서서 근식 대장에게 말하고 있었다. 근식 대장은 신기철 소대장의 손을 잡았다.

"이동하고 있으면 어떨는지 모르니 전황 파악을 합시다."

"예."

신기철 3소대장은 근식 대장의 말에 대답하고 수색정찰대원들을 보며 미소 짓고 있었다. 안개가 낀지가 4일째 되었다. 안개와 함께 일본군 부대를 공격한 것도 4일이 되었다. 근식 대장은 담배를 꺼내 신기철 3소대장에게 주면서 자신도 입에 물었다. 그리고 신기철 3소대장이 하던 말을 새기고 있었다. (일본을 이기는 사람은 우리밖에 또 있소?)

근식 대장은 담배 연기를 오래도록 빨아들이고 있는 신기철 3소대장의 얼굴을 보면서 머릿속으로 대답했다. (나라를 찾을 사람도 우리밖에 없소.)

근식 대장은 안개 속에서 아직도 붉은 불기둥이 오르고 있는 7연대의 하늘을 보면서 발걸음을 옮겼다. 일본군들의 트럭 엔진 소리들이 멀리서 들려오고 있었다.

"금산리로 갑시다. 11연대가 그 끝에 있고 거기가 후방이니 그리로 갑시다."

근식 대장이 말했다. 수색정찰대나 3소대나 모두 일본군 복장을 하고 있어 겉으로 일본군이니 일본군 눈에 띄는 것은 아무 문제가 되지 않고 있었다. 근식 대장은 수색정찰대원들과 일본군 진영을 향해 움직이면서 어쩌면 이번 순찰이 마지막일 것만 같은 생각이 들었다. 청산리 소주 계곡을 기점으로 동구는 제1 수색정찰대가 정찰 임무를 맡아서 작전하고, 서구 방향은 제2 수색정찰대 근식 대장이 맡아 정찰하고 있다. 이제 그 수색 정찰 작전이 마무리 되 가고 있다는 것을 생각하면서 근식 대장은 3소대 소대장 신기철 참위와 나란히 안개 짙은 들길을 걷고 있었다. 그러면서 근식 대장은 그동안 벌어왔던 수색 작전과 공격을 생각하고 있었다. 작전이라야 보초병들이나 속이고 외곽에 있는 수송대 그리고 중화기 부대 두세 번 습격하였고, 징용자들과 정신대 여인들 구출 작전이 전부인 것을 생각하면서 작전 때마다 한계에 부딪쳐 허둥거리기 일쑤였고 도주하기 급급하였던 것을 생각하고 있었다. 이제 일본군과 전면전을 코앞에 두고 있는 속에서 근식 대장은 동지들과 김시진 장군을 생각하고 있었다.

1,000명도 안 되는 독립군과 맞서기 위해서 20만의 대군을 집결시켜 놓고 있는 일본이 무슨 작전을 하려고 하는 것인지 궁금해 하면서 근식은 수없이 생각해보고 있었다. 그러니까 지난 9월에서 10월 초에 김시진 장군은 갑작스럽게 밀려들고 있는 일본군들을 상대해서 난투극을 벌리고 있었다. 난투극이라기보다는 혈투를 벌였다고 해야 옳을 것 같다. 김시진 장군은 날이 가면 갈수록 불어나고 있고 일본군을 보면서 당황했다. 그리고 불어나고 있는 일본군과 결사적으로 싸웠다. 김시진 장군은 얼마 견디지도 못할 것 같은 생각에 해체할 생각을 수없이 하고 있었다. 그러면서 일본군을 죽여야 조선이 독립할 것이 아니겠느냐는 생각에 총을 놓지 못하고 있었다. 그렇지만 김시진 장군은 모든 것이 열악하고 일본군과 맞붙기에는 역부족이기만 해서 비통함에 수없이 괴로워했다. 그러나 빼앗긴 나라에서 나라를 구해야 하는 의인이 없고 그의 독립군이 없다는 것은 백성으로서 백성을 배신하는 행위이고 조국을 배신하는 백성이므로 끝까지 의

인들과 온힘을 다할 생각으로 김시진 장군은 일본군과 격전을 벌이고 있었다. 일본은 그런 독립군의 싹을 자르기 위해 이동 불가능한 부대까지 동원하여 북간도 청산리로 집결시키고 있었다. 그런 일본이 집결시키고 있는 수가 20만 대군이니 김시진 장군은 바람 앞에 등불을 들고 서 있는 격이 되고 있었다.

금산리에 도착한 근식 대장은 11연대 후방으로 침투하고 있었다.

"동포가 있을지 모르겠지만 있다 해도 이동 중이면 쉽지 않으리라 봅니다. 만약에 여의치 않으면 화끈하게 밀어붙입시다."

신기철 3소대장이 근식 대장에게 말했다.

"예, 그렇게 합시다. 후방 작전이 또 있을 것도 아니고 우리 인원도 만만치 않으니 붙을 만합니다."

근식 대장 역시 가슴 깊이 결심하고 있었다. 7연대에서 퍼지고 있는 화약 냄새는 몇 시간이 지난 지금 이 시각까지 안개 속에 묻혀 있어 화약 냄새가 코로 들어오고, 이따금 기관단총 소리와 대포 소리가 그치지 않고 있었다. 또한, 안개가 짙어서 볼 수는 없으나 3소대가 중화기들이며 트럭들을 파손하였으니 기동력은 물론 일본군들의 사기가 어지간히 떨어져 있으리라 보고 있었다. 근식 대장은 물론 3소대장도 수없이 수색 작전을 하였던 곳이기에 안개가 짙게 끼어 있어도 지역 분별이 되고 있었다. 3소대 신기철 소대장이 부지런히 걷고 있는 근식 대장의 옆얼굴에 시선을 보냈다. 그런 신기철 3소대장을 근식 대장은 의식하면서 적진을 향해 진격하는데 열중하고 있었다.

"7연대가 아직 어수선한 듯합니다. 우리가 일손 좀 덜어주어야 하려나 봅니다."

신기철 3소대장이 어깨에 메고 있는 총을 툭 치며 말했다. 근식은 생각했다. 신기철 소대장이 하고 싶어 하는 것을 잘 알기 때문이다. 7연대는 새벽부터 당하고 있었다. 성한 것이 별로 남아 있지 않은 7연대는 병사들에게 낯선 군인은 이유 불문하고 신분 확인을 철저히 할 것을 하달하였지만 번번이 당하기만 했다. 그에 모든 지휘관들은 격분했고, 모든 작전을 수없이 바꿔가며 대처했으나 그럴수록 번번이 당하기만 했다 이에 7연대는 수없이 재정비해가면서 청산리를 향해서 진격하며 파손되지 않은 장비들을 이동시키느라 진땀을 흘리고 있었다. 근식 대장 역시 신기철 3소대장처럼 그런 7연대가 궁금해졌다. 그렇지만 11연대를 먼저 확인하고 싶었다.

"11연대가 얼마 남지 않았으니 수색해보고 정합시다."

근식 대장의 말에 신기철 소대장이 대답했다.

"알겠습니다. 11연대 대포로 7연대 싹 부숩시다."

근식 대장은 신기철의 말에 입가에 미소를 오래도록 짓고 있었다.

안개 속에서 이동하고 있는 일본군들의 움직이는 소리를 들어가며 11연대로 향한 독립군들의 발걸음은 빠르게 움직였다.

"수색대장님! 다 온 것 같습니다. 아직 이 개울을 지나지 않은 것을 보니 별로 움직이지 못했나 봅니다. 이제부터 수색해야 할 것 같습니다."

근식 대장은 신기철 3소대장의 말에 희미하게 드러나고 있는 안개 속을 세심하게 살피기 시작했다.

"이동이 틀림없으니 슬금슬금 끼어들어 기회를 보면서 처리합시다."

신기철 소대장이 말했다.

"그 방법이 옳을 것 같습니다. 우선 끼어들어 봅시다."

근식 대장은 가던 걸음을 멈추고 운집해 서 있는 대원들을 향해 고개를 돌리고 대원들에게 말했다.

"우선 우리도 같은 부대 병사들처럼 뭉쳐 움직이면서 슬금슬금 거드는 척하면서 끼어들어 중화기부터 입수하도록 합시다. 중화기를 몇 정 접수하고 나서 어떻게 공격할지는 그때 결정합시다."

"예."

대원들뿐만이 아니라 소대병들도 대답하고 있었다. 독립군들은 복장을 살피기 시작했다. 그리고 팔뚝에 흰 줄이나 흰 천 조각이 붙어 있고 눈에 거슬리지는 않는지 확인했다. 그리고 트럭 소리를 듣고 있었고 눈에 보이지는 않고 있으나 느낌으로 많은 병사가 움직이고 있는 것을 확인하고 있었다.

"그럼 이제부터 시작합시다."

소대장 신기철이 근식 대장에게 말했다. 그리고 소대병들에게 말했다.

"어쩌면 마지막 수색작전이라 본다. 이번 역시 무리하지 말자. 쉬운 것만 하자. 반드시 옆 전우와 합의하고 공격한다. 지금 시작한 이 모습으로 끝나는 자리에서 만나자. 실시!"

3소대병들은 앞서서 가고 있는 소대장을 따라갔다. 근식 대장은 3소대 병사들이 보이지 않을 때까지 멈춰 있었다. 3소대가 사라지고 나서도 조금 더 근식 대장은 지체하고 있었다.

"자! 이제 우리도 행동합시다. 이동해봤자 십 리에서 이십 리 안팎이니 우리 작전에 이점이 있는 방법으로 합시다."

근식 대장은 적진을 향해서 앞을 지나고 있는 수색정찰대원들의 손을 모두 잡았다. 그리고 부산하게 움직이고 있는 속으로 걸어 들어갔다. 예상과 다름없이 일본군들은 이동하기 시작하고 있었다. 근식 대장은 잔일거리들이 많은 취사병의 일손을 돕기 시작했다. 의자를 우마차에 실어도 주고 트럭에 싣고 있는 것들도 실어주면서 움직이고 있는 대열에 섞이고 있었다. 한 가지를 돕고 나면 다시 대원들끼리 자연스럽게 모이며 움직이다가 도울 일이 있으면 도와 가면서 움직이는 병사들 사이를 종횡무진 뚫고 다니며 기회를 엿보기 시작했다. 그러면서 개울도 지나고 산도 넘었고, 협소한 지역을 통과할 때는 조금 떨어져서 중장비는 물론 징용자들과 여인들을 찾아보기도 했다.

근식 대장의 수색정찰대원들의 앞에서 신기철 3소대장이 소대병들과 대포를 끌고 가고 있었다. 수색정찰대원들은 3소대가 대포를 접수했으니 머지않아 작전이 전개될 것을 생각했다. 근식 대장과 수색정찰대원들은 부산스럽게 움직이고 있는 우마차들에 휩싸여 움직이면서 징용자나 여인들을 눈여겨 찾고 있었다. 그러나 징용자와 여인들은 쉽게 눈에 띄지 않았고, 짙은 안개로 인해 찾는 일도 무리이기만 했다. 그리고 일본군에게 묻는다는 것은 신분 노출이 될 수 있어서 묻지도 못하고 있었다.

근식 대장은 이제 작전 계획을 바꿔야겠다는 생각을 하면서 강일윤과 고만섭에게 3소대장에게 보내고 있었다.

"작전으로 바꾸자 하셨습니다."

3소대장은 강일윤의 말을 듣고 우마차에 실려 가고 있는 대포를 보면서 작은 소리로 대답했다.

"앞에 산이 있소. 그리고 7연대가 거기쯤 있소. 대장님보고 이쪽으로 오시라 하시오."

"알겠습니다."

강일윤과 고만섭은 근식 대장에게 3소대장의 말을 전했다. 근식 대장은 소대장이 7연대 말한 것을 생각하며 소대장이 무슨 작전을 구상하고 있는지 생각했다. 그리고 11연대의 대대들이나 중대들은 연대 본부를 중앙으로 포진하고 있는 것을 생각하며 작전이 시작되고 나서 원만히 퇴각할 수 있는 곳을 생각했다. 그러면서 수색정찰대가 3소대 있는 곳으로 오라 했으니 3소대장이 이미 모든 작전을 세웠다는 것으로 보고 수색정찰대원들과 3소대를 향해서 부지런히 움직이기 시작했다. 3소대장은 대포가 실려 있는 우마차가 바퀴가 빠져 주저앉은 것을 내려다보면서 기다리고 있었다. 3소대장은 근식 대장을 보자 입을 열었다.

"7연대와 11연대 서로 싸우게 해놓고 우리는 귀대합시다."

근식 대장은3소대장의 말을 들으며 기관단총을 삼각대 위에 올려놓고 있는 병사들을 안개 속에서 보고 있었다.

"저 앞에 개울을 타고 3시 방향으로 빠지면 금산리이고 거기서 곧바로 산을 타면 중대 본부로 가게 됩니다. 10분만 쏴대고 나면 7연대가 가만히 있지 않을 겁니다. 그리고 개울로 해서 빠져나갑시다."

3소대장 신기철은 분대장들에게 손짓을 하고 있었다. 분대장들은 바퀴가 빠진 우마차에 대포들을 정착시키면서 총구를 행군하고 있는 일본군들을 향해서 작렬하기 시작했다.

안개가 짙은 속에서 순간 벌어지는 습격에 일본군들은 당황하기 시작하면서 저항하기 시작하는 일본군들을 수색정찰대원들이 기다렸다는 식으로 사격하고 있었다. 일본군들은 속수무책으로 당하면서 몸을 숨기고 있었다. 그러나 수색정찰대원들은 그런 일본군을 그대로 두지 않고 있었으며 3문이나 되는 자주포는 7연대를 향해서 날아가기 시작했다. 날아가는 포탄들은 3소대장의 예상대로 7연대에서 터지고 있었다. 그렇지 않아도 7연대는 수차례 기습만 당했던 터라 군기가 말이 아닌데 날벼락이 떨어지고 있어서 격앙되기 시작했다. 대포를 쏘고 있는 군대가 조선 폭도들이던 아군이던 반격할 것을 명령했고, 7연대는 모든 대포로 반격하기 시작했다. 3소대장은 7연대에서 반격하기 시작하자 7연대와 11연대를 번갈아가며 쏘아댔다. 7연대와 11연대는 포탄이 계속해서 날아와 터지자 아군부대의 소행으로 보기보다는 조선 폭도들의 소행으로 보고 포탄이 날아와 터지는 대로 맞대응을 하면서 전쟁터로 변하고 있었다. 천지가 진동하고 7연대와 11연대는 통신망까지 두절되면서 모든 중화기들까지 발사하기 시작하면서

7연대와 11연대는 본격적인 아군끼리의 전쟁을 시작했다. 3소대 병사들과 수색정찰대원들은 더 이상 상관할 일이 없게 되자 신속하게 철수하기 시작했다.

3소대장은 개울로 몸을 던지며 근식 대장을 비롯해 모든 대원과 길고 깊은 계곡 안개 속으로 사라졌다. 대포 소리와 함께 붉은 불기둥이 솟고 있는 일본군 부대를 뒤돌아보면서 3소대와 수색정찰대원들은 험준한 바위산을 넘어 어두워지고 있는 절벽을 오르며 2중대 고영균 중대장 앞에 정렬하고 섰다.

"중대장님을 향하여 받들어 총!"

3소대장 신기철은 무사히 임무를 완성한 승전 신고를 마치고 나서 이어 근식 대장과 수색정찰대원들과 다시 작별했다. 근식 대장은 2중대를 벗어나 대원들과 사령부를 향해서 늦은 밤길을 걷기 시작했다. 대원들은 미끄럽고 험한 산등선을 서로 부축하며 몇 시간이 지난 후에 사령부 경비병들의 구령 소리를 듣고 있었다. 그리고 문을 활짝 열고 반기고 서 있는 김시진 장군 앞에 수색정찰대원들은 의기양양하게 횡대로 섰다.

"사령관님을 향하여 받들어 총!"

김시진 장군은 경례를 받지 못하고 총을 두 손으로 받들어 경례하고 있는 근식 대장을 덥석 끌어안았다. 그리고 뒤이어 대원들을 일일이 끌어안으며 꽁꽁 얼어 터져 있는 손을 잡고 놓지를 못하고 있었다.

"어서 안으로, 안으로 들어갑시다."

대원들의 얼어 터진 손을 놓지 못하고 있는 김시진 장군은 얼굴을 적시고 있었다. 대원들은 뜨거운 물과 국물에 밥을 먹었다. 그리고 오랜만에 따듯한 방바닥에 쓰러지고 있었다.

김시진 장군은 참모들과 근식 대장의 작전 보고를 오래도록 듣고 있었다. 근식 대장의 작전 보고서에는 트럭 7대 파손, 개인 화기 70정, 중화기

13문, 노획 징용자 31명, 정신대 19명으로 보고하였다.

그리고 김시진 장군은 작전참령 홍범일로부터 현재의 작전 현황을 보고받았다. 4, 5, 6중대 작전지 동구 지역 실태보고에서는 동남부 심리평 지역으로는 5km 전방까지 밀려와 있고, 동북부 갑산리 지역으로는 4.5km 전방까지 밀려와 있다고 했다. 그리고 2, 3중대 작전지는 어느 지역을 막론하고 2.3km 전방까지 접근하여 있지만 1중대가 4km 밖에 있다고 했다. 김시진 장군은 이틀 안으로 멀어도 3km까지 접근시킬 것을 강하게 지시했다. 회의가 끝나자 곧바로 접전지로 전령들은 달려갔고, 근식 대장과 제1 수색정찰대 대장 조덕삼을 김시진 장군은 한자리에 앉혀놓고 있었다.

"이젠 정면 돌파입니다. 앞에서 치고 후퇴하고 앞에서 치고 후퇴하고 오늘부터 그렇게 해야 합니다. 습격 침투하면서 모레 아침까지 작전을 완료하시기 바랍니다. 부진한 곳으로 출동하세요. 이상입니다."

근식 대장과 수색정찰대원들은 제1 수색정찰대가 출동하는 것을 보고나서 장손리를 향해 움직이기 시작했다. 근식 대장은 말을 타지 않았다. 김시진 장군의 작전 계획을 알고 있고, 하나에서 열 가지 부족하지 않은 게 없는 실정이기만 해서 새로운 작전 구상을 하며 대원들과 험준한 산을 넘고 있었다. 그리고 수색정찰대가 1중대에 도착했을 때는 후퇴 작전 이동 중에 있었다. 근식 대장은 김학두 중대장에게 화기 소대장 김상민과 소대 병력을 수색정찰대 작전에 합동작전을 의뢰했다. 김학두 중대장은 김상민 소대장을 불렀다. 그리고 수색정찰대 정찰 작전에 지원할 것을 명령하였다. 근식대장은 김상민 화기4소대장과 몇 차례 합동작전 경험을 가지고 있어 서로 가리는 것이 없었다. 김상민 소대장과 근식 대장은 곧바로 작전 요점을 주고받았다.

"오늘내일 사이에 3km 전진시킵시다. 안 되면 공격하도록 합시다. 어차피 일본군과 싸워야 하니까."

근식 대장의 말에 김상민 소대장이 대답했다.

"알겠습니다. 봉골로 가서 14연대부터 시작합시다."

김상민의 화기소대는 소대장의 말이 떨어지기가 무섭게 이동하기 시작했다. 근식 대장은 김상민 소대장과 나란히 달려가며 계속해서 김상민 소대장에게 말 했다. 김상민 소대장은 근식 대장이 말할 때마다 고개를 끄떡이거나 작은 소리로 대답했다. 앞서가던 소대병들이 몸을 낮추면서 삽시간에 몸을 숨겼다. 안개가 짙어서 30보 앞이 보이지 않으나 소대병들은 뒤로 후퇴했다.

"전방에 보병들이 오고 있는 것 같습니다. 좀 더 후퇴해서 살펴야 할 것 같습니다."

1분대장이 소대장에게 보고했다.

"알았다. 모두 뒤로 200보 후퇴하여 8부 능선으로 이동한다."

근식 대장은 소대장을 따라 비탈을 오르고 있었다. 짐승이나 오를 비탈진 산을 한참 동안 오른 김상민 소대장은 오르던 것을 멈췄다. 그리고 소대원들에게 속삭였다.

"절대 눈에 띄어서는 안 된다. 우리의 목적은 중화기 부대다. 중화기 부대를 기습한다."

소대장의 명령은 멀리 흩어져 있는 소대병들에게 전달되었다. 소대병들 그리고 수색정찰대원들은 짙은 안개 속에 몸을 숨기고 산 아래에서 진군하고 있는 일본군들을 주시했다. 소대병들과 수색정찰대원들이 추위에 온몸이 얼어가고 있을 때 아래쪽에서 전달이 올라왔다. 보병들은 모두 지나갔고 개울에서 중화기들이 움직이고 있다는 보고였다. 김상민 소대장은 근식 대장과 아래로 내려가기 시작했다. 그리고 아직 집단으로 움직이고 있는 일본군들을 살피면서 중화기 소리가 들리고 있는 곳으로 움직였다. 일본군들의 트럭에는 군수물자들이 실려 가고 있었고, 우마차들이 움직이고 있는 속에 중화기들이 실려 가거나 바퀴가 달려있는 대포들은 끌려가고 있었다.

화기 4소대병들과 수색정찰대원들은 일본군들과는 거리를 두고 이동하는 병력처럼 행동하며 어물거리고 있었다. 심상민 소대장과 근식 대장은 식별이 가능한 거리까지 접근해서 화기들을 살펴가며 일본군들처럼 무더기지어 움직이고 있었다.

"탄약 실은 트럭하고 포들하고 기관단총 가지고 갑시다."

김상민 소대장의 말에 근식 대장이 고개를 끄떡였다. 그리고 두 사람은 각자 부대원들 사이로 파고 들어갔다. 뒤이어 소대병들은 일본군들 사이로 파고들기 시작했다.

"기관총 접수합시다. 트럭과 대포는 3소대에서 맡았고, 우리는 기관총과 우마차에 실려 있는 박격포를 맡았습니다. 실시합시다."

근식 대장이 이학봉과 최윤겸에게 귓속말을 했다. 이 말은 대원들 모두에게 전달되었고, 강칠봉과 강일윤이 기관단총을 싣고 가는 우마차를 미는 척하며 접근했다. 그러자 다른 대원들도 걸어가면서 자연스럽게 접근하면서 돕는 척도 하다가 그만두고 담배를 피워 물고 대원들끼리 무슨 이야기를 하는 척도 하면서 일본군들에게 자연스럽게 보이도록 행동했다. 김상민 소대장은 트럭 옆에 서서 걸어가며 운전병에게 말을 걸었다.

"병사 하나 태우자. 발이 아픈 병사가 있다."

"자리가 없어요."

"없는 거 안다. 어떻게 해 보자. 발가락이 동상이라 못 걷는다."

운전병은 조수석의 병사와 몇 마디 주고받고 나서 대답했다.

"그러세요. 좁아도 운전은 할 수 있습니다."

"고맙다. 병사 데리고 올게."

김상민 소대장은 뒤로 가면서 2분대장에게 발을 절라고 했다. 그리고 귓속말을 잠시 하면서 분대병들에게 전달할 것을 말했다. 분대병들은 각자 움직이기 시작했고, 소대장은 다리를 저는 2분대장을 트럭 앞으로 데리고 갔다.

"비좁은데 고맙다. 고향이 어디냐?"

"나고얍니다."

2분대장은 좁은 것을 알면서 조수석에 타고 있는 병사를 안으로 밀어가며 올라탔다. 그러자 운전병은 좁은 자리에서 몸을 이리저리 움직이고 있는 사이에 소대장은 대검으로 운전병의 복부를 찔렀다. 2분대장 역시 허리에 차고 있던 대검으로 일본 병사의 복부를 깊이 찔렀다. 운전병과 조수석에 있던 병사는 비명은 물론 저항한번 못하고 쓰러지고 말았다. 그러자 소대병들이 웅성거려가며 일본 병사들을 받아 업고 안개 속으로 사라졌다.

"기관단총을 차에 하나 싣도록 하자."

소대장은 병사들을 향해서 말했다. 병사들은 다시 움직이기 시작했고, 트럭은 2분대장이 몰면서 천천히 앞으로 움직였다. 화기 소대장 김상민은 여전히 아무렇지도 않은 듯 차 옆에서 걷고 있었고, 전달병이 근식 대장에게 다녀와 보고했다. 김상민 소대장은 전달병에게 20분 후 작전 개시라는 명령을 전 소대원에게 전달했다.

트럭이 멈췄고 소대원들이 기관단총을 트럭에 실었다. 근식 대장이 김상민 소대장에게 왔고, 두 사람은 걸으면서 잠시 이야기를 나눴다. 근식 대장이 다시 앞으로 갔고, 트럭 위의 기관단총은 뒤따라오고 있는 일본군들을 향해서 작렬하기 시작했다. 삽시간에 일본군들은 도망치거나 반격하기 시작했다.

화기 소대병들은 수레에 장착되어 있는 대포들을 발포하기 시작했다. 일본군들은 소란스러워졌고, 반격을 시작하였으나 일본군들이 반격한 포탄들은 모두 일본군 병사들에게 날아가 터지고 있었다. 근식 대장은 노획한 박격포를 구렁진 곳에 정착하게 하고 사단 사령부는 물론 연대 본부를 향해서 발사하기 시작했다. 수색정찰대가 공격하고 있을 때 김상민 화기소대는 트럭과 수레에 정착되어 있는 대포들을 일본군 대열에서 벗어나 안개 속으로 사라졌다. 그러다가 김상민 화기소대가 사격을 시작하면 근식 대장의 수색정찰대가 안개 속으로 종적을 감추고 있었다.

일본군 부대를 벗어나고 있는 독립군들은 일본군 부대를 맴돌면서 일본군 부대를 향해서 대포를 쏴댔다. 사단 사령부는 물론이고 연대 그리고 대대를 향해서 김상민 소대장과 근식 수색정찰대 대장은 돌아가면서 대포를 쏴댔다. 일본군 부대는 터지는 포탄 속에서 반격을 했으나 반격하고 있는 포탄들은 모두 일본군들을 향해서 날아가 터졌다. 일본군들은 허둥거리며 지휘관을 찾아다니고, 지휘관들은 병사들을 찾아 소리 지르고 있었으나 독립군의 포탄들은 멈추지 않고 터지고 있었다. 반격하고 있는 일본군들의 포탄도 일본군 진지에서 사정없이 터졌다. 일본군들은 혼란과 혼동에 휩싸여 짙은 안개 속에서 죽어가거나 부상당하고 있었다. 일본군들은 전열을 잃고 허둥거리고 있었다. 독립군들은 그런 일본군들을 향해서 신들린 사람들처럼 포탄 사격을 하고 있었다.

김상민 소대장은 근식 대장에게 전령을 보냈다. 그리고 소대병들을 퇴각시키기 시작했다. 잠시 후 수색정찰대원들과 근식 대장이 버드나무들이 늘어서 있는 작은 마을 앞길에서 김상민 소대병들을 만났다.

"갑골로 해서 사령부로 가겠습니까? 아니면 바위 새를 넘어서 가겠습니까?"

김상민 소대장은 말해놓고 근식 대장을 대답을 기다렸다.

"1중대가 지금 사령부 방위선에 도착해 있을 겁니다. 1중대뿐이 아닐 겁니다. 모든 중대가 다 방위선에 도착하고 있을 겁니다. 어려워도 바위 새로 갑시다. 험하지만 안전한 곳으로."

근식 대장은 대원들이 힘들어하고 있는 것을 보면서도 300 고지가 되는 산을 택했다. 대원들은 움직이기 시작했다. 산 위로 오를수록 안개는 더욱 짙어지고 있었고, 추위 또한 숨 쉬기가 어려워지고 있었다. 대원들은 한 발짝 옮기고 쉬고, 다시 한 발짝 옮기고 쉬면서 바위 새라는 산을 넘어 사령부를 향해 험한 비탈길을 구르고 굴러서 독립군 잠복 경비들의 보호를 받으면서 1중대로 향했다. 수색정찰대와 근식 대장은 사령부를 향해서 몸을 움직였다.

박에스터와 여인들은 수색정찰대원의 언 몸을 녹이기 위해서 차디찬 물수건으로 손과 발을 오래도록 주무르며 닦아주었다. 근식 대장이 사령부에서 나와 대원들이 있는 곳에 갔을 때는 창남이와 만식이가 대원들이 쓰러져 있는 방에 난롯불을 활활 피우고 있었다.

"10리 선까지 일본군을 끌어들입시다."

김시진 장군은 짙은 안개 속에서 우글거리고 있는 일본군들을 향해 참모들에게 말했다. 김시진 장군은 이제 결전의 승부수를 던지고 있었다. 지형에 따라 승부수의 방어선이 변화가 있지만 대부분의 일본군들은 2.3km 전방까지 밀착해 들어와 있다. 김시진 장군은 승부를 걸어야 할 때가 되고 있었다. 김시진 장군은 4중대가 밀착하고 있는 갑산리를 돌아보면서 터진 봇물 터지듯 밀려오고 있는 일본군의 현황 보고를 손건우 4중대장으로부터 받고 있었다. 그리고 5중대와 6중대가 그동안 밀착 적전을 성공리에 마무리하고 있는 십리평 고원을 지나 철저히 압박하며 밀려오고 있는 일본군을 둘러보고 사령부로 향했다.

일본군들은 검은 구름이 몰려오듯이 청산리 독립군의 사령부를 향해서 몰려들고 있었다. 일본군은 최대의 병력으로 가장 완벽한 전투를 위한 작전을 펼치려 하고 있었다. 병기 또한 최상의 신무기로 무장했다. 일본의 포위 작전은 4중 또는 5중으로 겹겹이 포진하고 있었으며, 끈으로 목을 조르듯이 독립군의 병영을 조르기 시작하고 있었다.

김시진 장군은 고개를 수그리고 한참이 되어도 들지 않았다. 참모들은 김시진 장군에게서 볼 수 없었던 이례적인 모습이라 모두 숨소리를 감추고 있었다. 김시진 장군이 위장전술을 계획하고 있지만 상대의 수가 상상을 초월하는 숫자이고 병기 또한 상상을 초월하고 있는 가운데 그들과 맞서고자 하는 상대는 고작 700명에 불과한 소총병들이기에 김시진 장군은 고개를 수그리고 그동안 선택하고 있었던 기적을 기다리고 있는 중이다.

박에스터는 소진이와 따뜻한 약그릇을 들고 서 있었다.

"장송리는 어찌 됐소? 안북리, 신건리는…?"

작전참령 홍범일이 혈관이 터져 피가 흐르는 듯 붉은 눈으로 처다보고 있는 김신지 장군에게 부동자세로 서서 답변하고 있었다.

"예, 11월 3일 07시 현재 서부 지역 일본군들은 최전방 부대가 청산리 1km 선까지 접근하였음을 보고드립니다."

김시진 장군은 더 이상 묻지 않고 다시 고개를 수그렸다. 사령부 상황실에는 전방에서 전령들이 달려와 전황 보고서를 제출하고 말을 몰아 전방으로 달려가고 있었다. 박에스터가 약그릇을 들고 물러가자 다시 소진이가 약그릇을 들고 서 있었다. 근식 대장이 말에서 내려 상황실로 들어왔다. 그리고 박윤습 작전참령과 귓속말을 주고받았다. 근식 대장이 한 걸음 앞으로 다가서서 부동자세로 김시진 장군을 향해 입을 열었다.

"서부 작전 지역 수색정찰대장 박근식, 보고드립니다."

김시진 장군은 박근식 수색정찰대장의 목소리를 듣고 수그리고 있던 고개를 전광석화처럼 치켜들었다. 그리고 앉아 있던 몸을 일으키며 박근식 수색정찰대장의 손을 잡고 지친 얼굴에서 땀이 흐르는 자국을 보고 서 있었다.

"보고드립니다. 12만의 일본군이 후방 멀리는 7km 선에 머물고 있고 최전방 일본군은 1km 500m 선에서 계속 전진해오고 있습니다. 1km 500m 선에 와 있는 적군을 차단 작전에 돌입하여야 할지 몰라서 2중대와 3중대가 대기 상태입니다. 명령받고자 기다리고 있습니다. 이에 보고드립니다."

근식 대장은 김시진 장군이 두 손을 잡고 있는 상태에서 보고했다. 김시진 장군은 계속해서 손을 놓지 않고 잡고 있으면서 입을 열었다.

"어제 김상민 소대장과 작전하신 전과 보고받았습니다. 그 바람에 일본군들이 약이 바싹 올라서 밤새 치밀고 왔나 봅니다. 1중대장한테 전과 보고 다 받았습니다. 지금 전령을 보내세요. 마지막 500m를 더 내어주고 사수하라 하시오."

"옛!"

작전참령 홍범일이 큰 소리로 대답했고, 뒤이어 사령부 전령은 명령서와 함께 짙은 안개 속으로 달려가고 있었다. 김시진 장군이 근식 대장을 옆에 앉히며 자리에 앉았다. 그리고 소진이가 들고 있는 그릇을 받아 들었다.

"1km 선까지 끌어왔으니 정말 고맙습니다."

김시진 장군은 목이 메고 있는지 더 이상 말을 못하고 입을 연 채 다물지 않고 있었다.

"동부전선도 곧 그렇게 될 것으로 보고 있습니다. 지금 들어오는 보고를 보면 얼마 안 있어 모두 육박 선에 도달할 것으로 보고 있습니다."

작전참령 홍범일이 다시 보고하고 있었다.

박에스터와 소진은 참모들 곁에서 찻잔을 들고 움직이지 않고 서 있었다.

19
03시의 총공격

김시진 장군은 근식 대장이 문밖에서 출전 보고를 하는 것을 보면서 큰 소리로 작전 명령을 내렸다.

"자정까지 후퇴하고 03시에 공격합니다. 전방의 아군은 일군 복장으로 입도록 하시오."

김시진 장군은 근식 대장이 서 있는 밖으로 나섰다.

"전선으로 갑시다. 서부전선에 가서 우리 독립군 만납시다. 그리고 동부로 가서 만나고 옵시다."

김시진 장군은 홍범일 작전참령과 박윤습 작전참령을 양옆에 나란히 세우고 말을 몰기 시작했다. 작전참령 두 사람 중에서 한 사람은 상황실을 지켰는데 지금은 김시진 장군이 두 작전참령과 함께 가기를 원했다. 김시진 장군은 태극기와 독립군 깃발 그리고 사령관 깃발을 앞세웠다. 작전참령 박윤습은 경비대원들을 모두 따르게 했다. 장갑 하나 끼지 못하고 꽁꽁 얼어 동상 걸린 손으로 총대를 잡고 일본군과 싸우며 고군분투하고 있는 독립군의 사기를 위해서 김시진 장군은 깃발과 함께 전진하고 있었다. 짙은 안개로 인해 병사들을 가깝게 볼 수는 없겠지만 독립군 수장으로서 당당해지고 싶었다. 포탄이 날아와 터지고 있는 전선 기관총이 작렬하고 있는 속에서 당장에라도 안개 속에서 불쑥 일본군이 뛰어 나올 것만 같은 전선에서 김시진 장군은 당당한 모습으로 독립군의 전선을 달려가고 있었다. 1중대장이 경호하며 2중대 전선으로 함께 달리고 2중대장은 3중대 전선에서 3중대장에 경호를 넘기며 김시진 장군은 짙은 안개 속을 힘차게 달리고 있었다.

김시진 장군은 허가동 마을을 질러 하남구로 향했다. 이미 일본군은 남구리에서 청산리 경계까지 점령한 상태라 김시진 장군은 청산리 초입까지 후퇴한 6중대장의 작전 보고를 받은 후 사령부로 돌아갔다. 사령부에 도착한 김시진 장군은 참모들과 곧바로 의무실로 향했다. 그리고 누워 있는 병사들을 일일이 손을 잡아주고, 극진히 간호하고 있는 여인들을 격려한 다음 상황실로 돌아와 작전 회의에 돌입했다.

"이제 우리는 공격 작전으로 전환합니다. 더 이상의 후퇴는 없습니다. 이 시각부터 모든 전선은 세상 그 어느 전선에서 단 한 번도 있지 않았던 전쟁이 시작될 것입니다. 모두 공격 작전으로 전환합니다."

전령들은 전선을 향해 달려갔다. 제1 수색정찰대와 제2 수색정찰대는 작전 명령을 기다리고 있었다. 창남이와 만식이는 수색정찰대원들이 대기하고 있는 막사에 난롯불을 뜨겁게 달구고 있었다. 김시진 장군은 소진에게서 물그릇을 받아 마셨다. 그리고 동부 권 전선 남구에서 화남구 일대에 버글거리고 있는 일본군들을 떠올리면서 긴장하고 있었다. 8만의 대군이 만주에서 그리고 연해주에서 조선 함경도에서 출정한 일본군들을 화룡에서부터 청산리를 향해 밀고 내려와 화남구에서 허씨촌까지 8km가 넘는 전선을 가득 채우고 모든 총구는 청산리 독립군 병영을 향해서 세워 놓고 발사 준비를 모두 마친 일본군을 떠올리면서 김시진 장군은 입술을 꽉 다물고 있었다. 그리고 서구권 전선도 생각하고 있었다. 북경은 물론 중국에 무질서하게 깔렸던 일본군들을 연합시킨 후 심양을 거쳐 통화 백산을 지나 백하진으로 집결해 장송리에서 청산리 황구를 모두 장악하고 남에서 북으로 7km를 개미 새끼 하나 빠져나갈 수 없게 진을 치고 있는 12만의 일본군들을 생각하면서 김시진 장군은 주먹에 힘을 주고 있었다.

참모들은 시시로 달려오고 있는 전령들의 보고 상황을 받아 김시진 장군에게 보고했다. 김시진 장군은 전방에서 전령들이 달려올 때마다 긴장을 가슴속에서 다지고 있어야 했다. 제1 수색정찰대장 조덕삼과 제2 수색정찰대장 박근식은 작전 개시가 03시이므로 대원들을 최대한 휴식을 취할 수 있도록 하고서 상황실에서 조금도 움직이지 않고 있었다.

시간이 흐르면서 전방 또한 정전으로 들어서고 있고 그로 인해 달려오는 전령 또한 바쁘게 달려오고 있었다. 20만 대군에 모든 병기를 발사 태세로 갖추고 있는 일본군은 병정놀이나 다름없는 독립군의 전력을 상대하며 회심의 단발을 기다리고 있었다.

그에 독립군은 언 발과 언 손 그리고 굶주림에 시달리며 꽁꽁 얼어 있는 몸으로 전선을 지키고 있었다. 독립군들은 모든 것이 얼고 있었다. 얼지 않은 것은 오직 정신과 가슴뿐이었다. 독립군은 얼지 못하고 있는 정신과 가슴으로 청산리 황구 계곡에서 생명을 다할 준비를 마치고 전우들과 담배들을 태우고 있었다. 그러면서 전투 명령을 기다리고 있었다. 마지막 쥐여 준 60발의 총탄을 몇 번이고 만져보고 쓰다듬어보며 몸과 영혼을 북간도 황구에 묻을 것을 다짐하고 있었다. 북간도 황구. 북간도 황구 만주는 그 옛날 독립군들의 조상이 태어났고, 그 조상들이 살았고, 그 조상들의 뼈가 묻힌 곳이니 독립군들은 두려울 것이 없었다.

김시진 장군과 참모들이 제1 제2 수색대원들 앞에 섰다.
"장군님을 향하여 받들어 총! 바로! 열중쉬어!"

조덕삼 대장이 출전 신고를 하고 있었다.

"나는 여러분이 이 자리에 다시 와서 서시리라 생각할 수 없습니다. 용서하시기 바랍니다. 수색정찰대원뿐만이 아니라 모두 다시 설 수 있다고 볼 수가 없습니다. 우리가 다시 이 자리에 설 수가 없는 것은 우리의 조국 때문입니다. 우리의 조국을 찾을 때까지 우린 다시 이 자리에 마주 서는 일이 없도록 합시다."

김시진 장군은 말을 잇지 못하고 잠시 대원들을 바라보고 있었다. 그러던 김시진 장군이 대장들과 악수를 하였고, 이어 대원들과 악수를 시작했다. 악수를 다 마치고 난 김시진 장군은 다시 입을 열었다.

"동지 여러분! 나 죽어도 하늘에서 이 모습으로 여러분과 함께할 것입니다. 그러니 여러분도 지금 이 모습으로 나와 함께하셔야 합니다."

김시진 장군은 손을 들어 수색정찰대원들을 향해 경례하고 있었다. 그러자 조덕삼 대장이 소리쳤다.

"장군님을 향하여 받들어 총! 바로! 뒤로 돌아! 전선을 향하여 앞으로 갓!"

수색정찰대원들은 여인들의 울음소리를 들으며 안개 자욱한 사령부를 떠나고 있었다. 단기 4275년 11월 03일 01시 수색정찰대원들은 더는 사령부에 서 있는 사람들의 눈에서 보이지 않고 있었다. 제1 수색정찰대는 4, 5, 6중대를 향해서 동부전선으로 향했고, 제2 수색정찰대는 서부전선으로 향하고 있었다. 제2 수색정찰대원들은 얼마 가지 않아서 1중대의 방어진에 도착했다. 중대장과 적진을 살피고 난 근식 대장은 수색정찰대원들과 일본군 진지로 파고들어 가기 위해서 황구지 벼랑 끝으로 움직이기 시작했다. 김학두 1중대장이 일본군 선발부대 앞까지 밀착하며 지원해주고 있는 속에서 근식 대장은 1중대장을 뒤로 일본군 진지로 빠르게 움직이며 일본군 진지로 파고들어 가고 있었다. 잠시 후 근식 대장은 일본군에게 독립군 동향에 대한 정보를 들을 수 있었다. 근식 대장은 진군하고 있는 일본군에게 말을 걸고 있었다.

"조선 폭도들을 살핀 지 4시간이 넘었습니다. 안개 때문인지 폭도들을 발견 못 했습니다."

"몇 명 안 되는데다가 멀찌감치 후퇴들 했다. 우리도 못 봤고 흔적만 가끔 발견하고 있다. 11시 방향 200고지 살펴보고 와야겠다. 소속이 어디냐?"

"31연대 3중댑니다."

"음! 우린 평안도에서 5일 전에 올라왔다. 혼합부대이고 특수정찰대 소속 야스키 중위다. 지원 정찰하고 다닌다. 다시 보자."

근식 대장은 강일윤과 최순철을 앞세우고 움직이기 시작했다. 주변에 일본군들이 빽빽이 운집해 있다는 것을 알 수 있었다. 경비병들이 먼저와는 달리 위협적이고 의심쩍은 태도를 보이고 있었다. 그동안 위장 아군에게 기습당한 적이 많아지고 보니 일본군으로서 당연히 경계심을 갖지 않을 수가 없을 것이다. 어쨌든 일본군들은 경계가 강화된 것을 알 수 있었고, 포위 작전 중이라 그런지 일본군은 위협적이고 공격적이었다. 근식 대장은 일본군 후방으로 침투하기가 어렵겠다는 것을 인식하고 정면공격 작전을 생각하기 시작했다. 그러면서 일본군들이 밀집되어 있는 데다 공격적이니 그런 점을 활용할 작전을 구상하고 있었다.

근식 대장은 정면공격 작전으로 계획을 세우고 있었다. 이제 한 시간여 있으면 독립군은 작전이 시작될 것이고, 그 전에 초전 작전으로 혼란을 조성하여야 하는데 시간이 촉박한데다가 공격할 기회 또한 찾기가 만만치가 않아서 근식 대장은 일본군들의 동태를 살피다가 대원들이 대기하고 있는 곳으로 갔다. 그리고 대원들과 작전에 대해서 상의하기 시작했다. 대원들은 정면공격 작전을 선택하고 있었다. 그러나 근식 대장은 대원들이 소지한 소총 가지고는 정면작전에 어려움이 많을 것을 생각하고 여러 각도로 생각하고 있었다. 근식 대장은 고심에 고심을 거듭하고 있었다. 그러면서 어떠한 일이 일어난다 해도 적진 깊숙이 들어가 중화기를 탈취하는 방법이 승산을 좌우하게 할 것이라는 생각에 근식 대장은 침투하기에 적합한 묘책을 생각하고 있었다. 근식 대장은 박이구와 장윤철 그리고 이학봉에게 작전 명령을 내리고 있었다.

"내가 방금 일본군들에게 황구산 200고지를 수색하겠다고 하였소. 수색하러 가는 도중에 독립군과 맞부딪쳐 교전이 일어난 것처럼 위장하면서 일본군들의 시선을 전방으로 쏠리게 한 다음 우리는 부대 안으로 침투할 것이오. 침투하고 난 후에도 한동안 엄호사격을 계속하시기 바라오. 그리고 나머지 대원들은 이곳에 있다가 중화기가 발사되기 시작하면 기회를 보면서 합류합시다. 그럼 세 동지는 나와 움직입시다."

근식 대장은 앞서서 강이나 다름없는 황구천으로 들어섰다. 그리고 소리 안 나게 얼음을 밟으며 한참 북으로 움직였다.

"장윤철 동지! 이제 세 분은 거리를 두고 아래위로 오르내리며 총소리를 내 주시오. 우리가 조금 아래로 간 후에. 조심하시고 이따가 봅시다. 교란 사격 잊지 마시오."

근식 대장은 강일윤, 최순철과 함께 구렁텅이를 빠져나가 안개 속으로 사라졌다. 장윤철이 전방을 향해 공포를 쏘기 시작했다. 박이구, 이학봉도 공포를 쏘기 시작했다. 근식 대장은 좀 전에 만난 일본군들이 있는 곳까지 달렸고, 일본군들이 있을 만한 곳에서는 아군이라는 소리를 지르며 낮은 포복으로 움직이고 있었다.

"뭐냐? 아군이냐? 발포하겠다."

"아군 특수정찰대 야스키 중위다. 매복하고 있는 폭도들과 맞닥뜨렸다. 발포하지 마라."

근식 대장은 일본군을 향해 소리 질렀다. 그리고 최순철에게 말했다.

"다리를 저시오. 삔 것처럼 절면서 총으로 짚으며 걸으시오."

최순철은 근식 대장의 말이 떨어지자 즉시 다리를 절기 시작했고, 강일윤이 부축했다. 근식 대장은 소리치던 일본군을 향해서 접근해 갔다. 좀 전에 매복해 있던 일본군들이 아니었다. 그러나 근식 대장은 주위를 살피면서 옆에 있는 나무를 잡으며 입을 열었다.

"우리 특수정찰대는 폭도들이 우리 군 행세를 하며 공격한다는 정보를 듣고 정찰하는 중이다. 폭도들이 일본군 행세하는 것을 미리 알아내어 즉시 일망타진하는 것이 우리 임무다. 오늘은 이만 정보국에 보고하고 귀대해야겠다. 의무병이 어디 있느냐. 치료받고 곧장 가겠다. 7시간이나 폭도들 찾아 헤맸구나."

근식 대장이 푸념석인 말투를 한참 늘어놓자 일본군이 조금은 동요가 되는지 대답하고 있었다.

"의무대까지 우리가 안내하겠습니다. 이동 중이긴 하지만 어디에 있는지 알고 있습니다."

매복하고 있던 보초병 중 병사 하나가 더 따라나서며 안내하기 시작했다. 최순철은 몹시 겁질린 것처럼 심하게 쩔뚝이며 고통스럽게 발을 움직이고 있었다.

"점점 더 심한 것 같다. 들것이 필요한데 의무대 아직 먼가?"

근식 대장이 최순철의 절룩이는 발을 보면서 일본군 병사에게 말하고 있었다.

"예, 좀 가야 합니다. 병사들보고 도와달라고 할까 봅니다. 안개 때문에 잘 보이지 않아서. 저 앞쪽에 중대들이 있습니다. 도와달라고 하면 도와줄 겁니다."

"이대로 가자. 가다가 병사가 눈에 띄면 부탁해보자."

"알겠습니다. 그렇게 하겠습니다."

새벽녘이라 그런지 안개는 더욱 짙게 끼고 있었고, 근식 대장은 앞에 가는 병사와 한 발짝도 안 되는 거리로 밀착하고 걷고 있었다. 무성하게 자란 풀들이 고사하고 있는 황구천의 주변은 구렁진 곳이 많고 평탄하지가 않아 걷기도 불편하지만 옆에서 무슨 일이 일어나도 알기 어려울 정도로 굴곡이 심하다. 일본군에 밀착하고 걷던 근식 대장은 어느 순간에 일본군의 목을 감싸면서 턱을 비틀고 대검으로 깊이 힘주어 찌르며 함께 구렁으로 넘어졌다. 같은 순간 최순철과 강일윤이 곁에서 어정거리며 따르던 일본군을 제압해버리고 말았다. 그리고 주변에서 대검으로 풀을 베어 시체를 덮었다. 귀찮게 따라붙는 일본군을 제거한 근식 대장은 진군하고 있는 일본군들을 주시하고 있었다.

"이제 대포 찾읍시다."

근식 대장은 일본군들이 불을 밝혀 안개가 붉은빛으로 빛나고 있는 곳을 향해 세심히 살피면서 발걸음을 내딛고 있었다.

"불빛이 밝은 곳에 대포가 있을 것 같소."

근식 대장은 몹시 서두르고 있었다. 불빛 가까이 다가갈수록 일본군들이 움직이는 것이 눈에 들어오고 있었다. 그리고 주변의 군수품들도 눈에 띄고 있었다.

"강일윤 동지! 저 통 드시오. 저것 들고 가면 의심받지 않고 중화기 부대로 갈 수 있을 것 같소."

근식 대장의 말이 떨어지자 강일윤과 최순철은 통을 하나씩 들었다. 통은 무거웠으나 보급품을 운반하는 것만 같아서 기분이 안정되고 있었다.

"기름?"

"그런 것 같아."

강일윤과 최순철은 통을 어깨에 메고 부지런히 앞서가고 있는 근식 대장의 뒤를 따르고 있었다. 불빛에 붉어진 안개를 향해서 근식 대장은 일본군들이 진군하는 모습을 보면서 중화기 부대를 찾아 헤매고 있었다. 일본군들은 독립군 진지 가까운 곳까지 진군하고 있어서 그런지 일본군 병사들의 행동이 민첩하게 움직이고 있었다.

근식 대장은 중화기 부대를 좀처럼 찾지를 못하고 있었다. 한참 동안 헤매기만 하던 근식 대장은 일본군에게 길을 물었다.

"길을 잃은 것 같다. 필요한 게 있어서 가지러 갔다가 헤매고 있다. 포부댄데."

"아, 그러십니까? 우리도 그랬습니다. 같이 가 드릴까요? 아니면 방향을 알려드릴까요?"

"응, 방향만 알게 되면 왔던 길이니 찾을 거다."

"그러시면 지금 저기 8시 방향으로 훤한 곳을 보시고 700보 정도 가시다가 2시 방향을 보시면 3007부대가 이동하고 있을 겁니다. 가시면서는 병사들에게 물으시면 쉽게 찾으실 겁니다."

"아, 말 들으니까 알 것 같다. 고맙다."

근식 대장은 강일윤과 최순철을 돌아보고 나서 다시 앞서서 가기 시작했다. 700보 정도 가면 3007부대가 있다는 말에 근식 대장은 온몸에 전율이 흐르고 있었다. 부대 이름까지 알게 되었으니 이제 거침없이 찾을 수 있게 되었고, 찾은 것이나 다름없어서 군데군데 녹지 않고 얼어 있는 눈들을 '버석' 소리가 나든지 말든지 짓밟아가며 걷고 있었다. 강일윤과 최순철은 땀을 흘리고 있었다. 총대는 움직이는 대로 건들거리고 무슨 통인지는 모르나 어깨를 끊어지게 누르고 있어 지치고 있었고, 기진맥진 상태까지 이르고 있어 한 발짝 떼어 놓기도 힘이 부치고 있었다. 그러나 근식은 발 디딜 곳이 어디든 2시 방향에서 한 치의 착오도 없이 앞으로 나가고 있었다. 그러면서 아무리 안 되어도 1개 분대의 병력은 가져야 일이 될 수가 있는데 절반도 안 되는 셋이서 침투하고 무기를 어떻게 탈취하면 좋을지 방안이 떠오르지를 않고 있어서 많은 생각을 하면서 일본 병사가 말한 대로 일본군들이 우글거리는 속에서 걷고 있었다. 근식 대장은 한참 뒤에서 따라오고 있는 강일윤과 최순철을 잠시 서서 기다렸다. 기다리면서 안개 속을 더듬거리며 살피고 있었다. 일본 병사들은 모두 바쁘게 움직이고 있었고, 아무도 근식 대장과 강일윤 그리고 최순철을 쳐다보는 병사는 없었다.

"저기 보입니다. 시커멓게 솟은 게."

최순철이 어깨에서 통을 내려놓고 앞을 보며 말했다. 근식 대장과 강일윤도 보고 있었다.

"눈 밝소."

근식 대장이 겨우 입술 주위에서나 들을 수 있는 소리로 말하고 있었다. 근식 대장은 다시 움직이기 시작했고, 강일윤과 최순철 역시 통을 들어 어깨에 메고 뒤따르고 있었다. 주변은 너저분하게 전쟁 물자들이 널려 있었고, 수송대가 멀지 않은지 트럭 소리가 들리고 있었다. 근식은 대포들이 눈에 보이는 곳에 이르자 잠시 걸음을 멈춰. 그리고 통을 어깨에 메고 힘겹게 서 있는 강일윤과 최순철을 바라보고 있었다.

"우리 셋 가지고는 대포를 탈취할 수가 없고, 탈취한다 해도 즉시 사살당할 거요. 그러니 어디 기관단총을 탈취해서 대포는 저들이 쏘도록 해야 할 것 같소."

"그럼 기관총을 탈취해 오지요. 혹시 이곳에 있을 겁니다. 전에도 항상 그랬으니까. 안으로 들어가 보죠."

"그럽시다."

최순철이 통을 내려놓으며 말했다. 근식 대장은 안개 속으로 보이는 것들을 살피고 있었다. 아직 작전대기 중이라 그런지 병사들은 많지 않았다. 근식 대장은 30보는 떨어져 있는 포 부대를 향해서 움직이기 시작했다. 포 부대는 가까워지고 있었고, 안개 속으로 차츰 대포들이 드러나 보이기 시작했다. 근식 대장은 숨을 죽이고 살피기 시작했다. 그러나 눈에 들어오고 있는 것은 대포들과 화기들뿐이고 병사는 눈에 띄지 않았다. 포 부대는 후방 부대인 데다가 계속되는 이동 작전에 병사들이 모두 지친 것만 같았다. 그리고 한참 잠들어 있을 새벽이라 초소 당번들 외에는 취침 중인지 병사들이 눈에 띄지 않고 있었다. 그러나 근식 대장은 천막들이 사방에 지어져 있는 것을 살펴보면서 언제든 천막 안에서 일본 병사들이 뛰어나올 것을 감안하고 천막 앞에 있는 초소들을 살피고 있었다. 눈앞에 초소에서는 초병들이 졸고 있는지 움직이지 않고 있었다. 병사들은 잠든 것이 틀림없어 보였다. 근식 대장은 몇 발짝 앞으로 움직이며 주변을 살폈다. 그러나 떨어진 곳에서 이동하고 있는 소리가 들리고 있을 뿐 잠든 듯이 움직이지 않고 있는 병사 외에는 눈에 들어오고 있는 병사는 없었다.

"저 보초병들은 없애고 기관총을 저기 보이는 탄약상자 위로 옮깁시다."

근식 대장이 최순철과 강일윤에게 속삭였다. 그러면서 다른 곳과는 달리 너무 조용하기만 해서 더욱 긴장되고 있었고, 전투보병이 아니라 해도 지금 작전 중이 틀림없는데 주위가 조용하기만 해서 긴장되고 있었다. 그러나 졸고 있는 보초 병사들 외에 눈에 띄는 병사는 없다는 것을 확실하게 확인한 근식대장은 행동에 들어가기로 했다. 근식 대장은 보초병들이 잠을 깨게 되면 소리칠 것을 생각해서 어떻게 해야 할지 망설이고 있었다.

"김 동지는 망을 보고 대장님과 저와 한 놈씩 맡아서 처리하죠."

근식 대장은 최순철의 얼굴을 보았다. 그리고 고개를 흔들고 나서 주저 없이 20보 전방의 보초들을 향해서 바람처럼 움직였다. 그리고 최순철과 동시에 보초들에게 뛰어들어 한 손은 얼굴을 감싸 입을 막았고, 한 손에는 대검이 일본군의 목줄을 파고들었다. 그리고 잠시 자신들이 보초인 듯이 자리를 지키고 앉아 있으면서 기관총을 옮겼고, 기관총을 옮긴 후에는 최순철이 기관총 방아쇠를 움켜쥐고 있었다. 근식 대장은 강일윤과 커다란 대포 앞으로 달려갔다. 그리고 대포를 일본군들이 밀집하여 있는 곳으로 향하게 한 다음 옆에 수북이 쌓여 있는 대포알을 총신에 집어넣었다. 근식 대장은 최순철에게 손으로 신호하고 나서 대포 방아쇠 고리를 힘껏 당겼다. 순간 천지가 진동했고, 주변의 보초병들이 달려오고 있었다. 최순철이 잡고 있던 기관단총의 방아쇠는 당겨지고 있었고 근식 대장과 강일윤과 다시 한 발을 발사하며 잠들어 고요하기만 하던 포부 대를 진동하게 만들고 있었다. 최순철의 손은 기관단총의 방아쇠를 사정없이 힘껏 당기고 있었다. 10여발의 대포를 발사한 근식 대장은 강일윤에게 소리쳤다.

"이제 탈출해야 해!"

근식 대장은 최순철의 손을 잡고 일으키고 난 후 오던 방향으로 달리기 시작했다. 근식 대장이 대포를 쏘기 시작한 시간이 03시이고 1중대 화기소대 김상민 소대장이 일본군의 진지로 박격포탄을 날리기 시작한 시간이 그다음이었다. 그리고 수색정찰대원들이 일본군 진지로 파고들면서 공격을 시작하면서 청산리 황구지천 10여 리 일대는 전쟁터로 바뀌기 시작했다.

"시작됐지요? 총소리 들리지요? 대포 소리 들렸지요?"

김시진 장군은 의자에서 일어나 참모들을 향해서 소리치고 있었다.

"예."

참모들의 얼굴은 모두 경직되어 있었다.

"하느님!"

김시진 장군은 가슴속 깊은 곳으로 하느님을 찾고 있었다. 그리고 주먹을 힘차게 움켜쥐었다.

"자, 이제 갑시다."

김시진 장군의 입에서는 짧막한 말소리가 나오고 있었다. 박에스터와 소진이가 김시진 장군의 갑옷을 입혀주었다. 김시진 장군은 상황실 앞에 우뚝 서 있는 말에 오르고 있었다. 작전참령 박윤습과 보급부관 정민열을 남기고 김시진 장군은 참모들과 병영 사령부를 뒤로하면서 들려오고 있는 포 소리를 따라 전선을 향해 진군하기 시작했다.

"십리평 남구에서도 포 소리가 들리고 있습니다."

홍범일 참령이 김시진 장군을 향해서 외치고 있었다.

"들으셨소?"

경비대와 참모들 앞에서 말을 몰며 김시진 장군은 말소리를 뒤로 보내고 있었다. 김시진 장군은 제1 수색정찰대가 있는 동부전선으로 향하면서 대포 소리와 총소리에 묻히고 있었다. 김시진 장군은 청산리 병영 입구 삼거리에 이르자 말고삐를 잡아당겼다. 그리고 참모들에게 입을 열었다.

"일본군들이 여기쯤 와 있어야 합니다. 동지들에게 뒤로 한참 후퇴하라고 전령을 띄우시오."

"알겠습니다."

작전참령 홍범일은 참모 전령에게 동부전선 중대장들에게 700보 후방까지 후퇴하라고 하며 급히 전방으로 보냈다. 김시진 장군은 짙은 안개로 인해서 50보는커녕 30보 앞도 보이는 것이 없는 안개 속에서 무거운 결단을 내리고 있었다. 김시진 장군은 남구 십리평에 눈을 두고 있으며 정찰 나간 경비대가 달려오고 있는 것을 보고 있었다.

"4중대는 2소대장이 침투하면서 교란전을 벌이고 있다고 했습니다. 중대원들은 후퇴 하고 있습니다."

"수고했소."

김시진 장군은 남구 십리평으로 향한 길에서 눈을 떼지 못하고 있었다. 백두산으로 향한 노 삼십이 길에서 말발굽 소리가 들려오면서 6중대로 달려갔던 전령이 달려오고 있었다.

"험준한 탓인지 침투한 동지들이 1시간이 지났는데 아무 소식이 없습니다."

김시진 장군이 전령의 얼굴에서 눈을 떼지 못하고 있었다.

"그곳은 강이 많아서 안개가 더 심할 겁니다. 계곡과 벼랑이 심해서 수색하기 어렵고."

홍범일 작전참령이 말했다.

"일본군들은 유동 중인데 동지들의 소식이 없어 기다리면서 대기하고 있습니다."

전령이 다시 말하자 홍범일 참령이 다시 말했다.

"아직 공격할 부대를 찾지 못했을 겁니다."

김시진 장군은 말고삐를 잡았다. 그리고 참모들을 바라봤다. 참모들은 김시진 장군의 얼굴에서 화급한 표정을 보면서 전장으로 달려가게 될 것을 알아차리고 있었다. 김시진 장군은 6중대가 작전 중인 노 삼십이 협곡에서 눈을 떼지 않고 있었다. 적진 깊이 들어가 생사가 불분명한 동지들 생각에 어서 달려가 일본군들과 한판 붙고 싶은 생각에 김시진 장군은 안개만이 가득한 노 삼십이 길을 보고 있었다. 김시진 장군은 참모들을 둘러보고 나서 노 삼십이의 6중대를 향해서 눈을 빛내고 있었다.

"갑시다."

김시진 장군은 6중대를 향해서 말을 몰기 시작했다. 참모들은 무거운 음성을 남기고 짙은 안개 속으로 말을 몰고 있는 김시진 장군의 뒷모습을 보면서 경호원들 그리고 전령들과 함께 말을 몰기 시작했다. 잠시 후 김시진 장군은 참모들과 6중대장이 일본군과 대치하고 있는 전선에 도착했다. 6중대장 김득순은 김시진 장군을 보자 경비 소대를 사방에 매복시키며 상황 보고를 시작했다.

"현재 2소대 병력이 침투 중입니다. 한 시간이 넘은 이 시각까지 근황을 알 수가 없어 침투 작전을 대기하고 있고 수색과 매복을 하고 있습니다."

"알겠소. 보고받고 왔소. 소대장들 집합시켜 주시오."

"넷!"

6중대장 김득순은 작전 지역에 분포 중인 소대장들을 달려오게 했다. 달려온 소대장들에게 김시진 장군은 상황 보고를 받기 시작했다.

"3소대장 박상일 보고드립니다. 현재 적군과의 거리는 200보입니다. 그리고 일본군 후방을 침투하여 수색한 결과 500보 후방에 중화기 기갑부대가 있습니다. 적군은 우리를 탐색하고 있는 듯합니다. 이상 보고드립니다."

"고맙소, 박상일 소대장님. 보병 수는 어느 정도 됩니까?"

김시진 장군이 물었다.

"옛! 3개 중대 병력으로 판단하고 있습니다."

"작전지에 특이점은 없습니까? 그리고 현재 침투하고 있는 2소대의 근황이라든가."

"특별한 것은 없습니다. 2소대는 4소대 작전지 사골로 침투하였기에 예측으로 보아 합류하였거나 나름대로 침투작전에 들어가 있는 것으로 보아집니다. 저희 작전지형은 가파르고 가파르지 않은 곳은 지면이 매우 험합니다. 그런 관계로 지체하지 않나 봅니다."

"그럼 소대장의 작전방법은?"

"옛! 현재 상황대로 볼 때 전면전은 가능할 것 같습니다. 그리고 침투 작전…"

"알겠소."

김시진 장군은 1소대와 4소대의 작전 보고도 받았다. 그리고 3소대의 작전 지역을 공격할 것을 결정하고 있었다.

"중대장님! 3소대 진지부터 공격하는 것으로 합시다. 3소대 병들의 복장은 일본군 복장인지요?"

"아닙니다. 침투하고 있는 2소대 말고는 위장하지 못했습니다."

김시진 장군은 중대장의 말이 떨어지자 홍범일 작전참령을 바라봤다. 김시진 장군은 말했다.

"군영에는 어떻습니까?"

"없을 것으로 알고 있습니다. 있어도 몇 벌 없을 것으로 압니다."

"한 벌이 있어도 가져오도록 합시다."

"알겠습니다."

작전참령 홍범일은 경호대장에게 말했고, 경호대장은 두 명의 경호대원들을 병영으로 보냈다. 김시진 장군은 3소대 작전지로 향했다. 그리고 소대장이 말한 것처럼 지표면이 몹시 험악한 것을 보고 있었다. 그리고 제1수색정찰대 조덕삼에게 전령을 보냈다. 김시진 장군은 구렁진 곳마다 쌓였던 눈들이 녹지 않고 복잡한 숲속에서 희끗희끗 보이고 있는 것을 보면서 어딘가에서 지금 적진지를 헤매고 있을 2소대 병들을 생각하고 있었다. 말발굽 소리가 들리면서 제1 수색정찰대로 갔던 전령이 달려왔다.

"조덕삼 대장을 만날 수가 있었습니다. 하여 장군님의 말씀을 전하자 열 명을 곧 보내겠다고 하였습니다."

김시진 장군은 전령의 말을 들으며 가슴에서 굵은 피가 솟고 있었다. 이어 사령부로 달려갔던 경호 대원들이 달려왔다.

"보급 부관이 비상용으로 남겨두었다는 다섯 벌을 들고 왔다."

김시진 장군은 3소대장 박상일을 바라봤다.

"다섯 명입니다."

"알겠습니다. 사령관님!"

박상일 소대장은 분대장들을 찾아 안개 속에서 빠르게 움직이고 있었다. 그리고 잠시 후 박상일 소대장은 김시진 장군 앞에 병사들과 나란히 섰다. 그리고 김시진 장군을 향해서 추위에 굳어 있는 푸른 입술을 움직이고 있었다.

"저희가 먼저 침투하겠습니다."

"아니요. 10리 길이지만 서둘렀을 테니 곧 도착할 것이오. 함께 작전하십시오."

김시진 장군은 일본군 복장으로 갈아입고 있는 3소대장을 향해서 대답해주었다. 김시진 장군은 소식이 없는 2소대가 머지않아서 큰 소식을 전해올 것이라는 생각을 하면서 6중대를 떠나지 못하고 있었다. 김시진 장군은 시계를 자주 들여다보았다. 그러면서 어서 6중대가 작전 지역으로 진입하는 것을 보고서 다른 곳으로 가야 한다는 생각에 김시진 장군은 자주 시계를 보고 있었다. 김시진 장군은 가끔 전방에서 들려오는 소리에 촉각을 세우고 있었다. 짙은 안개 깊은 전방에서 일본군들이 기동하느라고 크고 작은 소리가 들려오고 있었다.

"사령관님!"

사방에 매복해 있던 경호 대원들한테서 김시진 장군을 부르는 소리가 들려왔다. 김시진 장군을 비롯해서 모두 소리 나고 있는 곳으로 눈들을 돌리고 있었다. 그곳에서는 10여 명의 일본군 복장을 한 제1 수색정찰대원들이 달려오고 있었다.

"사령관님을 향하여 경례!"

"고맙소. 고맙소. 동지들!"

김시진 장군은 치밀고 있는 감격을 억누르며 수색정찰대원들의 손을 일일이 잡았다.

"김고섭 선임관입니다. 대장님에게 실정에 관해서 들었습니다. 공격 명령을 내려 주십시오."

"그럽시다. 이처럼 속히 달려와서 고맙기 한량없습니다. 김고섭 선임관님을 비롯해서 수색정찰대원께서는 이곳 3소대장 박상일 소대장의 작전에 만전을 다하시기 바랍니다."

김시진 장군의 명령에 박상일 소대장은 일일이 수색정찰대원들과 악수를 한 다음 김시진 장군께 작전보고를 남기고 삽시간에 전방으로 사라졌다. 김시진 장군은 수색정찰대원들의 뒷모습에 경례하고 있었고, 대원들이 보이지 않고도 오래도록 경례하고 있는 손을 내리지 않고 있었다.

"중대 본부로 가시지요."

홍범일 사령관이 말했다.

"아니요."

김시진 장군은 수색정찰대원들이 사라진 전방에서 눈을 떼지 못하고 대답했다.

'땅땅 땅 땅땅 땅 땅!'

수색정찰대원들이 전방으로 들어간 지 얼마 되지 않아서 총소리가 들리기 시작했다. 총소리는 시간이 흐르면서 더욱 요란해졌고, 사방에 매복해 있던 경호대원들이 김시진 장군을 향해서 달려왔다. 총소리는 더욱 요란하게 들려오기 시작했고, 말발굽 소리가 달려오고 있었다. 김득순 중대장이 총소리에 달려왔다. 홍범일 작전참령은 달려온 중대장에게 상황 이야기를 하였다. 중대장은 전령을 불렀다. 그리고 중대 본부를 이곳으로 옮긴다고 각 소대에 전하라고 말했다. 시간이 지날수록 총소리는 여러 곳으로 퍼지고 있었다. 모두 긴장 상태에서 전방에 눈을 두고 있었고, 경비대원들은 물론 6중대 병사들도 사방 경계에 들어가고 있었다.

"사령관님! 대포 소리가 나고 있습니다."

"나도 들었소."

'꾸왕 꽝 꽝 꽝 땅 꾸왕 꾸왕!'

대포 소리, 기관단총 소리, 총소리라는 총소리는 모두 뒤섞여 들려오기 시작했다.

"저 소리, 대포 소리는 뭐죠?"

홍범일 작전참령이 김시진 장군을 향해서 감격스러운 음성으로 묻고 있었다.

"2소대가 이제야 공격하고 있나 봅니다. 사령관님!"

6중대장 김득순이 김시진 장군을 향해서 소리쳤다. 김시진 장군은 두 손을 들어 앞에 있는 나무를 짚었다. 그리고 멀리 붉어지고 있는 안개 짙은 하늘을 바라보고 있었다.

한 시간, 두 시간 시간이 흐를수록 총소리는 먼 곳에서까지 들려오고 있었고, 포탄이 떨어져 터지면서 일어나는 불꽃은 맹렬히 치솟고 있었다. 김시진 장군은 2소대는 물론 3소대 그리고 급하게 달려와 지원 작전 중인 제1 수색정찰대대원들을 기다리고 있었다. 대원들이 모두 빠져나오는 것을 보고 싶었다.

"사령관님! 중대 본부를 200보 뒤로 옮겼으면 합니다. 실탄이 날아들고 있습니다."

경호대장 오칠희가 김시진 장군에게 말했다. 김시진 장군은 경호 대장 말에 주위를 둘러봤다.

"예, 유탄이 많아졌습니다. 옮기는 것이 좋을 것 같습니다."

6중대장 김득순이 말했다.

"아직 농지들이 돌아오지 않고 있소. 그러나 옮기도록 합시다."

김시진 장군은 말에 올랐다. 그리고 사방에서 터져 오르고 있는 화염과 총탄 소리를 듣고 있었다. 김시진 장군의 얼굴은 긴장과 희열과 한꺼번에 섞여서 하늘의 기적을 간절하게 바라고 있었다. 김시진 장군이 움직이는 대로 경호 대원들이 사방경계에 포진하고 있는 속에서 십리평 4중대 전령이 달려왔다.

"보고드립니다. 현재 남구에서 1,000보 후방까지 후퇴하였습니다. 중대장님께서 명령을 기다리십니다."

김시진 장군은 홍범일 작전참령과 전략참령 최장진의 얼굴을 번갈아 보며 긴장된 얼굴을 하고 있었다. 그리고 입을 열었다.

"아직 1, 2, 3중대 현재 위치가 전해오지 않았으나 그 정도까지는 후퇴해도 될 것 같소."

홍범일 참령과 최장진 참령은 대답은 하지 않았으나 김시진 장군의 적전과 같다는 표정을 하고 있었다.

"동지는 가서서 전하시오. 1,000보 가깝게 더 후퇴하여도 좋다고 하시오. 그리고 더 이상은 안 된다고 하시오."

"알겠습니다. 감사합니다."

전령의 군마는 땅을 박차고 짙은 안개 속으로 날아가고 있었다. 그리고 얼마 지나지 않아서 3중대에서 달려왔고 2중대에서 달려왔다. 김시진 장군은 참모들과 작전 회의를 하기 시작했다.

"그리고 보면 현재 먼 곳은 7,000이고 가까운 곳은 2,000이니 1차 작전계획은 시작된 것 같습니다."

김시진 장군은 말하면서 눈빛은 박상일 3소대장이 들어간 전방을 보고 있었다. 눈앞에서 적진을 향해 들어갔던 3소대장과 제1 수색정찰대원들이 돌아오는 것을 이곳에서 보고 싶었다. 그러나 이제 1차 작전이 막 시작된 시점에 무엇보다 중요한 것은 각 전선의 작전 상황을 신속하게 판단하여 명령을 내려야 하므로 상황실은 사령부로 복귀할 수밖에 없었다. 김시진 장군은 3소대는 물론이고 소식이 없는 2소대 귀대를 아쉬워하며 전선을 뒤로하고 있었다.

"사령부로 복귀합시다."

김시진 장군은 작전상황실 복귀 명령을 내리고 있었다. 그리고 모든 전선에 침투하여 전투 중인 동지들의 승리를 빌며 고개를 들어 안개 뒤덮인 하늘을 올려다보고 있었다. 경호대의 경호 속에서 김시진 장군은 소북구 사령부로 향하고 있었다. 말허리를 꺾어야 발을 내디딜 수 있을 만큼 험악한 청산리 노 삼십이의 벼랑에 말발굽을 옮기며 김시진 장군은 소북구 사령부로 향하고 있었다.

전령들은 모두 전선으로 뛰었고, 전선에 도착한 전령들은 대기 중인 전령들과 임무 교대를 하였다. 임무 교대한 전령은 중대장의 보고서를 움켜쥐고 사령부 상황실을 향해서 말을 달리고 있었다. 지옥이나 다름없는 청산리 노 삼십이 계곡을 김시진 장군은 30여분을 달려 사령부 상황실로 향하면서 수색정찰대와 같은 작전정찰대를 하나 더 만들어야겠다는 생각을 하며 상황실에 도착했다. 그리고 참모들이 의자에 앉기도 전에 작전정찰대를 새로 만들어야 하겠다는 이야기를 했다. 김시진 장군과 참모들이 상황실에 도착하기가 무섭게 전선에서 달려오기 시작하는 전령들은 전과 보고서를 내어 놓고들 있었다. 김시진 장군은 전과 보고서가 도착하는 대로 현황판에 작전 상황이 그려지고 있는 것을 보면서 참모들과 긴급하게 작전 회의를 하고 있었다. 그리고 작전 회의의 결과를 신속하게 전령들에게 보내고 있었다. 그리고 도착한 노삼십이 전투 6중대장의 보고서는 3소대장이 무사히 귀대했고, 2소대 또한 모두 무사히 귀대하였다는 보고와 동지대 37여단의 2개 대대를 완벽하게 패배를 안겨주고 있다는 보고였다. 김시진 장군은 6중대 전령에게 말했다.

"6중대는 전투정찰대를 결성해서 투입할 동안 자체 작전하라 하시오."

명령을 받은 전령은 전속력으로 달렸다. 김시진 장군은 달려 나가고 있는 6중대 전령을 보면서 평안도에서 긴급 훈령으로 창설되어 북간도 청산리로 투입된 혼합부대 특수여단 일본군이 괴멸되고 있는 모습을 머릿속에 그리고 있었다. 그리고 전투정찰대를 새로 창설하여 수색정찰대와 함께 일본군에게 전열을 가다듬을 틈을 주지 않을 작전 계획을 세워 숨 돌릴 시간 없이 교란 작전에 무참히 참패를 안겨줄 것을 구상하고 있었다. 김시진 장군은 참모들과 수색정찰대와 같은 전투정찰대에 대해서 본격적으로 논의하기 시작했다. 수색정찰대가 1 수색정찰대가 있고 2 수색정찰대가 있듯이 전투정찰대 역시 2개 전투정찰대를 창설해 전체 작전지를 4등분 해서 작전 통제가 원활하게 하기로 했다.

　참모들과 김시진 장군은 전투정찰대 대장을 물색하기 시작했다. 그리고 전투정찰대는 2개 소대 병력 그러니까 준 중대 병력에 중대장급으로 하기로 했다. 그리고 제1 전투정찰대 대장은 전략참모 최장진을 임명했고, 제2 전투정찰대 대장에는 부관정위 정민열을 임명했다. 작전참령 홍범일과 박윤습은 새로 임명된 전투정찰대장들과 병력 구성에 돌입했다. 병력 구성에는 오랜 시간이 걸리지 않았다. 작전참모들은 전령을 보내 새로 임명된 소대장들을 소집시켰고, 병력은 현지에서 중대장이 다음 지시가 있을 때까지 집결시킬 것을 전달했다. 임명된 소대장들은 말을 몰아 사령부로 달려왔다. 김시진 장군은 네 명의 소대장이 도착하자 새로 발족한 전투정찰대 대장들과 소대장들에게 결전의 임무를 맡겼다. 김시진 장군은 짙은 안개를 의식하며 명령이라기보다는 부탁을 하고 있었다.

　"그동안 수색정찰대원들이 부족한 인력과 전략 무기도 없이 혁혁한 전과를 올려 왔습니다. 이는 가장 위험한 적진으로 침투한 결과라 하겠습니다. 모든 것을 일본에 빼앗긴 조선 사람이 살아 있는 목숨이 어디 있습니까. 우리는 이미 죽어 있는 혼령입니다. 우리는 저들에게 빼앗긴 육신과 저들에게 죽임을 당한 혼령으로 싸우고 있는 것입니다. 그러니 우리는 혼령과 싸우려는 어리석은 무리와 싸우는 것이고 심판하고 불구덩이로 쓸어 넣는 투사들입니다. 혼령의 우리를 하늘이 돕고 있습니다."

　김시진 장군은 제1 전투정찰대 대장 최장진과 제2 전투정찰대 대장 정민열 대장과 굳은 악수를 하였다. 그리고 네 명의 소대장들과 대원들의 무운을 빌었다. 새로 발족한 전투정찰대 대장들은 적진으로 달려갔다. 제1 전투정찰대 대장 최창진은 남구에서 기다리고 있는 전투정찰대원들을 만나 소대와 분대를 신속하게 편성하고 곧바로 움직이기 시작했다. 최창진 대장은 북으로 팔수동구 방향으로 달려가고 있었다. 제1 수색정찰대가 5중대 십리평 남방에 투입된 중이라 최창진 대장은 4중대 격전지로 향했다. 4중대 격전지 팔수동구 지역은 북만주 파견부대들이 연합부대로 결합하여 밀고 내려오고 있는 3만 병력의 혼합부대라 전투 통제가 일관되어 있지 않은 관계로 독립군들이 상대하기는 손쉬운 상대들이 되고 있었다. 4중대장 손건우는 아직 한 번도 침투하지 않은 혼합대대로 최창진 전투정찰대장을 침투시키고 있었다. 최창진 전투정찰대장은 기습 공격에 이골이 나 있는 독립군으로서 안개 짙은 전진을 침투해 본 적은 없지만 계곡의 지형지물을 적절히 이용하며 일본군 부대를 향해서 침투하고 있었다. 최창진 제1 전투정찰대장은 대원들을 이끌고 일본군들을 피해가며 전진 깊숙이 후방 방향으로 움직이고 있었다.

"이 정도면 됐을 것 같소. 이제부터 뒤돌아 가면서 농락합시다. 일본군이 포진하고 있는 곳을 중대장님이 말씀해 주셨으니 위치를 찾아서 움직입시다."

"이곳 지형은 어느 정도 제가 알고 있습니다. 안개가 끼었어도 감각으로 대략 잡을 수 있습니다."

2소대장 권순호가 말했다. 최창진 제1 전투정찰대장은 말을 듣고 나서 곧바로 작전 구상을 하기 시작했다.

"이 지역도 다른 곳이나 다름없습니다. 계곡이 험하고 평탄한 곳이 없습니다. 박격포 부대가 있는 곳을 어느 정도 알고 있지만 우선 보병들부터 치고 빠지는 것이 좋을 것 같습니다."

"그렇게 합시다. 먼저 2시 방향으로 가면서 적진 깊숙이 들어간 후에 일본군과 함께 독립군을 향해서 진격하는 것처럼 하면서 난사합시다."

최창진 대장의 작전 설명이 끝나면서 대원들은 움직이기 시작했다. 일본군들이 부산하게 움직이고 있는 소리가 짙은 안개 속에서 들려오고 있었다. 대원들은 소리 나는 곳을 향해서 신속하게 움직이기 시작했다. 잠시 후 일본군들이 안개 속에서 드러나기 시작했고, 일본군들은 복잡하게 뒤섞여서 험상궂은 땅거죽에 나뒹굴어 가면서 진군하고 있었다. 최창진의 제1 전투정찰대원들은 일본군들과 같은 모습으로 진군하면서 차츰 거리를 좁혀가고 있었다. 제1 전투정찰대원들은 일본군들의 병력이나 화력 그리고 기동력에 관해서 파악하기 시작했고, 습격하고, 신속하게 빠질 곳을 찾아보고 있었다. 일본군들은 전투정찰대원들을 별 의심 없이 보고 있었고 혼합부대로 구성된 부대이고 보니 일본군은 전투정찰대를 의심하지 않았으며, 아군으로 보고 있었다. 전투정찰대원들은 부지런히 몸을 움직이며 전방을 향해서 진군하고 있는 일본군들과 행동하고 있었다.

"일본군들을 공격하고 3시 방향 700에 숨을 수 있는 곳이 있습니다. 이곳에서 공격하면 되겠습니다."

최창진 대장은 권순호 2소대장의 말을 듣고 나서 사방을 둘러보고 있었다. 그리고 입을 열었다.

"그럼 이제부터 공격합시다. 최대한 일본군과 가깝게 접근한 다음에 공격하고 빠집시다. 몇 번 그렇게 하다가 보면 일본군 스스로 못 믿게 될 것이고 그때는 우리는 총소리만 요란하게 하고 있어도 저들끼리 싸우게 되리라 봅니다. 팔뚝에 흰 줄 안 한 분 있나 살피시기 바랍니다. 지금부터 열 센 다음 공격입니다."

최창진 대장의 말이 떨어지자 모든 대원은 전방을 주시하며 각자 공격할 일본군들을 물색하기 시작하면서 엄폐된 장소를 찾아 몸을 숨기기 시작했다. 대원들은 기관단총이 한두 정쯤 있었으면 하는 아쉬움에 일본군의 기관단총을 노획할 작전을 세우고 있었다.

'땅 땅땅 땅 땅 땅!'

일본군들은 쓰러지기 시작했다. 엄폐된 장소에 몸을 숨기고 있는 대원들의 총탄에 일본군들은 속수무책으로 수십 명씩 쓰러지고 있었다. 일본군들이 쓰러지면서 전투정찰대원들은 엄폐된 장소에서 뛰어나와 일본군 복장을 한 아군이라는 것을 보이다가 다시 몸을 숨기며 공격하고 있었다. 이에 일본군들은 적군과 아군을 분별할 겨를도 없이 전투정찰대원들에게 무참히 사살되고 있었다. 눈 깜짝할 사이에 전투정찰대원들에게 일본군들은 수도 헤아릴 수 없을 정도로 무참히 쓰러졌고 전투정찰대원들은 일본군끼리 전투가 벌어질 때까지 숨바꼭질하면서 일본군들을 농락하고 있었다. 그러자 계속해서 쓰러지기만 하던 일본군들은 결국에 가서는 일본군이 일본군을 향해서 총을 쏘기 시작했다. 일본군들은 도망가거나 쫓아다니며 서로 죽이고 시작했다. 일본군들은 왜 네가 나를 죽이느냐고 소리 지르며 짙은 안개 속에서 일본군들은 저들끼리 난투전이 일어나고 있었다.

"나는 아군이다. 아군이란 말이다. 총 쏘지 마라."

일본군들은 아군이라는 소리를 지르며 쓰러져 죽어가고 있었다. 짙은 안개 속에서 일본군은 일본군을 죽이는 기이한 전투장으로 변하고 있었고, 최창진 제1 전투정찰대원들은 일본군끼리 서로 죽이며 아수라장이 되고 있는 전투장을 빠져 후방으로 사라지고 있었다.

제1 전투정찰대원들의 후방에 잠복하고 있던 4중대 병사들은 중대장이 지르는 작전 명령 소리를 듣고 있었다.

"현 위치에서 중대는 움직이지 말고 다음 명령이 있을 때까지 몸을 숨기고 있어라."

최창진 대장은 손건우 4중대장의 다음 작전 지역 설명을 듣고 나서 소대장들과 다음 작전 지역을 향해 안개 짙은 계곡으로 들어가고 있었다. 한동안 계곡으로 진격하던 최창진 대장은 2소대장의 안내를 받으며 계곡을 벗어나기 시작했다. 그런 다음 절벽을 타고 가면서 좀 전에 공격한 일본군 부대에서 콩 볶듯이 들려오고 있는 총소리를 들으며 대원들을 칠흑이나 다름없는 안개 속 절벽을 타면서 산을 넘어 일본군들이 집결해 있는 부대를 향해 포진하고 있었다.

제1 전투정찰대원들은 일본군들을 살피고 있었다. 짙은 안개 속에서 최창진 전투정찰대원들은 일본군 부대를 드나들며 일본군의 동태는 물론 규모를 살피고 있었다. 최창진 대장의 눈에 드러나고 있는 일본군 부대는 한 차례 전투를 치른 부대보다 규모가 큰 것만 같았고, 부대 전투력 또한 압도하는 느낌을 주고 있었다. 최창진 대장은 가까운 곳의 부대가 공격을 받아 전투 중이라는 것을 알고 있으므로 지금 침투하고 있는 부대는 어떤 방법으로 공격해야 할지 생각하고 있었다. 전투정찰대원들은 모두 몸을 숨기고 최창진 대장의 명령을 기다리고 있었다.

"대장님! 여단 규모보다 큰 것으로 확인된 부대입니다. 팔로군 저지 주력부대로 우리 독립군은 물론 동포들에게 많은 피해를 주고 있는 부대로 일만 명의 혼합 부대입니다."

"아, 알고 있소. 이 부대가 북만주 총국에서 파견시킨 부대지요. 저력이 있는 부댑니다. 731부대와 관련이 깊은 부대입니다."

최창진 대장은 소대장들의 말에 화답하고 나서 작전 구상을 하고 있었다. 최창진 대장은 광범위한 부대인 만큼 공략하는 작전을 여러 각도를 생각하고 있었다. 파고 들어가서 작전을 하는 방법과 외곽에서 기습하는 방법을 놓고 깊이 생각하고 있었다. 그러면서 수색정찰대대장이나 대원들처럼 전투 경험 없이 이제 막 창설한 부대이다 보니 용단 내리기가 힘들고 있었다. 최창진 대장은 소대장들과 상의하고 있었다.

"소대장님들 생각은 어떻습니까? 깊이 침투하는 것과 치고 빠지는 것 중에서…."

소대장들은 최창진 대장의 물음에 선뜻 대답을 못 하고 궁리하기 시작했다. 1소대장 이칠형이 입을 열었다.

"저희 1소대가 좌측으로 공격하고 2소대가 우측에서 공격하면서 양방향에서 분산공격하며 빠지는 방법이 좋을 것 같습니다."

최창진 대장은 1소대장의 말에 잠시 입을 다물고 있었다. 그러다가 입을 열었다.

"치고 빠지고 치고 빠지고. 위험부담도 없고 지금 일본군은 옆 부대가 공격받았기 때문에 혼란할 겁니다. 그럼 1소대장님 작전대로 합시다."

"그럼 우리 2소대는 우측을 공격하겠습니다."

"예, 그러시오. 그리고 소대 전령 두 명과 후방 지원 병력 세 명씩 남기시오. 후방 병력은 지원이 필요할 때 저와 함께 지원하겠습니다. 그럼 공격하시오."

최창진 대장의 명령이 떨어지면서 소대장들은 적진을 향해서 움직이기 시작했다. 최창진 대장은 안개 속으로 사라지고 있는 대원들을 보면서 작전구상은 물론 중앙기습작전으로 대원들과 적진을 향해 들어가고 있었다.

일본군들은 계곡을 피하면서 남으로 움직이고 있었다. 청산리와의 거리는 2,000 미만 떨어져 있는 곳이니 지표면이 험준하기는 하여도 길게는 서너 시간이면 독립군 사령부 병영과의 거리 1,000까지 접근할 수 있을 것처럼 보이고 있었다.

최창진 대장은 일본군이 진군하는 대로 움직이며 소대들의 소식을 기다리고 있었다.

산 하나가 움직이듯이 일본군들은 움직이고 있었다. 짙은 안개 속에서 거대한 물체가 움직이고 있는 것을 주시하면서 최창진 대장은 대원들과 일본군들의 동태를 살피고 있었다.

"어느 부댄데 우리보다 먼저 왔소?"

조금 떨어진 안개 속에서 일본군들이 소리 지르고 있었다. 최창진 대장을 비롯해서 대원들은 미처 발견하지 못한 곳에서 일본군들이 나타나며 묻고 있어서 순간 당황했으나 최창진 대장은 다가오고 있는 일본군을 향해서 대답했다.

"아, 우린 작전 지역을 사전 답사하는 정찰대이고, 본 부대 투입 여하를 미리 알리는 정찰대."

"경례! 아 그렇습니까? 저는 2중대 수색소대 야스키 상병 분대장입니다."

"전방 500 앞은 절벽이다. 절벽 말고는 부대가 통과할 수 있는 곳이 없어서 지금 살피고 있는 중이다."

"아, 그렇습니까? 우리 수색소대가 수색 중인데 저희가 척후병입니다. 감사합니다. 저희도 수색하여 부대에 보고하겠습니다. 안녕히 가십시오."

분대 병력의 일본군들은 최창진 대장에게 경례를 하고 나서 모두 최창진 대장이 왔던 방향으로 가고 있었다. 최창진 대장은 거대한 물체가 움직이고 있는 안개 속을 주시하면서 소대들이 어떤 상태인지 궁금해 하고 있었다.

"저, 대장님! 총소리 들리고 있어요."

최창진 대장은 고개를 총소리 나는 곳으로 돌렸다.

"우리가 공격한 부대 총소리 아니지?

"예, 아닙니다."

"아, 공격했구나. 1소대 쪽이지?"

"예, 그렇습니다."

최창진 대장은 어깨에 메고 있던 총을 내려 두 손으로 움켜쥐며 한 순간에 긴장이 풀리며 기분이 후련해지면서 운집해 있는 일본군 부대를 주시하고 있었다.

"대장님! 또 들리고 있습니다. 그런데 포 소립니다."

"나도 들었다. 포 소리다, 포 소리. 2소대?"

"예, 2소대 방향입니다."

"됐다. 동지들!"

"포 소리가 2소대라면 파고 들어간 게 틀림없습니다."

최창진 대장은 대원들의 말에 얼굴이 뜨거워지며 총소리가 여러 곳에서 나고 있는 것을 알게 되자 이제 나름대로 작전 준비를 하기 시작했다. 그리고 대원들도 당장에라도 공격할 것 같은 자세들을 하고 있었다.

"우리도 시작 합시다."

최창진 대장이 말하고 있었다. 그러자 대원들은 돌격 자세를 취하기 시작했다. 최창진 대장은 지금 불붙고 있는 소대들이 언제 어떤 상황으로 변하게 될지 몰라서 당장은 눈앞에 일본군들을 주시하고 있었다. 1소대 작전지에서 총소리가 사방으로 번지면서 대포 소리까지 나고 있었다. 대포 소리는 소대병들이 공격하고 있는 계곡에서부터 산등선을 타고 요란하게 번지고 있었다.

"대장님! 대장님!"

1소대 전령이 달려왔다. 그리고 헉헉대며 보고하고 있었다.

"일본군 부대 안으로 들어가 있습니다. 소대장님이 측면 공격을 해달라고 하셨습니다."

최창진 대장은 전령의 소리에 다시 묻고 있었다.

"측면 공격이면 어디를 공격해달라는 건지 자세히 말해 봐요."

"여기요, 여기."

전령은 땅바닥에 나뭇가지로 그림을 그리며 설명하기 시작했다.

"여기가 어디냐면요. 이천보쯤 떨어진 곳입니다. 이천보쯤 떨어진 곳에

산이 험해서 일본군 부대들이 한데 뒤엉켜 있습니다. 전방 11시 방향입니다. 저희 소대가 산발적으로 공격하면서 뒤로 빠져 박격포로 공격하시겠다고 하셨습니다. 대장님이 흩어지는 일본군들을 잡아달라고 하시며 전멸시킬 수 있다고 하셨습니다."

"알았소. 4중대 전령은 속히 중대장님께 1개 소대 지원 바란다고 전하시오."

1소대 전령의 보고를 받은 최창진 대장은 즉시 4중대 전령에게 명령했다.

"알겠습니다."

4중대 전령은 달려갔다.

"그럼 우리는 갑시다. 지원 소대가 올 때까지 일본군이 빠져나오는 것을 공격합시다."

최창진 대장은 앞서서 달려가고 있는 1소대 전령을 따라 달리기 시작했다. 산은 험하고 진격하기가 쉽지가 않았다. 일본군들은 독립군을 포위하기 위해서 사령부를 향해 계곡은 물론 험준한 산등선과 독립군들이 도주할 만한 곳을 차단 작전에 돌입하고 포진해 오고 있었다. 최창진 대장은 전령의 뒤를 따라 10명의 동지와 달려가고 있었다.

"여깁니다. 이 계곡으로 우리가 침투했습니다. 여기서 3시 방향에 일본군이 바글바글합니다."

"그러니까 우리는 이곳에서 공격하고, 그럼 전령 동지는 1소대로 어떻게 복귀합니까?"

"예, 저는 저곳 왔던 곳으로 갑니다. 어서 가서 전해야 합니다. 다른 명령은 없으십니까?"

"지원 소대가 도착하면 본격적으로 공격할 것이오. 우선 지금의 병력으로 상황에 따라 공격한다고 전하시오."

"알겠습니다."

전령은 총소리가 소란한 곳으로 삽시간에 사라졌다. 최창진 대장은 동료들을 향해서 입을 열었다.

"공격합시다. 가깝게 접근해서 일본군과 행동하다가 공격합시다. 공격!"

최창진 대장은 앞서서 총소리가 소란하고 일본군들이 운집한 곳을 향해서 몸을 날리기 시작했다. 얼마 가지 않아 일본군이 눈에 들어오기 시작했고, 일본군들은 남쪽으로 움직이고 있었다. 최창진 대장은 일본군들을 향해서 가다가 이윽고 일본군들과 함께 걷기 시작했다. 일본군들은 최창진 대장에게 경례하기도 하고 바위투성이 산비탈을 넘어져가면서 독립군 사령부를 향해 진군하고 있었다. 최창진 대장은 몸을 숨길 수 있는 곳이 발견되자 공격을 시작했다. 일본군들은 총탄에 쓰러지며 소리 질렀다.

"아군이 총 쏜다."

일본군들은 소리 지르며 나뒹굴고 있었다.

'탕 탕 탕탕 탕 탕!'

일본군들이 반격하기 시작했다.

"아군이다. 총 쏘지 마라. 아군이다. 적군을 찾는 중이다. 총 쏘지 마라. 아군이다."

최창진 대장은 반격하고 있는 일본군들을 향해서 소리소리 질러대고 있었다. 대원들은 쓰러진 일본군들에게서 총탄을 노획하고 그 노획한 총탄으로 일본군을 향해 총구를 겨누었다. 일본군들은 사격을 멈췄다. 그러나 사방에서 총소리가 나고 있었고 포탄까지 터지고 있어서 일본군들은 모두 방어는 물론 공격하고 있었다. 그러나 최창진 대장은 일본군을 향해서 몇 차례 더 소리 지르고 나서 대원들에게 공격명령을 내리고 있었다.

"적군을 향해 공격!"

'탕탕 탕 탕 탕 탕!'

전투정찰대원들은 최창진 대장의 공격 소리가 떨어지기가 무섭게 방아쇠를 당겼다. 최창진 대장은 본격적으로 공격을 시작했고, 공격을 하다가 후퇴하고 후퇴한 만큼 일본군들이 공격해오면 다시 공격하다가 후퇴하고, 십여 명의 병력으로 일본군들을 농락하며 지원 소대가 도착할 때까지 유도 작전에 열중하고 있었다.

공격당하고 있는 일본군들은 그동안 말로만 들었고 아군 복장을 한 폭도들을 경계하라는 특별 명령을 받았었지만 지금 아군 복장을 한 적의 공격을 당하게 되면서 어떻게 해야 할지 모르고 허둥거리고 있었다. 분명히 아군 복장을 한 아군과 적진을 향해 전진하면서 공격을 당하게 되자 누구를 공격해야할지 몰라 허둥거리는 사이에 고스란히 당하고 있었다. 일본군들은 계속해서 공격을 당할 수밖에 없었다. 공격을 당하고 나서 반격하다 보면 아군을 향해 총을 쏘고 있으니 일본군들은 아연실색할 수밖에 없었다. 일본군들은 아군 복장을 한 적군이 어디 있는지조차 모르겠거니와 언제 공격당할지 몰라서 서로 의심하과 경계를 하다 보니 진정한 적군과 교전은 물론 작전을 어떻게 해야 할지 분간 못 하고 있었다.

최창진 대장은 복잡하게 뒤엉켜 움직이고 있는 일본군들의 틈바구니를 끼어 다니면서 공격할 기회만을 노리고 있었다. 그런 최창진 대장 눈에 일본군 중대장이 들어왔다. 최창진 대장은 눈이 붉어지기 시작했다. 최창진 대장은 대원들과 미끄러워 쓰러지는 척해가면서 중대장이 가깝게 다가오기를 기다리고 있었다. 중대장은 길이 험하다 보니 말에서 내려 걸었다. 최창진 대장은 중대장의 얼굴 식별이 되는 순간 중대장을 조준하고 방아쇠를 당겼다. 중대장이 앞으로 쓰러지자 전투정찰대원들은 일본군들을 향해 무차별 방아쇠를 당기기 시작했다. 일본군들은 전투정찰대원들이 방아쇠를 당기는 대로 쓰러지고 있었다.

'땅땅 땅땅 땅 땅!'

기습 공격에 중대장이 당하자 일본군들은 땅바닥에 나뒹굴며 무차별 사격을 가하기 시작했다. 일본군들은 땅바닥에 납작 엎드려 눈에 띄는 병사들을 향해서 무차별 사격을 해댔다. 최창진 대장은 대원들과 후방으로 멀리 빠져나왔다. 그리고 한동안 소란스러운 총소리에 귀를 막고 있어야 했다.

"대장님! 지원 소대가 오나 봅니다."

대원들은 납작 엎드리며 최창진 대장을 향해 말했다. 최창진 대장은 짙은 안개 속에서 움직이고 있는 군인들을 향해서 신호를 보내고 있었다.

"아리랑!"

"전투정찰대장님! 저흽니다. 지원 소대입니다."

"아, 어서 오시오."

납작 엎드렸던 대원들이 일어나며 눈앞에 드러나고 있는 지원 소대를 바라보고 있었다.

"아, 오시느라고 고생하셨습니다. 송일학 소대장님!"

최창진 대장이 눈앞에 나타난 소대장의 손을 잡으며 말했다.

"부지런히 온다고 왔는데도 늦었습니다. 혼내주셨나 봅니다."

송일학 소대장이 40여 명의 소대병들 앞에 서서 최창진 대장의 얼굴을 향해 미소 지었다.

"예, 중대장을 총살했더니 아우성입니다."

"남겨놓으신 거 있으시지요?"

"예, 대대장들 남겨 났습니다."

최창진 대장이 미소 짓고 있는 송일학 소대장을 향해 대답했다. 그러자 소대장이 전령을 불렀다.

"동지는 '최창진 전투정찰대장님이 일본군 중대장 사살'이라고 중대장님께 보고하고 오시오."

소대장의 명령이 떨어지자 전령은 중대를 향해 번개처럼 사라졌다. 송일학 소대장은 전령이 사라진 곳에서 얼굴을 돌리며 최창진 대장을 향해서 입을 열었다.

"이곳은 수차례 답사해서 어느 정도 알고 있습니다. 다른 곳으로는 청산리를 못 가는 것은 아니지만 지금 일본군들이 청산리로 향하고 있는 곳은 제일 낮은 지역이 되겠습니다. 우리가 공격하기는 제일 좋은 작전지가 되겠고요."

송일학 소대장은 최창진 대장이 좋아할 수밖에 없는 말들을 골라서 하고 있었다. 최창진 소대장은 송일학 소대장의 말에 이제 시작할 작전에 회심의 미소를 머금고 있었다. 최창진 대장은 송일학 소대장에게 말했다.

"전투정찰대 1소대는 전방 가까운 곳에 있습니다. 저 총소리 나는 곳에 있습니다. 그리고 2소대는 포 소리가 나고 있는 곳에 있습니다. 우리는 깊이 침투해 있는 소대들과 맞불 작전하고 있는 중입니다. 일본 군복을 한 동지들이 치고 빠져나오면 소대 동지들은 매복해 있다가 반격합시다. 그리고 일본군 군복은 최대한 노획해서 모두 입게 하도록 합시다. 그리고 흰 줄 잊지 마시고요."

최창진 대장은 자신의 팔뚝에 흰 줄을 보이며 말하고 있었다.

"예, 알겠습니다. 대장님은 매복하고 계십시오."

최창진 대장은 송일학 소대장의 말에 잠시 후에 대답했다.

"예, 그럽시다."

최창진 대장은 대원들을 향해서 말했다.

"다치지 마시고 후닥닥 해칩시다. 팔뚝에 흰 끈 잊지 마시고."

송일학 1소대장은 전투정찰대원들 그리고 일본군 군복을 입고 있는 소대병들과 안개 짙은 속으로 소리 없이 사라져 들어가고 있었다.

"자, 우리도 이제 매복할 만한 곳으로 이동합시다."

최창진 대장은 매복할 곳을 찾아 안개 속으로 들어갔다. 최창진 대장은 일본군들과 가까운 거리를 유지하고 매복하기 시작했다. 그리고 잠시 총소리가 잦아드는 듯하더니 일본군 부대는 다시 총소리가 요란해지고 있었다. 송일학 소대장이 들어가기가 무섭게 작전을 시작한 모양이다. 최창진 대장은 치고 빠져나올 대원들을 위해 얕은 계곡은 매복하지 않았다. 총소리는 차츰 험악하게 들려오고 있었고, 포 소리 또한 요란해지고 있었다. 포탄은 가까운 곳에서도 터지고 있었다. 최창진 대장은 당장에라도 침투해 한바탕 맞붙고 싶은 생각에 안개 짙은 속에서 일어나고 있는 불빛들과 총소리에 방아쇠를 쥐고 있는 손에 힘을 주고 있었다.

독립군 사령부 상황실은 사방전선에서 들리는 총소리와 짙은 안개를 뚫고 튀어 오르고 있는 불꽃에 참모들과 김시진 장군은 눈을 깜박이지도 못하고 있었다. 또한 전방에서 달려오고 있는 말발굽 소리 속에 급변하고 있는 전황 보고에 상황실은 불붙어 있었고, 전승 보고의 불꽃은 꺼질 줄 모르고 있었다.

창남은 상황실 난로는 물론 전령들의 대기실 난로에 장작을 집어넣으며 짙은 안개와 추위 속에서 달려 들어오고 있는 전령의 말고삐를 받아 마구간으로 끌고 들어가고 있는 만식을 보고 있었다. 난로마다 장작들이 벌겋게 타고 청산리 깊은 계곡의 독립군 사령부는 바쁘게 달려 들어오고 달려나가고 있는 전령들의 말발굽 소리에 귀가 따갑기만 했다.

김시진 장군 손에서 지휘봉은 바쁘게 움직이고 있었다. 참모들과 보좌관들도 바쁘게 움직이는 지휘봉처럼 뛰고 있었다. 전선 상황이 급박하게 돌아가고 있는 상황실에서 김시진 장군은 박에스터가 건네는 물은 물론 조석을 입에 댈 틈 없이 전선의 시간은 포화소리 속에 묻히고 있었다. 박에스터는 물이 식으면 다시 따라 들고 있었고, 식으면 다시 따라 들고 있으며 보좌관과 참모들의 잔에도 따뜻한 물이 마르지 않게 하고 있었다. 말발굽 소리가 날 때마다 상황실은 새로운 긴장이 시작되었고, 작전은 승리의 고지로 달려가고 있었다. 그러면서 사령부의 낮과 밤이 사라지고 잠시도 쉬는 사람이 없었고 잠시도 잠을 자는 사람 또한 없었다.

더운 물은 물론 활활 타고 있는 불까지 삽시간에 얼음으로 변하고 있는 전선의 깊은 밤에 여인들과 독립군들은 뜨거운 주먹밥을 자루에 넣어 말 등에 실려 전선으로 보내고 있었다. 창남은 장작을 안고 상황실을 바쁘게 뛰어다녔다. 그리고 기둥을 잡고 졸음을 참지 못하고 있는 전령들의 대기실에도 뜨거운 물그릇을 들고 바쁘게 드나들었다.

김시진 장군을 비롯해서 청산리의 모든 독립군은 밤낮을 잊고 있었다. 전령들의 말발굽 소리는 적막을 흔들어 깨고 있었고, 붉은 불길이 치솟고 있는 전선은 날이 밝고 있었다.

"대포를 여기, 저기, 저기에 놓고 쏩시다."

제1 전투정찰대 2소대 대원들은 권순호 소대장의 말에 번개처럼 움직이고 있었다. 그리고 팔팔 뛰고 있는 일본군 20사단 파견연합부대 사령부를 향해서 대포 총신들이 가지런히 장착되었고 포탄이 장전되었다. 권순호 2소대장은 오른손을 높이 들고 곧이어 곤두박질치듯이 땅을 향해 내리꽂았다.

'꽝! 꽝! 꽝!'

그리고 다시 꽝꽝꽝! 팔로군 저지 부대 20사단 파견연합부대 사령부는 자신들의 대포에 자신들이 무참히 쓰러져가고 있었다. 1소대 전령은 일본군의 전령 완장을 하고 난장판이나 다름없는 일본군 부대를 관통하면서 사정없이 대포를 쏴대고 있는 2소대를 향해서 줄달음치고 있었다. 그리고 도착한 전령은 권순호 2소대장에게 1소대장의 작전 부탁을 하고 있었다.

"알겠소. 이칠형 소대장님께 그렇게 하겠다고 전하시오. 수고했소."

말을 마친 권순호 2소대장은 1소대 전령이 전선으로 뛰어가고 있는 것을 보면서 기관단총을 난사하고 있는 곳으로 갔다. 그리고 대원 두 명을 데리고 박격포가 있는 곳으로 가서 한동안 포열을 조준하고 나서 박격포탄을 날리기 시작했다. 박격포탄은 짙은 안개 속으로 사라졌고, 뒤이어 짙은 안개 속에서 허둥거리고 있는 일본군 보병부대들을 향해서 떨어졌다. 박격포탄은 일본군들을 아수라장으로 만들면서 일본군 시신을 피범벅 반죽으로 만들고 있었다. 이칠형 1소대장은 대원들과 한동안 포탄이 떨어지는 것을 보고 있다가 최창진 전투정찰대장이 있는 곳으로 갔다. 그리고 최창진 전투정찰대장에게 전황 보고를 했다. 최창진 대장은 이칠형 소대장을 향해서 회심의 미소를 지었다.

"이칠형 소대장님! 이제 들어가서 아군이 아군을 죽이고 있다는 것을 일본군들에게 확인시키고 나옵시다. 지금 일본군들은 적군과 아군 식별력이 없을 겁니다."

"알겠습니다."

최창진 대장은 사령부로 전황 보고를 보내고 나서 본격적으로 연합여단 일본군 부대를 초토화할 작전에 돌입했다. 최창진 전투정찰대는 일본군처럼 당당하게 일본군 20사단 파견연합부대 사령부를 향해서 깊숙이 들어갔다.

"이칠형 소대장님! 딱 10분만 싸웁시다. 아군이 아군을 죽인다는 것을 확실하게 만들어 놓고 나옵시다. 잠시 후 봅시다."

"알겠습니다, 대장님!"

최창진 전투정찰대장은 이칠형 1소대장과 거리를 두고 일본군 부대 안으로 당당히 들어갔다. 일본군들은 아군의 산발적인 공격과 날아오고 있는 포탄에 두들겨 맞으며 터지고 있어서 저항력은 물론 아군 식별력마저 무력해지고 있었다. 최창진 전투정찰대장은 패잔병들처럼 전의를 잃어가고 있는 일본군들을 향해서 지친 병사들처럼 어물거리며 파고 들어가고 난 후 사정없이 총열을 붉게 달궈대고 있었다.

'땅땅땅땅땅! 땅 땅 땅 땅땅!'

전투정찰대원들은 납작 배를 깔며 일본군들을 향해서 무차별 총탄을 날리고 있었다.

"후퇴하면서 공격한다."

전투정찰대원들은 절반은 공격하고 절반은 빠지고 다시 절반은 공격하고 절반을 빠지면서 일본군들을 아수라장으로 만들면서 안개 속에서 마치 귀신들처럼 날뛰고 있었다. 이칠형 소대장이 침투한 곳에서도 총탄 소리는 콩 볶듯이 들려오고 있었고, 일본군들의 아우성 또한 북간도 팔수동구 남방부 깊은 산자락 골짜기에서 메아리치며 안개 속에 묻히고 있었다.

근식 대장은 김시진 장군이 지휘봉으로 짚고 있는 현황판을 보고 있었다. 그러면서 이제 마지막 결전이 눈앞에 오고 있다는 것을 감지하고 있었다. 또한, 김시진 장군의 얼굴에서 승리의 빛을 발견할 수 있었고, 활활 타고 있는 불기둥처럼 김시진 장군이 뜨겁게 불붙어 타고 있는 것을 볼 수 있었다.

근식 수색정찰대 대장과 참모들 그리고 보좌관들과 난로에 장작을 넣고 있는 창남을 비롯한 모든 독립군들은 승리의 순간을 예감은 물론 손아귀에 넣고 있다는 것을 감지하고 있었다. 그런가 하면 해 뜨는 아침이면 한결같이 바라보고 있던 먼 남쪽 하늘 조선을 생각하며 감격의 그리움에 휩싸이고 있었다. 항상 가고 싶은 고향 남쪽 조선 땅. 흑룡강에서 간도를 거쳐 태백산으로 뻗어 내린 고조선의 줄기. 그 모든 조선을 그리워하고 있었다.

박에스터는 여인들과 약초를 넣고 펄펄 끓인 물을 그릇마다 가득 담아 가슴을 치고 두 주먹을 불끈 쥐고 있는 독립군들에게 따라 주고 있었다. 김시진 장군은 달려오고 달려가는 전령들은 대하면서 모든 전선에서 계획한 대로 전승을 거두고 있는 독립군들을 떠올리고 있었다.

김시진 장군은 여인들이 땅바닥에 주저앉아 울고 있는 어린 소녀를 부축하며 둘러서서 달래고 있는 것을 보았다. 소녀는 울음을 그치지 못하고 있었고, 둘러서서 달래고 있는 여인들마저 애통해하며 소녀를 끌어안고 있었다. 김시진 장군은 여인들을 향해 밖으로 나갔다. 그리고 여인들 곁으로 가서 섰다. 그러자 울고 있는 소녀를 달래던 박에스터가 일어섰다. 김시진 장군은 박에스터에게 물었다.

"왜 그러세요?"

박에스터는 김시진 장군의 물음에 대답을 하지 못했다. 그러자 김시진 장군이 다시 물었다. 박에스터는 울먹이는 목소리로 말했다.

"우리가 이기고 있는 것을 알고…"

김시진 장군과 참모들은 박에스터의 말에 소녀가 왜 우는지 알 수 있었다. 김시진 장군은 울고 있는 소녀의 등에 손을 얹고 입을 열었다.

"힘드시죠?"

울고 있는 소녀는 고개를 흔들었다.

"잠시 안으로 들어가십시다."

김시진 장군의 말에 소녀가 대답했다.

"고맙습니다, 장군님!"

김시진 장군은 울고 있는 소녀의 얼굴을 보면서 아픈 가슴을 누르고 있었다.

"전선에 가볼 수는 없는지요?"

"전선에는 왜 가시려고 합니까? 지금 이곳에서 동지들 뒤걷이 하고 계시지 않습니까. 밤낮없이."

"일본 사람들 죽는 것을 보고 싶습니다."

김시진 장군은 물론 참모들은 한순간 '억' 하는 소리를 내고 모두 고개를 돌리고 서 있었다. 김시진 장군은 지휘봉이 부서져라 힘주어 쥐었다.

그리고 울고 있는 소녀에게 말했다.

"지금 포 소리 들리지요? 저 포 소리는 모두 일본 사람들이 죽어가고 있는 소립니다. 총소리 하나하나마다 일본 사람들이 죽고 있습니다."

김시진 장군은 소녀의 어깨에 손을 얹었고, 소녀는 한없이 서러워하며 눈물을 흘리고 있었다.

3중대 전령이 달려오고 있었다.

"허가 동구 동북부 700까지 일본군이 접근하였습니다. 더 이상 후퇴 작전을 할 수 없을 것 같다고 하시며 명령을 기다리십니다. 그리고 정찰대 지원 적전을 요청하셨습니다."

참모들은 상황판에 허가 동구 700선을 짚었다. 그리고 참모들은 김시진 장군의 얼굴을 살피듯이 보고 있었다.

"동쪽으로 움직이게 하라 하시오. 1,000선까지 동쪽으로 유도할 수 있으면 하라 하시오. 그리고 정찰대 지원은 여기 계신 박근식 정찰대장을 보내드린다고 하시오."

3중대 전령은 땅을 박차고 말발굽 소리를 사령부에 던지며 삽시간에 사라져 버렸다.

김시진 장군은 안개 자욱한 문밖을 보면서 이제 본격적인 전투가 시작되었고, 최후의 결전이 눈앞에 와 있는 것을 확인하고 있었다. 박근식 수색정찰대장은 2중대 황구 전투에서 돌아와 손바닥에 땀을 닦을 겨를도 없이 다시 전투장으로 투입할 준비를 하면서 김시진 장군의 출전 명령을 기다리고 있었다. 김시진 장군은 근식 대장의 손을 잡았다. 그리고 말없이 근식 대장의 얼굴을 보기만 하고 있었다. 근식 대장은 상황실을 나와 대원들 대기실로 향했다. 창남이와 만식이가 근식이가 눈에 들어오자 달려갔다. 근식 대장은 대원들 대기실 문을 열었다. 그리고 말에 올랐고, 40여 명의 대원들도 말을 몰고 가고 있는 근식 대장의 뒤를 따라 뛰어가기 시작했다. 창남이와 만식이 그리고 소진이가 다가오면서 안개 속으로 사라져 가고 있는 근식 대장과 대원들을 향해서 오래도록 손을 들고 있었다.

청산리는 지옥이나 다름없이 험악한 계곡과 바위 절개로 되어 있어 산새들조차 둥지를 틀지 않는 곳이다. 그 지옥 청산리에서 일본군의 심장을 향해서 독립군들은 진격하고 있었다. 고조선의 먼 옛날 조상들처럼 지금 독립군들이 발해 만에서 일본군과 마지막 결전을 치르기 위해 진격하고 있는 중이다. 고조선에서 뻗어 내린 땅들을 남김없이 모두 잃은 조선 백성 독립군들이 나라를 찾기 위해서, 땅을 찾기 위해서 적진으로 진격하고 있다. 안개는 험준하기만 한 청산리를 휘어 덮고 있었다. 눈에 보이는 모든 것은 짙은 안개에 덮혀 있었다. 험준하고 울창한 숲의 청산리는 이제 김시진 장군과 독립군들이 빼앗긴 나라를 찾기 위해서 조선 독립을 위해서 일본군들과 최후의 결전을 두고 전진과 후퇴를 거듭하고 있었다.

일본군들은 계속되는 독립군의 기습에 크고 작은 패전의 손실을 보면서도 독립군을 전멸시킬 작정으로 지옥의 청산리로 진격하고 있었다. 독립군들은 그런 일본군들을 기습하면서 철저히 계략된 후퇴 작전을 성공적으로 달성해가면서 연전연패의 전과를 일본군에게 고스란히 안기고 있었다. 이에 일본군들은 격분은 물론 치욕과 분노를 오직 독립군 말살에 목표를 두고 혈안이 되고 있었다. 일본군들은 독립군들을 코앞까지 몰아가며 막강한 병력과 화력으로 한순간에 뭉갤 생각에 밀고 들어가고 있었다. 그리고 일본군들은 독립군들이 계속해서 후퇴하자 더는 버틸 수가 없는 것으로 알고 압박과 진격에 박차를 다하고 있었다. 그러나 짙은 안개는 일본군들의 눈과 발목을 잡고 있었고, 독립군들은 면밀히 구상해놓은 작전대로 일본군들을 유인하고 있었다.

박근식 제2 수색정찰대대장은 3중대 이민섭 중대장과 몇 발짝 떨어지지 않은 전방에서 거대한 파도가 밀려오듯이 밀려오고 있는 적군을 바라보면서 작전에 들어가고 있었다.

"수색정찰대장님! 저 거대한 덩어리를 상대할 만한 힘이 우리 중대로는 역부족이라 지원 요청 했습니다."

전철명 3중대장은 근식 대장의 얼굴에서 눈을 떼지 못하고 있었다. 근식 대장은 중대장의 눈빛에서 비장한 각오를 발견했다. 한두 명도 아닌 20만 대군과 격전을 치르고 있는 군인으로서 생명뿐만이 아니라 그 이상의 영혼까지 모두 걸고 있었다. 근식 대장은 중대장의 서늘한 눈빛 속에서 입술을 움직이기 시작했다.

"부상당한 만큼 지원을 받지 못하고 있습니다. 중대에서 지원할 수 있는 병력이 있었으면 합니다."

"예, 3소대를 지원할 수 있습니다. 동지들이 모두 노련해서 작전에 문제가 없습니다."

전철명 중대장은 근식 대장의 그동안 전과에 대해서 떠올리며 백전백승의 노련한 용사의 면모를 보고 있었다. 근식은 잠시 생각했다. 3소대를 모두 지원받으면 소대장과 공동 작전으로 적진을 농락할 생각을 하고 있었다. 중대장은 3소대장에게 전령을 보냈다. 그리고 잠시 후 3소대장이 달려왔다. 주시동 3소대장은 근식 대장을 보자마자 달려들어 덥석 안았다. 한겨울 안개에 젖은 모자와 구레나룻은 하얗게 서리 설어 얼음 방울이 매달려 대롱거리며 주시동 3소대장은 근식 대장의 손을 놓지 않고 있었다. 근식 대장과 주시동 3소대장은 말없이 잡고 있는 손에 뼈가 부서지도록 힘주고 있었다.

"저들의 포진 상태는 동으로 11시 방향에 포 부대가 있고, 1시 방향 후방에 사령부이고 우리 앞으로 보병들이오. 대략 5만에서 6만 명으로 추산되고 있소."

전철명 중대장은 근식 대장에게 말하고 나서 주시동 3소대장의 얼굴을 보았다가 다시 근식 대장을 향해서 말을 이었다.

"포 부대를 잡는다면 사령부를 부수고 보병들 쯤이야…"

전철명 중대장은 자신이 넘치는 눈빛으로 근식 대장과 주시동 3소대장을 바라보며 작전 지시를 내리고 있었다. 근식 대장과 주시동 3소대장은 서로 마주 보았다. 그리고 중대장에게 대답했다.

"포 부대를 잡고 나서 저희 수색정찰대는 중대 본부로 오겠습니다."

"알겠소."

전철명 중대장은 근식 대장의 말에 통쾌한 대답을 남겼다. 그리고 주시동 3소대장의 손을 잡았다. 주시동 3소대장은 구레나룻에 얼어붙어 있던 서리가 녹으면서 물방울이 되어 떨어지고 있는 얼굴을 중대장을 향한 채 꼿꼿이 서 있었다. 중대장은 3소대장의 손을 놓은 후 전령에게 말했다.

"사령부에 보고하고 오시오."

전철명 중대장의 말이 떨어지자 전령은 사령부를 향해 말을 달렸다. 근식 대장과 주시동 3소대장은 대원들이 기다리고 있는 앞으로 가서 나란히 섰다. 그리고 주시동 3소대장이 대원들을 향해서 입을 열었다.

"대포 뺏으러 갑시다."

3소대장의 말은 그것으로 끝이 났고, 수색정찰대원들과 3소대 병사들은 진격할 준비를 하기 시작했다.

전철명 중대장은 적진을 향해서 진격할 대원들 앞에 서서 굳은 표정을 흩트리지 않고 있었다. 어쩌면 마지막으로 보고 있을 대원들을 향해서 중대장은 가슴으로 작별하고 있었다. 적진으로 향하고 있는 대원들은 짙은 안개 속으로 소리 없이 사라지고 있었다. 근식 대장과 주시동 3소대장은 바위를 등지고 섰다. 그리고 주시동 3소대장이 대원들을 향해서 작전 지시를 하고 있었다.

"포 부대가 1,000보 앞이다. 혹시 잠복병이 있을 수 있으니 조심하고 지원 부대 병력처럼 곧장 포 부대로 들어가고, 들어가고 난 후 수색정찰대원들은 병기를 점령하고 우리 3소대는 병사들을 제압하게 된다. 이번 전투에서도 우리 살아서 돌아가자. 포 부대를 잡지 못하면 사령부가 포격을 받게 된다. 막중한 전투다."

3소대장 주시동은 말을 마치고 나서 소대병들의 얼굴 하나하나를 살피듯이 돌아가면서 바라봤다. 그리고 다시 입을 열었다.

"딱 한 번 멋지고 보람되게 승리하고 죽어도 죽읍시다, 우리."

3소대장은 말을 마치고 근식 대장을 향해서 구레나룻 얼굴을 돌렸다.

"대장님! 12시 방향으로 1,000보 앞에 포 부대가 있습니다. 우리 3소대는 1시에서 2시 방향으로 간 후 포 부대 후방에서 공격하겠습니다. 대장님은 우리가 500보 간 후에 움직이십시오."

3소대장 주시동은 말을 마치고 나서 소대병들과 전방을 향해 짙은 안개 속으로 들어가고 있었다. 3소대가 더 이상 보이지 않자 근식 대장은 대원들을 둘러봤다. 그런 다음 3소대가 사라진 짙은 안개 속을 보고 있었다. 그러다가 근식 대장은 3중대에서 지원해준 대원들을 보며 말했다.

"나의 곁에서 떨어지지 마시오."

"예."

근식 대장은 피로에 지쳐 있는 대원들을 다시 한 번 둘러보고 나서 나이 어린 강일윤에게 말했다.

"미안해, 강 동지."

근식 대장은 어깨에 메고 있는 총을 고쳐 메고 나서 적진을 향해서 앞섰다. 대원들은 뒤따르기 시작했고, 강일윤은 강칠봉, 최순철과 함께 앞으로 뛰어 전방에 섰다. 일본군들은 멀지 않은 곳에서 파도가 밀리듯이 움직이고, 청산리 독립군 병영이 2,000도 떨어지지 않은 속에서 일본군들은 산비탈을 타고 오르며 전진하고 있었다. 근식 대장은 3중대에서 지원된 병사들에게 지형 안내를 받으며 포 부대를 찾기에 이르렀다. 짙은 안개 속에서 일본군들의 말소리가 들려오고, 움직이고 있는 소리가 들려오고 있었다. 근식 대장은 대원들을 둘러보았다. 그리고 3중대장이 지원을 요청한 이유를 알게 되었다. 아무리 독립군들이 신출귀몰한다 해도 산덩이 같은 파도가 덮친다면 어떻게 되리라는 것은 불을 보듯 빤한 일이다. 3중대 대원들이 안내하는 대로 근식 대장은 포 부대를 향해서 빠르게 움직였다.

"이제 다 와 갑니다. 이곳은 다른 곳과는 달리 평지가 많습니다. 조금 앞으로 운동장만 한 곳에 포들을 정착했더라고요. 지금도 그곳에 있을 겁니다. 일본군들이 오나 봅니다."

3중대 상등병사가 3시 방향을 노려보면서 말했다. 앞서서 전진하던 강칠봉이 근식 대장에게 왔다.

"일본군들이 드러나고 있습니다. 대대 같습니다."

"작전 수행하는 아군처럼 움직이시오. 이제부터 말은 일본 말을 하시오."

수색정찰대원들은 일본군들이 눈에 들어오기 시작하자 어깨에 메고 있던 총들을 빠른 손놀림으로 사격 자세를 한 후 짙은 안개 속에서 움직이고 있는 일본군들을 쏘아보면서 근식 대장의 손놀림을 주시했다. 근식 대장은 일본군들이 가깝게 다가오고 있자 대원들을 분산시키며 잠복하고 있는 일본군처럼 행동할 것을 지시했다. 그리고 곧바로 근식 대장은 일본군들과 마주쳤다.

"모두 철수한다. 귀대해서 요기하고 다시 수색 잠복한다. 실시!"

일본군들은 잠복했던 병사들이 일어나 철수하는 것을 보면서 근식 대장에게 경례를 하거나 수고한다는 말을 하면서 움직이고 있었다. 근식 대장은 대원들을 일본군들 속으로 침투시키며 포 부대를 찾아 3중대 대원들이 가고 있는 뒤를 바싹 붙어 갔다.

"다 왔습니다."

상등병이 근식 대장을 향해서 일본 말로 말했다. 그러자 근식 대장 또한 일본 말로 대답했다.

"알았다. 수고들 했다."

포 부대가 근식 대장의 눈에 들어오기 시작했다. 그리고 두 명의 일본군이 일본군들의 대열을 뚫고 근식 대장을 향해서 걸어오고 있었다. 두 명의 일본군은 근식 대장에게 경례한 자세에서 상황 보고를 했다.

"근무 중 이상 무! 저희는 이제 소대로 복귀하고자 합니다."

두 명의 일본군은 3소대 대원이었고, 수색정찰대가 침투하여 포 부대에 이를 때까지 잠복해 있었다. 3소대 대원은 곧바로 안개 속 수풀을 헤치며 사라졌다. 근식 대장은 대포들이 청산리 병영을 향해서 포신들이 고정되어 있는 곳으로 대원들을 침투시키기 시작했다. 대원들은 포신 앞에 놓여 있는 기름걸레를 들기도 하고 총열 청소 봉을 들고 침투하고 있었다. 일본군들은 자신들의 대포에 다른 병사들이 달라붙어 청소하자 달려오기 시작했고, 달려오던 일본 병사들은 비명도 못 지르고 땅바닥에 나뒹굴었다. 대포 총신은 일본군을 향해서 방향이 돌려졌다, 그리고 요란한 굉음을 내면서 대포가 발사되었다. 사방에서 기관단총 소리가 나기 시작했고, 포 부대를 향해서 달려오는 일본 병사들은 모두 쓰러지고 있었다.

"발사! 발사! 발사!"

근식 대장의 입에서는 "발사" 소리가 계속 이어지고 있었다. 구레나룻의 주시동 3소대장은 포 부대를 완전히 포위한 상태에서 수색정찰대가 안전하게 대포를 쏠 수 있도록 엄호사격을 했다. 주시동 3소대장이 달려와 일본 군인보다 더 일본군인 같은 모습으로 근식 대장의 손을 잡고 난 후 일본군 사령부를 향해서 포신을 고정했다. 대포는 발사되었고, 포탄은 날아가고 있었다.

"지금 우리 3중대장님이 귀신놀이 작전을 하고 있을 겁니다. 우리는 일본군 후방만 과격하면 임무 완수입니다. 6만입니다. 6만만 잡으면 임무 완수입니다."

주시동 3소대장은 통쾌하게 구레나룻의 얼굴에 웃음을 만들며 근식 대장의 손을 꼭 잡은 후 3소대를 향해서 짙은 안개 속으로 사라졌다. 근식 대장은 '발사' 소리를 외처대고 있었다.

'꾸앙! 꽝꽝 꽝 꽝꽝!'

북만주 파견 대대, 관동군 파견 대대 그리고 포조군 19사단 연합사령부는 터지는 폭탄을 피하지 못하고 소나기 맞듯이 고스란히 폭탄 날벼락을 맞아 죽어가고 있었다.

"도대체 우리 군복을 입었어도 수색하라고 수천 번도 더 명령하였거늘 번번이 이렇게 당하기만 하니 무슨 짓들을 하고 있었단 말이야? 보안대장 어디 있어? 오라고 해!"

연합사령관 료스케 중장은 발을 굴러대고 있었다. 야전 천막도 철거하고 막 이동을 시작하고 있다가 벼락을 맞고 있는 연합사령부는 한마디로 난장판이 벌어지고 있었다. 폭도 김시진 소굴을 한 방에 날려버리려고 수천 리를 달려와서 자신들의 대포에 자신들이 맞아 죽고 있으니 날벼락이 있어도 이런 날벼락이 있을 수 있느냐고 고래고래 소리 지르면서 땅을 치고 있었다. 그런데다가 내일이면 걷히겠지 하고 있던 안개가 연일 지속되고 있는 바람에 안개 타령만 하다가 날벼락이라는 날벼락은 모조리 맞고 있는 중이다. 주시동 3소대장에 의해 포 부대 병사들은 완전히 전멸하였고, 일본군의 대포는 일본군을 향해서 날아가고 있었다. 지금 북간도에 있는 일본군들의 대포들은 독립군에 의해 모두 일본군을 향해서 날아가 터지고 있었다.

독립군의 승전은 곧바로 김시진 장군에게 보고되었다. 김시진 장군은 훈련장으로 향했다. 그리고 신병들을 둘러보고 나서 훈련대장에게 말했다.

"총을 다룰 줄 알면 참전시킵시다."

"알겠습니다."

훈련병들은 징용자들로서 이제 일본군을 무찌르는 독립군이 되었다는 사실에 사기가 하늘을 찌르고 있었다.

"이제 모두 전선으로 가시오."

"옛! 장군님!"

훈련대장은 김시진 장군의 얼굴에서 승리의 빛을 보고 있었다. 훈련병들은 병실로 향하고 있는 김시진 장군의 뒷모습에 대고 나무총을 힘껏 움켜쥐고 "받들어총!"을 했다.

김시진 장군은 경호 대장 박현무와 병실 문을 열고 안으로 들어섰다. 박에스터와 소진이 그리고 일본 사람들이 죽는 것을 보고 싶다던 소녀와 또 다른 소녀들이 부상당한 독립군들을 간호하다가 일제히 자리에서 일어나 김시진 장군을 향해 고개를 숙였다. 김시진 장군은 침대에 누워 있는 독립군들을 일일이 손을 잡아 따뜻하게 어루만지며 40명이 넘는 환자들을 다독였다. 자리에서 일어날 수 있는 병사는 소녀들의 부축을 받으며 자리에서 일어나 두 발로 서서 김시진 장군을 향해 경례를 했다.

"고맙소! 동지들. 동지들, 고맙소."

김시진 장군은 한참 동안 부상병들과 간호하고 있는 소녀들을 격려한 후에 병실을 나왔다. 김시진 장군은 상황실로 돌아와 참모들과 전황에 관해서 한참 동안 회의를 이었다. 그리고 작전 명령을 내렸다.

"모든 전선에 수색정찰대와 전투정찰대가 점령하고 있는 기갑부대와 포부대의 장비를 각 중대 화기소대에 넘기고 본 임의 작전에 투입하라고 하시오."

전령들은 전선으로 달려갔다. 김시진 장군은 상황판에 그려져 있는 전선 상황을 확인했다. 청산리 서북 전선의 1중대, 청산리 서방 전선 중앙에 2중대, 남방 전선의 3중대, 그 3중대에 긴급 투입되어 포 부대를 장악하고 있는 근식 대장의 수색정찰대는 3중대 2소대에 인계하고 후방 3중대와 6중대가 격동하고 있는 전선으로 투입되었다. 그리고 4중대 격전 지역에 투입되었던 권순호 대장의 제2 전투정찰대는 4중대 1소대에 포 부대를 인계하고 후방 4중대 북방 작전 지역으로 투입되었다.

김시진 장군은 모든 전선의 상황판을 들여다보면서 입을 굳게 다물고 있었다. 서 방향 남 방향 그리고 동북 방향의 포 부대를 빼앗아 일본군을 향해 포탄을 쏘고 있고, 청산리의 모든 전투는 독립군의 위장 침투 작전으로 일본군을 완벽하게 속이고 나서 결국에는 일본군들끼리 싸우도록 유도해 놓고 있는 상황판 앞에서 김시진 장군은 입을 굳게 다물고 있었다.

근식 대장은 주시동 3소대장이 퍼붓고 있는 대포 소리 속으로 수색정찰대원들과 깊숙이 들어가고 있었다. 독립군 아군들이 퍼부어대고 있는 기관단총 소리에 혼탁해진 적진 속으로 근식 대장은 수색정찰대원들과 일본군을 향해서 들어가고 있었다. 일본군들은 날아들고 있는 포탄을 피하느라고 털 빠진 닭들처럼 사력을 다해 도망치고 있었다. 근식 대장의 수색정찰대원들은 허둥거리고 있는 일본군들과 휩쓸리면서 기회를 보면서 어느 순간 사격하고 다시 사격하면서 일본군들을 더욱 혼탁하게 만들면서 격침해 나갔다. 일본군들은 아군의 총에 아군이 죽어 나자빠지자 포탄을 피해야 하는 건지 아군의 총탄을 피해야 하는 건지 구별을 못 하고 뛰어다니다가 사살되고 있었다.

독립군들은 일본군들이 모두 몸을 숨기고 움직이지 않고 있으면 독립군 자신들도 움직이지 않고 있었다. 그러다가 일본군들이 움직이기 시작하면 움직이는 대로 총을 난사했다. 일본군들은 독 안에 갇힌 쥐새끼들처럼 뛰고 있었다. 일본군들은 땅바닥에서 죽은 듯 엎드려 동료들의 이름을 부르거나 분대장을 찾았다. 그러나 분대장은 분대장대로 대답이 없고 대답하면서 움직이다가 사살되는 바람에 일본군들은 납작 엎드려서 추위에 얼어가고 있었다.

"분대장님! 분대장님! 분대장님!"

"누구냐? 나 소대장이다. 명령이 있을 때까지 몸을 숨기고 있기 바란다. 모두 몸을 잘 숨겨라."

분대장은 대답이 없고 소대장이 대답하고 있었다. 그러자 소대장과 얼마 떨어지지 않은 곳에 있는 김팔복과 최윤겸이 서로서로 손등을 꼬집으며 얼굴을 마주 보고 있었다. 그리고 소리 나던 곳을 향해 포복했다.

"누구냐? 그대로 있어라. 조선 폭도가 아군복을 입고 설치고 있지 않느냐. 명령이 있을 때까지 가만히 있어라."

"압니다. 보고할 것이 있습니다."

"그럼 머리를 들지 말고 오너라."

"예."

김팔복과 최윤겸은 부스럭 소리도 나지 않게 움직이고 있었다. 그리고 안개 속에서 저만치 소대장의 모습이 드러나기 시작했다.

"몸을 더 낮추고 살살 오너라."

"예."

김팔복과 최윤겸은 대답하고 나서 조금 더 앞으로 기어갔다. 그러면서 한순간에 일어나 방아쇠를 당겼다.

'땅땅!'

'땅땅!'

소대장은 사살되었고, 김팔복과 최윤겸은 벼랑으로 몸을 굴리며 멀리 사라져 갔다. 소대장이 사살되자 순식간에 총소리가 진동하기 시작했고, 어떻게 된 판국인지 비명들이 끝이지 않고 일어나고 있었다. 일본군들은 눈에 띄는 것은 아군이든 적군이든 방아쇠를 당기기 시작했다. 험준한 산악에서 일본군들은 허둥거리며 서로 총질을 해대고 있었다. 근식 대장의 수색정찰대원들은 그런 일본군들을 유유히 사살하며 더욱더 깊이 침투해 가고 있었다. 근식 대장과 수색정찰대원들은 지옥으로 변하고 있는 곳을 뒤로 멀리 희미하게 깃발이 보이고 있는 부대를 향해서 진군했다.

"아군이다. 사격하지 마라!"

근식 대장은 포탄이 떨어져 불기둥이 일고 있는 것을 보면서 희미하게 보이고 있는 일본군을 향해서 소리쳤다. 일본군들은 아군이라는 말에 근식 대장과 수색정찰대가 접근하고 있어도 경계를 하지 않았다. 근식 대장은 수색정찰대원들과 일본군들의 무리에 들어갔다. 주시동 3소대가 쏘아 대고 있는 포탄은 회오리 소리를 내면서 머리 위를 지나 일본군들의 군영에 떨어지며 무서운 폭발을 했다. 수색정찰대는 일본군들과 휩쓸리며 행동하였다.

한참 동안 일본군들과 어우르다가 일본군들이 완전히 방심하고 행동하기 시작하자 근식 대장과 수색정찰대원들은 기회를 보기 시작했다. 그리고 중대장을 비롯해서 중대병들이 청산리 독립군의 군영을 향해서 진격하는 속에 근식 대장과 수색정찰대원들은 자연스럽게 뒤로 처지면서 흩어져 후방을 포위했다. 그리고 기관단총을 메고 가는 병사들에게 가깝게 접근하기 시작했다, 잠시 후 교대하자는 소리를 하면서 박기만이 일본군의 어깨에 있는 기관단총을 뺏다시피 하며 받아 내렸다. 일본군은 힘도 들었지만 얼떨결에 같은 병사에게 기관단총을 넘겨주고 있었다. 그리고 고만섭이 삼각대도 넘겨받았고, 탄약통은 물론 어깨에 무겁게 메고 가고 있는 탄약들도 모두 넘겨받았다.

고만섭이 삼각대를 바닥에 내려놓자 박기만이 총열을 올려놓았고, 박이구가 실탄을 장착하기 시작했다. 그리고 방아쇠를 당기기 시작하면서 일본군 중대장을 밀착하고 기회를 보던 도철권과 홍석희가 중대장을 향해서 난사했다. 일본군 중대장은 쓰러졌고, 수색정찰대원들은 모두 납작 엎드려 중대 병력을 향해서 기관총탄을 발사했다. 일본군들은 사정없이 쓰러지고 있었다. 일본군들은 다시 속았다는 것을 알게 되었지만 이미 때는 늦었고 중대병들은 속수무책으로 쓰러지고 있었다. 번번이 조선 폭도들에게 속아서 당하고 있다는 것을 알면서도 이번에도 감쪽같이 당하고 말았다는 것을 일본군들은 개탄하면서 사정없이 퍼부어 날아오고 있는 총탄에 쓰러지고 있었다.

"대장님. 정면 돌파하지요."

박기만은 기다리고 있는 것이 답답하고 싫었다.

"잠시 있읍시다. 곧 드러날 거요."

근식 대장은 중대장을 잃은 일본군들이 충격을 받아 잠시 얼씬하지 않겠지만 곧 소대장들이 중대를 수습하기 위해 움직일 것이라 믿고 동태를 살피고 있었다. 아니나 다를까, 일본군들은 고개를 들기 시작했고, 기관총을 의식해서인지 숨겨가며 지휘관을 찾거나 동료들을 찾아 움직이고 있었고, 부상당한 일본군들은 참고 있던 앓는 소리를 지르고 있었다. 근식 대장과 수색정찰대원들은 일본군 병사들이 움직이는 대로 따라서 움직이며 부상병들을 들쳐 업어다가 일본군 병사들에게 넘겨주면서 흐릿하게 보이고 있는 일본군들을 살피고 있었다. 일본군들은 예상대로 많았다. 그러나 모두 습격에 대비해서 조심스럽게 움직이고 있거나 작전에 대비하고 있었다.

포탄은 계속해서 일본군의 머리 위로 나라 사방에서 폭발하고 있었다. 조선 독립군이 아군복인 일본 군복을 입고 기습하고 있는 통에 일본군들은 작전이고 뭐고 손을 놓고 있었다. 근식 대장은 수색정찰대원들에게 작전 지시를 내렸다.

"3시 방향과 11시 방향으로 양분해서 공격하고 후방 민가에서 만나기로 합니다. 실시!"

근식 대장은 일곱 명의 대원과 3시 방향으로 움직이고 있는 대원들을 보고 난 후 11시 방향으로 잠적하고 있었다. 3시 방향으로 진격하고 있는 수색정찰대원들은 일본군들이 운집해서 움직이고 있는 무리 속으로 파고들어 갔다. 그리고 몸을 숨길만 한 엄폐된 곳을 살핀 후에 일본군들을 향해 총탄을 난사하기 시작했다. '탕탕' 소리와 동시에 일본군들을 쓰러지고 있었고, 무리 지어 있던 일본군들은 삽시간에 몸들을 숨기고 있었다. 수색정찰대원들은 낮은 포복으로 움직이며 일본군들을 사살하기 시작했다. 몸을 숨기기 바쁜 일본군들은 급기야 눈에 얼씬거리고 있는 일본군을 향해 방아쇠를 당기기 시작했다. 여기저기서 총소리와 비명들이 들리기 시작하면서 결국에는 일본군들끼리 총을 쏘기 시작했다.

독립군들은 일본군들이 보이든 보이지 않던 총을 쏴대고 있었다. 실탄이 없으면 죽은 일본군 병사의 실탄으로 쏴대고 있었다. 안개 속은 혼탁하기가 이루 말할 수 없게 변해가고 있었고, 일본군 병사들의 비명 또한 총소리만큼이나 요란하고 소란스럽게 퍼지고 있었다. 몇몇 수색정찰대원들은 일본군 부대를 헤집고 다니며 사격하고 있었다. 일본군들은 안개 속에서 완전히 고립되어 허우적거리고 있었고, 일본군들은 전진도 후퇴도 할 수 없는 판국이 되고 있었다.

근식 대장은 민가가 있는 후방으로 강일윤과 돌격 자세로 뛰어가고 있었다. 나머지 대원들은 교란 사격을 계속하면서 일본군들에게 혼란을 일으키고 있었다. 근식 대장은 곧 어두워질 것을 대비해서 초가에 앉아 작전 구상을 하고 있었다. 조금 떨어진 곳에서 잠복 경계를 하고 있던 강일윤이 수색정찰대원들이 오고 있는 것을 발견하고 한걸음에 달려가 마중하고 있었다. 강일윤 앞에 나타난 수색정찰대원 박이구는 양손에 실탄 통을 들고 있었고, 강칠봉은 기관단총을 어깨에 메고 있었다. 장윤철 또한 삼각 받침대를 메고 있었다. 그런가 하면 최순철도 실탄 통을 양손에 들고 나났고, 홍하철과 고만섭 등 대원들은 실탄 통들을 양손에 들고 있었다.

"뭐하시려고 그래요?"

"쓸 데가 있어. 대장님?"

"예, 저희도 지금 막 왔습니다."

대원들 소리를 듣고 근식 대장이 대원들을 향해 반기며 기관단총을 비롯해서 많은 실탄을 들고 있는 대원들을 보면서 빙긋이 웃었다.

"청산리 길은 여기밖에 없어서 준비했습니다."

근식 대장은 강칠봉의 말에 계속해서 미소를 짓고 있었다.

"어느 정도 시간이 지나면 그렇게 될 겁니다."

근식 대장은 대답하고 나서 모두 덤불에 앉을 것을 권했다. 그리고 아직 적전 중인 대원들을 생각하면서 소란스런 총소리와 3소대 주시동 소대장의 멈출 줄 모르는 대포 사격에 힘을 보내고 있었다. 일본군 사령부까지 독립군들이 잠입하지는 못하여 실태를 알 수 없으나 주시동 3소대장이 포탄을 퍼부어대고 있는 것을 보면 막대한 피해로 인해서 전투력 상실이 분명할 것으로 보고 있었다.

일본군들은 시간이 흐를수록 전력을 잃어가면서 간헐적으로 반격하고 있었다. 그러나 일본 병사들은 몸을 숨기기에 급급한 나머지 지휘관의 공격 명령 소리는 아무 쓸모가 없기만 했다. 총소리는 물론 대포 소리는 일본군들을 죽이거나 사살하고 있는 소리이다 보니 공격 명령은 물론이고 명령을 내리고 있는 지휘관을 향해서 병사들은 사격하고 있었다. 일본군들은 시간이 지날수록 지옥 같은 공포에 시달려가고 있었으며, 공포는 죽음과 삶에 대한 반항심으로 발전하고 결국에는 판단과 분별력이 상실되면서 무조건 사격을 하고 있었다. 안개는 그런 일본군들을 자욱하게 덮고 있었다. 상관을 사살하기에 이른 일본군들은 시간이 가면서 광기가 극에 달하기 시작했고, 일본군은 자신이 무엇인지 알지 못하면서 정신착란에 휘말려가고 있었다.

일본군은 시간이 흐르면서 급기야는 부대와 부대끼리 맞붙어 싸우기 시작하고 있었다. 그렇게 되자 일본군은 자신이 일본 국가의 일본군이라는 개념이 사라지고 있었다. 오직 누군가를 죽여야 한다는 생각에 총질을 하고 있었다. 일본군들은 닥치는 대로 죽이기만 하고 있었다. 일본군들은 광기에 도취해가면서 희열을 느끼기 시작했고, 급기야 모두 미치고 있었다. 미치기 시작한 일본군들은 겁날 것이 없었고, 겁날 것이 없어진 일본군들은 서로 죽이고 죽는 광란의 광장으로 변하고 있었다. 날뛰고 날뛰는 일본군들은 험악한 계곡 속에서 또는 바위투성이 산자락에서 아무 곳에서나 날뛰고 있었다. 죽이고 죽이는 희열에 쾌감을 느끼기 시작하고 있는 일본군들은 미친 짐승들처럼 날뛰면서 이제 일본군들은 지옥에서 벗어나지 못하고 있었다. 일본군들은 계곡에 수북이 쌓이는 시쳇더미 위에서 동물들처럼 서로 물어뜯어 가며 죽어가고 있었다.

본래 일본 족은 허허바다에 둥둥 떠다니다가 섬을 만나 정착한 인종으로 반항적이고 난투적인 병을 앓거나 품고 있기 때문에 죽이는 것을 좋아하고 그 때문에 지금 청산리에서 같은 인종임에도 불구하고 서로 물어뜯고 죽이고 있다.

본질은 숨길 수 없으므로 그 병의 원천이 청산리에서 고스란히 드러나는 중이다.

김시진 장군은 말에 올랐다. 김시진 장군은 말에 올라 짙은 안개 속에서 번쩍거리고 있었다. 그리고 20만 대군을 징벌하기 위해서 힘차게 앞으로 나가고 있었다. 동지 대 37여단 조선 주재 육군 19사단, 육군 20사단, 북만주 파견대, 관동군 파견 대대, 그리고 중국에 분포하고 있던 세균부대들까지 총동원령을 내려 11포조군 사단, 14포조군 사단, 19포조군 사단 731부대 외에 전투 세균사단을 독립군 토벌작전에 투입하며 청산리를 향해서 몰려들어와 서로 물어뜯어 죽어가고 있는 전선으로 변해 나가고 있었다.

오직 김시진 장군을 잡기 위해, 일본자국 방위군과 중국 대륙을 말살하기 위해서 비밀리에 조직한 포조군 그러니까 세균부대들까지 청산리에 투입하고 있었다.

무려 20만이라는 일본 대군 앞에 김시진 장군은 조용한 나라의 품위와 위용을 갖추고 광란병자들의 난투장으로 나가기에 앞서 마지막 병사 훈련을 마친 독립군과 밥을 짓던 독립군, 부상자를 치료하던 군 의원들과 참모들이 잠시 일손을 멈추고 서 있는 대열 앞에서 김시진 장군은 굳게 닫고 있던 입을 열었다.

"우리에게 저들은 무엇인가 가지러 온 모양입니다. 저들이 우리에게 갖고 싶었던 것은 모두 가졌으면서도 아직 원하는 것이 우리에게 있는 모양입니다. 우리는 모두 빼앗겨서 남아 있는 것이 없는데 아직도 빼앗을 것이 남아 있었나 봅니다. 여기까지 빼앗으러 온 것을 보면. 우리는 저들이 갖고 있지 않은 뭔가를 가지고 있나 봅니다. 가 봅시다. 지금 저들이 무엇을 원하는지 그리고 그 원하는 것 때문에 무슨 짓을 하고 있는지 우리 모두

가 봅시다. 그리고 지금 저는 분명히 말씀드립니다. 내일이면 이곳에서는 총소리가 들리지 않을 겁니다."

김시진 장군은 대열에 거수경례를 하고 나서 더 이상 말이 없었다. 내일이면 총소리는 들리지 않는다는 말에 모두 조용하게 장군의 얼굴을 보고 있었다.

"마지막 전투를 치릅시다. 마지막 독립군으로서."

김시진 장군은 추위와 배고픔과 피로에 지쳐 있을 전선의 독립군들을 머리에 떠올리며 말하고 있었다. 김시진 장군은 참모들과 대열 지어 있는 독립군들을 둘러보면서 잠시 후 다시 입을 열었다

"일본군은 완벽하게 패하게 될 것입니다."

김시진 장군은 짙은 안개를 바라보며 말하고 있었다. 그리고 말에서 내려 상황실로 들어갔다. 열흘째 청산리는 짙은 안개에 묻혀 있었다. 청산리는 평소에도 험준하여 스산하기 이를 데 없어 사람의 발길은 10년에 한 번도 없는 곳이어서 일찍이 독립군들이 병영으로 주둔하면서 일본군들의 추격을 피하고 있는 곳이다. 그 청산리의 짙은 안개를 김시진 장군은 보듬듯이 바라보면서 들려오고 있는 포 소리와 총소리에 마지막 결전을 치르고 있었다.

이민섭 5중대장은 말꼬리를 힘차게 흔들며 가고 있었다. 뒤이어 1소대장과 소대병들은 험난한 협곡에 몸을 날렵하게 움직이며 빠져나가고 있었다. 비좁은 협곡과 거칠게 우거진 나무들의 사이를 헤집으며 전진하고 있었다. 5중대 1소대 독립군들은 중대장이 말에서 내리는 것을 보았고, 중대장이 두 손을 들며 멈추고 있는 것을 보았다. 1소대장 김은수가 중대장을 향해서 달려갔다. 그리고 중대장이 귀 기울이고 있는 곳을 향해 살피고 있었다. 짙은 안개 속에서 일본군 기갑부대가 움직이고 있었다. 엔진 소리

가 요란하게 들려오기 시작했고, 불빛들이 어수선하게 움직이고 있었다. 이민섭 중대장을 비롯해 1소대 독립군들은 몸을 낮추고 바라보고 있었다. 한참 동안 앞을 살피고 있던 이민섭 중대장은 1소대 독립군들을 향해서 입을 열었다.

"저거 탈취합시다."

이민섭 중대장은 말고삐를 잡고 있던 손을 하늘로 들었다. 그리고 일본 군을 향해서 앞으로 힘차게 뻗었다. 5중대 병사들은 일본군을 향해서 포 진하기 시작했다. 그리고 일본군들과 자연스럽게 섞이면서 대포를 끌고 가는 차들과 장갑차는 우마차나 겨우 다닐 길을 위태롭게 덜컹거리거나 미끄러져 가면서 굼벵이들처럼 움직이고 있었다. 이민섭 중대장은 기갑부 대 후방 쪽으로 5중대 독립군들을 집결시키면서 일본군들의 움직임을 살 피고 있었다. 일본군들은 비좁은 길과 협소한 계곡에 꽉 차서 움직이고 있었다. 이민섭 중대장은 1소대장에게 조용한 목소리로 입을 열었다.

"장갑차들을 목고개 너머 계곡으로 접어들면 부숩시다."

1소대장 김은수 또한 조용히 대답했다.

"알겠습니다."

5중대 독립군들은 1소대장과 장갑차에 따라붙기 시작했다. 그리고 장갑 차에 타고 있는 병사에게 소리 질렀다.

"이쪽은 우리가 수색해서 길을 알고 있다. 내가 안내하는 데로 가면 폭 도들을 쉽게 찾을 수 있다."

김은수 소대장은 굼벵이처럼 움직이고 있는 장갑차에 올라탔다. 그리고 잠시 후 세 갈래 길에서 목고갯길로 유도하기 시작했고, 장갑차가 목고갯 길로 들어서서 움직이자 대포를 끌고 가는 차들도 모두 뒤따라오기 시작 했다. 이민섭 중대장은 말을 몰고 4소대를 향해서 달려가고 있었다. 김은 수 소대장은 계곡 깊은 곳으로 장갑차를 유인하기 시작했다. 뒤이어 대포들이 계곡으로 끌려가고 있었고, 김은수 소대장은 기갑부대가 계곡 안으로 모두 들어갈 때까지 조선 폭도들이 있다는 소리를 일본군 병사들에게 떠들어 대면서 장갑차 곁에서 좁아터진 계곡으로 달려 들어가고 있었다. 5중대 1소대 독립군들은 기갑부대 후미에서 따라가고 있었다. 그러면서 명령이 떨어지는 순간 공격할 준비를 하고 있었다. 장갑차와 대포들은 보병들과 멀어지기 시작했고, 김은수 1소대장은 계속해서 장갑차를 계곡 속으로 유도하고 있었다. 1소대 독립군들은 소대장의 명령이 언제 떨어질지 몰라서 긴장은 물론 짙은 안개 속에서 움직이고 있는 소대장에게서 눈을 떼지 못하고 있었다. 얼마 후 짙은 안개는 일본군 보병부대와 완전히 분리되었다.

1소대장 김은수는 뒤에 있는 소대병에게 공격 신호를 내리고 있었다. 그러자 소대병들은 일본군을 향해서 사격을 시작했고, 몇 명 안 되는 일본군들은 삽시간에 제압했다. 1소대병들은 짙은 안개에 아무 것도 볼 수 없는 계곡에서 장갑차와 대포들을 탈취한 후 보병들을 향해서 뒤로 돌리기 시작했다.

1소대 소대병들은 일본군 보병들을 향해서 포진하기 시작했다. 그러자 일본군들은 총소리가 났었고 기갑부대가 보이지 않아 기갑부대를 향해 찾아 나서고 있었다. 일본군들은 짙은 안개 속에서 기갑부대의 장갑차 소리가 나고 있는 곳으로 달려가고 있었다. 그리고 일본군들은 계곡으로 기갑부대가 들어갔다는 것을 알게 되었다. 일본군들은 계곡으로 들어가기 시작했다. 그러자 1소대 소대병들은 일본군들이 계곡으로 들어가기 시작하자 절호의 기회가 오고 있다고 보고 일본군들이 계곡 깊숙이 들어가기를 기다리고 있었다. 일본군들은 몸을 낮추며 안개 자욱한 계곡 기갑부대의 소리가 나고 있는 계곡으로 깊이 들어가고 있었다.

"전진! 전진! 우리의 기갑부대가 폭도들에게 제압당한 것 같다. 안개 때문에 볼 수는 없지만 틀림없는 것 같다. 모두 산비탈을 타면서 계곡으로 전진하라. 기갑부대를 탈환해야 한다. 전진이다."

일본군 지휘관들은 여기저기서 병사들을 향해서 소리 지르고 있었다. 김은수 소대장은 소대병들을 계곡 입구에 배치하고 숨겨놓고 있었다. 그리고 전령을 시켜서 사격전이 벌어지면 발포할 것을 기갑부대를 장악하고 있는 소대병들에게 전달하고 있었다. 일본군들은 중화기 기갑부대 소리가 나고 있는 계곡 깊숙이 길게 꼬리를 늘이며 들어가고 있었다. 1소대장 김은수는 소대병들과 일본군과 섞여서 계곡으로 들어가다가 뒤돌아 나오고 다시 일본군들과 계곡으로 들어가다가 다시 나오기를 몇 번 거듭하고 나서 소대병들을 향해서 사격 명령을 내리고 있었다. 총탄은 '핑핑' 소리를 내며 일본군들을 향해서 계곡으로 날아가고 있었다. 김은수 소대장은 소대병과 산자락을 타고 오르면서 일본군을 향해서 총탄을 퍼부어대고 있었다.

'따 따! 따따따 따 따!'

중장비에서 소대병이 기관단총을 일본군을 향해서 사격하고 있었다. 그리고 대포가 포문을 열고 있었다.

'꾸왕! 꽝꽝 꽝!'

계곡으로 전진하던 일본군들은 기관단총에 나뒹굴기 시작했고, 포탄에 떼죽음을 당하고 있었다. 총탄은 무섭게 날아오고 있었다. 일본군들은 안개 속에서 허우적거리며 산비탈에서 미끄러지거나 나뒹굴어 가면서 공격하거나 총탄에 쓰러져가고 있었다. 계곡 입구에서 몸을 숨기고 있던 1소대 병사들은 기관단총을 쏘기 시작했다. 후퇴하기 시작한 일본군들을 향해서 기관단총을 발사하며 장갑차는 일본군들을 향해서 계곡 입구로 달려 나가고 있었다. 병사들은 소리 지르기 시작했다.

"장갑차가 우리를 공격하고 있다."

일본군들은 여기저기서 소리를 지르면서 도망치고 있었다.

"반란이야, 반란! 폭도들이다."

총탄을 맞은 병사들은 쓰러지며 소리를 지르고 있었다. 아군 장갑차에서 공격하는 바람에 일본군들은 속수무책으로 총탄에 쓰러지고 있었고, 날아오는 총탄을 피할 수 없어 고스란히 당하고 있었다.

"공격하라! 공격하라!"

일본군 소대장이나 중대장들은 고함을 지르고 있었으나 김은수 소대장의 1소대 소대병들은 소리 지르는 일본군 소대장이나 중대장을 가차 없이 가격하여 사살하고 있었다. 일본군들은 산비탈에서 구르며 어디든 몸을 숨기려고 발악하였으나 몸을 숨길 곳은 없었고 총탄 또한 피하지 못하고 데굴거리며 굴러 떨어져 계곡에 처박히고 있었다. 그런가 하면 후미에 있던 일본군들은 계곡을 벗어나기 위해서 계곡 입구로 줄달음쳐 도망가기 시작했다. 그러나 도망치던 일본군들은 요란한 총소리와 함께 모조리 쓰러지고 있었다.

계곡 입구에는 5중대 이민섭 중대장이 중대원들과 퇴로를 차단하고 일본군들을 공격하고 있었다. 일본군들은 싸워볼 만한 기회나 지휘관들을 모두 잃고 바위 절벽을 기어오르다가 떨어지며 죽어가고 있었다. 그렇게 하기를 수없이 반복하면서 총탄을 퍼붓고 있는 장갑차를 어떻게든지 파괴하려고 공격하였으나 완벽하게 포위하고 있는 이민섭 5중대 병사들에게 속수무책일 수밖에 없었다. 일본군들은 떨어지는 나뭇잎처럼 떨어지고 있었고, 시체는 나뭇잎처럼 쌓여가고 있었다. 이민섭 중대장은 소리치고 있었다.

"이제 계곡에서 대포와 장갑차를 빼내라."

중대장의 명령이 떨어지자 장갑차와 대포들을 계곡에서 밖으로 나왔다. 한참 후 계곡 깊은 곳에서 김은수 1소대장의 소대병들이 중대장이 기다리고 있는 곳으로 가고 있었다. 이민섭 중대장은 김은수 소대장의 손을 굳게 잡고 있었다.

"소대장님! 이제 14사단 포조군 지원여단과 붙어야 합니다. 14사단 기갑부대가 전방으로 보병 앞서 갔습니다. 우리 사령부를 포격하기 위해서입니다. 사령부의 전달에는 포 부대들이 모두 사령부를 향하고 있다고 합니다. 안개로 인해 포격이 지연되고 있는 것으로 압니다. 포조군 여단 뒤에 있는 14사단 포 부대를 과격 합시다. 전방 1시 반 800보선에 포 부대가 진군해 있소."

"알겠습니다."

김은수 소대장은 거리 800을 향해서 포신을 세웠다. 그리고 공격 명령을 내렸다. 이민섭 중대장은 대포 포신에서 포탄들이 작렬하며 적진을 향해서 날아가는 것을 보면서 중대병들과 함께 포조군 여단을 향해서 전진하고 있었다. 전방은 굴속 같은 계곡으로 이어져 안개에 덮여 있었고, 계곡 양방향으로 비탈진 곳에서는 일본군들이 움직이고 있는 것이 포착되고 있었다. 이민섭 중대장은 4소대장을 불렀다. 4소대장 박강식은 낮은 포복으로 중대장을 향해서 빠르게 기어갔다.

"이 골짜기 어떤 곳인지 아시오?"

"예, 계곡 끝이 소구와 맞닿아 있습니다."

이민섭 중대장은 소구와 맞닿아 있다는 소대장의 말에 소대장의 얼굴을 향해서 고개를 돌렸다.

"길이가 어느 정도요?"

"1,200 정도 됩니다. 하지만 끝에 가서는 40m 절벽입니다."

이민섭 중대장은 박강식 소대장의 말에 고개를 끄떡였다. 그리고 이내 얼굴색이 변하고 있었다.

"전멸시킵시다."

이민섭 중대장의 얼굴색은 붉다 못해 검게 변하고 있었다.

"1소대장에게 장갑차 한 대와 박격포 말고 대포 한 문을 이리 보내라 하시오."

중대장은 전달병에게 지시했다. 전달병은 1소대를 향해서 달렸다. 그리고 중대장은 사령부로 또 다른 전달병을 보냈다. 전달병은 사령부를 향해서 삽시간에 짙은 안개 속으로 달려 들어갔다. 잠시 후 기관포가 정착된 장갑차와 대포가 트럭에 끌려왔다. 이민섭 중대장은 계곡 깊은 곳을 향해서 대포 포신을 장착시키고 나서 4소대장 박강식에게 말하고 있었다.

"양방향 산으로 300까지 동지들을 포진시키시오. 실탄들을 충분히 가지고 가시오."

"알겠습니다."

4소대장 박강식은 소대병들을 양방향 산자락을 타고 오르게 했다. 이민섭 중대장은 작전 준비가 완료되자 사격 명령을 내렸다. 대포는 계곡 깊은 곳을 향해서 발사되었고, 발사되어 날아간 포탄은 계곡 깊은 곳에서 터지고 있었다. 포탄은 먼 곳에서부터 차곡차곡 뒤로 오면서 터졌고, 일본군들은 계곡 입구로 쏟아져 나오기 시작했다. 그러자 절벽 양방향 언덕에서 밑을 향해 독립군들은 사격을 시작했고, 물밀듯이 쏟아져 나오고 있는 일본군들을 향해서 장갑차의 기관 단포와 또 다른 기관단총과 입구에서 기다리고 있던 5중대원들은 방아쇠를 당기기 시작했다. 포탄 소리와 기관총 소리 그리고 일본군들의 비명은 안개 짙은 험준한 청산리 소북구를 흔들고 있었다. 이민섭 중대장은 사령부에서도 일본군의 절규를 듣고 있을 것을 생각하며 포조군 14사단 사령부를 섬멸할 작전 구상을 하기 시작했다. 독립군 사령부 포위 작전으로 파고들어 갔던 허가촌 계곡에서 대대 병력의 일본군이 떼죽음을 당하는 참상이 벌어지고 있었다. 독립군들은 붉게 물들고 있는 대포 총신 곁에 가지도 못하고 있었다. 대포 총신은 달아올라 있었고, 독립군들은 공격을 멈추지 않고 있었다.

이민섭 중대장은 박강식 소대장이 고지에서 내려오자 곧바로 작전 지시를 내리고 있었다.

"14사단 사령부가 화전골로 접어들었소. 2중대에 연대 병력의 손실을 보고 있는 중이라 사기가 떨어진 상태요. 화전골 200까지 들어선 상태이니 유격 작전으로 몇 번 쑤시면 쉽게 뚫릴 것 같소. 지금은 지원할 정찰대가 없다고 하니 화기를 다루는 병력만 제외하고 1소대 병력 그리고 중대 본부 병력과 합세해서 4소대가 맡아야 하겠소."

박강식 소대장은 가슴이 두근거리고 있었다. 아직 계곡 양쪽 고지에서 내려오지 못하고 있는 소대 병력을 보면서 승리감의 흥분을 가라앉히지 못하고 있었다. 그러면서 박강식 소대장은 화전골이라면 자신의 손바닥만큼이나 환하게 알고 있는 곳이기에 흥분을 가라앉히지 못하고 있었다.

"지금 14사단 지원 포 부대가 반격을 하지 않고 있어서 1소대에서 수색 나갔소. 만약 우리에게 당해 전몰되었다면 곧바로 4소대를 지원할 것이오."

박강식 소대장은 중대장의 말에 더욱 흥분하고 있었다.

"감사합니다."

이민섭 중대장은 박강식 소대장의 넘치고 있는 혈기를 보면서 양면작전을 구상하고 있었다.

"현재 사단사령부 앞을 제1, 제2 수색정찰대가 막고 있소. 사령부에서 우리에게 중앙을 치라고 했으니 우리가 양쪽 궁둥이를 하나씩 맡아서 칩시다. 4소대장이 오른쪽 궁둥이를 맡으시오."

"알겠습니다."

"치고 빠지고 갑자기 또 치고 빠지시오. 깊이 들어가지 마시고."

"알겠습니다."

"저들끼리 싸우게 하고 돌아오시오."

"옛! 알겠습니다."

중대장의 작전 명령에 큰 소리로 경례를 마치고 나서 4소대장 박강식은 선임관들과 소대병들을 둘러보고 나서 안개 속을 들여다보았다. 그리고 희끗희끗 녹지 않은 눈이 덮고 있는 개울 아래로 움직이기 시작했다. 박강식 소대장은 소대병들과 14사단 후방 오른편으로 신속하게 움직이고 있었다. 가파른 산자락을 오르기도 하고 집채만 한 돌들이 데굴거리는 돌무덤을 지나기도 하면서 일본군들을 향해서 잠시도 발걸음을 멈추지 않았다. 청산리는 포화와 총소리들로 진동하고 있었다. 어쩌면 이번 전투가 자신들에게 마지막 전투 같은 느낌 속에서 4소대장 박강식은 소대원들과 굴곡이 심하게 구렁진 개천 주변을 지나면서 일본군을 찾아서 바쁘게 발걸음을 내딛고 있었다.

"땅 땅 땅땅! 암호! 암호! 날개!"

소대장 박강식은 물론 소대병들은 삽시간에 몸을 나뒹굴며 숨었다.

"소대장님! 왜놈입니다."

"조용히!"

소대병 중에서 누군가가 말하자 소대장이 조용히 할 것을 지시하고 있었다. 박강식은 생각했다. 아군이 여기에 투입되어 있을 리는 없을 것 같았다. 그리고 투입이 되었다면 중대장이 말해주지 않을 리가 없다. 그렇다면 잠복 중인 일본군이 맞을 것만 같았다. 그리고 잠복병이라면 지금 엄호 사격한 잠복병만이 아니라 사방에 깔렸다고 보고 있었다.

"날개!"

일본군은 다시 암호를 보내고 있었다. 그리고 찬물을 끼얹은 듯이 다시 조용해졌다. 암호를 외치는 일본군도 쥐 죽은 듯이 조용하고 4소대 독립군들도 기척 없이 조용히 있었다. 박강식은 조금 더 두고 생각했다.

"소대장님, 저희가 돌아가서 해치우겠습니다."

1분대장이 속삭이고 있었다.

"저놈들 말고 또 있을 거야. 잠시 더 있어봐."

"저것들 먼저 해치우고 봐요."

"조준하고 있을 거야. 암호를 대지 않아서. 그리고 다른 놈들이 있으면 쉽지 않아."

"잠복병 어디 있는지 압니다."

"잠시 있어."

박강식 소대장은 짙은 안개 속을 살피고 있었다. 암호를 대지 못하고 있는 이상 일본군은 적으로 보고 있을 것이고, 움직이는 즉시 방아쇠를 당길 것이니 공격은 물론이고 후퇴도 할 수가 없게 되었다. 박강식 소대장은 계속해서 전방을 살피고 있었다. 시간은 흐르고 있었다. 총소리와 대포소리가 진동하는 속에서 암호를 알 수가 없어 꼼짝을 못 하고 있으니 속이 타다 못해 터지고 있었다.

"타당! 땅땅 땅 땅!"

일본군이 소리 지르던 곳에서 총소리가 작렬하고 있었다. 박강식 소대장은 물론 소대병들은 앞을 살피고 있었다.

"소대장님! 잡았습니다."

박강식 소대장은 벌떡 일어났다. 그리고 고함치고 있는 곳으로 달렸다.

"네 놈입니다."

"몸을 모두 낮춰라. 복병이 있을 것이다."

박광식 소대장의 말이 떨어지기가 무섭게 사방에서 총탄이 날아오고 있었다. 소대병들이 몸을 던지며 숨고 있었다.

"발견 즉시 사살하라. 공격이다. 공격!"

박강식 소대장은 "공격" 소리를 질렀다. 그리고 일본군을 제압한 1분대장의 손을 잡았다.

"어찌 된 것인가?"

박강식 소대장은 일본군을 소탕한 1분대장 혼자라는 것을 알고 나서 놀라고 있었다.

"더 이상 두고 볼 수가 없어서 해치워 버렸습니다."

1분대장의 말에 박강식 소대장은 더 이상 할 말이 없어 1분대장의 두 손을 움켜잡고 있었다. 일본군들은 공격해오고 있었다. 사방에서 집중사격을 하고 있었다. 날아오는 총탄은 몸을 숨기고 있는 바위에 부딪고 바람소리를 내며 날아가고 있었고, 나무에 박히고 흙에 박히고 있었다. 박강식 소대장은 완전 포위 되어 있다는 것을 알았다. 그리고 이대로 있다가는 몰살당할 것만 같은 생각이 들고 있었다.

"소대장님! 일본군이 늘어나고 있습니다."

박강식 소대장은 지금 있는 곳이 어디라는 것을 생각하고 있었다. 이대로 조금 더 있다가는 몰살당하고 말 것 같아서 다급해지고 있었다.

"여기가 어디지?"

박강식 소대장은 1분대장에게 묻고 있었다.

"11시 방향으로 100보 가면 커다란 구렁텅이가 심한 계곡이 있습니다. 그곳으로 가기만 하면 계곡을 빠지면서 허씨 마을로 빠지게 됩니다."

박강식 소대장은 부대원 중에서 하는 이야기를 들었다. 그리고 소대원들을 무사히 포위망을 뚫고 안전한 곳으로 탈출하는 것이 우선이고 보니 마음이 급해지고 있었다.

"100보?"

"예, 100보 됩니다."

100보면 상당히 먼 거리다. 그리고 지금처럼 완전히 포위되어 있는 상태에서는 손가락 하나 움직인다는 게 위험이 아닐 수 없다. 박강식 소대장은 흘러내리는 땀에 등줄기가 파이고 있었다. 그런 데다 지금은 일본군들이 소총 사격을 하고 있지만 기관총이나 박격포를 쏘기라도 한다면 한순간에 전멸당할 것만 같아서 소대장 박강식은 숨이 막히고 있었다. 박강식은 고개도 들지 못하고 있었다. 머리카락이라도 왜놈 눈에 띄는 날이면 머리통이 날아갈 판이라 납작 엎드려 숨만 쉬고 있었다. 박강식 소대장은 몸을 납작하게 땅에 붙이고 뒤집고 있었다. 몸을 뒤집고 난 박강식 소대장은 총탄이 날아오고 있는 방향 따라 눈을 움직이고 있었다. 그리고 가까이 있는 1분대장에게 말하고 있었다.

"지금 4시 방향에서는 총탄이 날아오지 않고 있다. 4시 방향으로 탈출할 만한 곳이 있는지 전달 확인 바란다."

"알겠습니다. 4시 방향으로 탈출 가능한 곳 확인 전달!"

소대장의 명령은 전 소대병에게 전달되었고, 전달은 다시 되돌아오고 있었다.

"4분대장이 탈출 가능하다고 합니다."

1분대장의 말에 박강식 소대장은 즉시 명령을 내렸다.

"4분대장은 즉시 탈출하여 중대장님에게 지원 요청하라!"

박강식 소대장의 명령은 4분대장에게 전달되었고, 4분대장은 명령을 받고 바위 틈 사이를 기면서 안개 속으로 사라졌다. 박강식 소대장은 4분대장이 탈출하였다는 보고를 받았다. 그리고 다시 명령 사항을 전달하고 있었다.

"아군의 지원이 있을 때까지 모두 현 위치에서 움직이지 말 것!"

소대장의 명령은 전달되었고, 소대병들은 일본군들이 가격하는 총탄 소리를 들으며 차가운 땅바닥에 몸을 밀착시키고 있었다.

'꽝 꽝꽝 꽝 꽝!'

포탄이 날아와 터지는 소리에 박강식 소대장은 기겁을 하며 자신도 모르게 몸을 순식간에 뒤집으며 전방을 주시했다.

"어찌 된 거냐?"

박강식 소대장은 소리쳤다.

"모르겠습니다. 포탄은 우리한테서 터지는 게 아닙니다."

1분대장의 말에 박강식 소대장은 포탄이 터지는 방향을 살폈다.

"아군이 공격하는가 보다. 아군의 포가 맞다. 소대병들은 명령을 내릴 때까지 움직이지 마라"

"명령이 있을 때까지 움직이지 말라!"

1분대장이 소대장의 명령을 전 소대병들에게 전달하고 있었다. 포탄은 계속해서 날아와 일본군 진지에서 터지고 있었다. 그래서 그런지 일본군들의 총소리가 멎어가고 있었고 숨 막히던 포위망이 뚫리고 있는 감이 들었다. 박강식 소대장은 다시 소리치고 있었다.

"명령이 있을 때까지 움직이지 말 것!"

명령은 전 소대병들에 전달되었고, 소대병들은 전방의 동태를 살피기에 눈빛이 반짝이고 있었다. 그리고 독립군들이 일본군을 공격하며 4소대를 향해서 진격해오고 있었다.

"돌아왔구나."

박강식 소대장은 혼잣말을 하고 있었다. 그리고 소대병들을 향해서 큰소리를 치고 있었다.

"공격할 수 있는 동지들은 공격하라!"

박광식 소대장은 공격 명령을 내렸다. 소대병들은 땅거죽에 납작 엎드리고 있던 몸을 움직이기 시작했다. 4소대병들은 땅거죽에 달라붙어 꽁꽁 언 몸을 움직이며 손가락을 꼬부리고 다시 펴기를 반복했다. 그리고 두 다리에 힘을 주면서 무릎을 움직이고 있었다. 포탄은 계속해서 일본군 진지에서 터지고 있었고, 4소대를 지원 작전 나온 병사들이 소대장을 향해서 달려왔다.

"3소대 2분대와 3분대가 지원 나왔습니다. 무사하셔서 감사합니다."

중대 본부로 지원 요청을 갔던 4분대장이 보고하고 있었다. 박강식 소대장은 추위에 얼어 움직이기 힘든 손을 들어 4분대장의 손을 굳게 잡았다.

"고맙소. 수고했소. 이제 3소대 대원들은 복귀하시고 3소대장님과 중대장님께 무사하다고 전하시오."

"알겠습니다. 3소대 대원들은 소대로 복귀하겠습니다. 필승!"

박광식 소대장은 분대장들과 악수를 하고 삽시간에 안개 속으로 숨어 들어 가고 있는 3소대병들을 바라봤다.

"이상 유무, 보고하라!"

박강식 소대장은 소대병들을 향해서 소리쳤다.

"이상 무! 이상 무! 이상 무!"

소대병들은 돌아가면서 '이상 무' 소리를 하고 있었다. 박강식 소대장은 소대병들이 모두 무사하다는 소리에 다음 작전 준비를 생각하고 있었다.

"우리 앞에는 사단 병력이 있다. 이번 전투가 마지막 전투가 될 것이고 작전은 변함없다."

박강식 소대장은 더 이상 말을 잇지 않고 소대병들을 향해서 눈을 반짝이고 있었다. 그리고 고막을 찢고 있는 포화 소리와 천지를 뒤덮고 있는 안개 속에 박강식 소대장은 분대장들과 마주 섰다.

"일본군보다 더 일본군처럼 뛰어다니며 죽입시다. 한 분도 흩어지지 말고 함께 움직이면서 명령을 내리는 순간 공격하고, 명령을 내리는 순간 퇴각하고, 절대 흩어지는 일이 없도록 하시기 바랍니다. 먼저처럼 암호를 대기 전에 침투합시다. 실시!"

박강식 소대장은 자욱한 안개 속으로 소대병들과 일본군 부대를 향해서 움직이기 시작했다. 얼마 가지 않아서 박강식 소대장은 일본군들이 집결해 있는 것을 발견했다. 박강식 소대장은 서슴없이 일본군들에게 다가가며 일본 병사에게 말소리를 늘어놓고 있었다.

"우리 뒤에 남은 병사는 없다. 우리가 마지막 잠복병이다. 조선 폭도들
도 더 이상 발견하지 못했다. 이놈의 안개 때문에 못 해먹겠다. 한 참 거리
도 안 되는 조선 폭도들을 안개 때문에 못 잡으니 말이 아니다."

"우리도 방금 왔습니다."

"부대로 가야겠다. 몇 시간 잠복했더니 오한이 왔다. 조심들 해라."

"안개가 걷힐 때까지 작전이 없다 했잖습니까? 푹 쉬십시오."

"고맙다. 우리는 수색대라 쉴 틈이 없다. 수색중대 어디로 갔는지 아느냐?"

"2시 방향 대대본부 있는 곳으로 옮겼습니다."

"수고해라!"

박강식 소대장은 일본군 잠복병들을 가볍게 따돌리며 일본군 부대 안으
로 깊숙이 파고들고 있었다. 포탄이 떨어진 자리마다 구덩이가 생기기도
하였고, 주변의 나무나 바위는 그을려 있었다. 산비탈을 타고 일본군들이
운집해 있는 모습이 눈에 들어오기 시작했다. 일본군들은 무질서하게 움
직이거나 몰려 있으면서 마치 포로들처럼 어수선하게 보이고 있었다. 일본
군들은 사기를 잃어가고 있었고 독립군의 기습과 공격에 사기가 떨어질
대로 떨어져 군기는 물론 질서를 잃어가고 있었다. 일본군들은 흐느적거
리고 있었다. 그리고 보면 안개가 시작된 지 10일이 넘었으니 일본군도 사
람이다 보니 몸과 마음은 지쳐가고 있었고, 독립군의 습격에 겁을 먹고 있
었다.

박강식 소대장은 40명도 안 되는 소대병들을 둘러보며 몇 십 명만 더
있었으면 하는 아쉬움 속에 패잔병들처럼 널브러져 있는 일본군들을 단
숨에 제압할 수 없는 것을 안타까워하고 있었다. 박강식 소대장은 적은 병
력으로 공격할 수 있는 방법은 기습 작전 말고는 할 수 있는 작전이 없어
서 소대병들을 둘러보며 바람처럼 날며 공격해서 일본군들을 혼란에 빠뜨

릴 작전을 구상하고 있었다.

"공격하면서 실탄은 확보하도록 하고 말을 걸면서 공격하고 장갑차, 트럭, 모두 파괴한다. 3, 4분대는 우측, 1, 2분대는 정면에 있는 일본군을 공격하고 4시 방향의 바위 뒤로 빠진다. 실시!"

박강식 소대장은 비장한 얼굴을 감추지 못하고 있었다. 짙은 안개로 인해서 전의는 물론 사기가 땅에 떨어지고 있다 해도 일본군은 최정예부대인데다가 청나라와 러시아 그리고 미국 진주만까지 공격한 전력이 있는 나라이고 볼 때 몇 십 명 때로는 몇 명이 습격이나 하는 독립군으로서는 바위에 달걀 던지는 기분이 들고 있기만 했다. 그러나 다윗이 골리앗을 격침했듯이 지금 정신으로 싸워 승리하고 있다는 것을 생각하며 박강식 소대장은 적진을 향해 달리고 있는 소대병들의 뒷모습을 보면서 반드시 승리하여 잃어버린 조선을 찾을 수 있는 백성으로 남아줄 것을 바라고 있었다.

박강식 소대장은 전령과 경계 근무병과 함께 바위들이 뒹굴고 있는 곳으로 갔다. 그리고 총소리도 들리지 않고 조용하기만 한 일본군 부대 전방을 주시하고 있었다.

'땅 땅!'

3, 4분대가 공격하고 있는 2시 방향에서 총소리가 들리고 있었다. 박강식 소대장은 긴장된 눈으로 전방을 주시했다. 그리고 소대병이 공격을 당했을 것 같은 생각에 사로잡히고 있었다.

'땅땅! 땅 땅 땅 땅 땅!'

총소리는 계속 이어지고 있었고, 총소리를 들으며 지금 상황을 판단하고 있었다.

"확인하고 올까요?"

경계 근무병이 말했다.

"아니다. 곧 전령이 올 거다."

박강식 소대장은 말했다. 그러면서 짙은 안개 속을 뚫어 보고 있었다. 총소리는 더욱 혼탁하게 들리고 있었다. 소대장은 달려가고 싶었으나 다음 작전 관계로 움직이지 않고 있었다. 총소리는 멈추지 않았고 더욱 혼탁해지고 있었다. 박강식 소대장은 소대가 먼저 공격을 하였든 아니면 공격을 당했든 작전대로 한다면 이제 총소리가 멈출 때가 되고 있다는 것을 생각하면서 총소리에 촉각을 세우고 있었다.

　'땅 땅 땅땅 땅 땅!'

　"소대장님!"

　경계 근무병이 총소리를 들으며 소대장을 부르고 있었다. 총소리는 1, 2분대가 공격하고 있는 방향에서 들려오고 있었다. 박강식 소대장은 전령과 경계 근무병을 쳐다보고 나서 전방을 주시하고 있었다. 총소리는 멈췄다가 다시 들리기를 반복하고 있었다.

　"전방을 잘 봐. 빠져나와야 하는데."

　"확인해 볼까요? 가깝게 가서요."

　"그냥 있어. 총소리를 들어보면 작전 중이야."

　경계 근무병은 궁금해 하고 있는 소대장이 걱정되고 있었다. 그리고 소란스럽게 들리고 있는 총소리가 불안해지고 있었다. 그러나 소대장의 명령 없이는 움직일 수 없고 보니 사방 경계에 치중하고 있을 뿐이었다.

　"잘 들어봐. 무슨 소리 나지 않아?"

　"예, 사람이 오고 있는 소리 같습니다."

　말소리가 채 끝나기도 전에 병사들이 나타났다.

　"경례! 저희는 제2 수색정찰댑니다. 저희 대장님 뒤에 오십니다."

　박강식 소대장은 두말할 것도 없이 수색정찰대대원들의 손을 덥석 잡았다. 그리고 경련이 일듯이 손이 떨리고 있었다.

　"소대장님! 늦어서 죄송합니다. 사령부 지원 명령을 받고 급하게 오느라고 왔지만 고지를 넘어서 오다 보니 산이 험해서 늦었습니다. 피해 상황은 어느 정도인지요."

박강식 소대장은 근식 대장의 얼굴에서 눈을 떼지 못하고 대답 또한 하지 못하고 있었다. 그러나 곧바로 입을 열었다.

"포위됐었지만 피해는 없었습니다. 지금은 작전 중입니다. 저희가 포위되었던 것이 사령부에 보고되었었나 봅니다."

"중대장님이 지원 요청을 하셨나 봅니다. 피해가 없으니 다행입니다. 저희가 어디부터 지원하면 되겠는지요?"

근식 대장은 총소리를 들으면서 험한 고지를 숨 돌릴 새 없이 달려온 동지들을 둘러보았다.

"지금 양방향에서 작전하고 있습니다. 조금 더 보다가 빠져나오지 않으면 지원하도록 하지요. 2개 분대가 한 조로 12시 방향과 2시 방향으로 들어가 있는 상태입니다."

포로가 됐었다는 것 때문에 그런지 박강식 소대장은 위축된 상태에서 완전히 벗어나지 못하고 있었다. 근식 대장은 박강식 소대장의 상황 설명에 숨을 몰아쉬고 있는 대원들을 보면서 곧 투입할 준비를 하고 있었다. 창남이와 만식이가 탄띠를 고쳐 매면서 소대병들이 전투 중인 전방을 주시하고 있었다. 근식 대장은 소대장과 상황에 대해서 의견을 나누고 있었다.

"처참하게 만듭시다. 전쟁할 건지 말 건지 일본군들 매가리가 빠져서 재미가 없습니다. 여기는 양쪽이 계곡이지요? 이곳으로 투입하라고 하며 이곳이 마지막 전투가 될 것이라고 하셨답니다. 우리의 마지막 전투."

박강식 소대장은 근식 대장의 말을 들으면서 마지막 전투라는 말에 마음이 착잡해지면서 급해지고 있었다. 형용할 수 없는 두려움도 깔리고 있었다. 근식 대장의 얼굴을 향해 박강식 소대장이 입을 열었다.

"아쉽네요."

박강식 소대장은 더 할 말이 없었고, 하고 싶은 마음도 착잡해지고 있는 속에서 삭아 내리고 있었다.

"소대장님! 저기…"

경계 근무병이 짙은 안개 속을 손으로 가리키며 말했다. 경계 근무병이 가리키고 있는 곳에서는 소대병들이 낮은 자세로 줄달음치고 있었다. 3, 4분대 소대병들이 빠져나오는 중이었다. 박강식 소대장은 소대병들을 향해서 달려갔다. 소대병들은 수색정찰대원들을 보며 구세주를 만난 듯 반가운 얼굴로 이제 뭔가가 이루어지겠다는 표정들을 하면서 분대장들은 소대장에게 상황 보고를 하기 시작했다. 박강식 소대장과 근식 대장은 번갈아 이야기하는 분대장들의 얼굴에서 눈을 떼지 못하면서 표정들이 진지해지고 있었으며 주먹에 힘이 들어가고 있었다. 박강식 소대장과 근식 대장은 분대장들의 이야기를 들으며 서로 얼굴 마주 보기를 수차례 반복하고 있었다.

"우리 수색정찰대원들 몇 명에게 기갑부대를 말살시키라 하겠습니다. 그리고 사령부는 일본군들이 스스로 부수도록 합시다, 소대장님!"

근식 대장의 얼굴은 열기에 붉은 물이 들고 있었다. 박강식 소대장은 급해지고 있었다. 포로가 되는 바람에 자존심이 있는 대로 구겨진 상태라 우선 붙고 싶기만 했다. 근식 대장은 박강식 소대장의 속을 환히 들여다보고 있었다. 그러나 아직 1, 2분대가 나오지 않고 있어 박강식 소대장이나 근식대장은 1, 2분대가 나타나기만을 기다리고 있었다. 근식 대장은 초조해하는 박강식 소대장의 얼굴을 잠시 보고 있다가 입을 열었다.

"1, 2분대가 나오면 소대장님은 그 길로 들어가십시오. 우리는 3, 4분대와 먼저 들어가서 공격하겠습니다. 그리고 적진에서 만납시다."

근식 대장의 말에 박강식 소대장은 잠시 생각하다가 대답했다.

"그럽시다. 적진에서 서로 신호는 총탄 두 발씩 세 번 쏘는 것으로 합시다. 먼저 들어가십시오."

박강식의 대답이 떨어지기가 무섭게 근식 대장은 3, 4분대와 합류하여 적진을 향해 몸을 던지고 있었다.

"200보 앞에 보병입니다. 그전에 기갑부대가 있습니다."

3분대장이 일본군 분포에 설명을 하고 있었다. 근식 대장은 3, 4분대가 공격한 곳이기에 일본군들이 조그마한 이상 기운에도 즉시 반응하고 반격할 것이라 대원들에게 긴장을 고조시키면서 전방을 세심히 살피며 한 발짝 한 발짝 발을 내딛고 있었다.

"수색대장님!"

선발대로 앞서가던 4분대장이 동작을 멈추고 20보 뒤에 있는 근식 대장을 향해서 뒤돌아 오고 있었다. 근식 대장과 수색정찰대원들은 사방 경계를 하며 전진을 멈췄다.

"3시 방향으로 장갑차 두 대가 있습니다."

근식 대장은 4분대장이 가리키는 곳에 눈을 고정했다. 움직이고 있는 일본군들이 장갑차와 함께 눈에 들어오고 있었다. 한차례 공격을 당해서 그런지는 몰라도 일본군들은 조직적이고 민첩하게 움직이고 있었다. 근식 대장은 잠시 상황을 살피고 나서 몸이 빠른 대원 몇 명을 부르고 있었다.

"강칠봉 동지!"

"옛!"

강칠봉이 낮은 자세로 신속하게 움직여 근식 대장에게로 갔다.

"왼쪽 계곡으로 400이나 500보 정도 들어간 후에 나오면서 치시오. 부대 안에서 나오며 치면 쉽게 잡을 겁니다. 4분대장과 분대 동지들 그리고 김팔복, 최운겸, 박기만, 장윤철, 최순철 동지와 함께 행동하시오. 공격 총소리가 들리면 우리는 여기서 치고 들어갈 것이오. 실시!"

대원들은 근식 대장의 말이 떨어지기가 무섭게 구렁진 도랑으로 해서 안개 짙은 전방으로 삽시간에 사라져 들어갔다. 4분대장이 앞에서 무섭게 달려 들어가고 있었다. 대원들은 민첩하게 움직이며 전진하고 있는 4분대장의 뒤를 따라 신속하게 움직이고 있었다. 얼추 거리 400이 되었을 무렵 벼랑 위로 천막이 눈에 보이고 있었다. 그리고 그 천막에서 시커먼 연기가 솟고 있었고, 병사들이 움직이고 있는 것이 눈에 들어오고 있었다.

"분대장님. 취사장인가 봅니다."

"음식 냄새가 나는 걸 보니 맞다."

4분대장은 시커먼 연기가 하늘로 솟고 있는 취사장을 보면서 중얼거리고 있었다.

"먹고 시작할까?"

4분대장의 말에 분대병들은 물론 수색정찰대원들도 군침이 돌고 있었다.

"그럽시다."

누구 입에서 나왔는지는 몰라도 모두 같은 생각을 하고 있었다. 그리고 4분대장이 행동하기를 바라고 있었다. 4분대장은 천막을 향해서 절벽을 돌아 올라가기 시작했다.

"팔뚝의 완장은 주머니에 넣읍시다."

대원들은 팔뚝에 아군 표지 흰줄을 주머니에 넣었다. 4분대장이 일본군들 앞을 지나며 취사장 안으로 들어가고 있었다. 취사장에서는 식사하고 있는 병사들이 있었다. 그리고 배식대 앞으로 취사병 몇 명이 4분대 일행을 보고 있었다. 4분대장은 서슴없이 배식대 앞으로 가고 있었다. 그리고 식기를 들고 섰다.

"소속이 어디오?"

"폭도들 따라붙다가 왔어. 먹고 가서 좀 자야 해."

취사병들은 더 이상 묻지 않았다. 음식을 퍼 담아 주었고, 부족한 것은 가져다가 담아 주었다. 4분대장과 분대원들 그리고 수색정찰대원들은 상에 앉아 음식을 먹기 시작했다. 그러나 취사병들은 음식을 먹고 있는 독립군들을 계속해서 의심스러운 눈으로 보고 있었고, 급기야는 식사하고 있던 병사 한 명이 다가오고 있었다.

"우리도 폭도들 따라붙었다가 왔는데 계곡 건너요? 그쪽은 2대댄데…."

4분대장은 씹던 음식을 삼키고 나서 대답했다.

"폭도들을 따라붙었는데 계곡으로 들어가는 것을 보고 계곡으로 들어섰다가 안개 때문에 여태 헤맸어. 부대 찾아가다가 취사장이 눈에 보여서 왔어. 배도 고프고."

말을 붙이던 일본 병사가 돌아갔다. 그러나 취사병들은 독립군들에게서 눈을 떼지 않고 있었고, 식사를 하던 병사들도 의심스러운 눈을 계속해서 보내고 있었다. 4분대장은 태연한 척하며 음식을 먹고 있었으나 취사장 안의 취사병들이나 식사를 하는 병사들이 차츰 심상치 않음을 간파하면서 한바탕 붙어야겠다는 생각을 하기 시작했다.

"4분대원들은 밥 먹는 놈들 맡으시고, 수색정찰대원분들은 취사병들을 맡으시오. '셋' 하면 공격합시다. 하나, 둘, 셋!"

'땅땅! 땅 땅 땅 땅땅!'

일본 병사들은 물론 취사병들은 삽시간에 나뒹굴고 있었다.

"흰줄을 차시오."

4분대장은 천막 밖으로 나가며 소리쳤다. 천막 밖은 안개만 자욱했다. 일본군들은 단 한 명도 눈에 들어오지 않고 있었고, 쥐 죽은 듯이 조용했으며, 차 엔진 소리만 들려오고 있었다.

"몸을 모두 숨기시오."

4분대장이 소리쳤다. 그리고 곁에 있는 수색정찰대원에게 속삭이고 있었다.

"아군 복장을 한 우리에게 번번이 당하기만 해서 모두 숨었습니다. 공격할 대상을 정하고 퍼부읍시다."

"예, 알겠습니다."

곁에 있던 강칠봉이 대답했다. 4분대장은 안개 속에서 희미하게 보이고 있는 천막들을 살피고 있었다.

"우리 이제부터 이곳에서 한바탕합시다. 우리가 한바탕하는 소리가 나면 소대장님은 물론 수색정찰대장님도 합류하실 거고…. 팔에 흰줄을 잊지 마시고 두세 명씩 짝을 지어 막사들을 공격합시다. 내가 저기 4중대를 공격할 테니 공격들 하시기 바랍니다. 실시!"

4분대장은 11시 방향으로 희미하게 드러나고 있는 4중대 팻말을 향해 두 명의 분대원과 신속하게 달려가고 있었다. 그리고 잠시 후 천막 문이 열리면서 총소리가 나기 시작했다.

"공격, 앞으로!"

강칠봉이 소리치며 최순철과 전방에 보이는 천막을 향해 달렸다. 강칠봉은 천막 문을 들추지도 않고 무자비하게 사격을 해대고 있었다. 안개가 걷힐 때만 기다리고 있던 일본군은 여기저기서 반사적으로 반격하기 시작했다. 일본군이 반격하기 시작하자 안개 자욱한 산속은 총탄 소리와 비명이 가득하기 시작했고, 고막이 터질 지경으로 시끄러워지고 있었다. 근식 대장은 대원들을 향해서 공격 명령을 내리고 있었다.

"공격! 장갑차를 탈취하고 선발로 공격하기 합시다."

근식 대장의 명령이 떨어지기가 무섭게 이학봉과 박윤성 몇몇 대원들은 몸을 낮추고 장갑차를 향해서 질풍같이 달려가기 시작했다. 근식 대장과 강일윤 그리고 나머지 십여 명의 대원들은 장갑차를 탈취할 수 있도록 엄호사격을 하면서 기관총을 사정없이 쏘면서 반격하고 있는 일본군들을 측면으로 달리고 난 후 집중 공격을 하고 있었다. 두 대의 장갑차에서는 격렬하게 기관총으로 반격하고 있었다. 근식 대장은 기관총 탄알이 몸을 숨기고 있는 바위에서 작렬하는 파편 소리 속에서 강일윤과 도철권 그리고 김득곤의 이름을 부르고 있었다.

"6시 방향으로 후퇴한 후 3시 방향으로 돌아서 장갑차 뒤를 공격하시오."

언제나 근식 대장의 곁을 지키고 있던 강일윤은 도철권, 김득곤 그리고 만식이와 6시 방향으로 몸을 날리기 시작했다. 근식 대장과 대원들은 무섭게 날아오고 있는 기관총탄으로 인해서 몸을 움직이지도 못하고 있었다. 안개가 자욱한 산속에서 독립군들은 날아오는 기관총탄 속에서 옴짝달싹 못 하고 몸을 숨기고 있었다. 하늘은 어두워지기 시작했고, 추위가 엄습하고 있었다. 창남은 근식 대장과 얼마 떨어지지 않은 곳에서 컴컴해지고 있는 안개를 보고 있었다.

'꾸 앙 쾅!'

"폭탄이다. 박격포 탄이 날아온다. 흩어지며 후퇴하라. 후퇴하라!"

근식 대장은 다급하게 소리 질렀다. 포탄이 날아들고 있었다. 날은 이제 완전히 어두워졌고, 코앞도 분간키 어렵게 되었다. 기관총탄이 날아들고 있는 속에서 포탄이 사방에서 터지고 있어 수색정찰대원들과 3, 4분대 대원들은 몸을 숨기기에 겨를이 없었고 당황하고 있었다.

근식 대장은 이대로 더 있다가는 큰일 나겠다는 생각이 들었지만 워낙 일본군들의 저항이 거센 탓에 움직일 수가 없었다. 포탄이든 기관총탄이든 한 가지만이라도 멎는다면 즉시 어떻게 해 보겠는데 그렇지 못하다 보니 속이 타들어가고 있었다. 그리고 이대로 견딜 수도 없지만 조금이라도 더 지체하다가는 모두 죽게 되고 말 것만 같았다. 그러나 일본군들은 독립군이 어떻게 침투한다는 것을 알고 있는 데다 한두 번 당한 것이 아니라 격렬하게 반격하고 있었다. 근식은 그동안 수없이 침투하면서 지금처럼 고립되어 본 적이 없었기에 몹시 당혹스럽기만 했다. 이제 희망이 있다면 장갑차 포획 작전에 투입된 동지들이 성공해주기만을 바라는 방법밖에는 없었다. 작렬하는 총탄과 터지는 포탄 속에서 독립군들은 처참한 최후를 맞을 각오를 하기에 이르고 있었다.

"대장님! 장갑차 잡았나 봅니다."

누군가 포탄 소리 속에서 소리치고 있었다. 그러면서 기관총탄이 잦아들고 있는 것을 알 수 있었다.

"성공했나 보다, 동지들이."

근식은 자신도 모르게 소리치고 있었다. 그리고 이어 근식의 입에서는 포탄 터지는 소리보다 더 크고 무지막지한 소리가 터져 나오고 있었다.

"돌격! 돌격!"

독립군들은 순식간에 포탄이 터지고 있는 자리에서 뛰쳐나가 어둡고 짙은 안개 속 전방을 향해서 달려가고 있었다. 근식 대장은 장갑차를 향해서 달렸다. 그리고 장갑차를 노획한 아군들에게 소리 질렀다.

"고맙다!"

장갑차들은 일본군을 향해 움직이고 있었다. 장갑차가 가고 있는 곳마다 일본군들은 산속 깊은 곳으로 도망가든지 아니면 무참하게 쓰러지고 있었다. 일본군들은 일본군 복장을 한 일본군에 의해 사살되고 있었고, 일본군의 장갑차에 공격당하고 있었다. 일본군들은 목숨을 부지하기 위해서 산속이든 개천 바닥이든 몸을 숨길 만한 곳만 있으면 몸을 숨겨야 했다. 일본군들은 일본군과 싸우다가 일본군을 피해서 도망치고 있었다. 그렇지 않으면 일본군이 쏘는 총에 자신이 죽을 수밖에 없었다. 일본군 부대는 일본군을 죽이는 총소리가 진동하고 있었고, 일본군들은 처참하게 너덜거리며 죽어가고 있었다. 일본군들의 사체는 터지고 있는 포탄의 빛에 드러나고 있었고, 부상자들의 입에서 나오는 비명은 난무하는 총소리에 묻히고 있었다. 독립군들은 노획한 장갑차로 적진을 향해 칠흑의 어둠을 쏘시며 다니고 있었다.

"14사단!"

근식 대장은 어둠 속에서 패주하고 있는 일본군 부대를 물 건너 불구경하듯이 보고 있었다. 일본군 부대 14사단 69연대 2대대는 격침되고 있었다. 불붙은 트럭들 그리고 장갑차들은 철판들이 너덜거리며 불길에 휩싸여 있었다. 그리고 일본군들의 천막들도 붉은 불길과 함께 검은 연기가 되어 하늘로 오르고 있었다. 일본군들은 그 속에서 서로 죽이고 있었다. 서로 죽이고 있는 일본군들은 아군도 없고 적군도 없이 총을 쏘고 있었다. 그러다가 맞붙어 대검으로 죽이고 있었다. 근식 대장은 멀찌감치 떨어져 일본군들의 패망을 보면서 군국의 멸망을 한눈에 보고 있었다. 그러면서 한동안 요긴하게 사용했던 장갑차들이 붉게 타고 있는 것을 보면서 미련의 아쉬움을 마음에 남기며 박강식 소대장이 한참 붙고 있는 산등성이를 보면서 14사단 사령부가 있는 화전민 촌락을 향해 두 눈을 보내고 있었다.

"4소대와는 사령부 전투에서 만나야 할 것 같소."

근식 대장은 3, 4분대장들에게 말하고 있었다.

"알겠습니다."

3분대장이 대답했으나 마음은 소대장님이 병력이 부족하여 작전에 어려움은 없는지 걱정 되고 있었다. 그러나 지금 상황이 지역이나 거리상 만나기가 어려운 데다가 적진을 향해 진격 중이므로 합류하기는 쉽지 않았다. 근식 대장은 잠시 3, 4분대 병사들을 둘러보면서 작전 지역에서 만나면 쉽게 합류할 수 있으니 우선 사단 사령부를 향해서 진격하는 것이 옳은 일이기만 했다. 근식 대장은 화전민 촌락으로 이동하기 시작했다. 14사단 사령부를 향해서 근식 대장은 대원들과 움직이고 있었다. 근식 대장은 독립군들과 계곡의 바위를 타고 오르며 간간이 그리고 잦은 총소리에 경각심이나 관심을 두지 않고 있었으나 바위 절벽을 오르고 나서는 총소리들이 심각하다는 것을 알 수가 있었다. 대원들도 모두 의아심으로 총소리를 듣고 있었으며 전방의 일본군 부대가 심상치 않다는 것을 의심하기 시작했다.

"동지들이 왔나 봅니다."

근식 대장은 강일윤의 말에 의구심을 가졌지만 다른 곳에서 동지들이 투입되었다는 생각은 들지 않고 있었다. 근식 대장은 불길이 솟기도 하고 총소리가 이상스럽게 들리며 어수선한 느낌이 들고 있어서 의구심이 떠나지 않고 있었다. 근식 대장은 동작이 민첩한 박이구와 장윤철을 선발로 투입했다.

"우리와 100보 거리에서 적의 동정을 살피고 보고하시오."

"알겠습니다."

박이구와 장윤철이 칠흑의 어둠 속 짙은 안개를 뚫고 스며들고 있었다. 근식 대장은 선발대를 보내고 나서 거리를 두고 뒤따라 들어가고 있었다. 이쪽저쪽에서 들리고 있는 총소리들은 교전하는 총소리 같지가 않아서 근식 대장을 비롯해서 대원들은 계속해서 의구심을 가지고 있었다. 박이구와 장윤철은 적진을 향해 차디찬 땅바닥을 낮은 포복으로 기어가고 있었다. 그리고 얼마 후 박이구와 장윤철이 근식 대장의 눈에 들어오고 있었다.

"대장님!"

박이구와 장윤철은 몹시 서두르고 있었다. 그런 박이구와 장윤철을 향해서 근식 대장의 눈은 고정되고 있었다.

"일본군끼리 맞붙었어요."

근식 대장은 물론 대원들의 얼굴이 긴장에서 풀리고 있었다. 얼굴뿐만이 아니라 몸도 풀리고 있었다. 대원들은 얼굴을 서로 쳐다보면서 불기둥이 솟고 있는 앞을 보고 있었다.

"살펴봐야겠다."

근식 대장은 어둠 속에서 요란하게 들리고 있는 총소리와 불붙은 일본군 부대를 보면서 중얼거렸다.

"몸들을 낮추시오. 도망 다니는 일본군들을 조심해야 하오."

근식 대장은 대원들에게 주의시키고 있었다. 통제 불능인 일본군들이 아무 곳에나 몸을 숨기고 있을 것을 생각했다. 그리고 자신도 몸을 낮추고 전방에서 눈을 떼지 않고 있었다. 근식 대장은 옆에 붙어 있듯 가깝게 있는 강일윤과 만식이를 보면서 적진을 향해서 움직이기 시작했다. 청산리의 밤은 지독하게 어둡고 안개는 짙었다. 근식 대장은 요란한 전방을 피해서 절벽을 타고 계곡으로 내려갔다. 긴 절벽을 따라 사태골로 들어서면서 근식 대장은 몸을 바닥에 밀착시키고 뒤엉켜 있는 일본군들을 보았다. 일본군들은 모든 곳에서 폭도로 변해 있었다. 근식 대장은 모두 일본군복을 입고 있지만 뒤엉켜 있는 일본군들은 군인이라기보다 폭도들로 보이고 있는 데다 세상천지에 해괴한 일이 벌어지고 있어서 근식 대장은 낮은 포복으로 기어 좀 더 가까운 곳으로 움직이며 일본군들을 살피고 있었다. 일본군들은 기관총을 쏴가면서 서로 죽이고 있었다. 청산리 독립군의 사령부를 향해서 진격하던 일본군들이 미쳐서 서로 죽이고 있었다. 근식 대장은 뒤엉켜 있는 일본군을 보면서 중얼거렸다.

"천벌이구나…."

근식 대장은 잠시 후에 다시 입을 열었다.

"탱크가 있었으면 좋겠다."

3, 4분대장들이 근식 대장을 향해서 고개를 돌렸다. 그리고 말했다.

"장갑차 있는 곳을 알고 있습니다."

근식 대장은 4분대장에게 말했다.

"놔둡시다. 천벌 받고 있으니."

근식 대장의 말소리는 허탈에 가까웠다. 그러나 수색정찰대원들은 4분대장의 말에 구미가 당기고 있었다. 불구덩이에 기름을 붓고 싶은 심정이었다.

"남의 일에 뛰어들어 망칠 일 없습니다. 소대장님이 벌리고 있는 곳으로 가서 마감합시다."

근식 대장은 자폭하고 있는 일본군들은 이미 끝난 상태라 관여할 이유조차 없다고 만약 도와줄 일이 있게 되면 4소대의 상황을 보고 난 후에 손봐도 늦지 않는다고 생각했다.

근식 대장과 수색정찰대원들 그리고 3, 4분대 대원들은 풀숲에 납작 엎드려 맹렬하게 뒤엉켜 싸우고 있는 일본군들을 보면서 장갑차 소리가 가까워지고 있는 것을 듣고 있었다. 그리고 잠시 후 장갑차들은 요란한 소리를 내면서 일본군들을 향해서 불을 뿜기 시작했다. 일본군들은 피할 틈도 없이 날아오는 총탄과 포탄에 쓰러지고 있었다. 장갑차는 미친 듯이 날뛰며 기관총을 쏘아댔고 일본군들을 사살하고 있었다. 일본군들은 추풍낙엽처럼 떨어지고 있었고 흩어지고 있었다. 도망치던 병사들도 쓰러지고 있었다. 일본군들은 안개 속이 아니라 불구덩이 속에서 날뛰다가 죽어가고 있었다.

근식 대장과 독립군들은 엎드린 채 얼마 떨어지지 않은 계곡으로 신속하게 움직였다. 높은 절벽을 타며 계곡으로 들어선 근식 대장과 수색정찰대원들 그리고 3, 4분대 대원들은 4소대의 격전지로 달려가고 있었다.

"쉿! 조용. 조용!"

근식 대장은 순간 납작 엎드렸다. 그에 따라 모든 대원 역시 번개처럼 몸을 풀숲에 던지고 있었다. 그리고 사방 경계에 들어갔다. 그러나 사방에서 일본군 부대가 폭발하는 소리와 총소리만 들리고 있을 뿐 다른 소리나 기척은 없었다. 근식 대장과 대원들은 있는 대로 귀를 세우고 전방에서 눈을 떼지 않고 있었다. 사태골 산속은 칠흑의 어둠과 안개만이 짙을 뿐 바람 소리마저 없었다.

"아리랑…"

근식 대장이 낮은 소리로 아리랑 소리를 내고 있었다.

"아리랑."

전방에서 소리가 들려오고 있었다.

"진도 아리랑."

근식 대장은 처음보다는 조금 높은 소리로 앞을 향해 소리를 냈다.

"정선 아리랑."

근식 대장은 더 이상 신호를 보내지 않고 갑자기 총을 하늘로 향했다.

'땅땅!'

'땅땅!'

"4소대다. 우리다!"

근식 대장은 소리를 지르며 벌떡 일어났다. 그리고 전방에서 달려오고 있는 소리를 듣고 있었다. 그리고 잠시 후 구렁진 산속에서 4소대와 수색 정찰대 독립군들은 서로 가슴을 치고 있었다.

"저 소리는?"

4소대장 박강식이 소리쳤다.

"저 소리는?"

근식 대장도 박강식 소대장의 두 팔을 거머쥐고 소리치고 있었다.

"19사단인지 14사단인지 서로 뒤엉켜 있소."

"으 흐 흐 흐흐 흐!"

근식 대장은 박강식 소대장의 말에 울음인지 웃음인지 분간키 어려운 소리가 입에서 나오고 있었다.

"가십시다. 중대장님이 귀대 명령을 내리셨습니다."

근식 대장은 박강식 소대장의 말에 고개를 끄떡였다. 그리고 눈물이 흐르려고 해서 잠시 눈을 깜박이며 몸을 움직이지 못하고 서 있었다. 그러고 나서 대원들을 둘러보며 입을 열었다.

"귀대 명령입니다."

근식 대장은 물론 대원들도 모두 콧등이 찡하고 있어 아무런 대답은 물론 움직이지 못하고 서 있었다.

"사령관님이 언덕에 나와 계신다고 합니다. 3일째 조금도 눈을 붙이지 못하셨다는데 귀대합시다."

박강식 소대장은 다시 대원들은 물론 근식 대장을 향해서 말하고 있었다. 청산리는 귀청을 찢는 포탄 소리와 총탄 소리가 난무하고 있었다. 조선 독립군은 모두 손을 놓고 있는데 대포 소리는 무엇이고 기관총 소리는 무엇이고 비명은 무엇이란 말인가?

"귀대합시다."

근식 대장은 대답했다. 그리고 강일윤의 손을 잡았다. 어리고 여린 강일윤의 손을 잡고 근식 대장은 가슴이 벅차 강일윤을 끌어 가슴에 안았다. 18세의 나이에 죽음과 삶을 넘나든 강일윤의 가슴을 근식 대장은 꼭 안았다. 추위에 얼음덩이처럼 굳어 있는 강일윤의 가슴을 안고서 전쟁터의 끝자락을 바라보고 있었다. 그리고 허전함을 가슴에 담고 있었다.

"수고하셨소. 근식 대장님!"

이민섭 중대장은 근식 대장의 손을 꼭 잡았다. 그리고 수색정찰대원들의 손을 모두 잡았다.

"저 보시오. 저 불기둥과 저 총소리들과 그 속에 일어나고 있는 아우성을. 마치 소돔과 고모라를 보는 것만 같소. 고맙습니다! 수색정찰대원 동지 여러분. 이제 귀대하시기 바랍니다."

이민섭 중대장은 어둠과 안개 짙은 하늘을 보면서 말했다. 그런 중대장과 중대 병사들과 수색정찰대는 악수를 하면서 사령부를 향해 움직이기 시작했다. 근식 대장과 수색정찰대원들은 꽝꽝거리며 요란하게 요동치고 있는 일본군들만의 전투장을 보면서 청산리 독립군 사령부를 향해서 부지런히 발걸음을 옮기고 있었다.

김시진 장군은 멀리 나와 있었다. 참모들도 모두 나와 있었다. 박에스터도 소진이도 나와 있었다. 근식 대장은 김시진 장군을 향해서 큰 소리로 승전 보고를 하고 있었다. 김시진 장군은 아무 말을 하지 않았다. 꼿꼿이 선 자세에서 거수경례를 마치고 나서 조용히 서 있었다. 작전참령 박윤습이 말했다.

"병영으로 가시오. 장군님은 여기서 동지들을 기다리셔야 합니다."

근식 대장은 대답하지 않았다. 아직 귀대하지 않은 병사들을 김시진 장군은 조용히 서서 기다리고 있었다.

근식 대장은 피로와 추위 그리고 졸음에 시달리고 있는 수색정찰대원들을 자리에 눕히고 밖으로 나가 말에 올랐다.

청산리는 일본군의 죽음과 신음이 가득했다. 죽음의 소리는 안개보다 짙고 어둠보다 짙기만 했다. 일본군들이 서로가 서로를 죽이고 있는 청산리에 근식 대장이 말을 몰고 있었다. 그리고 언덕 위에서 불타고 있는 청산리를 바라보며 병사들을 기다리고 있는 김시진 장군을 보고 있었다.

일본군들은 살고 싶어서 총질을 해야 했다. 보이는 족족 총질을 하고 있었다. 일본군은 일본군을 죽이지 않으면 자신이 죽을 수밖에 없으므로 일본군들은 일본군을 향해 사격하고 있었다. 일본군들은 번개보다도 빠르게 총을 쏘고 있었다. 그리고 모두 번개보다도 빠르게 죽어가고 있었다. 일본군들은 그 이상한 섬에서 그들의 애비들이 싸웠듯이 지금 청산리에서 그렇게 싸우고 있었다. 김시진 장군은 정찰병이 보고하고 있는 소리를 듣고 있었다.

"아비규환 소리가 진동하고 있습니다."

또 다른 정찰병이 보고하고 있었다.

"19사단 전멸하고 있습니다."

또 다른 정찰병이 보고하고 있었다.

"11사단 전멸하고 있습니다."

또 다른 정찰병이 보고하고 있었다.

"14사단 전멸하고 있습니다."

또 다른 정찰병이 보고하고 있었다.

"동지대 37여단 전멸하고 있습니다."

작전참령 홍범일이 보고하고 있었다.

"20만이…"

그리고 박에스터가 그 언덕 그 자리에서 동녘 하늘을 보면서 말하고 있었다.

"장군님! 태양입니다."

20
일본군은 살기 위해 일본군을 죽이고

근식 대장은 말에서 내렸다. 그리고 제1 수색정찰대장과 나란히 섰다. 전투정찰대 제1 대장 그리고 제2 전투정찰대장이 나란히 서서 김시진 장군이 보고 있는 동녘 하늘을 바라보고 있었다.

"야전에 잔불 정리하라 할까요?"

작전참령 박윤습이 장군에게 말했다. 김시진 장군은 동녘에서 고개를 돌리며 대답했다.

"아니요. 우리가 할 일이 아닙니다. 하늘이 하시는 일입니다."

김시진 장군은 다시 동녘으로 고개를 돌리고 있었다. 포 소리와 기관총 소리는 천지를 진동하며 계속되고 있었다. 김시진 장군은 하늘에서 눈을 떼지 않고 있었다. 천벌이 내리고 있는 하늘에서 눈을 돌리지 않고 있었다. 북간도 청산리에 내리고 있는 천벌을 김시진 장군은 똑똑히 보고 있었다. 김시진 장군의 모자와 어깨에는 서리가 두껍게 덮고 있었다. 일본군끼리 처절하게 싸우고 있는 청산리는 일본군의 지옥과 무덤이 되고 있었다. 일본군들은 스스로 패망하고 있었다. 조선 독립군들은 전멸하고 있는 일본군을 보고 있었다.

"이제 상황실로 가시지요."

작전참령 박윤습이 서리가 두껍게 덮고 있는 김시진 장군을 향해서 조아리고 있었다. 그러나 김시진 장군은 일본군과 일본군이 맞붙어 싸우고 있는 안개에서 고개를 돌리지 않고 있었다. 박에스터가 따뜻한 물그릇을 김시진 장군 앞으로 들고 갔다. 그러나 김시진 장군은 고막을 찢고 있는 험악한 격전장에서 눈을 돌리지 않고 있었다.

"장군님!"

박에스터가 장군을 불렀다. 장군은 손을 움직이기 시작했고, 움직이고 있는 손은 한참 지나서야 물그릇에 닿고 있었다.

"일본군들은 전멸하고 있습니다."

작전참령 박윤습이 임시로 쳐 놓은 천막을 보면서 말하고 있었다. 그러나 김시진 장군의 귀에 참모들의 말소리는 들어오지 않고 포탄 소리와 총소리만 들리고 있었다. 지금 청산리에 모든 대포는 포문을 열어놓고 있고 총이라는 총은 모두 발포하고 있었다. 짙은 안개 속에서 일본군이 보고 있는 것은 모두 적군이고 그 적군을 일본군들은 통쾌하게 죽이고 있었다. 조선 독립군을 괴멸시키려던 대포들은 일본군들을 전멸시키고 있고, 조선 독립군을 죽이려던 모든 총구는 일본군을 죽이고 있었다. 포탄 소리와 총소리는 사흘 동안 멈추지 않았고, 나흘이 되면서 잦아들어 가고 있었다. 이제 일본군은 포탄과 총탄이 떨어져 가고 있는 모양이다. 그게 아니라면, 그렇지 않다면 모두 죽은 모양이다. 김시진 장군은 전령들의 보고를 받고 있었다. 김시진 장군과 참모들은 이제 보고하는 소리를 하찮은 장난의 소리로 들리고 있었다. 청산리는 일본군의 시체들이 산마다 계곡마다 쌓여 있고 일본군들의 무덤으로 만들어져 있었다.

김시진 장군은 말을 향해 움직이고 있었다. 그리고 말 등에 오르고 있었다. 참모들도 말 등에 올랐고 수색정찰대장들과 전투정찰대장들도 말

등에 올랐다. 경호대의 기수들이 태극기와 독립군기 그리고 김시진 장군의 깃발을 나부끼며 안개가 걷히고 있는 길 전선으로 힘차게 말머리를 돌리고 있었다.

"어디로 향하시겠습니까?"

"19사단."

작전참령 홍범일이 경호 대장을 향해 소리쳤다.

"하남 구천 19사단이오."

근식 대장은 3중대로 지원가기 직전 전투한 곳이기에 안개가 사라지고 청명하게 들어나고 있는 산자락을 보면서 말을 몰고 있었다. 하남으로 들어서서 얼마 가지 않아 선발대 병사들이 멈춰 서서 움직이지 않고 있었다. 경호대장이 급히 달려갔고 근식 대장 역시 선발대 병사들이 멈춘 곳을 향해 급히 말을 몰았다. 그리고 말을 멈췄다. 경비대장과 근식 대장은 전운이 감돌고 있는 일본군들의 시쳇더미를 보고 있었다.

"모두 시체입니다."

근식 대장이 경호 대장을 향해 말했다. 그리고 시커멓게 그을리어 나뒹굴고 있는 장갑차들과 대포들 그리고 흉측하게 타다 남은 시체들이 산을 이루고 있는 것을 보고 있었다.

"더 이상 갈 수가 없소. 나중에 보고하는 것으로 합시다."

경호대장이 말하고 나서 장군을 향해 뒤돌아 말을 몰았다.

"시체들과 대파한 장갑차 트럭들이 길을 막고 있습니다. 더 이상 갈 수가 없습니다."

김시진 장군과 참모들은 경호대장의 말을 들으며 눈앞에 쌓여 있는 시체들을 바라보고 있었다.

"이쪽은 6중대인데…."

"맞습니다. 지금 6중대는 남구에 투입되어 있습니다. 화룡으로 패주하는…"

"…알고 있소."

김시진 장군은 작전참령 홍범일의 말을 들으며 검은 연기가 하늘로 솟고 있는 화남구천을 쳐다보고 있었다. 그리고 산이 가리고 있는 하늘 아래 두만강이 흐르고 있고 거기가 백두산이라는 것을 떠올리며 말머리를 돌렸다.

일본군은 계속되는 전운의 공포에서 살아남을 수가 없었다. 밤이고 낮이고 질식할 것만 같은 안개는 일본군들의 자제력을 소진되게 만들었고 아군 복장을 한 조선 독립군의 습격이 공포이기만 했다. 일본군들은 밤이고 낮이고 경계 근무에 시달려야 했다. 짙은 안개는 협심증을 유발하고 있었고, 같은 아군이어도 조선 독립군으로 착각하기에 이르러 결국에는 허상에 시달리다가 아군이라는 것과 적군이라는 분별이 사라지고 모두 적군으로 인식할 수밖에 없게 되었다. 일본군들은 무모해지기 시작하면서 아군을 향해 발포하기 시작했고, 시간이 얼마 되지 않아 일본군들은 통제불능의 발작과 발악으로 모두 날뛰었다. 발작과 발악은 종말의 반항이 되었고, 종말의 시작은 곧바로 죽음으로 몰고 있었으며, 죽음의 길과 문은 모두 활짝 열리고 있었다. 험악하고 복잡한 산세 속에서 일본군들은 치열하게 서로 죽이고 있었다. 그 치열함은 뱀처럼 뒤엉켜 죽고 있었다.

김시진 장군은 일본군의 실체를 보면서 일본의 최후를 보고 있었다. 뒤엉켜 있는 팔다리가 없는 시체들, 머리가 없는 시체들,

김시진 장군은 더 이상 전선을 둘러볼 생각을 거두고 말머리를 돌려 사령부로 향했다. 더 이상 전선이 남아 있지 않는 청산리를 김시진 장군은 깃발을 바람에 날리며 사령부고 향했다.

김시진 장군은 병영 사방에서 활활 타오르고 있는 승리의 불기둥을 보

먼저 연단에 올라 독립군들을 향하고 있었다.

"만세! 만세! 조선 독립 만세!"

김시진 장군은 독립군들과 여인들 그리고 화전민들과 함께 힘차게 만세를 외쳤다. 부상당한 독립군도 그리고 간호하던 여인들도 만세를 불렀다. 김시진 장군은 며칠 전까지 포탄 소리와 총소리가 진동하던 곳을 향해 눈길을 돌리고 있었다. 그리고 다시 독립군들과 화전민들 여인들에게 눈길을 돌리고 난 다음 다물어졌던 입을 열기 시작했다.

"우리 곁을 먼저 떠난 열일곱 동지들의 명복을 빌며 또한 병석에 누워 치료받고 있는 동지들의 쾌유를 빌면서 동지들께 감사드립니다. 고맙습니다."

김시진 장군은 연단 의자에 앉아 있는 팔로군 남부 연합참모에게 감사의 인사를 했다. 그런 다음 다시 입을 열었다.

"감사합니다, 조선 독립군 동지 여러분! 그리고 누이 여러분! 피난 생활에 고통을 겪으시며 물심양면으로 돕고 계신 이곳 동포 여러분! 감사합니다. 우리는 보았습니다, 우리를 죽이고 있는 일본 사람들을. 그 일본 사람들의 군대를. 그리고 그 일본군들이 모두 죽는 것을 보았습니다. 우리가 죽였습니다. 우리가 죽였고, 우리는 20만 대군이라는 엄청난 일본군이 모두 죽는 것을 보았습니다. 우리 앞에서 일본군들은 모두 죽었습니다. 또한, 그들이 서로 죽이고 죽는 것을 우리는 보았습니다. 일본 군인들은 우리를 괴멸시키려고 쳐들어와서 모두 괴멸되고 말았습니다. 그것은 하늘의 벌이 분명하고, 그들은 하늘의 벌을 받은 것이 분명합니다. 틀림없는 하늘의 벌을 그들은 받았습니다. 일본군이 죽고 패망한 것은 하늘의 뜻입니다. 그것은 하늘의 벌입니다. 성경에 있는 소돔과 고모라가 하늘의 벌을 받아 모두 죽듯이 일본이 소돔과 고모라처럼 모두 죽게 될 것이며 그 하늘의 벌이 이곳 우리로부터 시작되었고, 그 일본군들이 죽는 것은 우리로부터 시작되었습니다. 20만 대군은 지구상에서 사라졌습니다."

"아…."

독립군과 여인들 그리고 동포들의 입에서는 신음이 흘러나오고 있었다.

"나의 동지 여러분! 우리는 갈 곳이 없습니다. 갈 곳을 갈 수가 없는 사람들입니다. 우리가 갈 곳은 우리의 땅이고 우리의 집이건만 일본 사람들이 빼앗아서 갈 수가 없습니다. 가면 죽습니다. 우리는 갈 곳이 없습니다. 그리고 이제부터 이곳의 우리 동포들은 일본 사람들이 모두 학살하게 될 것입니다. 갓 태어난 핏덩이까지 모두 죽입니다. 아기를 가진 임신부를 끝까지 찾아내 죽입니다. 일본은 조선 백성을 단 한 명도 남기지 않으려고 조선 백성 죽이는 병균을 만들고 있습니다. 그리고 지금 중국 사람과 조선 사람을 상대로 실험하고 있습니다. 죽이는 실험입니다. 모두 죽이려고 실험하고 있습니다."

김시진 장군은 참모들과 의자에 앉아 있는 팔로군 참모장의 얼굴을 잠시 보고 난 후 다시 입을 열었다.

"우리 조선 백성은 모두 원인을 알 수 없는 병에 걸려 시름시름 앓다가 모두 죽게 됩니다. 일본은 조선을 삼키자 제일 먼저 시작한 것이 산맥을 끊는 일이었습니다. 산맥마다 쇠말뚝을 박는 일이었습니다. 우리 조선의 정기를 끊어 앞으로 모두 죽이려고 맥을 끊고 살균을 만들고 있습니다. 만주 또한 거대한 중국과 분리해 조선처럼 식민 통치를 하기 시작했습니다. 간도를 모두 만주로 만들었습니다. 연해주는 러시아에 넘겨주고서 자신들이 하는 일에 참견하지 못하게 하였습니다. 중국과 조선을 마음대로 하고 있습니다. 마음대로 죽이고 있습니다. 조선 사람은 모두 죽을 것이며 조선 땅은 일본 사람들의 땅이 될 것입니다. 중국도 그렇게 만들 것입니다. 앞으로 10년이면 그렇게 될 것입니다. 조선은 지금 노예이고 노예로 시달리다가 죽게 됩니다. 왜 우리가 일본에 노예가 되어야 하는 겁니까? 왜 우리가 일본으로 인해서 시달리다가 굶어 죽어야 합니까? 우리는 일본의 노예가 될 이유가 없는 민족이고 일본으로 인해서 굶주릴 이유가 없는, 민족입니다. 오늘 우리 민족이 증명되었습니다. 온 세상에 우리 민족이 증명 되었습니다. 우리 민족은 일본이 패망하는 것을 보았습니다. 그 패망은 여기에서 시작했고 우리 민족의 조선 북간도 청산리에서 있었습니다. 이제 일본은 우리 민족의 조선에서 모두 패하게 될 것이며 전멸할 것입니다." 2. 3년 안에 일본은 전 세계에 벌을 받게 될 것입니다.

독립군들은 다시 박수를 치기 시작했다. 김시진 장군의 연설은 박수 속에서 계속되고 있었다.

"이제 우리, 일본 때문에 아파하지 맙시다. 일본 때문에 울지 맙시다. 일본 때문에 속상해하지 맙시다. 일본은 반드시 벌 받게 될 것입니다. 그러니 우리는 그 일본을 불쌍하게 봅시다. 가련한 일본을 따듯하게 위로하도록 합시다. 그러다 보면 우리 민족이 위대한 민족이라는 것이 확인되게 될 것이고 증명될 것입니다. 우리 스스로 행복해질 것이며 편안해질 것입니다. 우리는 편안하고 조용한 민족입니다. 그 민족정신을 잃지 맙시다. 이제 일본은 하늘에 맡기고 위대한 민족답게 살 생각부터 합시다."

김시진 장군은 연설을 중단하고 화전민들을 바라보고 있었다. 그리고 중단했던 말을 잇기 시작했다.

"천박한 땅에서 농사지어 우리의 식생활을 꾸려주시느라고 온갖 고생하고 계신 아저씨, 아주머니! 그 고마움을 헤아릴 수가 없습니다. 이것으로 더 이상 일본군에 수탈 당하지 않으시기 하늘에 빌어봅니다. 고맙습니다! 아저씨, 아주머니! 하늘 아래 여러분같이 고마운 분들이 또 어디에 있겠습니까? 오늘의 승리가 여러분의 은덕임을 분명히 말씀드립니다. 그리고 일본군에 의해 파손된 집과 살림살이들을 저희가 고쳐드리고 새로 지어 드리겠습니다."

박수 소리에 김시진 장군은 잠시 하던 말을 중단했다. 김시진 장군은 다시 말을 이었다.

"우리는 일본으로 인해 영원히 굶주림과 추위에 떨게 될 것이고, 또한 일본에 빼앗긴 역사로 인해 우리 민족의 가슴에 못을 박았습니다, 그 못은 뽑히지 않을 것입니다. 우리는 명성황후의 아픔을 알아야 합니다. 고종 황제의 눈물을 잊어서는 안 됩니다. 이는 우리 민족의 원한이고 영원히 남게 될 것이며 지울 수 없는 우리 민족의 아픈 역사입니다. 오늘 우리가 일본군을 섬멸하였으나 독립은 하지 못하였습니다. 모두 잠시 쉬면서 살아갈 걱정을 하도록 합시다. 감사합니다. 위대합니다. 동지 여러분!"

김시진 장군은 연단에서 내려오고 있었다.

세찬 바람이 몰아치고 있는 속에서 독립군들과 동포들은 부지런히 뛰어다니며 부서지고 불타 못 쓰게 된 집들을 고치고 있었다. 근식 대장은 화전민들이 잘 지낼 수 있도록 땔나무도 마련하여 주면서 부서진 것이라면 모두 새로 만들고 장만하여 주고 다녔다. 창남이와 만식이는 언제나 늦게까지 부지런히 움직이고 있었다.

패전한 일본군들은 간도의 조선 사람들은 물론 만주 일대의 조선 백성을 모조리 학살하고 있었다. 청산리에서 대패한 일본군은 조선 사람에 대한 앙갚음으로 만주는 물론 중국의 모든 길을 차단하고 조선 사람들을 이 잡듯이 뒤지고 있었다. 그리고 청산이로 통하는 모든 길은 차단하고 있었고 압록강 두만강은 물론 연해주 서간도로 통하는 길들을 철통같이 차단하고 있었다. 독립군들은 청산리 일대에 피해본 마을과 주민들을 돕고 다녔으며 일본군의 정세를 살피고 있었다. 일본군은 이제 더 이상 독립군과 싸울 작전 계획을 포기한 반면에 모든 길을 차단하고 동포를 죽이고 반면에 독립군을 굶주려 죽이기 위해 땅속부터 하늘까지 차단하고 있었다.

21
잔혹한 보복

"3일 굶어 도둑질 안 하는 놈 없다고 했는데 우리 이참에 도둑질합시다."

박이구가 하늘을 보고 있는 근식 대장의 곁으로 다가가서 넌지시 말하고 있었다. 담배마저 떨어져 뒤숭숭한 근식 대장은 박이구를 향해서 얼굴을 돌렸다. 그리고 도둑질이 아니라 강도질을 해서라도 살아야 할 판인데 그럴 곳이 없어 넋 놓고 있는 판국이라 근식 대장은 반갑지 않은 말이지만 얼굴을 돌리고 있었다.

"일본 것들 여기 쳐들어올 때 소 돼지 잡아먹으며 오지 않았어요? 관광하러 온 것들처럼. 먹어대고 마셔대고. 그거 모두 우리 조선에서 약탈한 건데. 그거 돌려받으면…"

박이구의 얼굴에서 근식 대장은 얼굴을 돌리지 않고 궁금한 얼굴을 하고 있었다.

"여기서 뚫린 놈들이 어디라고 안 뚫리겠어요? 죽을 각오하고 뚫어보는 거죠."

근식 대장은 물론 강일윤이며 장윤철 모두 말하고 있는 박이구의 얼굴을 보고 있었다. 박이구의 얼굴에서는 비장한 기운이 꾸물거리고 있었다.

박이구는 다시 입을 열었다.

"결사대를 조직하든지 우리 근식 대장님과 수색정찰대원이 한번 해 보도록 하지요."

근식은 박이구의 의도가 어떤 것인지 짐작이 가고 있어서 대답을 안 하고 박이구를 보고 있던 얼굴을 하늘을 향해 돌렸다. 그리고 머릿속에 떠오르고 있는 것들을 더듬어 보았다. 일본군들의 보급창이 어디에 있는지부터 알아야 하고 지금 초비상 상태인 일본군이 만만히 뚫린다고 볼 수가 없다. 그렇지 않아도 길은 물론이고 사람이든 짐승이든 다닐 만한 곳은 모두 차단했고, 웬만한 곳엔 감시탑까지 설치해 놓고 있는 마당이라 할 만한 일이 못 된다는 생각이 들고 있었다. 그러면서 근식 대장은 여인들이 굶고 있고 부상당해 치료받고 있는 병사가 굶고 있어서 무슨 짓이든 하기는 해야 한다고 생각하고 있었다.

전쟁을 치른 청산리는 쥐 한 마리 볼 수 없는 상태로 변했고 일본군들이 모든 것을 차단하고 있는 것을 보고만 있을 수도 없는 노릇이라 근식은 고민하기 시작했다.

창남이와 만식이 그리고 강일윤과 남자들은 산을 헤매고 다녔다. 산을 헤매면서 입속에 넣을 만한 것은 모두 망태기에 담았다. 굵은 칡넝쿨은 잎까지 모두 망태기에 담았다.

"토끼들이 먹는 것은 모두 담아요."

만식이가 망태기에 칡넝쿨 토막을 넣으며 말했다. 창남은 칡넝쿨을 계속해서 토막 내고 있었다. 참모들과 치료받고 있는 부상자 외에는 모두 먹을 것을 구하기 위해서 산과 들 그리고 개울과 웅덩이를 뒤지고 있었다. 여인들은 도토리 그리고 머루 같은 것을 찾아 헤매 다니고 있었다.

"환자들은…"

이제 떠날 수밖에 없음을 알고 있는 박에스터를 비롯하여 여인들은 부상에서 일어나지 못하고 있는 부상병들을 생각하며 음식을 먹이지 못하고 있는 것을 애통해하고 있었다.

김시진 장군은 팔로군에 보낸 연락병이 돌아오지 않고 있어 마음이 몹시 무겁기만 했다. 박에스터와 소진이를 비롯하여 여인들은 부상병들 치료는 물론 상황실을 드나들며 따뜻한 물일망정 떨어트리지 않으려고 열심히 드나들고 있었다. 근식 대장이 상황실로 들어왔다. 그리고 참모들과 김시진 장군을 보며 잠시 머뭇거리다가 난롯가에 섰다.

"결사대를 조직해서 일본군의 보급 창고를 공격할까 합니다."

참모들은 근식 대장을 향해 일제히 고개를 돌렸다. 그러자 김시진 장군은 근식을 잠시 보고 나서 입을 열고 있었다.

"생각해 봅시다. 그것이 어떤 것이든 일본군에 해당하는 일이라면 도둑질도 전투임이 틀림없소. 그렇지만 패하고 난 후 어떤 짓을 하고 있는지 아시지 않소. 무엇보다 지금 우리의 실정이 일본군과 맞붙을 힘이 남아 있지 않아서 문제요. 팔로군에 보낸 동지가 4일이 되었으니 좀 더 기다려보면서 결정합시다."

김시진 장군의 말에 모두 얼굴에 희망과 실망이 교차하고 있었다.

대패한 일본군은 전의를 잃은 것을 조선 동포는 물론 중국 양민들을 학살하는 것으로 사기와 자존심을 충족시키고 있으며 한 발 더 나가 그동안 밀어졌던 세균연구와 중국본토, 그리고 멀리 동남아 식민화 정책에 박차를 가하고 있었다. 어쩌든 만주에 조선 백성이 발붙일 곳은 단 한 곳도 없었다.

김시진 장군은 근식을 불렀다. 그리고 마음에 두고 있던 말을 하고 있었다.

"성공한다 하셔도 우리는 일본군에 두 가지를 노출하게 되고 더 큰 것을 잃게 될 수도 있습니다. 노출하게 되는 것은 우리의 재력과 전력이고 잃게 되는 것들은 꼭 가야 할 조국을 갈 수 없게 될지 모르는 것이지요."

근식은 취사장에서 오래도록 생각했다. 현재 식량을 구할 수 있는 곳은 일본군 보급 창고밖에 없는데 김시진 장군의 말을 듣고 나니 망설여지는 것은 물론 일본군이 재침이라도 한다면 현재의 형편으로는 어림없는 일이기만 해서 근식은 떨어진 머리를 들지도 못하고 있었다.

상황실은 밤이 깊어도 등불을 밝히고 있었고, 참모들은 잠을 이루지 못하고 있었다.

김시진 장군은 계속해서 팔로군에 밀사를 보내고 있었다. 그러나 팔로군 역시 간악한 일본과 계속되는 전투에 시달리느라고 주위에 눈 돌릴 시간이 없는 데다 보급 노선은 모두 차단이 되고 있어서 김시진 장군의 참모에게 입도 뻥긋 못 하고 있었다.

김시진 장군은 연관이 될 만한 곳은 모두 손길을 보내고 있었다.

독립군들과 여인들은 낮이고 밤이고 먹을 것을 구하기에 혈안이 되어 있었다. 먹을 것이 되는 것이면 무엇이든 가리지 않았고 먹을 것이 있는 곳이면 그곳이 설령 저승이라 해도 독립군들은 뛰어들고 있었다. 독립군들은 변장해가면서 모든 수단과 방법을 총동원하고 있었다. 스님으로 변장하고 길을 나서고 있었고 길을 나선 독립군은 돌아오지 않고 있었다, 청산리를 떠나는 독립군은 수가 늘어가고 있었다. 청산리는 칼바람 잘 날이 없고, 독립군들은 애처로워하는 여인들을 보고 있을 수가 없어서 어둠을 틈타고 있었다.

"지금 연해주의 조선 사람들은 사할린이나 우즈베키스탄이나 카자흐스탄으로 이주시키고 있답니다."

상황실에서는 김시진 장군과 참모들이 늦은 시간에 이야기를 나누고 있었다.

"시베리아 광산지대로 보내고 있다고 합니다."

김시진 장군은 참모들과 정찰대장 박현무가 하는 말을 듣고 있었다. 박현무는 연해주에서 태어났고, 홍범도 장군과 20년 전에 봉오동 전투에 참전했던 독립군이다. 그런 박현무 정찰대장은 연해주는 물론 만주 지리에 밝아 김시진 장군이 수없이 밀사로 급파하는 참모 중의 한 사람이다.

　상황실은 어둠이 꽉 찬 채 움직일 줄 모르고 있었다. 포 소리 멎은 지 한 달이 다 되고 있는 지금 독립군들은 추위와 굶주림에 시달리면서 바랄 만한 곳 한 곳 없이 서로 눈치만 보고 있었다. 대승의 기쁨과 감격은 흔적도 없이 사라졌고, 시간이 흐를수록 독립군들에게 오고 있는 것은 역경들이기만 해서 괴로움이 떠나지 않고 있었다. 독립군들은 병영을 떠날 생각들을 하고 있었고, 떠날 수밖에 없어서 모두 눈물을 흘리고 있었다. 근식대장은 대원들과 백두산은 물론 두만강을 수없이 넘어가며 식량을 구하러 다니고 있었다.

　김시진 장군은 독립군들이 굶주리고 있는 것을 더 이상 보고만 있을 수 없어서 이제 보낼 수밖에 없다는 결정을 내리고 있었다. 전투는 이제 더 이상 할 수 없다. 독립군이 없어서는 안 된다는 것을 잘 알고 있는 김시진 장군은 통탄에 통탄하면서 해체를 결정짓고 있었다.

　김시진 장군은 대한독립단에서도 지원할 수 없다는 소식을 끝으로 받았다.

　시국은 독립군에 패망한 일본군 지휘관들은 본국으로 송환되거나 강등되어 중국 정벌에 투입되고 있었다. 그리고 팽창하고 있는 러시아의 공산 신군부는 유럽은 물론 아시아 약소국을 잠식 침공하게 되면서 일본은 위험을 무릅쓰고 동남아 특히 중국에서 공산 신군부와 맞서 발악하고 있었다.

　만주는 어느 곳을 막론하고 아수라장이 되고 있었다.

"화전민들이 굶고 있어서 평안도까지 가서 구한 감자를 나누어 주었다 합니다. 박근식 대장이."

김시진 장군은 참모들이 하는 이야기를 들으며 침묵에 모든 것을 잊고 있었다. 김시진 장군은 박현무 정찰대장이 오기를 기다리며 팔로군의 소식을 기다리고 있었다. 창남이와 만식 그리고 근식 대장은 오랜만에 마주 앉았다.

"죽든 살든 고향으로 가지요. 평안도에 갔었잖아요."

만식이는 근식 대장의 눈치를 보고 있었다. 만식이 뿐만 아니라 모두 근식 대장의 얼굴을 보고 있었다. 그동안 아오지 탄광에서 만주 야전부대 열차 포 부대에서 그랬듯이 동료들은 근식 대장의 얼굴을 보고 있었다. 근식 대장은 담배를 말아 입에 물었다. 평안도에 갔을 때 얻은 담배이기에 아끼던 담배를 불가불 말아 피워 물고 있었다. 그리고 아오지를 떠올리고 있었다. 만식이 말마따나 평안도 함경도인들 못 갈 리 없지만 갈 수 있는 경위가 다른 이상 누구도 대답할 수가 없다. 근식 대장은 담배를 깊이 빨아가며 창남에게 눈길을 보내고 있었다.

"식량도 식량이지만 모두 이곳을 떠날 거잖아요. 우리는 우리끼리 떠나요."

만식이는 말하고 나서 눈치를 보고 있었다. 근식 대장은 만식이의 말에 일본군이 패망이 후 북간도에서 조선 백성에게 어떤 행동을 하고 있다는 것을 잊은 적이 없다. 그리고 만주보다는 상대적으로 경비가 수월하리라고 믿고 있었던 조선으로도 가보았다. 그리고 생각한 대로 만주보다는 조선 국경이 수월한 것도 알았다. 하지만 식량 구입에 의한 단순한 행동일 뿐 귀향은 생각할 수조차 없는 일이다. 근식은 할 말이 없었고 현 실정에서 말 할 일이 아니다. 근식은 동료들을 보면서 때를 끓이지 못하는 현실과 굶을 수밖에 없는 처지를 더 이상 외면할 수 없다고 보고 상황실로 눈을 돌렸다. 그리고 북간도를 떠날 생각을 굳히고 있었다.

북간도는 물론 만주 더 넓게는 중국 전체가 일본군으로 해서 생지옥이 나 다름없다. 일본은 중국을 식민국으로 만들기 위해 온갖 만행을 저지르고 있는데다가 천적 적대국인 러시아가 만주를 침 흘리고 있어서 바싹 긴 장하고 있는 상태다. 그로 인해 양민들은 짐승 이하의 생활과 목숨 부지 에 쥐구멍 생활에 찌들고 있었다.

　근식은 더 이상 청산리에 남아 있는 것은 김시진 장군에게 누가 된다는 생각에 떠날 준비와 기회를 보고 있었다. 독립군들은 먹을 것을 찾아 나 서는 구실로 서러운 작별을 가슴에 묻으며 슬그머니 떠나고들 있다. 근식 도 그렇게 떠날 생각을 수없이 했다. 그러면서 근식은 제2 수색정찰대원들 과 많은 시간을 함께하고 있었다. 그리고 참모들과 또는 김시진 장군과 조 금이라도 더 시간을 함께하고 싶어서 몸 둘 곳을 몰라 하고 있었다. 근식 은 수색 정찰하듯이 중국 양민들을 찾아다니며 옷을 구해 대원들에게 주 고 있었다.

　김시진 장군은 밤이고 낮이고 없이 동지들을 떠나보내고 있었다. 근식 대장은 진로를 결정짓지 못하고 두려워하고 있는 여인들과 함께 떠날 방 법을 생각하고 있었다. 그런 관계로 연해주의 박현무 참모의 근황을 알고 싶어 상황실에 물었다.

　"아시겠지만 러시아 신군부가 연해주는 물론 동유럽 그리고 아시아계 인종은 모조리 러시아 전국에서 찾아내서 일정 지역으로 추방하거나 국 토개발 현장으로 몰아넣고 있지 않소. 그러니 연해주로 간다 해도 박현무 참모의 소식이 끊긴 상태라 운에 맡기는 도리밖에는 방법이 없을 겁니다."

　김시진 장군은 근식 대장에게서 눈길을 떼지 못하고 있었다.

　"박현무 동지는 한자리에 머물고 있지를 않아서 만날 수 없을 거요. 찾을 수도 없을 겁니다. 그리고 박현무 동지가 연해주를 비롯하여 러시아 정국 을 말해줘서 실정을 알 수 있었지만 소식이 끊긴 지금은 연해주에 가시게 되면 근식 대장의 판단으로 부딪쳐가면서 움직일 수밖에 없을 것 같소."

김시진 장군은 근식 대장과 작별의 자리를 준비하고 있었다. 그러면서 근식 대장의 순발력과 인간 됨됨이 그리고 천재적인 위기 대처 능력을 보고 있기에 연해주가 아니라 그 어디에서든 근식 대장은 너끈히 파헤쳐 나갈 수 있을 것이라 믿고 있었다. 김시진 장군은 다시 입을 열었다.

"연해주는 넓습니다. 봉오동 상연 추라는 곳으로 가십시오. 지금은 소식이 끊겨 확인이 안 되고 있으나 박현무 동지의 활동 근거지는 그곳입니다. 그곳에 도착하는 대로 찾으시오. 우리 동지들의 마지막 보류요. 소식이 뜨고 있으나 한곳에 머물지 않고 있다 보니 늦는 모양이오. 남아 있는 조선인들이 있다면 박현무 동지를 만날 방법이 있을 겁니다. 그리고 독립은 반드시 될 것이고 머지않소이다. 멀리 가지 마시고 항상 귀국할 날을 생각하고 준비하시고 있기 바라오."

근식 대장은 핏기 없이 하얀 김시진 장군의 얼굴에서 눈을 떼지 못하고 있었다. 여인들의 흐느끼는 울음소리가 서럽게 들리고 있었다. 불행한 나라에 태어나 기구한 운명으로 살아가고 있는 조선 여인들. 부모가 있고 고향이 있어도 힘없는 자신이 서러워 서글피 울고 있는 여인들은 불안해서 울고 있었다.

김시진 장군은 밤낮으로 독립군들과 작별하고 있었다. 김시진 장군은 조국 고향으로 갈 수 없는 독립군들을 일일이 손을 잡아주면서 꼭 살아서 조국으로 돌아가고 조국에서 만날 것을 신신당부하며 눈물을 거두지 못하는 독립군들과 비통한 작별을 하고 있었다. 겨울바람은 모질고 세찼다. 그 속에서 며칠간을 김시진 장군은 독립군 동지들과 작별을 하고 있었다.

근식 대장은 창남이의 의복을 꼼꼼히 만져주며 무슨 말인가 열심히 해주고 있었다. 누구를 막론하고 헤어질 수밖에 없으니 창남이와도 작별의 이야기를 하고 있었다. 근식 대장은 창남이와 많은 이야기를 하고 있었다.

청산리는 허전하게 변해가고 있었다. 울음소리도 이제는 잦아들어 가고 있었고, 20만 대군과 격전을 벌인 흔적도 독립군들이 떠나면서 지워지듯 사라져가고 있었다. 청산리는 고요와 적막만이 흐르고 있었다.

연해주 상연추에서 만나기로 하면서 그동안 근식 대장은 많은 독립군을 앞서서 보내고 있었다. 김시진 장군은 근식 대장과 허전해진 병영 상황실에서 밤새도록 작별의 이야기를 하고 있었다.

"고향으로 돌아들 가서서 부모님을 모셔야 하는 것이 도리지만 우리 실정이 그렇지를 못하니 보내는 마음이 한없이 아프기만 합니다. 훗날 다시 만납시다. 살아서 만나지 못하면 죽어 만납시다."

김시진 장군은 말하고 또 말하고 또 말하고 있었다.

"우리는 안 가면 안 돼요? 모두 우리 함께 그냥 살면 안 돼요?"

소진의 울음소리는 많은 사람의 마음을 아프게 하고 있었다. 병영의 독립군들은 눈물을 참을 수 없어 하고 있었다. 슬픈 마음을 주체하지 못하고 애통해하고 있었다.

22
떠나는 독립군들

김시진 장군은 여인들의 얼굴에서 흐르는 눈물을 보며 그 옛날 러시아 자유시에서 러시아 군인들에게 수천 명의 조선 백성들이 몰살당했던 기억을 떠올리며 그 러시아로 동지들을 다시 보낼 수밖에 없는 처지를 통탄하며 창자가 끊어지는 아픔을 감당하지 못하고 있었다. 나라를 빼앗겨 갈 곳이 없고 승리를 하고서도 애통하게 헤어질 수밖에 없는 동지들이 애처롭기만 해서 김시진 장군의 눈가는 눈물을 흘리고 있는 여인들과 다를 것이 없었다.

눈이 내리고 있었다. 근식 대장과 창남이 만식이를 비롯해 일행들은 김시진 장군과 박에스터 그리고 화전민들의 환송을 받으며 눈 내리는 속으로 가고 있었다. 박에스터와 여인들 그리고 김시진 장군과 손을 흔들고 있는 독립군 동지들, 화전민들을 향해서 손을 흔들고 또 흔들면서 근식 대장 일행들은 내리는 눈 속을 향해서 사라지고 있었다.

근식은 수색 작전 당시 길을 잘 익혀둔 탓에 어둠 속에서도 빠르게 걷고 있었다. 약간의 짐승 털과 약재들을 자루에 넣은 보따리를 허리에 차고 부지런히 걷고 있었다. 근식과 동행하고 있는 사람들은 12명이었다. 남자 일곱 명에 여자가 다섯이었다. 모두 중국 사람들처럼 허름한 장사꾼 차림을 하고 있었다. 만주 일대의 정세를 중국군에게서 상세히 들었기에 근식은 일본군이 있는 곳은 멀리 돌아가면서 장단시 방향을 향하고 있었다. 일본군에 잡히기라도 한다면 어떻게 된다는 것은 불을 보는 것과 같으니 일본군이 없는 곳만을 찾아서 근식은 부지런히 앞서가고 있었다. 화룡을 지나 용정이 가까울 무렵, 근식은 외진 곳에서 마을을 찾고 있었다. 멀리 남쪽으로 높이 솟아 있는 산봉우리를 보면서 근식은 탄식의 소리를 내고 있었다.

"저기가 두만강이오."

근식의 말소리에 일행들은 멀리 몸을 드러내고 있는 봉우리를 바라보고들 있었다. 만식은 창남의 얼굴을 보면서 아오지가 멀지 않다는 것을 무언의 표정으로 짓고 있었다.

"더 걸을 수도 없고 어디 쉴 만한 곳을 찾아봅시다."

근식은 눈 덮인 산비탈들을 보면서 지칠 대로 지쳐 쓰러질 듯 한 여인들을 보고 있었다. 그러면서 조선 사람들이 살고 있을 집을 찾아 사방을 살펴보고 있었다.

"연해주 상현추에서 먼저 간 동지들이 기다릴 겁니다. 아니면 우리처럼 가고 있든지. 잠시 쉽시다."

근식은 눈을 헤집고 낙엽 위에 여인들을 앉게 하면서 첩첩 산봉우리들을 둘러보고 있었다. 그리고 두만강이 흐르고 있을 산봉우리들을 바라보았다. 근식도 남자들 곁으로 가서 앉았다. 그리고 만식이가 보고 있는 하늘을 보면서 담배를 말아 입에 물었다. 한동안 지친 숨소리를 몰아쉬고 있던 여인들이 고개를 들어 크고 작은 산봉우리들이 이어지고 있는 것을 쳐다보고 있었다.

"산 아래 민가가 있을 겁니다. 이곳은 우리 조선 사람들이 사는 곳이니 만나기만 하면 쉴 수 있을 겁니다."

근식은 동료들의 마음을 조금이라도 안심시켜 주고 싶은 마음에 담배 연기를 깊이 빨아가면서 말소리를 내고 있었다. 창남은 만식이가 가리키던 산봉우리에 두 눈을 두고서 광자와 식구를 떠올리고 있었다. 여인들은 그런 창남을 오래도록 쳐다보았다.

"가 봅시다. 민가가 없으면 화전민이 지어 놓은 헛간이라도 찾아봅시다. 허기를 달래고 누울 곳을 찾아봅시다."

근식이가 짐 꾸러미를 어깨에 메면서 몸을 일으키고 있었다. 일행들도 쓰러트리고 있던 몸을 일으키고 있었다. 근식은 짐승도 지나다닌 적이 없을 듯 한 산자락을 앞서서 가고 있었다. 근식은 사람이 살 만한 곳은 못 되지만 화전민이 지어놓은 헛간이라도 찾아보려고 계속해서 두리번거리며 앞서가고 있었다. 그렇지만 바윗덩이들이 겹겹이 쌓여 있는 산이고 보니 손바닥만 한 평지도 없는 데다 설령 있다 해도 농사를 지을 만한 곳이 못 되어서 근식은 부지런히 앞서서 걷고 있었다. 얼마를 헤매고 다녔는지 분간이 안 되고 있을 지음 눈에 민가가 보였다. 근식은 허둥거리며 뒤따르고 있는 동료들을 돌아보고 나서 민가를 향해 줄달음질을 쳤다. 쌓여 있는 눈은 사람이 살고 있지 않다는 것을 말해주고 있었다. 근식은 굳게 닫혀 있는 문 앞에 서서 허둥거리며 따라오고 있는 일행을 바라보았다.

"비었소."

일행들은 근식의 말에 실망을 감출 수는 없었지만 빈집이라도 만나고 보니 기쁘지 않을 수 없었다. 일행들은 빈집을 둘러보며 굳게 잠긴 문을 잡아당겨 보고 있었다.

"화전민이 겨울이라 마을로 내려간 모양이오. 어쨌든 들어가 봅시다."

근식은 나뭇가지를 문틈에 넣고 젖혀보았다.

"못을 박았어. 여기 좀 당기시오."

근식은 곁에 있는 창남에게 말했다. 그러자 모두 문을 당기기 시작했다. 잠시 후 문이 열렸다. 그리고 열린 문 안으로 들어섰다. 그리고 방으로 들어가는 문을 열었다. 방 안은 넓었고, 음식을 할 수 있는 부뚜막이 눈에 들어왔다. 만식은 구석에 있는 통을 들었다. 그리고 밖으로 나갔다.

"불을 지핍시다."

이학봉이 아궁이 옆에 쌓여 있는 장작을 아궁이에 집어넣으며 말했다. 여인들은 일행들이 앉을 수 있도록 앉을 자리를 치우고, 넓게 만들어 놓은 마루를 대충 닦았다. 통을 들고 밖으로 나갔던 만식이가 눈을 가득 담아 들고 들어오고 있었다.

"물이 없어요. 모두 얼어서."

"웃물 없으면 눈이 물이오."

박윤성이 말했다. 그리고 통을 받아 솥에 쏟았다.

"몇 번 더 퍼옵시다."

"예."

만식은 다시 통을 받아들고 밖으로 나갔다. 장작이 타면서 집 안은 온기가 돌기 시작했다. 여인들은 험난한 산을 타고 오느라고 지쳐 있는 몸을 움직이며 부뚜막으로 움직이고 있었다. 그러자 남자들이 마루로 가서 앉았다.

"언니! 언니! 이거 이것 좀 들어봐요."

경희가 정숙이한테 커다란 돌을 가리키며 말했다. 정숙이는 경희가 혼자서 들려고 하는 돌을 같이 들려고 몸을 숙였다.

"아! 아! 그냥 두세요. 돌은 왜 그러세요?"

박윤성이 여자들을 향해서 소리쳤다.

"여기 밑에 뭐가 있는 것 같아요. 치워보려고요."

경희가 윤성이를 보면서 대답했다.

"그래요? 우리가 들게요."

박윤성이 일어나 여자들을 향해서 움직였다. 창남이도 일어나 따라갔고 만식이도 따라갔다.

"어디 봅시다. 뭐가 있었나? 우린 몰랐는데."

박윤성은 창남이와 여자들이 물러난 자리에서 돌들을 들어 옆으로 밀었다. 그리고 돌들 밑에 깔려 있던 나무판자를 들어냈다. 판자 밑으로는 구덩이가 드러나고 있었고, 구덩이 안으로는 크고 작은 자루들과 자루 곁으로는 무와 꽤 많은 양의 감자가 쌓여 있었다.

"세상에…!"

박윤성은 비명에 가까운 소리를 하고 있었다.

여자들은 물론 남자들이 달려와 구덩이를 들여다보았다.

"살았다. 죽으라는 법은 없다더니."

팔복이 감격한 나머지 감탄스러운 말을 흘리고 있었다. 만식이가 구덩이 안으로 내려가고 있었다. 일행들은 뜻밖의 먹을 것을 보자 비명들을 지르고 있었고, 무조건 입 안에 집어넣으려고 서두르고 있었다. 근식은 일행들이 하는 것을 보고만 있었다. 구덩이 속으로 내려간 만식이가 자루들과 무 그리고 감자들을 위로 계속해서 올리고 있었다.

"고만. 고만. 고만 올려. 다 못 먹어. 먹고 또 올려!"

김팔복이 만식이를 향해 소리쳤다. 여자들은 한참 동안 바쁘게 움직였고, 남자들은 바쁜 여자들의 일을 돕고 있었다. 그리고 넓은 마루에 모두 둘러앉아서 잡곡으로 만든 밥과 무로 만든 국을 배부르게 먹고 있었다. 관솔불이 밝히고 있는 집 안에는 여자들이 따뜻한 온돌 위에 누워 잠이 들었고, 남자들은 마루에서 잠이 들었다. 근식은 오래도록 홀로 앉아서 긴 밤을 보내고 있었다.

근식과 일행들은 모두 보따리를 펼치며 손짓 발짓을 해대고 있었다. 일행 모두 중국옷을 입고 있으나 중국말을 할 줄 아는 사람이 없고 보니 중국사람 앞에서 일행들은 손과 발로 말을 대신하여야 했다. 한참 후 중국사람은 일행들의 손짓을 알아차렸는지 고개를 끄떡이고 나서 어디론가 가고 있었다.

"일본 놈들 데리러 가는 거 아녀요?"

김팔복이 사라지고 있는 중국 사람을 보면서 혀를 차고 있었다. 근식은 김팔복의 말이 정곡을 찌르고 있어 사방을 흘어보았다. 그리고 조심스럽게 말소리를 내고 있었다.

"몸을 숨기고 삽시다."

"일본 놈한테 우리를 팔기라도 하면… 어서 숨고 봅시다."

김팔복이 다급해지고 있었다. 사방을 둘러보아도 숨을 만한 곳이 없었다. 내린 눈이 두껍게 쌓여 얼어붙어 있는 길옆으로 움막 같은 집 몇 채가 전부이고 가파른 산비탈만 이어지고 있는 속에서 귀신이 아니고서는 기적이 일어난다고 해도 몸을 숨길 방법이 없었다.

"어서들 가세요. 우리 때문에 다 죽을 수 없잖아요."

남선이가 목도리로 푹 싸맨 얼굴을 흔들어대며 남자들에게 멀리 도망가라고 손을 젓고 있었다. 근식이도 두 눈에 불을 켜고 사방을 흘어보고 있었으나 그 어떤 방법이 떠오르지 않고 있었다. 일행들은 발을 구르며 속을 태우고 있었다. 그러면서 막다른 길에 놓인 것만 같아서 차츰 체념하고 걷고 있었다.

"차 소리 나요. 차가 오나 봐요."

뒤에 떨어져 걷고 있던 남선이가 앞을 향해 소리 지르고 있었다. 일행들은 차 소리가 들려오고 있는 곳으로 고개들을 돌렸다. 그리고 모든 것이 끝나고 있는 것만 같은 생각에 어쩔 줄을 모르고 발을 구르고 있었다. 그리고 몸에서 맥이 빠지고 있었다. 그러면서 일본군들이 몰려오고 있는 생각에 정신이 혼미해지고 있었다. 차 소리는 점점 가까워지고 있었고, 일행들은 초조함 속에서 웅크리고 서 있었다. 모든 것을 체념하고 서 있는 일행을 향해서 낡은 트럭 한 대가 벼랑을 돌고 있는 게 일행들 눈에 들어오고 있었다.

"일본군 차 아닙니다."

만식이가 고개를 앞으로 빼고 서서 말했다. 트럭은 끼끽거리며 느리게 움직이며 일행들이 있는 곳을 향해서 다가오고 있었다.

"화물차인데 일본 차 아니에요."

만식이가 근식을 보면서 말했다. 그러면서 트럭을 얻어 타고 싶은 마음에 기웃거리며 근식을 쳐다보고 있었다. 끼끽거리며 느리게 움직이는 트럭은 금방이라도 멈추고 말 것처럼 낡은 소리를 내면서 움직이고 있었다. 일행들은 다가오고 있는 차를 향해서 모두 고개를 빼면서 바라보고 있었다. 김팔복이 한 발짝 앞으로 발걸음을 옮겨놓고 있었다. 그러자 박윤성이 김팔복이 옆으로 섰다.

"차 좀 타자고 합시다. 그런데 뭘 하는 차인지 시커멓고 더럽네."

김팔복이가 말하자 박윤성도 입을 열고 있었다.

"더러운 게 문제요? 태워주느냐가 문제지. 미끄럽고."

뒤에 떨어져 걷고 있던 여자들이 차를 향해서 손을 들었다. 그리고 김팔복도 손을 높이 치켜들고 있었다. 끼끽거리며 오고 있는 트럭은 미끄러지면서 지나치고 있었다. 차는 미끄러지면서 지나치고 있는데 일행들은 미끄러운 눈길을 버둥거리며 트럭 뒤를 따라 뛰고 있었다. 트럭이 멈췄다. 조수석에 타고 있는 중국 여자가 일행을 향해서 소리치고 있었다. 그러나 알아들을 수 있는 사람은 없었고 여자를 향해서 운전석의 중국 남자를 향해서 태워달라는 몸 시늉을 계속해대고 있었다. 중국 여자와 운전하는 중국 남자는 한참 말을 주고받고 나서 트럭 뒤에 타라는 손짓을 했다. 일행들은 여자의 손짓에 따라 정신없이 트럭에 오르고 있었다. 끼끽거리며 트럭은 움직이기 시작했고 트럭이 한참 동안 달려가고 나서 일행들은 이제 일본군이 따라오지 않을 거라는 생각에 긴장이 풀리고 편안해지기까지 하고 있었다. 중국을 벗어나는 길이 사는 길이기에 일행들은 러시아를 향해서 마음은 급해지고 있었다.

겨울바람은 트럭에 타고 있는 일행들을 사정없이 얼음덩이로 만들고 있었다. 여자들은 짐 꾸러미에서 포대기를 꺼내어 남자들에게 주고, 남자들은 포대기를 펼쳐서 덮고 있었다. 그리고 남자들은 여자들을 자신들의 몸으로 덮어주고 있었다.

트럭은 어디로 가는지 계속해서 달려가고 있었다. 끼끽거리며 금방이라도 멈추거나 부서질 것만 같이 덜덜거리며 트럭은 어두워질 때까지 달리기만 했다. 트럭이 멈췄다. 그리고 남자가 트럭을 두드리며 소리쳤다. 포대기를 눌러 덮고 있던 일행은 추위에 뻣뻣하게 굳은 몸을 움직이며 포대기 밖으로 고개를 내밀었다. 중국 남자는 뭐라고 한참 더 말을 했다. 근식은 트럭에서 내렸다. 그리고 중국 남자에게 조선 사람이라는 말을 해주었다. 그러자 중국 사람은 고개를 끄떡이며 미소까지 짓고 나서 여자에게 말하면서 길옆에 불이 켜져 있는 집을 두드리고 있었다. 그러자 안에서 남자가 문틈으로 고개를 내밀었다. 중국 남자는 고개를 내밀고 있는 사람에게 잠시 무슨 말인가 하고 있었다. 고개를 내밀고 있던 남자는 안으로 들어갔고 문은 닫혔다. 그리고 잠시 후 두껍게 옷을 걸쳐 입은 남자가 문을 열고 나왔다.

"당신들 조선 사람들입니까?"

"예."

근식을 비롯해서 일행들은 조선말에 반색하며 대답했다.

"살 것 같습니다. 여기가 어딘지요?"

"아, 나는 조선 사람이오. 여기 이 사람 말이 당신들이 조선 사람들이라며 태워주었답니다. 도망 중인 것만 같아서 태웠답니다. 이 사람은 산속에서 숯을 구워 파는 사람이오. 이제 이 사람은 여기서 숯 굽는 산판으로 가는데 당신들은 뭐 하러 어디 가고 있소?"

남자의 말에 일행들은 중국사람 내외에게 고개를 숙이며 감사 인사를 했다. 몇 번이고 고개를 숙이며 고마워하자 중국 사람은 조선 남자에게 무슨 말인가 남기면서 차에 올랐다. 트럭은 끽끽거리며 움직이기 시작했다.

"이럴 게 아니라 안으로 들어가 봅시다."

조선 남자는 문을 열었고, 일행은 문 안으로 들어갔다. 안으로 들어간 일행은 추위에 굳은 몸을 아무렇게나 짐짝 던지듯이 주저앉았다. 근식은 잠시 주위를 보고 나서 주인인 조선 사람에게 입을 열었다.

"연해주 상현 추라는 곳으로 가고 있습니다, 우리는."

"며칠 전에도 이 길로 지나들 갔소. 닷새 되었소. 당신들처럼 조선 사람들이 한 무더기 갔소. 당신들도 그 사람들과 같은 사람들이라는 것을 한눈에 알았소."

"아, 그러시군요. 고맙습니다. 동포를 뵈오니 살 것 같습니다. 여기가 어디쯤 되는지요?"

근식이가 얼었다가 녹고 있는 손가락을 만지며 물었다.

"선생들이 차 타던 데가 연길에서 좀 떨어진 곳이라고 합디다. 80리가 넘소, 연길이."

근식과 일행들은 주인 남자의 말에 서로 얼굴들을 보면서 입을 다물지 못하고 있었다. 생각보다 멀리 왔다는 것을 알게 되면서 일행들은 놀라고 있었다. 주인 남자는 뜨거운 물을 마시며 몸을 녹이고 있는 일행들을 보면서 다시 말문을 열었다.

"훈춘으로 가서서 차를 타서야 시운데 여기는 국경이 접해서 두만강 가라 왜놈들 경비가 말이 아니오. 잡히면 죽으니까 훈춘으로는 못 가요. 고생해도 산으로 가야 합니다."

근식을 비롯해서 일행들은 주인의 말을 알아듣고 있었다. 주인 남자는 하던 말을 멈추고 일행들을 둘러보았다. 일이십 리도 아니고 일이백 리도 아닌 수백 리를 산길로 가야 한다는 말을 하고 난 자신이 미안한지 주인 남자는 말을 멈추고 일행들을 둘러보기만 하고 있었다.

"산으론 못 가요. 금방 죽어요. 옷을 암만 입어도 금세 얼어 죽어요. 지금처럼 차 얻어 타고 훈춘 쪽으로 가서 거기서 국경을 바로 넘으면 왜놈들 없으니까 죽진 않아요. 지금처럼 차 얻어 타고 가야 해요. 훈춘 쪽으로 왜놈들만 피하면 되니까."

주인 여자가 뒤에 서 있다가 말을 거들고 나섰다. 일행들은 모두 주인 여자를 향해 눈을 돌리고 있었다. 그리고 주인 여자 말대로 그쪽에서 국경을 넘으면 되니까 위험스러워도 그 방법이 좋을 것만 같았다. 일행들은 서로 마주 보다가 모두 근식의 얼굴을 보았다. 그리고 찐 감자를 몇 알씩 먹고 나서 염치 불고하고 그 밤은 그 집에서 신세 지고 먼동이 트면서 그 집에서 나왔다.

길갓집인데 가 국경이 가까워 일본 군인들이 자주 지나고 있다는 말에 일행들은 서둘러 그 집에서 나왔다. 그리고 주인이 일러주는 대로 산길로 접어들었고, 길에서 멀리 떨어지지 않은 산을 타고 가면서 마을에서 멀리 떨어지지 말라는 말대로 일행들은 산속으로 가고 있었다. 그러면서 철길이 나타날 것이라는 주인의 말을 따라 철길이 보일 때까지 눈이 쌓여 있는 산을 넘고 넘으며 훈춘을 향해 가고 있었다. 날이 밝을 무렵 일행들은 주인이 말하던 철길을 넘었고, 길에서 멀리 떨어지지 않으며 산과 계곡들을 넘으며 연해주를 향해서 근식의 일행들은 걷고 또 걸었다.

근식은 일행들이 모두 너무 지쳐 있는 것을 알면서도 움직이지 않으면 당장 얼어 죽고 말 것이기에 잠깐씩 쉬면서 밤이고 낮이고 걷고 걸었다. 그러다가 화전민 움막이라도 만나면 일행들은 하루 정도는 쉬면서 낡고 낡아 희미해진 연해주를 향해 그린 종이를 꺼내 몇 번씩 살펴보면서 길을 재촉하고 있었다.

오늘은 운이 좋아 조선 사람의 집에서 잠을 잘 수 있게 되었다. 하지만 주인이라는 사람은 어려서 연해주에서 살다가 이곳 북간도 국경 산속에서 화전으로 사는 사람이라 조선말이 몹시 서툴기만 했다. 그리고 연해주를 향해서 가고 있는 일행을 이해하지 못하고 있기도 했다. 자기처럼 아무 데서나 살면 될 텐데 왜 연해주로 가려고 하는지 몇 번이고 말리고 있었다. 그럴 때마다 근식은 더듬거리며 언제든지 자기들이 살고 있다는 것을 일본 사람들이 알게 되면 잡혀서 죽게 된다는 말을 반복해서 해주고 있었다.

밤은 길고 몹시 추웠지만 날이 밝을 무렵에는 일행을 강가에 다다르고 있었다. 꽁꽁 언 강줄기를 가운데 두고 국경을 마주보고 있는 곳에 국경 경비 초소의 불빛이 별빛처럼 반짝이고 있었다.

근식은 바쁘게 움직였다. 국경만 넘으면 일본군의 손아귀에서 벗어날 수 있기 때문에 마음이 초조해지고 있었고, 불안하기까지 하여 한시바삐 강을 넘고 싶기만 했다. 그리고 날이 밝기 전에 강을 넘고 싶었다. 근식은 일행들이 몹시 힘들어하는 것을 알면서도 무리하게 험준한 계곡을 타고 넘을 것을 택하고 있었다. 절벽을 타고 오르기도 힘들지만 앙상하고 꽁꽁 언 나뭇가지를 잡아가며 절벽을 내려가기는 자살이나 다름없는 짓이기만 했다. 하지만 이렇게 험준한 곳이 아니고는 일본군의 국경 경비 초소병들이 순찰을 하고 있거나 초소들이 많아 불가피한 선택이 아닐 수 없었다. 구르고 떨어지고 미끄러지면서 일행들은 절벽을 타고 내려가고 있었다.

"조금만, 조금만 더 왼발을 아래로 내려요."

근식은 금방이라도 굴러 떨어질 것만 같이 나뭇가지를 잡고 매달려 있는 남선이를 향해서 조급하게 소리치고 있었다. 남선이를 비롯한 여자들은 모두 아래로 내려왔다. 아래로 내려온 여자들은 뒤엉켜 울고 있었다. 뒤이어 남자들이 다 내려왔고 지체할 겨를 없이 일행은 강을 향해서 움직이고 있었다. 그리고 얼마 후 일행은 강을 넘었다. 강을 건너고 나서 산속으로 들어간 일행은 아무렇게나 쓰러지고 있었다. 눈에 푹 파묻혀 쓰러진 일행은 추위라는 것도 잊었고 지쳤다는 것도 잊었고 얼어 죽으리라는 것도 잊고 별이 총총한 하늘에 두 눈과 몽롱해진 영혼의 나래를 보내며 먼동이 트고 있는 하늘을 보면서 뒤엉켜 흐느끼고 있었다.

"아, 이제 일본은 없다. 일본은 없다."

김팔복이 외치며 감탄인지 탄식이지 모를 소리를 지르고 있었다. 모두 그 소리를 입 밖으로 내고 있었다. 일행은 차츰 생기를 찾으며 서로 쳐다보고 있었다. 그리고 넘어져 있는 몸을 일으키며 별들의 하늘 아래 태양빛이 퍼지면서 밝아오고 있는 하늘을 한없이 바라보고 있었다.

"갑시다."

이학봉이 말했다. 이학봉의 말에 일행들은 피로가 극심하다는 것을 알면서 몸을 추스르며 일으키고 있었다. 그리고 말했다.

"어디 집을 찾아봅시다."

이학봉의 말에 근식은 물론 모두 눈 덮인 연해주를 바라보고들 있었다. 근식은 꽁꽁 언 발을 땅에 딱딱딱 치면서 자리에서 일어나 계곡의 나뭇가지 사이로 스며들고 있는 아침 햇살을 받으면서 움직이기 시작했다. 그리고 사방을 살피면서 앞서서 걷기 시작했다. 계곡을 타고 아래로, 아래에서 다시 위로 일행들은 숲속을 헤치듯 빠져나가듯 가고 있었다. 앙상한 나무들 사이로 움막이 보였다. 일행들은 부지런히 움막을 향해서 걸었다. 움막에 도착하니 화전민의 움막이었다. 낡은 널빤지들이 벽에서 덜렁거리고 있고 벌어져 있는 지붕은 하늘을 한 조각도 가리지 못하고 있으며 쓰러지고 넘어져 있었다. 일행은 다시 걷기 시작했다.

"근방에 집이 있을 겁니다."

근식이 일행들을 향해서 말하고 있었다. 일행은 계곡을 몇 번 넘으면서 다시 눈앞에 집이 나타나고 있는 것을 알았다. 일행은 그 집을 향해서 빠르게 움직이고 있었다. 이미 몸은 쇠진한 상태인지라 달려가고 있는 것은 마음뿐일 뿐 몸은 허우적이고 있었다. 집 앞에 도착하였을 때 일행은 다시 실망하지 않을 수 없었다. 먼저와 같이 어느 한 곳 성한 곳이 없었다. 따스한 물 한 모금이 간절한 일행은 쓰러지고 있었다. 여인들은 뒤엉키고 있었고, 남자들도 성한 지붕이 남아 있지도 않은 집 여기저기에서 쓰러지고 있었다. 창남이도 만식이도 쓰러지고 있었다. 근식은 그런 일행들을 보면서 사방으로 바쁘게 눈을 돌리고 있었다. 며칠째 음식도 거른 데다 잠을 못 잔 상태이기에 몸들을 가눌 수도 없거니와 물조차 먹은 것이 없어서 탈진하고 있었다. 일행들은 인내심의 한계를 잃고 있었다. 만약에 쓰러지게 된다면 일어나기 어려울 듯이 모두 지쳐 있었다.

근식은 다급해지고 있었다. 뜨거운 물이라도 마실 수만 있다면 견디겠지만 그렇지 못한다면 무슨 일이 벌어질 것만 같은 생각에 다급해지고 있었다. 깊은 산중에 갇혀 벗어나지 못하고 있는 일행은 지쳤다는 것보다 더 심각한 용기와 의욕을 잃고 있었다. 근식은 일행들을 잠시 쉴 수 있도록 걸음을 멈췄다. 그리고 쓰러져 있는 동료들을 보면서 자신도 더 이상 견딜 수 없다는 것을 알고 있었다. 근식은 쓰러져 있는 동료들을 보면서 앞이 어디인지도 분간하기 어려우나 발이 움직이는 대로 발을 옮겨놓고 있었다. 그러자 만식이가 뒤따라오고 있었다. 근식은 쉬지 않고 발을 옮기고 있었다. 이쪽저쪽 산을 넘어가며 지금 할 수 있는 것은 의지할 집을 찾

는 것이니 집을 찾아 걷고 또 걷고 있었다. 그래서일까. 하늘이 무심치 않

다는 말이 있어서일까? 꿈을 꾸고 있듯이 집들이 눈에 띄고 있었다.

"집이다, 집!"

근식은 소리 지르고 뒤돌아서 뛰었다. 집이라는 소리에 만식이도 뛰었

다. 그리고 얼마 후 근식과 만식은 일행을 향해 소리치고 있었다.

"집이다, 집!"

"일어나, 모두! 집을 찾았어!"

근식과 만식은 일행을 향해 뛰었고 쓰러진 채 몸을 가누지 못하고 있는

여자들의 몸을 부축하고 있었다. 여인들은 스스로 몸을 일으킬 만한 힘

이 남아 있지 않았다. 하지만 눈앞에 집이 있다는 말에 몸을 움직이고 있

었고, 얼마 후 일행들은 움직이기 시작했다. 몸을 가누지 못하고 있는 여

인들은 남자들이 부축하고 있었다. 그리고 근식을 따라서 조금씩 움직이

고 있었다. 멀리 집들이 일행들의 눈에 들어오고 있었다. 일행들은 앞에

보이고 있는 집을 향해서 움직이고 있었고, 집 앞에서 쓰러지고 있었다.

문을 두드리며 쓰러지고 있었다. 이상한 소리가 문밖에서 나고 있는 것을

알게 된 집 안에서 노인이 문을 열고 있었다. 그리고 할머니도 있었다. 노

인은 쓰러져 있는 사람들을 일으키며 근식과 함께 여인들을 부축해 안으

로 끌어들이고 있었다.

23
왜 전부 도망들만 와?

"물 좀 주세요."

경희가 말했다. 할머니는 물소리를 듣자 화덕에서 끓고 있는 주전자를 들었다. 그리고 그릇에 물을 따라서 경희에게 주었다. 여인들은 돌아가면서 물을 마시고 있었다. 할아버지는 화덕에 불을 지피고 있었고, 할머니는 여인들의 손과 다리를 만져주며 꽁꽁 언 여인들에게 이불을 가져다가 덮어주었다. 그리고 얼마 후 일행들은 뜨거운 물을 마시고 있었다. 할머니는 솥에 무 말린 것과 수수와 조를 넣고 죽을 쑤기 시작했다. 여인들이 뜨거운 물을 마시며 쓰러진 몸들을 일으키고 있었다. 그리고 할머니를 돕고 있었다.

"그냥들 있어."

할머니와 할아버지는 상에 반찬을 놓으면서 손을 저으며 말리고 있었다. 남자들은 상 앞에 둘러앉고 있었다. 그리고 남자들은 앞에 놓인 그릇에서 죽을 떠 입에 넣기 시작했다.

문이 열리더니 할아버지들과 할머니가 들어오고 있었다. 이웃 사람들인 할아버지와 할머니들이 근식이 일행들이 온 것을 알고 궁금한 얼굴을 하고 들어들 오고 있었다. 그러나 근식은 물론 일행들은 수수죽을 무 반찬에 허겁지겁 먹어대고 있었다. 잠시 후 솥은 바닥이 났고, 먹은 것이 시원치 않아 우물거리며 상 앞에 앉아 머뭇거리고 있자 할아버지 할머니들이 집으로 가서 먹을 만한 것들을 들고 왔다. 일행들은 노인들이 내미는 것은 무엇이든 받아먹으며 감기는 눈을 억제하지 못하고 쓰러지면서 모두가 잠들었다.

뒤엉켜 잠들어 있는 일행들을 노인들은 이것저것 덮을 이불들을 끌어다가 덮어주고 있었다. 날이 밝고 밝은 날이 어두워지도록 일행들은 일어나지 못하고 있었다. 여인들은 언 몸이 녹으며 쑤셔오는 통증에 비명들을 지르고 있었고 남자들 또한 통증을 견디지 못해 괴성을 참지 못하고 있었다. 일행들은 몸이 찢어지고 터지는 통증에 이틀간을 사경에 헤매고 있었다. 노인들은 그런 일행들이 무사히 자리에서 일어날 것을 간절히 바라면서 화덕에 불을 활활 태우며 집 안을 덥게 하고 있었다. 그동안 삶과 죽음을 넘나들며 음식은 물론이고 물 한 모금 제대로 마시지 못하면서 쫓기기만 하다가 집 같은 집에서 잠들어서 그런지 일행들은 깨어나지를 못하고 있었다. 집 안에는 희미한 등불이 켜졌고 그 불빛 속에서 노인들은 함께 앉아서 일행들이 쓰러져 일어나지 못하는 것을 안쓰러워하면서 온종일 걱정하며 일행들이 일어나기를 기다리고 있었다.

한 사람 두 사람 눈을 뜨기 시작했다. 눈을 뜬 사람들은 노인들이 극진히 자신들을 돌보아 주고 있었다는 것을 알고 몸 둘 바를 모르고 있었다. 일행들이 하나둘 일어나며 정신을 차리자 노인들은 상위에 찐 감자와 뭇국 김치를 올려놓고 죽을 퍼다가 올려놓았다. 일행들은 눈을 뜨면서 구수한 음식 냄새가 진동하자 염치없이 음식을 먹어대고 있었다. 할머니들은 여인들에게 새댁이라고 부르며 이것저것 살펴주고 있었다. 할머니들은 남자들에게는 서방이라고 부르고 있었다.

일행들은 한참 동안 경황없이 주린 배를 채웠다. 음식이야 죽이지만 주린 배를 채우기에는 부족함이 없었다. 다시 허기를 채우고 난 일행들은 생각나는 것들을 기억나는 대로 두런거리기 시작했다. 초롱불 심지를 한껏 올리고 밝히고 있는 집 안은 화기가 돌기 시작하고 화덕의 군불은 방 안을 따듯하게 만들고 있었다.

"너무 염치가 없어서 어르신들 뵙기가 민망합니다. 여기가 연해주가 맞는지요?"

"맞아."

근식은 연해주가 맞는다는 주인 할아버지 말에 가슴이 울컥하고 있었다. 주인 할아버지는 이제 정신들이 돌아오고 있는 일행들한테서 눈을 떼지 못하고 있었다.

"젊은 사람들은 없나 봐요."

정숙이가 화덕 옆에 앉아서 일행들을 보고 있는 할머니들을 향해서 묻고 있었다.

"여긴 우리 노인들만 있어요. 이렇게 세 집. 애들은 모두 떠나갔어."

"떠나갔다고 하면 아나? 끌려갔다고 해야지. 로스케가 끌어갔어. 이주라나? 간 데서 집 장만하면 데리러 올 거야."

일행들은 할머니들의 말을 들으며 옆에 앉아 있는 할아버지들을 둘러보고 있었다.

"집이들도 왜놈들과 싸웠소?"

말참견하던 할머니가 정숙이를 보며 물었다.

"예! 그래서 일본 사람들이 해코지해서 피해 왔어요."

"픽 왔어. 집이들처럼 젊은 사람들. 독립군이라고 해가면서."

"그 사람들 어디 있어요?"

정숙이가 반색하며 할머니에게 물었다. 그러자 옆에 할머니가 말했다.

"그 사람들 모두 나라에서 우리 애들 보낸 데로 보냈어. 오자마자."

"예…."

정숙이의 대답 소리는 가라앉고 있었다. 그리고 편안하던 마음이 다시 어눌해지고 있었다. 일행들 모두 마음들이 가라앉고 있었다. 한순간이나마 고향에 온 것같이 마음이 아늑했는데 모두 끌려갔다는 말에 마음들이 캄캄해지고 있었다.

"혹시 근방에 기차역이나 큰길 있어요? 여기가 어딘가 알고 싶어서요."

근식이가 주인 할아버지를 향해서 물었다. 어두워진 마음은 초조하게 만들고 있었고 긴장되고 있었다. 그러면서 근식은 곁에 앉아 있는 창남을 쳐다보면서 다시 묻고 있었다.

"여기서 두만강 가려면…. 나진요."

"나진? 함경도 나진?"

"예."

근식의 말에 노인들은 서로 쳐다보고 있었다. 그리고 표정들이 뿌루퉁 해지고 있었다. 함경도 나진을 연해주에 와서 묻고 있으니 그것도 북간도 에서 연해주로 와서 묻고 있으니 잘못되어도 한참 잘못되었다는 표정들을 하고 있었다. 그러나 근식은 노인들의 표정에는 관심이 없었다. 만약에 일이 잘못되기라도 하여 창남이가 러시아 신군부에 납치라도 된다면 큰일이 아닐 수 없기 때문이다. 근식은 노인들에게 다시 묻고 있었다.

"나진 경흥에 우리 이 동지 가족이 있어서 그럽니다. 고향은 충남 홍성 인데 아오지에 있을 때 만삭인 가족을 오라고 하고 나서 만주로 끌려가게 되는 바람에 지금 가족이 아오지에 있습니다. 이 동지 가족이 궁금해서 그럽니다."

"음, 저런. 만삭 아내를 아오지 객지에 두었으니 저를 어째."

"뭘 어째. 여기서 가면 이틀이면 가. 장정이 가면."

할머니들이 이야기를 주고받고 있는 속에 옆집 노인이 입을 열고 있었다.

"그게 젤 나아. 오셨던 데로 가면 강이 나와. 그 강을 타고 남으로 죽 내려가면 두만강과 만나. 거기가 경흥이야."

노인이 말하자 둘러앉아 있는 노인들이 고개를 끄떡이고들 있었다. 근식은 노인의 이야기를 들으며 창남이의 얼굴에 두 눈의 초점을 맞추고 있었다. 그러면서 근식은 이곳은 깊은 산중의 화전민이나 다름없는 곳이라 외지인의 발길이 쉽게 닿을 곳이 못 될 곳으로 급하게 무슨 일이 벌어질 것이라는 생각은 들지 않고 있었다. 근식은 노인들의 눈치를 살피면서 곁에 앉아 있는 창남이의 어깨에 손을 얹었다. 그리고 속으로 창남이의 마음을 안심시키고 있었다.

"여기는 상몽구라고 그려. 그리고 여기서 20리 조금 가면 바라바쉬라는 역이 있어. 거기서 죄다 실어가."

옆집 노인은 말해놓고 근식이 얼굴을 살피고 있었다.

"네, 그럼 우리가 멀리 왔군요."

"음, 나진 가려면 철길 따라서 산으로 가야 해. 잘못하면 로스케한테 잡혀. 또 북간도로 들어가면 왜놈들 있고. 그러니까 강 따라서 산으로 쭉 내려가서 로스케 끝이 나오면 거기가 나진하고 맞닿은 곳이여."

"예, 어르신이 자세히 알고 계시군요."

"그걸 왜 몰라."

근식은 노인의 대답을 듣고 나서 창남이 얼굴을 보았다. 그리고 하루면 국경에 갈 수 있는 거리이고 보니 마음이 가벼워지고 있었다. 그러나 나진이 문제가 아니지 않는 가. 근식의 마음은 어둠에서 벗어나지를 못하고 있었다. 그렇지만 창남은 달랐다. 나진까지 하루정도 걸리는 거리라는 말에 마음이 좋아지고 있었다. 그리고 눈앞에 나진이 있는 것만 같았고 식구들이 눈앞에 있는 것 같기만 했다. 창남의 얼굴은 변하고 있었고 그런 창남을 이해하며 근식은 얼굴에 가벼운 미소를 덮고 있었다. 창남이가 자리에서 일어나고 있었다. 그러자 근식이가 창남에게 눈빛으로 묻고 있었다.

"밖에서 나무 좀 가져오려고 그럽니다."

창남의 말에 만식이가 일어나고 있었다. 그리고 둘은 밖으로 나갔다.

"갈산 동지가 살 것 같은가 봅니다."

"내가 살 것 같은데 당사자야 어련하겠소."

김팔복과 최윤겸이 말하면서 말끝에 여운을 남기고 있었다. 국경을 무사히 넘는 것도 그렇고 가족이 아직 있기나 할는지 알 수 없는 데다 가족이 있어 만나고 나면 왜놈들이 어떻게 나올지 그게 걱정이 되고 있기 때문이다. 근식이도 자리에서 일어나 밖으로 나갔고 다른 일행들도 밖으로 나갔다. 그리고 담배들을 피워 물고 힘차게 빨고 있었다.

"상현 추라는 곳이 어딘지 알아보시지 그래요."

최윤겸이 길게 연기를 내뿜고 있는 근식을 향해서 말했다. 그러자 근식이가 이제야 생각이 난 얼굴을 하고 최윤겸을 바라봤다.

"깜박했소."

일행들은 창남이와 만식이가 나무를 안고 오는 것을 보고 문 앞으로 움직이고 있었다.

"우리가 나무 좀 해 놓고 가야 하려나 봅니다. 나무가 없어요."

만식이가 문고리를 잡고 있는 김팔복을 향해서 말했다.

"그럽시다. 이 사람들이 가서 하면 한참 땔 거요."

창남이와 만식이가 나무를 안고 안으로 들어가자 일행은 모두 뒤따라 들어갔다. 안에서는 주인 할머니와 경희 그리고 남선이가 할머니와 뒷방에서 바구니를 들고 나오고 있었다. 바구니에는 감자와 옥수수가 들어 있었다. 할머니는 자루에 들어 있는 콩을 그릇에 쏟았다. 나머지 여자들은 물을 퍼다 솥에 붓고 아궁이에 불을 지피기 시작했다. 근식은 여인들이 모두 함께 음식을 만드는 부산한 모습을 보면서 노인들 곁으로 가깝게 가서 앉았다. 김팔복과 만식이는 다시 밖으로 나갔고, 창남은 아궁이에 불을 지피며 여인들의 잔심부름을 하고 있었다. 근식은 곰방대를 빨고 있는 주인 영감 곁으로 다가가 앉고 나서 입을 열었다.

"상현 추라고 있는지요?"

근식은 말해 놓고 주인 영감의 얼굴을 살피고 있었다.

"상현추? 있어."

근식은 상현추가 있다는 말에 가슴이 시원하게 터지고 있었다.

"상현추는 왜? 거긴 왜? 이쪽으로 조금 가야 해. 밑으로. 남으로 저 사람 나진으로 갈 거잖아. 가다가 있어."

근식은 기쁨이 솟구치고 있었다. 얼마 떨어지지 않은 곳에 있다는 말에 기쁘지 않을 수가 없었다. 그리고 가슴속에서 모든 희망이 한꺼번에 솟구치고 있었다. 근식은 노인들이 쳐다보고 있고 주인 영감이 묻고 있었기에 대답하고 있었다.

"저희 동지들이 거기로…. 그리고 참령 한 분이 그곳에 계시다고 들었습니다."

"참령? 참령이면 박현무 아녀?"

"예, 그분입니다. 김시진 장군님의 경호대장이시고. 알고 계시군요."

하마터면 근식은 벌떡 일어나 소리를 지를 뻔했다. 박현무 경호 대장을 노인들이 알고 있는 것을 보면서 지금 만나 함께 있는 듯이 기쁘기 한이 없었다. 그러나 근식의 기쁜 얼굴과는 반대로 노인들의 얼굴은 어두워지고 있었다. 근식은 어두워지고 있는 노인들의 얼굴에서 불길한 예감을 느끼고 있었다. 근식은 노인들의 어두운 얼굴을 잠시 살피다가 다시 묻고 있었다.

"박현무 경호대장님이 상현추 분이셔서 우리가 연해주로 해서 탈출하고 있습니다. 무슨 일이라도 있는지요?"

근식은 노인들의 얼굴을 살피면서 묻고 있었다. 그러자 주인 영감이 곰방대를 깊이 빨고 나서 입을 열었다.

"얼마 전에 당했어. 뭐 정찰정국이라나 하는 왜놈들한테. 왜놈들."

근식은 물론 일행들은 모두 기겁을 하며 노인의 얼굴을 쳐다봤다.

"그 사람이 그렇게 죽을 사람이 아닌데 왜놈들이 몰래 숨어들어 있었어."

근식은 하늘이 무너지고 있었고 땅이 꺼지고 있었다. 그리고 김시진 장군이 이런 사실을 모르고 있다는 것이 너무나 비통하기만 했다. 지금 아무도 없다면 땅을 치며 대성통곡이라도 하고 싶은 심정을 억누르고 있었다. 그러면서 일본군이 지금 앞에 있다면 수백만이 아니라 수천만 명이라도 남김없이 처단하고야 말 것같이 가슴이 터지고 있었다. 주인 영감은 이야기를 계속하고 있었다.

"며칠간 수없이 죽었어. 왜놈들이 떼로 다니며 싹 쓸었어. 여자들까지 죽이고 끌고 가고. 애들까지."

근식은 물론 동료들은 차마 들을 수가 없어서 수그리고 있던 머리들을 흔들어대고 있었다. 주인 영감은 잠시 쉬었다가 다시 입을 열었다.

"로스케들이 왜놈들 몰아내고 얼마 되지 않아 집이들이 온 거야. 한 달 됐어."

"그리고 조선 사람들 로스케가 싹 데려갔어."

주인 영감의 말이 끝나자 강 영감이라는 노인이 이야기를 잇고 있었다. 근식은 고개를 꼿꼿이 세우고 노인들을 보고 있었다. 근식은 얼굴이 무섭게 굳어가고 있었다. 더 이상 말을 듣고 싶지 않았고, 더 이상의 말도 하고 싶지 않았다. 노인들도 일행들도 한동안 말들을 하지 않았다.

"여기는 러시아가 지금 통치하고 있어서 여기까지 일본군들이 올 것이라고 생각 못 했습니다."

근식이 한참 동안 마음을 가라앉히고 나서 가라앉은 목소리로 입을 열고 있었다. 그러자 노인들이 입을 열었다.

"지금 상현추에 사람 없을 거야. 싹 쓸어 갔어, 로스케가. 조선 사람들은 모두 내쫓고 조선이나 북간도에서 넘어오는 족족 잡아갔어. 그 일이 있고 나서."

"어딘 아녀… 왜놈들한테 죽고 로스케들한테 죽고 끌려가고."

근식은 노인들의 이야기에 얼마나 참혹한 일들이 일어났었는지 불구덩이 보듯이 보고 있었다. 국경을 넘자마자 동지들이 러시아 국경수비대에 체포되어 사살되거나 어딘지 알 수 없는 곳으로 모두 끌려간 것을 생각하며 근식은 치가 떨리고 있었다. 근식은 더 이상 이야기를 하면서 가슴 터지고 싶지 않았다. 그러나 이야기는 계속될 수밖에 없었고 알게 되면 알게 될수록 처절해질 수밖에 없는 조선의 실정을 통탄하고 있을 수밖에 없었다. 운이 좋은 것인지 아니면 불행해질 것인지 근식은 스스로 운명을 판단하고 있었다. 그러면서 자신들이 국경을 넘을 당시 러시아의 공산 신군부 국경수비대가 자신들을 발견하지 않은 것에 대해서 의문이 가고 있었다. 어쨌든 국경을 넘어 이곳까지 아무 일 없이 무사히 도착하였다는 것이 운이 좋았던 것 같기도 하고, 신비스러운 기분이 들기까지 하고 있었다. 어쩌던 지금 이곳은 상현추에서 한참 떨어진 곳이라니 하늘이 도왔다는 생각이 들고 있었다.

근식은 마음을 진정할 수가 없어서 밖으로 나갔다. 밖으로 나간 근식은 하늘 높이 고개를 들고 소리 없이 가슴을 치고 있었다. 그리고 울분을 주체 못 하고 있었다.

"우리가, 우리가 왜? 왜? 왜 이래야 해? 여기서라도 만나 모여서 여기서라도 살아야 하는 거 아냐? 해도 해도 이건 아냐. 해도 해도 너무하는 거 아냐? 아, 동지들."

근식은 통탄하면서 주먹으로 가슴을 치고 있었다. 그리고 흐르는 눈물을 주먹으로 훔치고. 훔치고 나서 다시 훔치고 있었다. 근식은 말이라도 있다면 죽든지 말든지 일본군이든 로스케 군이든 달려가 한판 붙고 싶기만 했다.

근식은 사무치고 있는 가슴을 어떻게 할 수가 없어서 한 손으로는 가슴을 치고 있었고, 한 손으로는 눈가를 훔치고 있었다. 연해주에서는 어떤 일이 있어도 동지들을 만날 거라고 믿고 있었다. 해방될 때까지 연해주에서 숨어 살려고 했었다. 그런 근식이 지금 계속해서 눈물을 훔치고 있다. 근식은 인기척을 느끼면서 눈가를 다시 훔치고 하늘로 향하고 있는 고개를 움직이지 않고 가만히 서 있었다. 경희는 조금 떨어진 곳에서 근식을 보고 있었다. 근식은 움직이지 않고 있었으며 하늘에서 고개를 돌리지 않고 있었다.

김팔복과 만식이가 나무둥치를 어깨에 메고 나타났다. 김팔복은 근식을 보면서 어깨에 올려져 있는 나무둥치를 팽개치고 있었다. 만식이도 어깨에서 나무를 내려놓고 서 있었다. 근식의 붉은 두 눈과 얼굴이 무엇 때문인지 짐작하고 있는 김팔복과 만식이는 근식이처럼 서 있었다. 하얗게 눈 덮인 연해주는 동이족 단군의 땅이고 심장이고 조선의 땅이다. 러시아가 뭔데 우리 조선 사람을 죽이고 있는 거야? 근식과 팔복이 그리고 만식이는 울분을 삭이지 못하고 있었다.

남자들도 얼굴에 화색이 도는 것을 보고 다른 말은 하지 않기로 했다. 오랜만에 푸짐하게 상이 차려졌고, 여인들은 손으로 김치 가닥을 들고 입 안에 넣고 있었다. 쌀 한 톨 없는 잡곡밥이지만 국 그리고 겨울 김치까지 차려 놓고 먹고 있으니 눈물이 솟고 있었고 눈물이 음식과 함께 배 속으로 흘러들어 가고 있었다.

눈은 그칠 줄 모르고 펑펑 내리고 있었다. 남자들도 여자들도 오랜만에 음식다운 음식을 먹어서 그런지 조는가 싶더니 모두 앉은 자리에서 누워 코까지 골고 있었다. 근식은 주인과 노인들한테 그동안 있었던 일들을 말하기 시작했다. 이제 이곳 사정도 알 수 있고 주인 영감 내외와 노인들을 위해서라도 전투 이야기를 하고 싶었다.

"실은 저희들 독립군입니다. 청산리에서 일본군과…."

근식이는 전투 이야기를 꺼내기 시작했다. 그러자 옆집 노인이 큰아들이 독립전쟁에서 죽었다는 말을 하고 있었다.

"봉오동 전투였는데 나중에 시체를 가져왔어, 독립군들이. 그런데 가슴이 남은 게 하나도 없지 뭐야. 셋째도 독립군이 됐지. 강의진인데, 강의진. 걔도 부상당해서 앓다가 여름에 죽었어."

근식은 노인이 말하는 소리를 듣고 하던 말을 중단했다. 노인의 말을 듣고 나니 온몸이 찬물이 끼얹어지는 듯이 차가워지며 입이 다물어 졌다. 모두의 입이 다물어져 있었다. 근식은 물론 창남이 모두 노인의 얼굴에서 눈을 떼지 못하고 있었다. 나라를 빼앗겼는데, 나라가 없는데, 풍비박산이 나지 않은 백성이 어디 있겠는가. 백성들이 오죽하겠는가. 찬물이 끼얹어진 자리는 한동안 무겁고 어두운 속에서 입을 열지 않고 있었다.

"그때도 여기에 사셨는지요?"

"아니. 우린 원산이 고향인데 일본 놈들한테 쫓겼지. 난 그때 장사를 했는데 일본 것들이 우리 집 일대에 뭔가 짓는다고 모두 철거했어. 얼마간 원산에서 살았어. 그러다가 할 수 없이 이사했지. 함경도로. 함경북도 온성. 그때 큰애 잃었고 아까 물었던 데 있지? 연추. 그리고 갔어. 하연추라고 바닷가."

노인은 이야기를 멈췄다. 더 이상 말을 하지 않으려는지 입을 다물고 조금 떨어진 곳에 앉아 있는 할머니를 보고 있었다. 나라를 잃고 자식들을 잃고 쫓겨 다니며 살려니 오죽하였겠는가. 가슴에 남은 것인들 무엇이 있겠는가. 모두 찢어지고 찢어진 것들마저 녹고 녹아 없어졌을 텐데.

"여식들도 잃었어."

주인 영감이 노인의 이야기를 잇고 있었다. 근식을 비롯해서 모두 눈들이 주인 영감한테 쏠렸다. 주인 영감은 강 노인을 한 번 보고 난 다음 다시 더듬거리는 말투로 말소리를 내고 있었다.

"큰딸은 공장 취직됐다고 일본으로 데려갔는데 소식 없어. 고만고만한 계집애들 모두. 데려간 놈이 조선 놈인데 팔도를 다니며 그놈 그 짓 했어. 왜놈 앞잡이. 그리고 작은딸도 그런 놈들 꼬임에 빠져…."

주인 영감은 말하다 말고 강 영감을 보고 나서 넋 나간 듯이 앉아 있는 강 노인의 할머니를 보고 있었다. 자리는 다시 찬물 끼얹어진 듯이 차가워지고 있었다. 근식은 뒤엉켜 세상모르고 잠들어 있는 여인들을 잠시 바라봤다. 청산리에서 여기까지 모진 고생을 하며 따라와 준 여인들을 잠시 보면서 여인들의 부모들도 모두 지금 강 노인처럼 저러고 있을 거로 생각하며 숨을 힘겹게 내쉬고 있었다.

"저 노인 자식들도 그려."

주인 영감은 곁에서 눈만 깜박이며 앉아 있던 노인을 향해 고개를 돌리고 나서 말하고 있었다.

"저 영감은 동생도 죽었어. 봉오동 전투 말고 청산리에서. 청산리에서 죽은 게 아니고 거기서는 이겼어. 안 죽었어. 저기서 죽었어. 평화시라는 데서. 로스케들한테. 동생도, 자식도, 큰아들, 모두."

근식은 하마터면 벌떡 일어날 뻔했다. 자리에서 벌떡 일어나려는 자신을 순간 정신을 가다듬고 진정하고 있었다. 아니 옆에 있던 동료들도 모두 움찔하던 것을 보면 모두 자신처럼 한순간 정신을 잃었었는지도 모른다. 숨이 거칠어지고 있었다. 동료들 모두 숨소리가 거칠어지고 있었다.

"그때 퍽 죽었어. 로스케들한테 몰살당했어. 7,000명이라 했는데 아냐. 10,000명도 넘어. 연해주는 물론이고 북간도에 조선 사람 볼 수가 없었어. 다 죽어서."

주인 영감은 곰방대에 담배를 꾹꾹 누르고 있었다. 그런 주인 영감을 일행들은 움직이지 않고 보고 있었다. 그리고 친구들은 허탈한 낯빛이 검은 칠을 한 듯이 어두워지고 있었다. 주인 영감은 꾹꾹 누르던 곰방대에 불을 붙이며 힘주어 연기를 빨아 쉬고 있었다. 그런 주인 영감을 둘러앉아 있는 사람들은 움직이려 들지 않고 보고 있었다. 주인 경감은 몇 번 더 연기를 빨아 쉬고 난 후 눈빛을 흐리고 바닥으로 향한 채 다시 입을 열었다.

"나는 독자 잃었어."

근식을 비롯해서 일행들은 모두 턱이 앞으로 길게 나오고 가슴이 내려앉듯이 앞으로 내밀어진 채 굳어 앉아 있었다.

"봉오동 전투에서 중대장이었어. 2중대장. 밤에 집에 잠깐 왔다가 가다가 잡혔어. 냄새를 맡고 있었던 모양이야. 두들겨 맞아 죽었어. 며늘애를 오라고 해서 갔는데 온몸의 뼈라는 뼈는 남은 게 없었어. 모두 부러트려서. 시체를 안 줬는데 우리 애는 왜 줬는지 몰라. 그 애 화장해서 단지에 넣고 묻었다가 여기로 올 때 가져와서 다시 앞에 묻었다가 손자 놈들하고 가면서 가져갔어."

더 이상 무슨 이야기를 더 들어야 할지 몰라서 근식은 엉거주춤 몸을 움직이고 있었다. 그러자 강 영감이 입을 열었다.

"왜들 도망만 와? 우리 조선은 일본을 빼앗을 생각은 안 하고 도망만 와."

근식은 덥석 앞으로 쓰러졌다. 그리고 복받치고 있는 것을 참느라고 꿍꿍 소리를 내고 있었다.

"전부 도망만 와."

"잘못했습니다. 용서하십시오."

박윤성이 두 팔을 앞으로 내밀어 짚고 앉아서 말하고 있었다. 모두 박윤성처럼 팔을 내밀고 앉지는 않았지만 고개를 깊이 숙이고 앉아서 움직이지 못하고 있었다.

"아니에요. 이분들 일본 놈들 수없이 죽였어요. 우리 일본 놈들 죽은 거 많이 봤어요."

언제부터 이야기를 듣고 있었는지 정숙이가 강 노인을 향해서 말하고 있었다.

"앞으로 일본 빼앗을 거예요. 저 그런 아들 낳을 거예요. 열도 더 낳을 거예요. 백두 낳을 수 있어요."

근식은 하마터면 눈물이 나올 뻔했다. 힘이 모두 사라졌던 몸에서 힘이 돋아나고 있었다. 노인들도 일행들도 그리고 여인들도 모두 가쁘게 숨을 몰아쉬고 있었다. 서러움과 분노, 원한은 모두 아픔으로 뭉쳐지고 있었고 뭉쳐진 것들은 가슴에서 터지고 있었다. 수도 없이 찢어졌을 가슴으로 평생을 살아온 주인 할아버지, 그리고 노인들. 근식은 너무나 허전한 소용돌이에 빙글빙글 머리가 돌고 있었다. 그리고 보면 지금 근식 일행들이 하고 있는 것이 조국의 배신행위이고 조국을 버리는 행동이고 백성의 도리를 저버리는 행위이기만 해서 고개를 들 수가 없었다. 김시진 장군의 말처럼 국가를 지켜야 하고 국가 건설에 우리가 있어야 하거늘 지금 하고 있는 행동과 생각은 도피가 아니겠는가. 근식은 얼굴색이 내려앉고 있어 검어지고 있었고 가슴속에서 갑자기 피가 엉기고 있었다.

"며늘애가 가면서 그랬어. 자리 정해지면 온다 했어. 데리러."

주인 영감님의 말소리가 팔랑개비 소리처럼 푸르르 거리며 나오고 있었다. 목소리가 입안에서 여러 갈래로 갈라지고 있었다.

"제 서방 유골 단지 가슴에 안고 갔어. 울면서."

"어 허허, 흐 흐 흐흐, 웅 웅웅 웅."

여인들의 울음소리에 귀들이 먹먹해지고 있었다. 여인들은 소리 내어 울기만 하고 있었다. 우는 소리는 한결같이 애처로워 울음을 참고 있는 사람 모두 가슴이 미어지고 있었다.

"며늘애든 손자든 올 거야. 우리 살아 있을 때."

주인 영감의 입에서는 계속해서 갈기갈기 찢어진 음성이 흘러나오고 있었다. 그러면서 며늘애와 손자를 만나지 못할 것 같은 예감에 그리고 말소리에 아쉬움과 섭섭함이 뒤섞여 배어 있었다. 그러나 주인 영감은 고개를 들어 집 안을 훑어보고 있었다. 암울하고 쓸쓸함이 얼굴에 서리며 여기저기 훑어보고 있었다. 근식은 그런 주인 영감의 얼굴에서 눈을 떼지 못하면서 여인들의 울음소리에 자신감과 의지가 흔들리고 있었다. 일본군 앞에 당당했던 자신의 의지가 엷은 종잇조각처럼 가볍게 날리고 있었다.

근식은 힘없이 앉아 있는 창남이의 얼굴에 시선을 보내고 있었다. 연해주까지만 동행할 수 있는 갈산의 이창남을 근식은 한 번이라도 더 봐두려는 듯이 창남의 얼굴에 눈빛을 보내고 있었다. 그리고 근식은 다시 구황의 만식이를 바라봤다. 만식이 또한 창남이와 보낼 것이기에 여인들을 보고 있는 만식이를 보고 있었다. 한참 동안 집안이 조용히 가라앉고 있었다. 여인들의 울음소리가 가라앉았고, 할머니들과 할아버지들도 더 이상 말들을 하지 않고 있었다.

"오면서 국경 경비대를 못 봤습니다. 혹시 경비대를 보셨거나 소문 들으신 것이 있으신지요?"

근식은 강 영감에게 물었다. 강 영감은 물론 노인들은 근식의 물음에 창남을 보내기 위해서 묻는 말이라는 것을 알았다. 강 영감은 진지해진 얼굴로 말했다.

"내가 국경 경비대는 못 봤어. 그렇지만 말은 들었어. 로스케들은 드문 모양이야. 신작로 국경만 지키고 국경 따라서 순찰을 하고 그런데. 가끔. 그런데 만주 국경은 왜놈들이 많대. 로스케보다."

"예."

근식은 대답하고 나서 자신들이 국경을 넘을 때 험악한 벼랑으로 넘었기에 국경 경비대는 물론 순찰병도 만나지 않았다는 것을 알 수 있었다. 근식은 창남이가 국경을 넘을 때도 문제가 있을 것 같은 생각이 들지 않고 있었다.

수희가 자리에서 일어나 창남이가 활활 지피고 있는 아궁이를 보면서 맷돌이 놓여 있는 곳으로 갔다. 맷돌 앞으로 간 수희는 맷돌 가에 있는 수수를 갈기 시작했다. 그러자 구윤이가 수희와 맷돌 손 자루를 함께 잡고 돌리기 시작했다. 수수 알은 하얀 가루가 되어 밑으로 떨어지고 있었고, 할머니가 자리에서 일어나 골방 문을 열고 안으로 들어갔다. 그리고 잠시 후 할머니는 작은 자루를 들고 나왔다.

"이거 하고 함께 갈아."

수희가 할머니가 내미는 자루를 받았다. 그리고 자루 안에 들어 있는 옥수수와 함께 갈기 시작했다. 수희는 맷돌을 돌리면서 근식이가 창남이와 헤어질 것을 생각하고 있으며 섭섭한 마음을 달래지 못하고 있다는 것을 알고 있었다. 수희가 말했다.

"혹시 할머니, 술은 구할 수 없으세요?"

"술? 영감이 먹는 거 있어."

할머니 말에 수희는 가슴이 편안해지고 있었다. 옥수수와 수수는 하얀 가루가 되어 맷돌 밑으로 소복이 쌓이고 있었다. 정숙이, 경희, 남선이는 할머니가 내어주는 넓은 배춧잎 김치를 가루에 묻혀 부침판 위에 펼쳐놓으며 부치기 시작했다.

"옥수수 술이야."

강 영감님이 잔을 비우며 말했다. 근식은 돌아가면서 노인들에게 술잔을 올리고 있었다. 나라 잃은 설움 때문일까? 아니면 나라 없이 사는 것이 서러워서일까? 술잔을 받아 들고 있는 노인들 모두가 눈시울이 잔잔해지고 있었다. 근식은 창남이에게 잔을 내밀었다. 창남은 잔을 받아 들고 근식이가 붓고 있는 술잔을 내려다보고 있었다. 그러면서 창남은 헤어져야 하는 술잔이라는 것을 알 수 있기에 받아 들고 가만히 앉아 있었다. 만식이도 술잔을 받아 들었다. 그리고 일행들의 얼굴을 돌아가면서 보았다. 만식이는 고개를 젖히고 술잔을 비웠다.

"술 더 있어?"

주인 영감이 할머니를 향해서 묻고 있었다. 할머니는 대답하지 않고 그릇을 들고 있었다. 자주 있는 일은 아니지만 없었던 일도 아니기에 할머니는 그릇을 들고 움직이고 있었다. 그러자 강 노인의 할머니가 따라나섰다. 근식은 독립운동에 자식을 잃은 노인들을 물끄러미 바라봤다. 고향에서 부모님도 지금 여기 있는 노인들처럼 표정을 잃은 얼굴로 계실 것을 생각하며 노인들을 보던 눈을 아래로 내리고 있었다. 경희, 남선이 그리고 정숙이는 계속해서 부침을 만들어 상 위에 올려놓고 있었다.

"이봐 색시, 나랑 술 가지러 가."

가만히 앉아 있기만 하던 친구 할머니가 주인 할머니와 강 할머니가 오지 않고 있자 수희를 가리키며 말했다. 수희는 목도리로 머리와 얼굴을 싸매고 할머니를 따라 나섰다. 근식은 문밖으로 나가고 있는 수희의 모습을 보면서 열린 문으로 눈발이 날려 들어오고 있는 것을 바라보았다. 근식은 닫히고 있는 문에서 시선을 노인들에게 향했다. 이제 자식들하고 헤어져 외롭게 사는 노인들을 근식은 안타까운 마음으로 바라보면서 창남이와 만식이 그리고 노인들하고 헤어져야 할 생각에 가라앉고 있는 마음을 서글퍼하면서 길게 숨을 내쉬고 있었다. 그러면서 근식은 창남이와 만식이를 여기서 보내는 것이 옳은 일인지 아니면 보내지 말아야 하는 것인지 분간할 수가 없어서 수없이 생각하고 있었다. 러시아의 개혁 바람에 난민으로 추락해 힘없이 추방당하고 있는 조선 사람들이니 만약에 바라바쉬역까지 동행했다가 잘못되기라도 하면 돌이킬 수 없는 수렁으로 빠지게 될 것 같은 생각에 근식은 수없이 생각하고 있었다.

"역에서 사람들을 보낼 때 어떻게 보내고 있는지 혹시 아시는지요?"

근식은 곰방대를 빨고 있는 주인 영감님을 향해서 묻고 있었다. 주인 영감은 근식이 묻는 말에 기다리기라도 하고 있었던 것처럼 반색하며 손을 젓고 있었다.

"아냐. 아냐. 아냐. 역에서는 아무것도 모르고 사람들을 태워 보내기만 해. 사무실에서 다 해. 시청에서. 하여간 혼자는 안 좋아. 가족이 있으면 좋아. 부부."

주인 영감은 말해놓고 여인들과 남자들을 둘러보고 있었다.

근식은 주인 영감의 말에 뭔가를 느끼고 있었다. 근식뿐만이 아니라 모두 근식처럼 가슴으로 파고드는 뭔가를 느끼면서 주인 영감을 쳐다보고 있었다.

"가족이 있으면 기술이 있는 사람은 그리 보내. 공장으로 보내. 그렇지 않으면 저기 어디라나, 하는 곳으로 보낸대. 거기서 땅을 주고 집도 주고 살게 한대. 픽 갔어. 그리로. 우리 자식들 간데."

"그럼 가족이 없는 사람은요?"

"안 가봐서 잘은 모르지만 들리는 얘기는 주로 광산으로 보낸다더라고. 기술이 없으면."

근식은 더 이상 묻지 않고 일이 점점 힘들어지고 있는 느낌에 곁에 앉아 있는 동료들에게 눈길을 보내고 있었다. 집으로 갔던 할머니들이 동행했던 수희, 정숙과 함께 그릇이나 주전자를 들고 들어오고 있었다. 부침개를 하고 있던 경희와 구윤이 그리고 남선이는 남자들의 이야기를 듣고 청산리에서부터 들었던 말들이라 충격이나 부담스런 이야기가 되고 있지는 않았지만 그래도 뭔지 모를 기분이 들고 있었다. 그리고 불 앞에 서 있는 수회와 정숙에게 귓속말을 하고 있었다.

근식은 창남이와 만식이를 곁에 앉게 하고 여인들이 부쳐내는 부침개를 안주로 술을 따라주고 있었다. 그러면서 여인들이 귓속말하고 있는 것을 보면서 김시진 장군이 앞으로 일어날 일들을 내다보면서 동행할 사람들까지 구별하여 보낸 것을 생각하면서 청산리에 남아 있는 동지들을 떠올리고 있었다.

김시진 장군, 박에스터 그리고 울지 않는 날이 없는 소진이와 남아 있던 20여 명의 여인들, 그리고 200여 명의 동지들이 아직 남아 있는 청산리를 근식은 떠올리고 있었다. 그리고 무엇보다도 불행하게 전사한 동지들과 부상으로 인하여 일어나지 못하고 있는 동지들을 떠올리며 근식은 앞에 놓인 잔을 들어 단숨에 마시고 있었다. 뿔뿔이 흩어진 동지들이 근식 자신처럼 모두 목숨 부지하기 위해 방황하고 있을 모습을 떠올리며 눈꺼풀을 움직이지 않고 있었다.

"그럼 청산리에는 이제 남은 사람이 없어?"

"아닙니다. 아직 몇 백 명 남아 있습니다."

강 노인의 말에 김팔복이 대답하면서 근식을 보았다. 근식은 여전히 깊이 내려 감기고 있는 눈꺼풀을 움직이지 않고 있었다. 강노인은 김팔복을 쳐다보면서 수백 명이 남아 있다는 말에 빨고 있던 곰방대를 움직이지 않고 멈추고 있었다. 그리고 머리를 옆으로 젓고 있었다. 조선의 붕괴와 패주하고 있는 동포들의 모습이 가련했기 때문이다. 뿔뿔이 흩어진 조국과 자식들, 희망 없는 조선의 앞날, 나날이 막연해지고 있는 조국을 더 이상 바라볼 것이 없어서, 이제는 뼈조차 묻을 곳이 없는 조국이 안타까워서

실의에 차 있는 노인들을 보고 있는 근식 자신도 노인들처럼 붉어지고 있
는 눈을 감고 있었다.

문이 열리고 수희와 할머니가 들어왔다. 손에는 주전자와 그리고 김치
가 담겨 있는 그릇과 맷돌에 갈아 부침개를 만들 수수쌀이 들려 있었다.
만식이가 벌떡 일어나 수희의 손에 들려져 있는 것을 받았다. 그리고 수수
쌀을 맷돌에 갈기 시작했다. 밖에 나갔다가 들어오고 있는 이학봉이 말소
리를 내고 있었다.

"눈이 잦아져요."

근식은 이학봉이 닫고 있는 문밖으로 고개를 돌렸다. 그리고 잦아들고
있는 눈발을 보았다. 근식은 닫힌 문을 보면서 부지런히 움직이고 있는 여
인들을 보았다. 여인들은 계속해서 음식이 될 만한 것들을 만드느라고 부
지런히 움직이고 있었다. 일본군과 맹렬히 싸웠던 독립군 자신들이었고,
험난한 격전지에서 수없이 쓰러지며 뒷바라지를 하였던 여인들이 지금 함
께 있는 여인들이니 근식은 여인들을 보면서 마음속으로 노인들과 작별하
고 있었다.

여인들은 노인들에게 음식을 나르며 부모님을 대하듯이 대하면서 그동
안 신세 지며 피로를 풀 수 있었던 것을 무엇보다 고마워하고 있었다. 노
인들 또한 음식을 받아먹으며 떠나보낸 자식들 생각에 빠져 가고 있었다.

수북이 눈 쌓인 길을 일행들은 내달리듯이 빠르게 걷고 있었다. 어둠이
거치지 않은 새벽바람을 여인들도 남자들을 따라 내달리고 있었다. 희끄
무레해지고 있는 동녘을 보면서 일행들은 바쁘게 움직이고 있었다. 어디
에서부터 시작했는지 모르게 눈 덮인 연해주의 끝없는 산행 길은 잠시 피
로를 풀었던 몸을 지치게 하고 있었고, 한나절이 되기가 무섭게 몸은 녹
초가 되고 있었다.

"쉽시다."

근식이가 미끄러운 계곡을 오르고 있는 일행들을 보면서 발걸음을 멈추게 하였다. 일행들은 마른나무 가지를 쌓아 놓고 앉았다. 여인들은 추위에도 아랑곳하지 않고 모두 이마에 맺히고 있는 땀을 훔치고 있었다. 근식은 물론 남자들은 담배를 입에 물고 피우고 있었다.

"바라바쉬가 얼마 안 된다고 했는데 머네. 길도 그렇고."

김팔복이 어수선한 목소리로 말소리를 내고 있었다. 그런 김팔복의 말소리에 근식은 소리 없이 대답했다.

'노인들이 화전을 일궈 살고 있지 않소. 피난 생활이니 눈에 띄지 않는 곳에서. 그러니 멀 수밖에'

근식은 가슴 속에서 흐르고 있는 말들을 오랫동안 소리 없이 흘리고 있었다.

"집들이 눈에 띄던데 사람들이 살고 있지 않은 것 같던데."

박윤겸이 밝은 햇살에 이마에 솟아 있는 땀방울을 반짝이며 말하고 있었다.

"모두 어디로 보냈다고 했잖소."

김팔복이 다시 말했다. 근식은 조금 떨어진 곳에 앉아 있는 창남을 바라보았다. 그리고 만식이도 보았다. 그러면서 근식은 노인들이 말하던 대로 조선에 근거지가 있는 사람은 귀향 조치하고 있다는 말을 떠올리며 노인들 말대로 창남이가 가족의 품으로 돌아갈 기회를 생각했다. 그러면서 로스케들도 사람이니 정치나 법보다는 가족으로 돌아가겠다는 사람을 무자비하게 몰아가지는 않을 것이라 생각했다. 노인들과 작별하고 길을 나선 지 한나절이 되었으니 이제 바라바쉬가 남아도 얼마 남지 않았을 것이라 생각하며 창남이와 함께하는 시간도 얼마 남지 않은 것을 생각하며 근식은 눈시울이 붉어졌다.

일행들은 길가에 집들이 있어도 아랑곳하지 않고 달리고 있었다. 사람이 살지 않는 폐가들이 눈에 들어오고 있었다. 일행들은 집이 나타나고 다시 또 집이 나타나는 것을 보면서 바라바쉬가 얼마 남지 않았을 것이라 믿고 달리고 있었다. 그러나 바라바쉬는 눈에 들어오지 않고 있었고, 날이 어두워지고 있었다. 일행은 더욱 속도를 압박했다. 아직 산중인 데다가 인가는 물론 폐가마저 눈에 띄지 않고 있어 귀신에 홀린 사람들처럼 달리고 달리기만 하고 있었다.

"길이 잘못된 게 아니오?"

김팔복이 다시 일행들에게 물어대고 있었다.

"저 산 넘어 봅시다. 길이 나 있으니 잘못된 것 같지는 않소."

근식이 김팔복만이 아니라 일행들의 마음을 안심시키는 뜻에서 앞에 보이는 산을 가리키며 말했다. 험준한 산들이 이어지고 있는 탓에 어둠은 순식간에 내리 깔렸다. 근식은 멈춰 서서 뒤따르고 있는 여인들을 돌아봤다. 여인들은 필사적으로 움직이며 따라오고 있었다. 근식은 고개를 돌려 앞서가고 있는 남자 일행들을 바라보았다. 남자들은 전투장에서 단련된 몸들이라 그런지 삽시간에 눈앞에서 멀어지고 있었다. 근식은 여인들을 기다리고 섰다가 여인들의 뒤에서 걷기 시작했다. 바라바쉬가 이렇게 먼 줄은 짐작을 못 한 데다 노인들에게 자세하게 묻지 않은 것을 근식은 아쉬워하고 있었다. 근식은 여인들의 뒤에서 여인들이 걷는 대로 발걸음을 움직이며 따르고 있었다. 지친 여인들을 생각해서 잠시라도 멈추고 싶었지만 험준한 산속인 데다가 산짐승이라도 만나게 될 것 같아서 잠시도 지체할 겨를이 없었다. 모두 지치고 지친 몸에서는 땀이 흐르고 있었고, 흐르는 땀은 얼어가고 있었다.

지금 형편에 멈출 처지가 못 되고 있었다. 완전히 어두워진 산속은 하얀 눈만이 눈앞에 있었다. 근식은 앞서가고 있는 일행들에게서 눈을 떼지 못하고 있었다. 그리고 누군가가 앞서서 달리기라도 하여 민가의 소식을 알려 주었으면 하는 마음에 연신 앞을 바라보면서 여인들을 걱정하고 있었다.

근식은 전투장에서 긴장의 끈을 놓지 않고 격렬하게 치고 쳐들어가던 순간을 연상하며 인가를 찾을 때까지는 긴장의 끈을 놓을 수 없음을 직시하고 있었다. 얼마나 달렸을까. 험준하던 산이 낮아지면서 멀리 들판이 눈에 들어오고 있었다. 근식은 들판이 보이자 여인들에게 말했다.

"저 앞에서 잠시 쉬겠습니다. 미안합니다. 조금만 힘내세요."

여인들은 대답할 겨를도 없이 앞으로 달리기만 했다. 근식은 이제 사방이 트이자 일행들을 살핀 후 남자들을 향해서 소리치고 있었다.

"어디서 좀 쉽시다."

근식은 말해놓고 여인들을 바라보았다. 여인들은 근식의 말소리를 듣기가 무섭게 그 자리에서 아무렇게나 쓰러지고 있었다. 근식은 쓰러지고 있는 여인들을 보면서 남자들이 걸음을 멈추고 뒤돌아보고 있는 것을 보았다. 인가의 불빛을 찾기 위해서 두 눈을 추켜세우며 사방을 살피고 있었다. 그러면서 근식은 나뒹굴며 쓰러져 있는 여인들을 보면서 결사적으로 버둥거리며 따라오느라고 겨를이 없던 여인들을 내려다보면서 안타까운 마음을 감추지 못하고 있었다. 그리고 앞서가던 남자들이 쓰러져 뒤엉켜 있는 여인들에게 다가오고 있는 것을 보면서 일본군과 수없이 전투를 치른 근식으로서는 힘겨워 쓰러져 있는 여인들을 단숨에 업고 치달리고 싶기만 했다. 그러면서 조국의 아픔에 마음이 젖고 있었다.

근식은 남자들이 여인들 곁에서 머물자 만식이의 손을 잡고 만식의 얼굴을 들여다 보았다. 그리고 앞서서 걷기 시작했고 얼마 후 달리기 시작했다. 얼마를 그렇게 달리고 나자 멀리서 불빛이 아른거리는 것이 눈에 들어왔다. 근식은 발을 멈췄다. 그리고 만식에게 말했다.

"어서 가서 불빛을 보았다고 전해."

근식의 말에 만식은 일행을 향해서 달렸다. 근식은 달리고 있는 만식을 잠시 보고 난 후 불빛을 향해서 달리기 시작했다. 만식은 달렸다. 그리고 일행들을 향해서 손을 저으며 소리쳤다.

"불이요. 불! 불빛. 불빛!"

일행들은 멀어서 말소리는 제대로 듣지 못했으나 만식이 민가를 찾았고, 그래서 달려오고 있다고 믿고 있었다. 여인들은 쓰러진 채 고개를 들어 달려오고 있는 만식을 보았다. 그리고 몸을 일으키고 있었다. 그리고 피로와 땀에 흠뻑 젖은 몸을 던지듯이 눈 속으로 던지고 있었다. 한참 동안 가쁘게 숨을 몰아쉬며 일행들은 달렸다. 왜 그런지 노인들의 집에서 쉬었지만 피로는 쉽게 찾아왔고 몸들은 피로를 견디지 못하고 있었다. 여인들은 앞서서 가고 있는 만식을 보면서 부지런히 움직이고 있었다. 그러면서 근식이 먼저 가서 따뜻한 물을 먹을 수 있는 집을 찾고 있을 것으로 생각하고 있었다. 여인들은 긴 숨소리를 내면서 앞서서 가고 있는 남자들을 보면서 열심히 발을 움직이고 있었다. 불빛이 보이기 시작했다. 남자들은 물론 여인들은 불빛을 향해 가쁜 숨을 몰아쉬며 걷고 있었다. 아득하게 멀리 보이던 불빛은 가까워지고 있었고 불빛이 가까워지면서 그 불빛은 집들이라는 것을 말해주고 있었다. 일행은 근식을 찾기 시작했다. 남자들은 만약을 대비해서 여인들 곁에서 떨어지지 않았으며 근식이 어디선가 나타날 것이라 믿고 있었다.

"추워서 그럽니다."

어둠 속에서 근식의 목소리가 들려오고 있었다. 일행들은 목소리가 들리던 방향으로 움직였다. 그리고 근식이 대하고 있는 사람은 말로만 들었던 로스케가 틀림없었고 그 로스케로 보이는 사람과 어둠 속에서 손짓 발짓을 하고 있었다. 얼굴이 두둑한 로스케의 남자는 근식을 한참 동안 훑

476   조용한 아침의 나라 1

어보고 나서 멀리 웅크리고 있는 일행들을 보고 난 후 안으로 들어오라고 손짓하고 있었다. 근식은 로스케 남자가 안내하는 대로 일행들과 안으로 들어갔다. 얼음 덩어리나 다름없이 얼대로 언 몸들은 움직이는 대로 서걱 소리를 내고 있었다. 로스케 남자는 벽난로 앞으로 일행들을 앉게 했다. 벽난로 앞에서 일행들은 웅크리고 앉았다. 그리고 방문이 열리면서 부인이 나오고 있는 것을 보고 있었다. 부인은 벽난로 앞에 웅크리고 앉아 있는 근식의 일행들을 보면서 김이 솟고 있는 뜨거운 주전자와 그릇들을 식탁에서 가져다가 일행들 앞에 놓고 있었다. 경희는 주인 여자에게 인사를 하고 나서 주전자를 들어 일행들 앞에 놓인 컵과 그릇에 물을 따랐다.

근식은 로스케 부부에게 몇 번이고 허리를 굽혀 인사를 하면서 말을 통할 수 없어 눈빛으로 고마움을 대신하고 있었다. 일행들은 따듯한 물을 마시고 벽난로의 온기에 얼었던 몸을 녹이면서 주인 남자와 부인과 눈만 마주치면 고마운 인사를 수없이 하고 있었다. 로스케 주인 내외는 근식의 일행에게 따듯한 물은 물론이지만 떠먹을 수 있는 음식과 빵을 내놓고 있었다. 근식의 일행들은 음식을 보자 염치 불고하고 입에 넣고 있었다. 일행은 다된 사람들처럼 음식을 먹어대고 있었다. 주인 내외는 벽난로 앞에 쓰러지고 있는 여자들에게 덮을 것을 내어주면서 근식을 보며 빙긋이 미소를 짓고 있었다. 근식과 경희는 주인이 내어놓은 덮을 것을 뒤엉켜 쓰러져 있는 여인들에게 덮어주면서 로스케 주인 내외에 온정에 감사드리고 있었다.

근식이 눈을 떴을 때는 주인 남자가 벽난로에 장작을 넣고 있었다. 근식은 서둘렀다. 그리고 몸을 일으켜 섰다. 그러자 주인 로스케는 밝은 얼굴로 근식을 보면서 따듯한 눈빛을 보내고 있었다. 근식은 주인 남자에게 입을 열었다.

"고맙습니다! 우리는 코리아입니다."

"꼬래? 꼬래? 꼬리아?"

"예! 꼬래. 코리아입니다."

근식의 말에 주인 남자는 반복해 물었고, 입고 있는 옷을 보고 있었다. 근식을 비롯해 일행들이 입고 있는 옷은 모두 중국옷이다. 주인 남자는 아직 일어나지 못하고 있는 일행들의 모습까지 둘러보면서 조선 사람에 대해서 어떤 의미를 갖고 있는 것을 근식은 느끼고 있었다. 또한, 근식은 주인 로스케의 표정에서 앞으로 일어날 일들에 관해서 알 수 없는 감정이 들고 있었다. 주인 로스케는 친절했다. 인간미가 있고 동정심이 있었다. 한밤중에 한두 명도 아니고 십여 명이 넘는 사람들을 기꺼이 받아 주었고 먹을 것을 주었고 재워 주었다. 근식은 주인 남자에게 무한한 고마움과 감사를 진심으로 보내고 있었다. 그러면서 근식은 주인 남자가 부인에게 코리아라는 말을 하는 것을 보면서 부인의 얼굴을 살피고 있었다. 부인의 얼굴은 담담하기만 했다. 아마 중국 사람들이라면 국경을 넘어 돌아가면 되겠지만 조선 사람들이니 앞날이 걱정되고 있는 것만 같았다.

24
나는 김일중이오

근식은 날이 밝고 있는데다가 날이 밝는 대로 스스로 자청하고 있는 길이 어딘지는 모르겠으나 로스케의 신군부 공산 정부가 이민자들을 집단 수용하고 있다는 곳을 찾아가고 있는 길이라 답답한 마음에 좀 더 통할 방법을 생각하고 있었다. 그리고 그 방법이 어떤 것이든 통할 수 있기를 바라고 있었다. 주인 남자는 혼자서 식사를 했다. 식사를 마친 주인 남자는 근식에게 진지한 표정으로 뭔가를 한참 이야기하고 있었다. 그리고 난 후 주인 남자는 밖으로 나갔다. 근식은 설거지를 하는 주인 여자를 보면서 아직 일어나지 못하고 있는 일행들을 보고 있었다. 말은 통하지 못했으나 그의 얼굴은 진실하면서 진지했고 동정적인 표정은 따뜻한 온기를 담고 있었다.

근식은 그런 주인 남자가 고맙기만 했다. 그렇지만 근식은 서두르고 있었다. 무엇보다도 앞으로 닥칠 일들로 인해서 마음은 초조하기만 했고 바라바쉬라는 곳에서 일이 어떻게 되는지 알 수 없어서 마음은 초조하기 그지없었다. 창남이 또한 무사히 아오지로 돌아갈 수 있게 되는지가 몹시 걱정되고 있었다. 문이 열리더니 아이들이 방 안에서 나오고 있었다. 근식은

두 눈이 아이들에게 돌아갔고 주인 여자는 아이들을 보자 아이들에게로
갔다. 그리고 아이들에게 무슨 말인가 하고 있었다. 아이들은 주인 여자의
말에 고개를 끄떡이며 남자아이는 화장실로 향했고, 여자아이는 방으로
다시 들어갔다. 근식은 몸들을 일으키고 있는 일행들을 보면서 주인 여자
를 무안한 얼굴로 바라보았다. 러시아 말이든 조선말이든 단 한마디도 통
할 수 없는 관계로 서먹한 분위기 속에서 주인 여자는 개수대에서 일하고
있었고, 근식을 비롯해서 일행들은 조용히 앉아 있었다. 근식은 자리에서
일어나 엉거주춤하고 있는 일행을 향해서 조심스럽게 입을 열었다.

"주인분이 새벽에 나갔습니다."

근식은 말해놓고 일행들의 얼굴을 보고 있었다. 그리고 떠나자는 표정을
짓고 있었다. 그러자 김팔복이 벽난로 앞으로 움직이며 말했다.

"남자도 없으니 뜨거운 물이나 얻어 마시고 일단 나갑시다."

김팔복은 말해놓고 여인들을 살펴보고 있었다. 여인들도 더 이상 머물
지 말고 가자는 얼굴들을 하고 있었다. 경희가 자리에서 일어나 벽난로 위
에 있는 주전자를 가져왔다. 그리고 그릇을 식탁 위에 올려놓았다. 주인
여자는 일행들이 보고 있거나 물그릇을 놓아주거나 하고 있었다. 그리고
준비한 음식을 내놓기 시작했다. 여인들은 근식의 얼굴을 쳐다보았다. 근
식은 주인 여자가 음식을 준비했고, 주인 남자가 나가며 뭔가 열심히 말하
던 것을 떠올리며 쳐다보고 있는 여인들을 향해서 고개를 끄떡였다. 그러
자 여인들이 자리에서 일어나 주인 여자를 도와 음식을 식탁으로 나르고
있었다. 일행들은 주인 여자가 준비한 수프에 콩과 빵으로 식사를 마쳤다.
근식은 식사와 잠자리 신세 진 것을 말이라도 통하면 어떻게 해 보겠으나
가진 것은 물론이고 무엇보다도 의사소통을 할 수 없어 얼굴이 어둡기만
했다. 그런 근식을 훔쳐보듯 보던 경희가 근식이 앞으로 가서 섰다. 그리
고 낮은 소리로 말소리를 내고 있었다.

"저희가 가진 것이 좀 있습니다. 이곳 나랏돈도 조금 있습니다. 그리고 반지."

경희는 근식의 눈빛을 보고서 하던 말을 멈췄다. 그리고 근식의 얼굴을 조심스럽게 보고 있었다.

"사령관이 주신 것 가지고 있습니다."

경희는 근식의 말에 고개를 조용히 숙이고 자리로 돌아갔다. 근식은 주인 여자의 얼굴을 바라봤다. 어떤 형태로든 답례하여야 하기에 개수대에서 일하고 있는 주인 여자를 바라보고 있었다. 주인 여자가 손을 수건에 훔치며 근식을 향해서 손짓하기 시작했다. 주인 여자는 물기가 덜 마른 손을 쫙 펼쳐 들고 아래로 흔들고 있었다. 근식은 물론 일행들은 그 손짓이 무엇을 말하는지 모두 알고 있었다.

"그만두라고 하는가 봅니다. 그렇지만 주인 남자도 없는데 신세 진 것을 안 갚고 간다면 사람이 아니지요. 이분들 아니었으면 큰일 날 뻔했는데…."

박윤성이 두 손을 계속해서 밑으로 누르고 있는 주인 여자를 보면서 근식에게 말하고 있었다.

"얼마 안 돼도 성의 표시는 해야 합니다."

김팔복이 말했다. 그리고 모두 그렇게 해야 한다는 얼굴들을 하고 있었다. 근식은 허리춤에 손을 넣고 있었다. 그러자 주인 여자는 손을 더욱 내저으며 말하고 있었다. 근식은 허리춤으로 가던 손을 멈췄다. 그리고 주인 여자의 표정을 살폈다. 주인 여자는 아무 염려 말고 앉아 있으라는 손짓을 계속해서 하고 있었다.

"우리 보고 있으라고 하나 봅니다. 잠시 있어 봅시다. 조금 더 쉬었다가 간다고 무슨 안 일어날 일이 일어나겠어요? 가만히 있으라고 저러지 않습니까?"

박윤성이 다시 말했다. 그리고 주인 여자를 향해서 고개를 끄떡였다. 근식은 물론 일행들은 주인 여자의 손짓 따라 있던 자리에서 움직이지 않고 있었다.

"주인 남자가 가면서 우리를 있게 하라고 한 것 같습니다. 주인 여자 눈치를 보면."

정숙이가 근식을 향해 말했다. 근식은 주인 남자를 떠올렸다. 손짓을 하며 몇 번이고 반복하던 말들을 떠올리고 있었다.

"아직 이른 아침이니 신세 진 김에 조금 더 신세 집시다. 잘은 모르지만 우리를 도우려고 하는 것만 같습니다. 떠나도 햇살이 퍼진 다음에 가도록 합시다."

근식은 말하고 나서 창남이가 벽난로에 장작 넣는 것을 바라보았다. 그리고 아껴놓은 담배를 꺼내어 입에 물었다. 근식은 담배 연기를 길게 빨아들이고 있었다. 그러면서 밖에서 들려오고 있는 차 소리에 고개를 돌렸다. 차 소리는 집 앞에서 멈추고 있었다. 근식은 자리에서 벌떡 일어났다. 그리고 주인 여자가 문 앞으로 달려가 문을 여는 것을 보았다. 문이 열린 곳에는 주인 남자와 군인 그리고 조선 남자처럼 생긴 사람이 차에서 내리고 있었다. 일행들은 자리에서 일어났다. 그리고 문 안으로 들어서고 있는 주인 남자와 군인들 그리고 조선 남자처럼 생긴 사람을 보았다.

"안녕하십니까? 여러분. 저는 우수리스크청사에 출입국 담당 김일중입니다. 이분 역시 저와 같은 부서에 근무하고 계신 사바입니다. 그리고 함께 오신 군인들은 정보정찰대 보안대원들입니다."

김일중이라는 조선 남자는 익숙하고 민첩한 모습으로 자신들을 소개하고 있었다. 근식을 비롯해서 일행들은 눈앞에서 일어나고 있는 일에 놀라고 있었고 신경이 곤두서고 있었다. 그리고 알기 힘든 불안에 당황스러워지고 있었다. 김일중이라는 조선 남자는 일행을 살펴보면서 다시 입을 열었다.

"오시면서 낙오된 분은 없으셨습니까? 아프신 분 없으십니까?"

주인 남자 사바를 비롯해서 보안병들 그리고 김일중이라는 조선 남자는 들어와서 선채로 일행을 계속해서 살펴보고 있었다.

"며칠 전에는 20여 명이 동사하였습니다. 여기 계신 사바 부부가 돌보지 않았으면 큰일 날 뻔했습니다. 천만다행입니다. 제가 이 친구에게 감사하다고 말했습니다."

근식은 김일중의 손을 덥석 잡았다. 조선말이 서투르면서 동정 어린 행동은 지옥에서 만나는 천사이기만 했다. 그리고 무엇보다도 출입국 담당 직원이라는 말에 감동이었다. 근식은 김일중을 향해 입을 열었다.

"저희는 독립군입니다."

"알고 있습니다."

김일중은 남자들과 일일이 악수를 나누었다. 그리고 여인들을 보고서는 고개를 숙여 인사했다.

"조선 독립군을 다시 뵙게 돼서 영광스럽습니다. 그동안 불행하게도 동사하신 독립군들 생각에 애통하였는데 오늘 이렇게 독립군을 뵈오니 감회가 무량합니다. 그분들은 눈이 퍼붓는 데다가 늑대들이 출몰하는 바람에 쫓기다가 동사하셨습니다. 정말 반갑습니다. 어서 역으로 갑시다. 역으로 가서 입국 절차를 마치고 진로를 정하셔야 합니다. 가십시다."

김일중은 서둘렀다. 서두르는 김일중은 반가움을 감추지 못하고 있었다. 주인 남자 사바의 얼굴에서도 희색이 떠나지 않고 있었고, 주인 여자의 얼굴에서도 희색이 떠나지 않고 있었다.

"이분들에게 어떻게 답례를 해야 할지 모르겠습니다. 이분들 아니었으면 저희도 죽었습니다. 답례를 어찌하면 되는지요?"

"이분들 그런 것을 원치 않습니다. 오히려 이분들은 자신들로 인해서 무사하신 것을 무척 기뻐하고 있습니다. 어서 가십시다. 사무실에서 할 일이 많습니다. 더욱이 우수리스크에서 이곳 바라바쉬로 파견 나와 근무하고 있는 중이라 서류를 작성하는 대로 우수리스크로 보고해야 합니다."

김일중은 주인 여자에게 일행들의 감사하는 말을 전하고 나서 앞서서 밖으로 나가고 있었다. 근식과 일행들은 주인 여자에게 인사를 하고 나서 보안대원들이 트럭의 포장을 들추고 있는 곳으로 올라타고 있었다. 근식은 일행들이 모두 타고 나서 주인 여자에게 다시 깊은 인사를 한 다음 트럭에 올랐다. 근식이 트럭에 오르고 보안대원들이 트럭에 오르자 트럭은 움직이기 시작했다. 일행들은 트럭이 움직이자 주인 여자를 향해서 모두 손을 들어 흔들며 몇 번이고 고개를 숙여 가며 인사를 했다. 트럭은 눈 덮인 길을 미끄러지면서 달리기 시작했다. 트럭이 달리는 대로 포장은 펄럭였고, 펄럭이는 대로 칼 같은 바람은 삽시간에 일행들을 꽁꽁 얼리고 있었다. 한참을 달린 트럭은 증기기관차 소리가 들리는 곳으로 가고 있었다. 그리고 뒤이어 트럭은 덜컹거리며 멈추었다.

"고생하셨습니다. 어서 사무실로 갑시다."

김일중은 트럭이 멈추면서 뒤로 달려왔다. 그리고 일행들을 향해 소리치고 있었다. 보안대원들이 뛰어내리자 뒤따라서 근식이가 내렸다. 추위에 언 몸들을 어기적거리면서 일행들이 내렸다. 그리고 눈앞에 펼쳐진 광경들에 눈들이 커지고 있었다. 김일중은 일행 앞에 서서 사무실을 향해서 손을 내저으며 걷기 시작했다. 그러나 남자들은 물론 여자들도 높은 건물에 붉은 휘장들이 길게 처져 있는 앞에서 군인들이 행군하고 있는 모습에 정신이 어지러워지고 있었다. 그러자 근식이 일행을 향해서 소리쳤다.

"춥습니다. 어서 들어갑시다."

근식의 말에 일행들이 뒤따르고 있었다. 철길 따라 완전무장한 군인들이 대열 지어 행군하고 있는 것을 보면서 기관차가 내뿜고 있는 수증기를 보면서 바라바쉬 역 안으로 일행들은 김일중의 뒤를 따라 들어가고 있었다. 여자들은 물론 남자들은 군인들의 모습이나 건물들에 쳐져 있는 붉은 휘장과 길옆으로 전신주마다 붉은 깃발들이 걸려있는 것을 보면서 낯선 신기함과 동시에 공포감마저 들고 있는 속에서 부지런히 움직이고 있었다.

커다란 굴뚝에서 흰 연기가 오르고 있는 건물 앞에서 주인 남자 사바와 김일중이 일행을 안으로 안내하고 있었다. 일행들은 손으로 가리키는 대로 움직이며 사무실 안으로 들어갔다. 안으로 들어간 일행들은 책상마다 앉아서 사무 보고 있는 직원들을 두려운 눈으로 보면서 김일중이 안내하는 의자에 모두 앉았다. 일행이 의자에 앉자 김일중이 난로 위에서 끓고 있는 주전자를 들어다가 일행들 앞에 있는 탁자 위에 올려놓았다. 경희는 주전자의 물을 컵에 따르고 있었다. 추위에 지쳐 있는 일행들은 경희가 물을 따르자 돌아가면서 그 따듯한 물을 마셨다. 김일중이 서류철을 들고 일행에게로 왔다. 그리고 의자를 끌어다가 일행들 앞에 놓고 앉으며 말했다.

"그 추위에 이렇게 무사하서서 하늘이 내리신 분들만 같습니다. 뜨거운 물을 드시니까 몸이 좀 풀리는지요?"

"예, 감사합니다."

경희가 김일중의 환한 얼굴을 보면서 일이 잘될 것만 같은 기분에 말을 받고 있었다.

"고맙습니다. 제가 이곳으로 와서 전임자에게 들었습니다. 10여 년 전에 홍범도 장군과 독립군 여러분들을 이주시켜 드렸다고 했습니다. 서류 절차는 같은 서류로 작성하겠습니다. 출입국 서류와 이주 서류 작성만 하시면 되겠습니다. 그런데 서류가 러시아 글로 되어 있어서 독립군들께서는 작성하시기 어렵습니다. 그런 관계로 제가 하나하나 물어서 작성해 나가야 하므로 시간이 좀 걸립니다. 그리고 서류가 다 되면 저희가 준비한 곳에서 출발할 때까지 계시게 됩니다. 지금부터 한 분 한 분 작성해 나가겠습니다. 부인 되시는 분들은 이름하고 나이, 생년월일만 기재합니다. 그럼 시작하겠습니다."

김일중은 말을 마치고 나서 근식에게 먼저 작성하자고 했다. 근식은 서슴없이 김일중과 마주 앉았다. 그리고 경희를 보면서 옆에 와서 앉으라 했다. 경희는 목에 두르고 있던 목도리를 벗어 정숙에게 넘기며 뜨거운 물속으로 들어가듯이 조심하며 발을 움직였고, 환희가 가득히 넘치고 있는 가슴 퉁탕거리며 근식 곁에 살포시 앉았다. 아무것도 보이지 않았고, 다만 김일중이 근식에게 묻고 있는 말소리만 들리고 있었다.

"아시겠지만 지금 러시아는 사회주의 연방 공산국가이므로 국가가 모든 국민의 생활을 지배하고 있습니다. 나라 이름 역시 러시아에서 소비에트 공산연합국으로 바뀌었고."

김일중은 말하다가 근식을 쳐다봤다. 근식은 그런 김일중을 보면서 서류 작성하는 데에 있어서 침해되고 있는 사항이 있을 것을 이해시키려고 하는 것으로 알고 모든 것을 받아들이겠다는 얼굴로 담담하게 앉아 있었다. 김일중은 다시 입을 열었다.

"모든 직업과 직장을 국가에서 담당하고 있습니다. 그러므로 개인이 가지고 있는 기술 역시 나라에서 관여하고 있습니다. 개인의 기술 개인의 재산이 숨김이 없어야 합니다. 독립군이시니 숨기시는 것이 있을 리 없으시겠지만. 서류 작성 절차상 묻지 않을 수 없는 조항이 많이 있습니다. 그리고 다시 말씀드리지만 가지고 계신 개인 기술이 있으시면 말씀하시는 것이 유리합니다. 공산국가에서는 개인의 기술을 적극적으로 권장하고 있고 발휘할 수 있도록 여건을 충분히 반영시키고 있습니다. 기술이 있으면 말씀하시고 현재 부부에게는 주택을 주고 소련연방이 아닌 다른 국가로 이민을 원하면 출국시키고 있습니다. 특별한 사항이기는 하지만. 지금 독신이 몇 분 있는 것 같습니다. 독신이어도 최대한 함께 가실 수 있도록 주선해 보겠습니다. 고국 독립군이신데…"

근식은 김일중을 보고 있는 눈이 반짝이고 있었다. 그 반짝이는 눈을 근식은 창남을 향해 보았다. 그리고 일행들을 보고 난 후 다시 김일중을 향했다. 그리고 물었다.

"독신은 뭐가 다른가요?"

"독신은 출신과 특별한 경우 외에는 집단수용소로 이관되게 되어 있습니다. 특별한 경우는 국가에서 극비로 취급하는 요직과 기술 그리고 혁명자에 한하며 혁명자여도 공로를 인정받은 자에 한하여 특별 대우자가 됩니다. 그런 사람들은 요직으로 발령 나게 됩니다. 그렇지 않은 경우는 집단수용소로 이관되어 공동작업장에 투입됩니다. 농장이라든가 광산 아니면 중요 시설처입니다. 공장 등입니다. 이곳에서 개인 기록부를 작성해서 위탁지로 보내면 위탁지에서 서류에 기록되어 있는 대로 최대한 반영되게 되어 있습니다. 그러므로 서류는 완벽하게 작성되어야 좋습니다."

근식은 김일중을 잠시 보고 난 후 곁에 앉아 있는 경희를 바라봤다. 그리고 나서 창남이와 만식이를 보았다. 근식은 김일중을 향해서 입을 열었다.

"우리 동지 중에 이 동지와 이 동지는 조선으로 가야 합니다. 가족이 함경북도 아오지에 있습니다. 가족한테 가야 합니다."

"아, 그래요? 가족이 있는 곳으로 갈 것을 원하면 그렇게 해 드리겠습니다. 입국자 서류 작성하고 출국자 증명서 서류 작성하면 됩니다. 출국자 증명서 가지고 가시면 됩니다."

근식은 자리에서 일어났다. 그리고 창남을 보았다. 근식은 모든 것이 다 이루어진 듯이 기쁘기 한이 없었다. 근식은 다시 곁에 앉아 있는 경희를 바라보았다.

"고맙습니다. 이제 작성하시도록 하시지요."

근식은 말하고 나서 김일중이 묻는 대로 대답하고 있었다. 서류 작성이 끝나자 경희가 주전자에서 물을 따라 근식에게 넘겨주고 있었다. 근식은 물 잔을 받으며 환하게 피어나고 있는 경희의 얼굴을 쳐다보고 있었다.

"만식아!"

이학봉이 만식이의 어깨에서 손을 떼지 못하고 있었다. 홍성에서부터 이 시간까지 한 번도 떨어지지 않고 살을 비비며 생사를 함께했던 창남이와 만식과 이제 헤어져야 하는 순간이 다가오고 있다 보니 이학봉은 가슴이 뭉클해지고 마음이 안정되지 않고 있었다. 여인들도 아쉬움과 섭섭함에 안절부절못하면서 몸을 가누지 못하고 있었다. 김일중이 서류를 끝내면서 어수선한 얼굴들을 하고 있는 일행들을 쳐다보면서 창남이와 만식이를 향해 입을 열었다.

"두만강 국경 크라스노예셀로, 그러니까 하산가는 열차가 오후 3시에 있습니다. 7시에 있고 내일 아침 4시 40분에 있습니다. 하산에서 내려 두만강을 넘으면 바로 웅진입니다. 여객열차 말고 화물차를 타서도 됩니다. 소련에서는 열차 삯이 없습니다. 하산역에서 두만강역으로 가면 되지만 일본군 국경수비대가…"

김일중은 말해놓고 창남이와 근식을 번갈아 보고 있었다. 그러자 근식이 창남이의 눈치를 살피면서 김일중에게 묻고 있었다.

"소련 출국 증명서를 소지해도 국경수비대에 조사받게 되는지요?"

"예, 자세한 것은 부딪쳐봐야 알겠지만 조선 사람들을 그냥 놔두지 않잖아요. 더군다나 독립군에게 참패당해서 무조건 조사할 것 같습니다. 조사를 받지 않고 쉽게 넘어갈 방법이 없을 것 같습니다. 쉽지 않아 보입니다."

근식은 김일중의 이야기에 고개가 떨어지고 있었다. 고개가 떨어진 근식은 몸 안에 있는 모든 것이 정지하고 있었고, 표현하기 어려운 어둠에 휩싸이고 있었다. 근식은 고개를 들어 창남이와 만식이를 바라봤다. 그리고 두 사람을 어떻게 하면 좋을지 몰라서 쳐다보고 있기만 했다. 가족을 찾아가는 길이 수월하리라고 생각해 본 것은 아니지만 막상 눈앞에서 일이 벌어지고 있는 것을 보면서 근식은 당황하지 않을 수 없었다. 근식은 계속해서 두 사람을 쳐다보았다. 그리고 '함께 갑시다' 하고 말하고 싶은 충동을 억누르고 있었다. 김팔복이 자리에서 일어나 만식의 어깨에 손을 얹으며 서성거리고 있었다. 그리고 말했다.

"우리 여태껏 그렇게 살지 않았어? 두만강이 얼었으니."

만식은 대답하지 않았다. 그렇지만 김팔복의 말대로 두만강을 넘고 눈 덮인 산속을 달리는 상상에 깊이 빠져들어 가고 있었다. 그리고 아오지에 도착하는 상상을 하고 있었고 이어 '제발 일본 좀 망해라' 하는 생각을 하고 있었다.

"서류가 끝났습니다. 이제 결재를 올리겠습니다. 이동하실 때까지 저희가 제공하는 곳에 계시면 됩니다. 잠시 계십시오. 결재 올리고 제가 선생님들을 모시고 숙소로 안내해 드리겠습니다. 그곳에서 식사하시고 두 분도 결정이 나는 대로 말씀하시면 열차승차증과 이동확인서 그리고 출국자 증명서를 준비하겠습니다."

김일중이 작성한 서류를 들고 가는 뒷모습을 일행들은 모두 바라보고 있었다. 그리고 김일중이 붉은 완장을 하고 붉은 테가 커다란 모자를 쓰고 있는 사람에게 서류를 내미는 것을 보고 있었고, 잠시 후 돌아서서 오고 있는 모습을 보고 있었다.

"잘됐습니다. 가십시다. 식사하시고 숙소에서 쉬시면 노고가 풀릴 겁니다."

김일중의 얼굴에 흐르고 있는 미소를 일행들은 보면서 자리에서 일어나 사무실 안에 있는 로스케들을 향해서 인사를 하고 앞서서 걷고 있는 김일중의 뒤를 따라 움직이기 시작했다. 근식은 각별한 신세를 진 주인 남자

를 향해서 허리를 한없이 굽히며 인사를 했다. 그리고 뒤이어 일행들도 마
찬가지로 주인 남자를 향해서 깊은 인사를 했다. 김일중은 털모자와 긴
오버를 입고 철길을 건너며 일행들 앞에서 붉은 벽돌로 지어진 3층짜리
건물을 향해서 걷고 있었다. 창남은 근식이 곁에서 바싹 붙어 걷고 있는
것을 보면서 아오지로 돌아갈 생각을 하고 있었다. 아오지로 돌아가 가족
을 만나 고향으로 돌아가야 한다는 생각을 하고 있었다. 그러면서 자신이
어떻게 될 것이라는 생각은 조금도 하지를 않고 있었다. 오직 아오지로 돌
아갈 생각만 하면서 일행들이 걷는 대로 두 발을 내딛고 있었다. 김일중
이 건물 안으로 들어갔고, 일행들도 건물 안으로 들어갔다. 그리고 김일중
이 붉은 완장을 한 남자와 이야기를 주고받은 다음 일행을 2층으로 안내
하고 있었다. 근식은 계속해서 창남이와 만식이 곁에서 떨어지지 않고 있
었다. 2층에 오르자 김일중은 여인들을 방으로 안내했고, 남자들 또한 여
인들 옆방으로 안내했다.

"식사부터 하시지요. 식사하시고 나서 씻고 계십시오. 사무실 일처리가
되는 대로 오겠습니다. 식사하는 곳이 떨어져 있습니다. 따라오시지요."

일행들은 김일중을 따라나섰다. 김일중은 일행들을 데리고 철로를 건너
고 수증기를 내뿜고 있는 기관차들의 옆을 지나면서 창고 안으로 들어가
고 있었다. 안으로 들어서자 이미 많은 사람이 식사를 하고 있었다. 식사
하고 있는 사람들은 역이나 아니면 관공서에서 일하는 사람들처럼 같은
옷을 입고 있었고, 일행이 들어가자 모두 여자들을 바라보고 있었다. 여
자들은 거칠게 생긴 로스케 사람들이 쳐다보자 삽시간에 으스스한 기분
에 주눅이 들어 김일중이 안내하는 대로 남자들 앞에서 배식대를 향해
움직였다. 그리고 음식을 받아들고 남자들 틈바구니에 끼어 식사가 끝날
때까지 움직이지 않았으며, 여인들은 남편으로 정해진 남자와 나란히 서
거나 뒤에서 움직이고 있었다. 일행은 김일중을 잠시 기다리다가 취사장

을 나와 숙소를 향해 가고 있었다.

"식사 다 하셨군요? 부지런히 서두른다고 서둘렀는데 늦었습니다. 식사는 잘들 하셨지요?"

김일중이 주인 남자 사바와 철길을 가로질러 오면서 소리치고 있었다. 일행들은 발걸음을 멈췄다. 그리고 철길을 가로질러오고 있는 김일중과 주인 남자 사바를 보고 있었다. 김일중과 주인 남자 사바는 일행에게 다가와서 사무 처리가 되고 있는 것을 말하고 있었다.

"하산까지 가시는 분들 열차탑승중서 발급되었습니다. 출국증명서도요. 언제 가실 건가 말씀해 주시면 됩니다. 숙소에 가서서 계십시오. 저희는 사무실에 갔다가 다시 들르겠습니다."

김일중과 주인 남자 사바는 붉은 휘장이 벽을 타고 내걸려 있는 사무실을 향해서 검은 털모자와 짙은 황토색 긴 오버 깃을 철렁이며 가고 있었다. 일행들은 철길을 넘고 있는 두 사람의 뒷모습을 쳐다보고 있다가 굴뚝에서 연기가 오르고 있는 숙소를 향해서 움직이기 시작했다. 근식은 창남이와 만식이 곁에 바싹 다가서서 걸었다. 두껍게 쌓인 눈이 발에 밟혀 길따라 움푹하게 도랑처럼 이어지고 있는 바라바쉬 철길 사이에서 근식은 만식의 손을 다시 잡고 있었다. 하늘은 푸르고 흰 구름은 푸른 하늘을 군데군데 덮고 있으며 어디를 어떻게 가야 할지를 가늠하지 못하고 있는 조선 사람들은 연해주 바라바쉬 역의 철길 사이에 하늘에 흰 구름처럼 떠다니고 있었다.

"아…."

근식의 입에서 절규가 쏟아져 나오고 있었다. 일행은 숙소로 돌아왔다. 그리고 여자들과 남자들은 각자 지정된 방으로 들어갔다.

"누가 우나 봐."

구윤이가 남자들이 들어가 있는 옆방의 벽을 향해서 고개를 돌리고 말했다. 여인들은 구윤이가 보고 있는 벽 가깝게 다가가서 귀를 대고 섰다. 남자의 울음소리는 여인들의 귓속으로 깊이 스며들고 있었다. 경희가 문을 향해서 움직였다. 그리고 문을 열고 나갔고, 다시 남자들의 방문을 두드렸다. 문을 두드려도 아무 소리가 없자 경희는 문을 열고 안으로 들어갔다. 남자들은 모두 흩어져 서 있고 근식이 의자에 앉아 몸을 앞으로 숙이고 흐느끼고 있었다. 울음소리는 처절했고, 근식의 몸과 어깨는 들썩였으며 계속해서 처절한 울음소리가 이어지고 있었다. 전선에서 부하가 전사해도 근식은 그 죽은 부하의 몸을 끌어안고도 이처럼 울지 않았었다. 경숙은 근식의 어깨 곁에 닦아 서 있었다. 정숙이, 남선이, 수희 그리고 구윤이도 모두 숙연하게 서서 대성통곡하고 있는 근식의 울음소리에 눈시울을 닦고 있었다.

다시 일행들은 김일중을 따라서 사무실로 들어갔다. 이주 정착할 곳이 확정되고 나서 김일중은 숙소를 들렀고 사무실로 함께 왔다. 이제 다섯 가족이 정착할 곳으로 가는 열차 이주 특별 수송 승차권과 창남이와 만식이가 타고 갈 열차 탑승 승인서를 받기 위해서 사무실로 향했다. 사무실에서는 주인 남자 사바가 발부된 승차권과 지참할 모든 서류를 발부받아 가지고 있었다. 일행은 김일중이 안내하는 대로 의자에 앉았다. 그리고 주인 남자 사바가 서류를 들고 와서 김일중에게 넘겨주는 것을 일행들은 보고 있었다. 김일중은 탁상을 끌어다가 놓고 일행들 앞에 앉았다. 그리고 서류를 고르면서 입을 열었다.

"정착지에 도착하면 그곳에서 정착금을 받으시게 됩니다. 이것이 정착금 수령 서류입니다. 표시하느라고 위에 붉은 선을 그어놓았습니다. 잊으시면 다시 이곳으로 서류를 부탁해야 하고 두 달 이상 걸리게 됩니다. 그리고 이 서류가 정착하실 우즈베키스탄 정착 서류입니다."

김일중은 다섯 가족의 이주 정착 서류를 근식에게 넘겨주었다. 그런 다음 김일중은 창남이와 만식이를 보았다. 그리고 조심스럽고 머뭇거리며 말소리를 잇고 있었다.

"소비에트연방공화국 국민출국증명서를 만들었습니다."

김일중은 말해놓고 창남이와 만식이를 보고 있었다. 그리고 다음 말을 멈추고 눈치를 보고 있었다. 그러자 일행들이 모두 김일중의 얼굴을 보고 있었다. 김일중은 창남이와 만식이를 잠시 보고 있은 후 다시 입을 열었다.

"나진이 아니라 조선 어디든 가실 수 있습니다. 출국증명서만 가지고 계시면. 하지만 조선총독부 경시청의 국경수비대를 통과하기가 쉽지 않을 것만 같습니다."

김일중은 다시 입을 닫아걸듯이 위아래 입술을 붙이고 있었다. 근식의 입에서 긴 숨소리가 나오고 있었다. 그리고 눈을 껌벅거리고 있는 창남이 얼굴을 보았다.

"하산까지만 가시고 거기서부터는…"

김일중은 창남이와 만식이 서류를 넘겨주며 눈으로 대신 말하고 있었다. 일행들은 승차권을 받아들고 사무실을 나왔다. 그리고 숙소를 향해 가고 있었다. 근식은 이제 창남이와 만식이를 보내려고 작별 준비를 하고 있었다. 불행한 것을 따지면 서로 다를 것이 뭐가 있겠는가 싶지만 자신들은 일본 사람들이 없는 곳으로 가는 것과 창남이와 만식이는 그렇지 않기 때문에 근식의 마음은 무겁기 한이 없었다.

"두만강이 얼어서 도강하기는 수월할 거요. 강 너머 조선에는 일본군 국경수비대가 빈틈없이 깔렸을 것이오. 우선 그 경비를 뚫기가 어려우실 거고 뚫고 가족에게 갔다고 해도 일본군이 어떤 짓을 할지는 불을 보는 거나 다를 바가 없습니다. 특히 조심하시고 만에 하나 조사를 받게 되면 중국 팔로군을 피하느라고 연해주 산속에서 숨어 살았다고 하시고 무서워서 귀국을 못 했다고 하시며 노인들과 살았다고 하는 이야기를 계속해서 하십시오. 그리고 무조건 모른다고 하시오. 어딘지 모르는 곳에서 중국 사람이 숯 굽는 곳에서 일하다가 중국 사람이 연해주로 보내줘서 여태껏 연해주 산속에 있었다는 이야기만 반복하시오. 그래야 삽니다. 만식아 알 아들었지?"

만식은 고개를 끄떡였다. 창남은 가끔 눈을 깜박일 뿐 근식의 간곡한 이야기에도 아무것도 판단이 가고 있지 않은지 덤덤한 얼굴을 하고 있었다. 근식은 창남이와 만식이가 일본군에게 오해될 만한 옷은 물론 보따리를 풀어놓고 살펴보기를 반복하고 있었다. 어쨌든 근식은 창남이와 만식이의 곁에서 손을 놓지 못하고 있었고, 뼛속까지 깊이 기억할 수 있도록 조심할 것을 수없이 반복해서 일러주고 있었다.

"강을 건너면 민가부터 찾으시고 정세를 잘 들어야 합니다."

근식은 말해놓고 만식이 얼굴을 반듯이 쳐다보고 있었다. 그러면서 근식은 수없이 놓은 손을 다시 잡기를 반복하면서 김일중의 이야기를 끝으로 헤어져야 할 시간이 다가와 눈앞에 멈춰 있는 것을 한없이 아쉬워하고 있었다. 근식은 다급하게 창남이와 만식이 손을 잡고 비통하리만치 가슴을 찢는 작별을 하기 시작했다.

25
시베리아의 작별

"이제 우리 갑니다. 우리가 먼저 갑니다. 떠나는 모습을 보고 가고 싶었는데 우리가 먼저 갑니다. 하산 역에서부터 몸을 잘 숨겨가며 두만강을 넘으시오. 강을 넘으면 반드시 민가부터 찾으시고 정세를 들은 다음 아오지로 가시오. 만식아! 알았지? 강 건너면 민가부터 찾아. 알았지? 그리고 이상하면 절대 가면 안 돼. 일본군이 쫙 깔렸을 거야. 국경에 쫙 깔렸을 거야. 조심해, 만식아! 지금은 강이 얼어서 일본 놈들이 강바닥에 나와 있을 수도 있어. 절대 눈에 띄지 마. 눈에 띄면 안 돼. 창남 씨, 동지 형! 꼭 아주머니를 만나시기 바랍니다. 그리고 만식아! 창남 씨와 있다가 고향으로 가거라. 세상에 죽으라는 법은 없다. 자, 악수합시다. 만식아 악수하자."

근식의 애절한 작별의 말과 잡고 있던 창남이와 만식이 손을 놓자 일행들이 계속해서 악수하며 힘껏 부둥켜안고 나서 눈 내리는 바라바쉬 역 승차장으로 가고 있었고 손을 흔들며 열차에 오르고 있었다. 창남이와 만식이 그리고 김일중과 주인 남자 사바가 손을 흔들면서 작별은 끝나고 있었다.

창남이와 만식이는 구석진 곳으로 가서 앉았다. 그러자 김일중이 말했다.

"여기로 오세요."

김일중은 난로 앞으로 가면서 말했다. 창남이와 만식이는 김일중과 난롯가에서 나란히 앉았다. 그리고 모두가 떠난 허전함이 가슴속에서 소용돌이치고 있는 창남이와 만식이는 곁에 앉아 있는 김일중이 위안이 되고 있었고, 한없이 고맙기만 했다.

"가신 분 중대장이었습니까?"

김일중이 벽을 보고 있는 창남이에게 묻고 있었다.

"수색정찰대 대장이었습니다."

만식이가 벽에 붙어 있는 스탈린 초상화를 보다가 대답했다. 김일중은 고개를 끄떡이고 있었다.

"아직도 많이 남아 있지요?"

"예, 부상자들까지 하면 300명 가깝게 남아 있습니다. 여인들까지 합해서."

김일중은 만식의 대답에 허공에 시선을 두고 움직이지 않고 있었다. 그런 김일중이 다시 입을 열었다.

"숙소에 가서서 저녁 식사하시고 계십시오. 밤 11시에 화물열차가 가는데 그 화물열차 승무원 칸에 예약했습니다. 제가 오늘 당직 근무라 시간이 되면 모시러 가겠습니다. 가서서 편안하게 잠시 계십시오."

창남이와 만식이는 자리에서 일어났다. 그리고 일행들과 함께 걷던 철로 샛길을 걸으며 허전한 마음으로 숙소를 향했다. 방금까지 북적이며 함께 있었던 일행들이 눈에 선하게 밟히고 있는 바라바쉬 철길에서 창남이와 만식이는 가슴이 하나도 없는 듯이 싸늘해진 몸을 움직이고 있었다. 그리고 숙소에 들어와서는 창가를 떠나지 못하고 서서 눈 덮인 철길과 철길 위에 있는 열차들을 내려다보고 있었다. 그리고 떠오르고 있는 생각에 눈을 감았다. 아오지 탄광과 열차포 격납고 토굴 공사장, 야전병원 건설하던 때를 생각하면서 허전한 마음에 휩싸여 있었다. 그리고 일본군들과 격럴하게 싸웠던 순간들을 떠올리며 더 이상 참지를 못하고 창남이와 만식이는 눈시울을 붉히고 있었다. 그러면서 만식이는 근식이가 앉아 한없이 울던 의자를 바라보고 있었다. 그동안 항상 함께하던 일행들 생각에 한꺼번에 허전해진 마음을 걷잡을 수가 없어서 만식이는 창남이가 있어도 복받치는 서러움을 참지 못하고 어머니를 찾으며 눈물을 펑펑 흘리고 있었다. 만식이는 창남이 소맷자락을 잡고 입을 열고 있었다.

"저녁 시간 지나겠어요."

창남이가 만식이 말에 고개를 돌리고 있었다. 그리고 침대 끝에 앉아 있던 몸을 일으키고 문을 향해 움직였다. 밖으로 나온 창남이와 만식이는 멈춰 있는 기관차, 그리고 움직이고 있는 기관차에서 뿜어 올리고 있는 수증기를 보면서 컴컴한 철길 샛길을 눈과 코와 입만 내놓고 취사장을 향해 가고 있었다. 한순간에 모두 작별하여야만 했던 창남이와 만식이는 눈빛이 메말라가면서 취사장을 향해 움직이고 있었다.

소식이 끊어지고 1년이 넘어 2년이 다 된 가족이 아오지에 있기는 있는지도 모르겠고 만에 하나 가족이 없다면 그때는 어떻게 하여야 하는지 생각나는 게 없어서 창남은 불안해지고 있었다. 어쨌든 김일중이 기차를 타라고 하면 일은 벌어지게 될 것이라 창남은 두려워지고 있는 마음을 애써 누르고 있었다. 그러나 시간이 갈수록 마음은 두려워지고 있었고, 두려운 마음은 가슴이 먹먹해지고 있었다. 그런 창남이와 만식이에게 김일중이 식판을 들고 옆으로 와서 앉으며 말을 붙이고 있었다.

"지루하지요? 와 계실 줄 알고 왔습니다. 하산 역에서 조선까지 20여 리됩니다. 국경까지는 저희가 드리는 증명서를 내밀면 어디서든 됩니다. 두만강을 넘으시면서 조심하시고 잘 가서서 가족을 만나시고 잘 사세요."

김일중은 얼굴에 미소를 지어 보이고 있었다. 그런 김일중에게 창남은 대답은 물론 아무런 기색조차 못하고 눈만 껌벅이고 있었다. 그러자 만식이가 말했다.

"고맙습니다."

"숙소에 가서서 잠시라도 쉬고 계십시오. 시간이 되면 제가 모시러 가겠습니다."

만식이는 자리에서 일어났다. 그리고 창남이 뒤따라 취사장을 벗어나고 있었다. 숙소로 돌아온 창남이와 만식이는 짐이라고 할 것도 못 되는 작은 보따리 하나를 챙겨 놓고 의자에 앉아서 침침한 불빛에 고개를 떨어뜨리고 시간을 보내고 있었다.

"이러지 말고 사무실로 갈까?"

좀처럼 듣기 힘든 창남이의 말소리가 만식이를 향해서 가고 있었다.

"예."

만식이의 대답 소리를 들은 창남은 보따리를 들면서 자리에서 일어났다. 만식이 또한 작은 보따리를 들고 창남을 따라 밖으로 향했다.

숙소에서 벗어난 창남이와 만식이는 컴컴한 어둠 속에서 김일중이 있는 사무실 건물을 향해서 철길을 넘기도 하고 샛길을 따라가면서 스탈린의 커다란 초상화가 걸려 있는 것을 보면서 창남이와 만식이는 김일중의 사무실 문을 밀고 안으로 들어가고 있었다. 김일중이 전화를 받고 있다가 창남이와 만식이를 보자 난로 앞으로 오라고 손짓을 하고 있었다. 창남이와 만식이는 난로 앞으로 가서 앉았다. 그리고 김일중과 함께 근무하고 있는 사람이 미소 짓고 있는 것을 보고 있었다. 김일중이 전화를 끊고 나서 창남이와 만식이 있는 곳으로 왔다.

"잠시라도 누워서 쉬시지 그러셨어요. 지금 숙소 관리와 통화했습니다."

창남이와 만식이는 김일중의 말에 대답을 못 하고 있었다. 그런 창남이와 만식이를 보면서 김일중은 주전자에 따듯한 물을 그릇에 따르고 있었다.

"하산까지 갑니다. 자꾸 말씀드리지만 거기서부터는 걸어가시는 겁니다. 새벽 2시에 하산에 도착하게 되니 그곳 역에서 날이 밝을 때까지 머무르세요. 식사 제공과 3일간 주무실 수 있도록 체류 증명서를 드립니다. 그곳 하산 역에 조선 사람이 있을 겁니다. 국경 경비대에는 조선은 물론 중국 일본 말을 하는 요원들이 파견되어 있습니다. 서두르지 마시고 현재 조선의 정세를 그분들한테 들으신 다음에 도강하시기 바랍니다. 어떤 일이 있어도 소비에트연방공화국 증명서 잘 챙기십시오. 그 증명서만 가지고 계시면 조선에서 다시 넘어오실 수 있으시고 가족도 모두, 체류하시다가 뭐 하시면 바로 이주하실 수 있으십니다. 소련에서는 어디든지요. 소련 사람이시니까요."

김중일은 하산에서 머물 수 있는 특별 체류증까지 넘겨주면서 벽시계를 보고 있었다. 아쉬움과 공포가 마음속에 깔린 속에서 김일중의 극진한 배려는 따뜻한 물처럼 몸과 마음속에서 흐르고 있었고, 시간도 흐르고 있었다.

김일중이 앞서서 길게 이어져 멈춰선 화물열차를 향해서 빠르게 움직이고 있었다. 김일중은 기관차에 올라 기관사와 이야기를 하고 난 다음 창남이와 만식이를 데리고 열차 맨 끝 칸으로 뛰기 시작했다. 그리고 뛰어가고 있는 세 사람의 눈에 객차가 보이면서 김일중은 객차 안으로 들어갔다. 김일중은 승무원에게 서류를 보여주고 설명까지 하고 나서 승무원이 창남이와 만식이를 의자에 앉히자 손을 내밀었다. 창남은 김일중과 손뼈들이 부서지도록 악수를 하였다. 김일중은 다시 만식과 악수를 하고 나서 열차에서 내렸다.

창남이와 만식이는 김중일이 흔들고 있는 손이 안 보일 때까지 유리창에서 눈을 떼지 못하고 있었다. 열차는 빠르게 미끄러지면서 바라바쉬에서 꼬리를 감췄다. 창남이와 만식이는 자신들도 모르게 서로 손을 잡고 있었다. 그리고 서로 마주 보면서 잡은 손에 힘을 주고 있었다. 창밖은 어둠이 빠르게 지나고 있었고, 창남이와 만식이의 두 눈은 깜박일 줄도 모르고 유리창을 스치는 밤 풍경을 보고 있었다. 만식이가 김일중이 손에 쥐어준 보따리를 풀었다. 보따리 안에는 딱딱한 빵 덩어리들이 들어 있었다.

"아저씨!"

만식이가 창남을 향해서 말소리를 내고 있었다. 창남은 빠르게 지나는 어둠을 보고 있었다. 앞으로 일어날 일들 생각에 모든 것이 멀어지고 있었다. 화물열차는 어둠 속에서 빠르게 미끄러지고 있었다. 얼마나 달렸는지 승무원이 다가와서 하산이라는 소리를 하고 있었다. 그러면서 화물열차는 외등들이 밝히고 있는 역으로 들어가고 있었다. 창남은 창밖을 보면서 마음이 스산해지고 있었다. 국경 역이라 그런지 군인들의 경비 초소가 눈에 들어오고 있었고, 붉은 깃발들이 눈에 들어오고 있는 곳에서 감시탑이 있는 것이 눈에 들어오고 있었다.

하산 역으로 미끄러지던 화물열차는 덜커덩 소리를 내면서 멈췄다. 창남이와 만식이는 침착해지려고 몸을 꼿꼿이 세우면서 열차에서 내리고 있었다. 그러나 군인들의 경비 초소들만 눈에 들어오고 있었고, 불빛이 밝히고 있는 역 건물이 음산한 기분이 들고 있어서 발걸음이 가볍게 떼어지지 않고 있었다. 창남이와 만식이의 가슴은 검게 변하고 있었다. 창남이와 만식이는 역을 향해서 움직이면서 옷 속 깊이 넣어둔 승차권을 꺼내고 있었다. 그리고 개찰구에서 기다리고 서 있는 역무원을 향해서 걷고 있었다. 역무원은 창남이와 만식이가 승차권을 받아들고 앞뒤를 꼼꼼하게 살펴보고 나서 승차권을 다시 되돌려주며 무슨 말인지 알아들을 수 없는 말들을 늘어놓고 있었다. 창남이와 만식이는 역무원의 말소리를 들으며 김일중이 하던 말을 생각했다.

'하산 역에서 3일간 묵을 수 있는 서류를 해드렸습니다. 그곳에서 충분히 정세를 알고 나서 국경을 넘으셔야 합니다.'

창남이와 만식이는 김일중이 하던 말만 떠올리며 대기실에서 머뭇거리고 서성거리며 주변을 살피고 있었다. 하산 역의 어둠은 창남이와 만식이를 추위만큼이나 냉랭하게 하고 있었고 시달리게 하고 있었다. 역무원은 창남이와 만식이가 대기실에서 웅크리고 서성이는 것을 가끔 유리창을 통해서 쳐다보고 있었다. 조선말을 할 줄 모르는 역무원은 창남이와 만식이가 난로도 없는 대기실에서 꽁꽁 얼고 있는 것을 가끔 유리창으로 보고 있었다.

"로스케가 여관 같은 곳으로 가라고 했나 봐요. 서류를 보고서도 우리가 여기 이렇게 있는데도 보기만 할 뿐 사무실로 들어오라는 말도 하지 않잖아요."

만식이가 창남이와 역무원의 눈치를 번갈아 보면서 추위 속에 떨리고 있는 몸을 움츠리고 서서 답답한 마음에 입을 열고 있었다. 그러자 창남이가 대기실 문 앞으로 가면서 밖을 내다보며 살피고 있었다. 창남이가 보고 있는 시가지는 내린 눈이 녹지 않고 얼어 있는 길바닥과 창고 같은 건물마다 주렁주렁 내걸려 있는 붉은 휘장과 깃발 그리고 스탈린의 대형 초상화만 불빛에 보이고 있었다. 붉은 휘장들이 내걸린 건물 중에 여관인 듯한 건물이 창남의 눈에 보이고 있었다. 그러나 창남은 옆구리에 보따리를 끼고 서서 눈만 끄먹거리고 있을 뿐 대기실에서 나가려거나 대기실 사무실로 들어가려는 생각은 하지 않고 있었다. 만식이는 웅크린 몸으로 사무실 유리창 앞으로 다가갔다. 그리고 유리창을 두드렸다. 유리창을 두드리자 쳐다보고 있는 역무원들을 향해서 손짓으로 사무실로 들어가겠다고 했다. 그러자 역무원이 유리창 앞으로 와서 문을 열고 말했다. 만식이는 역무원의 말은 한마디도 알아듣지 못하고 추위에 떨고 서서 사무실 주전자에서 김이 솟고 있는 것만 쳐다보고 있었다.

"안 되겠어요. 저 사람들 모르는 척하며 떠들기만 하잖아요. 우리 밖으로 나가서 어디 들어갈 곳을 찾아봐요."

만식이가 몸을 잔뜩 웅크리고 허연 입김만 내뿜으며 서 있는 창남이에게 말했다. 창남은 대답은 물론 고개도 끄떡이지 않고 유리창 밖을 기웃거리며 바라볼 뿐 움직이려는 기미를 보이지 않고 있었다.

"아저씨, 나가서 들어갈 곳을 찾아보도록 해요. 어디 민가라도 찾아봐요."

만식이는 추위를 견딜 수가 없어서 보채고 있었다. 창남은 추위에 검은 눈동자가 허옇게 변하고 있는 눈으로 그런 만식이를 보면서 조선말을 할 줄 아는 직원이 출근하면 김일중이 말대로 추위에 들어설 곳과 음식도 먹을 수 있게 될 것이라 믿고 몇 시간 춥더라도 견디려 했다. 그러나 만식이가 보채고 있자 만식이 말대로 민가라도 찾아 들어갈 생각을 하면서 시가지를 내다보고 있었다.

"이 시간에 어딜 가? 그리고 조선 민가가 어디 있는지 모르고."

만식이는 창남이 얼굴을 보았다. 그리고 창남이 말대로 어떻게 해 볼 방법이 없다는 것을 느끼고 있었다. 그러면서 더 이상 이곳에서 떨고 있을 수 없어서 차라리 날이 밝아올 때까지 두만강을 향해서 걷는 것이 나을 것 같은 생각이 들고 있었다.

"아저씨, 통행증이 있으니까 우리 두만강을 향해서 가지요. 통행증을 보여주면서 가요."

창남은 만식이를 보았다. 그리고 고개를 끄떡였다. 그리고 밖으로 나와 하늘을 보고 북두칠성을 등지고 산을 따라 꾸불거리며 눈 덮인 길을 쳐다보고 있었다. 소비에트연방공화국의 하산 시 거리는 온통 신군부 공산 치하의 붉은 물결이 넘치고 있었고, 창남이와 만식이는 두려움에 휩싸이고 있었다.

"아저씨, 길로 가지 말고요, 길을 보면서 산이나 개울 같은 곳으로 가요. 길에서 떨어져서요."

창남은 만식이가 군인들의 초소를 만나는 것을 싫어한다는 것을 알고 있었다. 군인의 초소든 로스케 사람들이든 만나거나 부딪는 것은 창남이도 싫었다. 창남은 사방을 두리번거리면서 만식이가 하는 대로 따라 하고 있었다.

"저기 초소가 있어요."

만식이는 앞을 보고 있던 눈을 창남을 보면서 컴컴한 속에서 개울처럼 보이는 곳으로 몸을 움직이고 있었다. 어둠 속에서 움직이고 있는 것은 군인이거나 초소의 군인들이어서 만식이는 군인들 눈에 띄지 않는 곳으로 가고 있었다.

"아저씨, 이런 데는 집이 없을 거예요. 천상 날이 밝을 때까지 걷는 수밖에 없어요."

만식이는 앞서서 걸으며 창남을 뒤돌아보고 있었다. 그리고 새벽바람에 걷자고 한 것이 미안스러워서 더 이상 하고 싶은 말이 있어도 걷기만 하고 있었다. 창남이와 만식이는 미끄러지고 넘어지면서 싸늘한 새벽 공기에 힘겨운 싸움을 해가면서 두만강을 향해서 몸을 움직이고 있었다.

"아저씨, 저기 집 같은 곳에서 쉬어요. 빈집이면."

만식이는 집처럼 보이고 있는 눈 덮인 것을 보면서 창남에게 말했다. 창남은 만식이가 가리키는 것을 보면서 얼고 있는 눈두덩을 껌벅거리고 있었다. 만식이는 눈에 보이는 것이 집이기를 바라며 발걸음을 어기적거리고 있었다.

"집이에요, 집!"

만식이는 다시 소리쳤다. 그리고 반가움에 두 무릎을 구부리며 털썩 주저앉고 있었다. 창남은 집이 눈에 들어오자 주저앉은 만식이를 일으키며 부축했다.

"사람이 살지 않아도 우리 들어가서 불 피고 쉬어요."

만식이 말에 창남은 고개를 끄떡이고 바지를 어석거리며 걷기 시작했다. 그리고 당도한 집을 살펴보기 시작했다. 눈에 뒤덮이고 고드름이 늘어져 있는 집은 사람이 사는 것 같지가 않았다. 하지만 추위에 얼어 죽지 않으려면 집 안으로 들어가 어떻게든지 불을 피우고 따듯한 물을 먹어야 했다. 달빛도 없는 밤이고 보니 창남이와 만식이는 컴컴한 속에서 눈에 보이는 것도 분간하기 어려워 어물거리고 있었다. 창남은 문을 찾았다. 그리고 문틈으로 두리번거리며 안을 살피고 있었다. 한참을 더 창남이와 만식이는 두리번거리며 주변을 살폈다. 그러다가 더 이상 머뭇거리다가는 쓰러져 얼어 죽을 것만 같아서 문을 열기 시작했다. 그러나 문은 열리지 않았고 열 수도 없었다. 두꺼운 판자로 되어 있는 문짝은 꼼짝을 하지 않았다. 창남이와 만식이는 실망과 추위에 차츰 쓰러지고 있었다.

"아저씨, 저기 집이 보여요. 저기요."

만식이가 꾸부정하게 구부린 몸으로 앞을 가리키고 있었다. 창남은 만식이가 가리키고 있는 곳을 바라보았다. 그리고 만식이의 팔을 손으로 당기며 움직이기 시작했다. 창남이와 만식이는 집을 향해서 언덕을 기어오르고 있었다. 미끄러지고 뒹굴며 집 앞에 도착한 창남이와 만식이는 집을 향해서 소리를 질렀다.

"저, 여보세요? 계세요?"

만식이는 몸을 굴리며 문을 흔들었다. 그렇게 한참을 언 몸으로 문을 흔들어대자 창문으로 불이 켜지는 것이 보이고 있었다. 그리고 문이 열렸다.

"저, 여보세요. 살려주세요. 추워서 죽어가고 있습니다. 길을 잃었습니다. 우리 증명서도 있습니다."

만식이는 급한 마음에 사정부터 하고 있었다.

"살려주세요. 얼어 죽을 것만 갔습니다. 잠시만, 잠시만요."

문을 열고 있던 사람은 들어오라고 손짓을 했다. 만식이는 몸을 일으키고 있었다. 그런 만식이를 창남이가 잡으며 안으로 들어가고 있었다. 집주인 부부는 이내 정신을 잃고 쓰러지고 있는 창남이와 만식이를 안으로 끌어들이면서 벽난로에 나무를 넣으며 불이 활활 타도록 만들고 있었다. 그리고 쓰러진 두 사람 위에 두꺼운 이불을 덮어주고 주전자의 따뜻한 물을 수건에 적시어 두 사람의 입과 얼굴에 대고 있었다. 소련 부부는 다급하게 움직이며 창남이와 만식이의 손과 발에도 따뜻한 물수건으로 계속해서 문지르고 있었다. 조금만 더 지체했다면 얼어 죽었을 창남이와 만식이를 소련 부부는 한동안 얼굴과 손 그리고 발을 더운물 수건으로 따뜻하게 하여주고 있었다. 그런 결과 창남이와 만식이는 몸이 풀리고 있었으며 맥박이 힘차게 뛰기 시작했다. 숨소리도 들리고 있었고 잠이 들고 있었다.

소련 부부는 날이 밝자 국경수비대에 이 사실을 알렸다. 국경수비대는 국가보안대에 보고했고 국가보안대 특수요원들이 찾아왔다. 세상모르고 깊은 잠에 빠져 있는 창남이와 만식이의 보따리와 몸수색까지 마친 국가보안 특수요원들은 우수리스크 보안사령부에서 체류중은 물론 출국증명서까지 있는 데다 3일간 하산 보안대에서 체류할 수 있는 증명서까지 발견되자 국경수비대 정찰대원들은 물론 국가보안 특수요원들은 별말 없이 돌아갔다. 그리고 주인 남자는 트럭을 몰고 하산으로 가고 있었다.

연해주 하산의 겨울은 바람이 세차게 불고 있었고 해는 산을 넘고 있었다. 해가 지면서 주인 남자는 집으로 돌아왔고, 부부는 벽난로에 장작을 계속해서 집어넣으며 집 안을 따뜻하게 하고 있었다. 창남이가 몸을 뒤척이면서 눈을 뜨고 있었다. 그러자 주인 남자가 주전자를 가져다가 우선 물을 따라 주었다. 그리고 두리번거리고 있는 창남을 보면서 죽은 사람이 살아 돌아오기라도 한 것처럼 푸른 눈을 깜박이며 보고 있었다. 창남은 김이 솟고 있는 잔을 두 손으로 받쳐 들고 입에 댄 후 몇 모금 마셨다. 그리고 벽난로 앞에 앉아 있는 부부를 보면서 그물들이 벽에 걸려 있는 것을 보았다. 창남은 들고 있는 물을 다시 입에 댔다. 창남은 물을 마시면서 집 안을 둘러보며 벽난로 옆에 얌전히 앉아 있는 부부를 바라보았다. 창남은 주인 남자가 어부라는 생각을 하면서 바다나 두만강이 가까운 곳에 있겠다는 생각을 했다. 주인 내외는 창남이와 만식이가 누비옷에 누비 모자를 푹 눌러쓰고 보따리를 들고 있는 모습이 떠돌이들로 보이고 있었으며 얼어 죽어가고 있는 것을 몰인정하게 문을 닫아 걸 수 없어서 구해주었는데 국가보안 특수요원들이 혀를 차고 돌아가는 것을 보고 난 후 창남이와 만식이가 위장하고 있는 국가 비밀요원들이라는 생각이 들고 있어서 창남이가 눈을 움직이거나 손을 움직이기만 해도 가슴들이 철렁거리고 있었다.

창남은 얌전하게 앉아 있는 부부를 보면서 만식이가 어서 일어나 밤으로 두만강을 넘어가고 싶은 생각만을 하고 있었다. 밤은 깊어가고 있었고 만식이는 깨어나지 못하고 있어서 창남은 부부의 눈치만 보고 있었다. 그런 창남을 보면서 주인 부부는 특수 임무 수행 중인 사람들로 알고 조심하고 있었다. 더욱이 국가보안대에서 짐 보따리는 물론이고 몸수색까지 한 것을 알게 될까 봐서 주인 내외는 걱정하고 있었다.

창남은 뒤척이면서 소변을 보고 싶은 생각에 집 안을 살피고 있었다. 그러다가 허름한 문을 보고서 창남은 주인 부부에게 세수하는 시늉을 했다. 그러자 주인 내외는 고개를 끄떡였다. 그리고 남자가 먼저 움직이며 화장실에 불을 밝혀주기까지 하고 있었다. 잠시 후 창남은 자고 있는 만식이 곁에 앉았다. 그리고 그동안 러시아 사람들과 있었던 경험이 있는 관계로 창남은 묵묵히 앉아 자고 있는 만식이가 아무 탈 없이 일어나기만을 기다리고 있었다.

시간은 흘러가면서 만식이가 움직이기 시작했다. 창남은 세우고 있는 무릎을 싸고 앉아 있던 손을 풀면서 만식이의 얼굴을 들여다보고 있었다.

만식이는 눈을 뜨면서 창남이가 보고 있는 것을 보고 몸을 일으켰다. 주인 내외는 만식이가 일어나고 있는 것을 보면서 먹을 것을 준비하기 시작했다. 만식이는 한동안 앉아서 자신이 문을 몸으로 두드릴 때를 기억하면서 이번에도 먼저처럼 러시아 사람의 도움을 받아 살아났다는 생각에 주인 내외를 보며 입가에 미소를 띠고 있었다.

"아직 날 안 밝았어요?"

창남은 묻고 있는 만식이를 보았다. 그리고 별일 없이 깨어난 만식이가 고맙고 대견하기만 해서 입가에 미소까지 띠면서 대답했다.

"음, 아직 안 밝았어."

창남은 물론 이제 잠자리에서 일어나고 있는 만식이 역시 하루 종일 잠을 잤다는 것을 알 리가 없었다. 그런 가운데 손과 발 그리고 얼굴이 깨끗이 씻어져 있는 것을 알게 되었다. 만식이는 잠들어 있는 동안 얼어 있는 몸을 주인 내외가 물로 씻겨주었다는 것을 알고 있었다.

"저분들이 씻겼나 봐요. 손."

만식은 창남이에게 말했다. 만식이 차츰 정신이 돌아오면서 주인 내외는 준비해 두었던 음식을 나르면서 먹을 것을 권하고 있었다.

"코리아, 코리아…, 코리아."

만식이는 가슴에 손가락을 짚어가며 코리아라는 소리를 하면서 음식을 먹을 것을 권하고 있는 주인 내외를 보며 웃고 있었다. 주인 내외는 이미 창남이와 만식이가 조선 사람이라는 것을 알고 있었다. 소비에트연방공화국 특수 임무를 받고 조선으로 넘어가고 있는 사람들이라고 알고 있기 때문에 각별히 대하고 있었다. 창남이와 만식이는 주인 내외가 내어주는 음식들을 들었다. 그리고 만식이는 죽을 고비마다 러시아 사람들에게 도움을 받는 것을 생각하면서 왠지 모르는 고마움에 눈시울이 뜨거워지고 있었다.

"아저씨, 날이 곧 밝겠지요? 우리 떠나요. 두만강에 가서 강을 어디로 건너야 할지 살펴봐야 하니까 어서 가지요."

만식이는 주인의 눈치를 보면서 말했다. 그러자 창남이가 고개를 끄떡였다. 그런 다음, 입고 있는 옷들을 살피고 벗겨져 있는 양말과 목도리 모자를 챙기기 시작했다. 그러자 주인 내외가 손을 내저었다. 주인 내외는 창남이와 만식이를 향해서 한참 동안 손을 저으며 이야기를 하고 있었다. 그러나 창남이와 만식이는 알아들을 수 있는 말이 없어서 주인 내외를 물끄러미 보고만 있었다. 만식이는 주인 내외에게 고개를 끄떡였다. 그리고 창남에게 말했다.

"암만해도 나가면 안 된다고 하는 것만 같아요. 그럼 날이 밝았을 때 우리 나가도록 하지요."

창남은 고개를 끄떡였다.

"고기 잡는 어분가 봐요. 그럼 두만강을 잘 알 텐데 물어볼 수도 없고."

만식이는 그물을 보면서 중얼거리고 있었다. 강 건너에서 일어나는 일들을 알 기회를 놓치고 있는 것만 같아서 안타까웠다. 하산 역에서 두만강이 20리라고 하였으니 어쩌면 지금 두만강 가에 와 있는지도 모르겠다는 생각도 들고 있었다. 벽난로 옆에 계속 앉아 있던 주인 내외는 커튼이 길게 쳐져 있는 곳으로 들어가고 있었다. 창남이와 만식이는 그런 주인 내외를 보면서 자려고 들어가는 것 같은 느낌이 들었다. 만식이는 창남의 얼굴을 보았다.

"저분들 자려고 그러나 봐요."

창남은 주인 내외가 들어간 커튼을 보고 있었다.

"아저씨! 아저씨 잠 안 잤어요? 저분들 이제 자려고 하잖아요. 그럼 저만 잔 거예요?"

창남은 만식이가 하는 말을 들으면서 눈을 껌벅이며 창문을 보고 있었다.

주인 내외가 차려주는 아침을 먹고 난 창남이와 만식이는 두만강 하류 눈 덮인 녹둔도 갈대숲에서 조러 국경 철교를 바라보고 있었다. 두만강을 넘고 있는 조러 국경 철교 끝에는 일본군 국경수비대 초소가 양옆으로 보이고 있었고, 조금 떨어진 곳에는 높은 감시탑이 두 곳에나 세워져 있었다. 만식이는 갈대숲에 몸을 숨기고 강 건너에 눈을 팔고 있었다. 그리고 창남을 향해서 입을 열고 있었다.

"아저씨! 왜놈들이 쫙 깔렸어요. 이쪽은 초소도 없는데 왜놈들은 쫙 깔렸어요."

만식은 두만강 조러 국경 철교 끝을 보면서 성난 소리를 하고 있었다. 만식이는 다시 성난 말소리를 내고 있었다.

"아저씨! 이쪽으로는 안 되겠어요. 그리고 보니까 주인이 저 위쪽을 향해서 손가락질하던 것을 알겠어요."

창남은 만식이 말소리에 주인 남자가 몇 번을 손으로 가리키던 위쪽을 보면서 높은 산들과 절벽들을 바라보았다.

"10리도 넘겠어요. 저 산으로 가려면."

만식은 가까운 곳을 두고 험한 산으로 가야 한다는 것이 부담스럽고 속이 상했다. 창남이와 만식이는 일본군을 피하려고 조러 국경 철교를 두고도 험준한 산악을 택할 수밖에 없었다.

"우리 어디 가서 뜨거운 물을 얻어먹지요. 요기해야 추위를 이길 것 같아요."

만식이는 계속해서 투덜거렸다. 지금 녹둔도 갈대밭 속에 있는데 어디 가서 더운물을 얻어먹겠다는 것인지 창남은 만식이의 말을 한 귀로 흘리며 멀리 보이고 있는 산자락만 보고 있었다.

"물 얻어먹으려고 해도 이쪽은 집도 없어요. 그 집 아니면. 저쪽은 보이는데."

만식이는 아직도 화가 풀리지 않고 있는지 강 건너를 보면서 투덜거리고 있었다.

"러시아 순찰한테 걸려서 좋을 게 없을 거야. 저 아래 깊은 곳으로 해서 산으로 가."

창남이가 갈대숲 아래 강물을 보면서 말했다. 그러자 만식이가 다시 고개를 들어 멀리 까마득하게 보이는 산을 바라보았다.

"그래요, 아저씨. 강 아래로 해서 가요. 그럼 일본군도 볼 수 있고, 우리를 어분 줄 알 거고 그게 낫겠어요."

창남은 구렁진 곳으로 해서 강 아래로 내려가기 시작했다. 만식이는 우뚝 서서 강 건너 철교 끝의 일본군들을 잠시 쳐다보다가 저만치 가고 있는 창남을 향해서 빠르게 갈대숲을 헤쳐 나가고 있었다.

창남이와 만식이는 멀리 보이고 있는 산을 향해서 부지런히 강기슭을 거슬러 오르고 있었다. 어부들이 방치한 배들을 지나고 갈대숲이 사라지고 돌무더기와 높고 낮은 바위 절벽을 타기도 하면서 일본군들한테 발각되지 않고 무사히 강을 건널 수 있는 곳을 찾아서 창남이와 만식이는 쉬지 않고 움직이고 있었다.

"아저씨! 철교가 안 보인 지 오래됐잖아요. 이런 덴 일본군이 없을 것 같아요. 절벽이 많아서."

만식이는 강 건너 절벽들을 보면서 수없이 같은 말을 반복하고 있었다. 그러나 창남은 이어지고 있는 산자락과 벼랑을 열심히 오르내리며 계속해서 위로 올라가기만 하고 있었다.

"아저씨! 아저씨! 고만 가세요. 이러다가 북간도로 도로 가겠어요."

창남은 만식이가 하는 말에 발을 멈췄다. 북간도로 다시 가는 게 아니라 어쩌면 지금 있는 곳이 북간도 같은 기분이 들고 있었다. 녹둔도 하산에서 얼마 떨어지지 않은 곳에서 큰 내를 지나면 북간도라고 말해주던 근식이가 떠올랐다. 창남은 커다란 내를 지난 것을 생각하며 지금 북간도에 와 있는지도 모르겠다는 생각이 들었다. 창남은 멈춰 서서 주변을 살피기 시작했고 강 건너 산들을 살피고 있었다.

"더 갈 필요 없을 것 같아요. 일단 강을 건너고 보자고요. 건너가서 일본군 있으면 다시 도망치고 일본군 없으면 아오지로 가자고요."

만식의 말에 창남은 강 건너 산기슭들을 살피고 있었다.

"아저씨! 우리 빵 먹지요."

만식이는 말해놓고 창남이가 보고 있는 강 너머 산기슭을 보고 있었다.

"아저씨! 빵 먹고 어두워지면 넘어요. 여기는 꽁꽁 언 것 같아요. 그리고 강 건너도 조용하고요."

창남은 만식의 말에 강바닥 얼음을 보기 시작했다. 강 하구에서 멀리 떨어졌고 물살이 센 곳도 아닌 곳이니 잘 얼었다고 보고 있었다.

"아저씨! 단단히 얼었어요. 저 봐요. 짐승들 발자국이 있잖아요. 이쯤에서 건너요."

만식의 말에 창남이가 고개를 끄떡이며 눈 덮인 얼음판을 보고 있었다. 그리고 수없이 나 있는 짐승들의 발자국을 보았다. 그리고 강폭이 넓지도 않은 데다 국경을 넘으면 곧바로 산기슭으로 들어갈 수 있을 것 같아서 창남은 이곳으로 넘어가야겠다고 생각했다. 그리고 만식이가 건네주고 있는 빵을 받았다. 창남이와 만식이는 한동안 빵을 뜯어 입에 넣고 있었다. 세상 천지에 일본군이 없는 곳이 없다 보니 빵을 씹으면서 강 건너에서 시선을 떼지 못하고 있었다. 그러면서 일본군은 강 건너 어디든지 있을 것이라는 생각을 하고 있었다.

"아저씨! 우리 아오지에 가면 대장 말대로 총살당해도 입 다물어요. 말하면 더 죽인다고 했잖아요. 콧구멍에다 고춧가루 물 붓고 손가락도 꺾고 전기의자에 앉혀서 고문한다면서요? 그래도 우리 입 다물어요. 어차피 잡히면 죽을 건데요."

만식이는 빵을 뜯어 입에 넣으며 자신의 처지를 원망하는 말을 하고 있었다. 잡히면 고문을 당하게 될 것이고, 그러다가 결국에는 죽게 될 것을 각오하고 있으면서 말 하고 있었다. 그리고 안 잡힐 수도 있다고 생각하고 있다. 만식이는 빵을 씹고 있는 창남이의 얼굴을 쳐다보았다. 만식이는 얼음 위에 쌓인 눈을 유심히 살피고 있었다. 혹시나 얼음이 얇은 곳이 있어 빠지게 되면 큰일이기 때문에 눈 덮인 강을 살펴보고 있었다. 아오지 탄광에서 일이 잘 풀리면 2년 후에는 고향에 갈 수도 있다는 생각을 하면서 고향에 부모님을 비롯한 식구들을 떠올렸다.

"아저씨, 해방 안 돼요?"

만식이는 내리쬐고 있는 햇빛을 보고 있었다. 그리고 눈부신 태양을 보면서 해방이 됐으면 하는 생각에 아쉬움 얼굴을 덮고 있었다.

"강 건너에 일본군만 없으면 아오지 가는 건 별문제 없을 테데…. 산속으로만 가요. 안 잡히게. 탄광소장한테 그동안 산속에서 숨어 살다가 러시아 군인들한테 도망 다니다가 왔다고 하면 믿을 거예요. 작업반장 조태석 씨가 잘 말해 줄 거고요. 작업반장 조태석 씨 보고 싶지요?"

만식이는 두만강을 내려다보면서 아오지에서 벌어질 일들까지 생각하고 있었다. 그러면서 강 건너에 국경수비대 일본군이 없기를 한없이 빌고 있었다. 침을 뱉으면 삽시간에 얼음이 되어 떨어지고 있는 두만강 국경 절벽 아래에서 창남이와 만식이는 운명을 건 한판 대결을 눈앞에 두고 있었다.

"아저씨!"

만식이는 창남을 불러놓고 얼굴을 보고 있었다. 그러다가 청산리에서처럼 나뭇잎과 풀잎을 뜯어 모아 몸을 덮고 있었다. 어두워지면 강을 건너겠지만 삽시간에 모든 것을 얼리고 있는 추위는 당장에라도 몸뚱이를 얼리고 있어서 만식이는 눈 속에 묻혀 있는 나뭇잎들을 끄집어내어 몸을 덮고 있었다. 해가 기울고 있으면서 만식이는 조금 남아 있는 빵조각을 창남이와 나누었다.

"아저씨!"

만식이는 빵을 먹으면서 자신들이 달려왔던 두만강 하구 쪽에 땅거미가 지고 있는 것을 바라보았다. 그러면서 추위처럼 삽시간에 어두워지고 있는 두만강을 바라보았다.

"아저씨!"

만식이는 다시 창남을 불렀다. 그러면서 강 건너 어둠이 깔리고 있는 산기슭 조선 땅을 뚫어지게 바라보면서 만식이는 몇 번이고 창남을 부르고 있었다. 만식이는 짐을 챙기기 시작했다. 창남이처럼 보따리를 허리에 단단히 동여 매달았다. 그리고 보따리를 허리에 단단히 매도록 만식이는 끈을 잡아당기며 창남에게 말하고 있었다.

"더 당기세요. 끈요. 덜렁거리면 뛰기 어려워요."

만식이는 잡아당기고 있는 끈을 단단히 매도록 도와주고 나서 앞서서 강가로 가기 시작했다. 그리고 창남이와 만식이는 눈 덮인 강 위에서 허리를 구부리고 짐승처럼 빠르게 움직이기 시작했다. 어둠이 물든 두만강 얼음판 위에 창남이와 만식이는 하얗게 덮인 눈 위에서 고국 조선 땅을 향해서 맹렬하게 달리는 짐승처럼 사력을 다해 달리고 있었다. 하늘에 별이 드리우고 있는 밤에 창남이와 만식이는 두만강을 넘었다. 그리고 조선 땅에 발을 내디디면서 두껍게 쌓인 눈을 밟고 조국의 품에 안기고 있었다.

만식이는 험한 절벽을 올려다보면서 오를 수 있는 곳을 찾아서 강기슭을 따라 움직였다. 그러다가 만식이는 오를 만한 곳을 찾았다. 만식이는 나뭇가지를 잡고 오르기 시작했다. 수북이 쌓인 눈을 밟고 미끄러지며 오르고 있는 창남을 보면서 만식이는 자신이 오르고 있는 곳으로 오라고 손짓을 하고 있었다.

"아저씨! 이쪽으로 해서 와요. 칡넝쿨을 잡으세요."

창남은 만식이가 오르고 있는 곳으로 옮겨가서 칡넝쿨을 잡고 기어오르고 있었다. 조선 땅에 발을 올려놓고 칡넝쿨을 잡고 오르며 창남은 지치고 있는 몸을 잠시 멈추고 있었다. 만식이는 미끄러지기를 수없이 반복하면서 솔나무 속으로 들어가며 산을 넘고 있었다. 그리고 눈에 드러나고 있는 광경에 촉각을 곤두세우며 앞을 보고 있었다.

눈 덮인 마을에 국경수비대 초소들이 보이고 있었고, 일본군들이 담배를 피우며 걷고 있는 것을 보았다. 만식이는 주저앉았다. 그리고 창남을 향해서 손을 내저었다.

"안 돼요. 틀렸어요. 여기는 안 돼요."

만식이는 손을 내젓고 있었다. 일본군들로 인해서 앞이 막혀 있는 것을 보면서 만식이는 조국으로 들어갈 수가 없고 일본군을 피할 수도 없는 두려움에 싸이고 있었다.

"아저씨, 저기 보세요. 저기로 가면 갈수록 일본군들이 보이잖아요. 천상 도로 내려가서 위로 더 올라가 봐야 할 것 같아요. 그리고 지금 우리가 입고 있는 옷은 중국 사람들 옷이잖아요. 잡히면 일본군들이 그냥 둘 것 같지 않아요. 일본군들의 초소가 없는 곳을 찾아야겠어요."

만식이는 일본군들을 물끄러미 보고 있는 창남이의 손을 끌면서 다시 언덕 아래로 내려가기 시작했다.

"산으로는 못 가요. 가파르고 눈이 쌓여서 천상 밑으로 내려가 강을 따라 가야겠어요. 그러다가 다시 산을 넘어 봐요."

만식이는 앞에서 칡넝쿨을 잡고 미끄러져 내려가며 말하고 있었다. 창남은 그런 만식이를 따라 미끄러지며 비탈을 내려가기만 했다. 만식이는 쉬지 않고 미끄러지며 내려가고 있었다. 만식이는 미끄러져 내려가면서 김일중이 하던 말을 생각했다. 두만강 조러대 철교를 지나면 국경지대라 일본군들의 국경수비대가 쫙 깔렸을 것이라는 말을 떠올리며 하산 역 녹둔도도 우리 땅이고 연해주, 북간도 모두 우리 조선 땅인데 조선은 무엇 때문에 모두 잃어버리고 도망만 다니고 있어야 하는지 한심해서 원망하고 있었다.

"어디까지 갈 거야?"

창남이가 입을 열었다. 뽀드득거리며 얼음 위의 눈을 밟으며 걷기만 하고 있는 만식이를 향해서 말하고 있었다. 만식이는 창남이의 말을 듣고 나서도 대꾸 없이 걷기만 했다. 만식이는 계속해서 걷기만 하고 있었다. 걷기만 하는 것이 아니라 뛰기도 하고 있었다. 조선 고국 땅을 밟자마자 도망치고 있으니 속상한 것이 속상한 것이 한두 가지가 아닌데다가 가라앉지도 않고 끓어오르고 있어서 만식이는 화가 나고 있었다. 만에 하나 잘못되기라도 하면 어찌 되겠는가. 지쳐 힘들어 쓰러지는 한이 있더라도 후회할 일은 없어야겠기에 구항 젊은이 만식이는 걷고 또 걸으며 완전하게 도강할 수 있는 곳을 찾고 있었다.

26
만식이의 죽음

만식이는 최대한 멀리 가고 있었다. 그러면서 지금 입고 있는 옷이 중국 옷이니 우선 옷부터 어떻게 해봐야 할 생각을 하고 있었다. 만식이는 옷부터 어떻게 해볼 생각에 조선 사람부터 찾을 생각을 했다. 그리고 보면 우선 농가를 찾는 것이 급선무였다. 만식이는 주변을 살피며 걷고 또 걷고 있었다.

"아저씨, 우리가 아오지에 가려면 우선 조선 옷부터 입어야겠어요. 주변에 집이 있나 잘 보세요. 중국옷을 입었으니 일본군 눈에 띄면 그 즉시 잡힐 게 뻔해요. 어쨌든 눈에 띄면 안 되잖아요."

만식이 말에 창남은 사방을 두리번거렸다. 그러나 하얗게 눈 덮인 강과 절벽만 눈에 띌 뿐 집은 어디에도 보이지 않고 있었다. 창남이와 만식이는 사방을 훑어보며 정신없이 앞으로 내달리고 있었다.

"아저씨! 불이에요, 불."

만식이는 창문을 밝히고 있는 불을 발견했고 불빛을 향해 뛰었다.

"아저씨! 여기는 눈이 또 왔나 봐요. 으억!"

만식이는 말하다 말고 비명을 지르고 나서 철퍼덕거리는 소리와 함께 사라지고 말았다. 창남은 만식을 따라 달리던 몸을 내동댕이치며 만식이가 사라진 얼음 구멍 앞에서 가까스로 멈췄다. 그리고 시커멓게 뚫린 얼음 속을 내려다봤다. 시커멓게 뚫린 곳에서 물결이 출렁였고 순식간에 잠잠해졌다. 만식이가 얼음 속으로 사라져버리고 말았다.

창남은 시커멓게 뚫린 얼음 구멍을 보고 있었다. 만식이는 불빛만 보고 뛰다가 어부가 깨어 놓은 낚시 구멍으로 빠지고 말았다. 그리고 강물에 잠겨 떠내려가고 말았다. 만식이는 죽었다. 충청남도 홍성군 구항면 공리에서 형님과 같이 연로한 부모님을 모시고 살다가 갓 결혼한 형이 징용자로 끌려가게 되자 병약한 부모님의 생계와 식솔을 지켜야 하기 때문에 형 대신 열여덟 살의 앳된 어린 나이에 징용 노무자로 끌려왔다. 근식이가 끔찍이도 보살펴오던 만식이가 어이없게 낚시꾼이 뚫어놓은 구멍에 빠져 죽었다. 창남은 만식이가 빠진 구멍과 만식이가 떠내려간 두만강을 한참 동안 보고 있었다.

창남은 달리기 시작했다. 뭐가 어떻게 되었는지 창남은 알 수가 없었다. 만식이가 왜 죽어야 하는지 창남은 아는 것이 없었다. 다만 어처구니가 없고 기가 막히기만 했다. 창남은 만식이가 사라진 얼음 구멍을 들여다보고 있기만 했다. 그러다가 무슨 일인지 창남은 짐승처럼 뛰고 있다. 들여다보던 얼음 구멍을 뒤로 짐승처럼 뛰어 달리고 있다. 만식이가 죽어 사라진 얼음 구멍을 뒤에 두고 뛰고 있었다. 창남은 어디로 뛰고 있는지도 모르고 뛰고 있었다. 창남은 혼수상태가 되어 뛰고 있었다. 아오지로 가던 길이었다는 것도 잊고 만식이의 죽음으로 인해서 뛰고 있었다. 가족이 있는 아오지로 가야 한다는 생각조차 못 하고 달리고 있었다. 만식이가 죽는 순간 모든 것은 사라지고 말았다. 창남은 북간도로 뛰고 있는지 연해주로 뛰고 있는지 오직 사력을 다해 달리고 있을 뿐이었다. 창남은 조선으로 가면 죽게 된다는 생각밖에는 없었다. 이 순간은 그 생각 외에는 아무것도 없었다. 만식이와 조국을 향해서 달리던 곳에서 창남은 조국을 등지고 달리고 있었다. 만식이를 그렇게 잃을 줄 까맣게 모르고 있었다. 그렇게 만식이가 죽을 줄을 몰랐다. 창남은 허공에 외치며 나뒹굴고 미끄러지며 이리저리 넘어지면서 달리기만 했다.

'땅땅!'

창남이의 몸뚱이는 공중으로 치솟고 나서 떨어졌다. 그리고 정신이 돌아와 눈에 보이고 있는 것은 붉은 깃발과 스탈린의 사진이 건물 벽에 걸려 있는 사무실 구석에서 꿇어 넘어져 있다는 것을 알게 되었다.

소련 국경수비대는 그러니까 소비에트연방공화국 국경수비대는 창남을 발견하고 붙잡아 이곳 국경수비대 초소로 잡아왔다. 정신을 차린 창남은 말을 알아들을 수도 없었고 할 수도 없어서 눈만 껌벅거리며 있었다. 국경수비대는 중국말로 묻고 있었다. 그러나 창남은 대답을 못 하고 눈만 껌벅이고 있었다. 국경수비대원들은 창남이의 몸을 수색하였다. 그러나 창남이 몸에서는 아무것도 나오는 것이 없었고, 창남이 스스로 자신의 허리에 매고 있던 보따리마저 없어진 것을 알게 되었다. 창남은 모든 것을 잃었다. 그런 창남은 어둠이 깔리고 있을 때 트럭에 실렸다. 그리고 뒤이어 열차 화물칸에 실려 가고 있었다. 정체불명의 무단 입국자로 기록된 창남은 소비에트연방공화국 신군부 통치로 말미암아 집단 수용소 막노동자로 투입되고 있다. 길게 이어진 석탄 화물열차 후미에 매달린 동물 수송 화물칸에 던져진 창남은 거칠게 생긴 사람들의 무리 속에 파묻히고 있었다. 함께 타고 있는 사람들은 쇳소리 같은 목소리로 창남을 향해서 질타하기 시작했다. 그들에게선 화물칸에서 나고 있는 냄새가 아닌 독한 술 썩은 냄새가 나고 있었다.

"동물 칸에 떼 놈 동물이 탔네! 이제 제대로 뭐가 되기 시작하나 보다. 헛 헛 헛"

짐승보다도 험하게 얼굴이 생긴 사람이 걸쭉한 목소리를 내리깔고 있었다.

"냄새나는 똥 떼 놈이 어떻게 걸려들었지? 요리들 해보자고. 흐흐흐흐흐!"

창남은 구석으로 몸을 피하고 있었다. 쇠 철망 창문들을 철판으로 봉합해버린 화물칸은 짐승들의 오물 냄새가 캄캄한 어둠과 뒤범벅이 되어 지옥만도 못한 굴속이 되어 있었다. 중국 누비옷을 입고 있는 창남은 중국 사람으로 되어버렸고, 타고 있는 사람들의 생김새나 말소리는 알아들을 수는 없었지만 바라바쉬에서 보았던 험상궂게 생긴 러시아 사람들이 맞았다. 근식이가 말해주던 러시아 코사크 족이라는 사람들이 틀림없었다. 창남은 눈을 껌벅거리며 컴컴한 속에서 러시아 코사크 사람들을 살피고 있었다. 코사크 사람들은 계속해서 떠들어대고 있었다. 그러다가 버럭버럭 화를 내고 있었고 갑자기 수그러들어 조용해지기도 했다. 창남은 눈을 말똥말똥 뜨고서 눈치만 보고 있었다. 얼마를 무섭게 달리기만 하던 열차가 멈추고 있었다. 그리고 문이 열리면서 물과 빵이 디밀어지고 있었다. 그리고 문이 닫히기 시작하자 험상궂은 사람이 벌떡 일어나며 소리 지르고 있었다.

"이봐. 이봐. 문 닫지 마. 우리 급하단 말이야."

"급하면 급한 대로 해. 나는 그런 일까지 하라는 명령 못 들었어."

문짝은 다시 움직이고 있었다. 그러자 험상궂게 생긴 사람이 문짝을 밀고 섰다.

"알면서 왜 이래. 이 아래서 잠깐이면 돼."

문을 닫으려던 역무원은 어디론가 손짓을 하고 있었다.

"잠깐 기다려."

역무원은 문을 막고 있는 사람을 쳐다보면서 말했다. 그리고 달려오고 있는 군인들을 보고 있었다. 군인들은 역무원이 하는 말을 듣고 나서 어깨에 메고 있던 총을 앞으로 내밀면서 문을 닫고 있었다. 문은 닫혔고 닫힌 문을 험상궂게 생긴 사람은 발로 걷어차며 소리를 질러댔다. 열차는 곧바로 움직이고 있었고 바람 소리를 가르며 열차는 달리기 시작했다. 창남은 생각했다. 끌려가고 있는 열차는 화물칸에 석탄차들이니 틀림없이 광산으로 가고 있는 열차라고 생각했다. 창남은 쪼그리고 앉아 덜컹거리는 소리와 화물칸에 부딪는 바람 소리를 들으며 무엇이 어떻게 되고 있는지 알 수가 없어서 웅크린 채 눈을 감고 있었다.

"헤이. 헤이. 헤이! 먹어 먹어야 살지!"

컴컴한 속에서 긴 손이 닦아오면서 소리 지르고 있었다. 창남은 두 손을 내밀어 주는 것을 받았다. 열차는 달리기만 하고 있었다. 해가 지면 해가 뜰 때까지 달리고 있었고. 해가 뜨면 해가 질 때까지 열차는 달리고 있었다. 바늘구멍만 한 틈은 물론 구멍이 없지만 해가 뜨는 것과 해가 지는 것은 알 수가 있었다. 달리기만 하는 열차가 어느 땐 오래도록 정차할 때가 있었다. 그럴 땐 오물통을 내다가 버리거나 비울 수 있고, 바닥에 깔고 있는 검불을 실어 바닥에 두둑이 깔 수도 있었다. 그리고 빵과 물을 받아 굶주린 배를 채울 수 있었다. 그럴 때마다 무장한 군인들이 따라붙거나 진을 치고 있어 움직일 수가 없었다. 한밤중 열차는 요란한 소리를 내면서 전깃불들이 환하게 밝히고 있는 역으로 들어서고 있었다. 문이 열리고 있었고 열린 문으로 고함치는 소리가 들어오고 있었다.

"오물통 비우고 음식 받아라."

러시아 사람들은 우르르 뛰어내렸다. 창남은 두리번거리다가 오물통을 들고 내렸다. 그리고 오물통을 역무원이 소리치고 있는 곳으로 들고 갔다. 일행들은 용변을 보려고 뛰고 있었다. 창남은 러시아 사람들과 어울릴 수가 없었고, 러시아 사람들 눈에 나지 않게 하려고 러시아 사람들이 하지 않는 뒷일을 하고 있었다. 창남은 오물통을 비우고 나서 쌓인 눈을 퍼 담은 통을 화물칸으로 들고 가 올라탔다. 러시아 사람들이 역무원을 향해서 소리치고 있었고 경비병들이 달려오고 있었다. 경비병들은 하나같이 혁명군 복장에 붉은 완장들을 하고 있었고, 경비병들은 떠들고 있는 러시아 사람들을 둘러싸고 있었다. 러시아 사람은 손을 내저으며 소리 지르고 있었다. 경비병들은 소리 지르고 있는 러시아 사람들을 총대를 들이대며 제압하고 화물칸으로 밀어 넣었다. 러시아 사람들은 계속해서 거칠게 떠들어 대고 있었다. 화물칸 문이 닫혔고 닫힌 문이 잠기는 소리가 나고 있었다. 러시아 사람들은 빵을 씹으면서 계속해서 떠들어 대고 있었다. 러시아 사람들은 빵 쪼가리들을 다 씹을 때까지 떠들어 대고 있었다. 그러다가 한순간 조용해졌다. 창남은 오물통이 있는 구석에 앉아서 러시아 사람들이 떠들고 있는 소리와 바람을 가르며 달리고 있는 화물칸의 덜커덕거리는 소리를 듣고 있었다.

"차이나? 야! 야! 차이나 구린내야?"

창남은 고함치고 있는 소리 중의 차이나 소리를 알아듣고 있었다. 창남은 러시아 사람이 자신을 부르고 있는 것을 알고 우물거리며 움직이고 있었다. 그리고 만식이가 민가에서 하던 말을 하고 있었다.

"콜리아."

"콜리아? 코리?"

러시아 사람들은 부스럭거리며 소리 지르고 있었다.

"코리아! 코리아?"

"예, 코리아."

창남은 들려오고 있는 소리에 반복해서 대답했다. 그리고 러시아 사람들이 코리아 소리를 해대고 있는 소리를 듣고 있었다. 러시아 사람들은 코리아라는 소리를 친근감 있게 부르고 있었다. 창남은 자신이 조선 사람이라는 것을 러시아 사람들이 반기고 있는 것 같아서 마음이 놓이고 있었다. 창남은 마음이 가벼워지고 있는 속에서 얼어붙고 있는 발가락을 손으로 주무르며 마른 풀을 긁어모아 덮고 있었다. 코리아라는 말에 친근감 있어 하는 러시아 사람들을 창남은 보고 있었다.

창남은 발가락을 주무르며 만식이를 떠올리고 있었다. 그러면서 창남은 자신과 같이 아오지로 가겠다고 하는 것을 막지 못한 것을 후회하면서 서글피 울던 근식이의 모습이 생각났다. 이제 모두 헤어졌고 아오지로도 갈 수도 없고 창남은 시린 발가락만 주무르면서 시끄럽게 떠들어 대고 있는 러시아 사람들을 쳐다보고 있었다. 잠든 때 말고는 쉬지 않고 떠들어 대고 있는 러시아 사람들을 창남은 불량배들이라고 보면서 앞으로 어떻게 되든 말든 살아야겠다는 생각만 하고 있었다.

아오지의 가족 생각도 잃어버리고 있었다. 덜컹거리는 소리와 바람 소리가 고막을 찢어가고 있는 화물칸 안에서 창남은 발가락만 주무르며 오그리고 앉아 있었다. 창남은 무력해져 있었다. 만식이가 죽고 나서부터 모든 것에 자신이 없고 무력해지고 있었다. 오물통 곁에 웅크리고 앉아 있는 창남은 열차에 오른 이후로 눕지도 못했고, 두 다리를 펴지도 못했다. 쪼그리고 앉아 있거나 웅크리고 앉아 있은 지 3일이 지나고 있어도 창남은 몸도 마음도 모든 것을 잃어가고 있었다. 러시아 사람 중에 누군지 알 수 없으나 목소리를 들어서는 나이가 들어 있는 사람이 말을 알아듣지도 못하는 창남을 향해서 간간이 말을 붙이고 있었다. 그럴 때마다 창남은 대답하거나 알아듣지 못하지만. 알아듣는 척했다. 지금도 한마디도 알아듣지 못했지만 창남은 입에서 나오고 있는 대로 말소리를 내고 있었다.

"네! 주무셨어요? 잘 겁니다."

창남이가 말을 하자 계속 말을 붙이고 있는 사람이 비스듬히 일어나며 말하고 있었다. 그러나 알아듣지는 못해도 말 속의 들어 있는 뜻은 알 수가 있어서 창남은 대답하고 있었다.

"네, 누울 겁니다."

주변도 없고 구변도 없는 창남이가 그래도 대답하고 말대꾸하는 이유는 어쩌면 살아야 한다는 생각 때문인지도 모른다. 어쨌든 창남은 러시아 사람들이 말을 붙이거나 시키는 것이 있으면 그것이 무엇이든 망설이지 않았다. 창남은 몸을 눕히고 있었다. 그리고 마른 풀을 끌어다가 발등과 배 위에 올려놓았다. 어두워서 잘은 모르지만 창남이가 몸을 눕히자 말을 붙이던 사람이 잠시 후 코를 골고 있었다. 누군가 오물통에 요란하게 소변을 보고 갔다. 창남은 누운 채 심한 악취를 참으며 뼛속 깊이 파고들고 있는 바람 소리에 혼미해져 가고 있었다.

러시아 사람들이 꿈틀거리며 자리에서 일어나고 있었다. 창남이도 일어나 웅크리고 앉았다. 열차가 멈추려고 그러는지 천천히 움직이고 있었고, 기적 소리를 계속해서 내고 있었다. 러시아 사람들은 열차가 멈춘다는 것을 알고 있었고, 멈추는 곳이 어디라는 것도 알고들 있었다. 열차는 천천히 움직이고 있었고, 러시아 사람들은 문 앞에 서거나 벽에 기대면서 열차가 멈추기를 기다리고 있었다. 열차가 멈췄다. 그리고 문이 열렸다.

"잠시 멈춘다. 오물통 비우고 아침 먹는다."

창남은 고함이 무슨 소리인지 모르지만 열차가 멈췄기 때문에 오물통을 들고 밖으로 나갔다. 땅거미 짙은 이른 아침은 한밤중이나 다름없었으나 열차는 큰 도시에 도착하였다는 것을 알 수 있었다. 붉은 깃발은 불빛에 드러나 있었고, 혁명정부를 말해주는 현수막들은 높은 건물마다 붉은 옷의 천으로 휘감겨 있었다. 그리고 화물열차에 탱크들이 실려 있었고, 트럭은 물론 크고 작은 차들도 실려서 희미한 외등 불빛을 받고 있었다.

열차에서 내린 러시아 사람들은 급한 일을 보기 위해 뛰고 있었다. 철길마다 외등들이 밝히고 있는 역은 거대하게 들어나 보이고 있었고, 혁명군들의 경비는 바라바쉬나 우수리스크 역들처럼 살벌한 모습은 보이지 않고 있었다. 높이 솟아 있는 감시탑 아래로 초소들이 쫙 깔려 있어서 그런지 붉은 혁명군이나 경비병들이 살벌하게 따라붙지 않고 있었다. 창남은 이곳이 무슨 역인지는 알 수 없었다. 그러나 러시아의 모든 열차는 지금 이곳에 모여 있는 듯이 얼기설기 널려 있는 철길이 끝없이 뻗어 있고 철길마다 열차들이 정차하여 있었다.

창남은 화장실에 들른 다음 아침 식사를 받아 들고 있는 러시아 사람들과 화물칸으로 돌아왔다. 러시아 사람들은 둘러앉아서 뻣뻣한 빵을 손으로 뜯어 입에 넣으며 가라앉은 목소리로 시끄럽게 떠들어 대고들 있었다. 창남은 컴컴한 속에서 러시아 사람들의 말소리를 들어가며 뭔가 심상치 않은 일이 벌어지고 있는 것만 같은 예감이 들고 있었다. 러시아 사람들의 이야기는 한참씩 험악한 말들이 오가다가 언제 그랬느냐는 식으로 조용하게 속삭이고 있었다. 창남은 구석에 떨어져 앉아서 러시아 사람들의 눈치를 보면서 얼어붙고 있는 발에 마른 풀을 끌어다가 덮고 있었다. 만식이가 죽으며 모든 것을 잃어버리고만 창남은 아오지 식구들마저 까맣고 잊고 있었다. 어린 광자와 만식인 광자 어미를 눈에 떠올리고는 있지만 아무 소용없이 생각만 하고 있었다.

러시아 사람들은 화물칸의 천장을 올려다보고 있었다. 환기통이 잘못되어 냄새가 빠져나가지 못하고 있는지 러시아 사람들은 환기통을 막대기로 두드리면서 이야기들을 하고 있었다. 창남은 마음이 불안해지고 있었다. 러시아 사람들은 험상궂게 떠들어 대면서 화물칸 천장의 환기통을 쳐다보거나 막대기로 두드리면서 창남을 힐긋거리며 보고 있어서 창남은 불안해지고 있었다. 창남이가 할 수 있는 일이라고는 마른 풀과 오물통을 치우는 일밖에는 없는데 왜 쳐다보면서 말들을 하고 있는지 걱정되고 있었다. 러시아 사람 중에는 눈이 무섭고 거친 사람들이 있어서 불안하기까지

하고 있었다. 11명이나 되는 러시아 사람들이 싸움이라도 할 사람들처럼 떠들거나 행동하고 있어서 창남은 두렵기만 했다. 그러면서 창남은 도대체 이 사람들은 뭘 하다가 왔고 뭘 하러 가는 것이고 뭘 하는 사람들인지 궁금해지고 있었다. 그리고 글자를 모르니 지금 이곳이 무슨 역인지도 모르겠고, 떠들어 대고 있을 때 '아니디르'라는 말이 자주 나오고 있는 것을 보면 지금 이 화물차가 '아니디르'라는 곳으로 가고 있든지 아니면 지금 이곳이 '아니디르'라는 것인지 창남은 궁금해지고 있었다.

(2권으로 이어집니다.)